아르카디아

이 도서의 국립중앙도서관 출판예정도서목록(CIP)은
서지정보유통지원시스템 홈페이지(http://seoji.nl.go.kr)와
국가자료공동목록시스템(http://www.nl.go.kr/kolisnet)에서 이용하실 수 있습니다.
(CIP제어번호: CIP2018003320)

아르카디아

ARCADIA

로런 그로프 장편소설
LAUREN GROFF
박찬원 옮김

문학동네

일러두기

1. 원주라고 밝히지 않은 주석은 모두 옮긴이주다.
2. 본문 중 고딕체는 원서에서 이탤릭체나 대문자로 강조한 부분이다.

베킷에게

차례

ARCADIA

강가에서 노래를 부르는 여인들.

이것이 비트의 첫 기억이다. 그가 태어나기도 전의 일이지만. 그럼에도 산속으로 구불구불 나 있던 길이, 아이들의 손길에 꽃잎을 오므리는 노란 꽃들이 피어 있던 휴게소가 선명하게 떠오른다. 어스름이 내릴 무렵 카라반 행렬은 굽이치며 흐르는 초록빛 강을 발견했고, 그곳에서 길을 멈추고 밤을 보냈다. 푸르른 봄밤이었고, 추웠다.

강둑 위에는 트럭, 버스, 밴 들이 바람에 맞서는 들소들처럼 둥글게 서 있었고, 그 중심에 이층 버스 핑크 파이퍼가 있었다. 그들의 지도자인 핸디가 핑크 파이퍼의 지붕 위에서 스러져가는 하루를 향해 태양 경배를 올렸다. 캠프 주변을 뛰어다니는 발가벗은 어린아이들의 피부는 소름이 돋아 오돌토돌했다. 남자들은 모닥불을 피우고, 기타의 음을 맞추고, 저녁으로 먹을 채소스튜와 팬케이크를 준비하기 시작했다. 여자들은 젖은 천을 바위에 치대며 차가운 강물에서 옷과 침구를 빨았다. 하루해의 마지막 빛에 그들 무릎에서 그림자들이 점점 길어지고 물결은 비누 거품으로 반짝였다.

비트의 어머니 해나가 수면에 막처럼 펼쳐져 있는 시트를 거두기 위해 몸을 일으켰다. 그녀는 온통 둥실둥실하다. 뺨도, 팔다리도, 땋아서 틀어올린 금빛 머리카락도. 데님 오버올의 배 부분이 팽팽했는데, 그 안에서 비트가 세포를 하나하나 만들어가고 있었다. 그의 아버지 에이브가 강둑에 멈춰 서서 해나를 바라보고 있었고, 해나는 다른 여자들이 부르는 노래를 듣느라 고개를 기울인 채 입술에 미소를 머금고 있었다.

시간이 흘러, 저녁식사의 냄새는 장작 연기 사이로 사그라졌고, 모닥불의 불꽃은 추위에 맞서 활활 타올랐다. 또 흐르는 음악. 핸디가 거친 목소리로 즐겨 부르는 〈Froggy Went A-Courtin〉과 〈Michael, Row the Boat Ashore〉 〈The Sounds of Silence〉도 들려왔다. 수풀 위에 널어놓은 빨래가 저멀리서 흘긋대는 유령처럼 보였다.

이 모든 것을 비트가 기억한다는 것은 불가능하다. 그가 태어나기 몇 주 전 일이었으니까. 아르카디아가 존재하기 삼 년 전인 1968년, 라디오에서는 온통 베트남 케산 전투와 그르노블 올림픽 이야기뿐이고, 카라반 행렬이 전국 곳곳을 떠돌던 시절이다. 푸르른 빛과 모닥불과 어둠 속 유령 같은 시트가 있던 그날 저녁. 그러나 그는 기억한다. 아르카디아가 들려준 그 기억은 그들 공동의 것이 되었고, 듣고 또 들은 그 기억은 마침내 그의 안에서 이야기로 자라나 비트 자신의 기억이 되고 그와 하나가 된다. 밤, 불, 음악,

추위를 막아주던 에이브의 등, 취한 에이브의 가슴에 기대어 있던 해나, 그의 부모 안에서 그들의 행복에 감싸인 채 몸을 웅크리고 있던 비트. 행복했다.

태양의 도시

비트가 잠에서 깨어보니 이미 이동중이다. 2월이고 여전히 어둡다. 비트는 다섯 살이다. 에이브가 가장 따뜻한 곳인 재킷 안에 비트를 품고 지퍼를 올리자 에이브의 심장이 비트의 귀에서 쿵쾅거린다. 그들이 살고 있는 빵 트럭에서 임시 아르카디아의 얼어붙은 마당으로 내려오는 동안 아이는 꾸벅꾸벅 존다. 트럭과 버스, 옆에 연결해 지은 별채가 어두운 밤 속에 검은 무더기처럼 서 있다. 언제가 될진 모르지만 아르카디아 하우스 공사가 끝날 때까지 이곳이 그들의 집이다.

어디선가 징이 울리며 그들을 일요일 아침 회합으로 부른다. 어둠 속에서 사람들의 물결이 강물처럼 이어진다. 비트는 어머니의 빵냄새를 맡고, 북쪽 그레이트 레이크의 냉기를 실어오는 바람을 느끼고, 숲이 깨어나며 부스럭대는 소리를 듣는다. 공기 중에는 흥분이, 나지막하게 건네는 애정 어린 인사가 감돈다. 눈발이 약하게 흩날리고, 누군가의 마리화나에서 연기가 피어오르고, 한 여자의 목소리가 들려온다. 희미하게.

비트가 다시 눈을 뜨자 세상은 여명으로 온화해져 있다. 발자국으로 다져진 눈 아래에서 목초지의 풀들이 밀고 올라온다. 그들은 '양들의 풀밭'에 있고, 비트는 사람들이 점점 가까이 다가서며 무리를 이루는 것을 느낀다. 비트 뒤편에서 올라온 핸디의 목소리가 겨울 아침에 모인 모든 아르카디아 사람들을 향해, 여든 명가량의 신실한 신자들을 향해 나아간다. 비트는 숲가에 일찍 싹을 틔운 앉은부채의 굽은 밤색 잎사귀들 사이에 앉아 있는 핸디를 보려고 몸을 튼다. 몸을 돌리자 뺨이 아버지 목의 맥이 뛰는 자리에 닿는다.

비트는 작은, 티끌만큼 작은 소년이다. 사람들은 종종 그를 덥석 안아올려 데리고 다니곤 한다. 그는 그러는 것이 싫지 않다. 편안함을 주는 어른들의 힘에 의지하고 있으면 그는 눈에 띄지 않는다. 거기서 그는 지켜볼 수 있고, 귀기울여 들을 수 있다.

에이브의 어깨 너머로, 저멀리 언덕 위 아르카디아 하우스 벽돌더미의 그림자가 어렴풋이 보인다. 썩은 지붕 위 방수포가 바람에 들보들 사이로 쑥 들어갔다가 다시 부풀어오르는 모양이 꼭 짐승의 헐떡이는 배 같다. 유리가 반밖에 없는 창문들은 벌어진 입들이고, 유리를 다 끼운 창문들은 비트를 지켜보는 눈들이다. 비트는 시선을 돌린다. 에이브 뒤에는 휠체어에 앉은 노인이 있다. 미지의 아버지인 노인은 언덕에서 아이들을 향해 전속력으로 내려가 뿔뿔이 흩어놓는 것을 좋아한다. 그때의 공포가 다시 비트를 덮친다. 갑작스러운 등장, 삐걱거리는 소리, 별안간 눈에 들어온 이가 다 빠진 입, 지나쳐갈 때 펄럭이는 망치와 낫이 그려진 깃발.* 쏜살 영감, 해나는 입을 삐죽이며 노인을 그렇게 부른다. 시온주의자, 다른 사람들은 그를 그렇게 부른다. 해가 지면 노인이 시온, 젖과 꿀, 풍요로운 땅, 그의 백성들이 쉴 곳 따위의 말들을 외치기 때문이다. 어느 밤 그 외침을 들으며 비트가 물었다. 쏜살 영감은 자기가 어디 있는지 모르는 거예요? 그러자 에이브가 나무로 만든 장난감들 가운데 있던 비트를 내려다보며 당혹한 표정으로 되물었다. 그가 어디 있는데? 아르카디아, 비트는 핸디가 부처 같은 둥근 얼굴로 늘 말하는 방식으로 그 단어를 강조하며 말했다. 핸디가 능숙한 언변으로 공동체의 건설을 설파하면 어느새 다른 사람들의 눈앞에도 과일과 곡식이 여무는 들판과 햇빛과 음악, 사랑으로 서로를 돌보는 사람들의 모습이 펼쳐지곤 했다.

하지만 추운 아침, 쏜살 영감은 너무나 작고 왜소해 하나도 무섭지 않다. 미지가 둘러준 격자무늬 담요 아래에서 그는 거의 잠들어 있다시피 한다. 사냥꾼 모자를 쓰고 있고 귀덮개는 내려져 있다. 코에서 쌕쌕 소리가 나며 김이 뿜어져나와 비트는 난로 선반 위 주전자를 떠올린다. 핸디의 목소리가 밀려온다. ……노동, 기쁨이 그렇듯, 다양성은 명백히 자연의 욕망이며…… 조용조용 다가오는 이 아침에 듣기에는 너무 무거운 단어들이다. 새벽빛이 날카로워지며 쏜살 영감의 모습이 또렷하게 드러난다. 코 위에 가지를 친 핏줄들, 그의 얼굴을 파고든 그림자. 그가 몸을 일으키며 비트를 향해 인상을 찌푸리고는 두 손을 무릎 위에서 이리저리 움직인다.

……신, 핸디가 말한다. 또는 영원한 불꽃은 모든 인간의 가슴속에,

---

* 소비에트연방이 국기에 사용했던 공산주의 상징 기호.

이 지구 곳곳에 편재합니다. 이 바위에도, 이 얼음에도, 이 풀 한 포기에도, 이 새에도 깃들어 있습니다. 우리는 마땅히 만물에 친절해야 합니다.

노인의 얼굴이 변하고 있다. 시들한 얼굴 위로 어느새 놀라움이 스며든다. 깜짝 놀라서, 비트는 시선을 돌리지 못한다. 눈이 깜박이다 멈춘다, 뜨인 채로. 비트는 그 울퉁불퉁한 코에서 다시 김이 뿜어져나오길 기다린다. 김이 나오지 않자 비트의 가슴에 단단한 매듭 하나가 지어진다. 비트는 에이브의 어깨에서 머리를 들어올린다. 노인의 입술 위로 서서히 보랏빛이 퍼져나간다. 안개가, 얼음이 그의 눈동자에 번져간다. 정적이 노인의 몸을 관통한다.

비트의 등뒤에서 핸디가 아르카디아의 정신을 전파하기 위해 며칠 후 떠날 음악 투어에 대해 말한다. ……두어 달 떠나 있겠지만 나는 자유민인 여러분에게 믿음을 가지고 있습니다. 나는 여러분의 구루이며 스승이지만, 여러분의 지도자는 아닙니다. 여러분에게 충분히 훌륭한 한 사람의 스승이 있으면 여러분은 스스로의 지도자가 될 수 있기 때문입니다…… 그러자 비트 주변에 있는 사람들이 작게 웃음을 터뜨리고, 어디선가 작은 곰 푸가 소리를 지른다. 해나의 손이 비트의 옆으로 오더니 모자를 부드럽게 눌러준다. 반쯤 벗겨져 있어 한쪽 귀가 시리던 참이다.

핸디가 말한다. 우리 공동체의 토대를 기억하십시오. 저와 함께 외쳐봅시다. 목소리들이 높아진다. 평등, 사랑, 노동, 모든 이의 필요에 대해 열린 마음.

노랫소리가 뜨겁게 솟아오른다. 어두운 과거가 우리에게 가르친 믿음으로 가득한 노래를 불러라, 그들이 노래한다. 에이브가 비트의 몸 아래에서 리듬에 맞춰 몸을 움직인다. 오늘이 우리에게 가져다준 희망으로 가득한 노래를 불러라. 떠오르는 태양을 마주하라, 우리의 새날이 시작되었으니…… 노래가 끝난다.

침묵. 들숨 한 번. 커다란 '옴' 소리가 자유민 무리에서 솟아오르자 아르카디아 하우스 지붕에 점점이 앉아 있던 까마귀들이 깜짝 놀란다. 솟아오른 해가 그들 위로 활짝 피어난다.

그렇게 완벽한 새벽, 그 노인조차 아름답다. 어둠 속에서 막 빛을 받은 뺨 아래 턱수염의 푸른빛과 턱의 부드러움, 금빛으로 물든 귓속의 촘촘한 털이 모두 다. 그는 살아 있는 빛으로 보듬어지고 있다. 그는 이제 선해졌다.

마지막 목소리도 잦아들며 침묵이 찾아오고, 곧이어 고맙습니다, 친구들이여, 라고 말하는 핸디의 목소리가 이어지자 미지는 손을 아버지의 어깨 위에 올린다. 그러고 나서 장갑을 벗고 맨손바닥을 노인의 뺨에 갖다댄다. 아르카디아가 움직이기 시작하고 굳은 악수와 포옹과 좋은 에너지를 나누는 가운데, 미지의 목소리가 그 왁자지껄함을 날카롭게 가른다. 아버지? 그녀가 불러본다, 낮게. 그러고는 더 크게. 아버지?

해나가 비트를 안아들고 서둘러 빵 트럭으로 데리고 들어가서도 아니고, 에이브가 남아서 미지를 돕는다는 사실 때문도 아니다. 특별식으로 나온 말린 블루베리가 들어간 죽 때문도 아니고, 해나가 아무 말 없이 창가에 서서 녹차를 후후 불고 있기 때문도 아니다. 에이브가 들어와서 하는 말들, 카르마 에너지가 에테르와 다시 결합했다느니, 자연이니 삶의 순환이니, 또는 사람은 누구나 죽는단다,

리들리, 얘야 하는 말 때문도 아니다. 에이브는 최선을 다하지만 비트는 여전히 이해하지 못한다. 비트는 노인이 아름답게 변하는 것을 보았다. 비트는 부모 얼굴에 나타난 근심이 무엇일까 궁금하다.

그들이 느끼는 슬픔은 해나가 설거지하지 않은 아침식사 접시들을 테이블 위에 떨어뜨리며 눈물을 터뜨리자 터져나오기 시작한다. 그녀는 산파인 메릴린과 애스트리드에게 위로받기 위해 네모난 안뜰 너머 핑크 파이퍼로 달려간다.

에이브가 비트에게 굳은 미소를 지어 보인다. 그가 말한다, 엄마는 괜찮아, 우리 꼬마 비트. 오늘 아침 일로 마음이 많이 아파서 그런 거야. 엄마의 아빠도 지금 별로 좋지 않거든.

이 말에서 비트는 유황 같은 희미한 거짓말의 냄새를 맡는다. 이미 한동안 해나는 평소의 그녀답지 않았다. 비트는 그 거짓말이 서서히 흩어지게 둔다.

루이스빌에 사는 해나의 아빠? 비트가 말한다. 가을에 할아버지와 할머니가 왔었다. 납작한 중절모를 쓴 뚱뚱한 남자와 온통 핑크색으로 차려입고 신경질적으로 담배 연기를 내뿜던 여자. 비트를 꽉 껴안기도 했고 비트에 대해 이런 말도 했다. 어쩜 이렇게 작니, 여자가 새된 소리로 말했다. 세 살도 안 돼 보이는데 다섯 살이라니! 사람들이 곁눈질로 비트를 흘끔거렸고, 해나는 이를 악물고 말했다. 어디가 늦된 건 아니에요. 다 괜찮아요, 그냥 아주 작을 뿐이라고요, 엄마, 맙소사. 식사를 내왔지만 핑크 레이디는 손도 대지 않았고 몇 초마다 손수건을 눈가로 가져갔다. 지독한 말싸움이 오갔고, 잠시 후 뚱보와 담배 연기는 가버렸다.

부모가 차를 몰고 떠나자 해나의 눈에 노여움의 눈물이 차올랐다. 그녀가 말했다, 부르주아 자본주의 지옥에서 썩어버리라지. 에이브는 그녀를 보며 부드럽게 웃음을 터뜨렸고, 잠시 후 해나의 얼굴에서 분노가 사라졌다. 그녀도 마지못해 웃었다.

에이브가 말한다. 그래, 그 루이스빌 할아버지 말이야. 할아버지가 소모성 질환을 앓고 계셔. 할머니는 엄마가 그곳으로 오길 바라지만 엄마는 안 가려고 하네. 어쨌든 우리도 엄마가 없으면 안 되고.

비밀 때문이에요, 비트가 말한다. 모두가 그 비밀에 대해 소곤대고 있었다. 핸디가 음악 투어를 발표한 이후 한 달 내내 그랬다. 핸디가 떠나 있는 동안 그들은 아르카디아 하우스 일을 끝마칠 것이고, 그러면 모두 이 임시 아르카디아에서, 버스며 별채며 그런 것들이 대충 뒤죽박죽 모인 이곳에서 이사를 나가 마침내 함께 모여 살 수 있을 것이다. 땅을 사고 그 집을 발견한 후 그들은 삼 년 동안 줄곧 이 일을 계획해왔지만 배고픔과 고된 노동으로 온전히 집중할 수 없는 상태였다. 아르카디아 하우스는 핸디가 돌아왔을 때 그에게 선물이 될 것이다.

에이브의 눈가에 주름이 잡히고 입술이 벌어지며 붉은 수염 사이로 튼튼한 치아가 드러난다. 우리 꼬마 친구들까지 알고 있다면 비밀이라 할 수 없겠는걸, 그가 말한다.

두 사람이 고 피시 카드 게임을 하는데 이윽고 해나가 돌아온다. 불그스레하긴 하지만 아까보다는 차분한 얼굴이다. 그녀는 애스트리드와 메릴린이 출산을 도우러 이웃 아미시* 마을에 갔다고 말한

* 개신교 종파 중 하나로 현대 문명을 거부하고 전통적인 농경생활을 하며 모여 산다. 주로 검은색 계통의 간소한 의복을 착용하며 마차를 탄다.

다. 해나는 인사 대신 잠시 뺨을 에이브의 목에 대고 비트의 이마에 부드럽게 키스한다. 한숨이 숨결이 되어 흘러나오듯 생명이 생명 속으로 풀려나온다. 해나는 몸을 돌려 나무 스토브에 불을 땐다. 에이브는 빵 트럭과 별채를 잇댄 자리에 생긴 외풍이 드는 틈새를 고친다. 그들은 저녁을 먹고, 에이브는 하모니카로 노래 한 곡을 연주한다. 밤이 되자 세 사람은 침상에 함께 몸을 웅크리고 눕는다. 비트는 부모라는 껍데기 안에 자리잡은 히커리 열매처럼 잠이 든다.

숲은 어둡고 깊고 너무나도 무겁게 비트를 밀어내고 있어 비트는 옹이 지고 비틀린 나무들로부터, 가지 사이에서 들려오는 바람의 신음소리로부터 달아나야 한다. 어머니가 멀리 가지 말라고 외치지만 그는 속도를 늦추지 않는다. 게이트하우스 근처 공터에 이르자 얼굴이 추위로 욱신거린다.

곰보에 덩치가 산만한 타이터스가 육중한 게이트를 연다. 그는 나이들어 보이고, 심지어 핸디보다 더 늙어 보이는데 그것은 베트남에서 부상을 당했기 때문이다. 비트는 타이터스를 좋아한다. 타이터스는 비트를 '나의 엄지 동자'라 부르며 한 손으로 들어올릴 수 있고, 설탕이 든 음식과 제조 과정에서 동물들에게 해를 끼쳤을 것이 분명한 과자들은 금지되어 있는데도 가끔 바깥세상에서 가져온 맛있는 간식—셀로판지에 싸인 핑크색 코코넛 케이크나 충혈된 눈처럼 생긴 페퍼민트 캔디—을 몰래 주기도 한다. 비트는 그 과자들을 먹고 난 후에 느껴지는 화학적 뒷맛이 바로 아르카디아 너머 저쪽 세상의 맛일 거라고 생각한다. 타이터스가 구깃구깃한 노란 종이에 싸인, 먹으면 목구멍이 텁텁해지는 버터스카치 캔디 하나를 슬쩍 주며 윙크를 하고, 비트는 잠시 그의 기름진 청바지에 얼굴을 묻었다가 서둘러 안으로 들어간다.

아르카디아 사람들은 모두 작별인사를 하기 위해 얼어붙은 도로에 모여 있다. 핸디는 그의 금발머리 네 아이들 에릭, 레이프, 헬레, 아이크와 함께 파란 버스의 보닛 위에 가부좌를 틀고 앉아 있다. 그의 본처로 키가 크고 머리가 하얀 애스트리드가 그들을 올려다보고 있다. 그녀는 대마로 엮은 목걸이를 목에서 풀어 핸디의 목에 매어주고는 그의 제3의 눈에 키스한다. 라디오에서 흘러나오는 흥겨운 컨트리음악이 요란한 엔진 소음을 덮을 정도다. 핸디의 다른 아내인 라일라는 검은 머리에 깃털들을 꽂은 채 그녀의 다른 남편인 작고 여윈 히에로와 함께 앉아 있다. 떠나는 사람들이 남는 사람들과 포옹을 나눈 다음 물긴을 버스로 나르자 핸디가 아이들을 아래로 내려보낸다. 비트보다 한 살 어리지만 몇 센티미터는 더 큰 아이크, 아버지처럼 쉰 목소리의 헬레, 늘 화가 나 있는 레이프, 뚱뚱한 에릭. 에릭은 혼자 미끄럼을 타듯 내려오다 땅에 무릎을 찧지만 울지 않으려 애쓴다.

게이트하우스 포치에서는 웰스와 캐럴라인이 얼굴을 붉히며 말싸움을 하고 있다. 비트의 친구인 진시가 자기 부모를 번갈아가며 빤히 쳐다본다. 진시의 곱슬머리가 바람에 사방으로 흩날리는데도 진시의 얼굴은 창백하고 담담하다.

오솔길에서 달콤한 종소리와 목소리가 올라온다. 난데없이, 나뭇가지들 사이에서 거인들의 커다랗고 넓적한 머리들이 튀어나온다. 그 아름다움에 비트는 속이 울렁거린다. 도로 위에서는 하얀 가운을 입은 서커스 가수 한스, 프리츠, 서머, 빌리고트가 아담과 이브 꼭두각시 인형을 들고 온다. 새로 만든 이 인형들은 엄청나게 크고, 발가벗은 채 붉은 생식기를 드러내고 있다. 서커스 가수들은 주말에는 시위와 집회에 참석하거나 콘서트 무대에서 춤을 추거나, 때로는 거리 공연을 통해 모금을 하기도 한다. 지금 가운을 입은 사람들은 그들 위로 우뚝 서 있는 커다랗고 괴상한 육체 아래에서 몸을 숙이고 노래를 한다. 그들이 노래를 마치자 모두 환호성을 지르고, 그들은 그 거대하고 둥실한 야수들을 폭스바겐 뒷자리에 싣는다.

안녕, 안녕, 안녕, 안녕, 피부가 까무잡잡한 꼬마 딜런이 스위티 폭스의 팔에 안긴 채 소리친다. 비트는 친구인 콜트레인에게 달려간다. 콜은 얼어붙은 웅덩이를 작대기로 쑤시고 있다. 콜이 그 작대기를 비트에게 주자, 비트도 그걸로 웅덩이를 쑤시다가 콜의 동생인 딜런에게 작대기를 넘긴다. 그러자 딜런은 그것을 들고 흔들어댄다.

임신으로 배가 산만한 진저리 이든이 행운을 비는 의식으로 탄산수 한 병을 파란 버스의 보닛 위에 내리쳐 깨고는 일어서서 허리를 주무른다. 구릿빛 머리카락 아래에서 눈부시게 빛나는 그녀의 하얀 이를 보니 비트는 춤을 추고 싶어진다.

핸디가 봄 파종 전에 돌아오겠다고 외치자 자유민들은 환호성을 보내고, 타잔은 수송팀이 엔진을 판 돈으로 산 맥주가 든 아이스박스를 건넨다. 애스트리드가 라일라의 예쁜 입술에 긴 입맞춤을 하고, 히에로 역시 입을 맞추고는 아래로 미끄러져내려온다. 그리고 또다른 키스들이 이어진다. 밴드의 여자들과 아내들이 차창을 향해 키스를 보내고, 그런 후 엔진 소리가 더 커지더니 버스가 카운티 로드를 향해 움직이기 시작한다. 모두가 응원을 보내는 가운데 어떤 이들은 울음을 터뜨린다. 아르카디아에서 사람들은 늘 울곤 한다. 어떤 이들은 깔깔대며 우스꽝스러운 춤을 춘다.

헬레가 뒤뚱뒤뚱 버스 뒤를 따라가며 아버지를 부르고 운다. 헬레는 늘 눈물을 글썽이고 머리가 커다랗고 이상하게 생긴 여자아이인데 항상 소리를 질러댄다. 애스트리드가 헬레를 안아올리자 아이는 엄마 품안에서 흐느낀다. 버스 소리가 희미해지며 서서히 사라진다. 이제 남은 소음은 정적 속에서 배로 크게 들린다. 나뭇가지에서 얼음이 갈라지는 소리, 사포처럼 눈 위를 스치는 바람 소리, 게이트하우스 포치 위에서 기도문 깃발들이 펄럭이는 소리, 고무장화들이 얼어붙은 진창 위를 찌걱찌걱 걷는 소리.

비트가 돌아보니 모두 그의 아버지를 보고 있다.

에이브가 그들에게, 음악을 연주할 줄 몰라 남아 있는 쉰 명가량의 사람들에게 활짝 미소를 짓는다. 정말 몇 명 안 되어 보인다. 에이브가 큰 소리로 외친다. 자, 좋습니다, 여러분. 뼈가 산산조각나고 가루가 될 때까지 일할 준비가 됐습니까?

네, 그들이 외친다. 비트는 해나에게로 가 그녀의 허리에 머리를 기댄다. 그녀가 바람을 막으며 체온으로 그의 얼굴을 따뜻하게 해준다.

수송팀, 우리가 이 일을 하는 데 필요한 것을 사기 위해 거친 뉴욕으로 나가 구하고 훔치고, 정자와 피를 팔 준비가 되었습니까?

당연하지! 피넛과 그의 뒤에 있는 원더 빌과 타잔이 주먹을 흔들어댄다.

여성들이여, 쓸고 닦고 반들반들 윤을 내고 긁어내고 사포질을 하고 아이들을 돌보고 제빵소와 두유 낙농장과 세탁장을 꾸려가고 요리하고 청소하고 땔감을 준비하고, 우리 자유민들이 이 일을 해내는 동안 강하게 버틸 수 있도록 필요한 하루하루의 살림들을 해낼 준비가 되었습니까?

여자들이 환호성을 올리고, 비트의 머리 한참 위에서 애스트리드가 특유의 독특한 억양으로 해나에게 중얼거린다. 우리가 언제는 그런 일을 안 했었나, 안 했던 것처럼 그러네. 비트는 눈길을 돌린다. 애스트리드는 말할 때 이가 보이는데 그 이가 너무 누렇고 튀어나와 있어, 비트는 마치 사적인 못 볼 곳을 본 것 같은 느낌을 받는다.

헨하우스의 임신부 여러분, 여러분은 커튼을 꿰매고 러그를 엮어서 우리의 방을 모두 아늑하고 편안하게 만들 준비가 됐습니까? 여기저기에서 산발적으로 네, 하는 소리가 들리고, 임신부들은 당황하긴 했지만 그렇게 하기로 한다. 한 아기가 큰 소리로 울어대기 시작한다.

에이브가 외친다. 모든 남성 여러분, 추위와 오래된 집의 악취 속에서 저 집을 다시 일으켜세우고, 배관을 설치하고 지붕을 덮고 필요한 모든 일을 하여 살 만한 곳으로 만들 준비가 됐습니까? 남자들이 함성을 지르고 요들을 부른다.

에이브의 얼굴이 엄숙해진다. 그가 한 손을 들어올린다. 한 가지 말씀드리려고 합니다. 나의 고양이와 병아리 여러분. 우리 공동체에는 계급이 없지만, 내가 공대를 다녔고 히에로가 오랫동안 건설 십장으로 일했기 때문에 우리가 지휘봉을 잡을까 합니다. 어떻습니까? 우리는 그냥 허수아비 상사일 뿐이니, 여러분이 어떤 일을 할 때 더 좋은 생각이 있으면 언제든 우리에게 알려주십시오. 하지만 어떤 새로운 일을 시작해 실행에 옮기기 전에 우리와 상의해주시기 바랍니다. 일이 잘못되면 바로잡느라 시간과 돈을 낭비해야 하기 때문입니다. 어쨌든 심각한 이야기는 이걸로 끝입니다. 오늘 해가 지기 전까지 네 시간 정도 시간이 남았고, 저 무너져내린 19세기 대저택을, 아니 고아원이었나요, 뭐가 됐든 저것을 완전히 다시 손보는 데 석 달의 시간밖에 주어지지 않았습니다. 그러니 우리 멋쟁이 비트족 여러분, 독하게 몸을 굴려봅시다.

함성, 거침없는 행진, 그들은 무리를 지어 1마일은 됨직한 얼음 덮인 도로를 올라간다. 그들은 웃고, 그들은 따뜻하고, 그들은 준비되어 있다. 비트가 마지막으로 아르카디아 하우스에 갔을 때 네 발 달린 욕조 안에는 어린나무가 자라고 있었고, 지붕이 꺼져 구름과 태양이 보였었다. 그 집을 다 고쳐 견고하고 따뜻해진다면 얼마나 근사할까. 둥지 안에서 부모와 함께 잠드는 것도 행복한데, 여든 명과 함께 잠드는 걸 상상해보라! 아이들이 어른들 다리 주위로 뛰어다니고, 그러다 스위티 폭스가 핑크 파이퍼에 놀러가자며 아이들을 모아 지름길로 데리고 내려간다.

뭔가 잘못됐다는 느낌을 받은 비트는 뒤로 처진다. 그리고 뒤를 돌아본다.

해나가 게이트에 혼자 서 있다. 그녀 주변은 온통 진창이다. 비트의 귀에 새 한 마리가 낮게 우는 소리가 들린다. 그는 뒤돌아서서 어머니 쪽으로 걷기 시작한다. 그가 거의 어머니 근처에 다 왔는데도 어머니가 여전히 작아 보여 그는 뛰어간다. 에이브의 오래된 스웨터를 입고 있는 그녀는 구부정한 자세로 떨고 있다. 그녀의 얼굴은 일그러져 있다. 비트는 어머니가 스물네 살이라는 걸 알지만 그녀는 에릭보다 어려 보이고, 진시보다 어려 보이고, 비트 자신만큼 어려 보인다. 비트는 벙어리장갑을 벗고 손을 어머니의 손에 올린다. 그녀의 손가락이 얼음장 같다.

아들의 손길을 느낀 해나가 저 높은 곳에서 미소를 지으며 내려다보고, 비트는 이 쪼그라든 여인 안에서 다시 어머니를 본다. 해나가 말한다. 괜찮아, 비트. 괜찮아.

눈보라가 불어온다. 비트는 굶주린 거대한 늑대들이 붉은 눈을 번득이며 빵 트럭을 맴도는 꿈을 꾼다. 늑대들이 울부짖으며 문을 긁어댄다. 그는 놀라 잠에서 깬다. 어머니를 찾지만 몸을 일으켜 비트에게 창밖을 보여주는 것은 에이브다. 눈이 깨끗하고 하얀 커튼처럼 나부끼며 내리고 있고, 쌓인 눈에는 발자국 하나 찾아볼 수 없다. 에이브는 두유를 데우고, 비트를 가장 부드러운 담요로 꽁꽁 싸맨다. 에이브는 비트를 달래 재우려고 비트가 태어날 때의 이야기, 비트가 속속들이 알고 있는 그 이야기를 또다시 들려준다. 최초의 아르카디아인, 비트 스톤의 전설 역시 하도 많이 되풀이되어 모두가 알고 있는 이야기다. 좀 큰 여자아이들은 핑크 파이퍼에서 그 이야기를 연극으로 꾸며 놀고, 그럴 때면 갓 태어난 아기들이 비트의 역할을 대신하곤 한다.

넌 카라반에서 태어났단다. 에이브가 부드러운 목소리로 말한다. 우리가 핸디를 따라다니며 영혼의 양식을 구하던 때였지. 많아야 스물서넛 정도밖에 없었어. 우리는 콘서트에 가고, 공연이 끝난 뒤에도 남아서 모임에 참석했어. 우리가 가는 곳 어디에나 공동체들이 있었어. 성공적인 곳도 있었고 그렇지 못한 곳도 있었지. 유르트와 지오데식 돔, 아메리카 원주민식 한증막, 무단으로 점거한 도심의 주택들. 다들 이런저런 방식으로 뭔가를 하고 있었지만 우리가 원하는 것은 색다른 거였어. 순수한 것. 대지 위에서의 삶이 아니라 대지와 더불어 사는 삶. 상업주의라는 악마에게서 벗어나 우리 손으로 일구어나가는 삶. 우리의 사랑이 세상을 밝히는 횃불이 되게 하는 것이었지.

어쨌든 그 시절에는 한국전쟁 때 위생병이었던 핸디가 유일하게 의학 훈련을 받은 사람이었고, 그는 해나가 임신 육 개월 정도 되었다고 생각했어. 배가 그렇게 많이 부르지 않았거든. 그런 상태에서 우리는 오리건에서 볼더로 가느라 산속을 지나고 있었단다. 그런데 그때 갑작스럽게 눈보라가 몰아치며 접시만큼 커다란 눈송이가 자동차 앞유리를 때렸고, 이럴 수가, 해나가 하필 그때 아기를 낳으려고 한 거야. 우리는 수송팀이 시내에 갈 때 사용하는 그 작은 폭스바겐 캠퍼 안에 있었어. 나는 차에 난로와 필요한 것들을 마련해놓았었는데 그건 꽤 현명한 일이었지. 어쨌든 우리가 탄 차는 그중 비교적 작은 차량이었고 차량 대열의 뒤편에 갇힌 채 그 좁은 산길을 달리고 있었어. 나는 핸디가 있는 곳으로 가야 한다는 것을 알았어. 아기가 미숙아든 아니든 나는 아기를 어떻게 받아야 하는지 전혀 몰랐으니까. 그래서 우리는 왼쪽 차선으로 빠져나가 덜컹거리며 모두를 앞질러갔단다. 만일 반대 방향에서 다른 차가 오기라도 했으면 모두 죽었을 거야. 마침내 우리는 핑크 파이퍼를 지났고, 나는 전체 행렬의 속도를 늦추게 했지. 와이오밍주 리들리, 인구 오천 어쩌구, 라고 쓰여 있는 표지판에서 방향을 꺾으며 나는 생각했어. 저기엔 병원이 분명 있을 거라고. 하지만 표지판 위에 눈이 쌓여 있었고, 물론 나는 엉뚱한 방향으로 갔지. 가고, 가고, 또 갔어. 1마일, 또 1마일, 그렇게. 그러다 어둠 속에서 마침내 불빛이 보여 우리는 멈춰 섰어. 카라반 행렬이 우리와 핑크 파이퍼 주위를 감싸며 바람을 막아주었고, 문이 열리면서 눈을 뒤집어쓴 사람이 벌컥 들어왔어. 나는 핸디가 오기를 기다리던 중이었는데, 그게 누구였게? 애스트리드였어.

핸디는 지금 버스 천장에서 얼굴들이 보인대. 그녀가 그렇게 말했어(에이브는 이 말을 할 때 애스트리드의 노르웨이 억양을 따라하고, 비트는 킥킥거린다). 그는 막 메스칼린* 세 알을 먹었거든. 하지만 나는 빅토리아시대 문학으로 박사 학위를 땄고 아이를 셋이나 낳아봤어. 분만에 아주 익숙하다고.

내 생각에 애스트리드는 빅토리아시대의 거머리 사혈 요법 같은 걸 생각하고 있었던 것 같지만, 어쨌든 난 그녀보다 아는 게 없으니 말했지. 좋아요, 그럼요. 그래서 우리 모두는 옷을 다 벗었지. 그게 자연스러운 거니까. 그런 다음 애스트리드가 내게 이런저런 일을 시켰어. 물을 끓여요! 이 나이프들을 끓는 물에 넣어요! 깨끗

* 환각제의 일종.

한 수건을 가져와요! 그런데 내가 뜨거운 물을 준비하자마자 해나가 기절을 하더니 그냥 그렇게, 네가 불쑥 나온 거야. 온몸에 피를 묻힌 채, 풍덩. 솔직히, 난 희망이 없다고 생각했어. 넌 어찌나 작은지 사과만했고, 거의 움직이지 않았어. 울지도 못했어. 네 연약한 폐가 너무나 작았거든. 하지만 애스트리드가 너를 씻기고 네 엄마 젖가슴에 안겨주자 넌 삶을 향한 치열함을 보였단다, 우리 꼬마가. 너는 네 그 작은 입만한 크기의 엄마 젖꼭지를 설탕 젖꼭지 빨듯 빨기 시작한 거야. 애스트리드는 눈물을 터뜨리고는 다시 해나의 요니* 쪽으로 갔단다. 왜냐면, 있잖아, 또다른 것이, 태가 나오고 있었거든.

에이브가 말을 멈추고 비트의 머리를 무심하게 쓰다듬는다.

애스트리드는 태를 바틱 천에 둘둘 말더니 나보고 삽을 들고 나가라고 했고, 나는 힘겹게 눈 속을 걸어 검은 호수로 가서 얼어붙은 자갈을 파고 땅속에 그것을 넣었고, 마침내 모두 다 덮은 후 감사의 말씀을 몇 마디 올리고 터벅터벅 다시 돌아왔지.

그러고 나서 아침이 되었어. 태양이 떴고, 아, 정말 아름다웠단다. 태양이 얼어붙은 호수 위를 비추자 호수가 안에서부터 반짝였고, 얼음은 저 근사한 보랏빛 산자락 아래에 놓인 뜨거운 납처럼 보였단다. 그리고 마을에선 너를, 우리의 기적 같은 아기를 축복하는 교회 종소리가 울려퍼졌어. 마을 사람들이 하나같이 수줍어하며 음식과 빵을 가지고 와서는 우리 캠퍼 보닛 위에 올려놓았어. 그리고 그날 아침 애스트리드는 자신이 천직을 발견했다는 걸

* 힌두교에서 여성의 생식기를 신격화해서 부르는 명칭.

깨달았지. 그녀의 두 손은 아기들을 이 세상에 데리고 나오는 일을 하도록 되어 있었던 거야. 넌 선물이로구나, 그녀가 말했어. 그녀는 너를 두꺼운 울 스카프로 싸고 또 싼 후 식료품점에 가서 네 몸무게를 달았어. 정확하게 1.36킬로그램이었어. 아주 작디작은 버터호두호박만했지.

식료품점 여자는 나이 많고 신경질적인 독일 할망구였는데, 비틀린 감자와 양배추 사이에 있는 우리 장발족들한테 욕을 해대고 있었어. 그런데 너를 한번 보고는 얼굴이 활짝 펴지더니 갑자기 빛이 났어. 정말이지 한줄기 빛이 노인의 입에서 터져나왔단다. 그리고 이렇게 말했어. 아, 지금껏 만들어진 히피 중 가장 작은 조각이 아니고 뭐겠어!

그래서 네가 리들리 소럴 스톤이 된 거야. 우리가 가보지 못한 마을 이름에서 따온 거지. 우리의 가장 작은 히피 조각Bit. 아르카디아에서 가장 오래된 영혼. 그 누구로도 대체할 수 없는 우리의 계승자, 에이브는 그렇게 말하고 눈을 가늘게 떴다가 다시 크게 뜨더니 비트의 목에 코를 비빈다. 비트가 간지럼을 참지 못하고 웃음을 터뜨리자 빵 트럭 안의 보이지 않는 쓰라림이 치유되고, 두 사람 모두 붉은 눈의 늑대도, 눈보라도, 해나의 우울함도, 다가오는 아침의 고된 노동도 잊는다.

핸디 없이 보낸 첫 며칠은 세상이 균형을 잃은 것처럼 느껴진다. 슬픈 사람들, 불쾌한 환각 체험을 한 사람들을 위로해줄 그가, 매일 쾌활하게 작업장을 돌며 사람들을 격려해줄 그가 없다. 들쭉날

쭉 자란 잿빛 수염도, 빠르게 깜박이는 눈도, 끊임없이 울리는 기타나 우쿨렐레나 밴조 소리도 없다. 남은 사람들은 며칠 동안 너무나 조용조용 걸어다니고, 그들 입에서 나오는 말은 한 단어 걸러 핸디다. 그러던 어느 날, 아침이 지나도록 핸디 생각을 전혀 하지 않고 있던 비트는 자기 앞으로 뛰어든 꼬마 푸에 걸려 넘어지면서 손바닥이 벗겨졌고, 그러자 핸디가 핑크 파이퍼에서 내려와 자신을 들어올린 다음 눈을 그윽하게 들여다보며 우주의 에너지를 모아 말하기를 기다린다. 아, 가장 작은 비트, 너는 괜찮단다, 얘야, 겁낼 것 없어. 아픔은 네 몸이 앞으로는 더 조심하라고 말하는 거란다. 핸디 대신 아름다운 스위티 폭스가 비트의 손바닥에 입을 맞추고 차가운 물로 씻어준 다음 밴드를 붙여준다. 에이브는 작업팀을 꾸린다. 애스트리드는 서로 안아주기 치료법이나 작업 요가로 긴장을 풀어주고 갈등을 가라앉힌다. 독신자 텐트에서 온 두 남자가 서로에 대한 회를 이기지 못해 요가 도중 이르키디이 히우스 위층의 썩은 회반죽을 하루 만에 거의 전부 벗겨내는 기적 같은 일을 해내더니 이제는 가장 절친한 친구가 되어 서로의 어깨를 감싸고 있다. 음악이 예전만큼 좋지는 않지만 그래도 여전히 음악이다. 리코더와 기타와 하모니카 연주가 있다. 마치 남은 이들 모두의 가장자리가 조금씩 번져나와 핸디가 있던 빈자리를 채우기라도 하는 것 같다. 접시 가운데 있던 밥을 먹고 나면 나뉘어 있던 스튜 국물들이 밀려들어 그릇의 빈 공간을 채우며 섞이는 것처럼.

늦은 밤, 반쯤 잠들었던 비트는 해나가 소곤거리는 소리를 듣는다. 아무것도 아니야. 그냥 피곤해서 그래.

정말이야? 휴식이 필요해? 그럼 우리 돈을 다 털어서 그레이하운드 버스를……

아냐, 베이비.

옷이 부스럭대는 소리, 뭔가 그의 발에 닿는다.

베이비 말이 나왔으니.

자기야. 잠깐만. 미안해. 자기야, 미안하지만, 싫어.

언젠가는 가능할까? 어떻게 생각해? 앞으로도 영영?

아니 그냥. 그러지 않는 편이 낫겠어.

오케이, 바틀비*.

그의 부모가 나지막하게 웃고, 그들이 웃음을 멈추자 다른 종류의 침묵이 흐른다. 비트는 귀를 기울여보지만 들려오던 소리는 희미해지고, 그는 키스 소리만 들으며 잠으로 빠져든다.

레버를 살짝만 당기면 앞으로 튀어나가는 트랙터처럼 아르카디아는 최고 속도로 나아간다. 누군가는 언제나 숨이 가쁘고, 누군가는 언제나 뛰어다닌다. 사람들은 목재가 썩는 것과 에폭시 수지에 대해 오래 이야기를 나눈다. 한밤중에 빵 트럭을 두드리는 소리가 들리고, 폐품 수집 담당인 수집팀들이 시러큐스, 로체스터, 올버니, 유티카에서, 그들이 해체한 버려진 저택들에서 집으로 돌아온

* 허먼 멜빌의 소설 『필경사 바틀비』에 나오는 바틀비의 유명한 대사 "그러지 않는 편이 낫겠소"를 떠올리며 한 말.

다. 아침이면 에이브는 안뜰의 팔각형 헛간 안에 마술처럼 나타난 섬세하게 조각된 벽난로 선반이나 동석 세면대를 쓰다듬으며 휘파람을 분다. 그는 정신없이 계획을 진행하고 갑자기 혼자 웃음을 터뜨린다. 그의 에너지는 다른 이들에게도 퍼져나가, 심지어 비트마저도 춤을 추고 싶게 한다.

비트는 노래를 하나 지어 늘 부르며 다닌다. 다시 새로하기renovelation, 다시 새로하기, 다시 새로하기, 고치고 붙이고 쓸고 칠하고…… 다시 새로하기.

밤에 콩치즈와 양파 케사디아를 만들면서 에이브가 비트를 보고 활짝 웃으며 말한다. 수리하기renovation란다, 얘야. 하지만 해나는 비트를 꽉 안으며 속삭인다. 난 네 단어가 더 어울리는 것 같아. 다시 이야기로 만들기re-novelization. 우리의 이야기를 다시 상상하기. 그녀는, 그의 어머니는 부드러운 손가락으로 그의 턱밑을 만지고, 그는 어머니를 기쁘게 만들었다는 행복감에 웃음을 터뜨린다.

아침이다. 해나가 뜨거운 커피를 에이브의 보온병에 넣는다. 그녀는 스크램블드 에그, 즉 영양효모로 노랗게 물들인 신선하고 부드러운 두부 요리를 만들었다. 에이브가 연장 벨트를 쨍그랑거리며 언덕을 올라 아르카디아 하우스를 수리하러 가면, 해나는 제빵소로 일하러 간다.

비트는 레이프와 콜과 나무 블록으로 성을 쌓고 놀다가 해나가 안뜰을 건너 다시 터벅터벅 걸어와 빵 트럭으로 들어가는 모습을 본다. 그는 하루종일 기다리지만 그녀는 그를 데리러 오지 않는다.

어스름이 창문 위로 번진다. 안뜰 주변을 감싸는 차가운 바람에 집으로 돌아오는 남자들과 여자들의 목소리와 발소리가 실려 온다. 가족 막사는 떠들썩하고, 아이들은 핑크 파이퍼에서 땅거미 속으로 쏟아져나온다. 기름에 튀긴 양파와 템페 냄새가 독신자 텐트에서 올라오고, 아기 펠리페의 조그만 울음소리에 더 작은 아기의 울음이 메아리로 답한다. 노라 또는 츠비가 놀라서 잠에서 깬 것이다. 문들이 열리고, 문들이 쾅 닫히고, 녹초가 되어 임시 아르카디아로 돌아온 사람들의 목소리가 들려온다. 마침내 스위티가 와서 달래주자 그는 흡족해하며 혼자 집으로 걸어간다.

해나가 이부자리에서 일어나 앉아 기지개를 켠 후 비트를 업고 오줌을 누러 밖으로 나간다. 그리고 언 땅 위를 맨발로 깡충깡충 뛴다. 재래식 변소 안은 바람이 들어오지 않아 따뜻하지만 젖은 사향쥐 같은 냄새가 난다. 해나가 종이 꽂는 못을 쳐다보더니 욕설을 내뱉는다. 〈라이프〉지에서 잘라낸 광택나는 네모난 종이가 가득 꽂혀 있었기 때문이다. 광택 있는 종이는 엉덩이에 닿을 때 날카롭고 차갑고 나중에 살이 가렵기도 하다.

그들이 안으로 들어오자 빵 트럭의 눅눅한 냉기가 오히려 바깥보다 더 차게 느껴진다. 리자이나가 부엌 식탁에 빵 한 덩이를 놓고 서 있다. 리자이나가 돌아보더니 살짝 손을 흔든다. 안녕, 그녀가 말한다.

안녕, 해나가 비트를 내려놓으며 말한다. 비트는 빵 앞으로 달려가 한 조각을 뜯어먹는다. 비트는 해나가 점심때 데리러 오지 않아 숨어 있었고, 아침 이후로 먹은 것이 없었다. 비트는 배가 고파 죽을 지경이다. 해나가 몸을 숙여 나무 스토브의 하얀 재 속에 불을 피우자, 솔방울들이 향기를 뿜으며 불타기 시작한다.

오늘 오후 내내 제빵소에 네가 없었잖아, 리자이나가 말한다. 그래놀라를 만들어달라고 하려고 고개를 들어보니 네가 가고 없더라고. 리자이나의 땋아 틀어올린 검은 머리에는 밀가루가 묻어 있고, 광대뼈에도 뭔가 반짝이는 것이 묻어 있다. 그녀의 눈은 작고 깊으며 눈썹은 까마귀 날개 같다.

아팠어. 해나가 말한다. 목소리는 굳어 있지만 성냥으로 등유 램프에 불을 붙일 때 그 불빛에 빛나는 그녀의 얼굴은 평소와 다름없다. 혹시 다른 사람한테 옮기기라도 할까봐 그냥 집에 오는 게 좋겠다고 생각했어.

아, 그랬구나. 리자이나가 말한다. 알았어. 하지만 아르카디아 하우스 프로젝트가 진행되고 있는데 너까지 그러면 제빵소에는 나와 올리만 있게 돼. 네가 나한테 미리 얘기를 하는 날엔 괜찮지만 우리가 네게 일을 맡긴 날 그러면 정말 곤란해.

미안해, 해나가 말한다. 내일은 하루종일 있을게.

가을에 있었던 일 때문에 그러는…… 리자이나가 말을 꺼내는데 해나가 쉿, 하며 말을 끊는다. 비트가 고개를 드니 리자이나가 그를 빤히 내려다보고 있다.

정말? 리자이나가 말한다. 내 말은, 숨기는 건 정말 우리 방식이 아니라는 거야, 알지? 이건 생명에 관한 문제인데……

아직 너무 어려, 해나가 말한다. 때가 되면 말할 거야. 우리가 선택할 문제야.

핸디가 말하잖아, 아이들은 개인의 소유가 아니……

내 아이야. 해나가 더 단호하게 말한다. 난 핸디가 무슨 말을 하든 신경쓰지 않아. 너도 아이가 생기면 알게 될 거야.

두 여자는 서로에게서 등을 돌리고 뭔가를 집어들어 살핀다. 해나는 성냥을, 리자이나는 커피 퍼컬레이터를 살핀다. 집안은 비트가 전혀 이해하지 못하는 어른들의 침묵의 언어로 넘쳐흐른다. 알았어. 리자이나가 말한다. 그녀는 탁, 소리를 내며 퍼컬레이터를 내려놓는다. 그리고 비트를 안아올리더니 눈을 가늘게 뜨고 바라본다. 꼬마 비트야, 네 엄마가 맡은 일을 다 할 수 있게 해야 한다, 알았니? 그녀가 말한다. 아르카디아에 게으름뱅이는 있을 수 없으니까.

알았어요, 비트가 조그맣게 대답한다.

리자이나가 나가고 문이 닫히자 해나가 말한다. 오지랖 넓은 암캐 같으니.

비트는 뱃속에서 쓰라림이 지나가길 기다렸다 말한다. 암캐가 뭐야?

여자 개. 해나는 그렇게 말하고 입술을 깨물더니 두 볼을 부풀린다.

아. 비트가 말한다. 아르카디아에서는 애완동물이 허락되지 않는다. 비트는 그림책을 통해 이론적으로 알고 있는 것에 대해 굳이 묻지는 않지만 더 잘 이해하고 싶은 마음은 있다. 정확하게 개가 무엇인지, 또는 왜 사람들이 개를 기르고 싶어하는지. 진시는 언젠가 아기 토끼에게 두유를 먹이며 사흘 동안 키운 적이 있는데, 어머니인 캐럴라인이 발견하는 바람에 숲에 가서 토끼를 놓아주어야 했다. 진시가 울음을 그치지 않자, 캐럴라인은 어깨를 으쓱하며 말했다. 진, 너도 알잖아, 사유재산은 허락되지 않아. 그리고 넌 정말

우리와 같은 생명체를 노예로 삼고 싶은 거니?

피티는 내 노예가 아니었어. 진시가 훌쩍였다. 난 피티를 사랑했단 말이야.

피티는 풀밭을 뛰어다니며 크고 튼튼한 토끼로 자랄 거야. 원래 그래야 하는 거고. 캐럴라인이 단호하게 말했다. 다음날, 꼼지락거리던 그 분홍빛 작은 동물은 진시가 토끼를 내려놓았던 작은 풀잎 더미에서 이미 사라지고 없었다. 이제 아이들은 그 작은 친구를 찾아 덤불 아래를 살피는 놀이를 만든다. 종종 아이 하나가 어린이집 아이들한테 소리치며 달려오기도 한다. 얼핏 보긴 했지만 분명 피티를 보았다고, 살덩이처럼 장밋빛, 검은딸기 덤불 속에서 재빠르게 움직이는, 그 기적의 그 보드라운 생명체를 보았다고. 그들은 그렇게 비밀을 나눈다.

동이 트기 전 해나는 비트를 천장이 낮은 석조 제빵소로 데려왔고, 그는 구석의 밀가루 자루들 위에서 잠을 깬다. 덥다. 선반에서는 빵덩어리가 부풀어오르고 있다. 말랑한 반죽을 보며 비트는 허기를 느끼고, 잠이 덜 깬 그의 머릿속에서 뭔가 따뜻한 것이 올라온다. 그는 해나가 서 있는 곳으로 엉금엉금 기어간다. 그녀는 허리를 믹서에 댄 채 리자이나와 올리에게 이야기를 하고 있다. 비트가 해나를 아래로 잡아당기자, 해나는 무심코 몸을 숙인다. 그는 그녀의 티셔츠를 들추고 젖가슴에 입을 댄다.

해나는 젖꼭지를 빼고 셔츠를 몸 위로 내리며 손으로 비트의 뺨을 부드럽게 밀어낸다.

그러기엔 너무 컸잖니, 아가. 그녀가 말하고는 몸을 일으킨다.

비트의 눈에 방이 흔들려 보인다. 레이프가 여덟 살이 될 때까지 애스트리드가 젖을 먹인 이야기를 올리가 중얼거리고, 리자이나도 뭔가 이야기를 하며 비트에게 부드러운 프레첼 하나를 건넨다. 해나가 무엇 무엇은 안 돼, 라고 말하지만 비트에겐 그녀의 말이 정확하게 들리지 않고, 그의 슬픔은 귓가에서 너무나도 큰 바람소리가 되어 울린다.

너무 어두워져 일을 할 수 없게 되자 에이브가 집으로 돌아온다. 코트, 작업복과 셔츠에서 톱밥이 떨어진다. 장갑을 벗은 두 손이 여기저기 베이고 갈라져 있다. 저녁을 먹는 동안 해나가 하품을 한다. 비트와 에이브는 그녀의 동굴 같은 목구멍 안에서 위아래로 까딱거리는 작은 사람을 본다. 그녀가 말한다, 나 너무 피곤해. 그녀는 잠들기 전에 때로는 베이킹 소다로 세수와 양치질을 하고 때로는 하지 않는다. 밤이 길다. 에이브는 비트를 안아올리고, 자신이 그때 공부하는 것을 무엇이든(『새로운 정치』 『무정부와 조직』 〈매드〉지) 큰 소리로 읽어준다. 비트는 몇몇 문장들을 알아들을 수 있고, 에이브 목소리에 실린 감정의 높낮이를 따라갈 수 있고, 제목들을 소리 내어 말할 수 있다. 세상의 여러 부분들이 퍼즐처럼 맞물리며 형태를 찾아간다. 하지만 이 퍼즐은 살아 있다. 이 퍼즐은 자란다. 새로운 조각들이 나타나기 때문에 비트는 머릿속에서 그가 모을 수 있는 것보다 더 빨리 퍼즐을 맞추어야 한다.

비트는 잠과 싸우며 그런 생각들을 한다. 그의 아버지는 설거지를 하고, 내일 아침 나갈 필요가 없도록 미리 시냇물에서 물을 길어오고, 지친 손으로 셔츠 단추를 풀면서 이미 잠이 든 채 침대로 쓰러진다.

비트는 표면적으로 드러나는 일이 있고 그 아래에서 벌어지는 일이 있다는 것을 안다. 그는 반대 방향에서 불어오는 강한 바람을 맞으며 흐르는 강물 속에 서 있는 일을 생각해본다. 가장 행복한 시간—한여름 무릉도원의 날, 연말의 축복의 날, 추수감사제, 즉흥적인 공연들—에도, 그 모든 춤과 즐거운 입씨름과 슬랩 애플주와 만찬중에도, 구석에는 늘 못마땅한 눈빛으로 앉아 있는 근육질의 젊은이들이 몇 있다. 그들이 아르카디아에 올 때마다 사람들은 수군거린다. 병역기피자, 면제 등급 받은 놈들, 차라리…… 정글…… 아기들을 총검으로? 늙은 해리엇이 있다. 브래지어를 하지 않아 젖가슴이 배꼽 위에서 흔들리고, 침대 아래에 음식을 쌓아둔다(불쌍해. 비트는 누군가가 그렇게 말하는 것을 들었다. 레닌그라드 봉쇄 때 자기 부모가 굶어죽는 걸 지켜봐야 했대). 올리는 초창기 카라반 생활을 함께 시작한 사람으로, 처음 이 년 동안 혼자서 팔각형 헛간과 아르카디아 하우스 사이에 있는 비밀 터널을 금속판으로 보강하고 그곳에 물통과 통조림, 성냥, 방수포, 요오드염 등을 비축해놓았다. 올리에겐 저 시냇물 아래의 도롱뇽 같은 창백한 부드러움이 있다. 때로 그는 몸을 움찔하며 눈을 깜박이고는 말을 하다 말고 입을 다문다.

불쾌함은 때때로 아이들한테도 퍼져나간다. 비트는 통에 담긴 채 시들어가는 맛있는 사과가 있는데도 무료 상점의 과일 방에 들어가지 않는다. 누군가가 무섭게 노려보는 콧수염 달린 남자가 그려진 거대한 흑백 포스터 한 장을 붙여놓았다. 거기 있는 단어들은 비트가 큰형Big Brother이라는 말 외에는 더이상 가늠할 수 없을 정도로 무섭다. 심지어 어른들조차 거기에 들어갔다가 그 포스터를 보면 빨리 나왔다.

해나와 에이브는 어린 시절부터 같은 악몽에 시달렸다. 어두운 방, 그들 앞에 서 있는 뚱뚱한 여자, 머리 위로 울리는 사이렌 소리, 책상 아래로 기어들어가기, 하얀 섬광. 이 꿈들이 최근 들어 해나를 더 자주 괴롭혔고, 도망치려 하면 할수록 거미줄은 그녀를 더욱 강하게 조여왔다. 대개는 첫 햇살이 빵 트럭 리놀륨 바닥을 가로지르며 녹아들면, 꿈의 공포가 서서히 잦아들고 기름기 같은 뒷맛만 남아 공기를 더럽힌다.

오늘 아침, 홀로 잠을 깬 비트는 가슴이 쿵쾅쿵쾅 뛴다. 새벽의 붉은 빛이 창문에 달린 고드름을 너무나도 강렬하게 비추고 있어 비트는 맨발로 눈밭에 나가 손으로 고드름 하나를 잡아당긴다. 다시 안으로 들어온 그는 고드름이 다 녹아 아무것도 남지 않을 때까지 핥으며 겨울을, 그 안에 담긴 나무 연기와 졸음에 겨운 쉬잇 소리를, 얼음의 아릿한 청결함을 먹는다. 그의 부모는 계속 자고 있다. 온종일 그 비밀스러운 고드름이 그의 안에 자리잡고 그만의 것, 차가움의 칼날이 된다. 비트는 고드름을 생각하면 자신이 용감해졌다고 느낀다.

비트는 그의 부모가 일하러 나가며 키스하는 것을 바라본다. 그들의 입술이 서로의 뺨을 스치고, 그들이 돌아설 때 에이브는 손으로 그의 벨트 위를 두드리고 해나는 애스트리드가 외치는 어떤 말에 인상을 찌푸린다. 애스트리드는 안뜰 반대편에서 두 손 가득 빨래를 들고 기다리고 있다. 충격. 지금까지 비트는 그의 부모가 서로 대단히 다르다는 것을 알지 못했다. 에이브는 오직 한 명이다. 환하게 웃고 말을 많이 하고, 주위의 사물과 견고해진 아르카디아 하우스에서 에너지를 모으는 사람. 반면 해나는 두 명이다. 여름의 해나, 사람들을 사랑하고, 아이들이 잠들면 아이들 부츠를 모아 그 위에 부츠의 주인에 맞춰 돼지, 말, 새, 개구리 같은 동물의 주둥이를 그리던 그 해나는 사라지고 없다. 웃음을, 그것도 커다란 웃음을 터뜨리던 그의 어머니. 모든 육체적 기능들이 그냥 현상일 뿐인 곳에서, 가장 근엄한 순간에도 금관악기 파트가 다 모인 듯 부글거리는 뱃속에서 천둥치듯 터져나오는 그녀의 방귀는 전설적이다. 그녀는 스스로 라 페토만*이라는 별명을 붙이며 반쯤은 자랑스럽게 얼굴을 붉혔었다. 그 해나는 남자처럼 강인하다. 트럭이 진창에 빠지거나 샤워하우스 콘크리트에 넣을 모래를 개울에서 퍼내야 할 때 누군가가 "멍키파워!"를 외치며 도움을 청하면 그녀가 제일 먼저 나타나 가장 오래 일을 하고, 민소매 셔츠에 가려진 그녀의 등은 어떤 남자에게도 뒤지지 않을 만큼 근육으로 팽팽하다. 그럴 때의 해나는 소곤소곤 작은 목소리로 농담을 해서 주위의 여자들

---

* 자유자재로 방귀를 뀌는 재주를 가지고 무대에서 공연을 해 인기를 끌었던 프랑스 코미디언 르 페토만의 여성형 이름.

이 깔깔 웃음을 터뜨리게 한다. 어떤 날엔 빵 트럭의 커튼을 닫고 그녀의 작은 비밀 트렁크를 열어보는 사람이다. 아르카디아에서는 모든 물건이 공동 소유이므로 그렇게 따로 트렁크를 가지고 있어서는 안 된다. 해나는 거기서 고운 테이블보를 꺼낸다. 그녀의 증조할머니의 벨기에 레이스다. 그녀는 피부처럼 약한 자기 찻잔과 미니어처 유화 열 점, 덩굴을 이룬 백합 문양이 새겨진 서로 다른 다섯 가지 종류의 포크가 든 마호가니 식기 상자도 꺼낸다. 그녀는 그것을 차려놓고 박하차를 끓이고 몰래 가져온 백설탕으로 오렌지 껍질 쿠키를 만든다. 비트와 그녀는 오후 내내 함께 티파티를 즐긴다.

리들리 소럴 스톤, 음식을 씹을 때는 입을 다물어야지! 여름의 해나가 어린 시절 그녀의 예절 교육 교사 같은 매서운 목소리로 말한다. 냅킨은 무릎에 놓아야 해! 그녀와 비트는 근엄하게 찻잔을 달그락거리며 공범이 된다.

그러나 이 해나는 겨울을 맞이한 새로운 해나 속으로 숨는다. 겨울 해나는 벽을 빤히 바라보기 시작하고, 땋은 머리가 흐트러지도록 내버려둔다. 저녁 준비하는 것을 잊어버린다. 황금빛 피부가 빛을 잃고 창백해지고, 눈 아래에 푸르스름한 그늘이 드리워진다. 이 해나는 아주 먼 곳에서 비트를 보려고 애쓰는 사람처럼 그렇게 비트를 바라본다.

비트는 게이트하우스 옆에서 타이터스 스래셔와 장작을 패고 있다. 비트는 도끼에서 튀는 나뭇조각을 모아 불쏘시개 양동이 안에 넣는다.

왜 그렇게 심란해하는지 얘기해볼래? 타이터스가 말하자 비트는 작은 목소리로 아니요, 라고 대답한다.

두 사람은 캡틴Kaptain 아메리카가 수송팀에서 가져온 끽끽거리는 스테이션왜건을 타고 지나가는 것을 바라본다. 그는 지방정부에서 비용을 지불하는 심리치료를 받으러 서머턴으로 가는 트리피*다. 아르카디아에는 정부의 식품 보조 쿠폰이나 장애 수당을 받는 사람들이 많다. 돈을 낼 새로운 사람들이 없는 시간이 오래 이어질 때면 그런 복지 수당이 그들을 지탱해준다. 캡틴 아메리카는 영어를 가르치는 교수였지만 마약을 너무 많이 한 탓에 뇌가 다 망가졌다. 지금 그는 긴 수염을 두 가닥으로 뾰족하게 다듬고 미국 국기로 만든 사롱**을 입고 있다. 언젠가 비트는 애스트리드가 그를 변호하는 것을 들은 적이 있다. 그래, 그 사람은 음산한 데가 있어, 그렇긴 해. 하지만 그 사람도 명석해지는 순간들이 있다고. 비트는 그 순간들이라는 것이 캡틴 아메리카가 '엉글 샘이 날 원해' 혹은 '닉슨이 말썽이란 말이야!'라고 외칠 때를 의미한 것이라고 생각한다.

근데 왜 캡틴 아메리카라고 불리는 거예요? 비트가 스테이션왜건에서 나오는 파란 배기가스가 구불대다 흩어지는 것을 바라보며 말한다. 머턴 교수가 아니고요?

타이터스가 도끼 손잡이에 기댄다. 그는 땀을 뻘뻘 흘리고 있고, 그의 속옷은 찻물로 물든 머그잔 색깔이다. 타이터스와 살면서 그의 물건들을 씻어주는 여자는 없다. 그래서 그는 절대 깨끗할 수가

---

* 아르카디아의 마약중독자들을 가리키는 별명.

** 동남아시아에서 허리에 둘러 입는 천.

없다. 그가 외출했을 때 해나나 다른 여자가 몰래 가져오면 모를까. 그에게서는 썩은 순무 냄새가 난다. 그가 말한다. 사람들은 여기에서 자기가 되고자 하는 모습을 선택하게 돼. 그게 약속이기도 하고. 거의 모든 사람들이 스스로 지은 별명을 갖고 있어. 사람들은 자신이 되고 싶은 것이 되려고 여기 오는 거야. 타잔, 원더 빌, 야한 샐리. 그는 마지막 이름을 말하면서 얼굴을 붉힌다. 비트는 놀랐지만 아무 말 없이 자기 친구를 살펴본다.

자동차 한 대가 긴 흙투성이 도로에 선다. 타이터스가 게이트로 발걸음을 옮기며 반다나로 얼굴을 닦는다. 술이 달린 가죽재킷을 입은 젊은이 네 명이 손에 카메라를 들고 내리더니 자동차 문을 쾅 소리 나게 닫는다. 어이, 이봐요. 그중 한 사람이 말을 걸고, 타이터스가 대답한다. 아니, 아니, 안 돼요. 진지하게 여기서 살아볼 생각이라면 환영이지만, 그게 아니라면 우리의 프라이버시를 존중해야 해요.

아. 그게, 우리는 로체스터에 있는 대학의 신문사에서 왔는데요. 그중 한 젊은이가 말한다. 여기에는 전화가 없더군요. 핸디를 인터뷰하고 싶은데요.

나는 그 사람 음악을 무척 좋아해요, 볼품없는 청년이 귀를 붉히며 말한다. 그는 독창적인 미국인이에요.

그 넷은 씩 웃으며 그러한 찬사가 그들이 안으로 들어갈 수 있는 티켓이라 확신한다.

미안해요, 타이터스가 말한다.

아, 그러지 말고요. 우린 쿨한 사람들이라고요. 다른 젊은이가 말한다. 그가 트렁크에서 30파운드짜리 자루를 들어올린다. 무료 상점에 둘 얌도 가져왔어요. 그냥 구경만 하게 해줘요, 네? 저녁식사 후에 사라질게요.

타이터스의 얼굴이 굳어진다. 우리는 동물원의 동물들이 아니야, 그가 말한다. 땅콩으로 우리를 매수할 수 없어.

얌이라니까요, 그 젊은이가 말한다.

타이터스가 도끼를 휙 어깨에 올리고는 그 젊은이들 가까이로 성큼 다가간다. 그들은 휘청하며 흩어지지만, 한 사람은 물러서지 않고 그대로 있다. 가끔 타이터스는 멍청한 구경꾼들을 물리치기 위해 폭력적으로 변해야 한다. 비트는 점잖은 자기 친구가 험악한 이방인으로 변하는 것을 보는 게 두렵다. 때로 타이터스는 필요에 의해 그렇게 할 수밖에 없다. 비트는 달아난다. 오후 내내 비트는 숲속에 머물며 고드름과 얼어붙은 웅덩이를 찔러보다 더는 추위를 견디지 못하고 집으로, 빵 트럭으로 향한다. 그가 안으로 들어가 손가락을 해나의 목에 대자, 그녀가 진저리를 치며 잠에서 깬다.

에이브가 집에 오면서 외친다. 어린이 구역 지붕이 올려졌다! 상하수도가 설치되었다. 단열 처리와 외풍 차단이 되었다. 아기들이 살 곳이 생겼다!

비트는 춤을 추고, 해나는 한껏 기지개를 켜며 스웨터에서 따스한 냄새를 떨구고 중얼거린다. 그거 멋진데.

아침이 되고, 눈이 내려 푸근해진 날, 여자들이 대걸레와 양동이를 들고 줄지어 아르카디아 하우스로 걸어올라간다. 그들은 모든 곳을 닦고 윤을 내고 페인트를 칠하고, 마룻바닥을 다시 깔고 회반죽을 새로 입힐 것이다. 해나도 그들과 함께 간다. 휘청거리는 그녀는 뼈만 남은 것 같다.

비트, 아가. 해나가 말했었다. 핑크 파이퍼에 가서 어린이집 아이들하고 놀아. 하지만 그는 싫다고 대답했다. 싫어, 싫어, 싫어, 싫어, 싫어. 그는 핸디가 콘서트 투어를 떠나던 날 열린 대규모 모임 이후로 아르카디아 하우스를 보지 못했다. 할 수 없이 해나는 비트를 데려간다. 그는 작은 빨간 수레 안에 앉아 식초와 걸레, 스펀지 박스를 무릎에 올려둔다. 질척이는 길 위로 그 수레를 끌고 가느라 해나는 다른 사람들 뒤로 처진다. 쌀쌀한 공기 속에서 여자들이 서로를 부르고 웃음을 터뜨린다. 아르카디아 하우스 지붕 위에 올라가 있던 남자들이 들판의 마멋처럼 몸을 일으키고 계단식 사과 과수원 사이로 오는 여자들을 바라본다. 그들이 유혹하듯 휘파람을 불어댄다. 에이브가 두 팔을 머리 위로 올려 커다란 아치 모양을 만든다.

그러나 여자들이 안마당을 통과해 학교 교실로 들어가자 조용해진다. 커다랗고 더러운 창문들이 있다. 신기하게 생긴 납작한 구식 나무 스토브도 하나 있다. 옷 거는 못들이 높은 곳에서부터 아주 낮은 곳까지 박혀 있다. 쌓여 있는 책상에는 무지개색 곰팡이들이 물결 모양을 그리고 있다. 그들이 들어오는 바람에 벽 위의 거미줄들이 흔들린다. 오래전 누군가가 이곳 마루 한가운데서 불을 피우고 야영을 했는지 널빤지 위가 시커멓게 타서 커다란 구멍이 뚫려 있다. 천장 회반죽도 군데군데 뭉텅뭉텅 떨어져나가고 없어 욋가지가 그대로 드러나 있고, 점자판 위 오래된 글씨의 흔적 위에는 누군가가 칼로 커다랗게 '씨발'이라고 새겨놓았다. 비트는 머릿속으로 철자를 새기며 조그맣게 그 말을 해본다. 여자들은 눈을 휘둥그레 뜨고 가만히 서 있는다.

그때 할머니 안경을 쓴 솔직한 도로트카가 양동이를 내려놓고 소매를 걷어올린다. 그녀는 길게 땋은 잿빛머리 타래를 돌돌 말아 왕관을 쓰듯 머리 위에 틀어 묶는다. 여러분, 그녀가 큰 소리로 말하며 벽에 털처럼 쌓인 먼지를 떨자 먼지들이 움직이며 떠돌다가 물속 머리카락처럼 풀어진다. 우리한테는 할일이 있어요, 안 그래요, 자.

안 그래요 자, 안 그래요? 여자들이 가만히 그 말을 되풀이한다.

비트는 걸레를 하나 받아들고 책상 위에 앉았다. 걸레질을 하라는 말을 들었지만 여자들이 빗자루로 벽을 쓸어내리는 것을, 거미줄들이 천천히 떨어져내리는 것을 그저 바라보고 있다.

그는 아무도 눈치채지 못하게 걸어나갈 수 있다는 것을 알게 된다.

홀에서 비트는 어디선가 남자들이 쿵쿵 두드려대는 소리를 듣는다. 음악이 들리는데 어쩐지 낯익다. 라디오에서 흘러나오는 헨드릭스의 곡이었는데, 멀리서 들려오는데다 벽과 망치질 때문에 제대로 들리지 않는다. 그러다 그 모든 것이, 음악과 청소 소리, 뭔가를 만드는 소리가 눈보라와 바람, 그리고 창문의 덜컹거림과 뒤섞인다.

홀의 끝에 이르니 작은 창문 아래에 붙박이 좌석 하나가 찌그러져 있다. 비트는 기어올라가려 하지만 그의 몸이 닿자 쿠션이 푹 꺼져버린다. 그는 피어오르는 먼지와 허연 곰팡이, 죽은 거미들을 피해 더 어두운 곳으로 내려간다. 모퉁이를 돌자 계단 때문에 여기저기가 들쭉날쭉한 벽이 나온다. 그는 계단을 오른다. 발판이 없는 곳도 있다. 그런 곳은 뛰어서 건너는데, 그럴 때면 그의 발아래 벌어진 틈에서 뭔가가 움직인다. 그는 재빨리 위로, 옆으로 움직이며 다음 층으로 올라가는데, 목안에서는 견디기 어려운 두려움이 차오르고 가슴속에서는 심장이 요동친다. 새로 올린 지붕의 들보에서 소나무와 톱밥 냄새가 난다. 바닥에는 삐죽삐죽한 커다란 구멍들이 있어 피해 가야 한다. 그는 살금살금 나아가다 구부러진 모퉁이를 돌아간다. 지나가는 길에 문 하나가 열려 있어 안을 들여다본다. 크고 어두운 방. 무대가 있는 그곳을 누군가가 프로시니엄이라고 불렀던 것이 기억난다. 한때 하늘이 가득 채웠을 천장에는 이제 방수포가 씌워져 있다.

해나는 비트에게 그들이 아르카디아로 왔던 날을 그가 기억하는 것은 있을 수 없는 일이라고 말했다. 그는 겨우 세 살이었다고, 세 살짜리는 어떤 날이든 단 하루도 기억하지 못한다고. 하지만 그는 기억한다. 카라반은 너무 오랫동안 길 위에 있었고 규모가 너무 커져 있었다. 어디를 가든 사람들이 그들 무리에 합류해왔고, 더 많은 트럭과 버스들이 들어왔다. 마침내 쉰 명의 자유민 모두가 지쳐버렸다. 그들이 육해군 상점에서 타이터스 스래셔를 알게 되었을 때 그는 그의 아버지 이야기를 들려주었는데, 그의 아버지가 삼촌에게서 뉴욕주에 있는 600에이커의 땅을 물려받았다고 했다. 타이터스가 그들과 지낸 지 일주일밖에 안 됐을 때 그가 한 약국의 공중

전화부스에서 걸어나오더니 간단하게 말했다. 됐어요.

그들은 밤새도록 외진 시골로 차를 몰았고, 어느 비 오는 봄날 아침 그곳에 도착했다. 바턴 스래셔는 땅딸막한 남자로 석조 게이트하우스에서 눈물을 흘리며 나와 오랫동안 보지 못한 아들에게 두 팔을 벌렸다. 그들은 핑크 파이퍼로 들어갔고, 한때 변호사였던 해럴드가 서류를 검토했다. 뉴욕주에서는 토지 문서에 이름이 들어가야 했고, 그들은 그 땅이 그들의 공동 소유물이라고 생각했지만 핸디의 명의로 하는 데 동의했다. 서류에 서명을 다 하고 난 뒤에야 타이터스는 그의 아버지에게 말할 수 있었다. 우리 사이에 미움이 있었지만, 아버지, 이젠 다 끝난 일이라고 생각해요. 그에 대한 대답으로 바턴 스래셔는 아들의 넓은 가슴에 몸을 기댔고, 타이터스는 가만히 서서 그 애정을 받아냈다.

그때 누군가가 불꽃을 쏘아올렸고 모두 환호성을 질렀다.

자유민들이 자신들의 땅을 처음으로 보기 위해 조용히 숲을 가로질러갈 때 위쪽 나무에 남아 있던 빗방울이 그들 위로 후두둑 떨어졌다. 남자들은 마체테 칼로 제멋대로 웃자란 가지들을 쳐내며 길을 냈고, 여자들은 아이들을 안고 남자들 뒤에서 길을 살피며 걸었다. 양들의 풀밭에 이르렀을 때 그들은 깜짝 놀라 아무 말도 할 수 없었다. 언덕 위에 거대한 건축물들이 서 있었는데, 아무도 예상치 못한 것이었기 때문이다. 바턴 스래셔는 모두 농지일 거라 생각했고 건물이 있는 줄은 몰랐다고 말했다. 아르카디아 하우스가 그들 위로 우뚝 솟아 있었다. 붉은 벽돌 건물, 그 위를 뒤덮은 들장미 넝쿨, 그 뒤의 거대한 잿빛 선박 같은 팔각형 헛간, 풀숲에 삼켜진 석조 별채들. 계단식 밭을 올라가는 그들의 발은 진흙과 잡초를 헤치고 숨겨져 보이지 않던 판돌 계단을 디뎠다. 아주 오래된 헐벗은 사과나무들, 쌓아놓은 고블린 조각들, 나무들 사이로 흐드러진 산딸기. 지난가을 바람에 떨어진 과일들이 아주 달콤한 진흙처럼 발아래에 들러붙었다. 그들은 석판으로 만든 포치로 올라가 그 커다란 현관 앞에 모여 섰다.

인 아르카디아 에고In Arcadia Ego, 누군가가 말했다. 그들은 상인방上引枋에 서둘러 새겨놓은 듯한 글을 쳐다보았다.

애스트리드가 말했다. 아르카디아. 나는 아르카디아에도 있다, 라는 뜻이야. 푸생이 이 글귀에서 제목을 따 그림을 그렸지. 베르길리우스의 시에 나오는……

그러나 핸디가 큰 소리로 말을 끊었다. 이 아르카디아에 에고는 없어! 그리고 그들은 기쁨의 환성을 질렀다. 애스트리드가 중얼거린다. 아냐, 그 에고가 아니야, 이건 그런 뜻이 아니라고, 이건…… 그러나 그녀는 말꼬리를 흐린다. 비트 외에는 아무도 그녀의 이야기를 듣지 못했다.

아르카디아. 해나가 비트의 머리카락에 대고 속삭였고, 그는 두피에 닿는 그녀의 미소를 느꼈다.

입구에는 샹들리에 하나가 떨어져 있었고, 발밑에는 크리스털이 쓰레기며 동물 발자국, 떨어진 나뭇잎들과 뒤섞여 있었다. 계단은 하늘을 향해 곡선으로 나 있었고, 천장은 뜯겨나가고 없었다. 자유민들은 흩어져서 여기저기 살펴보고 탐색했다. 해나는 비트를 데리고 그 난장판을, 먼지 덩어리와 케케묵은 낙서와 한 세기 동안 열리지 않은 문들 사이를 지나다녔다. 아르카디아 하우스는 편자 모양의 끝없이 긴 건물로 가운데 안마당을 품고 있었는데, 안마당에는 15미터는 됨직한 거대한 오크나무 한 그루가 있었다. 집의 양쪽 곁채는 더러웠고, 부서져 있었으며, 가도 가도 끝나지 않았다. 비트는 창밖으로 반짝이는 연못을, 잡초의 바다 위에 뜬 배 같은 별채들을 보았다. 사방에 구멍이 나 있었다. 지붕에도, 벽에도, 바닥에도. 비트는 무서웠다. 마침내 그들은 모두 프로시니엄에 모였다. 프로시니엄은 벤치와 무대가 있는 대형 홀로, 이곳엔 쥐가 쏠고 흙빛으로 색이 바랜, 접힌 주름들 가운데가 짙은 붉은색 벨벳인 커튼도 있었다. 자유민들은 더러웠고 굶주렸고 파티를 갈망하고 있었다. 그 오랜 세월 자신들의 공동체에 대해 토론하고, 함께 독서하고, 그들 중 일부가 살아본 경험이 있는 키부츠와 예술가 마을 드롭시티들, 힌두교 아슈람 등에 대해 이야기를 나눈 끝에 마침내 그들은 집에 온 것이다. 그들은 음악과 마리화나와 뭔가 더 강력한 것으로 축하를 하고 싶어했지만 핸디가 허락하지 않았다. 나의 비트족 여러분, 지금 우리가 일을 하지 않으면 언제 하겠습니까? 그래서 그들은 프로시니엄에 머물며 오후의 빛이 바래고 한밤중이 될 때까지 토론을 통해 모든 것을, 그들이 머물 집의 규칙을 정했다.

바닥에 구멍이 하나 있어 그 입구 아래는 점점 검어지고 마침내 남은 것이라고는 먼지 속 크리스털의 희미한 반짝임뿐이었다. 지붕에도 구멍이 하나 있어 밤은 잉크빛이 되고 별들은 곧 불꽃이 되어 타올랐다.

모든 것은 공동의 소유가 될 것이었다. 모든 사유재산—은행 계좌, 신탁펀드—은 공동재산이 되고, 이곳에 합류하는 사람은 누구나 소유하고 있는 것을 전부 내놓아야 한다. 각종 공과금과 세금은 이 돈으로 지불한다. 돈은 산파 일을 하거나 혹은 밭에서 일할 멍키파워팀을 파견함으로써 벌 것이며, 종국에는 그들 스스로 추수한 것만 먹고 남는 것은 팔 것이다. 아르카디아 안에서는 더럽고 부당한 돈이 용인되지 않을 것이다.

노동을 하겠다고 약속하는 사람들은 누구든 기꺼이 그들의 일원으로 받아들여질 것이다. 일을 하기에는 너무 몸이 상했거나 허약하거나 임신을 했거나 연로할 경우에는 보살핌을 받을 것이다. 누구든 도움을 받을 수 있다. 그러나 도망친 범죄자는 받아들이지 않을 것이다. 당국의 간섭을 원하지 않기 때문이다.

그들은 순수하고 진실한 삶을 살아갈 것이다. 불법적인 행동은 없어야 할 것이다. 아, 하지만 그 익숙하고 매캐한 연기가 피어오르자 그들은 불법이어야 마땅한 행동을 금지하는 것으로 규칙을 고쳤다.

처벌은 불필요할 것이다. 실수를 했거나 제 할일을 하지 않았을 때는 모두 창조적 비판의 대상이 될 것이며 공동체의 비판을 듣는 정화 의식을 치를 것이다.

누구든 섹스를 하면 그 상대와 결혼을 하는 것이라고 핸디가 말했다. 그래서 처음에는 결혼이 사중, 오중, 육중, 팔중이었지만 대부분 곧 갈라지며 독신이나 커플이 되었다.

그들은 모든 살아 있는 생물들을 존중할 것이며 비건으로 살 것이기에 동물로 만든 물건이나 애완동물은 금지된다.

아르카디아 하우스라고 불리는 이 거대하고 낯선 배를 수리, 개조해서 사랑과 친절 속에 모두 함께 살 수 있는 그날이 올 때까지 그들은 임시 아르카디아를 만들 것이다.

공동체의 규칙이 마련되고 동의가 이루어지고 이름이 붙여졌을 때는 거의 아침이 되어 있었다. 많은 사람들이 잠이 들었다. 깨어 있던 몇 안 되는 사람들은, 더러운 창문을 통해 들어오는 새벽빛을 받아 빛나는 핸디의 넙데데한 얼굴을 보았다. 그는 그들 주위에 쌓인 것들을 향해 커다란 동작을 취하며 말했다. 이 땅은, 오늘 우리가 여기서 발견한 이 건물들은 우주에서 준 사랑의 선물입니다.

그러고 나자 덧없던 지난 세월이 그를 엄습해왔고, 핸디는 울음을 터뜨렸다.

삼 년간의 힘든 노동의 시간이 흘렀다. 실패한 농사도 있었고, 성공한 농사도 있었다. 그들은 이웃의 아미시 사람들에게서 황소를 빌려 밭을 갈았다. 나중에 조용하고 근면한 아미시 사람들이 와서—뜻밖의 방문이었다—수수와 보리, 콩 수확을 도와주었다. 그들이 먹을 정도의 양이었고 팔 것은 전혀 없었다. 산파들이 건너편 마을로, 일리움과 서머턴으로 나가 아기를 받아내고 돈을 벌었다. 수송팀이 설립되어 돈을 받고 드럭을 몰거나 버려진 차량에서 부품을 모아오곤 했다. 매년 가을이면 멍키파워팀을 밭이나 사과 과수원에 파견해 가능한 한 많은 현금을 벌어들였다. 수확한 사과로 슬랩 애플주와 소스, 파이를 만들었고, 야생딸기와 산딸기, 정원에서 수확한 것들로 간신히 겨울을 날 정도의 통조림을 만들었다. 그러나 아르카디아에서 보낸 지난겨울에도 일주일간 굶주린 적이 있었고, 만일 해나가 고군분투한 끝에 부모의 변호사들에게서 신탁자금을 받아내지 못했다면 훨씬 더 힘들었을 것이다. 함께, 그들은 이겨내고 살아남았다.

동지 축제를 마친 12월의 어느 밤이었다. 샤워하우스 옆에 지은 한증막에서 핸디가 영적 탐구를 하고 있을 때, 에이브가 아르카디아 하우스 보수 프로젝트를 위해 비밀회의를 소집했다. 자신과 함께할 몇몇 사람들을 점찍어두었던 그는 각 작업팀, 즉 농사팀, 정원팀, 위생팀, 무료 상점, 제빵소, 두유 낙농장, 통조림팀, 산파팀, 사업팀, 수송팀, 어린이집의 허수아비 상사들을 불러모았다. 해나는 비트를 그녀 판초 아래에 넣어 함께 데려갔다. 당시 그녀는 제빵소의 허수아비 상사였는데 비트를 빵 트럭에 혼자 두고 싶지 않았기 때문이었다. 그들은 아르카디아 하우스와 팔각형 헛간 사이, 올리가 핵 공격에 대비해 강화시킨 터널 안에 모였다.

들어봐요. 에이브가 말했다. 그동안 생각해봤는데, 우리는 일종의 전환점에 이르렀어요. 우리는 곧 아르카디아 하우스로 이주해야 합니다. 그러지 않으면 우리의 모든 원대한 이상을 실천하는 일이 교착상태에 빠질 겁니다. 그냥 임시 아르카디아에서 편안하게 지내다보면 아르카디아 하우스라는 우리의 꿈은 물거품이 될 거고, 결코 그곳으로 이주하지 못할 겁니다.

누군가가 반박하며 돈 이야기를 했지만 에이브는 한 손을 들어올렸다. 잠시만 들어보세요. 우리가 너무 열심히 일하고 있다는 것, 너무 비능률적으로, 그저 삶을 이어가기 위해 불필요한 일들을 하고 있다는 것은 아주 명백한 사실입니다. 이 모든 문제의 핵심은 노동 분업입니다. 우리가 아동 보육과 식사 준비를 일원화해서 연못에서 각자의 물을 길어오는 일, 또는 저녁식사를 위해 무료 상점에서 재료를 가져오는 일, 이번주를 따듯하게 보내기 위해 땔감을 충분히 패는 일에 신경쓰지 않아도 되었다면, 우리는 실제로 충분히 일을 할 수 있었을 것이고 먹고사는 문제며 돈 문제를 해결할 수 있었을 겁니다. 내가 계산을 좀 해봤습니다. 그는 작은 글씨로 빽빽한 종이 한 장을 들어 보였다. 우리가 아르카디아 하우스를 고치고 그곳에서 다 함께 살면 우리는 이 일을 해낼 수 있습니다. 우리는 이 일을 가능하게 할 수 있습니다. 어쩌면 올해 이익을 낼 수도 있을 겁니다.

에이브의 수염이 갈라지며 드러난 미소가 너무나 커다래서 비트는 아버지의 두 뺨이 염려되었다.

침묵이 흘렀고, 위에서 팔각형 헛간의 누군가가 뭔가 무거운 것을 끌고 가는 소리가 들려왔다. 허수아비 상사들이 모두 이야기를 나누기 시작했고, 터널 안을 이리저리 걸으며 소리 내어 꿈을 이야기하고 그들의 비전을 자세히, 세세히 만들어나갔다.

비트가 아르카디아 하우스 안으로 더 깊이 들어갈수록, 이제, 축축하고 진절머리나는 추위가 더 강하게 살을 엔다. 남자들은 아직 이 방들에 손을 대지 않았다. 그래서 곰팡내가 나고 어둡다. 걸쇠를 밀자 문 하나가 열리며 악취가 뿜어져나온다. 그가 서 있는 복도의 어둠과 계단 위의 빛 사이에서 그는 빛을 선택하고, 먼지가 발목까지 쌓여 있는데도 계단을 오른다. 그는 폭이 좁은 복도 위에 있음을 깨닫는다. 저 아래 방이 내려다보이고, 복도가 발코니처럼 그 방을 에두르고 있다. 온전한 소파 하나와 벽돌로 된 커다란 벽난로, 그가 숨쉬는 공기에서 3미터 정도 아래에 움직이는 쓰레기의 바다가 내려다보인다. 집안의 이 지점에서는 더이상 지붕 위의 남자들 소리, 그들의 음악, 멀리 어린이 구역에 있는 여자들의 이야기 소리며 노랫소리를 들을 수 없다.

첫번째 문 아래에서 검은 무언가가 새어나오는데 마치 갈라진 틈새에서 퍼져나오는 악마 같다. 비트는 그 문을 그냥 지나친 후 계속 살금살금 움직인다. 두번째 문 뒤편에서 잠시 어떤 소리가, 한숨 같은 것이, 속삭임 같은 것이 들리지만, 문손잡이의 금속에서 차가움이 느껴지자 그 문 역시 지나친다. 세번째 문을 세게 밀자 문이 열리고, 그는 안으로 들어간다.

방에는 먼지가 두껍게 쌓여 있다. 벽에 먼지가 쌓이고 쌓여 바닥으로 떨어져내리고 둥그런 더미들 위로 퍼져나간다. 비트는 손을 아래로 넣어 나무 감촉을 느끼고 나서야 그 둥근 더미들이 가구임을 깨닫는다. 그는 그중 하나의 아래에서 얇은 것을, 헝겊을 만지고 침대임을 알아차린다.

방 한가운데에 근사해 보이는 둥근 덩어리가 하나 있고, 비트는 거기에 두 손을 집어넣는다. 저 아래쪽에 단단한 것들이 있다. 그가 주먹을 빼고 뚫어지게 보니 작은 뼈들이다. 쥐의 두개골과 뼈다. 그러고 나서 낯설고 밀도 높은 재질로 만들어진, 크림빛 도는 흰색의 빛나는 단추 한 움큼이 나온다. 그리고 마침내 단단하면서도 부드러운 물건이 나타난다. 그가 계속 먼지를 후후 불자 마침내 책이 모습을 드러낸다.

가죽 장정에는 꽃무늬가 올록볼록 양각으로 새겨져 있고, 나무 뒤에서 내다보는 한 소년의 그림과 함께 황금색 글자들이 있다. 비트는 글자 네 개—G, R, I, M—를 손가락으로 따라가다 더는 못 참고 책을 펼친다.

처음에 보이는 것은 그림이다. 아르카디아 하우스에서 본 것들 가운데 가장 선명하다. 그림이 햇빛을 빨아들이고 있다. 얼굴을 찌푸린 한 소녀가 잘린 손가락을 열쇠로 사용하고 있는 것처럼 보인다. 다른 페이지에는 조그만 남자 하나가 자신을 둘로 갈랐는데 상처에서 피가 콸콸 흐른다. 다른 페이지에는 긴 드레스를 입은 소녀가 사자들 옆을 걷고 있는데, 소녀의 입은 벌어져 있고 틀어올린 머리카락은 털실로 짠 도토리 모자 안에 넣어져 있다.

그는 가장 작은 이야기를 발견한다. 그는 손가락으로 단어를 하나하나 짚어가며 퍼즐을 맞추듯 이야기를 짜맞춘다. 기근의 시기에 아이들이 많았던 어느 어머니에 대한 이야기였는데, 비트도 기근이 뭔지 조금은 알았다. 뱃속의 공포, 병에 남은 것이라고는 윈터베리 열매와 콩뿐인 게 기근이었다. 그 어머니는 자신의 아이들을 먹으려 한다. 아이들은 천사 같아서 어머니를 위해 죽기로 한다. 그러나 어머니는 아이들의 희생에 너무나 부끄러워져서 아이들을 먹지 않는다. 대신 그녀는 멀리 도망간다.

공포 안에 공포가 또 쌓인다. 자기 아이들을 먹는 어머니와 죽어가는 아이들, 이야기 뒤편의 어둠 속으로 영원히 사라지는 어머니.

그는 책을 원래의 먼지 더미 위로 떨어뜨리고 두 손으로 두 눈을 꽉 누른다. 세상이 단단히 조여오며 그를 쥐어짠다. 그는 무서움이 흩어지고 다시 숨을 쉴 수 있을 때까지 얼굴을 잡고 있다.

멀리서 해나의 목소리가 들려온다. 높고, 극도로 흥분한 목소리. 비트! 이리 와, 당장! 그는 그곳을 떠나기 전 책을 잡아채 바지 안에 쑤셔넣은 다음 먼지 위에 남겨진 자신의 발자국 위로 달려간다. 달리고 또 달리고 엉뚱한 곳에서 방향을 틀고, 해나의 목소리는 더는 들리지 않고, 그러다 낯익은 홀로 벌컥 들어선다. 이제 그녀의 목소리가 더 가까이 들리고, 그는 발판 사이의 뚫린 구멍들을 뛰어넘으며 계단을 내려가고, 마침내 입구에 들어서고, 복도를 따라 내려가다 그녀의 목소리가 들리지 않아 반대 방향으로 갔다가 마침내 반쯤 주저앉은 긴 테이블들이 있는 유리창이 많은 방으로 들어간다. 거기서 해나가 그에게 등을 돌린 채 그의 이름을 외치고 있다. 비트를 보고 마음이 놓인 그녀는 그의 겨드랑이 밑을 잡고 번쩍 안아올려 꼭 껴안는다. 너무 세게 껴안아 비트는 숨이 막힌다. 해나는 그를 내려놓고 그녀의 젖은 얼굴을 어깨에 닦으며 말한다. 다시는 여기서 함부로 돌아다니면 안 돼, 비트. 그러다 다쳐. 여긴 아주, 아주 위험해.

그녀가 두 팔을 뻗어 거리를 두고 그를 잡는다. 맙소사, 그녀가 말한다. 아주 시커메졌네.

그때 그의 바지 안에 든 책이 손에 닿자 그녀의 입 모양이 변한다. 그녀가 그를 쳐다보고, 비트는 그녀를 지켜보다 그녀가 책을 그대로 두자 거의 실망한다. 요즘 그녀는 모든 것을 그냥 내버려둔다.

미지가 뒷방에서 나온다. 그녀의 아버지가 2월의 아침 회합중에 얼음이 된 이후로 미지의 얼굴은 계속 구스베리를 빨고 있기라도 한 것처럼 찡그러져 있다. 그녀가 딱 잘라 말한다. 여긴 애들 있을 곳이 못 돼, 해나. 집에 데리고 가.

미지는 목이 없다, 비트가 생각한다. 그녀의 머리는 어깨 위에서 톱니바퀴처럼 돌고 있다.

그들은 다시 나가 빨간 수레를 타고 덜컹대며 언덕을 넘는다. 비트는 그와 어머니가 시멘트 블록으로 지은 샤워하우스에 들어갈 때 책을 신발과 바지 밑에 놓는다. 원래 그들이 목욕할 날짜는 일요일이다. 목욕을 하는 날이면 대부분 두 사람은 해나가 입겨사엉 목욕이라 부르는 것을 한다. 즉 목욕수건을 뜨거운 물에 담갔다 비누를 칠한 다음 입-겨드랑이-사타구니-엉덩이 순서로 닦는 것이다. 오늘 샤워하우스는 텅 비어서 소리가 울린다. 다른 사람들은 모두 일하고 있다. 뜨거운 김, 뜨거운 물 아래 어머니의 분홍빛 부드러움, 해나의 무릎에 살고 있는 잠자는 아기들의 얼굴은 위험스러운 사치로 느껴진다. 그녀가 거친 두 손으로 그를 문지르자 겹겹이 쌓인 시커먼 어둠이 떨어져나가고, 그녀는 그가 다시 젖먹이 아기처럼 발그레한 맨살이 될 때까지 문지르고 또 문지른다.

평온한 한낮, 깨끗해진 해나가 차 한잔을 끓인다. 그녀는 창가에 앉아 전축에서 흐르는 에디트 피아프의 노래를 듣는다. 농, 주 느 르그레트 리앵,* 하고 보이지 않는 가수가 노래한다. 비트에겐 노래가 이렇게 들린다. 노, 지나 러그 웨트 어게인.** 그는 생각한다. 불쌍한 지나. 그녀가 창피해할 걸 생각하니 마음이 아프다.

해나는 매우 깊이 생각에 잠겨 있어 비트를 보지 못한다. 그가 그녀 눈앞에서 두 손을 흔들지만 그녀는 눈을 깜박이지도 않는다. 그는 아르카디아 하우스에서 훔쳐온 책을 바지에서 꺼낸 다음 빵 트럭에서 가만가만 내려와, 트럭 벽에 연결해 지은 추운 별채 안으로 들어가 그의 비밀통 속에 책을 넣는다. 뱀 껍질, 초록색 눈동자가 있는 유리 눈알, 화살촉, 에이브가 조각해준 움직이는 날개가

* Non, je ne regrette rien. '아니, 난 아무것도 후회하지 않아'라는 뜻의 프랑스어.
** No Gina rug-wet again. '이런, 지나가 러그에 또 오줌을 쌌네'라는 뜻.

달린 참새 등을 모두 꺼낸 다음에야 책이 간신히 통 안으로 들어간다.

대담하게, 그는 오후 속으로 나가 그 보물들을 들고 무료 상점으로 향한다. 비트는 그곳에서 사용하지 않는 다른 모든 것들이 살고 있는 선반 위에 그것들을 올려놓는다. 그는 실비아가 땋은 대마 목걸이와 한 짝뿐인 롤러스케이트, 퀴퀴한 페이퍼백 책들, 깔끔하게 접어 쌓아놓은 천을 덧댄 청바지들, 플란넬 셔츠를 만져본다. 한구석에서는 셰릴이 각 가정의 조리 담당들이 가져갈 수 있게 말린 크랜베리를 무게를 달아 종이봉투에 넣고 있다. 그녀가 등을 돌리자 비트는 두 손을 밀가루 통에 넣고 부드러운 밀가루를 쥐어 손가락 사이로 기분좋게 흘러내리게 한다. 머핀이 깔때기로 조리용 기름을 유리병에 담다 고개를 드는데, 그녀의 눈은 안경에 튄 기름 때문에 굴절되면서 아주 작고 수많은 눈이 되어 깜빡인다. 그녀는 그를 야단치지 않는다. 그는 간식 바구니에서 말린 사과 조각 하나를 꺼낸 뒤 추위 속을 달려 집으로 온다. 그가 들어서자 어머니가 고개를 비스듬히 들며 묻는다. 어디 갔었니, 우리 꼬마? 그러나 정작 대답에는 귀를 기울이지 않는다.

비트는 계획을 세운다. 내일, 어린이집에서 몰래 빠져나와 집으로 와서 새 책을 읽으며 행복한 시간을 보낼 것이다. 그 끔찍하고 격렬한 이야기들을 이어 맞출 것이다. 세상이 그 이야기들로 가득 차서 다른 것은 아무것도 끼어들 수 없을 때까지.

시리게 차가운 비가 내리자 눈이 녹고 하늘은 옷 보풀 같은 잿빛이 된다. 진시가 왔다. 울어서 진시의 얼굴이 벌겋다. 진시는 여덟 살이고, 하얀 곱슬머리가 꼬불꼬불 사방으로 뻗어 있다. 진시가 나이는 더 많지만 비트의 제일 친한 친구다. 둘은 비트의 침낭 속으로 들어가 지퍼를 올리고, 그 꽉 막힌 친밀함 속에서 진시가 속삭인다. 우리 엄마 아빠 지금 싸운다.

비트는 할말이 너무 많아 아무 말도 하지 않는다.

두 아이는 베이비시터와 아기 놀이를 하고, 두 아이는 보이콧 놀이를 하고, 두 아이는 핸디와 라일라 놀이를 한다. 두 아이는 닉슨 놀이를 하고, 진시는 얼굴을 늘이고 손가락으로 V자를 그려 보이며 말한다. 나는 사기꾼이 아닙니다. 두 아이는 산파 놀이를 하는데, 진시는 애스트리드가 되고 비트는 도자기 아기 인형을 그의 상상의 요니에서 밀어낸다. 해나가 그 모습을 보고 얼굴이 창백해지며 말한다. 얘들아! 쿠키 만들자! 그래서 두 아이는 젓고 섞고 구워 아몬드와 건포도, 딩밀이 든 오트밀 쿠키를 만들고, 헤니는 식탁에서 이리저리하라고 가르쳐준다.

비트 내부에서 멋진 방울 하나가 올라오고, 그는 그것을 터뜨리지 않기 위해 조심조심 움직인다.

아직 밖이 환한데 에이브가 집에 돌아와 그들 모두를 위해 저녁을 차린다. 템페를 넣은 크레이프, 버섯 피클, 콩 치즈다. 아홉시에 부모들은 팔각형 헛간에서 열리는 타잔의 창조적 비판에 가야 한다. 여자들이 원하지 않는데도 타잔이 젊은 여자들에게, 심지어 임신한 여자들에게까지 성적으로 접근했는데, 그것 때문에 분위기가 정말 나빠졌기 때문이다. 아주 큰 스웨터를 입고 웅크린 해나는 곧 허물을 벗을 뱀처럼 보인다.

에이브가 얼굴을 찌푸리며 말한다. 애들끼리만 여기 있으면 안 될 것 같은데……

진시가 말한다. 얌전하게 있을게요! 나무 스토브도 안 만지고 밖으로도 안 나갈게요! 무서우면 핑크 파이퍼로 뛰어가면 돼요! 마지못해 해나와 에이브가 어둠 속으로 나간다.

다시 침낭 속으로 들어간 진시가 비트를 아주 꽉 끌어안는다. 비트가 투덜거리자 진시가 팔을 풀고 속삭속삭 이야기들을 들려주기 시작한다.

강에 있는 보행자 다리 밑에 트롤이 있는데, 뭔가 제물을 줘야 강을 건너게 해준대. 진시가 말한다. 예쁜 잎사귀도 괜찮고 수송팀에서 가져온 볼트 하나, 과일 한 조각도 괜찮대. 어쨌든 아주 작은 것이어야 한대, 낭비하면 안 되니까.

코딱지도 될까? 비트가 말한다.

코딱지도 될걸. 진시가 말하고, 둘은 웃음을 터뜨린다.

진시의 목소리가 낮아진다. 지니스가 행크와 호스 두 사람과 다 섹스를 하는 바람에 이제 그 쌍둥이는 서로 말도 안 하고 지낸대. 그건 안 좋은 일이야. 왜냐하면 두 사람은 위생팀에서 같이 변소 퍼내는 일을 해야 하거든.

웨스와 헤이븐이 아기를 낳을 거래. 웨스와 플래너리도 그렇고. 진시가 말한다. 그것 때문에 헤이븐과 플래너리가 싸움질을 해서 둘 다 얼굴이 온통 할퀸 상처투성이야.

진시는 지난주에 쥐들의 대화를 들었다. 쥐들이 찍찍거리며 너무 너무 너무 너무 너무 너무 배가 고프다고, 아주 쪼그만 소리로 얘기하고 있었어.

피닛과 클레이는 이미 불이 붙은 담배에 대고 담뱃불을 붙이는데, 그런 걸 '네덜란드 섹스Dutch fuck'라고 부른대. 하지만 두 사람이 섹스를 하는 사이는 아니야, 왜냐하면 둘 다 여자를 좋아하거든.

숲속에 마녀 하나가 살아. 지난여름, 무릉도원 축제 때 어른들은 전부 슬랩 애플을 먹고 취했고 진시의 부모는 고함을 질러대는 통에 진시는 사탕단풍나무 숲으로 갔었다. 거기서 검은 옷을 입은 엄청나게 큰 덩치의 등이 굽은 늙은 노파를 만났는데, 노파는 그냥 걸음을 멈추고 진시를 바라보더니 가버렸다. 노파는 긴 백발에 얼굴이 끔찍할 정도로 흉측했다. 노파는 공중을 떠다녔다.

진시가 계속 종알종알대는 사이에 비트는 스르륵 잠으로 빠져든다. 자라다 만 초록색 핸디가 무수히 모인 것 같은 괴물들, 트롤로 가득한 그림자를 본다. 음침하고 불길한 사탕단풍나무 숲이 보인다. 달빛을 받아 반짝이는 연못이 보인다. 그곳에서, 애스트리드의 누런 뻐드렁니에 해나의 겨울철 지저분한 머리, 미지의 뚱하고 누런 얼굴을 한 마녀 하나가 그림자들 사이에서 불쑥 나타나더니, 계속 튀어나온다. 이제 마녀는 아주 낯익은 모습이 되어 그는 그 마녀를 기다리기 시작하고, 그러다 마녀가 오기를 간절히 기다리게 되고, 결국 그는 꿈속에서 이젠 더이상 무섭지 않다고 혼잣말을 한다. 그리고 정말로 무섭지 않다.

한밤중에 소란이 일어난다. 남자들이 에이브를 찾아와 이야기를 나눈다. 해나가 일어나 커피를 끓인다. 히에로가 말한다. 아, 안녕, 해나. 프레드 메이저가 두툼한 손으로 해나의 어깨를 토닥인다. 하지만 퍼컬레이터로 커피를 다 내렸는데도 거기 온 남자들 중 아무도 커피를 마시려 하지 않는다. 해나가 테이블 앞에 앉는다. 어둠 속에서 그녀의 눈이 반짝거린다.

비트의 잠옷은 너무 작다. 끝단이 종아리와 팔뚝까지 올라가고 배가 나와 춥다. 그는 해나의 무릎 위로 올라가 머리를 그녀 가슴에 기대고 심장이 느리게 철썩대는 소리를 듣는다.

그녀가 말한다. 아침이면, 얘야, 네가 사랑하는 누군가가 떠날 거야.

비트는 아무 말도 하지 않지만 생각한다. 에이브인가? 그리고 그의 안에서 뭔가가 무너지지 시작한다. 해나는 그가 무슨 생각을 하는지 아는 것이 분명하다. 그녀가 말한다. 아니, 아니, 아니야. 원더 빌이야. 그 사람은 여기 오기 전에 다른 이름이 있었어. 그가 뭔가 나쁜 일을 저질렀는데, 어제 비로소 알게 되어서 그는 떠나야 해.

원숭이 원더 빌이? 사탕단풍나무 위에서 맨손으로 이 가지에서 저 가지로 옮겨갈 수 있는 원더 빌이? 동물보다 더 동물 소리를 잘 내고, 가을이면(아, 아주 오래전, 그 보석처럼 환한 나뭇잎들, 가을의 황금빛 은색 향기) 칠면조처럼 울던, 그 울음소리로 비트만한 키의 칠면조가 수풀에서 그들 쪽으로 달려오게 만들던 그 원더 빌이?

원더 빌을 찾기 위해 아침에 돼지*들이 온다. 아르카디아 사람들이 안뜰에 모이고, 돼지들은 거주지들을 뒤지며 그를 찾는다. 아무도 입을 열지 않는다. 비트는 얼어붙은 땅의 냉기에 엉덩이가 얼지 않게 해나의 발 위에 앉는다.

* 경찰을 일컫는 속어.

비트는 어리둥절하다. 그는 돼지들이라고 해서 어린이집 이야기책에 나오는 그림처럼 분홍색과 주둥이, 또르르 말린 꼬리를 상상하고 있었다. 하지만 이들은 검은 양복을 입고 반사되는 선글라스를 낀 남자들이다. 그들도 분홍색이긴 하다. 적어도 그건 사실이다. 어쩌면 주름을 세운 바지 안에 꼬리가 숨겨져 있는지도 모른다. 그들은 낯선 냄새를 흘리고 다닌다. 향수네. 해나가 얼굴을 찌푸리며 낮은 소리로 말한다.

돼지들은 첫번째 가족 막사에 들어갔다가 두번째 막사에 들어간다. 숲을 둘러싼 이들은 총을 들고 있고, 비트는 깜짝 놀라며 그들의 발밑에서 초록빛을 발견한다. 갈릭머스타드, 산사초야. 그가 물어보자 도로트카가 그렇게 답한다. 봄이 오고 있는 거란다. 비트는 무전기에 대고 중얼거리는 남자들 때문에 피곤해진다. 그는 그들이 돌아가기를 바란다.

비트는 레이프가 애스트리드에게 묻는 말을 듣는다. 저 사람들이 우리를 쏠까요? 애스트리드는 아니라고 고개를 젓지만 굳은 눈빛으로 아들의 얼굴을 자신의 배에 묻는다.

독신자 텐트에서 요란한 소리가 터져나온다. 돼지들은 핑크 파이퍼에 들어갔다 나와서 빵 트럭으로 들어가고, 다시 나와 프란츠와 한스의 별채로 들어간다. 서커스 가수들은 모두 여행중이지만, 반쯤 만들다 만 꼭두각시 인형의 머리가 특대형 피냐타*처럼 서까래 위에 매달려 있다. 그들은 밖으로 나와 이제 헨하우스로 들어가

* 멕시코와 중남미 국가에서 축제 때 사용하는 커다란 종이 인형. 안에 과자나 선물 따위를 넣어 터뜨린다.

고 그곳에 잠시 머문다. 임신한 여인들이 달려나와 남자 부츠와 셔츠 차림의 육중한 몸으로 분개하며 시끄럽게 투덜댄다.

언덕 위의 아르카디아 하우스에도 돼지들이 우글거린다. 비트는 지붕 쪽을 살펴보지만 오늘 에이브는 그 위에서 일하고 있지 않다. 거기엔 아르카디아 남자들이 아예 없다. 그들은 검은 옷을 입은 돼지들이 떠나기를 기다렸다 일을 시작할 것이 틀림없다.

마침내 퉁퉁한 얼굴의 돼지가 화난 표정으로 내려온다. 일리움에서 온 보안관이 그 돼지 옆에 서 있다. 비트는 카키 셔츠를 입은 그가 게이트하우스에서 타이터스와 커피를 마시고 있는 것을 본 적이 있다. 남자의 모랫빛 머리카락이 그의 벗어진 이마 위에서 자동차 흙받기처럼 들렸다 내려온다. 그는 타이터스에게 짧게 윙크를 하더니 다른 곳으로 시선을 돌린다.

세 사람이 함께 이야기를 한다. 화가 난 두목 돼지가 고함을 지르기 시작한다. 보안관이 그를 진정시킨다. 타이터스는 거의 말을 하지 않는다.

마침내 남자들은 무리를 지어 눈 위를 지나 다시 아르카디아 하우스로 올라간다. 자유민들도 그들 뒤를 따른다. 그들은 언덕 꼭대기의 석판 포치 위에서 돼지들이 차와 트럭에 올라타 빨갛고 파란 불을 번쩍이며 떠나가는 것을 지켜본다.

마지막 차가 빠져나가자 비트 주위에서 환호성이 울린다. 엄청나게 크고 갑작스러운 그 소리에 화들짝 놀란 비트는 가장 가까이 있는 다리 사이로, 이든의 부풀어오른 허벅지 사이로 얼굴을 돌리며 숨는다. 비트를 내려다보며 웃는 이든의 이마가 그녀의 임신한 배 위에 뜬 달덩이 같다.

오후가 되자 에이브가 올해의 첫 설탕 시즌을 위해 메이플시럽을 받을 때 쓸 수액 채취용 관과 양동이가 든 상자를 폭스바겐에 싣고 돌아온다. 사탕단풍나무 숲은 매우 크고 오래된 곳이어서 시럽은 그들이 팔 수 있는 또하나의 품목이 될 것이다. 그들은 그 숲 근처에서 삼 년을 살면서도 그 잡목림에 대해 전혀 생각하지 못했는데, 팔각형 헛간에서 열린 어느 일요일 아침 회합 때 도로트카가 일어나 조심스럽게 올해 설탕을 만들어보자고 제안했다. 뭘로? 핸디가 물었다. 우리 사탕수수는 그리 신통치 않은데. 도로트카는 당황해하다가 말했다. 아. 사탕단풍나무 숲이 있잖아요? 성숙한 노령림이라서 꽤 많은 양을 얻을 수 있어요. 그러자 핸디가 말했다. 사탕단풍나무라니? 그러자 도로트카가 놀라 머리를 뒤로 젖혔다가 그들을 사탕단풍나무 숲으로, 연못 건너편에 있는 그 기적의 숲으로 데려갔다. 그들 모두 이 새로운 풍요로움을 믿을 수 없어했다. 그들은 눈을 던지며 환호했는데, 그날 눈은 뭉치기엔 너무 부드러워 모두 햇빛처럼 환하게 눈가루를 뒤집어썼다.

핸디는 그 생산품을 자유민 설탕이라 부르고 싶어했고, 타이터스는 신지부크우드*라고 부르고 싶어했다. 에이브는 그가 때로 그러듯이 차분하면서도 아주 끈질기게 주장했고, 그래서 그들은 그것을 아르카디아 퓨어라고 부르게 되었다.

해나와 비트는 에이브를 마중하고 물건 내리는 것을 돕기 위해

* 메이플시럽을 뜻하는 아메리카 원주민의 말.

안뜰로 나간다. 에이브는 빵 트럭 가까이에 차를 세우는데, 라디오에서 〈Tiptoe Through the Tulips〉 노래가 불쑥 흘러나온다.

버몬트는 어땠어? 해나가 말한다.

에이브가 두 팔로 해나를 감싸안으며 그녀 귀에 속삭인다. 그는 키가 크고 그녀도 키가 크다. 두 사람 사이에 선 비트는 오래된 나무의 따뜻한 몸통 사이에 눌린 것만 같다. 그는 포옹이 끝나지 않기를 바라지만 잠시 후 포옹은 끝난다. 그들의 몸이 서로 떨어진다. 두 사람은 돌아선다.

여자들은 다른 무엇보다 우선적으로 설탕을 만들어야 한다. 남자들은 해가 뜰 때부터 질 때까지, 때로는 해가 진 다음에도 아르카디아 하우스에서 일한다. 그들은 긁어내고 망치질을 하고, 파이프를 묻고 회반죽을 칠하고, 거저 얻은 페인트를 바른다. 일리움의 한 가게에서 스위티 폭스와 키티가 롤러브러시를 들고 도발적인 자세로 가게 광고 사진을 찍어주고 그 대가로 받아온 페인트다.

어린이집의 어린이들도 하루는 설탕을 제조하는 여자들을 따라나가 배운다. 거대한 사탕단풍나무들이 고드름을 달고 서 있는데, 뿌리가 너무나 얽히고설켜 마치 땅 위에 매트가 깔린 것 같다. 여기엔 바람도 불지 않는다. 마침내 태양이 숲에 닿으면 숲은 등유 램프처럼 부드럽게 빛을 발한다.

예배를 올리듯 마리아가 나직이 기도를 하며 돌아서서 홀로 머리에서 배로, 어깨에서 어깨로 십자가를 긋는다. 비트는 그 동작의 엄숙함이 마음에 들어 나무 뒤에서 흉내를 내고 또 낸다. 미신이야. 다른 이들이 하느님 이야기를 하자 해나가 코웃음을 친다. 이곳 사람들은 개인적으로 종교의식을 행하기는 하지만, 낮에 카펫 조각 위에 무릎을 꿇는 무함마드나, 유대교 유월절과 크리스마스트리 등 이곳에서 종교는 개인위생 같은 것으로 간주된다. 즉 개인적 일이므로 가능한 한 대중 앞에서는 억제해서 다른 사람들에게 괴로움을 주지 않도록 하는 것이다.

미켈이 나무마다 구멍을 뚫고, 이든은 그 구멍에 관을 박아넣는다. 나무들이 양동이에 투명한 피를 흘린다. 똑, 똑, 똑, 금속 양동이에 떨어지는 소리가 빵 트럭 위에 떨어지는 따뜻한 빗소리 같다. 그런데 이 소리는 느낌이 다르다. 소리 끝에 달콤함이 묻어난다.

비트 안에서 언어가 움직이기 시작했다. 매일 이해력의 작은 폭발들이 일어난다. 그는 지난 8월을, 그가 햇볕으로 따스해진 연못의 얕은 물에 누워 있던 일을 기억한다. 물 아래에서 보이지 않는 무언가가 그에게 입질을 했다. 그림 형제 동화책을 읽으면서 그는 수면 아래에 눈을 담그고 마침내 그 작은 물고기를 볼 수 있을 것 같은 느낌이 들었다. 긴 이야기가 단어로 쪼개지고, 각 문장이 각자의 질서를 갖추었다. 그러니까 스큐즈미Scuseme는 익스큐즈 미Excuse me가 되고, 포어두드피펠Pawurduthpepel은 파워 투 더 피플Power to the People이 되고, 그는 모든 단어들을 단독으로도, 연결해서도 이해하게 된다.

그의 머릿속에 별개의 서랍들이 생겨나고, 그는 이제 사람들을 분류해 각각의 서랍에 넣는다. 핸디는 개구리 왕이다. 타이터스는 게이트하우스의 외로운 오우거*이고 돼지들과 멍청한 구경꾼들을 막아준다. 키다리 에이브는 공구와 도끼, 턱수염이 있는 산사람이다. 이든은 밝은 구릿빛 머리카락에 피부가 창백하고, 임신부들을 위해 헨하우스의 남쪽 창가에서 기른 즙 많은 채소를 먹는 여왕이다. 그는 이든이 사악한 계모에게 길을 내주고 죽어야 하는 착한 어머니가 아니기를 바란다. 그는 이든이 약초를 사기 위해 자기 아기를 파는 나쁜 어머니가 아니길 바란다. 원더 빌은 얼굴 표정이 다양하고 원숭이처럼 기어오르는 재주가 있지만 바보였다. 애스트리드는 까다롭다. 그녀의 머리카락은 공주님 머리카락처럼 윤이 나지만, 얼굴은 늙었고 치아는 마녀의 것처럼 흉하다. 그녀는 마녀처럼 분만 때 아기를 받고 사람들에게 약을 주지만, 왕비처럼 개구리 왕과 결혼을 했다. 그녀에 대해서는 나중에 판단을 내릴 것이다.

어쨌든 가장 분명한 건 해나다. 해가 뜨나 해가 지나 침대에 누워 있는 마법에 걸려 잠을 자는 공주다.

비트는 동화책을 제자리에 놓고 나무 스토브에 장작을 하나 더 넣는다. 그러지 않으면 콧물이 날 것이고, 추운 지붕 위에서 지독할 정도로 긴 하루를 보내고 집으로 오는 에이브가 침대에 누워 있는 해나에게 인상을 쓸 것이다. 그러면 해나는 눈을 감은 채 그 침묵의 비난이 그녀 위에 쏟아지도록 놔둘 것이다. 비트는 스토브를 닫고 말린 파인애플을 한 조각 먹은 후, 꼼짝 않고 누운 해나를 오랫동안 바라본다.

그녀가 스스로 깨어날까? 날이 어둑해지기 시작한다. 숲속에서

---

* 유럽 중세 기사 이야기나 북유럽신화에 주로 등장하는 거인.

바람이 거세지고, 비트는 그 바람이 그들을 향해 어둡게 돌진하는 소리를 듣는다.

마침내 비트는 꼼꼼하게 손을 씻고 베이킹 소다로 이를 세 번 닦는다. 그는 어머니의 베개 뒤에 무릎을 꿇고 앉는다. 그는 어머니의 두 볼을 쥐어본다. 그는 천천히 입을 어머니 입으로 가져간 다음 그의 안에 있는 모든 것을 담아 키스한다. 입술을 세게 어머니 입술에 누른다. 입술 뒤 그녀의 이가 느껴지고 그녀 숨결에 밴 역한 맛이 전해질 때까지.

그가 머리를 드는데도 그녀는 깨지 않는다. 그는 두 손을 슬프게 거둬들인다. 이것이 바로 그가 두려워하던 것이다. 비트는 그 사람이 아닌 것이다. 그는 그녀의 왕자가 아니다.

타잔이 거대한 이중 보일러에 용접시켜 만들어준 물 끓이는 솥에 여자들이 수액을 끓이자, 아르카디아는 온통 달콤하면서도 가장자리가 약간 탄 듯한 냄새로 뒤덮인다. 비트가 혀를 내밀면 거의 설탕을 맛볼 수 있을 것만 같다. 어느 날 아침 스위티가 어린이집 아이들을 데리고 갓 내려 쌓인 눈 위를 지나 설탕창고로 갔더니, 밤새도록 수액을 끓이고 있던 미켈과 수지가 들뜬 마음에 부드러운 눈 위에 시럽을 칠한다. 시럽은 식으면서 가라앉고 다시 꺼냈을 때는 캔디처럼 단단하게 굳어 있다.

애스트리드에게는 말하지 마. 수지가 말한다. 그녀가 시럽 태피를 조각조각 잘라 아이들에게 건네준다. 비트는 그 조각이 너무 달아 구역질이 났지만, 그들이 속상해할까봐 다 삼키고 더 먹고 싶은 척한다.

땀과 톱밥으로 뒤범벅이 된 에이브의 옷에서 악취가 난다. 남자들이 지붕 전체를 완성했다. 내일이면 에이브의 두 손 관절에 늘 끼여 있던 얼음이 사라질 것이고, 비트가 자다 우연히 에이브에게 닿기만 해도 화들짝 놀라는 일도 없을 것이다. 내일 에이브는 식당에 화장실을 만들고 상하수도관을 설치하기 시작할 것이고, 수송팀에 산더미처럼 쌓인 폐품 구리관들도 다 사라지고 아무것도 남지 않게 될 것이다.

우리가 아르카디아 하우스에 들어갈 때. 이제 사람들은 늘 그렇게 얘기하고 다니며 얼굴에 갈망을 드러낸다. 늘, 그때에 대한 꿈을 꾼다. 모든 게 다 나아질 거야. 더 따뜻할 거야, 사람들은 다투지 않을 거야, 우리는 세상에 도움을 주기 위해 지원을 보낼 거고, 출판사를 시작할 거고, 아무도 비타민D 결핍증에 걸리지 않을 거야, 아이들은 학교에 가고, 산파들은 늘 도움을 줄 거고, 곰들이 숲에서 나와 쓰레기 양동이를 뒤엎거나 빨지 않은 기저귀나 생리대를 안뜰 사방에 흩어놓는 일도 없을 거야. 재래식 변소도 없어질 거고.

올버니의 한 아파트에서 자기 어머니들과 함께 살았던 머핀은 아이들에게 변기를 설명하려고 애쓴다. 손잡이를 돌리면, 물이 쏟아져나와 네 응가를 다 삼켜버린단다.

헬레가 울기 시작한다. 괴물 같은 거지, 헬레가 엉엉 울며 말한다. 똥을 먹는 괴물!

헬레가 울면 늘 그렇듯, 다른 아이들이 한숨을 쉬며 헬레에게서 물러선다. 하지만 비트는 헬레에게 가서 소녀를 끌어안는다. 이 말랑말랑하고 단단한 아이, 비쩍 마르고 땅딸막한 여자아이를. 처음에는 헬레가 몸을 빼지만 그가 놓아주자 다시 그에게 기댄다. 헬레는 비트보다 크지만 때로 그는 헬레가 자기보다 어리다고, 심지어 아장아장 걷는 아기들보다도 더 어리다고 생각한다. 헬레는 좀 이상하다. 헬레에게서는 바닐라콩 같은 냄새가 난다. 비트는 늘 헬레 때문에 약간 토할 것 같은 느낌이다.

괴물 같은 건 아니야, 머핀이 무시하듯 말한다. 변소 같은 거야. 하지만 냄새도 나지 않고, 춥지도 않고, 거미도 없고, 위생팀에서 다 퍼낼 필요도 없어. 잿물을 뿌릴 필요도 없고. 그냥 손잡이만 돌리면 멀리 가버려.

멀리 어디로? 레이프가 묻는다.

나도 몰라. 머핀이 대답한다.

아이들은 서로 쳐다보며 생각한다. 마침내 열한 살인 에릭이 말한다. 바다로 갈 것 같아. 그래, 모두 동의한다. 멀리라면 분명히 바다일 거야. 비트는 어느 바람 부는 날 연못에서 이상한 옷차림의 사람들이 반대편에서 기다리고 있는 광경을 상상해본다. 기모노를 입고 나막신을 신은 여인들, 밀짚모자에 무함마드처럼 다시키 셔츠를 입은 남자들이 있고, 휴지 돛을 단 똥의 함대가 수면 위에서 그들을 향해 밀려오는 광경을.

잠자는 동안 구름 하나가 그들 위로 눈을 쏟아붓는다. 임시 아르카디아는 여기저기 연기를 내뿜는 굴뚝들이 장난스럽게 고개를 쑥 내민 부드럽고 예쁜 하얀 마을이 된다. 꼭 러시아 농노들에 대한 해나의 책에 나온 옛날 그림 같다. 오늘도, 역시, 해나는 자리에서 일어나지 않는다. 그녀의 온몸에 엷게 기름이 끼어 있다. 그녀는 뭔가를 중얼거리며 비트를 붙잡아 부드럽게 담요 아래로, 그녀의 따뜻한 온기 옆으로 끌어들인다. 비트는 가만히 누워 그녀와 숨을 쉬며 그녀를 따라 잠으로 빠져들고, 그녀의 꿈의 조각들을 본다. 비트가 한 번도 본 적 없는 잿빛 거리, 나무껍질이 구릿빛인 나무 한 그루, 땅거미가 드리워진 참나무 아래의 분수 하나. 부리를 벌려 새빨간 혀 하나를 드러낸 거대한 검은 새 한 마리. 더 깊이 들어가자 그는 어떤 벽장에 깊숙이 들어앉아 있는데, 뭔가 부드러운 것이 관자놀이를 스치고 밖에서는 목소리들이 높아진다. 수많은 포크와 숟가락이 줄지어 놓여 있는 식탁이 하나 있고 그 위에 작은 은그릇이 있는데, 하얀 손 하나가 그 안에서 물을 잠방댄다. 기울어지며 쏟아지는 은밀하고 미끄러운 무언가로의 회귀. 그는 온통 땀으로 젖은 몸을 심하게 떨며 잠에서 깨어난다.

아침나절은 눈부시게 환하다. 그의 친구들은 못 입는 스웨터를 풀어 감은 털실 뭉치를 굴리고 있고, 핑크 파이퍼에서는 축축한 오트밀 냄새가 난다. 스위티가 오후 산책이라 부르는 것을 하러 나온 비트가 어린이집 아이들과 함께 무료 상점을 지나가는데, 포치 위에 있는 캡틴 아메리카가 보인다. 그의 사롱에 있는 별들이 바람에 펄럭인다. 그는 앙상한 손가락으로 비트에게 가까이 오라고 손짓한다. 나의 귀 안에 그녀가 누운 침대가 있네. 그곳에서 그녀는 잠들었다네. 그리고 모든 것이 그녀의 잠이 되었네. 그가 역한 숨결을 풍기며 중얼거린다. 릴케야. 물론 내가 번역한 거지. 그가 말한다. 비트는 이해하지 못한다. 아이들이 상점을 지나갔고, 비트는 그들을 따라잡기 위해 뛰어가고, 다시 안전해졌다는 생각이 들자 뒤돌아본다. 그 늙은 트리피가 그를 빤히 바라보고 있다. 캡틴이 했던 말들이 오후 내내 그의 머릿속에서 이리저리 넘어진다. 그의 머릿속은 마치 걸음마 아기들로 가득한 작은 방 같다.

진시의 어머니인 캐럴라인이 떠났다. 그녀는 자기 물건들을 남겨둔 채 가버렸다. 진시는 울고, 그녀의 아버지 웰스는 버림을 받았네 뭐네 떠들어대며 캐럴라인의 옷들을 무료 상점에 내놓는다. 비트는 무슨 일이 있었는지 안다.

이날 아침, 풀밭 위에 백랍 같은 서리가 앉아 있었을 때 비트는 오줌을 누러 밖에 나왔다가 동이 트지도 않았는데 진시네 버스 지붕 위에 거대한 하얀 새 한 마리가 빛을 발하며 있는 것을 보았다. 새는 날개를 펴더니 돌아보았다, 한 번. 날갯짓을 했다. 그리고 진시의 어머니는 허공으로 뛰어오르더니 날아가버렸다.

진시는 비트네 집으로 와 그곳에서 머물며, 그의 침낭 안에서 그와 함께 잠을 자고, 기분이 나아질 때까지 그를 꼭 끌어안고 있는다. 온몸이 저리지만 비트는 참아낸다.

밤이다. 자기야. 이봐. 이봐, 자기야, 일어나봐.

음, 왜.

당신 걱정이 돼서. 지난 며칠 동안 당신이 제빵소에 오지 않았다고 리자이나가 그러던데. 도로트카도 당신이 오후에 다른 여자들과 함께 아르카디아 하우스에 올라가지 않는다고 하고.

그냥 피곤해서 그래. 겨울이면 늘 내가 힘들어하는 거 알잖아.

그래. 그렇지. 하지만 이번엔 평소보다 더 심한 것 같아서. 침대에서 아예 나오지 않는 날도 있는 거야?

해나는 아무 말도 하지 않는다.

그냥. 나도 알아. 당신 아버지며 다른 일들 때문에 당신이 많이 슬퍼하고 있다는 거. 하지만, 내 말은, 난 뼈빠지게 일하고 있어. 벌써 3월이고, 수도관이 다 설치되려면 아직 일주일은 더 있어야 하고, 그런 다음에야 우린 나머지 일들을 시작할 수 있어. 이미 많이 지연된 상태고, 핸디가 지난번 편지에서 오리건 일정을 취소하는 방안에 대해 얘기하더라고. 그럼 우리가 밭을 갈기 일주일 전에는 그들이 모두 돌아올 수 있을 거라고. 우리가 멍키파워를 최대한 끌어모아 쓰면 그들이 돌아오기 전에 일을 끝낼 수 있을 거야.

아무 대답이 없다. 비트는 자신의 심장 뛰는 소리를 듣는다.

자기야? 말을 하고 싶지 않은 거야?

밖에서 나무가 흔들리는 소리만이 들린다.

알았어. 천천히 해. 일주일 정도, 자면서 떨쳐내라고. 하지만 난 당신이 다음주엔 일어나 기운을 차렸으면 좋겠어. 알겠지?

어머니의 숨소리가 고르다.

비상 상황. 샤워하우스 온수기가 고장났다. 에이브가 비트를 데리고 간다. 그들이 연못 옆 나지막한 움막으로 내려가니 뜨거운 물은 전혀 남아 있지 않고, 목요일 순서인 사람들이 얼어붙은 머리카락 위의 비누를 우울하게 쳐다보고 있다.

에이브는 탱크 밑의 배선을 살펴보아야 한다. 타이터스와 히에로, 타잔이 탱크 옮기는 것을 돕는다. 누군가는 놀라 숨이 턱 막히고, 누군가는 소리를 내지른다. 탱크가 놓여 있던 자리 밑에 뱀들이 똬리를 틀고 공처럼 뭉쳐 있다. 겨울잠을 자는 방울뱀들이다.

에이브의 근육이 재빠르게 반응하고, 그는 부츠의 묵직한 굽으로 그것들을 짓밟는다. 피가 튀고, 엄청난 피가, 조각난 뱀들이 사방으로 흩어진다. 비트는 몸을 굽혀 그 핏덩이들 위로 튀어나와 있는 방울뱀 하나를 만지고 싶다, 버섯처럼 섬세한 그것을. 하지만 에이브가 그를 안아올리더니 타이터스에게 내민다. 누군가가 겁에 질려 소리를 지르기 시작하고, 타이터스는 비트와 함께 바깥으로, 밤으로 돌아간다. 긴 다리로 거인처럼 성큼성큼 믿을 수 없을 만큼 빠르게 땅 위를 걷는다. 비트가 침대 위로 기어올라와 옆에 왔는데도 해나는 잠에서 깨어나지 않는다. 그의 잠 속에서, 숲을 가로질러 부는 바람은 해나의 숨결이 되고, 나무 스토브 안에서 떨어지는 잉걸불이 되고, 멀리서 들리는 울부짖음이 된다.

스위티가 아이들에게 방한복을 입히고 부츠를 신긴 다음 연못으로 데려간다. 연못은 마침내, 이제야, 단단히 얼어붙었다. 그들이 비트를 기다리며 빵 트럭의 차축을 흔들자 비트가 마지못해 밖으로 나온다. 해나를 혼자 두고 나가려니 마음이 찢어지는 것 같다. 하지만 신선하고 차가운 공기를 쐬니 깨끗하게 씻은 기분이 된다.

아침 내내 아이들은 부츠를 신은 채 얼음을 지치고 미끄럼을 타며 논다. 아이들은 소리를 질러댄다. 목구멍에서 흥분이 요동친다. 좀더 큰 아이들인 레이프, 에릭, 머핀, 또는 몰리나 피오나가 중심축이 되고 작은 아이들이 끝에 서서 부드러운 곡선 모양의 기차놀이 대형을 이룬다. 세 살짜리 여자아이 푸보다도 작아 가장 작은 아이에 속하는 비트는 그 줄 끝에서 떨어져나가 날다시피 두 발로 얼음 위를 가로질러 저만치, 저만치 계속 미끄러지다 무릎을 꿇으며 가장자리의 푹신한 눈더미 속에 처박힌다.

해가 산발적으로 구름 뒤에 숨었다 나왔다 하는데, 해가 나올 때면 얼음이 초록빛으로 반짝인다. 연못을 에워싼 나무들에 고드름이 달린 모습이 눈부시다. 고드름은 불어오는 바람에 서로 부딪쳐 댕그랑 소리를 내고, 떨어질 때면 차임벨 소리가 난다.

헬레가 연못 주위를 빙 둘러가며 뚱뚱한 눈 천사를 만든다. 꼭 이어 붙인 종이 인형 같다. 그렇게 하는 데 시간이 제법 걸린다. 진시와 머핀은 어지러워질 때까지 제자리에서 빙글빙글 돈다. 레이프는 수면으로 주둥이를 내민 채 얼어붙은 커다란 물고기 한 마리를 발견하고, 그 물고기에게 낮은 목소리로 말을 건다. 걸을 줄 아는 아기들, 펠리페와 알리, 사이, 프랭클린은 벙어리장갑을 낀 손으로 눈을 만지며 아장아장 걷다 눈더미에 푹푹 넘어지곤 한다. 남자아이들은 서로를 넘어뜨린다. 애스트리드와 십대 임신부인 야한 샐리와 플래너리가 그릴에 구운 콩치즈 샌드위치와 카모마일차가 든 보온병을 가지고 와 아이들에게 주고, 아기들은 집으로 데려간다. 좀더 큰 아이들은 에너지를 재충전해 한 시간을 더 놀다 하나씩 떨어져나간다.

비트는 방한복을 입고도 얼음의 차가움과 단단함을 느낄 수 있다. 그는 겨울 덕분에, 이렇게 열심히 즐겁게 뛰어논 덕분에 그의 몸이 깨끗이 씻겼음을 느낀다. 그가 빵 트럭에 들어가자 어머니가 에이브와 테이블 앞에 앉아 있다.

에이브의 눈가가 붉다. 그는 비트의 머리에 키스를 하고는 재킷과 방한바지, 모자, 장갑을 벗겨준다. 어젯밤 일은 미안해, 꼬마야. 그가 말한다. 네가 그 장면을 보게 해서 미안해. 그냥 본능적으로 그런 거야. 난 절대 무엇도, 그게 설사 뱀이라 해도 죽일 생각은 전혀 없었어. 죽이는 게 잘못된 행동인 건 너도 알지. 정말 나쁜 업보란다.

비트는 아버지의 얼굴을 토닥이며 그를 용서한다. 그는 어머니 근처에서 머뭇대며 그녀 머리 주변의 분위기를 살핀다. 얘야, 아가. 그녀가 말한다. 그리고 그를 잡아당겨 무릎 위에 앉힌다. 그가 아파서 앙다문 이 사이로 작은 신음소리를 내자 그를 다시 내려놓고 청바지를 벗긴다. 이런, 맙소사. 그녀가 말한다. 이런, 맙소사, 아가, 어쩌다 다리가 이렇게 된 거니?

비트는 처음에는 그게 자신의 다리인지 알아보지 못한다. 온통 멍으로 시퍼렜기 때문이다. 무릎도 다 벗겨져서 핏물이 들어 있다. 그는 어깨를 으쓱하고, 그녀는 양 무릎에 부드럽게 입을 맞춘다. 에이브는 마치 쫓기는 사람처럼 휙 돌아나가 아르카디아 하우스로 올라간다.

좀 괜찮아졌니, 비트? 해나가 말하며 그의 피부에 백밤 연고를 발라준다.

비트의 혀가 얼어 있다. 말하려고 애써도 말이 나오지 않자, 그는 자신이 한동안 말을 별로 하지 않았다는 것을 깨닫는다. 그는 날짜를 세어보려 하지만 중간에 잊어버린다. 말은 그의 안에 파묻혀 잠들어버렸고, 비트라는 땅 아래에서 얼음덩어리가 되어 똬리를 튼 채 녹기를 기다리고 있다.

요즘 아주 조용하구나, 아가. 해나가 허리까지 내려오는 긴 머리를 꿈에 취한 듯 빗어내리다 말고 말한다. 엉켜 붙은 머리카락이 걸리자 빗질을 포기한다. 그리고 비트를 그녀 쪽으로 끌어당긴다. 그녀를 쳐다보려니 내부에서 너무나 큰 통증이 느껴져 비트는 고개를 돌리고 그녀의 앙상한 무릎 위에 앉아 그녀가 그의 머리를 빗질하게 둔다. 빗살이 두피에 아주 부드럽게 닿는 것이 마치 울음처럼 느껴진다. 그는 이 작은 기쁨을 잊고 있었다. 그녀가 입술을 그의 정수리에 누르며 말한다. 나의 강인하고 말없는 아들. 노래를 부르자꾸나. 해나가 노래를 시작한다. 그녀의 목소리가 거칠다. 비트는 자장가를 따라 부르려 하지 않고, 그가 부르지 않자 그녀도 노래를 멈춘다.

비트가 잠에서 깨어보니 에이브가 잠든 해나를 지켜보고 있다. 오, 비트는 생각한다. 비트는 기다리지만 에이브는 그냥 자리에 눕는다. 그리고 어머니에게 손길을 주는 것은, 그녀의 얼굴을, 손을, 배를, 쓰다듬고 쓰다듬고 또 쓰다듬는 것은 비트다.

오후에 비트는 다른 아이들이 밖에 나가 놀려고 겨울옷을 챙겨 입는 동안 핑크 파이퍼 안의 장난감 상자 뒤에 숨는다. 그는 그 조용한 버스 안에 혼자 남겨진다. 다른 아이들의 떠들썩한 소리는 바깥의 눈 덮인 세계에 흡수되어 먹먹해진다. 아기들은 아래층에서 마리아와 함께 간식을 먹거나 우유병을 빨고 있다. 그는 자신의 가슴을 감싸안고 스스로에게 소녀와 소녀의 백조 오빠들 이야기를 들려주고는, 그 이야기를 머릿속에 품고, 그 이야기가 자신에게 무슨 의미가 있는지 알아내기 위해 이리 보고 저리 본다.

옛날 옛적에 공주님이 있었어. 그가 자신에게 이야기한다. 공주는 아버지의 사악한 새 아내를 피해 저멀리 깊은 숲속에서 여섯 명의 오빠와 함께 숨어살고 있었어. 그들이 어디 살고 있는지 알아낸 계모는 마법의 실크 셔츠를 짜서 오빠들에게 던졌고 오빠들은 백조로 변했어. 오빠들이 날아가버리자 슬픔에 빠진 공주는 오빠들을 찾으러 숲으로 들어갔어. 공주는 걷고, 걷고 또 걷다가 작은 오두막 하나를 발견했어. 어둠 속에서 날개 치는 소리가 들렸어. 여섯 마리 백조가 창문 안쪽에서 퍼덕거리고 있었던 거야. 백조들은 날개를 벗고 오빠들로 변했지만, 그들은 그 오두막에 사는 강도들이 그들의 노획물을 가지고 돌아오기 전까지 아주 짧은 시간 동안만 인간으로 있을 수 있었어. 그녀는 오빠들에게 마법을 푸는 방법을 물었고, 그들은 그녀가 육 년 동안 웃지도, 노래하지도, 말도 하지 말고 스타플라워로 여섯 벌의 셔츠를 만들어야 한다고 말했어.

꼭 기억하렴, 네가 단 한마디라도 말을 해서 마법을 푸는 데 실패하면 우리는 영원히 백조로 남게 된단다.

그래서 공주는 스타플라워를 모아 바느질을 하기 위해 떠났어. 그녀는 생쥐처럼 조용했어. 하루는 어떤 남자들이 길을 가다 공주가 사는 나무 위에 그녀가 있는 걸 보았어. 그들은 그녀에게 내려오라고 소리쳤지만 그녀는 고개를 젓고는 그들을 떠나게 하려고 계속 옷을 아래로 던졌고 마침내 발가벗은 몸이 되었어. 그러자 그들은 그녀를 끌고 먼 곳의 왕에게 데려갔고, 공주가 말을 한마디도 할 수 없었지만 왕은 그녀와 결혼했어. 그러나 공주가 아기를 낳자 왕의 어머니는 아기를 훔치고 왕에게는 공주가 아기를 먹었다고 말했어. 같은 일이 세 번이나 벌어지자 왕은 아내가 아기들을 먹었다는 말을 믿고 그녀를 죽이라고 했어. 그녀가 죽기로 되어 있던 날은 침묵을 지켜야 했던 육 년이 끝나는 마지막날이었고, 셔츠는 그중 한 벌의 한쪽 소매만 빼고는 모두 완성된 상태였지. 오빠들이 그녀에게 날아오자 그녀는 스타플라워 셔츠를 오빠들에게 던졌고, 그들은 다시 사람으로 변했어. 다만 완성하지 못한 셔츠를 받은 오빠는 한쪽 팔 대신 백조의 날개를 그대로 달고 있었어. 이제 말을 할 수 있게 된 공주는 모든 일을 설명하고 아기들을 되찾았고, 왕의 어머니는 전기의자에 앉게 되었어. 그리고 공주와 오빠들은 영원히 행복하게 살았대. 끝.

한 장면이 비트 앞에 펼쳐진다. 축하 파티다. 슬랩 애플주 한 통이 별 아래 놓여 있고, 한 소년이 나선을 그리며 달을 향해 날아오르고, 소녀는 여름의 해나처럼 황금빛에 둥근 모습이다. 예전의 해나, 피크닉 벤치에 서서 자유와 사랑과 공동체에 대해 외치던 해나. 그는 그 오랜 시간 어머니 없이 살아야 했던 아기들이, 처음으로 어머니에게 안겼을 때는 어떤 느낌이었을지, 어머니의 따스함이 마침내 아기들 몸에 닿았을 때 그 느낌이 어땠을지 상상해본다. 어머니를 꼭 껴안고 다시는 떨어지지 않으려는 아기들의 모습을. 그는 육 년 동안, 그가 거의 열두 살이 될 때까지, 그가 지금까지 살아온 세월보다 더 긴 시간 동안 말을 하지 않는 것을 상상해본다. 그 세월들이 그의 앞에 펼쳐진다. 그는 울지 않으려 애쓰지만 그가 숨어 있는 곳에서 볼 수 있는 세상(핑크 파이퍼의 위층, 낮동안 쌓아두는 해먹더미와 그 옆의 아기 신발 한 짝)이 그의 눈앞에서 흔들린다.

마침내 그는 해나를, 그가 알아볼 수 없는 무언가에 빠져 있는 그녀의 얼굴을 생각한다. 이 생각이 전기 파동처럼 그를 가득 채우고, 그의 뱃속에서 물고기처럼 요동친다. 그는 반드시 뭔가를 해야한다. 반드시.

그는 집중한다. 그는 이미 허약해진 말들이 혀의 더 쓰디쓴 부분위에서 죽도록 뒤쪽 깊숙이 밀어넣는다. 그 말들이 그의 가슴에 사악한 덩굴손을 뻗친다. 그 말들이 쌓여, 그의 목구멍 깊은 곳에 사는 두꺼비 한 마리가 된다. 걷고 먹고 놀 때도 그는 그곳에 있는 그 미끈거리는 존재를 상상할 수 있다. 골이 난 채, 말 한마디가 미끄러져나가기를, 그래서 그 말들 전체에 저주를 퍼부을 기회를 기다리고 있는 그 존재를.

오늘밤, 빵 트럭 안은 겉으로는 모든 것이 다 평온하다. 해나는 저녁식사를 준비했고, 세 사람은 수송팀이 버펄로의 쓰레깃더미에서 주워온 크랭크식 빅토리아 전축에서 누군가가 거친 목소리로 부르는 노래 〈Your Eyes Have Told Me What I Did Not Know〉에 귀를 기울이고 있다. 비트는 에이브의 무릎 위에 앉아 아버지가 소리 내어 읽는 신문 내용을 듣고 있다. 비트가 '거위가 아기를 물다'라는 설명을 가리키고는 그의 새로운 소리 없는 웃음을 터뜨린 뒤 에이브를 쳐다보자, 그의 아버지는 양쪽 입꼬리를 당긴 채 비트를 살펴보고 있다.

해나가 책을 내려놓으며 큰 소리로 한 번 코를 킁킁댄다.

비트도 코를 킁킁댄다. 뭔가가 어디선가 타고 있다.

에이브가 신문을 탁 내려놓는다. 비트의 부모가 마주 쳐다본다. 그리고 벌떡 일어나 슬리퍼와 가운 차림으로 문밖으로 달려나간다.

차가운 공기가 연기와 함께 넘실댄다. 문가에 있던 어둠이 안으로 밀려들어오며, 징이 울리고 울리고 또 울린다. 가족 막사 1호에 불이 났다.

에이브가 비트를 데리고 핑크 파이퍼로 뛰어가 비트를 안으로 밀어넣는다. 가족 막사에 사는 아이들인 진시와 사이, 프랭클린, 알리, 푸, 몰리, 피오나, 콜, 딜리* 역시 그곳으로 밀려든다. 산파들은 사라지고 없다. 원래 핑크 파이퍼에서 사는 아이들은 아래층으로 내려오고, 임신부들이 헨하우스에서 건너와 부츠에서 질척거리는 눈을 털어내며 몸을 떤다. 플래너리와 이든, 야한 샐리가 제일 어린 아이들을 안고 달랜다. 누군가가 비트도 그 어린아이들 중 하나라고 생각해 그를 그녀의 팽팽하게 부푼 온기 위로 꼭 안아주고, 비트는 자신이 이렇게 작아서 이 부드러운 팔들에 감싸일 수 있다는 것에 다시 한번 고마움을 느낀다.

펠리페는 어디 있지? 플래너리가 낮은 목소리로 묻자, 가족 막사

* 딜런의 애칭.

1호에 사는 이머전의 눈이 휘둥그레진다.

비트가 내다볼 수 있게 레이프와 에릭이 비트를 안고 창가로 가지만 보이는 게 거의 없다. 안뜰 저편 세상은 노란색과 회색으로 소용돌이치고, 바닥에 남은 마지막 눈이 불꽃을, 양동이를 들고 달리는 사람들의 그림자를 반사하고 있다.

딜런이 옆으로 슬쩍 다가온다. 그는 비트보다 어리지만 키는 더 크다. 펑 터졌어. 그가 소곤소곤 말한다. 리키와 펠리페와 마리아가 살던 저 뒤쪽에서. 그러고 나서 마리아한테 불 날개가 달렸어.

입다물어, 딜런. 콜트레인이 말하며 자기 동생을 밀더니 나선형 계단으로 달려올라가 해먹들이 묶여 있는 곳으로 간다.

딜런의 눈에 눈물이 차오른다. 그는 비트 옆으로 더 바짝 붙는다.

그애한테 정말 불 날개가 달렸어. 속삭이는 딜런의 목소리에 잠이 가득하다. 그애 머리카락에도 불이 있었어, 비트. 불로 뒤덮인 머리도 하나 있었고.

비트가 불타는 막사를 너무 오랫동안 쳐다보는 바람에 세상이 그의 눈에 얼룩으로 남았다. 다른 아이들은 잠들었다. 임신부들은 부엌 식탁에 앉아 물이나 카모마일차를 마시며 울음을 삼키려 애쓴다.

바깥을 쳐다보니 사람들이 원래 살던 곳으로 천천히 돌아가고 있다. 불타버린 가족 막사에 살던 사람들 중 몇몇은 한스와 프리츠의 별채로 들어간다. 두 사람은 핸디와 함께 집을 비웠다. 임신부들도 헨하우스로 돌아간다. 소수의 아르카디아 사람들만 바깥에 남아 뒤틀린 철물 뼈대와 그 안의 잉걸불을 바라보고 있다. 희미한 빛만 남은 어둠 속에서 비트는 그의 부모가 서로에게 기대고 선 모습을 본다. 키 큰 해나와 키 큰 에이브, 에이브의 어깨 위로 드리워진 해나의 땋은 머리, 해나의 허리를 감싸고 있는 에이브의 팔. 비트는 눈을 감고 더듬더듬 진시의 침낭 속으로 들어가며, 자신의 부모가 거기 그렇게 함께 서 있게 둔다.

아침, 리키와 마리아와 펠리페가 없다.

비트는 애스트리드가 더 큰 아이들에게 아기가 죽었다고 말하는 것을 우연히 듣는다. 그녀는 울고 있다. 추수 때 아미시 사람들이 데리고 오는 말이 당근 위로 입술을 오므려 닫듯 그녀도 그 끔찍한 누런 이 위로 입을 오므리며 운다.

다 타버렸어요? 몰리가 말하며 울고 또 운다. 몰리의 동생인 피오나가 두 손에 얼굴을 파묻고 울어 피오나의 넓고 하얀 이마만 보인다.

타버린 아기. 비트는 애스트리드가 설탕과의 전쟁을 벌이기 전에 보았던 마시멜로를, 모닥불 가장자리에서 쭈글쭈글 검게 변했던 마시멜로를 떠올린다.

아냐, 애스트리드가 말한다. 연기 때문에 그런 거야. 잠든 상태에서. 불행 중 다행이지. 마리아는 화상을 입었지만 곧 집으로 올 거야. 리키도 마리아와 함께 병원에 있어.

레이프가 화가 나 말한다. 핸디가 이 일을 알아야 해요. 핸디가 알면 집으로 돌아와 다 고칠 거예요. 우리 아빤 고칠 수 있어요.

애스트리드가 그녀 특유의 그 우스꽝스러운 들숨을 쉰다. 그래, 라는 뜻이다. 들이쉬며 동의하기. 해나는 그것을 그렇게 부른다. 오스틴에 있는 핸디에게 전화를 했단다. 애스트리드가 말하며 레이프에게 입을 맞춘다. 텍사스에 있어. 그가 너희들 모두를 사랑한다고 전해달랬어. 그 기운을 대기를 통해 보내겠다고. 그도 집에 오고 싶어했지만 마리아와 리키가 안 된다고, 일찍 돌아오지 말라고, 우리는 콘서트에서 버는 현금이 필요하다고 말했어. 게다가 아직 추모제를 치를 준비도 안 되었고. 펠리페의 장례는 봄에 지낼 거야.

아빠가 보고 싶어요. 레이프가 말한다. 다 큰 소년의 얼굴이 일그러지더니 울기 시작한다.

애스트리드가 그를 가까이 끌어당기고, 에릭과 레이프, 목이 쉰 헬레, 흥분하는 아이크, 그녀의 아이들 모두를 끌어당긴 다음 그늘의 잘 어울리는 연한 금발머리에 대고 말한다. 그래, 그건 또 다른 이야기지.

아침에 비트는 숲속에 졸졸 흐르는 시냇가로 달려간다. 냇물 가장자리를 따라 노란빛 얼음이 들쭉날쭉 자라 있다. 비트는 얼음 위에 무릎을 꿇고 머리를 시내에 담근다. 그러자 숨이 멎을 듯 차갑고, 마음이 놓인다.

핸디가 속달로 편지를 보낸다. 애스트리드가 팔각형 헛간에서 회의를 소집하고, 늦은 오후에 사람들이 모여 히에로가 큰 소리로 읽어주는 편지에 귀를 기울인다. 핸디는 아름다운 비트족 모두의 안부를 묻는다. 그는 소식을 듣고 비통해하고 있으며, 집에서 믿음을 지키고 있는 자유민들에게 깊은 연민을 느끼고 있다고 말한다. 그는 고통이란 인간의 영혼 속에서 강철을 담금질하는 것임을, 공동체에서 누군가가 고통을 겪으면 그 공동체가 더욱 강해진다는 것을 기억하라고 강조한다.

편지를 읽는 히에로의 목소리가 떨린다. 아픔이 인간의 가슴속에서 알맞은 자리에 놓였을 때, 그 아픔은 우주와 하나되는 느낌으로 향하는 문이 될 수 있습니다. 이것이 더 깊은 공감으로 가는 길입니다.

곧 핸디는 그들이 모두 함께하게 될 것이라고 말한다. 강인해지려고 노력한다면 우리는 공동체 안에서 슬픔의 그 불가능한 무게를 견뎌낼 수 있을 겁니다. 나마스테.*

나마스테. 그들도 말한다. 여자들이 서로를 포옹하며 운다. 아기들이 눈을 동그랗게 뜨고 자기 엄마를 쳐다보며 얼굴을 쓰다듬는다.

일주일 후 마리아가 병원에서 돌아온다. 포장된 선물처럼 머리와 두 팔에 하얀 붕대가 감겨 있다. 리키와 마리아는 어디를 다니든 서로를 데리고 다니는 것 같다.

비트는 테이블 아래 앉아 있고, 메릴린과 해나는 세인트존스 워트 차를 마시고 있다. 그들은 석유금수조치에 대해, 메릴린의 물갈퀴발에 대해, 탈리도마이드 복용으로 인해 물갈퀴 같은 사지를 갖고 태어난 기형아들에 대해 이야기를 나눈다. 비트는 갓 태어난 조그만 아기들이 물 아래에서 첨벙대는 모습을 상상한다. 가족 막사

* 힌두교식 합장 인사.

뒤편의 시냇물에 살면서 어느 봄 그들을 모두 편모충에 감염시켰던 그 비버처럼.

비트는 읽고 있던 책으로, 어부와 그의 아내 이야기로 다시 돌아간다. 여자들은 그의 존재를 잊어버린다. 그들은 낮은 소리로 이야기를 시작한다.

내가 얼마나 더 견딜 수 있을지 모르겠어. 해나가 말한다. 내가 지원했던 삶은 결코 이런 게 아니야. 이건 더 나은 삶이 아니라, 그저 빈곤과 중노동, 아이들에게 겨울부츠 사줄 돈도 부족한 현실, 그뿐이라고.

나도 알아. 메릴린이 말한다.

해나의 목소리가 잘 들리지 않는다. ……나가 ……싫어. 그녀는 인간의 것 같지 않은 소리를 낸다. 비트는 그녀의 다리를 걱정스럽게 바라보며 그녀가 아픈 것은 아닐까 염려한다.

메릴린의 목소리가 더 부드러워진다. 잘 견뎌보자. 아르카디아 하우스에 들어가기까지 한 달도 안 남았어. 우리 모두 함께 살게 되고 모든 것이 더 좋을 거야. 넌 할 수 있어.

난 할 수 없어. 해나가 말한다. 빌어먹을 핸디……

할 수 있어. 메릴린이 말한다. 그녀의 목소리는 문이 닫히는 소리 같다. 거침없는 해나조차 해서는 안 되는 말이 존재한다는 것을 비트는 안다.

야한 샐리의 양귀비씨 케이크의 맛, 레이프가 비트의 두 다리를 잡고 돌려 세상이 어지럽게 빙글빙글 돌아가게 해주는 방식, 다른 사람은 모두 넘어지는데 마지막 쌓인 눈 위를 달리는 느낌, 새싹의 속삭임인 나뭇가지 끝의 그 부드러움. 비트는 그의 머릿속 목록에 덧붙인다. 갓 구운 빵 위의 산딸기잼. 타이터스의 방수 코트 주머니와 파이프 담배와 보풀과 삼나무 냄새. 편지 주변에 모인 핸디네 아이들 네 명의 금발머리. 신선한 회반죽의 느낌. 그는 그의 어머니 곁에 앉아 이런 기억의 단편들을 떠올리며 그것들을 그녀 머릿속에 보내려 애쓴다. 한두 번은 성공했다고 그는 자신한다. 그가 새로 태어난 아기의 정수리 냄새, 또는 그녀의 부드러운 볼이 그의 볼에 닿았을 때의 보송보송한 느낌을 떠올리고 있을 때 그녀가 잠결에 기분좋게 한숨을 쉰다.

어린이집 아이들이 시냇가에 있다. 보행자다리는 안전하지 않다. 불안정하게 흔들리는데다 양쪽 끝이 땅 위를 사납게 넘나드는 물속에 잠겨 있다. 하얀 서커*들이 꿈틀대며 시냇물을 거슬러올라가고, 무수한 서커들의 푸르스름한 배가 모여 펄떡대는 하나의 배를 이룬다. 비트는 뚫어져라 아래를 내려다보는데, 손에 든 작대기가 점점 무겁게 느껴진다. 둑에서는 미나리냉이가 까닥거리고 있다.

어서 해! 레이프가 소리를 지른다. 그는 춤추는 고블린으로 변해버린 것 같다. 그는 격렬하게 움직이며 성질을 부린다.

비트. 진시가 그 고함소리보다 큰 소리로 부른다. 비트는 진시를 올려다본다. 진시의 곱슬머리가 평소보다 더 헝클어져 있다. 일

* 잉어와 비슷한 북미산 민물고기.

주일 내내 그애의 뺨에 숯이 묻어 있다. 죽이는 건 나쁜 일이야. 큰 소리로 외치는 진시의 눈에 눈물이 그렁그렁하다.

다른 아이들은 한데 모여 어정쩡한 태도로 그가 어떻게 할지 보려고 기다린다. 헬레가 울기 시작했지만 그녀의 두 눈은 기대감으로 가득하다. 비트는 친구들을 쳐다본다. 콜과 딜런은 나란히 서서 아이들 중 하나가 다른 아이를 때렸을 때 스위티가 짓는 바로 그 표정을 짓고 있다. 진시는 한 손으로 입을 가리고 있다.

그는 작대기에 꽂힌 채 꿈틀대는 물고기의 몸을, 핏덩이를 생각한다.

비트는 레이프가 에이브의 진주손잡이 칼로 깎아 만든 작대기를 꽉 잡는다. 그는 작대기를 머리 뒤편으로 당겼다가 시냇물로 던진다. 작대기가 물에서 다시 튕겨져나와 그의 눈 위에 부딪힌다. 얼음덩어리를 삼킨 것처럼 엄청 아프다. 레이프와 에릭과 아이크, 피오나가 소리를 지르며 춤을 춘다. 헬레는 울고 진시가 말한다. 안 돼, 안 돼, 안 돼, 안 돼, 안 돼. 자신이 말이라고 생각하는 몰리가 히힝 울면서 갈기를 날리며 발을 쿵쿵 딛는다. 몰리는 지난여름부터 아이들에게 자기를 세크레테리어트라고 부르라고 시켰다. 세크레테리어트는 수컷 말인데도 말이다. 화가 난 비트가 그 작대기를 잡아 있는 힘껏 시냇가 둑 쪽으로 내던지고, 작대기는 머핀의 무릎을 스치고 지나간다.

안경 너머로 머핀의 얼굴이 붉어지고 이내 비명을 지른다. 머핀이 질퍽거리는 둑 위로 올라가 숲을 지나 들판 위로 달려간다.

이제 너 큰일났다. 그렇게 말하는 피오나의 목소리가 흥분에 젖어 있다. 피오나의 앞머리는 땀에 젖었고 이마가 반들거린다. 그애가 뛰어가버린다. 다른 아이들도 그 뒤를 따라가고, 남자아이들은 인디언처럼 와, 함성을 지르며 오후의 얼룩 속으로 달려간다. 헬레가 잠시 남아 난네가미워난네가미워난네가미워비트스톤, 이렇게 소리를 질러대고는 역시 자리를 뜬다. 헬레의 둥글고 작은 몸은 오빠들 뒤로 처지고, 그애는 가면서 이른봄의 아름다운 꽃들을 밟아 망친다. 헬레는 두 팔과 그 작은 옥수숫대 같은 다리를 흔들며 아이들을 따라잡으려 하지만, 아이들은 기다리지 않고 그냥 가버린다, 늘 그렇듯이.

혼자 남은 비트는 슬픔에 사로잡힌다. 그는 조심스럽게 시냇물 가장자리로 다가가 반대편 물가로 건너뛰려 하지만 부츠에 물이 가득차 있다. 부츠 안의 놀란 발은 몸속에서 그의 위가 느끼는 것과 같은 감각을 느낀다.

그는 잠시 시냇가에 쪼그리고 앉아 미친듯이 밀고 올라가는 물고기를 바라본다. 그는 속으로 말없이 사과를 하며 위대한 대왕 물고기가 수면 위로 모습을 드러내길 기다린다. 거칠고 끔찍한 얼굴을 한 대왕 물고기는 엄격한 표정으로 그 거대한 입을 열고 그에게 저주를 내릴 것이다. 아니면 그를 잡아먹거나. 아니면 그의 어머니를 구할 무언가를 찾아오라고 그를 멀리 보낼지도 모른다. 이 생각을 하니 비트의 가슴이 쿵쾅거린다. 그는 어질어질해질 때까지 숨을 참다가 아무 일도 일어나지 않자 둑으로 올라가 고비들 사이에, 흙에서 수줍게 몸을 일으키는 그 민둥머리들 사이에 앉는다. 나무를 쓸어내리듯 바람이 나무 위쪽에서 차갑게 불어내려오고, 바짝 마른 잎들이 그 아래에서 재잘거린다. 비트는 북쪽을 향해 뚫려 있는 몇몇 나무줄기의 구멍 안쪽에 쌓인 작은 눈더미 속으로 주먹을 넣는다.

그곳에 한참을 앉아 있는데 다람쥐 한 마리가 나타나 거의 그의 발을 뛰어넘다시피 한다. 매 한 마리가 시냇물 위로 급강하하더니 뭔가를 움켜쥐고는 시계추를 타고 있는 것처럼 다시 위로 솟구쳐 오른다.

몇 번의 호흡에 비트는 자신을 둘러싼 자연 속에서 자기 자신을 잊는다. 자연의 리듬은 비트라는 인간의 리듬과 너무나도 달라 더 예민하면서도 더 끈기가 있다. 종이 위의 마침표보다 더 작은 벌레 한 마리가 보인다. 그의 머릿속에 들어 있는 모든 것보다 더 커다란 하늘이 보인다. 양극단, 거대함과 미세함이 함께 압도해온다.

그의 뒤쪽에서 들려오는 발소리. 아주 멀리서 나는 소리지만 그는 들을 수 있다. 발걸음소리가 땅을 울린다. 그는 그 소리가 그림형제 동화책에서처럼 그를 잡아먹으러 오는 거인이 내는 소리일지도 모른다고 생각하지만 맞설 힘이 없다. 비트는 고개를 숙이고 그 커다란 손을, 그 이빨을 기다린다. 하지만 그에게 다가온 것은 뭔가 육체적이고 여성적인 냄새, 피와 고름, 땀과 장미비누 냄새다. 애스트리드다. 그녀가 비트 옆에 앉고, 그는 그녀가 야단치기를 기다린다.

그녀는 야단치지 않는다. 그냥 앉아 있을 뿐이다. 그는 용기를 내어 머리를 들고 그녀를 바라본다. 그녀는 맨발을 차가운 진흙에 기분좋게 담그고 자신의 발을 살펴보고 있다. 그녀가 미소를 지으며 그를 본다. 나는 봄날의 진흙이 발가락 사이에 닿는 느낌이 좋아, 고향 생각이 나거든. 노르웨이 말이야.

비트도 신발을 벗고 발가락을 진흙 속에 넣는다.

잠시 후 애스트리드가 그의 허벅지를 살짝 치고 자리에서 일어난다. 그녀가 그를 일으켜세운다. 아주 가볍구나, 꼬마 비트. 9킬로그램 정도 나가려나? 너 정도 무게가 나가는 아기도 받아봤는데. 넌 정말 놀라운 아이야.

두 사람은 숲에서 나와 사탕단풍나무 길을 걷다 양들의 풀밭에 들어선다. 이미 땅에는 작게 벌린 입, 혹은 보랏빛 종, 황금빛 심장을 가진 하얀 별을 닮은 꽃들이 피어 퍼져나가고 있다.

비트가 머리를 그녀의 어깨에 기대자 그녀가 말한다. 걱정하지 마. 넌 자랄 거야. 그리고 언젠가는 세상일들도 그렇게 혼란스럽지 않을 거고. 그것만큼은 내가 약속할 수 있어.

두 사람이 임시 아르카디아에 들어설 때 그녀가 그의 귀에 대고 한 가지를 더 이야기해준다. 네가 말을 하고 있지 않다는 걸 아무도 모른다고 생각하지 마. 네 안에 갇혀 있는 말들에 대해 아무도 걱정하지 않는다고 생각하지도 말고. 대신 시간을 가지고 천천히 하렴. 준비가 됐을 때 네가 느끼는 모든 것을 내게 말해주렴, 그럼 내가 최선을 다해 그걸 더 좋게 만들어줄게. 이것도 내가 약속할게. 그렇게 말하는 애스트리드의 얼굴은 민들레 들판처럼 다정하다.

애스트리드는 비트를 안고 헨하우스로 들어가고, 그 따뜻함 속에서야 비로소 그는 자신이 얼마나 추웠는지 깨닫게 된다. 카모마일과 얘로, 라벤더, 그리고 부엌 서까래에 매달려 있는 다른 허브들의 냄새가 난다. 위에서 누군가의 신음소리가 들려온다. 플래너리가 벗은 몸으로 두 팔에 세숫대야를 들고 느릿느릿 아래층으로 내려오는데, 배는 거대하고 얼굴은 불안해 보인다. 그녀는 어떻게 알았는지 이곳에 임신한 여자들을 돌봐주는 산파가 있다는 것을 알고 무서워하면서도 몇 주에 한 번씩 찾아오는 십대 소녀들 중 하나다.

오, 다행이에요. 돌아오셨네요. 그녀가 안도의 한숨을 내쉰다. 메릴린은 아미시의 딸 에이머스가 불러서 갔고, 미지는 디앤절로의 발에 박힌 못을 빼주러 갔어요.

애스트리드가 고개를 숙이고 비트의 머리를 쓰다듬으며 말한다. 넌 여기 부엌에 플랜과 같이 있으렴. 우리 얘기는 이든의 아기가 태어난 다음에 하자, 알았지? 비트는 자신이 단 한마디도 하지 않을 것임을 알지만 그래도 고개를 끄덕인다. 애스트리드는 옷을 다 벗더니 비누와 너무 뜨거워 김이 나는 물로 오랫동안 몸을 씻는다. 위층으로 올라가는 그녀 역시 다 벗은 몸이다.

플래너리가 가운을 입고는 비트를 보며 얼굴을 찌푸린다. 그래, 네 이야기가 뭔데? 그녀가 말한다. 네가 그 지체아지? 비트가 고개를 젓지만 그녀는 콧방귀를 뀌고, 그에게 사과 케이크 한 조각을 주고는 소파에 가서 드러눕는다. 맙소사, 난 내 아기가 저렇다면 절대 이 쪼그만 놈이 내 몸 밖으로 나오길 바라지 않을 거야. 그녀는 손가락을 떨며 하늘을 가리킨다.

잠시 후 그녀는 잠이 들어 쌕쌕 소리를 낸다. 비트는 위층으로 올라간다.

어둑한 방에 이든이 등을 대고 누워 있다. 처음에는 어슴푸레 빛나는 그녀의 구릿빛 머리카락만 보이다 곧 그녀의 부푼 엉덩이와 위로 이만큼 올라와 있는 살이 보인다. 애스트리드가 이든의 두 다리를 벌리고 뭔가 반들거리는 것으로 그녀의 배를 문지르며 그녀와 함께 호흡한다. 기억해, 급작스럽게 찾아올 텐데. 이건 좋은 에너지야. 그 에너지가 아기를 세상으로 내보내는 거야. 여긴 고통 같은 건 없어. 힘주지 마. 모든 건 다 때가 있으니까.

이든이 얼굴을 찡그리며 낮게 신음하더니 뭔가를 내려놓는 듯 보인다. 그러자 애스트리드가 말한다. 좋아, 좋아.

애스트리드가 길고 하얀 손가락 두 개를 이든의 다리 사이에 넣더니 이리저리 느껴본다. 그녀가 손가락을 다시 꺼내자 피가 묻어 있다. 그녀가 고개를 끄덕이며 끙 소리를 낸다.

이든 안에서 격렬함이 몰아치기 시작한다. 그녀의 발에 힘이 들어간다. 그렇게 힘을 주던 도중에 그녀는 눈을 뜨더니 문에 서 있는 비트를 보고 그에게서 눈을 떼지 않는다. 비트 역시 눈길을 고정한 채 그녀가 밀어내는 힘을 되받아 자신도 밀어낸다. 그러다 그녀가 다시 몸에서 기운을 빼고 머리를 뒤로 기댄다. 애스트리드가 낮게 속삭이자 이든이 다시 머리를 들어올리더니 비트에게 윙크를 한다. 조금 전에는 고마웠어, 멍키.

애스트리드가 고개를 돌린다. 너! 그녀가 말한다. 리들리 소럴스톤! 하지만 그녀가 비트를 쫓아내기 전에 이든이 말한다. 아뇨, 아뇨. 저 아이가 도움이 됐어요, 애스트리드. 난 저 아이가 여기 있으면 좋겠어요, 네? 저 아이는 아주 잘하고 있어요.

애스트리드는 입구로 가 플래너리를 부르고, 플래너리는 비트를 아래층으로 데려가 투덜거리며 그가 아픔을 느낄 정도로 북북 씻긴다. 그는 발가벗은 상태로 다시 위층으로 올라가 추위에 몸을 떤다. 그는 침대 안으로 파고들어 이든의 어깨에 머리를 기댄다. 이

든에게서 치커리와 피곤함 그리고 양파 냄새가 난다. 그녀의 몸은 거대하고 뜨겁다. 그는 자신의 두 손을 그녀의 이마에 대고 이맛살을 쓰다듬는다.

창가에서 빛이 스러지고 있다. 사람들이 들어오고 나가는데, 그 중에는 걱정스러운 표정의 에이브도 있다. 그는 비트에게 이야기를 하려 애쓴다. 하지만 비트는 집중하고 있다. 사람들이 나간다. 애스트리드가 두 사람을 옆으로 굴리고는 시트를 간다. 누군가가 비트에게 사과버터를 바른 따뜻한 빵 한 조각을 주지만 그는 먹을 생각이 없다. 그는 이든 곁에 머문다. 그녀가 진통과 진통 사이에 깜빡 잠이 들면 그도 잠을 자고, 그녀가 통증 때문에 잠에서 깨면 그도 깨어난다.

갑자기 애스트리드 안에서 뭔가 변화가 인다. 그녀는 재빠르고 숙달된 모습을 보인다. 플래너리가 이든의 어깨를 문질러준다. 새로운 빛이 서서히 유리창을 물들이더니 점점 환해진다. 그럭저럭 날이 밝은 것이다. 애스트리드가 이야기를 하며 이끌고 이든이 높은 신음소리를 내지른다. 애스트리드는 그 소리를 낮추려 애쓴다. 메릴린이 들어온다. 기운찬 모습으로 미소를 짓는 그녀는 퀼트 두 장과 민스파이를 들고 있다. 그녀의 목소리는 방금 받은 아미시 아기가 보여준 기적에 대해, 그 통통하고 파란 눈에 새끼 돼지처럼 장밋빛인 아기에 대해 계속 이야기를 늘어놓는다. 이든이 소리를 지르자 메릴린이 입술을 삐죽이며 가버린다.

이든은 간신히 죽을 좀 먹지만 바로 게워낸다. 그녀는 차를 조금 마신다. 그녀는 비트의 작은 팔을 부여잡는다. 그는 그녀의 억센 손길을 전혀 느끼지 못하다가 나중에 해나가 그를 샤워하우스로 데려갔다 그의 피부가 보라색으로 멍든 것을 보고 울 때에야 아픔을 느낀다. 해나는 손가락으로 그 멍들을 부드럽게 쓰다듬는다. 그렇게 하면 멍들을 쓸어낼 수 있는 것처럼.

아기를 밀어낼 때 이든의 몸은 바짝 수축한다. 비트의 귀에 목소리가 들린다. 좋아, 그래, 아주 잘하고 있어, 머리가 바로 여기 있어, 훌륭해, 한번 더 이든. 하지만 이든은 비트의 얼굴을 응시하면서 송곳니로 그녀의 아랫입술을 깨물고 있다. 그러다 갑작스레 그녀를 휘몰아치는 격렬함, 똥냄새. 그러고 나서 뭔가가 터지고 쑥 내려온다. 애스트리드의 손에는, 피가 묻고 밀랍을 바른 것 같은, 놀라울 정도로 아름다운 존재가 놓여 있고, 그 생명체는 작은 팔을 흔들며 갈매기처럼 깍깍 울기 시작한다. 이든과 비트는 서로에게 기대어 쉬며 반쯤 감긴 눈으로 바라본다.

이든이 아기를 안기 위해 두 팔을 든다. 메릴린이 이미 씻겨 담요로 싼 아기를 건네고, 애스트리드는 그 작은 입을 이든의 주먹만 한 젖꼭지에 대주고 아기에게 어떻게 물려야 하는지 알려준다. 끙끙거리고 킁킁거리는 아기, 그렇게 절박한 것을 비트는 지금껏 본 적이 없다.

이른 아침의 희미한 빛과 땀과 탈진 상태에 푹 잠긴 이든이 마지막 진통의 고통을 헤쳐나간다. 그녀는 아기를 안고 그 태곳적 얼굴을 바라본다. 비트는 지금 자신이 느끼는 모든 것을 자신 안에, 저 깊은 곳에 묻는다. 이제 그곳은 그가 침묵 속에서 찾아갈 빛나는 비밀의 장소, 그가 아는 최고의 장소가 된다.

여자들이 해나를 찾아온다. 그들이 빵 트럭으로 들어왔을 때 에이브는 아직 트럭 안에 있다. 해가 뜨기 전이다. 그들은 옷 주머니에 봄의 냉기를 담아 들어온다. 빵 트럭의 온기 속에 그들의 숨결이 김이 되어 나온다. 일어나, 일어나. 그들의 말에 해나가 일어선다. 훌륭한 여인들, 아르카디아의 여인들, 큰 키에 여윈 손, 반다나 스카프, 하얀 목, 햇볕을 받아 자글자글해진 눈가의 주름. 그들은 해나를 테이블 앞에 앉히고 머리를 빗겨 단정하게 땋아올린다. 그들은 물을 데우고 그녀의 옷을 벗긴다. 비트의 어머니의 몸은 야위어 뼈가 앙상하다. 그들은 뜨거운 수건으로 그녀의 몸을 닦는다. 서서히, 그녀의 냄새가 애스트리드의 장미비누에 엷어진다. 그녀의 피부, 머리카락, 잠이 물에 녹아 묽어지고 마침내 그녀 고유의 것이 사라진다.

여자들이 그녀를 데리고 간다.

에이브는 콩소스를 곁들인 귀리와 신선한 두부로 저녁을 먹는 동안 딴생각에 잠겨 있다. 해나는 여자들이 데려간 후 아직 돌아오지 않았다. 비트는 자유로이 자신의 생각에 잠겨, 어머니를 돕기 위해 곧 숲으로 들어가야겠다고 생각한다. 그는 누군가가 자기에게 무엇을 찾아야 하는지 말해주면 좋겠다고 생각하며 그 누군가가 너무 무섭거나 흉측하지 않기를 바란다. 그는 소나무숲에 부는 바람에 귀를 기울이지만 바람은 동화책에 나오는 소년들에게 이야기하는 것처럼 그에게 말을 걸지는 않는다.

빵 트럭에서 모든 것을 치우고 정돈한 다음 에이브는 비트를 핑크 파이퍼에 데려가 콜의 해먹에서 자도록 한다. 에이브는 비트에게 무거운 입맞춤을 하고 나간다.

작게 얼어 있는 눈에 금속 지붕이 탁탁 소리를 낸다. 애스트리드의 아이들이 부드럽게 숨을 쉰다. 스위티의 아들들이 코를 골며 뒤척인다. 콜이 뒤꿈치로 비트를 찌른다. 가족 막사의 아이들이 담요 아래에서 서로 뒤얽혀 있다.

비트가 고개를 돌리자 주위가 어둑한데도 헬레가 눈을 뜨고 있는 것이, 그 노란 눈이 보인다. 핸디의 올챙이, 불룩하고 이상해. 그는 생각한다. 헬레가 비트를 바라본다. 헬레의 입은 정보로 잔뜩 부풀어 있다. 헬레는 꼬치꼬치 캐묻고, 문가에서 엿듣고, 고자질을 하고 다닌다.

헬레가 속삭인다. 오늘밤 비판이 있대. 해나, 너네 엄마에 대한 비판.

메릴린이 아래층에서 누군가에게 이야기하는 소리가 들린다. 야한 샐리의 목소리 같다. 비트는 해먹에서 내려와 계단을 살금살금 내려간다. 샐리는 임신중인데도 그들은 창가에서 이상한 걸 피우고 있다. 그들은 수다를 떠느라 주의를 기울이고 있지 않다. 그는 문밖으로 나간다.

얼음이 풀밭 위에서 반짝인다. 그는 맨발이고 얇은 잠옷 아래 다리는 춥다. 처음에는 발바닥이 불에 덴 듯 아프다가 나중엔 아무 느낌이 없다. 자신이 아직 뛰고 있음을 확인하기 위해서는 두 팔을 힘차게 흔들어야 한다. 바람이 차가운 손으로 그의 얼굴을 휘갈긴다. 사과나무가 불길하게 줄지어 선 과수원에서 그는 드러눕고 싶은 생각이 간절하지만 해나를 생각하며 계속 나아간다.

아르카디아 하우스로 이어지는 석판 계단 위로, 석조 포치 위로 오른다. 손잡이에 손이 닿지 않지만 문을 밀자 커다란 문이 홱 열린다.

지독한 냄새. 니스, 폴리우레탄, 페인트, 밀랍, 식초, 땀, 톱밥, 구리, 그리고 차가운 못의 냄새. 계단은 수리를 마친 상태지만 계단 위에 하늘은 없고 회반죽과 천장만 있어 어두컴컴하다. 조립을 마친 커다란 샹들리에는 머리 위에서 어둑한 그림자 속에 매달려 있다.

아직 엉성한 마룻바닥 위를 걸어, 나선형 계단을 오른다. 반쯤 올라가자 목소리들이 들린다. 또다른 복도. 손에 닿는 페인트가 끈끈하다. 또다른 계단. 목소리들이 더욱 크게 들린다. 프로시니엄 뒤편으로 이어지는 문 입구에 이르자 목소리들이 아주 커다랗게 들린다.

비트는 몸을 웅크리고 한쪽 눈을 갈라진 틈새에 댄다. 두 발에 감각이 되살아나면서 너무 아파 눈물이 날 것 같자 그는 피가 날 정도로 볼 안쪽 살을 깨문다.

그의 눈에 사람들 실루엣이 보인다. 움직이는 사람들, 얼굴로 올라가는 손 그림자, 하나로 모였다가 다시 떨어지는 머리들. 그 너머, 높은 무대 위에 세 개의 등유 램프가 밝혀져 있고, 거기 해나가 있다.

해나는 아주 조그맣고, 몸을 떨고 있고, 그에게서 너무 멀리 떨어져 있다. 그녀는 혼자다. 그녀는 두 손을 무릎 위에 포개고 아래를 내려다보며 고개를 끄덕인다. 누군가가, 한 남자가 말한다. …… 그러니까, 해나, 우린 당신을 사랑하고 당신이 낫기를 바란다고, 하지만 이젠 정말이지 지겨워. 당신이 우리 모두의 에너지를 다 떨어뜨리고 있어. 핸디와 그들이 돌아오기 전에 해야 할 일들이 산더미 같고, 우리는 모든 에너지를 다 끌어모아야 농사를 시작할 수 있다고, 알아?

해나가 고개를 끄덕이고, 끄덕이고, 끄덕인다.

이제 다른 누군가가 차분하고 냉정한 목소리로 말한다. ……마하야나, 큰 배라는 뜻이고 모든 사람을 돌본다는 의미야. 하지만 당신은 순전히 작은 배인 히나야나의 태도를, 오직 당신 자신만을 돌보는 태도를 보여주고 있어…… 해나가 고개를 끄덕인다.

그리고 어떤 여자가 말한다. 들어봐…… 당신이 괜찮을 땐 정말 누구보다 훌륭해…… 가을에 당신에게 사고가 있었고…… 아기를 잃은 건 슬픈 일이야…… 이젠 극복해야 하지 않아?

그러자 해나가 두 손으로 스커트를 움켜쥔다. 그녀의 얼굴이 일그러지다 다시 펴지고, 그녀는 다시 고개를 끄덕인다.

이제 낮익은 목소리, 타이터스의 목소리가 들린다. 그가 우렁찬 목소리로 말한다. ……빌어먹을 인간들, 젠장, 이건 다리 하나가 부러져 그 망할 다리로 뛰고 있는 사람을 쓰러뜨리는 거나 마찬가지야. 우리가 지금 하고 있는 일은 누구에게도 어떤 도움도 되지 않아, 나도 겪어봐서 알아, 해나, 나도 당신처럼 그런 적이 있었어. 더이상 내려갈 수 없을 만큼 아래로 가라앉았었고, 우울증이라는 검은 개가 내 목을 물고 있는 것 같았어, 젠장, 난 그게 어떤 건지 잘 알아, 그러니 이 멍청한 위선자들 말 들을 필요 없어……

고함이 터져나오고, 소리를 질러대는 목소리들이 타이터스의 목소리를 덮어버린다. 해나가 그곳에 모인 사람들 속에서 시선을 고정시킬 얼굴을 찾아 그곳을 바라본다. 이 순간, 그녀는 여기 오롯

이 존재한다. 그의 어머니는 너무도 가냘프고 너무도 멀리 있다.

비트는 더이상 참지 못한다. 그는 웅크리고 있던 자리에서 벌떡 일어나 달리기 시작한다. 끝없는 통로를 따라, 벤치에 앉아 있는 사람들을 지나, 바닥에 털퍼덕 앉아 있는 사람들을 지나 계단으로, 계단 위로 오른다. 어둠 속에서 뛰쳐나와 등유 램프 빛의 얕은 웅덩이 속으로, 그 한가운데 홀로 있는 해나에게로. 그는 어머니 무릎으로 뛰어올라 두 팔로 그녀의 머리를 감싸안는다. 그는 등뒤에 꽂히는 모든 사람들의 시선을 느낄 수 있다. 오랫동안, 아무 일도 없이, 오직 침묵뿐.

짧은 순간, 그의 배에 느껴지는 촉촉한 온기. 배를 누르는 어머니의 얼굴.

짧은 순간, 그의 몸에 느껴지는 그녀의 입, 셔츠 위의 입맞춤.

곧 에이브가 무대 위에 올라 비트를 들어올리고, 비트는 에이브의 강인한 두 손에 들린 채 공중에 떠서 통로를 반쯤 내려간다. 에이브가 비트의 귀에 화난 목소리로 속삭인다. 비트는 해나에게 돌아가기 위해 몸을 뒤틀며 버둥댄다. 침묵 속에서 비트는 필사적으로 몸부림친다. 그들이 3층 계단을 내려가고, 입구의 나선형 계단을 내려가, 바깥으로, 밤 속으로 나갔을 때, 에이브의 말이 들린다. ……알아, 꼬마, 네 마음이 아프다는 거 나도 알아. 네가 고통을 참고 있다는 것도 알고 있고, 멍키…… 에이브가 비트를 꽉 끌어안고, 비트는 아버지에게, 이 핑핑 돌아가는 끔찍한 세상에서 단 하나의 견고한 땅인 그에게, 그의 중력에 매달린다. 에이브에게 꽉 안겨 있던 비트가 그를 밀쳐내려고, 다시 해나에게 날아가려고 애쓰다가 그의 아버지를 꽉 움켜잡는다. 아버지를 밀쳐내고, 움켜잡는다. 에이브가 말한다. ……아직 밖으로 내보낼 필요는 없어…… 집까지 반 정도 왔을 때, 에이브가 굳은 땅 위를 걷기 시작했을 때, 비로소 비트의 내적 비명이 요동치며 끓어오르더니 시큼한 토사물이 되어 쏟아져 나온다.

한밤중, 비트는 말소리를 듣는다. 지금이 마지막 기회야, 자기. 비틀*을 밖에 대기시켜놨어, 열쇠도 꽂혀 있고.

침묵이 너무나도 길어 비트는 거의 잠이 들려고 한다. 그때 낮은 속삭임이 들려온다. 아니야.

그럼 노력해야 해. 노력하기 시작해야 해. 그래야 해. 그래야만 해.

목이 잠겨 쉰 듯한 아버지의 떨리는 목소리, 그 소리에 비트의 내면도 잠긴 듯 떨려온다.

길고 긴 침묵. 비트는 거의 잠에 빠져든다. 그때 들려오는 부드럽고도 부드러운 소리. 노력할게.

잠에서 깨니 온통 물어뜯긴 기분이다. 그는 해나와 함께 호흡을 하며 누워 있고, 마침내 에이브가 일어나 그들에게 식사를 차려주고 비트를 핑크 파이퍼에 데려다준다. 떠나기 전 에이브가 비트 앞에 무릎을 꿇고 눈가의 머리카락을 쓸어올려주며 말한다. 언제든 네가 말하고 싶을 때 이야기해, 알았지?

---

* 폭스바겐의 소형 승용차.

하루종일 비트는 속이 바짝 타들어간다. 표현할 수 없는 지독한 무언가가 다리 안쪽을 찔러대고 어깨를 아프게 한다. 베개를 찢고 해먹들을 안뜰에 뿌려버리고 싶다.

침묵만으로는 효과가 없다. 그에게는 임무를 띤 여정이 필요할 것이다. 어서 빨리 해나를 구하기 위한 물건을 찾으러 여정을 떠나지 않는다면 자신이 무슨 일을 저지를지 겁이 난다.

스위티가 그에게 부드럽게 말을 걸려 하지만 그는 달아난다. 오늘은 어린이집이 조용하다. 도로트카가 온실에 씨를 뿌리다 잠시 일을 놓고, 나무에 대한 이야기를 들려주기 위해 아이들을 데리고 숲으로 간다. 그는 다른 아이들 뒤를 따라가며 부츠를 쿵쾅거린다. 그는 반드시 해야만 한다. 무엇을? 그의 갈구가 요동치며 그의 내부를 툭툭 건드린다.

어린이집 아이들은 풀밭을 지나 그 고약한 숲으로 들어간다. 비트는 다섯 걸음, 열 걸음 뒤치진다.

진흙이 말라붙어 작은 구멍과 구덩이로 변했다. 갯버들이 벨벳처럼 시냇가를 뒤덮고 있다. 다른 버드나무들도 온통 황금빛 싹으로 뒤덮여 있다. 스위티와 마리아가 아기들을 수레에 태워 핑크 파이퍼로 데려간다. 진시와 머핀, 피오나가 부드러운 풀로 뒤덮인 경사면을 굴러내려간다. 사내아이들이 막대기로 이것저것 두드리다 멈추고 도로트카의 말에 귀를 기울인다. 이걸 보렴. 그녀가 아이들의 주의를 끈다. 느릅나무과에 속하는 느릅나무야. 잎들이 서로 어긋나게 나오는데, 지금 막 나오기 시작했네, 봐봐! 원래는 아시아에서 온 거란다. 일종의 시과翅果에서 씨를 얻어, 어디 보자, 아하, 아하, 여기 작년에 남은 게 하나 있네.

그녀가 씨 하나를 들어올리자 씨가 프로펠러처럼 팔랑이며 아래로 떨어진다.

그녀가 활짝 웃는다. 아이들도 활짝 웃는다. 봄은 사랑하는 이에게서 온 편지란다.

도로트카가 두 팔로 나무를 안자 아이들도 하나씩 나무를 안는다. 그들은 그늘 속으로 더 깊이 들어간다. 네덜란드 금낭화네! 그녀가 외친다. 여기 봐, 거북다리야. 여기 보렴, 인동초구나.

잿빛 하늘이 갈라지며 햇빛이 가루처럼 곱게 내려와 땅 위에 앉고, 새싹 위에 흩뿌려진다. 바로 이거야. 비트는 한때 그의 단어들이 살았던 목구멍 안에서 맥이 힘차게 뛰는 것을 느끼며 깨닫는다. 바로 여기에서 여정이 시작될 것이다. 비트는 썩은 통나무 뒤에 몸을 웅크린다. 나무 표면의 빽빽하게 앉은 이끼 속에서 양치식물이 자라고 있다. 그는 다른 아이들이 가는 것을 지켜본다. 곧 그들 소리가 전혀 들리지 않는다.

통나무 아래에 차가운 부분이 있다. 눈이다. 작은 야생 딸기들이 눈을 뚫고 고개를 내밀고 있다. 그는 딸기를 먹으며 그 선명하고 달콤한 과즙으로 손을 물들인다. 좋아, 더 깊이 들어가서 찾아야 할 것을 찾으라는 신호다.

그는 오솔길을 벗어나 숲으로 들어간다. 그는 혼자이고, 모든 것은 날카롭고, 허기진 생명으로 가득하다. 얼룩다람쥐 두 마리가 가지에서 가지로 뛰며 서로를 쫓는다. 한 마리가 아래로 떨어져 땅에서 튀어오르더니 다시 내달린다. 덤불이 그를 움켜잡았다가 마지못해 놓아준다. 멀리서 시냇물이 노래한다. 그는 어느 모퉁이를 돌다 하마터면 시냇물에 빠질 뻔한다. 그가 배를 깔고 엎드려 몸을 앞으로 숙이고, 그가 발견한 매끈한 작대기를 뻗으니 거의 수면에 닿을 듯하다. 그의 머리는 물에 반사된 나무들이 빙 둘러 만든 검은 테두리 속 하얀 하늘에 찍힌 커다란 얼룩 같다. 그의 옷은 가시투성이다. 그는 핏방울이 하나 떨어지는 것을 보고 나서야 얼굴에 베인 상처가 생겼다는 것을 알아챈다. 핏방울은 물속으로 빨려들어가 연기처럼 풀어져 희미해진다.

이제 올 거야. 그는 생각한다. 물속에서 나올 거야, 분명히. 그는 황금빛 백조나 물의 요정을 바라지만 트롤이라도, 비트 크기의 못생긴 소인이나 괴물이라도 받아들일 것이다. 그는 기다린다. 아무 일도 일어나지 않는다.

얼마 후 그는 다시 길을 간다. 몸이 지쳐간다. 날은 추워졌고 초록으로 물들어가는 나뭇가지 위의 하늘은 더 짙은 푸른색이 되었다. 느닷없이 나타난 노루삼*이 그 커다란 허연 눈알을 희번덕거리며 그를 지켜보고 있다. 한 나무의 몸통에 생긴 구멍으로 초저녁 보름달이 보이고, 그는 파이를 떠올린다. 하지만 더 자세히 보자 달에 새겨진 얼굴이 보인다. 왜 지금까지 아무도 그에게 달에 있는 남자가 놀라서 외치고 있다는 말을 해주지 않았던 걸까?

그는 정말이지 너무나도 작다. 그리고 숲은 너무나도 어둡고 깊다.

발의 감각이 사라질 무렵, 숲속 나무들이 잠시 숨을 죽인 빈터를 발견한다. 그는 이곳에 바람이 불지 않는다고 느낀다. 눈에 그을린 풀 밖으로 고개를 내민 비석들을 보며 비트는 애스트리드의 치아를, 그 이들이 얼마나 누렇고 무질서해 보였는지를 떠올린다.

---

* 열매가 하얗고 동그란 베리류 식물.

기운을 차리기 위해 앉은 그는 손가락으로 비석들에 새겨진 단어들을 따라간다. 미네르바, 하늘에 쓰인 이름이여. 비석 하나에 이렇게 쓰여 있다.

1857년. 다른 비석에는 이렇게 쓰여 있다.

젖니같이 아주 작은 것에는 이렇게만 쓰여 있다. 한 번 숨을 쉬고, 사라지다.

얼마나 오래 앉아 있었는지 알지 못한다. 나무들이 자기들끼리 속삭인다. 어스름이 내리고 그가 앉은 비석이 점점 차가워진다. 뭔가 다가오는 느낌이 들더니, 손 하나가 늘어진 천 가운데를 쥐고 들어올린다.

곁눈으로 보니 뭔가 흰 것이 움직인다. 그는 열 번 숨을 쉬는 동안 그것을 곁눈질하다가 고개를 돌려 쳐다본다. 그는 비석들 중 하나가 기어서 어둠 속으로 도망가는 모습을 기대하지만 그건 비석이 아니다.

짐승 한 마리가 거기 서 있다. 뾰족하고 하얗고 키가 크고 털이 길다. 흰 사슴처럼 우아하지만 사슴은 아니다.

그 짐승은 노란 눈으로 비트를 뚫어지게 쳐다보며 킁킁거린다. 짐승 옆쪽의 그림자가 짙어진다. 질감이 수직으로 흐르더니 직물이 된다. 비트는 몸을 작게 웅크린 채 가만히 그 드레스를 올려다보며 얼굴을 찾는다. 여자가 그를 빤히 바라본다. 나이가 아주 많은 여자다. 마녀다. 그가 꿈꾸었던 마녀다. 하지만 여자는 흉측하지 않다. 부드러운 흰색 머리에는 드문드문 검은 머리가 섞여 있고, 두 뺨은 발그레한 장밋빛이다. 입술은 깊은 주름들 사이에 자리잡고 있지만 푸근하다. 그녀가 그를 바라보는 모습에 비트는 꼼짝달싹할 수 없는 느낌이다.

그들은, 여자와 비트는 서로를 응시한다.

이것이다, 이것이 여정의 핵심이다. 이것이 그가 찾으려 했던 것이고, 모든 것이 바뀌는 그 순간이다. 그는 여자가 말을 하거나 황금 한 자루를 주거나 저주를 내리거나 혹은 해독제나 물약병, 사과 또는 깨뜨려 내용물을 확인해야 할 도토리 하나, 실크 드레스, 말편자, 깃털, 말 한마디라도 건네기를 기다린다. 여자가 그에게 말해줄 것이고, 무언가를 줄 것이고, 도와줄 것이다. 그는 자신의 몸이 땅거미 깔린 이 거대한 세상에서는 너무나도 작다는 것을 느끼지만, 여자가 그에게 요구하는 것은 무엇이든 할 것임을 안다. 심지어 그 여자와 숲속 작은 돌탑에서 영원히 살아야 하고 다시는 아르카디아를 보러 갈 수 없게 되더라도 그는 그렇게 할 것이다.

그는 해나를, 침대에 누워 있는 그녀의 모습을 생각한다. 그는 생각한다, 제발요.

그는 크게 외치고 싶지만, 그의 입술이 열리고 그의 염원이 밖으로 쏟아져나오면 오랜 저주가 해나에게 떨어질까 두렵다.

그는 기다린다. 하지만 여자는 뒤로 몇 발자국 물러나더니 다시 숲이 된다. 그러자 그 짐승도 그 가느다란 앞다리를 들어올리며 콧구멍에서 킁 하고 김을 뿜어내고는, 역시, 뚜걱뚜걱 가버린다. 그들의 소리가 희미해진다. 그는 혼자 푸르스름한 어스름 속에 앉아 있다. 두 손은 여전히 빈손이다.

가슴이 다시 원래의 리듬으로 안정을 찾자 그는 몸을 일으켜 움직인다. 앉은 자리에 닿았던 청바지와 허벅지 안쪽이 젖어 있다. 숲이 너무나도 세게 그를 짓누르고 있어 그는 거의 숨을 쉴 수가 없다. 울 수는 없다, 지금은 그럴 수 없다.

비트는 달리기 시작한다. 나뭇가지들과 부딪치고 바닥에 뚫린 구멍들에 발이 걸려 비틀거리면서도 달린다. 어둑함 속에서 나무들이 꿈처럼 그의 앞에 불쑥 모습을 드러내고, 그가 할 수 있는 일이라곤 그 나무들을 피해 가는 것뿐이다. 뭔가가 그의 뒤에서 마른 나뭇잎을 뿌려대고, 뭔가가 뒤따라오고, 뭔가가 앙상한 손가락들로 그를 움켜잡을 것이다. 그는 더 힘껏 뛰고, 그 뭔가도 더 힘껏 뛰며 그를 바짝 쫓아온다. 그는 그것의 끔찍한 숨결 냄새를 맡을 수 있다. 마침내 물이 찰싹거리는 소리가 들리고, 내달려와보니 돌들이 쌓인 연못가다. 오늘밤 연못은 광대해 보이고, 그는 평소 헤엄을 치던 곳의 반대편에 서 있다는 것을 깨닫는다. 길고 검은 풀밭을 올라가자 웅크린 별채들과 두유 낙농장, 제빵소, 팔각형 헛간이 보인다. 아르카디아 하우스가 보인다. 수송팀이 어디에선가 훔쳐온 새 발전기가 몇몇 창문에 불을 밝히고 있다. 쓸쓸한 연못가에서도 발전기가 윙윙 돌아가는 소리가 들린다.

불빛이 위층 창문 하나를 따뜻하게 데우고 있다. 비트는 그곳에서 아버지가, 근사한 수염을 기른 에이브가 문을 다시 달고 있는 모습을 상상한다. 랜턴 불빛 속에서 고치고 짓고 더 낫게 만들고 있는 에이브를 상상하자 비트는 차분해진다. 그게 바로 에이브가 하는 일이다. 그는 안정적이고 사람을 진정시킨다. 식당의 아치형 창문들에도 황금빛 온기가 있다. 기억이 난다. 오늘밤에 아르카디아 하우스에서의 첫 단체 저녁식사가 있다. 이타카의 버려진 레스토랑에서 뜯어온 스테인리스 주방에서 조리하는 식사다. 그는 어머니도 불빛과 온기와 음식에 이끌려 이곳으로 왔기를 바란다. 어머니가 침대에 홀로 있는데 다른 사람들이 식당에서 웃고 있는 것을 상상하면 가슴이 아프다.

연못 가장자리를 따라 얼어 있는 얼음이 크리스마스 유리 장식만큼이나 얇다. 그는 그 위를 뛰어가며 뽀드득뽀드득 소리를 낸다. 여름이면 금어초가 자랄 오솔길에 이른 그는 있는 힘을 다 끌어모아 질주한다. 저멀리, 랜턴과 플래시로 불을 밝힌 사람들이 임시 아르카디아에서 이어지는 길을 줄지어 올라오고 있는 것이 보인다.

그는 불쑥 안으로, 압도적인 온기 속으로 뛰어들어간다. 여기에도 자작나무 같은 다리들로 이루어진 숲이 있고, 그는 하마터면 다리 하나에 부딪힐 뻔한다. 얘야, 저기, 이런. 누군가가 말한다. 워, 뭐가 그렇게 급하니? 다른 사람이 말한다. 얘야라니, 뭐야? 누군가가 묻고 누군가가 대답한다. 아, 그냥 늘 보던 숲속의 엘프야. 웃음이 터지고 그는 두 주먹을 쥐고 더 세게 밀치고 나간다.

주방은 열기로 터질 듯하고 그래서 그는 몸이 아파온다. 냄새가 너무 좋아 울고 싶다. 뭔지 모르지만 튀김이 있고 채소스튜가 있다. 그는 거대한 쇠그릇에 담긴 구운 비트에 식초를 넣어 젓고 있는 해나를 발견하고 그녀의 무릎을 붙잡는다. 해나가 그를 내려다보며 미소를 짓는다. 그녀가 그를 번쩍 안아올리더니 싱크대 한 곳에서 따뜻한 물로 그의 얼굴을 씻긴다. 으으으, 그녀가 그의 두 손을 만져보곤 말한다. 그러고는 머리카락에서 나뭇잎과 잔가지들을 떼어낸 후 그를 들어올려 엉덩이에 대고 코를 킁킁거리더니 살짝 얼굴을 찡그리고 어깨를 으쓱한다. 우린 모두 실수를 하기 마련이지, 그녀가 속삭인다. 오줌을 싸는 것도 어쩌다 한 번은 괜찮아.

그가 얼굴을 어머니의 따뜻한 입 가까이 가져가자, 그냥 그렇게, 숲속에서 쫓아오던 뭔가가 뒷걸음치더니 스르르 밤 속으로 다시 사라진다.

그들은 저쪽 식당 안의 훤히 드러난 서까래 아래에서 새로 칠한 테이블에 앉아 잠시 감사의 순간을 가진다. 누군가가 말한다. 이타다키마스. 모든 존재에게 감사한 마음으로 이 음식을 먹겠습니다. 그러고 나서 그들은 접시들을 쌓는다. 해나가 비트를 무릎에 앉히고 꽉 안아준다. 그러더니 그녀의 포크로 비트에게 음식을, 잘게 자른 빵조각과 스튜를 먹여준다. 그의 하루가 커다란 파도가 되어 그에게 밀려온다. 다른 사람들이 하고 있는 말은 그의 귀에 아무런 의미도 갖지 못한다. 입속에 밀고기 조각을 문 채 그는 눈을 감고 잠에 빠져든다.

그가 해냈다. 혼란스럽고, 어떻게 해낸 것인지 알지는 못하지만 말이다. 건네받은 열쇠도 없었고, 그가 무슨 말을 한 것도 아니었다.

해나는 완전히 벗어난 것은 아니지만 서서히 헤쳐나오고 있는 중이다. 그녀는 매일 일어난다. 머리도 빗는다. 제빵소에서 빵을 굽는다. 에이브가 보고 있지 않을 때만 가끔 오랫동안 눈을 감고 있고, 그럴 때면 비트는 숨을 죽인다. 하지만 고통스러워 보이는 노력을 기울이며 그녀는 늘 다시 눈을 뜬다.

에이브가 처음에는 조바심을 내며 반대하지만 애스트리드는 오후에 일을 중단하라고 명령한다. 그들은 놀 거라고, 아무도 감히 반대하지 말라고 그녀가 말한다. 사람들은 반대하지 않는다. 오후는 환하고 따뜻하다. 남자들은 포치와 별채들 사이에 있는 연초록 풀밭으로 간다. 그들은 진짜 오논다가 인디언인 빌리고트가 어느 겨울 물푸레나무 가지와 재생 우비로 만든 라크로스 스틱을 들고 있다. 여자들은 남자들의 머리를 자신들처럼 땋아주고, 남자들은 면 반바지만 남기고 옷을 다 벗는다. 겨우내 창백했던 웃통이 빛난다. 비트는 웃고 있는 여자들과 함께 앉는다. 그들은 이상한 풀을 피우며 자기들끼리 이야기를 나누고 피처에 담긴 아이스티를 마신다. 그들은 아기들을 서로에게 건네주며 아기들의 조그만 배에 대고 푸우, 하고 불곤 한다. 다른 아이들은 어디선가 놀고 있지만 비트는 해나의 여윈 무릎 위에 앉아 남자들의 무리가 헐떡이며 작은 공을 쫓아가는 것을 지켜본다. 그들은 서로 부딪치고 떨어져나갔다가 노래를 부르고 말다툼을 하고 땅으로 넘어지고 땀을 흘린다. 비트는 아버지가 스틱에 달린 바구니에서 공을 꺼내 떨어뜨리고 목과 가슴까지 온통 붉어지는 모습을 지켜본다. 타이터스의 허리께를 두른 통통한 지방덩이가 출렁이는 모습을, 얼마나 민첩한지 달리는 게 아니라 그냥 원하는 자리에 불현듯 나타나는 것 같은 히에로의 모습을 지켜본다. 타잔이 쉽게 골을 넣고 그의 팀은 펄쩍펄쩍 뛰며 함성을 지르고 서로를 두드리고 껴안는다. 그 모습을 보며 비트는 깨닫는다. 이 커다란 남자 어른들이 발산하는 냄새와 힘에도 불구하고, 이들이 하나같이 그냥 소년에 불과하다는 것을, 비트 자신과 크게 다르지 않다는 것을. 세상이 그의 주위에서 다정하게 거리를 좁혀온다.

어느 아침, 시간이 그에게 온다, 슬며시. 그는 이든의 갈색 감자 같은 아기를 재미있게 해주려고 손에 끼워 흔들던 사자 인형을 보고 있었는데, 다음 순간 그는 이제껏 의문을 품지 않았던 무언가를 이해하게 된다. 이제 그는 아주 분명하게 깨닫는다. 시간이 아주 유연하다는 걸, 고무줄 같은 것이라는 걸. 시간은 길게 늘어날 수도 있고 단단히 뭉쳐질 수도 있고, 매듭이 지어지고 접힐 수도 있다. 그리고 그러는 내내 시간은 끝없이 순환하는 고리다. 밤이 있을 거고, 그러고 나면 낮이 있을 거고, 그러고 나면 다시 밤이 있을 것이다. 한 해가 끝나면 다른 해가 시작될 것이고, 또 끝날 것이다. 노인은 죽고, 아기는 태어난다.

여름 해나가 와서 겨울 해나를 대신하고 차차 맑은 목소리를 내며 새 작업복을 입을 것이다. 아직은 완전히 바뀌지 않았다. 그러나 곧 그렇게 될 것이다.

스위티가 지나가다 차가운 손을 그의 턱 아래에 갖다댄다. 왜 그러니, 아가? 그녀가 말하며 그의 두 볼을 닦아준다. 아프니?

그의 비밀이 그의 안에서 부풀어올라 거의 터지려 한다. 참 좋다, 참 경이롭다. 하지만 침묵을 지켜야 한다, 하마터면 깜박할 뻔했다. 그가 고개를 흔든다. 그녀가 그녀 소매의 깨끗한 부분으로 조심스럽게 그의 두 볼을 닦아주고는 쿠키 하나를 건네며 애스트리드에게는 비밀이라고 말한다. 그녀는 애스트리드를 슈가 나치라고 부른다. 그녀가 그에게 키스한다. 그는 그냥 그렇게, 스위티의 부드러운 입술이 그의 피부에 닿은 채로 있고 싶다. 하지만 그는 길게 숨을 쉬며, 마지못해 시간이 다시 흐르도록 한다.

핸디가 콘서트에서 돌아오기로 한 날 새벽, 머리 위 구름이 배를 열어 갑작스럽게 눈이 내리고 소복하게 쌓인다. 예기치 못한 무게에 눌린 숲은 숨을 죽이고, 초록 새싹들은 안으로 움츠러들고, 새들은 힘겨워하며 옹기종기 모여 있다. 늦은 밤, 모든 마지막 작업들을 감독하고 돌아온 에이브가 작업복 차림으로 침대에 쓰러진다. 마지막 목공 작업과 마지막 페인트 작업, 마지막 니스칠, 그리고 벽의 촛대들과 커튼들까지 모두 처리했다. 중고 상점에서 찾은 커튼, 침대 시트들을 꿰매 만든 커튼, 아직도 백단유 냄새가 나는 오래된 인디언 침대 커버로 만든 커튼. 성기게 꼰 래그 러그들, 심지어 기름 먹인 유포에 스텐실을 해서 러그인 척하는 것들, 그런 모든 것들이 사방에 흩어져 있다. 그 집은 엉성한 잡동사니로 가득해. 비트는 미지가 불평하는 소리를 듣는다. 하지만 완성된 집이다. 페인트며 회반죽칠, 목공과 유리 끼우기까지 다. 비트는 집에서 한 번도 살아본 적이 없기 때문에 이것이 숨이 막힐 만큼 근사하다고, 지금껏 본 그 무엇보다 훌륭하다고 생각한다. 그 공간만으로도 그를 집어삼킬 듯 압도한다. 하지만 어젯밤 침대 위로 쓰러진 에이브의 땀에서는 불안한 미완성의 악취가 풍겼다. 에이브는 뒤척였고 조바심쳤다. 그는 깨진 창문 무게며 맞지 않는 몰딩, 페인트칠이 안 된 문에 대해 잠꼬대를 했다.

비트는 어머니의 도드라진 갈비뼈에 기대어 잠을 잤다. 해나가 꿈을 꿀 때면 그 꿈이 너무나 생생해 그에게도 들어왔다. 잿빛 양복을 입은 거인이, 아르카디아 하우스만큼이나 커다랗고 하늘의 절반만한 거인이 보인다. 그는 그 축축하고 부풀어오른 피부를 만지려고 내민 자신의 손을, 해나의 손을 느꼈다. 못 하나가 거인의 피부를 가르고, 그러자 구멍난 타이어처럼 쉬익 공기가 빠지기 시작한다. 거인은 서서히 쪼그라들고 처지고 오그라든다. 거인은 안뜰의 오크나무만하고, 그러다 핑크 파이퍼만해지고, 그러다 샤워하우스, 그러다 빵 트럭만해진다. 이제 그는 에이브만하고, 그러다 해나만하다. 얼굴은 언젠가 애스트리드가 아이를 받아주고 사례로 받아왔던 아미시 인형들의 얼굴처럼 눈, 코, 입이 없다. 거인이 입었던 양복은 연못이 되었다. 거인은 줄어들어 비트만해졌고, 그러더니 더 작아진다. 거인은 아기가 되었고, 그런 다음 덜 여문 조그만 아기가 되고, 작은 붉은 웅덩이 안의 살덩이 풍선이 된다.

마침내 풍선이 터진다. 거인은 사라졌다.

비트가 눈을 뜨니 해나가 비트를 바라보고 있다.

우리 아버지가 돌아가셨어. 해나가 속삭인다.

비트는 손을 어머니 목의 맥박에 대고, 그녀는 다시 잠에 빠져든다.

이제 해가 순하게 하얀 들판 위에 빛난다. 커피를 다 마시기도 전에 봄날의 따스함이 새 아르카디아 하우스 지붕의 눈을 녹여 눈은 이제 레이스처럼 엷다.

창가에서 비트는 타이터스 스래셔가 슬픈 표정으로 안뜰로 들어오는 것을 본다. 전보 한 장이 그의 손에서 펄럭이고 있다.

해나의 얼굴은 빨갛고 퉁퉁 부어 있다. 하지만 그녀의 두 팔을 옆구리에 묶어두던 보이지 않는 끈이 사라졌고, 그녀의 두 손은 이제 자유로워 보인다. 그녀의 숨소리도 덜 힘겹게 들린다. 얼굴에서는 커다란 눈밖에 보이지 않는다.

난 괜찮아. 에이브가 그녀를 꼭 끌어안자 그녀는 그렇게 우겨댄다. 난 정말 괜찮아. 그가 그녀의 관자놀이에 키스를 하는데, 그의 얼굴은 창백하고 믿기지 않는다는 표정이다.

그들은 다시 게이트하우스 앞에 서서 핸디를 애타게 기다린다. 눈이 모두 녹을 정도로 태양이 뜨겁다. 신참 십여 명이 포치 위에서 기다린다. 그들은 시계꽃이 그려진 영구차에 짐을 싣고 온 독일인들이다. 임신부 두 사람이 서로를 안고 있고, 머리카락이 엉겨 붙은 한 트리피가 화가 나서 자신의 신발끈을 보며 중얼거리고 있다. 신참들이 묵고 있는 막사는 만원이다. 핸디는 이 사람들 일을 어떻게 처리해야 할지 알 것이다.

모여 있는 사람들 위로, 그들 사이로 안도의 물결이 흐르는 것 같다. 핸디가 돌아오고 있다. 핸디가 다 알아서 할 것이다.

날씨는 화창하다. 남자들은 기다리는 동안 긴 도로 위에서 프리스비를 던진다. 여자들은 삼삼오오 모여 서서 서로의 어깨나 허리를 만져준다. 가장 최근에 세상에 나온 이든의 아기가 사람들에게 건네져 한 바퀴 돈다. 사람들은 아기의 호둣빛 얼굴을 응시하며 각자 새로운 영혼을 만나는 우주의 에너지 여행을 경험한다. 키티가 감정이 너무 고양된 나머지 티셔츠를 벗어던지자, 어디선가 남자의 굵은 목소리가 들려온다. 죽이는데. 그러자 키티가 씩 웃으며 몸을 흔들고, 문득 비트는 그녀가 아름답다는 강렬한 느낌을 받는다. 갈색 단발머리에 턱이 뾰족한 그녀는 사람이 된 밤송이 같다.

석 달 전 핸디와 자유민 밴드가 떠났던 게 마치 영원 저편에서 있었던 일 같다. 그때 비트는 아주 작은 아이였다. 그에게 지금보다 키가 머리 반통은 작고, 머릿속에는 단편적인 이미지 조각을 제외하고는 텅 비어 있던 그때 자신의 모습이 보인다. 어머니가 겨울 진창 속에 혼자 서 있던 모습, 길을 내려다보던 모습이 보인다.

이제 엔진 소리가 들리고, 누군가의 트럼펫이 울리고, 저멀리 모퉁이에서 파란 버스가 모습을 드러낸다. 크로셰 소재의 비키니를 입고 손수건을 머리에 쓴 라일라가 달력 사진 속 여자처럼 포즈를 취한 채 버스 보닛 위에 앉아 있다. 핸디가 운전석 창밖으로 몸을 내밀며 경적을 울리고, 그의 공자 수염 밖으로 큰 소리가 터져나온다. 이제 차창마다 머리들이 밖으로 나온다. 엔진이 멈추고 버스가 스스로 미끄러져들어온다. 사람들이 자욱한 연기 속에서 쏟아져나와 서로를 껴안고, 핸디는 소리를 지른다. 서커스 가수들이 타고 있던 오색방울새 색깔 버스는 우르릉거리며 파란 버스 뒤에 멈춰 선다. 그들도 쏟아져나온다. 그들은 이젠 더러워진 아담과 이브 인형을 꺼내고, 그런 다음 새로 만든 인형 두 개를 꺼낸다. 양갈비 모양 구레나룻이 달린 늙은 남자 인형과 화려한 드레스를 입은 마른 여자 인형이다. 새로운 인형 조종자 네 명이 합류해 있다. 그들은 노래를 부르고 종을 울리고, 그들의 노래가 허공에서 떨리고 갈라지며 더 기이해지자 봄에 취해 있던 새들까지도 숨을 죽이고 노래에 귀를 기울인다. 그들이 노래를 마치자 함성이 울려퍼진다.

비트는 다른 자동차에서 새로운 사람들이 엉거주춤 나와 팔다리를 쭉 뻗으며 활짝 웃는 모습을 본다. 핸디가 여정중에 태운 이십여 명의 신참들이다. 신참 중 한 사람이 말한다. ……세계박람회에 가려던 중이었어요, 그런데, 세상에, 여기가 훨씬 낫네요…… 한 여자가 박수를 치기 시작하더니 노래를 부른다. 기존의 친숙한 아르카디아 사람들이 그 노래를 금방 이해하고, 이제 다 함께 그 노래를 부른다. '쾌락과 궁궐 속을 거닐지라도, 아무리 초라할지라도, 내 집 같은 곳은 없다네.' 노래를 마치고는 다 같이 환호하며 함성을 지른다. 핸디가 목이 쉰 꼬마 헬레를 목말 태우고 파란 버스 앞부분으로 뛰어올라간다. 헬레는 아버지의 머리를 꼭 붙들고 숱이 줄고 있는 그의 정수리에 계속 뽀뽀를 해댄다. 꼬마 숙녀를 모자처럼 쓰고, 안경에 햇빛을 가득 받으며 핸디가 그의 이야기를 시작한다. 선량한 사람들이여, 나의 친구, 나의 자유민들이여. 우리는 이 세상의 크신 은혜를 입어 마침내 다시 이렇게 모두 모였습니다…… 비트는 해나의 품에 안겨 그녀의 손을 쥐고 있다. 다른 이들은 모두 핸디를 보고 있지만, 그는 어머니의 두 뺨에 다시 피어나는 오랜 꽃들을 바라보고 있다. 그는 도저히 참기가 힘들다. 너무 좋다.

핸디가 이야기를 마치자, 에이브가 해나의 팔에서 비트를 안아올려 자신의 어깨 위에 태우고 파란 버스의 범퍼 위로 올라가 외친다. 여기 남아 있던 우리들이 여러분을 위해 선물을 준비했습니다. 길을 떠났던 여러분, 모두 기대하십시오!

그러자 피넛과 타잔이 봄꽃을 엮어 만든 꽃다발과 사과나무 가지로 장식한 손수레를 밀고 나와 요란을 떨며 핸디를 그 안에 태우고는 전력 질주하기 시작한다. 모두 그 옆에서, 뒤에서 함께 달리고, 그들은 번갈아 핸디를 밀며 아르카디아 하우스 언덕 기슭의 자갈이 깔린 둥근 진입로까지 간다.

이렇게 웃음이 뭉게뭉게 피어오르다니! 이렇게 빠르게 달리면서 느끼는 기쁨이라니! 비트는 자신을 태우고 힘차게 달리는 에이브의 머리카락을 꽉 부여잡는다.

그때 누군가가 파란 반다나로 핸디의 눈을 가리고, 그들이 핸디를 들고 계단을 오르자 핸디는 껄껄 웃는다. 에이브가 그 커다란 문을 열어젖히고 반다나를 벗긴 다음 비트를 번쩍 들어올린다. 비트는 아버지 몸의 열기와 맥박을 느낀다. 에이브가 테라스에 모여 있던 모든 사람들을 향해 돌아선다.

우리는 해냈습니다, 그가 외친다. 우리는 지쳐 쓰러질 때까지 일했습니다. 그래도 우리는 아르카디아 하우스를 마무리지었고, 우리에겐 백오십 명, 어쩌면 그 이상이 들어가도 충분한 공간이 생겼습니다. 아이들 기숙사와 작은 침실들이 생겼고, 도서관, 식당, 화장실, 그리고 저녁에도 몇 시간씩 불을 밝히고 음악을 들을 수 있는 발전기까지 갖추었습니다.

비트가 여태까지 들어본 것 가운데 가장 커다란 환호성이 울려 퍼진다. 핸디의 얼굴 위로 충격이 번진다. 그가 빠르게 눈을 깜빡인다. 이거…… 멋지군. 핸디가 말한다. 천천히, 나지막하게. 에이브만 그 말을 듣는다.

비트 아래에서 에이브가 푹 가라앉는 것 같다. 그의 어깨가 처지고 머리가 툭 떨어진다. 뒤에 있던 사람들이 몰려들어 그들을 밀치고 입구로, 그 근사한 샹들리에 아래로 들어간다. 모두가 조용해진다. 그 공간이 너무 웅장하고 햇빛으로 가득하기 때문이다. 기존 아르카디아 사람들, 원래부터 있던 진실한 믿음을 가진 사람들은 그 구멍들과 짐승들의 자취와 어둠을, 그들 주변에서 갈라지고 있던 집을 기억한다. 이것, 이 차이, 그들이 절대 가득 채울 수 없을 것 같은 이 공간의 광대함, 여든 개의 작은 침실들, 어린이 기숙사. 그들은 이 엄청난 장관에 숨을 제대로 쉬지 못한다.

그들은 흩어진다. 어떤 이들은 해리엇이 손글씨로 써서 문에 붙인 자신의 이름을 발견한다. 어떤 이들은 방에서 방으로 뛰어다니며 맞교환할 곳을 찾는다. 이 새 커플은 함께 있고 싶어하고, 어떤 신참들은 더 좋은 방을 원하고, 결혼한 부부였으나 투어중에 헤어진 이들은 각각의 공간을 필요로 한다.

누군가가 위층에서 외친다. 아니 변기에 황금을 입혔잖아! 하우스 곳곳에서 유쾌함이 샘솟아 메아리치고, 핸디 얼굴의 뭔가가 느긋해진다.

그거 재미있는데, 그가 중얼거린다. 알겠어. 다이아몬드와 석류석, 아이들에겐 은방울. 나도 그 책을 읽었는데, 그게 뭐였지?

토머스 무어의 유토피아. 에이브가 약간 뚱한 얼굴로 말한다.

맞아. 핸디가 말하고는 에이브를 살펴본다. 그러고 나서 기적처럼, 핸디가 그 특유의 미소를, 보조개가 파인 부처의 미소를 짓는다. 그럴 때면 평범한 핸디가 뭔가 매력적인 사람으로 변한다. 그가 손을 에이브의 어깨에 올리고, 두 사람은 서로를 향해 잠시 몸을 숙인다. 핸디가 말한다. 음, 좋아, 그럼. 괜찮아. 좋은 일이야. 우리가 함께할 수 있도록 당신이 멋진 일을 해냈어. 이건 아주 좋은 일이야. 근사한 선물이고. 정말 고마워, 에이브러햄 스톤, 진심이야.

연장자의 말에 에이브는 기뻐하며 얼굴을 붉히고, 어린아이처럼 고개를 숙인다.

그날 오후, 올리의 맥주통들과 레드와인 병들이 나오기 전에, 슬랩 애플주와 파이를 먹고 마시기 전에, 핸디와 자유민들이 풀밭 위에서 음악을 울리기 전에, 발전기 덕분에 길게 이어져 밤늦도록 그리고 조용한 아침 시간까지도 계속될 요란한 재회의 파티가 시작되기 전에, 아이들이 둥지 속 병아리들처럼 서로 포개어 잠들기 전에, 이 모든 떠들썩함이 시작되기 전에 그들은 임시 아르카디아에서 그날 밤 필요한 모든 것을, 매트리스와 시트, 칫솔, 비누 등을 가지고 올라온다. 나머지 것들은 다음날 나를 것이다.

그때 누군가가 불꽃을 쏘아올리고, 코끝을 맴도는 유황냄새 속에서 파티가 시작된다.

자정이 한참 지난 시간, 핸디가 테이블 위에 올라선다. 핸디는 키가 아주 작지만 아르카디아 전체를 꽉 채우는 것처럼 보인다. 사람들은 풀밭에서 자고 있다. 비트는 다른 아이들과 함께 담요 위에 있는데, 아이들의 얼굴은 잼과 주스 범벅이다. 팔다리에 닿는 밤이 차가워진다. 핸디가 노래를 부르기 시작한다. 그의 목소리는 투어로 인해 칼처럼 날이 서 있다. 올, 올레나, 올, 올레나 올, 올, 올, 올, 올, 올레나. 비트는 그 노랫소리에 베여 잠에서 깬다. 노르웨이 노랫말이 뭔가 붙잡기 어려운 것으로, 핸디가 늘 말하고 늘 꿈꾸는 완벽한 곳에 대한 이야기로 이어진다. 그는 그곳이 그들 앞에 온전하고 아름다운 것으로 떠오를 때까지 매혹적인 말로 이야기를 엮어 들려주곤 한다. 그가 노래를 한다, 마치 오늘, 집으로 돌아온 날, 그가 손을 뻗으면 그에게 보이는 것을 만질 수라도 있는 것처럼, 승리와 뒤섞여 아직 과거에 대한 향수鄕愁가 남아 있지만 머지않아 그 역시 과거가 될 것처럼. 비트는 핸디 뒤편을 바라본다. 땅에 깔아놓은 담요 위에 해나와 에이브가 서로를 워낙 꼭 끌어안고 있어 그의 피부와 그녀의 피부를 구분하기 어려울 정도다. 하지만 비트는 그들을 바라보며 그 둘을 분명하게 구분한다. 어둠 속에서도 두 사람 사이에 벌어져 있는 그 빈 공간이, 주먹만하고 심장만하고 빵 한 덩이만한, 그런 크기의 빈틈이 보인다. 그가 결코 보지 못할 그의 누이 크기만한 빈틈. 비트의 안에서 뭔가가 찢어지고, 비트는 울기 시작한다. 그는 울면서 가슴속에 가득 차오른 것을 터뜨리고, 눈부신 하늘을 향해 쏟아낸다. 그는 침묵 속에서 운다. 아직은, 소리를 내서는 안 된다. 아직은 때가 아니다.

핸디가 돌아온 다음날이자 5월 작물을 심기 하루 전이다. 해가 좋고 쨍쨍하다. 풀밭은 초록으로 빽빽하다. 여자들은 마지막 짐을 임시 아르카디아에서 날라 오고, 아이들은 기숙사에서 낮잠을 잔다. 침대 시트에 밴 부모의 냄새를 맡지 않고 잠을 자는 것이 너무 낯설어 비트는 게으른 파리 한 마리가 창문 너머 유리창 위에서 윙윙대는 것을 바라본다.

나뭇잎과 빵조각을 나르는 개미들처럼 여자들이 뭔가를 한아름씩 들고 언덕을 오른다. 비트가 잠시 숨을 멈춘다. 오크나무의 활짝 뻗은 나뭇가지들과 그 무성한 녹색 아래로 해나가 보인다.

그의 어머니가 안마당에서 잠시 발걸음을 멈추고 베개들을 내려놓는다. 그녀가 쥐고 있던 주먹을 활짝 펼친다. 그녀는 두 팔을 위로 뻗고 눈을 감은 다음 하늘을 향해 턱을 비스듬히 치든다.

해나, 두 손 가득한 태양.

온화한 새벽녘, 펠리페가 좋아했던 너도밤나무 아래. 마리아가 노래를 한다. 그녀의 목소리가 갈라진다. 그라시아스 아 라 비다. 기타를 다루는 리키의 손길이 서툴다. 화상을 입은 마리아의 팔 피부는 나뭇잎 아래에서 반짝이고, 그녀 머리 위의 나무껍질처럼 살짝 주름이 가 있다. 그녀의 얼굴은 해나가 아주 깊이 잠들어 있을 때의 얼굴 같다. 노래가 끝나자 누군가가 침을 꿀꺽 삼키고, 그러고 나서 사람들의 울음이 길고 부드럽게 이어진다. 그리고 추모를 위한 일 분간의 침묵이 이어진다.

하지만 비트가 되살릴 수 있는 기억이라고는 펠리페의 한순간에 불과하다. 기분좋아 내던 소리, 만족스러워 활짝 웃던 그 아기의 얼굴, 비틀비틀 세 발짝 걷던 걸음마. 그러고는 넘어지던 아기, 땅에서 그를 올려다보며 활짝 웃던 아기. 이 모습도 희미해질 것이다. 곧 펠리페는 비트의 안에 더는 존재하지 않을 것임을, 하지만 모두 함께 기억할 이야기가 될 것임을, 그러는 편이 더 낫다는 걸 비트는 알고 있다.

비트는 생각한다. 우리는 벌떼다. 다른 사람들이 일어나는 소리가 들리면 일어난다. 공연장에 함께 모여 요가를 하고, 전사의 자세, 시신의 자세를 취한다. 좋은 음식냄새가 식당에서 흘러나온다, 아침, 점심, 저녁. 쿠키는 하루종일. 내 허벅지 살이 에이던 변소는 이제 없고, 따뜻한 화장실이 있다. 빵 트럭의 거미들과 바람도 더는 없다. 이젠 추운 밤에도, 창문 아래 웅크리고 있는 라디에이터들이 쌕쌕거리는 괴물들처럼 챙챙, 쉭쉭 소리를 낸다. 이젠 부모들이 각자의 근로 부서에서 일을 마치고 돌아온 저녁에 이야기를 나눌 시간이 있다. 해나는 독서클럽에 들어가 있다. 아메리카의 백인 니그로들, 도서관에서 그녀의 목소리는 불꽃처럼 타오른다. 에이브는 정치 이론 그룹에 들어갔는데, 열 명의 턱수염들이 몸을 숙인 채 둥그렇게 둘러앉아 있고, 여인들의 부드러운 얼굴들은 그늘 속에 있다. 그들은 가상의 사회를 건설하고, 그런 다음 조심스럽게 그 사회를 해체한다. 어른들은 더 부드러워졌다. 그들은 오가다 마주치면 서로의 팔을 꽉 쥐며 행복이 담긴 포옹을 한다. 기숙사에서는 아이들이 나란히 누워 낮잠을 잔다. 따뜻하게 뒤엉켜 잠든 아이들, 크레용과 찰흙, 풀 냄새. 기쁨에 찬 핸디의 목소리가 사방에서 울린다.

비트는 생각한다. 아, 우리는 이제 예전보다 서로를 더 많이 사랑하는구나.

그는 일주일 동안 기숙사의 삐걱대는 아기 침대에서 다른 아이들과 멀찌감치 떨어져 잠을 잔다. 레이프는 코를 골고, 진시는 몽유병이 있다. 기숙사는 얼마나 넓은지 모퉁이마다 그림자들이 짙게 움직인다. 비트는 매일 밤 세 번씩 잠에서 깨 어머니를 그리워한다. 마침내 그는 스위티에게 쪽지를 쓴다. 그는 빨간 연필로 겨우 써나간다.

나 너무 작아요. 난 에이브와 해나와 자야 해요.

그가 쪽지를 스위티에게 건네자 그녀가 말을 잃는다. 너 읽을 줄 아니? 그녀가 묻는다.

스위티가 쪽지를 해나에게 주자 해나의 입이 동그랗게 벌어진다.

오, 비트, 너 쓸 줄 알아? 그녀가 아들의 키에 맞춰 무릎을 꿇고 키스를 한다.

비트는 본관 이층에 있는 그들의 작은 방으로 옮기고, 그곳에서 그들의 작은 쇠침대 옆 바닥에 놓인 예전의 침상에서 잠을 잔다.

그가 잠을 자는 동안 빠른 바람이 세상으로 내려오고 비가 비스듬하게 쏟아진다. 그는 바깥에서 기이한 녹색으로 타오르는 불 속에서 숲이 몸부림치는 소리에 잠이 깬다.

번개가 친다, 파랗게 번쩍, 그리고 세상이 뾰족뾰족해진다. 그 번쩍임 속에서 한순간 해나가 움직이는 모습이 보인다. 입 위에서 머리카락이 흔들리고, 시트는 허리까지 내려가 있다. 한쪽 가슴이 드러나 있다. 털이 북슬북슬한 팔 하나가 그녀의 어깨를 단단히 감싸고 있다.

번개가 지나간 후 모든 것을 집어삼킨 어둠 속에서 비트는 그녀의 정수리 위 그늘 속에 무엇이 있었는지 알아챘다. 에이브의 얼굴이었다. 눈은 감겨 있었고, 어두운 수염 속의 더 깊은 어둠인 그의 입, 그의 얼굴은 뭔가를 향해, 곧 붙들 수 있는 무언가를 향해 안간힘을 쓰고 있는 것만 같다.

비트는 풀밭 위 벚나무 아래에서 몸을 웅크리고 있다. 젖은 꽃잎들이 그의 머리 위로 떨어지고 햇볕이 포근하다. 어른들은 들판에서 작물을 심고 있다. 폭풍에 오크나무 가지가 떨어진 지붕을 고쳐야 하는 에이브만 제외하고. 비트는 일하는 아버지의 연하늘색 스웨터가 웅덩이에 거꾸로 비친 모습을 볼 수 있다. 웅덩이 안 아버지의 머리는 지구의 중심을 향하고 있다.

눈을 감자 비트는 에이브가 볼 수 있는 것을, 에이브 아래로 펼쳐진 아르카디아의 풍경을 볼 수 있다. 아이들이 옥수수와 콩 씨를 줄줄이 고랑에 넣고 있는 정원과 연못. 금방 갈아놓아 코르덴 천처럼 줄이 죽죽 가 있는 들판, 그 들판에 우엉처럼 들러붙어 일하는 사람들. 저멀리 아주 조그맣게 보이는, 아미시 사람 에이머스의 붉은 헛간. 산 아래까지 울룩불룩하게 쭉 펼쳐진 숲. 그리고 무엇이 됐든 그 너머에 있는 것들. 유리와 강철의 도시들.

아버지가 있는 곳에는 강한 바람이 불고 있을 것이다. 그리고 뜨거울 것이다. 태양에 더 가까우니까.

비트의 눈에 분홍빛 꽃잎이 물위를 스치며 지나가는 것이 보인다. 마치 유령들이 아버지의 몸을 통과하고 있는 것 같다. 아름답기도 하고 우스꽝스럽기도 하다. 그는 문득 경쾌하게 웃음을 터뜨리고, 그 소리는 그의 입에서 온전하게 올라와 그가 미처 꽉 붙들기도 전에 밖으로 나온다. 오래된 경첩처럼 날카로운 소리. 그가 두 손으로 입을 막자, 그의 피부에서 풀 같은, 흙 같은 맛이 난다.

비트의 소리가 있고 나서 잠시 아무 소리도 들리지 않는다. 바람이 물에 잔물결을 일으킨다. 머리 위로 지나가던 새 한 마리가 해를 가려 짧고 차가운 그림자를 드리운다.

그런데 그때, 웅덩이에 비치는 에이브의 모습. 지붕에서 굴러떨어지는, 대리석 하나, 자갈 하나. 아주 빛나는 순간, 비트의 아버지가 허공에 매달려 있다. 그는 허공에 박혀 맴돌고 있다. 줄 같은 것이 그를 잡고 있는 것이 틀림없다. 하지만 줄은 없다. 에이브가 웅덩이 수면 위로 떨어져내린다.

비트는 물에서 눈을 들어 세상을 바라본다. 그는 눈을 깜박인다. 밝은 방에서 밤을 들여다보는 것처럼 모든 것이 어둑하다. 비트는 안마당 풀밭에서 아주 작고 납작한 파란 것을 본다. 어디선가 엔진 소리가 살아나고 까마귀가 머리 위 나뭇가지에서 쉭쉭 울어대고 비트의 발이 첨벙 물웅덩이를 깨뜨리고 그는 내달리기 시작한다.

헬리오폴리스

너무나도 아름다운, 늘어진 수영복을 입고 살갗에 소름이 돋은 소녀들, 입가가 시퍼런 소녀들. 그 가운데 여왕은 헬레다. 그녀는 겨울이 시작되고 애스트리드와 멀리 떠났다가 일주일 전 돌아와 눈부시게 빛을 발하고 있다. 너무나도 하얀 그녀가 연못가 바위 위에 앉아 있다. 레게 머리에 코에 구멍을 뚫었고, 양쪽 팔꿈치는 추위로 쪼글쪼글하다. 얼마나 창백한지 비트는 차마 그녀를 쳐다보지 못한다.

연못이 목소리들로 아우성친다. 그 소리에 비트는 귀가 아프다. 5월 이른 아침, 몹시 춥지만 아르카디아의 아이들과 청소년들은 차가운 태양을 흡수하기 위해 이곳에 왔다. 한때는 비트가 불가능하다고 느낄 정도로 넓게 펼쳐져 있던 물이 지금은 이백 명 정도가 허우적거리고 있는 크기로 줄어 있다. 그는 연못 한가운데로 헤엄쳐 가 물속으로 들어간다. 남자애들은 수면에 하얗게 떠 있고, 여자애들은 바위에서 발을 떨구고 그 작은 발을 살짝 흔들며 달랑거린다. 그는 더 깊이 바닥 쪽으로 들어가고, 그곳의 어린 풀들은 덜 여문 채 그의 발밑에 닿고, 차갑게 그에게 감긴다.

이 깊은 곳에 평화가 있다. 그는 아르카디아에 층층이 쌓여 있는 긴장과 인구 과밀, 굶주림으로부터 자유롭다. 하지만 저 위의 수면이 하늘과 만나는 곳에서 점 하나가 벌린 손이 되더니 그를 향해 서서히 떨어지는 별이 된다. 그것이 헬레라는 것을, 눈을 뜨고 그를 찾고 있다는 것을 아는 순간 그의 뱃속에서 툭 진동이 인다. 그녀의 발이 바닥에 닿으며 그의 무릎에 진흙 알갱이들이 날아든다. 그녀가 비트에게 와서 그의 옆구리를 건드린다. 나쁜 헬레, 그녀가 그를 간지럽힌다.

그는 잃어버린 공기를 찾기 위해 은빛 물방울을 일으키며 급히 수면으로 올라간다. 수면에서 그는 헉헉대며 숨을 들이마시고, 숨이 막혀 눈에 눈물이 고이기 시작한다. 헬레도 따라 올라와 웃음을 터뜨린다. 그녀 머리 주변에 떠 있는 레게 머리가 잡초 같다.

너 나를 피하는 거지, 비트. 입이 반은 물에 잠긴 채 그녀가 말한다.

아냐. 그는 그렇게 말하면서도 그녀의 얼굴을 똑바로 보지 못한다. 그는 그녀를 피하고 있는 것이 아니다. 그저 그녀 외면의 새로운 반짝임과 화려함 아래에 가려진 예전의 헬레를 보지 못할 뿐이다.

그녀가 웃음을 거두고 말한다. 날 봐. 난 그냥 나야, 비트.

다른 여자아이들이 그들 쪽으로 헤엄쳐 온다. 그들의 머리는 물 위에 뜬 창백한 오리들 같다. 그들이 헬레에게 도착하기 전에 그가 그녀를 바라본다. 그 짧은 순간, 그는 예전의 헬레, 그가 그랬던 것보다 더 길을 잃고, 더 경계심 많은 연약한 소녀를 본다.

마침내 어린아이들은 파랗게 질려 그 자리를 떠나고, 가장 강인한 열두 명의 청소년, 즉 아도스Ados만 남는다. 그들은 모두 초기 아르카디아인이다. 비트의 가장 친한 친구들이 옆에서 물을 뚝뚝 흘리며 몸을 부르르 떤다. 아이크는 몸이 삐쩍 말랐고, 그의 누이처럼 하얀 빛으로 반짝인다. 스위티의 아름다운 얼굴을 닮은 콜과 달리는 분홍색과 갈색빛이 돈다. 그들은 함께 앉아 편안한 척하며 헬레에게 귀를 기울이고 있다. 헬레는 근사한 이야기꾼인 적이 한 번도 없었지만 그들에게 바깥세상에 대해 들려준다. 사람들이 하나같이 뚱뚱하고 화학약품 냄새를 풍겨. 우스꽝스러운 단추들이 잔뜩 달린 재킷을 입고 있고, 온통 세계박람회 얘기만 해.

갑자기 그의 친구들이 열심히 귀를 기울이는 것 같다. 그때 그에게도 소리가 들린다. 얼마 전부터 그 울림이 새소리, 바람소리, 무성한 나뭇잎이 흔들리는 소리 속에서 들려왔기에 그는 그 소리를 알아듣는다. 헬리콥터들이다. 우듬지 위로 불쑥, 번쩍이는 검은색에 긴 발톱이 달린 것들이 나타나 낮게 날아간다. 귀마개를 한 조종사들과 문가에서 기관총을 잡고 있는 단호한 표정의 남자들이 보인다.

날개에서 휘몰아쳐나오는 바람으로 인해 눈에 물이 튀고 돌이 날아와 살갗에 부딪힌다. 헬리콥터들이 지나가자, 연못 가장자리에서 물이 출렁인다. 비트는 벌떡 일어나 친구들과 함께 아르카디아 하우스를 향해 달리고, 풀밭으로 이어지는 진창길에서 나머지 아이들을 쉽게 앞지른다. 콜 역시 빠르긴 하지만, 비트는 그마저도 앞지른다. 사람들이 두유 낙농장, 제빵소, 식당 입구에 모여 있다.

버섯이 머리를 내밀듯 머리들이 창문마다 나왔다가 수줍은 듯 다시 사라진다. 몇몇 트리피가 자신들의 돌보미를 남겨두고 흩어진다. 사람들이 테라스 근처로 쏟아져나와 원형 차량 진입로에 모여들고, 비트는 햇볕에 그을린 몸들과 쇠스랑과 삽, 흙투성이 발, 몸에서 나는 악취와 소리를 질러대는 어린아이들, 포대기에서 울어대는 아기들 사이를 달린다. 사실상 구백 명의 아르카디아 사람들이 모두 그들의 산재한 일거리들을 내버려두고 이곳에 모이고 있다. 당황한 비트는 해나를 찾느라 사람들을 훑어본다. 왕관처럼 머리를 땋아올렸고, 먹고 있는 약 때문에 살이 오른 해나가 얼굴을 찌푸린 채 하늘을 쳐다보고 있는 것이 보이자 그는 안도감에 휩싸인다. 그녀의 앞치마에 간장 얼룩이 묻어 있다. 그는 그녀의 손을 잡고 그녀와 기계들 사이에 선다. 하지만 그녀는 그의 귀에 대고 에이브라고 외친다. 그러자 또다시 비트 안의 날카로운 돌이, 그의 죄책감이 되살아난다. 에이브는 늘 나중에야 생각이 난다. 비트는 사람들 사이를 살피다 휠체어를 타고 아르카디아 하우스 포치 위에 있는 아버지를 본다. 반바지 아래로 마르고 허연 다리, 듬성듬성 난 수염. 에이브는 빗물로 미끄러운 언덕 위에 갇혀 있다. 해나가 없으면 그는 그곳에 머물러 있었을 것이다. 비트가 테라스 위로 뛰어올라간다. 아버지가 그의 어깨를 두드리며 말한다. 착한 녀석, 아래로 밀어다오.

45킬로그램이라는 보잘것없는 몸무게로는 에이브의 거대한 덩치와 가속도를 감당하기 힘든 비트는 계단 옆 좁은 길을 미끄러져 내려가는 동안 휠체어를 겨우 붙든다. 차가운 진흙이 비트의 벗은 가슴과 얼굴 위로 마구 튀어오른다.

헬리콥터들은 숲을 지나 북쪽으로 사라졌지만 소리는 여전히 요란하다. 그 소음 위로 핸디가 고함을 지르고 있다. 그는 그 문제가 시작된 이후 머리가 반쯤 벗어졌고, 반다나를 접어 넓어진 이마를 가리고 있다. 그가 테라스 위에 웅변가처럼 서서 그들에게 연설을 한다.

……그들은 우리 공동체를 폐쇄시킬 이유를 찾고 있습니다. 그가 외친다. 우리는 정말 어리석게도 그들에게 그 이유를 제공하고 있습니다. 그 늙어빠진 개자식 레이건과 그의 마약과의 전쟁이 빌어먹게도 여기에서 벌어지고 있습니다, 여러분. 따라서 우리가 할 일은 그 망할 풀을 다 뽑아서 태우는 겁니다. 지금, 지금, 바로 지금 말입니다.

평화주의자 핸디, 부처님 같은 핸디가 격노해 얼굴이 보랏빛이 되었다. 흥분이 끓어오르더니 공기 중에 전류처럼 퍼진다. 비트는 자신이 아버지의 휠체어 뒤로 옮겨 서 있음을 깨닫는다.

비트의 손 아래에 놓인 에이브의 어깨가 단단히 뭉쳐지며 흔들린다. 에이브의 목소리가 높아지고, 그와 함께 세상이 수축하는 것 같다. 빌어먹을, 핸디, 합의도 없이? 그가 고함을 지른다. 9인 위원회도 열지 않고? 그냥 그렇게 독단적인 명령을 내린다고?

에이브를 찾아 얼굴을 돌리던 핸디가 에이브를 발견하고는 안경을 벗어 티셔츠 자락으로 세심하게 안경알을 닦는다. 그의 동작은 느리고 신중하고, 그가 침묵으로 열어놓은 공간에서 사람들이 서로를 부르며 낮은 목소리로 이야기하기 시작한다. 그러나 핸디가 다시 안경을 쓰자 그는 마치 기적처럼 피부에서 분노를 벗겨낸 듯 보인다. 그의 몸은 부드러워졌고, 불끈 쥐었던 주먹은 느슨해졌으며, 요즘엔 잿빛 송곳니 때문에 좀 망가지긴 했지만 사람을 끄는 예의 그 미소가 다시 얼굴에 흐른다. 비트 주변 사람들의 몸에서도 신속하게 변화가 일어난다. 사람들이 긴장을 풀자 에너지의 매듭이 풀리며 핸디를 향해 이동하는 것이 느껴진다.

좋네, 오랜 친구. 핸디가 콘서트에서 내는 커다란 목소리로 말한다. 자네 말이 옳아. 9인 위원회가 선출되면서 나는 정신적 안내자로서의 역할에 더 치중하게 되었지. 하지만 들어보게, 이 모든 일에는 내 개인적인 문제가 걸려 있어. 타이터스의 아버지가 이곳을 우리에게 단돈 1달러에 팔았을 때 땅문서에 올라간 것은 내 이름이었네. 마틴 '핸디' 프리스. 내가 애스트리드와 결혼했을 때 그녀에게 받은 멋진 노르웨이 성이지. 땅문서는 도서관에 있으니 가서 보게. 그들이 비트족 구백 명 전부를 체포하지는 않을 거야. 나를 체포하겠지. 여러분, 다들 기억하고 있겠지만, 난 이미 여러분들을 위해 형을 살기도 했습니다.

핸디는 사람들의 얼굴을 하나하나 차례로 본다. 그가 다시 에이브에게 시선을 돌리고, 자신의 말이 어떻게 전달되고 있는지 가늠한다. 비트는 모두가 공유하는 죄책감 때문에 헛헛함을 느낀다. 오년 전, 연방 수사관이 아르카디아에서 환각 성분이 있는 버섯을 재배하는 가내수공업장을 발견하고 핸디를 체포했었다. 핸디가 풀려나올 수 있었던 것은 하버드 법대를 나온 해럴드 덕분이었다.

이 이야기를 하고 싶습니다. 핸디가 말한다. 감방에서 일곱 달을 견디는 건 결코 쉬운 일이 아닙니다. 그래서 여러분에게 정중하게 간청드리니, 아름다운 우리 자유민 여러분, 제 부탁을 들어주십시오. 저와 함께 숲으로 가 우리가 키우고 있는 대마를 모두 뽑아

냅시다. 그 좋은 것이 버려지는 걸 보면 여러분의 마음이 아프겠지만, 여러분의 오랜 정신적 지도자가 감옥에서 칼침을 맞지 않게 돕는 일이라 생각해주기 바랍니다.

그는 다시 그들의 마음을 얻어냈다. 핸디에겐 언제나 수월한 일이다. 마치 그의 안에 스위치 같은 것이 있고 그는 그걸 자유로이 켜고 끌 수 있는 것 같다. 아르카디아가 웃음을 터뜨리고 있다. 가장 크게 웃는 것은 신참들이다. 그들은 최근엔 거의 보기 힘들었던 전설적인 핸디를 이렇게 볼 수 있다는 데 신이 나 있다. 오래된 지지자들, 여전히 그를 사랑하고 여전히 가까운 그의 가족들이 핸디를 둘러싸고 있다. 라일라와 히에로가 이제 여인이 된 피오나 옆에서 낄낄거리고 있고, 피오나는 핸디의 다리에 머리를 기대고 있다. 아이크는 자부심으로 가득찬 모습이다. 레이프는 자신과는 상관없는 일이라는 듯 무표정한 얼굴로 서커스 가수들과 함께 서 있다. 에릭은 대학에 가 있다. 헬레민이 진지한 모습으로 석조 테라스 담장 위에 앉아 길고 파리한 입술을 꽉 다문 채 담담하게 자기 아버지를 바라보고 있다.

다시금 아르카디아의 애정에 충만해진 핸디가 대마 뽑기와 태우기 작업을 조직한다.

에이브가 휠체어 바퀴를 돌려 비트와 해나를 쳐다본다. 굳은 목소리로 그가 말한다. 스톤 가족회의. 당장.

아르카디아 하우스 1층에 있는 에이브와 해나의 방 안, 해나가 창문을 닫는다. 안마당에서는 개인 수업이 다시 진행되고 있다. 어린 피터가 5피트 정도 떨어져 있는 교사 테오에게 뭔가를 히브리어로 말한다. 테오는 해를 끼칠 사람으로는 보이지 않지만 요즘은 누가 누구 편인지 알기 어렵다. 문을 닫은 어두운 방안의 무더위 속으로 아르카디아 하우스의 냄새가, 땀, 양파, 정액, 싸구려 향 냄새가 올라온다.

이런 맙소사, 해나가 말한다. 삼백 명의 몸에서 풍겨나오는 향수로군.

비트가 웃음을 터뜨리자 에이브가 말한다. 농담할 시간 없어. 해나가 눈살을 찌푸리며 침대 옆 탁자에서 오렌지 하나를 꺼내 껍질을 벗긴다. 며칠 전 저녁식사에서 남겨온 간식이다. 껍질에 뿜어져 나오는 과즙에 곧바로 마음이 진정된다.

무슨 일이에요? 비트가 묻는다. 그는 거스러미를 물어뜯고 피 맛에 마음이 차분해진다.

그의 부모가 그를 바라본다. 잘생긴 에이브, 벌써 햇볕에 그을려 황금빛인 해나. 비트는 이 일에서 빠져야 해, 에이브. 해나가 말한다. 아직 애잖아. 지난주에 막 열네 살이 된 아이라고. 그녀가 비트의 입가에 있던 손을 잡고 그 손에 입을 맞춘 다음 그가 손을 물어뜯지 못하게 계속 잡고 있다. 그녀의 손가락에 오렌지 과즙이 남아 있어 그의 손가락이 쓰라리지만, 그는 좋기만 하다.

우리는 이 아이의 도움이 필요해, 해나. 에이브가 말한다. 게다가 이미 얘 입에서는 그 냄새가 난다고.

해나가 한숨을 쉬며 비트의 손을 잡고 있던 손에 힘을 준다. 그가 할 수 있는 일이라곤 그녀의 무릎 위로 올라가 앉고 싶은 걸 참는 것뿐이다.

제발, 그냥 말해주세요. 비트가 말한다.

에이브가 말한다. 이 일에 너를 끌어들여서 미안하다. 하지만 핸디의 수하들이 밖에서 우리의 내년 식량을 다 파괴하고 있어. 지난 겨울, 우리 비즈니스팀 사람 몇몇이 7월 무릉도원의 날에 대비해 고급 마리화나 씨앗에 투자하기로 결정했었다. 이곳을 떠난 아르카디아 사람들이 우리 대신 바깥세상에서 그걸 팔아주기로 했고. 우리는 '위대한 포트* 계획'이라고 이름 붙였어.

비트는 아무 말도 하지 않지만, 부모에 대한 실망감이 한 마리 갇힌 새처럼 방안을 날아다닌다.

들어봐, 우리도 이게 잘못이란 건 알아. 해나가 말한다.

글쎄, 반론의 여지가 있는 일이지. 그냥 합법적이지 않은 것뿐이야. 에이브가 말한다.

우리는 차악을 골라야 했어. 해나가 말한다. 우리가 이렇게 가난하지 않다면 이런 일은 절대 하지 않을 거야. 우리는 이 년 치 씨앗을 빚지고 있어. 그리고 핸디가 승인한 빌어먹을 온갖 새 프로젝트들도 있고. 저 아래 테네시 분원에 있는 애스트리드의 산파 학교며 그 우스꽝스러운 서커스 투어며. 내 말은, 맙소사, 핸디는 이 집을 제일 우선시해야 한다는 거야. 우리는 너무 많은 빚을 지고 있어. 우리는 이 일을 하지 않으면 굶게 될 거야. 해나가 그렇게 말하며 굳은살 박인 손으로 자신이 앉아 있는 시트를 움켜쥔다.

비트가 얼굴을 찌푸린다. 수송팀은 뭘 하고 있어요? 세라믹은요? 멍키파워는요? 우리가 생산하는 그 식량들은 다 어쩌고요? 뭔

---

* pot. 마리화나를 뜻하는 은어.

가 다른 방법이 있을 거예요.

그중 어떤 팀도 충분히 벌지 못한단다. 해나가 말한다. 게다가 트리피들, 임신부들, 그 많은 가출 청소년들, 우리한테는 먹여야 할 입 천지야. 선택의 여지가 없었어. 우리 아기들을 굶기느니 차라리 감옥에 갈 위험을 무릅쓰겠어.

전적으로 동감해. 에이브가 말한다. 그의 부모 사이에 어떤 표정이 오가자 비트는 부끄러워 어쩔 줄 몰라한다. 섹스는 일 년 전 갑자기 그에게 불어닥친 회오리바람이다. 그것은 인간 귀에는 너무 높아 들리지 않는 휘파람 소리이지만, 어느 날 아침 잠에서 깨어보니 그는 개가 되어 있었다. 이제 그것은 사방에서 눈에 띄고, 특히 두유 낙농장의 불룩하고 뚝뚝 물이 듣는 치즈 헝겊, 그 거대한 젖가슴에 그는 경악하곤 한다. 고약스러운 성교의 메커니즘처럼 퇴비 사이를 밀고 들어가는 쇠스랑 같은 것들에서도 그것이 떠오르곤 한다. 여기, 해나를 보며 붉어지는 아버지의 얼굴에도 그것이 있다. 해나의 얼굴은 확신으로 빛난다.

우리는 지금 당장 네가 필요해, 비트. 에이브가 말한다. 네 엄마와 나는 가장 큰 수확이 이루어지는 곳은 타이터스와 야한 샐리, 행크와 호스에게도 비밀로 하기로 결정했었지. 바로 오늘 같은 일이 있을까봐.

망할 타이터스까지도. 해나가 씁쓸하게 말하고, 비트는 헬리콥터들이 지나간 직후 연설하는 핸디를 바라보며 예의 그 희망적인 환한 표정을 짓던 타이터스를 떠올린다.

하지만 난 어린애에 불과한걸요.

넌 달릴 수 있는 아이잖니. 에이브가 말한다. 비트는 아버지의 다리를 보지 않으려 애쓰지만 안 볼 수가 없다. 익숙한 죄책감이 죄책감 위에 역겹고 탐욕스럽게 또 쌓인다. 하지만 에이브는 여전히 이야기를 이어가고 있다. ……네가 먼저 그곳에 가거라. 그리고 무슨 짓을 해서라도 그들이 그 부지를 발견하지 못하도록 해. 거기서 돌아오는 척하며, 찾아봤지만 아무것도 없더라고 말하렴. 야생 무스의 울음소리를 내든. 돌로 그들 머리를 내리치든.

폭력은 안 돼, 해나가 말한다.

누군가가 발을 끌며 복도를 지나가고, 그들은 말을 멈추고 귀를 기울이며 그 누군가가 지나가길 기다린다. 얘야, 비트, 난 네가 불편해하는 걸 하라고 강요할 순 없어. 그녀가 낮은 목소리로 말한다. 네가 싫다고 하면, 난 내가 할 수 있는 한 최대한 빨리 달려서 그곳에 갈 생각이야. 하지만 난 너처럼 숲속 비밀의 길들을 알지 못해. 너는 아주 빠르고 아주 조용히 달릴 수 있고. 하지만 이 일에 관여하게 될 경우 생길 수 있는 결과에 대해선 너도 알아야 해. 발각되면 우리는 감옥에 갈 수도 있고 아르카디아에서 불명예스럽게 추방당할 수도 있어. 네 선택에 맡길게. 네가 어떤 선택을 하든 우리는 늘 너를 사랑한단다. 네 양심에 따른 결정을 존중할 거야.

하지만 그녀의 목소리는 긴장되어 있다. 그것이 그를 죽도록 아프게 한다. 좋아요, 그가 말한다.

에이브가 안도의 숨을 내쉰다. 좋아, 그가 말한다. 베르다의 집 북쪽에 있는 개울의 작은 섬이야. 그녀는 포트 계획에 대해 다 알고 있고, 충분히 공감하고 있어. 숲속 오솔길을 벗어나 최대한 빨리 가거라. 그리고 해나가 그곳에 도착하면, 그땐 해나가 너 대신 경계를 설 거야. 준비됐니?

비트는 생각한다. 아뇨.

그는 말한다. 준비됐어요.

어서 달려가. 에이브가 말한다.

비트는 달린다. 양들의 풀밭에서 피어오르는 모닥불 연기가 벌써 자욱하다. 이미 한 구역에서 뽑아낸 게 틀림없다. 그는 작년에 별도의 야영지에서 야전침대를 구하지 못한 사람들을 위해 숲까지 이어질 정도로 세웠던 텐트들 너머에 있다. 그는 들판과 변소와 퇴비 더미의 냄새 너머에 있다. 사람들이 어설픈 거인 오우거처럼 우지끈 요란한 소리를 내며 숲을 지나가는 소리가 들린다. 비트는 사슴이 다니는 길을 안다. 그는 눈에 띄지 않게 그들이 있는 곳을 지나간다. 그들이 내는 소음을 지나자, 주의깊게 지켜보는 숲의 오랜 침묵이 비트를 압박해온다. 그는 다리에 신경을 집중하고 나무들을 휙휙 지나친다. 그는 작은 못의 두루미를 놀라게 하고, 사슴의 하얀 꼬리들이 통나무 위로 펄쩍 뛰게 만든다. 몇 마일을 더 간 후에야 속도를 늦춘 그는 개울에 거북이처럼 웅크리고 있는 섬을 본다. 개울로 걸어들어가 물이 허리 깊이에 이르고, 안으로 몇 발자국 더 들어가서야 그 부지가 보인다. 나무들 동쪽 측면에 아주 교묘하게 숨겨져 있다. 해나는 헬리콥터들이 서쪽의 해군기지나 남쪽의 육군기지에서 올 거라는 걸 알고 있었던 것이다.

두방망이질하던 가슴이 진정되자 가슴과 어깨에 말라붙은 진흙을 씻어내던 비트는 나무에 묶여 있는 양동이를 발견하고 그 양동이에 물을 담아 몸에 끼얹는다.

그는 다시 버드나무들 속 차가운 웅덩이에 몸을 숨기고 아르카디아가 있는 방향을 돌아본다. 아무것도 보이지 않고 아무것도 들리지 않고, 그저 그가 어지럽힌 숲이 다시 안정을 찾아가는 일상적인 소리만 들려온다. 비행운이 머리 위에서 부풀어올라 넓게 퍼진다. 물에서는 사향쥐 한 마리가 두 개의 가느다란 선을 그려내고 있다. 시간이 좀 흐른 후 그는 머리를 돌려 베르다의 집이 있는 쪽을 쳐다본다. 그녀의 오두막에서 가느다란 연기가 피어오르고 있다.

비트는 여섯 살 때부터 쭉 베르다를 알아왔다. 이 몇 마일에 걸친 숲을 자신의 작은 몸처럼 알게 되기 이전에, 그는 숲을 헤매다 길을 잃곤 했다. 그러다 어느 밤 몰아치는 눈보라와 빠른 속도로 내려앉던 어둠 속에서 그는 이 나이든 여인을 만났다. 그는 빨간 벙어리장갑 한 짝을 잃어버렸고, 그래서 두 손을 남은 한 짝에 같이 넣고는 마치 그 빨간 장갑이 길을 밝혀주는 랜턴인 양 앞으로 내밀고 있었다. 하지만 숲은 열렬히 원하고 있었다. 그날 밤 그를 잡아먹기를. 눈보라를 헤치며, 어둠을 헤치며 그는 터벅터벅 걸었다. 그리고 마침내 그는 나무 타는 연기 속에서 구원의 냄새를 맡았고, 그 냄새를 따라가자 들판 끝에 웅크리고 있는 돌 오두막이 보였다. 그는 문을 두드리고 또 두드렸다. 문이 열리자 그가 봄에 어두운 숲에서 처음으로 만났던 그 마녀가 서 있었고, 길들인 흰 암사슴이라 생각했던 이상하게 생긴 개가 그녀 옆에 있었다. 비트는 너무 지치고 추운 나머지 두려움을 느낄 수 없었다. 그는 젖은 옷을 벗고 담요를 덮었고 태양과 라벤더의 향기를 맡았다. 그러다 마녀가 나무 스토브 위로 몸을 숙이자 불빛에 그녀의 날카로운 코와 쭈글쭈글한 주름, 긴 머리카락이 또렷하게 보였다. 그 순간 어떤 이야기가 섬광처럼 머릿속에 떠올랐고, 비트는 비명을 지르기 시작했다. 난롯가에서는 그 하얀 짐승이 열기 속에 헐떡이며 그를 지켜보고 있었다. 마녀는 비트가 목소리가 나오지 않을 때까지 소리를 지르도록 내버려두었고, 그러고 나서 수프 한 그릇을 건넸다. 그것은 사슴 고기로, 그가 태어나서 처음으로 먹어본 고기였다. 죽음의 맛이 났다. 그는 전부 토해냈다. 그는 어느 순간 트럭에 타고 있었고, 타이터스가 게이트하우스 문으로 왔다. 그의 뒤에는 야한 샐리와 아기가 랜턴을 들고 서 있었다. 타이터스가 안도의 울음을 터뜨렸다. 아, 비트, 너를 찾았구나. 그는 커다랗고 육중한 두 팔로 비트를 안아올리며 말했다. 우리는 네가 얼어죽은 줄 알았단다. 비트가 어둠 속을 되돌아보자 마녀가 엄지를 비트의 턱에 갖다 댔다. 꼬마 리들리, 그녀가 부드럽게 말했다. 나중에 다시 이 베르다를 만나러 오렴. 그리고 그녀는 그가 꾸었다고 생각했던 그 꿈에서 사라져버렸다.

이제 그는 베르다에게 뇌파를 보내려 애쓴다. 쇼트브레드 한 주먹과 담요 한 장만 가져다줘요. 하지만 그녀는 이 침묵의 소리를 듣지도 못하고, 주의를 기울이지도 않는다. 그는 자신이 감옥 같은 데에 가게 될 경우 어떤 일을 겪을지 생각하지 않으려 애쓴다. 여전히 그는 아주 작다. 그는 나이보다 한참 어리게 보인다. 그는 가출한 아이들을 통해 소년원에 대한 좋지 않은 이야기를 들었고, 폭력과 끔찍한 음식, 다시는 부모를 볼 수 없게 되는 일 등을 생각하지 않으려 애쓴다. 하늘에는 금성이 차분한 푸른색으로 빛나고 있고, 비트는 작년의 삭망을, 행성들이 일렬로 늘어섰던 일을, 올리가 종말을 너무나도 확신한 나머지 3월 내내 아르카디아 하우스와 팔각형 헛간 사이의 터널을 보강했던 일을 떠올린다. 두려움이 밀려들자 비트는 초록색 나뭇잎 하나를 말아 작은 담배로 만든 다음, 옛날부터 아르카디아에서 살던 아이들이라면 모두 스위스 아미 나이프와 휴대식량인 고프와 함께 비닐에 담아 주머니에 넣어 다니는 성냥으로 불을 붙인다. 마음이 조금 가라앉자 그는 조용히 웃음을 터뜨리고, 그 소리에 나무 위 다람쥐가 놀란다.

나무 그늘 아래에 있다보니 추워진다. 청바지를 잘라 만든 반바지는 다 말랐지만, 몸이 떨리지 않게 팔다리를 상체에 꼭 붙인다. 어둠이 짙어진다. 아르카디아의 떠들썩함 속에 있었을 때는 들을 수 없던 방식으로 숲이 호흡한다. 몇백 야드 떨어진 오솔길에서 버스럭대는 소리가, 분명한 사람 발소리가 들려온다. 자리에서 일어난 그의 주먹에는 터무니없을 정도로 무거운 바위가 들려 있다. 하지만 그건 해나다. 조금 전처럼 소매를 찢어낸 플란넬 셔츠에 반바지 차림이지만, 지금은 등에 배낭을 메고 발에는 자업용 부츠를 신고 있다. 그냥 평범하게 하이킹을 가는 사람처럼.

그녀가 입술에 손가락을 대고, 걸어서 개울을 건너온다. 그녀는 비트를 안다가 그의 피부가 얼마나 차가운지 깨달은 것이 틀림없다. 그녀는 자신의 셔츠를 벗어 브라 차림으로 있고, 셔츠를 그에게 둘러준다. 옷에는 아직 그녀의 온기가 남아 있고 빵냄새도 배어 있다. 넌 정말 최고야, 꼬마 비트. 그녀가 속삭인다. 라일라와 히에로가 오솔길에서 나와 얼마 떨어지지 않은 곳에 있었어, 조심하렴.

그는 그녀의 포옹의 무게를, 해나의 유령을 몸에 싣고 다시 집을 향해 달린다. 흐릿한 어스름이 내린 양들의 풀밭으로 나오자 아르카디아의 첫번째 식사조인 가장 허약한 사람들, 임신부, 트리피,

그리고 아이들의 저녁식사를 알리는 벨이 울린다.

두려움에 가슴이 고동치는 가운데 비트가 잠에서 깬다. 위쪽 침대에서 콜이 손을 내려 비트의 가슴을 두드려준다. 그냥 양들이야. 비트의 친구가 중얼거린다. 괜찮아.

매 매. 아이크가 자기 침대에서 자면서 잠꼬대를 한다.

비트는 마음을 가라앉히기 위해 그의 목구멍 뒤편에 있는 풍차를 상상하며 우자이 호흡에 집중한다. 비트가 어렸을 때 핸디가 실제로 양들을 양들의 풀밭에 들여놓은 다음부터 그는 같은 악몽을 되풀이해서 꾸고 있다. 핸디는 양들을 착취하려는 것이 아니라고 설명했다. 애완동물도 아니고 잡아먹지도 않을 거라고, 단지 양털이 필요한 것이며 양들은 기꺼이 털을 줄 것이고 아르카디아 사람들은 그 털을 팔 수 있을 거라고 말했다. 아이들은 그 양들을 사랑했다. 여자들은 양털 스웨터를, 그들의 튼 손에 바를 라놀린을 꿈꾸었다. 그러다 목동을 자처했던 타잔이 시뻘겋게 열린 커다란 상처를 입고 비틀비틀 내려오자 응급팀이 급히 그를 싣고 시러큐스의 병원으로 갔고, 애스트리드는 산발에 넋 빠진 얼굴로 병원에서 서둘러 돌아왔다. 에이브와 핸디, 산파들과 타이터스, 당시 아르카디아에서 실권을 가지고 있던 이들이 몇 시간에 걸쳐 논의를 했다. 그날 밤, 비트는 코를 찌르는 낯선 냄새에 잠에서 깼다. 그는 어린이 기숙사를 몰래 빠져나와 그 매캐한 연기를 따라갔다. 세 사람이 암울한 분위기 속에 풀밭에 모닥불을 피워놓고 둘러앉아 있는 것이 보였다. 좀더 가까이 다가갔을 때 그 불은 끔찍한 것으로 변했다. 죽은 양들이 불꽃 속에 높다란 신전처럼 쌓여 있었던 것이다. 비트는 어린 양의 눈알이 터지는 것을 지켜보았다. 그는 얼어붙은 듯 그렇게 어둠 속에 앉아 있다. 행크, 호스와는 좀 떨어져 서 있던 애스트리드가 얼굴에서 머리카락을 쓸어올리느라 한 손을 올렸을 때 그녀의 두 팔이 팔꿈치까지 피로 검게 물들어 있는 것을 보았다.

아르카디아에 어떤 압박감 같은 것이 서서히 쌓이면—너무 많은 사람들, 충분하지 않은 음식, 어른들의 얼굴을 찌푸리게 하는 이상한 저류 같은 것들—그 양들이 비트의 꿈에 다시 나타난다. 양들이 살아 있는 횃불처럼 어둠을 뚫고 뛰어나오고, 불에 타는 지방의 악취가 나기 시작한다. 양들은 뛰고 또 뛰고, 그러다 갑자기 모두 비트를 향해 몸을 돌린다. 양들이 그를 둘러싸고 입을 열어 뭔가를 말하려고 한다. 그는 그 말이 차마 들을 수 없는 것임을 알기에 비명을 지르다시피 하며 잠에서 깬다.

비트는 몇 시간 동안 잠을 이루지 못하고 뒤척인다. 동이 트기 직전 결국 그는 포기한다. 자리에서 일어나며 친구들의 숨결이 흔들리는지 귀를 기울인다. 그들은 계속 잠을 잔다. 그는 창문을 열고 환기를 시킨다. 아이크의 발에서 나는 지독한 죽은 짐승 냄새며 뒤섞여 자고 있는 사춘기 소년들의 체취를 밖으로 내보낸다. 그는 조심스럽게 셔츠와 청바지를 입는다. 그가 걸을 때마다 찢어진 운동화가 입을 벌리고, 발가락들이 혓바닥처럼 허공을 향해 비어져 나온다.

청소년 공동 거실을 지나, 회반죽이 떨어져나가 욋가지가 드러난 복도를 지나, 반질반질하게 닦아놓은 매끄러운 난간을 따라 조용히 내려간다. 〈홀 어스 카탈로그〉, 오래된 〈뉴요커〉 같은 잡지들과 초기에 거주했던 사람들이 지하실에 두고 간 좀먹은 책들이 쌓여 있는 도서관을 지난다. 『해외문학 선집American Eclectic』『월든』『미지에서 온 소식News from Nowhere』, 카를로스 카스타네다, 줄리아 크리스테바, 허먼 오크, 그 외에도 쓰레기통에서 주웠거나 푼돈을 주고 산 페이퍼백들이 있다. 그는 어제저녁에 먹은 엔칠라다의 냄새가 남아 있는 식당을 지나간다. 아침식사 준비조가 모이기에는 이른 시간이다. 곧 그들은 프라이팬을 쨍그랑거리며 이스트와 콩을 휘저어 스크램블드에그를 만들고, 벌레가 먹긴 했어도 맛있는 사과를 씻을 것이다. 모든 것이 고요하다. 아직 비트 외에는 일어난 사람이 없다.

바깥의 깜깜한 어둠 속에서 그는 손의 감각에만 의지해 석판 계단을 뛰어내려간다. 아르카디아 건너편의 야영지는 캄캄하고, 변소에 가느라 일어난 사람들의 플래시 불빛 몇 개만이 멀리서 까딱인다. 제빵소에서 진한 빵냄새가 올라온다. 추워서 살갗에 소름이 돋는다. 발꿈치에 닿은 이슬이 등으로 튀어오른다. 허공을 찌르는 소나무가 하늘을 향해 날카롭게 솟아 있다. 돌들이 마치 살아 있는 생물처럼 발아래에 흩어져 있다. 그는 다리가 할 수 있는 한 빠르게, 작은 몸에 비해 엄청 빠르게 달리다가 속도를 늦추며 숲속에서 부드러워지고 있는 어둠을 즐긴다.

홍관조 한 마리가 덤불에서 푸드덕 날아오르고, 그는 할머니가 보내준 새 카메라를 잊고 가져오지 않았다는 것을 깨닫는다. 돌아갈까 잠깐 생각하지만 너무 멀고, 새벽은 그를 기다려주지 않을 것이다.

동이 트기 바로 직전 그는 언덕에 오른다.

언덕 꼭대기에서 그는 소나무들 너머에 무리 지어 핀 수염패랭이꽃 속에 앉아 하루가 노랗게 부화하는 것을 지켜본다. 매 한 마리가 날개를 펴고 빙빙 돌며 솟구친다. 안개가 담요처럼 바닥에 펼쳐지며 빠르게 먼 곳의 산과 들판과 연못과 시내를 덮는다. 저멀리 보이는 아미시 사람 에이머스의 헛간과 베르다의 연기가 그리는 가느다란 레이스도 안개에 뒤덮인다. 허기진 생물 같은 안개가, 게걸스럽게 삼켜댄다. 안개는 구부러진 사과나무들이 있는 테라스를 오른다. 마침내 비트와 아르카디아 하우스만이 서로를 바라보고 있다. 그 둘은 각각 언덕 위에, 우윳빛 안개의 바다 위에 있다. 둘은 두 개의 섬이 되어 밝아오는 새벽 속에서 빛난다.

때로 세상은 비트에게 너무 벅차다. 너무 많은 두려움과 아름다움으로 가득차 있다. 매일 그는 새로운 놀라움에 짓눌러 있는 자신을 발견한다. 우주가 불가능한 속도로 파동을 일으키며 밖으로 팽창한다. 비트는 우주가 무無를 향해 회전해나가는 것을 느낀다. 아르카디아 너머에는 그가 꿈꾸었던 것들이 거대하게 자리잡고 있다. 박물관, 철탑, 수영장, 동물원, 극장, 신기한 생명체로 가득한 거대한 바다.

그는 바깥세상에 대한 그의 이해가 정확하지 않다는 것을 안다. 여기저기서 주워들은 내용이고 걸러진 것들이다. 어떤 식으로든 그의 귀에 들어온 것들, 사람들이 가지고 들어온 이야기, 그가 읽은 이야기들이다. 그가 아장아장 걷던 시절 자유민들이 이곳에 도착한 이후, 그는 아르카디아를 단 한 번도 떠난 적이 없다. 숲 끝자락에 있는 베르다의 오두막이나 조그만 섬 하나를 포함시키지 않는다면. 수송팀이 그에게 서머턴까지 데려다주겠다고 한 적도 있었고 해나와 함께 시러큐스의 대학 도서관에 갈 기회도 있었지만, 그는 매번 거절했다. 그는 바깥세상이 겁난다. 바깥세상이 그가 상상하는 전부일까봐, 혹은 상상과는 전혀 다를까봐.

서커스 가수인 클라우스는 아기들에게나 어울릴 법한 질문들을 비트에게 던지며 재미있어한다. 코끼리가 얼마나 크게? 지하철이 어떻게 생겼게? 양키 스타디움에 몇 명이나 들어갈 수 있게? 비트의 대답을 듣고 왜 클라우스가 눈물이 볼 위로 흘러내릴 때까지 웃어대는지 비트는 막연히 짐작만 할 뿐이다. 코끼리는 팔각형 헛간만해요? 지하철은 커다란 강철 튜브 속에 늘어서 있는 폭스바겐 비틀 같은 건가요? 양키 스타디움은…… 이천 명 정도? 그 숫자는 아르카디아의 두 배에 달하는 규모였고, 그가 상상할 수 있는 최대치의 사람 수였다.

너희 애들이란 정말. 클라우스는 손으로 얼굴을 훔치며 탄식하고는 다시 의자에 앉는다. 너희들은 코에 뼈를 끼운 정신 나간 정글 부족 같아. 사회학자가 너희를 연구하러 오고 싶어하겠다.

비트는 그 말이 사실이 아니라는 걸 안다. 그들은 그렇게 무지하지도 순진하지도 않다. 개인 수업에서 그는 아침 수업으로 '국가와 지역'을 선택했고, 그래서 지역 식물학, 영어로 쓰인 고전문학, 지리, 물리, 인체생리학 등을 배워 알고 있다. 그는 헨하우스에서 여섯 명의 아기 분만을 도왔다. 그와 다른 초기 아르카디아 아이들은 기타를 칠 줄 안다. 빵을 굽고 장작을 팰 줄 알고, 대마를 뽑고 아마에서 실을 자을 줄 알고, 각자 신을 양말을 뜨개질하고 곡식과 채소를 경작하는 법을 알며 좋은 이야기를 만들 줄 안다. 바람에 떨어진 사과로 슬랩 애플주를 담글 줄 알고, 콩으로 만들 수 있는 것은 무엇이든 할 줄 안다.

그는 결핍을 느끼지 않는다. 정신을 집중하면 많은 형태의 세계를 상상할 수 있다. 정글의 후텁지근한 빽빽함, 깨끗한 사막의 까끌까끌함, 북극의 차가운 청명함. 그가 상상하는 도시란 보다 큰 아르카디아, 하지만 더 삭막하고 매정하며 사람들이 돌아다니면서 서로에게 현금을 던져대는 곳이다. 그는 양각이 새겨진 나사받이처럼 생긴 동전들이며 초록색 종잇조각들도 보았다. 저 바깥의 인간들은 기괴하다. 스크루지들과 젤리비들,* 동굴 같은 구두약공장의 더러운 고아들, 그리고 외롭게 살아가는 사람들의 집에는 방마다 플라톤의 작은 동굴 같은 텔레비전이라 불리는 어두운 그림자가 있다. 바깥세상은 더 암울하다. 포클랜드제도에서는 전쟁이 일어났고, 산디니스타와 콘트라**가 있으며, 강도와 강간이 있고, 어른들의 이야기에서 듣고 그가 무료 상점의 오래된 구겨진 신문에서 읽어 알게 된 끔찍한 일들이 있다. 대통령은 배우로, 권력을 쥐고는 기업들의 거짓말을 능수능란하게 전달하고 있다. 별들 사이에 폭탄이 있고 도시 안에서는 살인이 일어난다. 런던에는 붉은 비가 내리고, 심지어 지금, 이곳 미국에서도 납치와 노예가 있다.

그는 열여덟 살이 되면 이곳을 떠나 대학에 가서 공부하기로, 암실 용액통에서 이미지를 건져내는 마법을 배우기로 마음먹었다. 그는 작별 파티 때 바깥세상에 대한 기대감으로 환하게 빛나던 에

* 찰스 디킨스 소설 속의 인물들.

** 1979년 소모사정권을 타도한 니카라과 민족해방전선, 그리고 그 산디니스타에 대항하던 니카라과 반정부 세력.

릭의 퉁퉁한 얼굴을 떠올린다. 비트는 그런 화려함을 몇 년만 빌려 지낸 후 다시 아르카디아로 돌아와 영원히 살 것이다. 이제부터 떠나는 그날까지 매일 그는 그를 기다리고 있을 것에 대비해야 할 것이다. 바깥세상의 위협에 대항할 그의 유일한 무기는 지식과 언어라는 것을 그는 알고 있다. 불안감이 생각 아래에서 부글대며 피어오르면 그는 해나의 이름을 백 번 부르거나 '데지데라타'*를 그 단어의 뜻이 사라질 때까지 되풀이해 말한다. 그의 생각이 금지된 것에 가까워지거나, 열두 살밖에 안 됐는데도 예쁜 몸매와 도톰한 입술을 가진 어린 푸에 대한 끈적한 꿈을 꾸면, 혹은 마를레네와의 독일어 수업 후 바지 속의 압박감을 해소하기 위해 암실로 달려가거나 할 때, 그는 머릿속의 헬레에게 보상을 한다. 그는 시를 외우고 그녀가 있는 방향으로 시를 낭송한다. 그녀가 아름답게 걷고 있네. 그는 생각한다. 한 남자는 당신 안에 있는 순례자를 사랑했고, 당신의 변해가는 얼굴의 슬픔을 사랑했네. 그는 생각한다. 지식과 언어로 무장했는데도 그는 때때로 바깥세상의 어두운 소식이 그를 짓밟을 수 있음을 느낀다. 그는 자신의 가장 깊은 믿음, 사람들은 기회가 주어질 경우 선하며 선하기를 원한다는 그 믿음을 굳게 간직한다. 이 믿음이 아르카디아에 관한 것 가운데 가장 훌륭한 것임을 그는 안다. 이것이 그들을 보호하는 보호막이다.

바람이 인다. 좌골이 바위에 눌리고 안개의 물결이 언덕에서 물러간다. 첫번째 아침식사 조가 아르카디아 하우스를 향해 몰려들 것이다. 얼굴의 물기가 마르면서 피부가 땅긴다. 내면에서 솟구치

* '원하는 것'이라는 뜻의 라틴어.

는 이름 없는 열망을 꾹꾹 눌러놓기 위해 그는 다리를 최대한 빨리 움직여 산을 달려내려간다.

비트가 아르카디아로 돌아오니 아침이 환하게 밝아 있다. 그는 지쳐 있다. 새로운 빛을 받을 때의 숲은 어린 시절을 악몽 같은 생명체들로 가득 채워주었던 그림 형제 동화책 속의 어두운 숲처럼 더 깊고 덜 순한 것 같다. 그는 서비스베리가 잔뜩 달린 관목을 발견하고는 티셔츠 앞자락에 서비스베리를 담다가 결국 티셔츠를 벗어 자루로 만든 다음 열매들을 담아 간다.

그는 아르카디아가 보이거나 들리기 전에 그 냄새를 맡을 수 있다. 오늘은 변소를 퍼내는 날이다. 농사팀이 똥에 짚을 섞어 퇴비로 만든 다음 밭에 거름을 줄 것이다. 위생팀이 이미 일을 하고 있다.

멀리서 사람들이 외치는 소리가 들린다. 매일 있는 트리피 모임으로, 모든 정신 나간 사람들, 중독자들, LSD에 전 사람들이 모여 그들의 꿈을 이야기한다. 희망사항은 그들이 공동체와 사랑의 도움으로 자기 자신을 찾는 것이지만, 성공하는 사람은 소수에 불과하다. 트리피들은 매주 도착한다. 시냇물 줄기처럼 끊임없이 이어지는 망가진 사람들의 행렬. 트리피 한 사람당 성인 두 사람이 돌보미로 배정되어 그들의 안전을 지킨다. 양심에 찔리기는 하지만 비트는 자신이 아직 어려 전일제 근무조로 일하지 않는 것이 다행이라고 생각한다. 트리피들의 분노와 두려움은 너무나 날것이라 그 자신까지 오염되는 것 같아 그들을 돌보는 게 싫다.

비트는 양들의 풀밭으로 걸어들어간다. 풀은 이슬에 젖어 녹청

색을 띤다. 그는 베리 열매들을 내려놓고, 땅에 새로 움튼 클로버를 한 움큼 뽑아 얼굴에 비비고 또 비빈다. 깨끗해진 느낌이 들고 눈물 자국이 보이지 않을 때까지. 오색방울새들이 날치들처럼 풀밭에서 태양을 향해 솟구쳤다가 바람을 타고 출렁대며 다시 풀밭을 향해 내려온다. 마침내 그는 식당을, 아침식사의 그 소란함을 마주할 용기를 낼 만큼 강해졌음을 느낀다. 여자들이 베리를 따왔다고 기특해하며 그를 쓰다듬을 것이다. 그럴 것이다. 어쩌면 빵을 더 먹게 해줄지도 모른다. 그는 벗은 가슴에 베리를 안고 다시 달리기 시작한다.

그는 대마에 물을 주러 가야 한다. 제빵소 일로 바쁜 해나가 그에게 부탁했었다. 그런데 어쩌다보니 작업팀에 휩쓸려들어가게 된다. 콜과 아이크가 정원으로 함께 출발하자 그는 가슴속에서 뭔가 퍼덕대는 것을 느낀다. 그는 가장 친한 친구들인 그들에게 멈추라고, 그를 기다려달라고 말하고 싶다. 김매기에서 쉽게 빠져나갈 수 있을 것이다. 하지만 어떻게 하다보니 헬레가 비트와 짝을 이루게 되었다. 그녀는 이미 이야기를 늘어놓기 시작한다.

……바깥에서는 일을 할 수가 없어. 그녀가 말하며 티셔츠 목을 어깨 아래로 내린다. 햇볕에 물집이 생긴 그녀의 살갗이 보인다. 그는 그 위에 손을 얹고 싶지만, 그 흥분된 열기를 느껴보고 싶지만, 얇은 티셔츠가 닿는 것만으로도 그녀는 얼굴을 찌푸린다. 그녀는 브라를 하고 있지 않다. 신참 작업조 일을 하자, 응? 그러고는 그녀가 더 낮은 목소리로 말한다. 내가 진정제를 손에 넣을 수 있

는지 보자고.

아. 그가 말한다. 그는 약에 대해 궁금해하며 그녀를 갸우뚱하게 바라본다. 그녀가 그 모습을 보고 말한다. 왜 나를 미워하는 거야, 비트?

미워하지 않아. 비트가 말한다. 그러니까, 난 네가 정말 좋아.

나도 네가 정말 좋아. 그녀가 말하며 그의 팔뚝을 꽉 쥔다. 그녀의 물어뜯은 손톱과 차가운 손. 넌 우리 오빠들 외에 여기서 내게 들이대지 않는 유일한 남자야.

그는 이 문제에 대해 할말이 너무 많아 차라리 침묵한다. 둘은 컨트리로드 옆으로 넓게 펼쳐진 게이트하우스와 신참마을을 향해 말없이 걷는다. 작은 섬에서 축 늘어진 채 잎사귀 끝이 오그라들고 있을 대마들이 생각나지만, 그는 부드러운 흙바닥에 내딛는 다음 발걸음, 그리고 또 그다음 걸음에 집중하며 갑자기 내달리지 않으려고 조심한다.

왜냐하면, 임무에 대한 압박감 너머에는, 사랑스러운 헬레 곁에서 걷고 있다는 행복감이 그의 폐 아래에서 무언가 노래를 흥얼거리게 했기 때문이다. 그의 주의력이 날카로워진다. 잎사귀 하나하나가 선명하게 눈에 들어오고, 새들의 노래가 섬세하고 매끄럽게 씨줄과 날줄로 엮인다. 멀리서 사람들이 정원 위로 몸을 굽히고 있다. 일하는 사람들에게 물이 담긴 양동이를 가져가는 사내는 요즘 아르카디아에서 지내면서 자신들을 늑대라고 부르는 십여 명의 넓은 구레나룻 남자들 중 하나다. 늑대들은 오고간다. 곰과 여우와 매와 송골매, 자칼 등도 돌아다닌다. 여자들은 무지개, 햇빛, 여름, 비, 풀밭, 별이다. 매일 새로운 까마귀들과 새로운 가을들이 있다.

모든 사람을 다 알기는 힘들다. 때로는 밤에 팔각형 헛간에서 영사기로 영화를 틀곤 하는데, 프랑스 남자가 내레이션을 하는 생생한 수중 탐험 영화나 낯설고 슬픈 흑백영화(아우슈비츠의 시신더미, 반으로 잘린 눈알)를 보다 비트가 문득 고개를 들면 낯선 사람들의 무리가 눈에 들어온다. 그는 당황해서 주위를 둘러보며 낯익은 얼굴을 찾아 헤맨다. 노동과 가난과 소박한 음식의 가치를 믿는 선한 신참들도 있다. 하지만 얻어먹기만 하는 사람들이나 트리피, 가출 청소년, 이곳에 몸을 숨기는 사람들이 있어 초기 아르카디아 사람들의 순수한 믿음을 흐리고 있다.

헬레가 말한다. 새로 합류하는 사람이 너무 많아. 그 사람들을 솎아낼 방법이 있었으면 좋겠어. 주변 사람들에게 개뿔도 관심이 없는데 건설적인 비판이 통하겠느냐고.

비트는 놀라울 정도로 대담하게 헬레의 얼굴을 똑바로 바라본다. 그녀가 그를 보며 환하게 웃는다. 핸디의 마법 같은 미소다. 그녀는 바깥세상에서 지낼 때 속임수로 얻어낸 새 교정 유지 장치에 혀를 대고 쯧쯧 찬다. 동굴 같은 그녀의 입속에 살색 게가 있는 것 같다. 끝을 알 수 없을 정도로 매력적이다.

내가 무슨 생각을 하고 있는지 어떻게 알았어? 그가 묻는다. 그는 그녀가 마음을 읽을 수 없기를 바란다.

우리는 똑같잖아. 너와 나. 우리는 똑같은 걸 봐. 네 얼굴에는 네가 무슨 생각을 하는지 죄다 쓰여 있어. 예를 들면, 어제 사진 강의 때 넌 그 개미 행렬을 정말로 뚫어져라 보고 있었어. 그때 네가 그 개미 중 한 마리라고 상상하는 게 다 보였다고. 메뚜기를 해체할 생각을 하면서, 네 작은 몸에 비해 그것이 얼마나 거대할지, 어떻게 땅 밑으로 끌고 갈지 생각했어. 그러고 나서는 땅 밑의 어둠에 대해, 개미들의 온갖 길과 작은 굴과 방에 대해, 거기서는 어떤 냄새가 날지, 온몸에 갑옷을 두르고 사는 건 어떤 건지 생각하는 게 보였다고. 다른 사람들은 너무 바빠서 아무도 그런 걸 보지 못하는 것 같아. 너만 빼고는.

비트는 자신이 한 단락의 문장처럼 그렇게 쉽게 읽혔다는 것에 어질어질함을 느낀다.

그들은 신참마을에 도착했다. 리사가 클립보드를 들고 있고 스콧이 오늘 아침 새로 나타난 사람들의 이름을 적고 있다. 그들은 늘 보게 되는 수상쩍은 사람들이다. 거칠한 얼굴에 야성적인 분위기의 트리피들, 허기져 보이는 두 아이를 데리고 온 임신부, 목에 오렌지색 수건을 두른 젊은 커플. 리사의 얼굴이 고단해 보인다. 눈 아래가 푸르스름하다.

너희들 왔구나. 리사가 비트와 헬레에게 큰 소리로 말하고는 돌아서서 클립보드에 있는 두 사람의 이름을 부른다. 아만드 해머와 페넬러피 코너다. 한 사람은 젊고 우람한 가출 소년으로 피어싱을 한 코에 염증이 있다. 그는 몇 초마다 상처에서 흘러내리는 진물 때문에 훌쩍이며 인상을 찌푸린다. 다른 사람은 예순 살의 자연주의자 여성으로, 가슴이 탄탄하고 숱 많은 머리가 희끗희끗하다.

리사가 쾌활하게 말한다. 축하해요. 두 사람은 우리가 요구하는 일을 기꺼이 할 의지와 능력이 있다는 것을 증명했고, 신참마을에서 보내야 하는 한 달도 채웠습니다. 두 사람이 우리 공동체의 일원이 된 것을 환영합니다.

텐트와 침상 여기저기에서 산발적인 박수 소리가 들린다. 불안해 보이는 소년과 나이든 여인이 일어선다. 그들은 종이상자에 옷 몇 벌과 책, 편지 몇 통 등 그리 많지 않은 소지품을 담아 가지고 온다.

애들아, 오늘 일은 쉬운 거야. 리사가 비트와 헬레에게 말한다. 뭘 해야 하는지 알지.

아르카디아에 오신 것을 환영해요. 비트가 말한다. 헬레도 신참들을 훑어보며 건성으로 같은 인사를 한다. 그녀는 그들의 모습에 실망해 자신의 레게 머리 한 갈래를 씹는다. 비트가 페넬러피의 상자를 받아들고, 노인은 비트의 머리카락을 어루만진다. 친절한 꼬마 친구구나. 그녀가 말한다. 비트는 그녀가 몸을 뻗을 때 그녀의 기이하게 아름다운 가슴을 보지 않으려 무진 애를 쓴다.

그들은 말없이 임시 아르카디아 뒤편의 시냇가를 향해 언덕을 내려간다. 비트는 독이 있는 옻나무에 막 스치려 하는 페넬러피에게 조심하라고 말한다. 그는 그녀 엉덩이의 부드러운 피부에 물집이 잡힌 끔찍한 이미지를 떠올린다. 자연주의자 야영지에 가까이 갈수록 더 많은 살갗이 보인다. 분홍색, 갈색, 하얀색 몸들의 선이 도처에 나타난다. 리마콩밭 가운데에서 김을 매느라 몸을 숙이고 있는 사람들은 모두 다 벌거벗고 있다.

두 여자, 아주 덩치가 크고 분홍색인 사람과 아주 작고 잿빛인 사람이 막사에서 뛰어나와 페넬러피를 얼싸안는다. 그들이 비트에게서 상자를 받으며 새로운 아르카디아 사람을 안으로 안내한다. 잘 가라! 그녀가 비트에게 외친다. 그는 그녀가 얼마나 버틸까 생각해본다. 자연주의자들이 떠나는 비율이 제일 높다. 겨울바람이 뱀처럼 그들 막사로 스며들면 막사의 금속이 아주 차가워진다. 그는 그녀를 다시 볼 수 있을 거라 생각하다, 아닐 거라고 생각한다.

다시 언덕을 오르면서 헬레가 말한다. 근데 어째서 자연주의자들이 벗은 건 보고 싶지가 않지? 비트와 아만드 해머가 웃음을 터뜨린다.

그 웃음에 수줍음이 스러진 아만드가 헬레에게 말을 건다. 상투적인 말이란 건 알지만 여기 있게 되다니 정말 근사한 일이야. 나는 포틀랜드의 불법 거주지에 있다가 아르카디아에 대한 한 시간짜리 스페셜 프로그램을 봤어. 천국 같더라. 들판에서 모두 함께 노래하며 일하고, 자유롭게 하고 싶은 일을 하고, 핸디는 어찌나 말을 잘하던지. 그리고 그 대저택! 우리 부모는 피츠버그의 형편없는 복층 아파트에 사는데. 언제 대저택에 살아볼 수 있겠어? 게다가 그렇게 예쁜 여자애들은 본 적이 없어.

그는 이제 대놓고 헬레에게 추파를 던지고 있다, 이 여드름 흉터 사내 녀석이. 비트는 자신이 얼마나 그의 목에 주먹을 날리고 싶어 하는지를 깨닫고 놀란다. 비트는 아만드가 주먹만 까딱해도 나가떨어질 것이다.

그들은 가출 청소년 막사 밖에서 걸음을 멈춘다. 갈색으로 얼룩덜룩한 매트리스 위에 가출 청소년 세 명이 앉아 있다. 여우처럼 세모난 얼굴의 소년과 그의 머리카락을 땋고 있는 뚱뚱한 소녀, 그리고 상의를 벗고 있는 앙상한 손목의 소녀. 상의를 벗은 여자아이가 자신을 얼빠진 표정으로 쳐다보는 아만드를 보며 미소를 짓고, 늘 그렇듯 비트는 자기 또래의 입에 그렇게 완벽한 치아가 있을 수 있다는 데 깜짝 놀란다. 이 가출 청소년들은 대부분 교외 지역에 살던 아이들로 치아 교정을 한 반면, 아르카디아에서 자란 아이들은 치아가 삐뚤어지고 때로는 두 줄로 나기도 했다.

헬레가 심드렁하게 말한다. 여기가 네가 살 새집이야, 아만드 해머. 그러더니 그의 우스꽝스러운 이름이 자신의 입에서 나왔다는 걸 깨닫고 웃음을 터뜨린다.

이게 뭐야? 아만드가 말한다.

네가 머물 곳이야. 비트는 소년의 얼굴이 일그러지는 것을 고소해하지 않으려고 애쓰며 말한다. 네가 아르카디아 하우스를 기대하고 있었다는 건 알아. 하지만 거긴 사람이 너무 많아서. 다른 캠프에서 야전침대를 구할 수도 있을 거야. 독신자 텐트도 있고, 네가 그런 걸 좋아한다면 프리섹스 텐트로 가도 돼. 또 자연주의자 텐트도 있고. 한 가족을 구성할 만큼 사람을 모으면 수송팀에 버스나 밴을 신청해서 임시 아르카디아에 세울 수도 있어. 나중에 위원회에서 승인을 하면 자리가 날 때 아르카디아 하우스로 이동할 수도 있고.

잘도 그러겠다. 상의를 입지 않은 여자아이가 말한다. 난 여기 두 달 있었지만 아르카디아 하우스에서는 식당 말고는 아무데도 못 가게 하던데.

그건 거짓말이야. 헬레가 심드렁하게 말한다. 여자아이가 헬레를 아래위로 훑어보더니 말라깽이 년 비슷하게 들리는 말을 중얼거린다.

애스트리드가 그러듯 헬레도 화가 나면 부푸는 것을 알기에 비트는 그녀의 손목을 느슨하게 잡는다. 그리고 가능한 한 차분하게 말한다. 도서관을 이용할 수 있어. 그리고 아침에는 공식 수업에 참석해야 하고. 원한다면 다른 강의들도 들을 수 있고, 프로시니엄이나 팔각형 헛간에서 열리는 슬라이드쇼와 콘서트에 갈 수도 있어.

하지만 상의를 벗은 여자아이가 몸을 돌려 매트리스에 배를 깔고 엎드리며 말한다. 배우고 싶었으면 학교에 계속 다녔겠지.

어쨌든 다 개소리야, 여우 얼굴을 한 남자애가 말한다. 핸디는 평등과 헤게모니의 전복을 떠들어대지만 아르카디아도 다른 데와 다르지 않아. 너희는 저 위 너희의 언덕에 있고, 우리는 여기 이 진창에 있어. 난 여기 일 년 반이나 있었어. 이런 게 계급이 아니라면, 이런 게 그 지랄 맞은 존중이라면, 난 차라리 뒈지고 말겠다.

넌 지금 일도 안 하고 있잖아, 새끼야. 헬레가 말한다. 가끔씩 일이란 걸 좀 해봐, 그럼 존경받을 자격이 생길지도 모르지.

남자아이가 천천히 일어서고, 아만드는 들고 있던 쓰레기 같은 물건들을 바닥에 떨어뜨리고 팔짱을 끼며 그 남자아이 앞으로 한 걸음 나아간다.

그러자 여우 얼굴이 말한다. 좋아. 알았어. 이렇게 하자고. 핸디가 나머지 사람들처럼 허리가 휘어져라 일하는 걸 보게 되면, 그땐 나도 기쁜 마음으로 일할게. 하지만 그전까진 나도 핸디처럼 할 거야.

여우는 다시 매트리스 위 여자아이의 뚱뚱한 다리 사이에 앉아 다른 여자아이의 벗은 등을 천천히 오래 쓰다듬는다. 여자아이 둘 다 낄낄거린다.

헬레는 얼굴이 하얘지더니 성큼성큼 걸어가버린다.

비트는 아만드에게 더 많은 것을 설명하고 싶지만, 아만드는 자신의 거지 같은 박스를 사납게 발로 차 막사 안으로 넣으며 중얼거린다. 난 대저택에서 살고 싶다고, 그 빌어먹을 저택에 살고 싶어서 여기 온 거라고. 비트는 매트리스에서 쏟아지는 야유와 조롱을 피해 그 자리를 떠나고, 임시 아르카디아에 있는 헬레를 따라잡는다.

헬레는 울고 있고, 그녀의 모습에 가슴이 에인 비트가 말한다. 헬레. 오, 울지 마. 그럴 가치도 없는 것들이야. 그 녀석은 멍청이라고.

헬레가 팔로 눈물을 훔치고 불안정한 웃음을 터뜨린다. 그러자 새롭고 단단해진 헬레가 다시 옛 헬레 위로 나타난다. 이 복잡다단한 아이의 얼굴을 보며 비트는 포트 계획의 단순명료한 매력을 느낀다. 적어도 그는 거기서 자신이 무엇을, 왜 하고 있는지 알고 있다.

그래, 그녀가 말한다. 나도 알아. 하지만 말이야, 그녀 얼굴에 새로운 냉소적인 표정이 떠오른다. 지랄 같은 건, 그애 말도 조금은 일리가 있다는 거야, 비트.

6월의 한낮치고는 덥다. 베르다의 로즈힙차 향기가 대기에 가득하다. 그의 입에 든 베르다의 아니스 쿠키가 달콤하다. 그의 옆에는 흰 개 유스터스가 잿빛 장미색으로 바랜 러그 위에 앉아 자기 성기를 덥석 물고는 뭔가를 묻는 듯한 표정으로 비트를 쳐다본다. 비트가 유스터스의 머리를 쓰다듬자 개는 숨을 푹 내뱉으며 잠이 든다. 비트가 카메라의 뷰파인더에 그의 어머니와 베르다의 모습을 담는다. 두 사람의 머리는 테이블을 가운데 두고 마주보고 있고, 흘러내린 머리카락들이 창문에서 들어오는 빛을 받아 반짝인다. 해나는 베르다의 말을 열심히 듣고 있고, 뒤로 좀 물러나 앉은 베르다의 팔꿈치 근처에서는 레코더가 빙글 돌고 있다.

그들은 정말 이상한 사람들이야. 베르다가 은둔자의 쉰 듯한 목소리로 말한다. 그들은 자신들을 신성한 사람들이라고 불러. 인간도 완벽해질 수 있고, 따라서 신성해질 수 있다고 믿으니까. 또 그들은 성교가 하느님의 선물이라고 믿기 때문에 공동체의 모든 사람과 굉장히 성교를 많이 해. 그에 따른 결과를 피하기 위해, 말하자면 아기와 사랑을 피하기 위해 그들은 일정표를 만들었어. 매일 밤 새로운 여자와 새로운 남자가 만나고, 남자는 손수건에 사정을 해야 해.

비트는 속으로 살짝 움츠러든다. 베르다가 그를 쳐다본다. 리들리, 미안하다, 내가 직설적이었다. 그녀가 예의 그 위엄 있고 거리감 있는 말투로 말한다.

그녀가 이야기를 이어간다. 하지만 그들의 지도자이자 나의 증조할아버지인 존 놀런드는 번식을 할 때라고 결정했어. 그는 셰이커 공동체에 갔다가 그들이 하나둘 죽어서 사라질 위기에 처한 것을 보고 자신들에게는 그런 일이 일어나지 않기를 바랐어. 그래서 그들은 우생배양이란 프로그램을 만들었어. 매우 철저한 짝 찾기 심사를 거쳐 가장 영적인 남자들과 가장 영적인 젊은 여자들에게 짝짓기를 허락했어. 물론 가장 영적인 남자들은 노인들이었고, 그중에서도 존 놀런드보다 더 영적인 사람은 없었지. 그렇게 해서 마흔여덟 명의 아기가 태어났는데, 그중 스물세 명이 그의 자식이었어. 그 아기들 중 하나가 우리 할머니 마사 서턴이었고. 당시 마사 서턴의 어머니 미네르바는 겨우 열세 살이었어.

베르다가 피곤한 미소를 짓는다. 이런 일에 아이들이 결부되면 시스템에 있던 균열이 선명하게 보여. 아기들에게는 각자의 어머니가 있었고, 아버지들에 대한 권리를 요구했지. 그중에는 낭만적인 사랑도 있었어. 물론 금지되어 있긴 했지만. 번식 프로그램에도 마음이란 게 끼어들게 되었지. 그리고 물론 부모들은 자신의 열두 살, 열세 살짜리 딸이 노인과 자는 것을 지켜봐야 했어. 말이 밖으로 퍼져나가면서 신문들이 격렬한 논설을 실었고, 서머턴 사람들은 존 놀런드를 서머턴에서 쫓아냈어. 그는 캐나다로 도망쳤지. 이제 공동체를 결속시키는 것은 아무것도 없었어. 중심이 무너져내렸으니까.

해나의 얼굴이 환하게 빛난다. 비트는 그녀의 사진을 한 장 더 찍고, 그러고는 테이블 위 변색된 은제 찻잔 세트에 반사되고 또 반사된 베르다의 사진을 찍는다. 베르다가 말한다. 나의 친애하는 해나. 이젠 이야기를 그만해야겠어. 너무 피곤해, 혼자 있고 싶어.

고마워요. 해나가 말한다. 찻잔을 입술에 가져가는 그녀의 두 손이 흔들린다. 혹시 당시 자료 같은 게 있나요? 신문이나 그런 거?

베르다가 말한다. 많지. 그녀가 일어나 모자 상자 하나를 내려 뚜껑을 열자 샐비어 잎과 담뱃잎 냄새가 쏟아져나온다. 우리 증조할머니의 일기를 줄게. 하지만 이번에는 그것뿐이야. 난 당신이 다시 왔으면 좋겠어, 비록 먼지 쌓인 오래된 책 한 권 때문이라도 말이야.

입을 벌린 채 상자 안을 들여다보는 비트를 보고 베르다는 그가 보려고 애쓴, 광택이 흐려진 물건을 꺼낸다.

스크림쇼*라는 거다. 그녀가 그것을 비트의 손에 내려놓으며 말한다. 바다코끼리의 엄니야. 존 놀런드의 아들 중 한 사람이 험한

* 뼈나 상아에 조각을 새긴 세공품.

바다에 나가 있는 동안 아내의 얼굴을 새기고 또 새긴 거란다. 일 년을 떠나 있다가 항구로 돌아온 그는 그가 떠난 다음날 아내가 황열병으로 죽은 것을 알게 됐어.

비트는 경이로움을 느끼며 그 뼈에 메아리쳐진 여인의 얼굴을 살펴본다. 헬레의 얼굴, 그대로다.

그럼. 베르다가 그 스크림쇼를 다시 받아 넣고 모자 상자를 닫으며 말한다. 머리가 아주 아파지는군. 다음에 와, 올 때 빵도 좀 가져오고. 그리고 말아 피울 그 잎들도. 그 잎이 내 관절염에 도움이 되거든. 그리고 이 젊은이 리들리도 데려와. 이 친구가 오늘은 너무 지루해서 낮잠을 자긴 했지만.

지루하지 않았어요. 그냥 할머니랑 있으니 편해서 그런 거예요. 그가 말한다.

그들은 서로를 마주보며 활짝 웃고, 그녀는 그의 어깨 위로 손을 올리며 그를 만지려고 하다 그만둔다. 넌 내게 다음 세대에 대한 희망을 주는구나. 인류가 한 세기 더 존속할 거라 믿지는 않지만. 그녀가 걸걸하게 웃는다.

그가 말한다. 암울하고 비관적인 베르다.

그녀가 말한다. 네 비행 청소년 친구들에게로 가렴. 어서 가, 해나도 가서 책을 써야지.

뭔가 기이한 표정이 해나의 얼굴을 스치고 지나간다. 대담한, 어떤 욕망 같은 것. 그녀는 이내 그것을 억누르고는 부드럽게 말한다. 그냥 강의일 뿐이에요.

헛소리. 베르다가 말하며 눈을 감는다. 편두통이 왔어. 바순과 팀파니가 울리는 것 같아. 유스터스가 혼자 놀 수 있게 밖으로 내

보내야겠어.

그들은 조용히 걸어나와 문을 닫는다. 화창하게 펼쳐진 낮시간으로 되돌아오자 비트는 마구 내달리고 싶다. 하지만 해나가 웅얼거리듯 조용히 말한다. 우리 대마를 돌보러 가자꾸나. 그러자 비트는 걱정의 세계로 돌아온다. 베르다의 작은 오두막에 있을 때 그 섬의 작물들은 그의 머릿속 저 뒤편에서 은근히 깊어지는 그림자 생각 같은 것이어서 가끔씩만 그를 덮쳐올 뿐이었다.

대마가 거대할 정도로 엄청나게 웃자라 있었다. 수컷은 일찍이 뽑아냈고, 남아 있는 것은 모두 암컷으로 거의 대부분 12피트가 넘었다. 비트는 해나가 일을 마칠 때까지 둑에 웅크리고 앉아 물위에 돌을 던져 물수제비를 뜬다. 그들은 다시 시냇물을 건너 오솔길로 나온다. 이 주만 더 있으면 되겠어. 그러면 따서 말리고 일이 곧 끝나는 거지. 그녀가 그의 팔을 만지며 억지로 미소를 짓는다. 그럼 너도 다시 아이가 될 수 있어.

그는 발치에 있는 식물들의 이름을 맞히는 데 생각을 집중하려 애쓴다. 누군가가 오래전에 심어놓은 흰독말풀, 선명한 색의 연령초, 천남성이 있다. 하지만 집까지 반쯤 왔을 때 해나가 비트의 얼굴을 본다. 오, 얘야, 무슨 문제 있니? 그녀가 묻는다.

그가 말한다. 그냥요. 제 생각에, 이 일로 문제가 생길 경우, 곤경에 빠지는 게 우리일 수도 있지만 핸디일 수도 있는 거잖아요. 이건 옳지 않아요.

감상적인 핸디, 해나가 말한다. 핸디가 그런 결정을 내리지 않았다면 이런 일을 할 필요도 없었을 텐데. 그는 우리를 이런 곤경에 빠뜨리고는 9인 위원회에서 탈퇴해버렸어. 그는 우리를 저버렸다고. 우리를 이렇게 엉망진창으로 만들어놓고는 알아서 하라니.

그는 우리를 저버리지 않았어요. 비트가 말한다. 아직 우리의 영적 지도자잖아요.

해나가 코웃음을 친다. 그래. 그 잘난 아르카디아 요가 클럽 말이니? 그가 우리한테 시력 요가 시켰던 거 기억하지? 교정 렌즈는 영적 세계와의 단절을 뜻하기 때문에 사용 불가라고? 그러고 나서 무슨 일이 벌어졌는지 기억해?

머핀이 우물에 빠졌죠. 비트가 말한다.

일주일간의 침묵 요가는 어때?

아이들이 겁에 질려 악몽을 꾸었었죠. 비트가 말한다.

그리고 빈곤 요가는? 우리는 석 달 동안 약도, 추가 음식도 먹으면 안 되었고, 우리가 저축한 돈은 모두 세인트헬렌스 화산 피해자들에게 보내야 했어.

비트가 기억을 떠올리며 몸을 떤다. 해나는 꼬박꼬박 먹던 약을 끊어야 했고 그 바람에 그녀는 비트가 지난 세월 동안 여러 번에 걸쳐 서서히 빛으로 끌어내야 했던 그 침대 속 어두운 생명체로 되돌아갔었다. 기억해요, 그가 말한다. 알았어요.

그들이 해바라기밭에 들어섰을 때 손차양으로 뜨거운 햇볕을 가린 해나는 조각을 하고 있던 사이먼을 보고 웃음을 터뜨린다. 비트는 일전에 식당에서 사이먼이 해나에게 슬금슬금 다가왔을 때 해나 근처에 있었다. 그들의 대화가 들릴 만큼 가까운 거리였다. 사이먼은 바깥세상에서 유명한 예술가였다. 그는 짙은 푸른색 눈에 찌푸린 듯 강한 인상의, 잘생긴 남자였다. 그는 자신이 해바라기밭에 그녀를 위한 조각을 만들고 있다고 낮은 소리로 말했다. 그녀가 그의 뮤즈라고 말했다. 해나를 응시하는 사이먼의 시선을 통해, 잠시 동안 비트는 어머니로서의 모습이 아닌 남자들에게 관능적이고 매력적으로 비춰질 해나를, 길게 땋은 금빛 머리채와 풍만한 몸매, 따스하고 커다란 눈을 가진 여자로서의 해나를 보았다. 어머나, 그녀는 행복한 목소리로 말했다. 사이먼, 정말 멋져요. 비트는 예의 그 불안감, 그녀가 가족이라는 허약한 결합을 깨고 비트를 떠나 새로운 헌신의 대상을 발견할지도 모른다는 불안감이 꿈틀대는 것을 느꼈다.

비트는 해나를 오솔길로 다시 밀어넣으며, 정말 책을 쓸 거예요? 하고 묻지만 그는 자신의 말에 담긴 진짜 의미를 알고 있다. 제발 변하지 말아요, 나를 떠나지 말아요.

그리고 해나가 굳은살이 박인 손으로 그의 뺨을 만지며, 쓸 수도 있고, 안 쓸 수도 있고, 하고 말할 때 그는 그녀의 말에 담긴 진짜 의미를 이해한다. 나에 대해서는 걱정하지 않아도 된단다.

헬레가 비트에게 다가온다. 콜과 딜리와 아이크는 저녁식사 접시를 옆으로 밀어놓고 수송팀에서 찾아낸 병뚜껑으로 손가락 하키를 하고 논다.

야, 그녀가 속삭인다. 비트, 네 도움이 필요해.

아이크가 고개를 들고, 그의 얼굴이 역겨움으로 일그러진다. 그는 그의 누나가 싫다고 말하지만 그는 그녀를 지켜보고 그녀를 흉내낸다. 콜도 고개를 들고 어리둥절한 표정을 짓는다. 딜런은 헬레를 보지도 않는다. 그는 집중력이 뛰어나다. 그가 병뚜껑을 손가락

끝으로 튕겨 테이블 저쪽으로 보낸다.

잠깐만, 얘들아. 비트가 말한다. 그는 헬레와 함께 식당을 가로지르며 생전 처음으로 키가 아주 큰 것 같은 느낌을 받는다. 둘은 화요일 밤 목욕 순서인 사람들이 일주일에 한 번 누리는 얼마 안 되는 따뜻한 목욕물을 기다리고 있는 복도를 지나 도서관으로 들어간다. 저쪽 한구석에서 『인간에 대한 오해』를 놓고 격렬한 토론이 벌어지고 있다. 에이브가 그곳에 있다. 얼굴은 논쟁의 즐거움으로 가득하다. 그는 비트를 보고 얼굴이 한층 더 환해지더니 손을 흔들며 키스를 날려 보낸다. 비트는 일부러 창피한 척한다.

헬레가 비트에게 돌아선다. 네 도움이 필요해. 그녀가 다시 한번 말한다. 목소리가 너무 낮아 비트에게만 들린다. 그녀가 티셔츠 끝자락을 두 손으로 비틀고 있다. 그녀는 초조해하고 안절부절못한다. 너는 완벽한 공범이야. 아무도 너한테는 화를 내지 않잖아. 제발, 제발, 제발 부탁이야.

그 완벽한이란 말에는, 공범자란 말에는 마법이 있다. 그는 생각해보지도 않고 말한다. 좋아.

그들은 거대한 입구의 계단을 올라가고, 저택에 차고 넘치는 사람들의 소리가 들린다. 누군가가 공동 거실에서 피아노(D플랫 건반은 움직이지 않는다)를 치고 있고, 리코더 그룹의 음률이 마드리갈 노랫소리를 뚫고 흐른다. 목소리들이 높아지고, 큰 소리로 외치거나 그냥 토론을 하고 있다. 아기들은 빽빽 울어대다가 젖가슴이나 어르는 소리에 잠잠해지고, 기숙사의 아이들은 안마당을 지나가며 자장가를 부른다. 꿈이 창가를 지나가네. 잠이 울타리를 지나가네…… 그는 헬레를 따라 가장 밝고 가장 큰 공동 거실로 들어간다.

아르카디아 하우스에는 여섯 개의 중앙 공동 거실이 있고, 각 공동 거실을 중심으로 열두 개에서 열다섯 개 정도의 침실이 배열되어 있다. 침실은 어른 두 명 혹은 청소년 세 명이 들어가면 빽빽한 정도의 크기다. 지금 그들이 있는 이 공동 거실이 가장 크다. 이층으로 된 창문에는 스러져가는 노을과 풀밭으로 쏟아져나와 지나가는 사람들, 저 아래 임시 아르카디아에 켜지기 시작하는 불빛이 보인다. 나선형 계단을 올라가면 좁은 통로와 함께 침실 층이 또 나타나는데, 비트는 그 계단을 볼 때마다 항상 불길한 예감이 들곤 한다.

헬레가 비트의 입술에 손을 대고는 핸디 방의 문손잡이를 돌려 문을 연다. 비트가 저항할 새도 없이 그들은 이미 안으로 들어와 있다. 핸디와 애스트리드는 아르카디아 하우스에서 가장 큰 침실을 쓰고 있는데, 두 개의 작은 침실을 합쳐 하나로 만든 것이다. 아주 오래전 공간이 남아돌던 시절이었고, 아르카디아 사람들로 이곳을 채울 수 있다는 건 그때는 터무니없는 생각이었다! 벽에는 라일라와 히에로의 침실로 가는 문이 만들어져 있다.

우리 여기 왜 온 거야? 비트는 목구멍 안에서 뭔가가 얼어붙는 것을 느끼며 속삭인다. 공동체가 아르카디아 하우스로는 부족할 정도로 성장하자, 사 년 전 그들은 9인 위원회를 만들고 선거를 통해 위원들을 선출했다. 핸디와 애스트리드에게는 상임직이 주어졌지만 핸디는 이의를 제기했다. 모든 것이 유기적으로 성장하게 합시다. 그가 말했다. 하지만 나머지 사람들은 임시 아르카디아에 있는 사람들, 임신부와 독신자, 신참과 나체주의자 등의 요구가 아르카디아 하우스에 있는 특권자들 때문에 무시될까봐 염려했다. 핸디는 언짢아하며 대부분 그의 방에 틀어박혀 지냈다. 아르카디아에 있는 모든 침실은 표면적으로는 누구에게나 다 개방되어 있지만 핸디의 침실만은 신성불가침의 장소로 여겨졌다. 비트는 어느 누구도 정말로 그곳에 불쑥 걸어들어갔다는 이야기를 들은 적이 없다.

헬레는 무릎을 꿇고 앉아 종이상자로 만든 핸디의 서랍장을 뒤진다. 비트는 벽에 걸린 악기들을 만져본다. 기타, 우쿨렐레, 밴조, 시타르, 바이올린. 그는 벽장 안을 들여다본다. 애스트리드 쪽에 있는 것은 소박해서 길고 품이 큰 원피스들, 나막신, 접어놓은 숄 정도만 보인다. 핸디의 옷장에는 하와이안 셔츠와 군용 재킷, 코르덴 바지 들이 넘쳐나고 새것인 듯한 양말이 호화롭게 쌓여 있다.

비트가 헬레를 향해 돌아보니 그녀는 침대 위에 누워 있다. 그는 깔려 있는 인디언 침대보가 옛날 핑크 파이퍼에 있던 것임을 기억해낸다. 아주 오래된 것인데도 늦은 해질녘의 약한 빛 조각 속에서 핑크색과 황금색이 살아 있는 것만 같다. 헬레의 닳아 얇아진 티셔츠는 속이 비쳐, 갈비뼈의 경사와 아늑하게 자리잡은 배꼽, 아르카디아 여자들이 모두 입는 뾰족한 브라까지도 그려낼 수 있을 정도다. 그 브라는 빙햄턴의 한 속옷공장 바깥에 놓인 쓰레기통에 한가득 들어 있던 것이다. 컵과 컵 사이에 달린 리본은 꽃잎처럼 여려 손만 대도 떨어질 것 같다.

그렇게 바라보고 있는 그를 그녀가 본다. 이리 와. 그녀가 말한다. 그가 가서 스러지는 빛을 받으며 그녀 곁에 눕는다. 여자친구 있어, 비트? 그녀가 묻는다. 그녀에게서 바닐라 냄새가 난다. 여자아이들이 제빵소에서 달라고 졸라서 손목과 목덜미, 귀 뒤에 바르는 바닐라다.

아니. 그가 말한다. 그는 그녀의 어느 부분도, 티셔츠 자락조차 건드리지 않으려고 조심한다. 옆에서 보니 그녀의 광대뼈 아래쪽이 움푹 패어 있다. 그녀는 팔각형 헛간을 돌아다니는 여위고 굶주린 들고양이처럼 생겼다.

바깥세상에 있을 때 남자친구가 있었어. 마흔 살이었어. 바텐더였고. 그녀의 미소가 은밀하다. 그녀가 말한다. 그 사람이 나를 돌봐줬어. 그녀가 고개를 돌리자, 그녀의 숨결이 얼굴에 와닿는 것이 느껴진다.

그 사람은 네가 열다섯 살밖에 안 됐다는 걸 알았어? 비트가 말한다.

그녀가 눈을 감으며 고개를 돌린다. 상관없어. 그녀가 말한다.

그는 영원히 이렇게 누워 있고 싶다. 그들이 서로의 몸을 만지고 있지 않다는 것은 상관없다. 그녀의 몸무게에 매트리스가 쑥 들어가고, 그녀의 따뜻함이 그의 팔에 전달된다. 그녀가 손안에 든 무언가를 입에 넣고 삼킨다. 그녀가 그를 돌아보는데, 손안에 약이 한 알 더 있다. 그녀는 빨강색과 하얀색 약을 부드럽게 그의 입술에 넣는다.

삼켜. 그녀가 속삭인다.

그는 그 약을 입술에 물고 한참을 생각한다. 그녀 눈썹 사이에 첫번째 주름이 잡히자 그는 약을 삼킨다. 그녀가 눈을 감는다. 착한 비트. 그의 팔을 쓰다듬으며 그녀가 말한다.

헬레와 함께 그곳에 얼마나 오래 있었는지 그는 알지 못한다. 창문은 어두워져 있다. 그는 쉬고 있는 헬레를 바라본다. 그때 문이 열리자 그녀가 눈을 번쩍 뜨고, 머리 위로 불이 켜진다. 비트는 몸 깊숙한 곳에서 지독한 구토가 치미는 것을 느낀다.

아니, 이게? 친숙한 쉰 목소리가 말한다. 핸디가 돌아온 것이다. 아, 헬레구나. 그가 말한다.

핸디가 기타 케이스를 벽장에 넣고 방 한편에 놓인 래더백 의자* 에 앉는다.

어이, 꼬마 비트. 핸디가 그를 향해 턱을 들어올리며 말한다. 너희 둘이 내 방에서 뭘 하고 있는지 물어도 될까?

헬레가 티셔츠 끝자락을 잡아내리며 힘겹게 몸을 일으킨다. 그녀의 동작이 과장스러울 정도로 느리다. 핸디, 그녀가 말한다. 그냥 쉬고 있어요.

이 크고 오래된 건물에서 쉴 곳이 여기 말곤 없었나보지, 응? 공동 거실은? 네 방은?

그는 미소를 짓고 있지만 뺨이 아주 팽팽하게 긴장되어 있다. 비트는 말문이 열린다면 기꺼이 핸디에게 모든 이야기를 할 것이다.

애스트리드는 내가 원할 때면 언제든지 이 방에 들여보내줬어요. 헬레가 말한다.

애스트리드는 여기 없어. 핸디가 말한다. 그런 생각은 안 해봤니, 헬레, 오늘밤에 내 손님이 있을지도 모른다는?

우리가 손님이에요. 헬레가 말한다.

무슨 뜻인지 알잖니. 핸디가 말한다.

무슨 뜻인지 알아요. 헬레가 말한다. 뭐였는지 모르지만 그녀의

* 등받이에 사다리 모양의 가로대가 달려 있는 의자.

목소리를 탁하게 만들었던 약의 효과가 사라졌다. 이제 그녀의 목소리는 세상에서 가장 메마른 것 같다. 그녀가 말한다. 피오나, 맞죠, 핸디? 정말 역겨워요. 그앤 나보다 겨우 세 살 많다고요. 당신은 피오나가 네 살일 때부터 그애를 알았다고요.

그녀는 성인이다, 핸디가 말한다. 물론 네가 상관할 일은 아니지만.

그렇죠, 아니죠. 헬레가 말한다. 내가 상관할 바 아니에요, 당신이 내 아버지인데도 말이죠. 그리고 애스트리드도 내가 상관할 바가 아니죠, 내 엄마인데도 말이에요. 왜 애스트리드가 당신에게서 그렇게 멀리 떨어진 테네시에 학교를 세우기로 했는지도 내가 상관할 바가 아닌 거죠, 분명히. 절대로, 전혀, 아니에요. 프리스 가족은 서로의 삶에 관여하지 않으니까.

내겐 나만의 사생활이 있다. 핸디가 말한다. 그의 목소리가 강철 같다. 네게도 너만의 사생활이 있듯이.

맞아요, 헬레가 말한다. 바로 그거예요. 난 누구든 원하는 사람과 자고 당신은 신경도 쓰지 않죠.

마음대로 하렴, 핸디가 말한다. 하지만 다른 곳에 가서 해라.

그러죠, 헬레가 말한다. 그렇게 해보죠. 캡틴 아메리카는 어때요? 그는 늙고 못생기고 완전히 약에 절었어요. 우리가 애를 낳으면 아가미 같은 게 달려 나올지도 모르겠네. 가서 누구를 유혹해볼까요, 음, 글쎄, 히에로? 어떻게 생각해요?

나는 히에로가 너의 그 대단하신 매력에 굴복한다면 정말이지 기이한 일이라고 생각할 거다. 핸디가 말한다.

내 매력은 우리 아빠에게서 물려받은 건데. 헬레가 말한다. 그러니 히에로가 아주 좋아할 거예요. 아니면, 어디 보자. 여기 있는 비트는 어때요? 꼬마 비트. 상냥하고 다정한 꼬마 비트, 아르카디아에 있는 어떤 아이보다 당신의 애정을 듬뿍 받은 아이. 우리가 어렸을 때 우리 앞에서 허구한 날 그렇게 말했었죠. 허구한 날 말하고 또 말했잖아요, 비트 스톤은 우주와 연결되어 있는 아이다. 그녀가 핸디의 목소리로 말한다. 그러고는 격렬한 몸짓으로 비트를 향해 돌아서며 말한다. 어때, 어떻게 생각해? 나랑 한번 해볼래?

헬레, 이러지 마. 핸디가 말한다. 그만해.

헬레? 비트는 너무나 조용히 말했고, 어쩌면 입안에서만 웅얼거린 것일지도 모른다.

그만하라고요, 핸디? 뭘 그만해요? 비트가 어때서요?

비트가 어떻다는 게 아니야, 너도 그건 알 거고. 핸디가 말한다. 꼬마 비트는 건드리지 말고 내버려둬. 네 일에 끌어들이지 말라고, 알겠니?

네, 대단하시네요. 알겠어요. 피 한 방울 안 섞인 비트한테는 아버지로서의 보호 본능 유전자가 작동하는군요. 정말 감동적이네요.

비트를 향해 몸을 돌린 그녀가 적의로 씩씩대고, 그는 무슨 일이 일어나고 있는 건지, 왜 그녀가 지금 그를 이렇게 미워하는 건지 이해할 수가 없다. 헬레? 그가 말한다. 그녀가 방에서 뛰쳐나간다. 핸디가 뛰어가 그녀를 막아선다. 그들은 문가에서 몸싸움을 벌이고 핸디가 한 손을 헬레의 오른쪽 주머니에 넣어 비닐봉지 하나를 꺼낸다. 이런 멍청이 같으니라고. 핸디가 말하며 그녀를 공동 거실로 밀어넣고, 그곳에서 그녀는 자신의 팔을 주무른다. 이미 그녀의 하얀 피부 위에 멍이 들고 있다. 핸디가 말한다. 나한테서 훔쳐갈 수 있을 줄 알았니. 그녀는 아버지의 얼굴을 빤히 쳐다보며 뒷걸음질쳐 공동 거실 문을 나가고, 복도에 이르자 왼쪽 주머니에서 다른 비닐봉지를 꺼낸다.

고마워요, 사랑하는 아빠. 그녀는 비닐봉지를 종처럼 흔들어대며 말하고는 사라진다.

비트는 자신이 핸디의 방 한가운데 서 있는 것을, 자신의 온 세계가 사방에서 어지럽게 흔들리는 것을 깨닫는다. 핸디가 비트를 돌아보는데, 그의 얼굴이 벌겋다. 두 사람은 공간을 가운데 두고 서로를 마주본다. 핸디가 말한다. 내 말 들어봐, 꼬마 비트. 네 아빠와 나는 예전엔 가장 가까운 친구였지만 지금은 잘 지내지 못하고 있고, 그래서 나는 슬프단다. 하지만 나는 너라는 사람 자체를 사랑해. 어떤 아이들은 자신의 내부 깊은 곳에 선량함을, 부드러운 작은 영혼을 지니고 있지. 그러니 내 부탁 하나만 들어다오. 가능한 한 내 딸에게서 멀리 떨어져 있거라. 저 아인 정신머리가 틀려먹었어. 내 말 알겠니?

네, 알겠습니다. 비트가 말한다. 이제 비트는 핸디가 숲속 작은 섬의 대마밭에 대해 물을까봐, 그의 입에서 모든 게 다 쏟아져나올까봐, 그래서 추운 밤 해나와 에이브와 그가 아르카디아에서 쫓겨날까봐 비이성적인 두려움을 느낀다. 핸디 옆으로 돌아나와, 식당에 있는 친구들에게 돌아가보니 그들은 아직도 그 병뚜껑 놀이를 하며 그를 기다리고 있다. 그들이 그의 얼굴을 훑어본다. 그는 친구들이 차례차례 무슨 일이 있었는지 묻지 않기로 마음먹는 것을 읽을 수 있다. 마지막 햇살이 온 식당에 길게 드리워진 가운데 사람들이 그들 주위의 테이블들을 백식초로 닦고 있고, 그들만이 그들 네 명의 섬에 남아 침묵 속에 서로에게 병뚜껑을 튕기고 있다. 그는 친구들의 무한한 관대함에 다시 한번 고마움을 느낀다.

한낮 들판에서의 휴식 시간, 야생벚나무 아래에 앉은 비트는 센트럴파크에서 열린 핵무장 반대 시위에 다녀온 서커스 가수 두 사람의 이야기를 듣고 있다. 그들은 스프링스틴이 전자음악을 하면서도 정말 복고적이었다는 것과, 노란 머스터드를 얹은 핫도그 맛에 하마터면 눈물을 흘릴 뻔했다는 이야기를 한다. 입안에 든 고기를 생각하자 비트는 속이 메스꺼워진다. 누군가가 말한다. ……이 국가들은 석유 웅덩이 안에 서서 자기 손에 성냥이 얼마나 많이 있는지 자랑하는 어린 소년들 같아……

비트는 이야기를 듣다 그만둔다. 헬레가 다가오고 있다. 그녀는 챙 넓은 커다란 멕시코 모자를 쓰고, 옥수수꽃 한 다발을 쥐고 있다. 그녀가 비트 곁에 앉더니 그 꽃을 건넨다. 그는 십 초 정도 꽃을 들고 있는다. 그러고는 그녀를 용서한다는 의미로 그녀의 가느다란 발목을 만진다. 그녀가 그의 무릎을 만지며, 용서받은 것에 고마워한다.

불편함이 지나간 후—이글거리는 태양은 잊어버리고, 따갑던 살갗에는 감각이 없어지며 물집이 잡히고, 어깨를 오르락내리락하는 그 단순한 반복으로 통증을 이겨낸 후—에 미래가 그의 앞에서 선명해진다. 청명한 여름날 아침 핀으로 하나하나 새겨놓은 듯한 풀 잎사귀처럼. 그는 여전히 아르카디아에 있다. 그는 나이를 더 먹은 것처럼 느껴진다. 관절은 더욱 단단해지고, 근육은 부드러워진다. 그의 부모가 가까이에 있다는 것도 느낄 수 있다. 그리고 역시 더 나이를 먹은 헬레도 이곳에 있다. 미소를 짓는 그녀. 그녀는 그를 사랑한다.

그는 그의 희망이 호흡하고 늘어나는 것을, 살아 있는 생물임을 느낀다.

그는 눈을 감고 그 안에 자신의 몽상을 간직한다. 그는 열심히 협상한다. 맥박이 뛰듯 잠시 눈앞에 떠오른 이미지처럼 그렇게 완벽할 필요는 없다. 그는 완벽에 대한 열망이 댐에 생긴 구멍 같은 것이어서 그리로 모든 것이 다 쏟아져나갈 수도 있다는 것을 안다. 나이가 들어서 핸디만큼 혹은 에이브만큼, 아니 심지어 타이터스만큼 높은 자리에 오를 필요도 없다. 그는 그냥 평범한 사람, 일벌, 늑대면 된다. 헬레도 그렇게 아름다울 필요가 없다. 그녀는 내일 그녀의 외모를 잃을 수도 있고, 그것은 중요하지 않을 것이다. 그가 자신을 위해 키워나가기 시작한 조용하고 좋은 꿈, 사진을 찍으며 사는 삶을 포기해서 그 대가로 헬레가 그를 사랑해주고, 남은 인생을 아르카디아에서 살 수 있다면, 그는 그 꿈을 포기할 것이다.

그는 다시 초점을 맞춘다. 콜이 줄의 맨 끝에 서서 미간을 찌푸린 채 비트를 보고 있다. 너 괜찮냐? 콜이 말한다.

언어는 비트를 충족시키지 못한다. 어떤 어휘도 그가 해야 할 모든 말을 제대로 담지 못한다. 그는 간신히 몇 마디를 한다. 난 괜찮아. 지금으로선 그것으로 충분하다.

그들은 자기네들끼리 장난삼아 하는 모험을 끝낸 후 지하실 아지트에 모여 있다. 헬레의 음악이 데크에서 크게 울리고 있다. 그녀가 바깥세상의 상점에서 훔친 카세트테이프들이다. 콜은 그 강렬한 리듬에 맞춰 고개를 끄덕이고, 딜런은 인상을 찌푸리고, 아이크는 몸을 격렬히 흔든다. 비트는 그 음악을 들어보려고, 좋아하려고 애쓰지만, 우호적인 어린 시절 친구들과 달리 이 음악은 분노에 가득차 있고, 녹슨 못과 증오, 저 너머 세상의 어둠으로 채워져 있다. 사적인 무정부 상태처럼 느껴진다. 비트는 위층 방에 있는 누구에게도 이 음악이 들리지 않기를 바란다.

펑크야. 아이크는 처음 그 음악을 틀었을 때 특유의 안절부절못하는 투로 말했다. 섹스 피스톨스야. 씨발, 예! 지금 그는 부서진 소파에 누워 그들 밴드에 붙일 이름들을 늘어놓는다.

끝내주는 놈들, 얼간이들, 비열한 새끼들. 그가 말한다.

딜런이 말한다. 깜둥이와 흰둥이들.

나머지는 서로를 쳐다보지 않으려 한다. 두 달 전, 딜런은 자신이 흑인임을 알게 되었다. 다른 사람들은 모두 오랫동안 알고 있었던 듯했다. 이제 딜런은 그의 머리를 짧은 아프로 스타일로 세우고 수송팀에서 피넛과 함께 많은 시간을 보낸다. 이제 그는 도끼질을 하고, 삽질을 하고, 할일이 있다고 흑인 말투로 말한다. 복숭아처럼 하얀 콜은 이런 말이 동생의 입에서 흘러나온다는 것이 너무 부자연스러워서, 동생이 너무 애를 쓰고 있는 것 같아 당황해한다.

어둠의 심연, 생물학적 재앙, 피투성이 아수라장. 땅꼬마와 땅꼬맹이들. 아냐, 아냐, 아니지! 사악한 비트와 신장결석. 아이크가 말한다.

비트는 무료 상점의 짝이 안 맞는 모노폴리 게임에서 가져온 모노폴리 집을 버섯 위에 풀로 붙이고 내려놓는다. 그는 친구들이 지긋지긋하다. 여러 압박감—숲속의 작물, 지난밤에는 그에게 소리를 질러대다 오늘 오후에는 다정하던 헬레—을 느끼고 있는 그에게 이 사내아이들은 순진함 속에 갇혀 있는 어린아이들처럼 유치해 보인다. 헬레가 오늘밤 가출 청소년 막사에서 열리는 파티에 비트를 초대했다. 원조 아르카디아인과 신입 아르카디아인 사이의 보이지 않는 장벽을 부수는 거야! 그녀는 그렇게 말했다. 이 아파르트헤이트* 를 끝내야 한다고! 하지만 비트는 친구들에 대한 의무감 때문에 그 초대를 거절했다. 이제 그는 극심한 후회를 느낀다. 헬레 옆에 있고 싶고, 가서 아만드 해머 같은 인간들한테서 그녀를 떼어놓고 싶다.

비트가 말한다. 안토니우스 역병과 가래톳 어때?

콜이 휘파람을 분다. 나머지 둘은 조용해진다. 그때 딜런이 고개를 끄덕이며 말한다. 그래야 바로 사악한 비트지. 말을 많이 하진 않지만 입을 열면 정답만 말하거든.

정답만 말하거든. 아이크가 똑같이 따라 한다. 안토니우스 역병과 가래톳. 리드 싱어 아이작 구토.

뭐라고? 콜이 말한다. 넌 목소리가 썩었어.

이건 펑크라고. 원래 썩은 목소리 같아야 돼. 아이크가 말한다. 그들이 티격태격하는 가운데 비트의 긴장이 풀어진다.

그들의 아지트는 오래전 자유민이 아르카디아 하우스를 수리할 때 거기서 꺼낸 가구들을 쌓아놓은 터 뒤편에 있다. 가구들은 모두 망가졌지만 완전히 쓸 수 없는 것은 아니어서 누군가가 손볼 시간

---

* 과거에 남아프리카공화국에서 시행되던 인종 분리 정책.

을 내어 다시 쓸모 있게 만들어주길 팔 년 동안이나 기다리고 있었다. 아이들이 숲에서 이리저리 모아 서까래에 묶어놓은 마리화나가 마치 잠든 박쥐들처럼 매달려 있다. 콜이 마리화나를 담배로 말아 옆으로 건넨다. 비트가 연기를 내뿜자 그에게 종주먹을 들이대던 세상이 조금은 느슨해진다.

그는 마리화나가 고맙다. 분명 마리화나는 그의 성장을 저해하겠지만 그는 160센티미터에서 체념한 상태다. 친구들은 모두 180센티미터가 넘는 꺽다리가 되어 있다. 심지어 비트보다 어려 한 달 후에 열세 살이 되는 딜런조차 그렇다.

비트는 수송팀에서 가져온 황금색 페인트 스프레이 통을 흔들어 작품 전체에 뿌린다.

다 됐어. 그가 말한다. 다른 아이들이 일어나 그의 작품을 바라본다. 콜이 낮은 휘파람을 분다. 사악한 비트, 그가 말한다. 넌 정말 죽여주는 예술가다, 야.

나무판 위에 버섯으로 이루어진 작은 황금빛 마을과 풍차들이 있고, 비트가 오트밀 통으로 만든 팔각형 헛간까지 있다.

시간 확인해봐. 비트가 말하자, 딜런이 아르카디아에서 유일하게 시계를 가지고 있는 비즈니스팀에서 몰래 가져온 벽시계를 쳐다본다. 오전 네시 삼십분이야.

작전 개시. 비트가 말한다. 아이크가 낄낄거린다. 그들은 피넛이 케이마트에서 사다준 목까지 덮는 방한모자를 얼굴에 뒤집어쓴다. 이제 그들은 모든 준비가 끝났고, 그들의 어두운 면으로 변신한다. 히피 갱, 이상을 꿈꾸는 악당들. 그들은 스스로를 파괴의 파종자라 부른다.

그들은 살그머니 나가 밤 속으로 묻혀들어간다. 아이크와 콜이 그 마을 모형을 양쪽에서 들고, 딜런은 이끼 봉지를, 비트는 소품 상자를 들고 있다. 공구 코너와 도자기 물레들을 지나 지하 저장실 계단을 올라가 안마당으로 나아간다. 무슨 소리가 들려 그들은 걸음을 멈추고 귀를 기울이지만, 그저 오크나무 가지들이 창문을 두드리는 소리다. 저 아래 가출 청소년 막사에서는 아직도 파티 소리가 시끄럽게 들려오고 비트는 약에 취한 헬레, 누군가에게 키스하는 헬레, 정신을 잃고 마룻바닥에 쓰러져 있는 헬레를 생각하지 않기 위해 숨을 참아야 한다.

어린이 구역으로 들어간 그들은 교실을 통과해 맨발로 계단을 오른다.

잠든 아이들의 숨결로 기숙사에 단내가 가득하다. 마리아와 필리스가 모퉁이의 야전침대에서 자고 있다. 스위티는 놀이 구역의 푹신한 의자에 앉아 코를 골고 있다. 그들은 아르카디아 마을 모형을 조심스럽게 바닥에 내려놓고, 비트는 물이끼를 꺼낸다. 그들은 소리 나지 않게 나무판과 가장자리를 덮고 방 구석구석 이끼와 작은 양치식물들을 배치한다. 아이크는 아이들 베개에 반짝이를 뿌린다. 콜은 도토리로 만든 찻잔들을 창턱에 놓는다. 딜런은 조그만 설형문자를 긁어 새긴 자작나무 껍질 조각들을 뿌린다. 비트가 빨래집게와 베이비파우더로 바닥에 온통 발자국을 찍어놓는다.

그들이 자리를 뜨기 직전 비트가 세 친구에게 나가라고 손짓을 한다. 지금이 가장 까다로운 순간이어서 만일 누군가 걸린다면 그건 비트여야 했다. 그는 작은 후디니*처럼 처벌을 피해 몸을 빼낼 수 있다. 그가 창문 하나를 닫자 창문이 부드럽게 내려온다. 그는 창틀의 갈라진 틈에 짙은 파랑, 초록, 노랑, 흐린 달빛, 북실북실 놀란 눈이 달린 갈색 나비의 날개 이십여 개를 집어넣는다.

이제 그는 오크나무 아래에서 나무의 온기에 기대서 있는 친구들에게로 간다. 거의 동틀녘이다. 요리사들이 식당 안으로 들어가고 있다.

곧 창문에서 누군가가 놀라 작은 소리로 오오오오오오 하는 소리가 들려온다. 그 목소리가 외친다. 일어나, 일어나, 일어나봐, 요정들이 왔다 갔어! 모두 일어나!

아이크가 두 손으로 입을 가리고 킥킥댄다. 콜은 무릎에 입을 대고 웃음을 참는다. 딜런이 웃음을 터뜨린다.

위층에서는 아이들이 기뻐서 어쩔 줄 몰라하며 소리를 질러대고, 목소리들이 높아진다. 스위티가 즐거워하며 웃는다. 그러다 비명소리가 들린다. 아, 어머나! 그리고 울음소리가 터져나오기 시작한다. 비트는 창틀에 있는 날개들을 발견한 어린 소녀를 상상한다. 창문이 내려와 요정들이 그 사이에 끼여 짓이겨진 거라 생각한 아이의 얼굴에서 기쁨이 사라지고 충격을 받은 표정으로 바뀌는 모습이 그려진다.

안 돼, 남자아이가 소리를 지른다. 안 돼, 안 돼, 안 돼!

비트는 가슴이 쥐어짜듯 아프다. 그는 일어서서 안절부절못한다. 할 수만 있다면 다 되돌리고 싶다.

---

* 탈출 묘기의 대가인 미국의 마술사.

스위티가 큰 소리로 말한다. 말도 안 되는 소리. 그녀가 창문을 들어올린다. 자, 보렴! 요정의 몸은 여기 없잖니! 요정들이 날개를 잠깐 내려놓았는데 다시 날개를 달고 날아가기 전에 우리가 일어난 거야. 요정들은 분명 이 방 어딘가에 숨어 있을 거야. 들키면 안 되니까 우리가 너무 꼼꼼하게 찾지는 않기를 바라면서 말이야.

그녀는 창밖으로 몸을 내밀고 이렇게 말하는데, 그녀의 목소리에는 약간의 위협이 묻어 있다. 우리가 아주 빨리 아침을 먹으러 가면, 우리가 돌아왔을 때는 요정들도 사라지고 없을 거야.

잠옷과 파자마 차림의 작은 몸들이 시냇물처럼 안마당을 지나 식당 안으로 들어간다. 그들의 모습이 다 사라지자 스위티가 허공에 대고 말한다. 요정들한테 십오 분 정도 일할 시간이 있는 것 같은데! 그러고는 그녀 역시 식당으로 들어간다. 콜이 속삭인다. 에잇, 우리 엄마 말 듣지 마, 엄마는 융통성이 없다니까. 하지만 그의 완벽한 피부는 붉어졌고 입술엔 잇자국까지 나 있다. 딜런도 토할 것 같은 얼굴이다.

끔찍한 짓이야. 비트가 금방이라도 눈물을 흘릴 것처럼 말한다.

아이크가 말한다. 왜 이래, 비트. 이게 이 파괴의 파종자의 핵심이라고, 못되게 구는 거. 이 어린애들이 바로 곧 수확될 준비가 된 잘 익은 환멸의 복숭아들이라고. 그가 어색하게 웃음을 터뜨리고, 그의 목에서 목젖이 마구 춤을 춘다. 비트는 아이크에게서 헬레를 보려 애써야 한다. 그래야 그의 친구를 미워하지 않을 수 있으니까. 그는 혼자 살그머니 들어가 두 손에 날개를 모아 담는다. 날개들을 주머니에 넣는다. 그 날개들은 아침식사 시간 동안 주머니 안에서 뜨겁게 느껴지고, 그후 그는 달려나가 숲속 깊은 곳에 구멍을 파고 그것들을 묻은 다음 모든 것이 다시 나아질 수 있도록 그가 생각해낼 수 있는 가장 아름다운 말들을 읊는다.

이렇게 해도 충분치 않다는 것을 그는 안다. 어린 시절은 그렇게 섬세한 세포조직 같은 것이다. 그들이 아침에 한 짓은 어린아이들의 어딘가를 잡아채서 둔탁하고 작은 아픔을 주었을 수도 있고, 그 아픔이 다시 돌고 돌아 평생 아주 작게라도 그 아이들을 힘들게 할지도 모를 일이다.

6월 하순, 세상은 초록으로 넘쳐난다. 소년들이 안마당의 오크나무 아래 땅바닥에 둥그렇게 둘러앉아 있고, 그 원 가운데에 휠체어에 탄 에이브가 앉아 있다. 다른 아이들과 청소년들은 풀밭 여기저기 흩어져 있다. 캡틴 아메리카가 조금 큰 여자아이들에게 초서 작품을 읽어주고 있고, 마를레네는 네 살짜리들에게 독일어 숫자를 가르치고 있고, 피터와 시어는 현자들처럼 히브리어로 이야기를 나누고 있다. 이것은 비트가 두번째로 참석한 혁명사 수업이다. 공식 수업은 여름에 끝나는데, 이 수업은 비트의 아이디어였다. 아버지를 매일 볼 수 있는 방법으로 생각해낸 것인데, 놀랍게도 다른 소년들도 여덟 명이나 식당 게시판에 신청을 했고 에이브의 이야기를 열심히 귀기울여 듣고 있다. 오늘의 주제는 악마다. 정신에는 자기 고유의 공간이 있다. 에이브가 말한다. 그리고 자기 안에서 지옥의 천국도, 천국의 지옥도 만들 수 있다. 배교한 천사가 이렇게 말했지, 『실낙원』에서. 최초의 반역자지. 아이크, 어떻게 생각하니?

아이크는 대답을 하려고 애쓰지만, 그가 생각을 하면 그의 정신은 도마뱀처럼 꿈틀대다 사라지고 그에게는 잘린 도마뱀 꼬리 같은 생각 한 줌만 남을 뿐이다. 그가 말한다. 그럼 악마는 하데스의 크고 오래된 궁전들을 짓는 건가요? 자기들만의 소굴을 짓는 거예요?

그런 셈이지. 에이브가 말한다. 하지만 그것이 그가 말하려던 것은 아니야. 비트, 말해봐라.

비트가 말한다. 우리는 우리만의 천국과 지옥을 만들어요. 그는 일이 나쁘게 돌아가는 것처럼 보일 때도 우리가 처한 상황에 생각을 적용해서 상황을 바꾸어나갈 수 있다는 이야기를 하는 거예요. 우리가 지옥에 있다면 그것은 우리 잘못이에요. 밀턴이 그 글을 썼던 시기에는 급진적인 생각으로 보였겠죠. 악마는 모든 것을 예정하는 하느님을 믿는 대신, 어떤 면에서는 우리가 스스로의 신이 될 수 있다는 것을 암시하고 있으니까요. 그건 운명에 대한 결정권을 갖지 못하고 정해진 운명을 따르는 피창조물을 넘어서서 스스로를 창조할 수 있는 특권을 부여하는 거죠.

그의 가슴이 두근거린다. 그는 풀밭 사이로 빠져나가는 자신의 생각을 좇아 더 멀리 나아가고 싶다. 하지만 에이브가 말한다. 좋아, 좋아. 그리고 손가락으로 비트에게 다른 아이들을 위해 천천히 가자는 신호를 한다.

콜이 혼란스러운 듯 긴장한 얼굴로 말한다. 잠깐만요, 이런 말을 하는 악마가 나쁘다는 건가요? 우리는 그 말을 믿잖아요, 안 그래요? 사람들이 스스로를 창조할 수 있다고 말이에요. 그런데 그게 왜 문제라는 거죠?

계속해라. 에이브가 말한다.

예를 들면 트리피들요. 콜이 말한다. 우리는 그들이 스스로를 개선할 수 있다고 믿어야 해요. 그러지 않으면 우리는 그들을 돌보는 돌보미들의 시간을 낭비하는 것일 테니까요, 그렇죠? 그리고 아르카디아라는 아이디어 자체도 마찬가지예요. 우리가 믿음을 가지면 문명은 더 나아질 수 있다는 생각이요. 핸디가 늘 말하듯 우리는 빛을 해방시키고, 그러면 빛이 세상의 어두운 구석들에 가닿아 그 어두운 곳들 역시 밝힐 거라고요. 내 말은 그러니까, 그 조지 엘리엇이라는 남자의 글에서 인용하자면요.

읊어보렴. 에이브가 비트에게 말한다. 붉은 수염 위로 보이는 에이브의 두 눈에 주름이 자글자글하다.

비트가 말한다. 내겐 나만의 믿음이 있고 그 믿음이 나의 위안이 되네…… 완벽하게 선한 것을 바람으로써, 우리는 그것이 무엇인지 잘 알지 못하고 우리가 할 일을 할 수 없을 때조차 악마에 대항하는 신성한 힘의 일부가 되네. 빛의 가장자리를 넓혀가며 좁아지는 어둠과 싸운다네. 그리고 조지 엘리엇은 여자야. 비트가 말한다. 콜이 얼굴을 붉히면서 도토리 하나를 비트에게 던져 비트의 관자놀이에 명중시킨다. 그들은 웃음을 터뜨리며 다시 친구가 된다.

훌륭하구나. 에이브가 말하자 비트는 자부심으로 가슴이 터질 것 같다. 곧 그는 한 줌의 겸손을 찾아 자랑스러움을 숨긴다.

에이브가 말한다. 악마와 조지 엘리엇은 둘 다 같은 종류의 생각, 즉 변화를 갈구하는 것이 변화를 만드는 강력한 방법이라는 생각을 지지하고 있지. 변화는 이 갈구에서 비롯된다고 말이야. 해리슨, 사탄이 말하는 게 어떤 것인지 우리의 일상생활에 비추어 말해보렴.

우리가 선을 행하려고 노력함으로써 선을 행하고 있다는 거요? 해리슨이 말한다. 우리의 의도가 중요하다는 거요?

의도는 중요하지. 에이브가 말한다. 하지만 두 가지 인용에 더 자세히 귀를 기울여보면 꼭 그것만 있는 것은 아니란다. 엘리엇의 글과 밀턴의 『실낙원』에는 분투라는 개념, 천국이 결실을 맺을 수 있도록 하기 위해 행동하려는 시도라는 개념이 있지. 그러니 너희의 생각을 더 밀고 나가보렴. 아르카디아를 사례 연구로 활용해봐. 요즘 어떻게 일이 돌아가는지 생각해보거라. 너희가 가장 다르게 하고 싶은 것이 무엇인지, 무엇이 납득이 되지 않는지, 어떻게 우리의 선한 의도를 우리가 지금은 실천하고 있지 않은 다른 방식으로 행해야 하는지 생각해보거라. 우리는 지옥에 있는 것은 아니지만 지옥에 다가가고 있다. 이 말은 내 목이 부러지기 전 어느 여름에 위생팀을 이끌고 있던 누군가가 했던 이야기야. 내 말을 믿으렴, 나는 지옥을 알고 있단다.

소년들은 웃음을 터뜨리지만 그들 사이에 새로운 긴장이 감돌고, 웃음이 사그라지자 그들은 갑자기 조심스러운 태도를 보인다. 바람이 불어와 오크나무 가지를 흔들며 그들 위로 빛을 점점이 뿌린다. 알았어요. 마침내 해리슨이 대답한다. 청소년 그룹에서 가장 나이가 많은 그는 예전에는 목소리를 높여 이야기하곤 했었다. 한 가지, 우리는 모두 평등해야 하는데 핸디가 여전히 우리의 지도자이고 명령을 한다는 게 잘 이해되지 않아요. 왜 지도자와 9인 위원회가 같이 있어야 하는 거죠? 그냥 우리가 민주적으로 우리 규칙을 만들어야 하는 거 아닌가요?

맞아요, 딜런이 말한다. 게다가 다른 사람들은 다들 일하는데 그는 일도 하지 않잖아요. 마치 자기가 트리피 대장이나 뭐 그런 것 처럼요.

야. 아이크가 말하지만 소리가 너무 작아 비트만 그 소리를 듣는다. 에이브가 미소를 짓는다. 그가 말한다. 왕을 타도하라!

에이브의 신성모독은 잠시 후에야 선명해지기 시작한다. 그리고 선명해진 신성모독 앞에서 모든 것이 정지된다. 캡틴 아메리카의 머리가 반쯤 돌다, 초서를 읽다, 정지된다. 불어 수업을 진행하던 카로가 굽힌 몸을 펴다 말고 어정쩡하게 서 있다. 새 한 마리가 공기로 만들어진 망에 걸려 있다.

아이크가 말한다. 그럼 우리 아빠가, 그러니까, 민주주의에 방해가 된다는 거예요?

정지되었던 시간이 다시 흐른다. 3층 위 핸디의 침실 창문에서 그의 머리가 밖으로 쑥 나온다. 그의 턱살이 흔들리고 수염이 갈라진다. 그는 아래쪽의 단단한 흙에 반사된 햇빛에 노랗게 빛난다. 에이브는 핸디를 바라보는 소년들을 보고 위쪽을 응시한다. 그의 입술이 벌어지며 미소를 짓는다.

곧 내려갈게. 핸디가 큰 소리로 말하고는 머리를 안으로 집어넣는다.

오, 이런. 에이브가 말하며 빙 둘러앉은 소년들을 바라본다.

그들은 기다린다. 시큼한 것이 비트의 뱃속에서 일렁인다. 핸디가 팔에 밴조를 들고 무심하게 가벼운 멜로디를 연주하며 식당 밖으로 성큼성큼 걸어나온다. 그들 무리에게 다가온 그는 여유로워 보인다. 나무에 기대선 그가 그들 위에 우뚝 서 있다. 그는 노래를 끝내고 밴조를 바닥에 내려놓는다. 에이브러햄 스톤, 그가 거의 감탄하는 목소리로 말한다. 반목을 조장하다니. 그것도 이렇게 대놓고. 자네가 배짱이 없다고 한 사람은 아무도 없었지.

이건 수업이오, 핸디. 에이브가 말한다. 난 어떤 것도 조장하지 않아요.

아니, 그러고 있어. 자네가 하는 모든 일에는 온전한 목적이 있어. 핸디가 말한다.

어쩌면 그럴지도. 에이브가 말한다. 어쩌면 우리의 목적이 갈라져 나뉜 건지도 모르죠.

갈라져나간 건 자네일지도 몰라. 핸디가 말한다.

어쩌면. 에이브가 말한다. 하지만 마찬가지로 그 반대도 가능하겠죠. 나는 원래의 우리 목표에 닻을 내리고 있는데 아르카디아가 멀리 흘러간 것이라는.

아름답군, 아름다워. 핸디가 말한다. 아, 자네는 정말 말을 아름답게 해, 에이브.

그렇지, 논리보다는 사람을 공격하라, 옹졸한 정신이나 할 법한 방어요. 에이브가 말한다.

핸디의 콧구멍 근처가 분홍색이다. 그가 에이브를 내려다보며 미소를 짓는데 그의 잿빛 송곳니가 번득인다. 그가 몇 번 숨을 쉬더니 과장된 시골 억양으로 머리를 서글프게 흔들며 말한다. 슬픈 광경이구나, 얘들아, 진정한 믿음을 가진 자가 그의 믿음을 잃는 날이라니. 척추가 뜯긴 뱀처럼, 그는 이제 한 마리 벌레에 불과해.

에이브의 얼굴이 창백해지고, 그는 자신의 쓸모없는 무릎을 꽉 쥔다. 비트가 자리에서 일어나 핸디와 에이브 사이에 선다. 그는 얼굴에 닿는 핸디의 숨결을 느낄 수 있다. 한동안 두 사람은 서로를 바라본다. 비트의 가슴이 아주 커다란 소리를 내며 뛰고 있어 두 사람의 싸움을 압도해버린다.

내 말은, 물론, 아주 오래된 사과 속 벌레라는 뜻이지. 핸디가 비트의 얼굴에 대고 활짝 웃으며 말하고, 그 미소가 너무나 강렬해 비트는 자신의 입술 뒤에서 미소가 메아리치려는 것을 억눌러야 한다.

안에 들어가서 합시다. 그렇게 말하고 에이브가 휠체어를 돌리더니 삐걱이는 소리를 내며 천천히 교실로 들어간다. 핸디는 아까와 마찬가지로 밴조로 쾌활한 곡을 연주하며 그의 뒤를 따른다. 방금 무슨 일이 있었던 거야? 아이크가 묻자 비트는 친구의 팔을 꽉 잡는다. 나도 몰라. 그가 말한다. 잠시 후 해나가 두유 낙농장에서 뛰어올라온다. 그녀의 다리는 아주 짧게 자른 청바지 아래에서 부끄러울 정도로 길다. 그러고 나서 곧 다른 어른 몇 명이, 라일라와 타이터스, 호스와 미지가 모여든다. 어른들의 목소리가 다시 높아지자 어린아이들이 교실에서 흩어져 나온다. 한 움큼의 씨앗들.

헬레, 무덥고 흐린 어느 날, 연못가의 평평한 돌 위에 나른하게 누워 있는 그녀의 눈동자가 황금빛 홍채를 삼키고 있다. 헬레, 공동 거실에서 다른 청소년 아이들과 러미 카드놀이를 하며 힘없이 늘어져 해리슨에게 기댄 채 아널드의 허벅지에 그녀의 뒤꿈치를 문지르고 속눈썹 사이로 비트에게 미소를 짓지만, 세 남자아이는 서로를 쳐다보지 않는다. 헬레, 해바라기들 속에서 잠이 들었던 그녀는 비트가 포트 계획에 따라 대마에 물을 준 후 달려와 찰싹 때리자 간신히 잠에서 깬다. 헬레, 가출 청소년 막사에서 새벽에 올라온 그녀가 무릎까지 오는 야생당근꽃들 속에 서서 그녀를 기다리는 비트에게 다가온다. 헬레가 비트에게 가까이 오고, 그는 그녀에게서 마리화나 냄새와 땀과 바닐라와 램프의 석유 냄새를 맡는다. 그녀는 그의 어깨에 머리를 기대고 그를 꽉 끌어안고, 그는 그녀의 갈비뼈가 그의 갈비뼈에, 그녀의 무릎이 그의 무릎에 강하게 닿는 것을 느낀다. 그는 화를 내고 싶지만 그저 두 팔로 그녀를 감싸안기만 한다. 머리를 드는 그녀의 눈에 눈물이 그렁그렁하다. 헬레가 말한다. 너는 나의 유일한 친구야, 비트. 그러고는 그의 손을 잡고, 그녀의 방까지 함께 걸어간다. 한 걸음 한 걸음 내디딜 때마다 그의 안에서 뭔가가 불안하게 흔들린다.

그는 헬레 사진을 찍고 또 찍고, 그녀는 그의 관심에 얼굴을 붉히면서도 손가락을 아가미처럼 활짝 펼치거나 모델처럼 찡그리며 포즈를 취한다. 그렇게 사진을 한 장 한 장 찍을 때마다 그는 털끝만큼 조금씩 더 그녀에게, 헬레의 가장 본질적인 핵심에, 순수한 헬레에게 다가가고, 언젠가 그는 그녀에게 사진 인화지 한 장을 건넬 것이다.

자, 그는 자신이 말하는 모습을 그려본다. 이게 너야.

그녀는 그 인화지를 보고 마침내 그녀 자신에 대해 알게 될 것이다. 그리고 그녀는 어떻게 그런 자신을 줄곧 놓치고 살았는지 의아해할 것이다. 헬레, 그녀가 나머지 세상을 보듯이 그렇게 분명하게 헬레를 바라보는 것. 바로 이것을 꿈꾸는 것이다.

무릉도원의 날까지 일주일이 남았다. 3학년 아이들이 식당 벽에 거대한 마분지 달력을 걸었고, 날짜들은 커다란 햇살 갈기를 달고 활짝 미소 짓고 있는 해님으로 채워지고 있다. 아르카디아에서 시간은 모호한 존재다. 징소리가 날들을 다스리고, 나머지는 계절이 다스린다. 달력은 그런 질서에 익숙하지 않은 비트에게 부담으로 느껴진다. 아르카디아는 수업중에 있었던 그 큰 싸움 이후 기이하게 숨을 죽이고 있었고, 그 싸움은 입에서 입으로 전해지며 장대한 서사시 같은 분위기를 지니게 되었다. 공기에 메스꺼움이 배어 있다.

어느 날 밤 저녁식사 때 그들은, 해나와 에이브와 비트는, 그 긴장감을 피해 달아난다. 앞으로 세 번의 오전 동안 해나와 비트는 작물을 수확할 것이고, 그런 다음 며칠 밤은 보존 처리를 위해 설탕 창고에서 지낼 것이다. 매일 아주 미세하게 변화하는 햇살 줄기가 그들을 조금씩 더 종료점으로 데려간다. 그들은 너무 흥분해 기의 가만히 앉아 있지 못한다. 심지어 꼼짝할 수 없는 에이브조차 들썩인다. 이 시원한 여름 저녁, 그들은 너도밤나무 아래 펼쳐놓은 담요 위에 함께 앉아 있고, 비트는 예전의 행복감이 자신을 감싸는 것을 느끼며 어머니의 두 손이 제비처럼 날아 음식을 나누는 것을 바라보고, 에이브가 마음을 고스란히 얼굴에 드러낸 채 해나를 쳐다보는 것도 바라본다. 그들이 되찾은 이 푸근함에 대한 감사로 마음이 느슨해지지 않았다면 비트는 그런 어리석은 말은 하지 않았을 것이다. 바로 이런 말. 우리가 수확하기 전에 돼지들이 대마를 발견하면 어쩌죠?

저 깊숙한 곳에서 조그맣게 일렁이던 두려움이 하필 지금 떠오르기로 결정하다니 참 이상한 일이다. 해나와 에이브 사이에서 줄 하나가 팽팽하게 당겨지고 비트는 미세하게 실망을 느낀다.

견딜 수 없게도 그의 부모는 비트의 질문을 무시한다. 그들은 클레이와 피넛이 무릉도원의 날을 위해 산 불꽃놀이 폭죽에 대해 이야기하며 그렇게 돈을 낭비하는 것은 부끄러운 일이라고 한다. 그들은 해나의 강의에 대해 이야기하며, 슬라이드가 훌륭하게 만들어졌는데 다 비트의 새로운 사진 기술 덕분이라고 말한다. 그들은 이야기를 하고 또 하고, 비트는 음식을 손에 들고 차가운 그늘 속에 홀로 앉아 그의 부모가 그 없이, 그를 축축한 근심 속에 혼자 내버려둔 채 이야기를 이어가는 것을 바라본다.

비트는 베르다가 헬레에게 줄 수 있는 최상의 선물이라고 생각한다. 그에게 베르다는 가장 큰 미지의 세계다. 노인이 비트에게 닻이 되어주었듯 그녀의 지혜와 그녀의 침착함이 헬레에게 닻이 되어줄 것이다. 하지만 오늘 그들은 몰래 빠져나갈 기회를 잡기 전까지는 나머지 청소년 그룹과 함께 옥수수밭 김매기를 해야 한다. 비트는 이 옥수수 품종들을, 블루베이비, 리즈옐로덴트, 블러디부처를 사랑한다. 도로트카는 십 년 동안 씨앗을 모아왔고, 사람들은 그들이 찾아낸 가장 기이한 씨앗들을 그녀에게 선물로 보낸다. 그는 당근 품종인 드래곤, 스칼렛낭트, 세인트발레리, 파리마켓 등도 사랑한다. 감자 품종인 카리브, 데지레, 옐로핀, 퍼플바이킹도 좋아한다. 그는 고추에 대해서는 언급을 피하는데, 언젠가 파탈리 잎을 만진 후 눈을 비볐다가 이 주일 동안 이리저리 춤추는 붉은빛 외에는 아무것도 보이지 않았던 적이 있기 때문이다. 그는 긴 시간 동안 헨하우스의 침대에서 지냈다. 눈이 보이지 않는 상태에서 듣는 출산의 소리는 끔찍했다.

레이프가 잡초를 뽑으며 욕설을 퍼붓는데, 그 욕설이 갈수록 창의적이다. 이 빌어먹을 불알이 든 샅보대 같으니, 그가 말한다. 이 미쳐 날뛰는 딜도, 그가 말한다. 그는 그의 작품에서 떨어져 지내는 시간을 너무 싫어한다. 저 아인 사람보다 꼭두각시 인형을 더 사랑해. 비트는 해나가 봄에 서커스 가수들 공연에서 레이프를 바라보며 속삭이는 말을 들었다. 제 아버지를 닮은 거지. 에이브가 나지막이 중얼거렸고, 둘은 껄껄대다가 미지가 돌아보며 조용히 하라고 버럭하자 얼굴을 붉혔다.

헬레가 줄 끝에 있는 그에게로 오고, 그들은 함께 살며시 숲으로 들어간다. 시원한 공기가 물처럼 그의 피부를 스치고 지나간다.

헬레가 목멘 소리로 말한다. 내가 오늘 뭘 봤는데. 정원에 나온 여자아이였어. 정말 이른 아침이었어. 아주 어렸는데, 다섯 살 정도 된 것 같았고 발가벗고 있었어. 거기 오이 아래에 웅크린 채 옥수수 하나를 들고 씹고 있더라. 마치 야생의 아이처럼, 책에서 읽은 정글 속 아이처럼 말이야. 그 아이를 보고 있으려니 마음이 너무 불편해서 토하고 싶을 정도였어. 정말 어린 아이였단 말이야. 얼마나 배가 고팠으면 아침에 달려나와 아직 익지도 않은 채소를 먹고 있었을까. 매일같이 그 많은 사람들이, 낯선 사람들이 들어오고 있는데. 내 말은, 그 사람들 중에 나쁜 사람이 있으면 어떡하냐는 거야. 만일 어떤 트리피가 그 아이를 보고 흥분해서 그 아이를 해치면? 누가 그 아이를 보호할 건데? 미안하지만 이제 난 정말 뭐가 어떻게 돌아가고 있는 건지 하나도 모르겠어, 그냥 이해를 못하겠어. 못하겠다고. 헬레의 목소리는 떨리고 있지만 그녀의 얼굴은 창백하고 무표정하다.

나도 몰라. 비트가 말한다.

너무 이상해. 헬레가 말한다. 제대로인 게 아무것도 없어. 우리 어렸을 때 기억나, 비트? 상황이 아무리 나빴어도 우린 늘 똘똘 뭉친 팀이었잖아? 나는 계속 그 천이, 펠트가 기억나. 스웨터나 뜨개질 조각에 비누칠을 해서 계속 비비다보면 실이 줄줄이 뒤섞이면서 도저히 풀 수 없는 하나의 덩어리가 되잖아. 그런데 지금 우리는 각자 자기 멋대로 뜨개질을 하는 수백만 명의 미친 사람들 같아. 이 남자는 벨트를 만들고, 이 여자는 자기가 냄비 장갑이나 뭐 그런 걸 만들고 있다고 생각해. 그래서 우리는 역사상 가장 크고 흉하고 거지 같은 담요를 갖게 되었는데, 그걸로는 우리를 다 덮을 수도 따뜻하게 할 수도 없는 거야. 헬레는 말을 멈추고 웃더니 나지막이 혼잣말을 한다. 참 지랄맞은 비유다, 헬레.

정확한 말이야. 비트가 말한다. 들어봐. 그리고 그는 자신을 폭포 아래로 내동댕이치려는 물살과 맞서는 느낌을 받으며 그녀에게 해나와 에이브의 프로젝트를, 그 위대한 포트 계획에 대해, 현금과 곧 있게 될 확실한 구호에 대해 이야기한다.

괜찮아질 거야, 그가 말한다. 무릉도원의 날이 지나면. 걱정하지 마. 그땐 풍족해질 테니까.

그녀는 엄지손톱을 물어뜯으며 그를 바라본다. 그리고 아무 말도 하지 않는다.

두 사람은 베르다의 마당으로, 석조 오두막과 벚꽃이 있는 곳으로 들어간다. 베르다는 정원에 나와 닭들에게 옥수수를 던져주고 있다. 그녀는 헬레를 보고 인상을 찌푸리더니 비트에게 의미가 분명한 엄격한 눈길을 던진다. 또다른 방문객이라니? 내가 혼자 있고 싶어한다는 걸 모르는 거냐?

그는 기대감을 얼굴에 고스란히 드러낸 채 그녀를 바라보고, 그녀는 한숨을 내쉬며 말한다. 들어오는 게 낫겠구나.

그들은 들어간다. 헬레와 베르다가 테이블을 사이에 두고 뻣뻣하게 앉아 차를 마시며 속눈썹 사이로 서로를 관찰한다. 대화는 표면적으로는 밝다. 날씨, 무릉도원의 날, 비트에 대한 이야기. 만일 그가 베르다를 아주 잘 알지 못했다면 이 방문이 아주 순조롭게 진행되고 있다고 말했겠지만, 그녀의 콧구멍은 뭔가 냄새를 맡는 듯 크게 벌어져 있고 그녀의 대답은 갈수록 퉁명스러워진다.

그들이 가려고 일어서는데 헬레가 바닥에 있는 유스터스를 쓰다듬느라 몸을 숙인다. 그러자 베르다가 평소의 그녀답지 않게 비트를 가까이 잡아당긴다. 그녀에게서 햇볕에 말린 옷과 아미시 비누 같은, 좋은 냄새가 난다. 그녀가 그의 귀에 대고 낮은 목소리로 재빨리 말한다. 조심해라, 리들리. 세상에서 가장 힘있는 사람은 젊고 아름다운 여자다.

그러고 나서 베르다는 그를 놓아주고 그들을 문가로 안내한다.

밖으로 나온 헬레는 불만스러운 표정이다. 반쯤 길을 왔을 때 그녀가 말한다. 그 여자가 네 친구라는 건 알지만…… 그녀가 말꼬리를 흐린다. 얼마 후, 그녀가 몸을 떨며 말한다. 그 긴 세월을? 그 사람처럼 그토록 늙고 그토록 혼자인 건 어떤 기분일까 상상하고 있었어. 나라면 자살할 것 같아.

오, 헬레. 비트가 목이 메어 말한다.

그녀가 그를 바라보며 말한다. 농담이야, 비트. 하지만 헬레의 목소리는 무겁다. 그녀는 낮잠을 자러 그녀 방에 들어가고, 그는 그들을 사이에 두고 문이 닫히는 게 견디기 어렵다.

사진 수업 중간에 비트는 어떤 순간을 포착한다. 저녁해가 있고, 그의 두 손에 들린 라이카 카메라의 무게감이 느껴진다. 딱 알맞고 딱 그의 것인 그 카메라는 아르카디아에서 그에게 가장 소중한 물건이다. 안마당에서는 다른 수업들도 진행되고 있는데, 어린아이들이 좀더 큰 아이들 곁에 앉아 있다. 그는 경이로움을 느끼며 이것이 바로 아르카디아를 위대하게 만드는 바로 그것이라고 느낀다. 잠재성에 대한 주목, 개인에 대한 인내, 영혼의 확장에 필요한 공간. 그는 헬레가 눈부시게 아름다운 따스한 하늘에, 아르카디아 하우스 처마 위에서 재잘대는 다람쥐들에, 그녀 자신의 더께 앉은 발에 눈길을 보내는 것을 본다. 그녀는 비트가 쳐다보는 것을 알고는 고무줄 같은 미소를 짓는다. 그 미소는 그를 가득 채우고 넘쳐흐른다. 마침내 어린이 그룹에 있던 아이들이 봉고와 탬버린을 두드리며 〈Tea for the Tillerman〉을 활기차게 노래하기 시작하자, 그는 지난주에 히에로가 보여준 그림에 나오는 신의 황홀한 빛으로 충만한 바보 성자처럼 벌떡 일어나 춤을 추지 않으려고, 차분하게 있으려고 애를 쓴다. 히에로와 이름이 같은 화가 히에로니무스 보스가 그린 그 그림에는 정원이 있고, 그곳에는 옷을 걸치지 않은 사람들이 홍합껍데기와 과일들 속에 모여 있거나, 신체 기관을 닮은 분홍색 오두막에서 쏟아져나와 로데오처럼 돼지며 표범들을 타고 즐거워하고 있었고, 되새가 그들 입에 베리 열매를 떨어뜨리고 있었다. 그림 속 사람들은 모두 조용한 초록빛 자연의 기쁨으로 가득 차 있었다. 비트는 차분하게 스스로를 단속하고 호흡을 하면서 이 행복이 더 안전한 거리로 물러날 때까지 기다린다. 마침내 행복은 태양으로, 아이들로, 평온함으로, 아르카디아로 만들어진 담요가 되고, 비트는 다시 더 커다란 전체 안에서 하나의 날실이 된다.

저녁식사 때 비트는 사이먼이 해나에게 슬며시 다가가 뭔가 속삭이는 것을 본다. 해나가 얼굴을 붉히는 모습에 뱃속에서 번개가 번쩍 친다. 그녀가 비드에게 들릴 정도로 큰 소리로 말한다. 좋아요, 그럼. 새벽에.

밤새도록 그는 해나가 사라지는 상상을 한다. 잠에서 깨어나면 그녀의 자리가 영원히 비어 있는 세상일 거라는 상상을 한다. 어린 시절 가장 깊숙한 곳에 자리해 있던 오래된 두려움이다. 비트는 그녀가 나올 때 현관문 앞에 서 있다. 부드러운 그녀의 발걸음, 작업복 아래로 보이는 그녀의 맨발. 그녀가 그를 보자 낮게 중얼거린다. 빛나는 갑옷을 입은 나의 기사님. 그리고 그의 머리카락을 어루만진다.

밤나들이 가는 빛나는 기사. 그가 그녀를 웃게 하려고 말하지만 그녀는 웃지 않는다.

두 사람은 함께 들판을 향해 걷는다. 사이먼이 초조한 걸음으로 달려와 해바라기가 무성해지는 숲의 입구에서 두 사람과 만난다. 아즈텍선, 아이리시아이즈, 벨벳퀸.* 젖어 있는 그의 머리카락은 정중앙 가르마 덕에 양쪽으로 나뉘어 있다. 그는 청바지를 입고 있는데 새 옷이라 걸을 때 빽빽 소리가 난다. 그는 비트를 보자 인상을 찌푸리며 의미심장한 눈빛으로 해나를 쳐다보지만 그녀는 자기 팔의 모기 물린 자국을 들여다본다. 사이먼이 말한다. 아, 갑시다. 그는 몸을 돌려 해바라기들 사이로 성큼성큼 걸어들어간다. 그들이 뒤를 따른다. 해나의 손이 비트의 손을 가볍게 스치고, 비트는 그녀가 손을 잡게 놔둔다. 해가 털이 보송보송한 해바라기 잎에 막 새로운 빛을 비춘다. 들판 한가운데에 사이먼의 작품이 서 있는데, 방수포에 덮인 주먹 같아 보인다. 어깨까지 자란 해바라기 꽃들이 스치고 지나갈 때마다 쉿, 쉿 소리를 내고, 그들이 중앙으로 들어갔을 즈음에는 이미 하늘이 빛으로 물들어 있다.

그들은 한동안 말없이 조각 앞에 서 있는다. 이제 빛이 완벽하다고 판단한 사이먼이 조각 뒤로 돌아가고, 손도끼 휘두르는 소리가 두 번 들린다. 밧줄이 풀리고 방수포가 스커트처럼 스르르 내려온다.

비트가 웃음을 터뜨리자 해나가 그의 팔뚝을 재빨리 아프게 꼬집는다. 그녀가 말한다. 사이먼, 정말 근사해요. 그녀를 바라보는 사이먼의 눈은 바닥에 자갈이 깔린 웅덩이 같다.

초라한 풍차 같은 것이 가벼운 바람에 돌기 시작하자 더 많은 부

* 해바라기 품종들.

분들이 드러난다. 바큇살은 장총들이고, 그 중심은 폭탄의 머리 부분이다. 비트가 구조물의 다리들을 만져본다. 아주 날카롭다.

칼을 쳐서 보습을 만들고.* 해나가 말한다. 그녀의 볼이 붉다.

비트가 가장 남자다운 목소리를 내며 말한다. 정말로요? 꼭 그렇게 문자 그대로여야 했나요?

사춘기 애처럼 굴지 마. 해나가 날카롭게 말하자 비트가 찔끔한다.

사이먼은 비트를 무시하고 설명한다. 그는 수송팀 활동의 일환으로 캐나다 근처에서 폐품 수집을 하던 중 버려진 자동차 한 대를 발견했는데 트렁크에는 라이플들이 은닉되어 있었다. 그는 옛날 밀매업자가 숲속에서 길을 잃은 거라고 생각했고, 바로 거기서 아이디어를 얻었다. 그러다 한 육해군용품 상점에서 사슴 머리처럼 벽에 걸려 있던 폭탄의 머리 부분을 발견했다. 칼은 그가 대장간에서 직접 만든 것이었다. 아르카디아의 훌륭한 모든 면을 작품으로 구현하고 싶었다. 평화, 노동, 소박함.

대단해요, 해나가 말한다. 작동하나요?

작동하죠. 사이먼이 말하며 작은 레버를 젖힌다. 그러자 풍차가 윙 소리를 내며 돌아간다. 그의 목소리에는 씁쓸함이 배어 있다. 이 빌어먹을 곳에서는 쓸모없는 건 만들 필요가 없죠. 나도 그 정도는 알아요.

비트는 예술 작품을, 자신의 전부를 불어넣은 뭔가를 선물로 주

* 「이사야서」 2:3~4. 전쟁용 무기를 농기구 같은 평화로운 용도로 사용하는 시대를 상징한다.

는 것에 대해, 그러고 나서 그것이 불러일으킨 아주 형편없는 반응에 대해 생각한다. 순간적이나마 사이먼에게 공감하는 마음이 짜증을 압도하고, 이 기이하게 생긴 풍차에 사이먼의 사랑이 낳은 아름다움을 입혀 바라본다.

고마워요. 해나가 말하자 사이먼이 고개를 끄덕인다. 그는 의기소침해 보인다. 그들은 함께 걸어서 돌아온다. 해나가 사이먼을 안아주고, 비트는 자신이 그 포옹의 길이와 강도를 재고 있음을, 해나가 두 팔을 풀면서 사이먼의 얼굴을 쳐다보지 않는 것을 지켜보고 있다는 것을 깨닫는다. 그는 아직 자고 있을 에이브를, 담요 아래 시들어 있는 그의 다리를 생각한다. 그랬기 때문에 그는 해나를 다시 그녀의 작은 방까지 바래다준다. 그는 그녀가 문을 두드리고 에이브의 목소리가 대답을 하고 그녀가 안으로 들어갈 때까지 기다린다. 그녀가 다시 안전하게 에이브와 함께 있게 되자 그제야 뱃속에서 몸부림치던 뱀장어가 헤엄쳐 사라진다.

비트와 해나는 동이 트기 훨씬 전에 일어나 대마를 베어서 픽업트럭에 싣고 있다. 그들의 손은 피부가 벗겨져 쓰리고, 쌀쌀한 아침이지만 땀에 젖은 옷에서는 김이 나고 있다. 해가 뜨기 전의 질푸른 시간 속에서 그들은 봉오리와 잎이 담긴 밀가루 자루들을 서둘러 설탕 창고로 나르고, 사용한 픽업트럭을 수송팀의 원래 자리에 다시 세워놓는다. 식당 문이 열리자 그들은 자기 순서가 아닌데도 사정을 해서 들어가 지친 모습으로 앉아 커피를 마신다. 여덟번째로 임신중인 이든이 가던 걸음을 멈추고 오늘밤 팔각형 헛간에서 9인 위원회 비상회의가 있을 거라고 속삭인다. 비트는 뒤뚱거리며 가는 이든의 모습을 바라보며, 아기라는 여덟 개의 작은 증기 롤러로 납작해진 그녀 몸 위에 겹쳐지는 예전의 풍만한 몸매의 이든을 떠올리고는 지독한 슬픔을 느낀다.

하루종일 허둥지둥 당황한 분위기다. 누군가가 어디에서 무릉도원의 날을 광고했지만 아무도 누가 했는지 모르고, 안다고 해도 인정하려는 사람이 없다. 그런데 〈하이 타임스〉 〈홀 어스 카탈로그〉 〈헨더슨스〉에 그 광고가 실린 것이다. 〈보이스〉에도 작지만 논평 기사가 실렸다. 이번주에는 신참들이 증가해서 월요일에는 삼십 명이나 되었다. 토요일에 있을 무릉도원의 날 직전 목요일인 오늘 비트는 게이트하우스에 갔다가 동물원 같은 상황을 본다. 이백 명의 방문객들이 와 있었던 것이다. 일단 타이터스가 비상대책팀을 동원해 사람들이 충돌하는 것을 막긴 했지만 그 방법은 주초에만 효과가 있었다. 방문객들이 숲을 통해 들어오는 길을 찾아내기 시작한 것이다. 이제 그들은 숲속에 텐트를 치고, 자동차에서 자고, 먹을 걸 찾아 식당 앞에 모여든다. 그들은 음식이 동나면 투덜거린다. 그들은 일리움으로 나가 기름진 햄버거 봉지를 흔들며 돌아온다. 화가 난 타이터스의 고함소리가 아르카디아 하우스까지 올라올 정도지만 사람들은 끈질기다.

해질 무렵 팔각형 헛간은 비상회의에 모인 사람들로 앉을 자리가 없을 정도다. 사람들이 서 있고, 어떤 이들은 다락과 서까래로 기어올라가 그 위 어둠 속에 앉기도 한다. 위원회 위원들은 접이식 테이블에 앉아 있다. 에이브와 핸디는 양쪽 끝에 앉아 있다. 이렇게 덥고 습한 밤이면 오래된 동물들의 유령 같은 냄새가 바닥에서 올라와 공기를 가득 채운다. 해나가 급하게 뛰어들어온다. 그녀가 에이브에게 몸을 숙여 뭔가 속삭인 후 서둘러 나간다.

비트는 아버지의 얼굴이 종잇장처럼 하얗게 질리는 것을 본다. 침착했던 에이브는 평정을 완전히 잃고, 토론이 한참 진행된 후에야 겨우 정신을 차린다. 타이터스가 목록을 읽어나가며 열변을 토한다. 우리가 살인자를 숨겨주고 있다면 어떻게 되는 거요? 소아성애자가 있다면? 우리들 중에 누군가 죽임을 당하는 일이 일어난다면? 강간을 당한다면? 가출 청소년의 부모들이 와서 자식을 찾으려 한다면? 프리섹스 텐트에 나이를 속였거나 미성년인 아이가 있다면? 우리가 테러리스트를 숨겨주고 있는 거라면?

세 페이지에 걸쳐서 그는 이야기를 이어나가고, 그 어휘들 속에서 비트는 에이브의 목소리를 듣는다. 이제 타이터스가 확고하게 그의 부모 편에 서자 비트 안의 뭔가가 편안해지는 느낌이다.

그때 핸디가 두 손을 펼쳐 테이블 위에 놓는다. 그가 말한다. 우선, 이건 무릉도원의 날 행사에만 해당되는 일입니다. 그후에 그들은 모두 떠나거나 우리의 규칙에 따라 신참자 마을에서 한 달을 살아야 합니다. 그리고 두번째로, 그가 매우 엄격하게 말한다. 타이터스, 나는 자네의 편견이 아주 불쾌하네. 설사 살인자들이라 해도 두번째 기회가 주어져야 마땅해. 그가 말한다.

그러자 와, 하는 함성과 고함이, 동의하는 목소리들이 팔각형 헛간 곳곳에서 울려퍼진다.

소리가 가라앉자 에이브가 말한다. 음식은 어떻게 할 겁니까? 우리에겐 누군가를 먹여 살릴 돈이 없어요, 핸디. 그런데다 애스트리드의 산파 학교에도 돈을 보내고 있고, 다른 것들도 있지 않습니까? 심지어 우리 트리피들이며 헨하우스의 약값도 우리를 압박하고 있어요. 당신도 이 사실을 알고 있고요. 여러분 모두 이 사실을 알고 있죠. 에이브가 말한다.

핸디가 말한다. 나는 늘 그렇듯이 우주가 다 알아서 해줄 거라는 걸 알고 겸손하게 받아들입니다.

토론은 한 시간 동안 이어지고, 마침내 새까만 눈썹의 리자이나가 의사봉을 탕탕 내려친다. 결론에 도달하지 못하고 있으니, 투표로 정합시다. 그녀가 말한다. 랜턴 불빛이 그녀의 광대뼈에 일렁인다.

투표가 9인 위원회로 넘어간다. 불청객들을 용인하자는 찬성표 다섯, 그들을 몰아내자는 반대표 넷. 긴 테이블 양끝에서 에이브와 핸디가 분노와 만족감으로 대립하며 서로를 응시한다. 비트는 고기압 전선과 저기압 전선의 만남을, 곧 이어질 폭풍을 생각한다.

에이브는 말도 제대로 하지 못하고 시뻘겋게 달아올라 있다. 그는 할 수만 있다면 뭔가를 걷어찼을 것이다. 회의는 계속된다.

비트는 감당할 수 없을 만큼 팽팽한 긴장감 때문에 배가 아파온다. 그는 자리에서 일어나, 해나가 왜 그렇게 불안한 모습이었는지 알아보기 위해 어스름한 풀밭을 달려 설탕 창고로 간다. 그는 한 번 길게 문을 두드린 다음 짧게 세 번 두드린다. 그리고 두 번 짧게, 한 번 길게. 모스부호로 비트다. 해나가 문을 연다.

거의 50도에 가까운 실내는 찜통이다. 스토브에 계속 장작을 때고 있고 속바지 차림의 해나는 완전히 땀에 젖었다. 그녀는 커튼을 치고 구석에서 손전등에 의지해 책을 읽고 있다. 상당한 양의 대마가 철망 위에 널려 건조되고 있다. 하지만 비트에게는 그다지 많은 양으로 보이지 않는다. 아르카디아의 모든 사람들을 일 년 동안 재정적으로 지원하기엔 확실히 충분하지 않다.

비트가 말한다. 이상하네. 아침엔 훨씬 많은 것 같았는데.

해나가 말한다. 아침엔 그랬었으니까. 이제 그는 어두워서 미처 보지 못했던 것을 볼 수 있다. 해나는 몹시 화가 나 있다. 얼굴이 파르르 떨린다. 그녀가 말한다. 오줌을 누러 나갔었어. 문을 잠글 생각은 하지도 않고. 일 분 후에 뛰어서 돌아왔는데 약의 4분의 3이 없어졌더라. 없어졌어. 그냥 그렇게. 오줌 한번 누고 왔더니 수천 달러어치의 최상품 봉오리가 사라진 거야.

비트는 자신에게서 포트 계획에 대해 들은 헬레가 숲속에서 손톱을 물어뜯으며 곁눈질로 그를 바라보던 걸 떠올린다. 그는 오그라들어 아예 없어지고 싶다. 이건 그의 잘못이다. 뭔가가 그의 얼굴에 떠올랐던 모양이다. 해나가 말한다. 비트? 이 일에 대해 누구에게 얘기했었니?

갑자기 나타난 갈림길, 시소, 그는 바로 선택해야 한다.

아뇨. 그가 말한다.

그의 어머니는 고개를 끄덕이며 몸을 돌린다. 그녀의 어깻죽지 사이 어두운 골짜기에 땀이 뚝뚝 떨어진다. 비트가 남아서 밤새 대마를 말리겠다고 하자 해나가 신중하게 대답한다. 아니, 그건 아니야.

비트는 헬레의 방 밖에서 책을 읽으며 기다리지만 그날 밤 그녀는 돌아오지 않는다. 새벽녘 그녀가 비틀거리며 들어서자 럼주 냄새가 그녀를 앞질러 청소년 공동 거실로 들어온다. 그녀는 말도 제대로 하지 못한다. 비트는 진시와 몰리가 그녀를 침대에 누이는 걸 돕는다. 그는 서서, 잠든 그녀를 지켜보고, 진시가 비트를 꽉 끌어안는다. 착하고 다정한 진시, 그의 첫번째 친구.

너는 저애에게 과분한 사람이야. 진시가 그의 귀에 대고 말한다.

우리는 그냥 친구야. 비트가 말한다.

그래, 진시가 부드럽게 말한다. 이제 널 쫓아내야겠다, 친구 비트. 너도 잘 시간이거든.

아침나절, 비트는 창문이 열려 있는 통조림팀 작업장을 지난다. 작업팀이 산딸기를 담고 있다. 어떤 여자의 말소리가 들린다. ……헬레 말이야. 돌아온 후로 계속 못되게 굴어.

다른 여자가 말한다. ……트리피지, 그애가 아니래도……

누군가가 말한다. 조지아! 그리고 웃음을 디뜨린다.

내가 봤어…… 중얼거림.

다시 크게 들린다. ……자기 아버지처럼.

너무 지나쳐. 누군가가 단호하게 말한다.

비트가 안을 들여다본다. 남자들 속옷 셔츠를 입은 여자들이 땀에 푹 젖어 있는데, 머리에는 똑같은 파란 반다나를 쓰고 있다. 어두침침한데다 거리도 멀고 옷들도 다 같아서 그는 그들이 누구인지 알아보지 못한다. 그들은 다 똑같은 익명의 여자일 것이다. 지금 이 순간 비트에게는 그렇다.

비트는 잠을 이루지 못하고 일어난다. 밖에서는 아르카디아에 몰려온 수백 명의 사람들이 굉음을 만들어내고 있는데, 그는 바다의 소리가 그럴 거라고 상상한다. 그런 와중에도 아이크는 코를 골며 자고 있다. 문 밑으로 공동 거실에서 나오는 불빛이 비치고, 그가 공동 거실로 들어가자 등유 램프와 헬레가 보인다. 헬레는 낡아 빠진 소파 위에 앉아 책을 보고 있다. 그녀는 고개를 들더니 비트를 보고 책을 탁 닫는다.

안녕, 그녀가 낮게 말한다. 안녕, 그가 말한다. 그의 목안에서 슬픔이 차오른다. 그는 그녀에게 왜 훔친 것인지 묻고 싶다. 왜 그녀가 아르카디아가 굶주리기를 바라는지. 그녀에게 그가 알고 있다는 걸 밝히고 싶다. 하지만 그녀가 너무 슬퍼 보여 그는 말하지 못한다, 아직은. 그녀는 분명 약에 취해 있다 깨어났을 것이다. 그녀의 동공은 아직도 커다랗게 확대되어 있고, 기다란 고무줄 같은 그녀의 입꼬리는 씁쓸하게 굳어 있다.

그가 그녀 옆에 앉자 그녀는 그의 무릎에 머리를 기댄다. 그녀의 숨결이 허벅지에 따스하게 와닿는 것이, 그녀의 속눈썹이 살갗에 스치는 것이 느껴진다. 그는 식당에서 접시를 닦는 자신의 두 손을 상상한다. 접시에 들러붙어 있는 찌꺼기들을 밀어내고, 퇴비로 만들 것을 긁어내고, 손가락에 닿는 증기가 너무 뜨거워 물집이 잡힐 것만 같은 자신의 손을. 자신을 억제할 수 있는 것이면 무엇이든 떠올린다. 그가 헬레의 레게 머리 다발 사이의 두피를 살살 긁자 머릿기름이 그의 손톱에 묻는다. 두 손으로 그녀의 긴 목의 뭉친 근육을 풀어주며 그는 그녀의 귀가 얼마나 작은지 본다. 풍성한 머리카락 아래로 보이는 작은 쥐만한 그 귀가 너무나 섬세해 그는 그것을 깨물고 싶다. 그 생각을 하자 그의 성기가 생각지 않게 불뚝 선다. 그것을 느낀 듯 그녀가 일어나 앉는다. 그녀의 얼굴 피부가 처져 보이고 눈 아래 거무스름한 부분이 번들거린다. 그녀가 잠시 비트를 바라본다. 그녀가 입에서 교정기를 꺼내자 가는 실 같은 은빛 침이 길게 늘어진다. 그녀가 앞으로 몸을 기울이더니 자신의 입을 그의 입에 포갠다.

충격이다, 이 키스는. 그의 첫 키스. 처음으로 맛보는 그녀의 숨결, 저녁식사 후 아르카디아 사람들이 씹곤 하는 아니스 씨앗의 톡 쏘는 맛. 고무처럼 탱탱한 그녀의 입술, 그의 입속에 들어와 있는 낯설고 눅진한 혀, 부딪혀 소리를 내는 이들. 그의 몸이 떨린다. 그는 거실의 문이 열리는 것을, 누군가가 소파 위의 그들을 보는 것을 상상한다. 그녀가 그의 손을 잡아 그녀 셔츠 위의 반죽덩어리 같은 그것으로 가져간다. 그녀가 그의 청바지 단추를 풀고는 그녀의 차가운 손마디를 그의 아랫배에 갖다댄다. 그에게는 감당하기 어려운 일이다. 그는 숨을 헐떡이고, 엄청나고 거친 경련이 밀려온다. 그의 팬티 한 부분이 뜨겁게 젖어 있다.

그는 정말이지 울고 싶다.

그녀가 몸을 일으키더니 손으로 그의 턱 아래를 잡는다. 그녀는 그의 얼굴을 들어올려 그녀를 바라보게 한다. 그녀는 창백하고 진지하고 단호해 보인다. 다시 한번 해보자. 그녀가 말하더니 그녀의 입을 가까이 가져온다. 그녀의 두 손이 그의 청바지 허리에 가 있다. 그녀의 두 손이 그의 살에 와닿고 그를 따뜻하게 덥힌다. 비트는 자신이 이 낯섦 속으로 들어가도록, 그 안에 가라앉도록 내버려둔다. 이거야. 그는 생각한다. 이것이, 그에게 와닿는 그녀의 부드러움이, 그녀의 무게가, 허벅지를 누르는 그녀의 단단한 꼬리뼈가, 들어올려지는 그녀의 두 다리가, 그리고 문득 느끼게 되는 만족감, 이것이, 이것이, 그가 지금껏 알아온 모든 좋은 것들의 정점이다. 그의 안에 허기 같은 것이, 이렇게 영원히 정지된 채 머물고 싶은 갈구가 존재한다.

그리고 그때, 그가 신음소리를 내지 못하도록 그녀가 그의 입술을 깨물 때 근심이 되돌아온다. 전쟁 같은 느낌이 마치 그녀의 입안 저 깊은 곳에서 나오기라도 하듯, 양쪽 귀에서 유령처럼 그의 안으로 들어온다. 그녀가 지금 그에게 하고 있는 것은 마음에서 우러나오는 친절이거나 아니면 아주 사무치는 저주라는 느낌이.

한여름, 열기가 허공에서 혀를 날름거린다. 무릉도원의 날이 왔다.

음악이 다른 음악과 세차게 부딪치며 소리를 지른다. 누군가가 저 아래쪽의 컨트리로드 주차장에 전기기타를 꽂아두었고, 짙은 황색 승복을 입은 남자들이 제빵소 옆에 둘러앉아 염불을 외운다. 연못가에서는 세 대의 트랜지스터에서 노래들이 다투듯 흘러나온다. 레드 제플린과 블랙 사바스, 캣 스티븐스.

여름날 진짜 스위치처럼 보이면 당신의 정원에서 걷게 해줘 그건 슬롯머신에서 나오는 환상이야*…… 노래 세 곡이 합쳐져 키메라**가 된다.

누군가가 흰색과 빨간색 줄무늬가 있는 거대한 텐트를 임대했

---

* 레드 제플린의 〈Houses of the Holy〉, 블랙 사바스의 〈Heaven and Hell〉, 캣 스티븐스의 〈Where Do the Children Play〉의 가사가 뒤섞인 것이다.

** 그리스신화에 나오는 괴물로 사자, 양, 뱀이 합쳐진 형상을 하고 있다.

고, 그곳에서 사람들이 평화를 위한 사랑의 집회를 개최하고 있다. 나이를 증명할 수 있으면 누구나 들어갈 수 있는데, 콜은 몰래 숨어들어가 무슨 일이 일어나고 있는지 본다. 밖으로 나온 그는 잔뜩 들떠서 복어처럼 두 뺨을 부풀리고 있다. 사람들이 자신의 용변을 파묻지 않고 아무데나 똥을 누는 바람에 똥냄새가 진동한다. 비트는 죽을 먹으면서 거의 똥맛을 느낀다.

테네시에 있는 애스트리드가 뭔가를 감지했든가, 아니면 누군가가 곧 문제가 생길 것 같다고 말해준 듯했다. 그녀는 산파 학교에서 밤새도록 차를 몰고 올라와 아침에 도착했고, 그녀가 할 수 있는 일이 뭐가 있을지 살핀다. 아침식사 때 그녀가 서서 두 손을 해나의 어깨에 얹고, 키 큰 두 여인이 부드럽게 이야기를 나눈다. 한 사람은 꿀빛 금발이고 한 사람은 연한 금발이지만 두 사람은 자매처럼 보이기도 한다. 쌍둥이 빌딩. 비트가 자랄 때 모두들 두 사람을 그렇게 불렀다. 하지만 그가 그들을 쳐다보고 있는데 애스트리드의 얼굴이 굳어지고 해나가 쌀쌀맞게 몸을 돌려 걸어가버린다. 비트가 무슨 일인지 묻지만 설탕 창고 사건 이후 그에게 입을 닫은 해나는 고개만 젓는다.

그날 아침나절 비트는 요란하게 부스럭거리는 수풀을 지나간다. 누군가가 그 안에서 섹스를 하고 있다. 풀밭의 새들에게 하듯 나뭇가지를 들어 그들을 때려 몰아내고 싶다. 대신 그는 소리를 지른다. 여기엔 어린아이들이 있다고! 그의 목소리가 너무나도 높아서, 너무나도 어린아이 목소리 같아서 분명 그들을 부끄럽게 한 것 같았다. 비트가 다 지나갈 때까지 수풀의 흔들림이 멈춘다.

그는 눈빛을 이글거리며 아르카디아 하우스까지 걸어올라간다.

누군가가 상추밭 사이에 배드민턴 코트를 만들어 부드러운 상추잎들이 짓밟혀 있다. 도로트카가 상추들(포렐렌스클루스, 레드레프러콘, 롤로로사, 아미시디어통, 메르베유데카트르세종)* 사이에서 무릎을 꿇고 울고 있다. 그는 차마 그녀를, 눈물방울이 맺힌 동그란 안경을, 둥글게 말아올린 희끗희끗한 땋은 머리를 쳐다보지 못한다. 마찬가지로 그는 짓이겨진 땅도 차마 보지 못한다. 그는 그녀의 등에 손을 올려 그녀가 진정될 때까지 쓰다듬고 또 쓰다듬는다.

그는 점심식사 전 무더운 식당 주방에서 채소 완자를 만들다가 창문 너머로 헬레가 지나가는 모습을 본다. 그는 때맞춰 그녀를 부른다. 헬레, 기다려, 할 얘기가 있어. 그녀가 고개를 돌리고 그를 보더니 얼굴을 붉히며 손을 흔들고는 모여드는 사람들 무리 속으로 사라진다. 벌써 취해서 음악에 맞춰 춤을 추는 사람도 있다. 비트에게는 그 음악이 잘 들리지 않는다.

마침내 그들이 해나의 무릉도원의 날 연설을 듣기 위해 모여 있다. 프로시니엄은 빛을 받아 눈부시게 빛나고 커튼들은 열기로 흠뻑 젖어 있다. 이제 겨우 환영 인사 몇 마디 했을 뿐인데 해나의 뺨에 땀방울이 모여 조금씩 턱으로 흐른다. 바깥 풀밭에서 올라오는 소음 때문에 그녀는 소리 높여 외쳐야 한다.

---

* 상추 품종.

예전에는, 사람들이 연설이 끝나기를 기다려 파티를 시작했었다.

예전에는, 물론, 낯선 사람들이 물밀듯 몰려와 아르카디아의 예의범절을 짓밟지도 않았다. 사람들이 질서를 지키게 만들던 이야기들이 있었다. 무릉도원의 날은 그저 한여름의 어스름이었고, 양들의 풀밭은 짙은 초록의 향기가 사람들과 음악과 사랑을 휘저을 수 있게 깎여 있을 뿐이었다.

그럼에도, 침입자의 무례함만은 아닌 무언가가 일어나고 있다. 오늘밤 관객의 수는 초라할 정도다. 만일 외부인이 길을 헤매다 이곳에 들어왔다면 해나가 처음부터 여기에서 지낸 사람이라는 것을 믿지 못했을 것이다. 무릉도원의 날 연설자로 초대되는 것이 아르카디아에서는 대단한 영광이라는 것도, 해나가 연설 준비를 몇 달 동안 했다는 것도 믿지 못했을 것이다. 비트는 머릿속에 찬찬히 이름들을 적는다. 사랑으로 환하게 빛나는 에이브. 타이터스와 야한 샐리와 그들의 많은 아이들. 스위티와 마리아와 리키, 리자이나와 올리. 유달리 침울해 보이는 애스트리드. 메릴린과 부채질하며 조그맣게 방귀를 뀌는 미지. 타잔과 캡틴 아메리카, 콜과 딜런과 아이크, 진시, 피오나, 머핀. 헬레는 아이크 옆에 앉아 사방에 미소를 뿌리고 있지만 비트에게만은 눈길을 주지 않는다. 뒤늦게 디앤절로와 스콧과 리사가 들어온다. 하지만 그게 다다, 그게 다다, 그게 다라고. 도로트카도 없다. 이든도 없다. 다른 사람들도 없다. 무엇보다, 핸디가 없다.

아르카디아 하우스의 토대가 된 19세기의 신성 숭배에 대해 이야기하는 해나 뒤에는 풀밭이 펼쳐져 있고, 봉고를 두드리거나 대마초를 피우느라 분주한 사람들이 커다란 쓰레기통을 에워싸고 있다. 비트는 그것이 저장창고에서 훔쳐온 슬랩 애플주이고 LSD가 섞여 있을 거라고 짐작한다. 서커스 가수들이 하얀 가운 차림으로 줄지어 느릿느릿 풀밭으로 온다. 꼭두각시 인형들이 관절을 유연하게 움직이며 춤을 춘다. 비트는 레이프의 빛나는 하얀 머리를 알아본다. 그는 바보 인형의 머리를 조종하고 있다. 복숭아색 페인트를 다시 칠해 새것 같은 아담과 이브가 함께 왈츠를 춘다. 프로시니엄의 유리창을 통해서도 노래가 들린다. 그 불협화음, 드럼, 수백 개의 종소리. 꼭두각시 인형들을 중심으로 두터운 원이 형성되고, 사람들은 그들의 주문에 걸려 얼이 빠진다.

비트는 못된 사내아이가 줄지어 지나가는 개미들을 짓밟듯 거대한 손이 하늘에서 내려와 흥청대는 난봉꾼들을 박살내는 상상을 한다. 부끄러움을 느낀 그는 다시 해나의 이야기에 귀를 기울인다. 지독한 더위. 심지어 비트조차 더위를 먹어 그녀의 이야기에 마음만큼 깊이 집중하지 못한다. 그는 자신이 만든 슬라이드가 있음을, 베르다의 목소리가 녹음기에서 어둠 속으로 풀려나오고 있음을 알아차린다.

해나는 주위를 죽 둘러보며 그녀의 관객들이 용기 있는 사람들이긴 해도 얼마나 지쳐 있는지를 목도한다. 그녀는 조금은 서글픈 목소리로 말한다. 그리고 여기 우리가 이렇게 모였습니다. 우린 신성 숭배자들과 다름없이 이상적이고 근면하고 영적입니다. 그녀가 말을 이어간다. 그리고 그들과 달리 우리는 역사에서 배울 줄 알고 너무 늦기 전에 변화할 줄 압니다.

해나가 잠시 마음을 추스르느라 말을 멈추는데, 그 순간 밖에서 뭔가가 폭발한다. 초록색 폭죽이 어두워가는 한여름 하늘로 구불

구불 올라가더니 터지면서 빨간 불꽃으로 변한다. 그녀는 고개를 돌려 그녀 뒤편을 쳐다본다. 그녀의 황금빛 머리카락이 온통 반짝인다. 그녀가 다시 고개를 돌렸을 때, 비트는 그녀의 얼굴에서 이제 그만 끝내야겠다는 결심을 읽는다.

고맙습니다, 그녀가 말한다. 이제 우리 모두 무릉도원의 날을 즐깁시다. 그들은 할 수 있는 한 크게, 텅 빈 프로시니엄에 메아리가 울리도록 박수를 쳤지만, 계단을 내려오는 해나의 어깨는 축 처져 있다.

바깥의 공기는 조금 시원해지고 달콤한 향기가 나는 풀밭은 짓밟혀 있다. 사람들이 벽지처럼 아르카디아 하우스 풀밭 위에 죽 널브러져 있다. 속이 비치는 얇고 하얀 드레스, 홀터 상의, 상하의를 모두 데님으로 입은 히피들이 움직이는 거울 게임을 하고 있는 것 같다. 주방에서 이어진 긴 줄이 음식을 바깥의 접이식 테이블로 옮기고 있다. 아이들을 위한 레모네이드도 있다. 영양효모를 얹은 팝콘이 커다란 통 하나에 가득하고, 잘게 자른 상추 샐러드, 토마토 샐러드, 템페 샐러드 등이 있다. 벌거 밀*과 콩으로 만든 샐러드. 매콤한 두부 샐러드. 예그 샐러드. 파스타 샐러드. 쌓여 있던 빵이 빠른 속도로 줄어든다. 쌀과 콩. 살사. 얌 스튜 한 통. 파이를 너무 많이 만들어 추수 전까지는 잼을 먹지 못할 것이다. 피스타치오, 바닐라, 초콜릿, 딸기맛 콩 크림. 그날 찾아온 방문객들 중 일부는 그

* 여러 종류의 밀을 말려 빻은 식사 대용식.

리 나쁜 사람들이 아니다. 그들은 다양한 마을에서 포도와 바나나, 오렌지 상자, 셀러리, 엄청난 양의 땅콩버터 깡통들, 공장에서 만든 빵—비트는 종이 같은 맛이라고 생각했다—등을 가득 싣고 오기도 한다. 주름진 것들이 담긴 커다란 봉지들도 있었는데, 누군가가 그것을 칩스라고 불렀다. 그것이 얼마나 짠지 비트는 숨을 쉴 수 없을 정도다. 커다란 상자에 든 쿠키들은 배터리를 핥았을 때와 같은 맛이 난다.

평소처럼 아이들과 임신부들, 트리피들이 먼저 줄에 서지만 새로 온 남자들 중 몇몇이 너무 약에 취해 새치기를 한다. 모두가 다 지나간 후에도 여전히 음식이 좀 남아 있다. 하루종일 사람들은 양껏 먹는다. 그러고도 더이상 먹을 수 없을 때까지 먹는다. 비트조차, 자신의 견고한 도덕적 중심을 유지하며 흥분에 저항하는 그조차 배가 부르자 긴장을 풀고 느긋하게 여름밤을 받아들인다.

양들의 풀밭 원형극장에서 음악이 시작된다. 핸디의 목소리가, 거칠고 근사한 그의 목소리가 높아진다. 자유민 밴드가 준비를 마쳤고, 밴조와 바이올린, 아코디언이 각자 길고 화려하게 솔로 연주를 한다. 드러머인 타잔은 이 언어에, 그의 유일한 언어에 아주 능란하다. 날이 어두워지며 대마초와 담배가 반딧불이보다 더 많이 반짝인다. 익숙하지 않은 설탕을 먹고 흥분한 아이들이 서로를 쫓아다닌다. 비트도 달리느라, 웃느라 허파가 타는 것 같지만 조그만 아이들을 안아올려 하늘로 던졌다가 다시 받기도 하고 친구들과 레슬링을 하기도 한다. 콜과 아이크와 헬레와 비트는 LSD를 탄 슬랩 애플주 통으로 몰래 다가가 얼른 네 개의 유리병을 가득 채운다. 그들은 그 병들을 가지고 팔각형 헛간 뒤로 간다. 헬레가 미소를 지으며 유리병 입구를 물더니 눈을 감고 들이켠다. 비트는 그녀를 바라본다. 그는 그 병을 그녀 얼굴에 내려쳐 깨버리고 싶다. 그리고 그녀의 턱에 흐르는 술을 핥아먹고 싶다. 그녀가 그를 바라보며, 부추기며 말한다. 겁나?

그는 겁이 난다. 그는 자신의 뇌를 사랑한다. 캡틴 아메리카처럼 영원히 마약에 중독된 채 살고 싶지는 않다. 아르카디아에는 육십 명이 넘는 걸어다니는 교훈적 이야기가, 완전히 망가진 트리피들이, 정신이 완전히 피폐해진 이들이 있다.

겁 안 나. 그렇게 말한 다음 그는 술을 들이켜는데, 알코올에 목이 타오른다. LSD가 서서히 퍼지기를 기다리며 그들이 헛간 뒤에서 나오는데, 헬레가 비트의 손을 잡는다. 그녀의 손가락이 그의 손안에서 서늘하다. 그는 뿌리치고 싶지만 그러지 않는다. 걸어가며 그녀가 손을 꼭 쥔다.

콘서트에서 핸디가 〈Goodnight, Irene〉을 부르며 군중 전체를 이끌고 있다. 크리스마스 조명이 밝혀진 작은 옆 공간에서 애스트리드와 라일라가 서로에게 기댄 채 눈을 감고 몸을 흔들고 있다. 타이터스의 가슴에 꼭 안겨 있는 야한 샐리는 아주 조그맣다. 누군가가 가출 청소년 막사에서 열리는 파티에 대해 속삭이고, 청소년 팀은 그쪽 방향으로 조금씩 움직이기 시작한다. 비트와 헬레는 연못을 지나간다. 연못에 나체로 들어가 물놀이하는 이들을 기다리는 옷이 여기저기 놓여 있다. 연못은 여름 오후면 늘 붐비기 마련이지만 지금 달빛 아래 그곳을 가득 채운 것은 어른들이다. 비트와 헬레와 아이크, 콜이 네 명의 어린아이를 지나가는데, 아이들이 그들을 두려운 얼굴로 쳐다보더니 곧 다시 뭔가를 분배하는 일로 되돌아간다. 비트는 처음에 그것이 자갈이라 생각하지만 자세히 보고는 파란 알약이라는 것을 알게 된다. 그는 뭔가 말하려다 어디선가 할말을 잃었고, 그래서 알약들을 주워 담아 그의 주머니에 쑤셔넣는다. 어린아이들 몇 명이 비트의 발목을 걷어찬다. 걸어가는 그의 등뒤로 자갈들이 비 오듯 날아든다. 가출 청소년 막사는 등유램프로 환하게 밝혀져 있고 누군가의 라디오에서 나오는 소리로 시끄럽다. 뒤틀린 나무 스토브 옆에 훔쳐온 슬랩 애플주 한 통이 있다. 너무나도 많은 사람들이 이곳에서 움직이고 있어 그들은 소리치는 하나의 덩어리가, 팔이 많이 달린 괴물이 된다.

헬레가 그의 귀에 속삭이지만 비트는 그 말을 알아듣지 못한다. 그가 그녀 쪽으로 얼굴을 돌렸을 때 그녀에 대한 분노가 불쑥 드러났던 것이 틀림없다. 그녀가 뒷걸음치더니 사라진다.

이제 사람들은 갈래갈래 나뉘어 개인으로 돌아간다. 리틀 푸가 팔을 허공으로 던지며 춤을 추고 있다. 얼굴에 눈물방울 문신을 한 낯선 사내가 두 팔을 뒤로 하고 기댄 채 그녀를 바라보고, 역시나 검은 가죽재킷을 입은 그의 친구는 가출한 여자아이 하나를 벽에 밀어붙이고 있다. 비트는 그 재킷을 보며 죽은 돼지를 떠올리고, 남자 옆을 지나다 동물의 사향 냄새를 맡고 거의 토할 뻔한다. 대부분이 아이들인 이곳에 성인 남자들이 있다니 이상하다고, 그는 생각한다.

그는 충격 때문에 그 생각을 잊어버리고 만다. 침상 위에서 진시가 가출한 아이 하나와 온몸을 더듬고 있었기 때문이다. 깎아놓은 듯한 얼굴에 검은 머리에는 콘도르 깃털을 꽂은 아이다.

이봐, 진시. 비트가 진시의 어깨를 흔들며 이름을 부르자, 그녀가 올려다보며 미소를 짓는다. 안녕, 비트. 그러고는 다시 계속 키스를 한다. 새 벼룩이 옮든가 말든가, 신경쓰지 않는다.

아이크가 테이프를 넣자 더 요란한 새로운 소리가 울려퍼진다. 부적응자! 그가 소리지르며 음악에 맞춰 머리를 세차게 흔든다. 땀을 너무 많이 흘려 겨드랑이에 둥글게 흔적이 생겼다. 비트의 셔츠도 몸에 착 들러붙어 있다.

헬레가 다시 나타난다. 몽롱하고 어지러운 표정. 안녕, 너무나 부드러운 그 소리는 비트에게만 들린다. 저거 내 테이프야? 그는 그녀의 입술을 깨물고 싶다. 그의 몸은 그녀 몸안으로 녹아들어가고 싶어한다. 그는 그녀 얼굴로 손을 뻗지만 그의 두 손이 얼굴에 가까워지는 순간 그것은 다른 사람의 얼굴로 변하고 헬레는 더이상 그의 앞에 있지 않다. 그녀는 가버리고 없다.

LSD가 효과를 발휘하기 시작한다. 우주 안에서 그는 하얗고 따뜻하고 고동치는 무언가를 느낄 수 있다. 시간이 느려지고 늘어나며 나선형으로 돈다. 가출 청소년 막사는 아름다움으로 가득하고, 그건 끔찍하다. 비트는 자신이 울고 있다는 걸 알게 된다. 그는 모든 사람들이 무슨 생각을 하고 있는지 안다. 자신도 그 생각을 했으니까. 콜이 발아래에서 지구가 흔들린다고 느끼는 것도, 해리슨의 몸에 바짝 붙어 춤을 추고 있는 헬레의 몸에 열이 올랐다는 것도, 아만드 해머 역시 헬레 뒤에서 몸을 밀착하고 헬레의 갈비뼈를 느낄 수 있다는 것도 안다. 아주 관대하군. 그는 생각한다. 사내아이들은 서로를 쳐다보지 않는다. 그에게는 이 모든 것이 자비로워 보인다. 비트 주변의 얼굴들이 너무나 괴기한 형태로 변하기 시작해 그는 이제 아무것도 믿지 못한다. 아니야! 그는 콜의 눈알이 그의 귀만큼 커지는 것을 보며 생각한다. 아니야! 푸의 입술이 그녀 무릎까지 내려와 흔들린다. 아니야! 헬레의 얼굴이 점점 작아져 작은 점이 되더니 아무것도 남지 않는다. 모든 것이 믿을 수 없는 것으로 가득하다.

음악이 갈라지며 조각조각 빛이 되고 그는 입으로 그것들을 잡을 수 있다. 이건 너무 벅차, 너무 벅차다고, 감당할 수 없어. 그는 한구석으로 기어가 눈을 감고 자신의 이름을 나지막이 부른다. 부르고, 부르고, 또 부르는데 누군가가 그를 들어올려 데려간다.

어떻게 된 일인지 그는 바깥에 나와 있고, 그의 등에 가출 청소년 막사의 금속이 차갑게 닿는다. 아이크가 그의 곁에 있고, 그들은 대마초 한 대를 돌아가며 피운다. 흙이 발아래에서 재잘대고, 그는 마치 다리를 다리에 비비듯 나무뿌리들이 흙에 섹시하게 비벼대는 소리를 듣는다. 콜이 막사에 기댄 채 작고 예쁜 여자아이의 얼굴에 입술을 묻고 손을 스커트 안으로 집어넣고 있다. 비트는 한참을 뚫어지게 보고 나서야 그 여자아이가 푸임을 알아본다. 비트가 얼굴을 찌푸리며 고개를 돌리자 아이크가 비트의 얼굴 바로 앞에서 빠르고 세차게 눈을 깜박거린다.

내 생각에—귓가에 닿는 아이크의 숨결이 축축하게 느껴진다—나 오늘밤 여자랑 잘 수 있을 것 같아. 그가 웃음을 터뜨리더니 비틀거리며 안으로 들어간다.

비트는 혼자 있고 싶을 뿐이다. 그는 숲의 어둠 속으로 밀고 들어가, 나무 아래 몸을 웅크리고 누울 수 있는 따뜻한 흙이 있는 자리를 찾는다. 그는 숲의 품에 안기고 싶다. 짐승들이 그에게 다가와주었으면 좋겠다. 그는 나무의 뿌리 속으로 가라앉아 흙이 되고 싶다.

언덕 기슭의 이 작은 구멍 안에서 오래된 이야기들이 다시 그를 가득 채운다. 숲은 마법으로 가득 차오르고, 마녀들은 갈라져나온 나뭇가지에 앉아 있다. 그가 자신을 보호하고 있지 않을 때면 늘 일어나는 일이다. 어둡고 사악한 요정들이 그의 아래 희미한 불빛으로 가득한 홀에서 끝도 없이 춤을 춘다. 그들은 다람쥐 꼬리로 만든 털 코트를 입고 곰 발톱을 깎아 만든 작은 신발을 신고 있다. 그들은 속임수를 꾸미고 있다, 작은 짐승들이. 만일 그들이 그를 보면 독이 든 쐐기풀을 그에게 날려보내 잠들게 할 것이다. 그는 한 세기가 지난 후 비트 밴 윙클*이 되어 잠에서 깨어나고, 그의 일생은 그가 잠든 사이에 흘러가버렸을 것이다. 그는 엄청난 두려움에 울음을 터뜨리지만, 이내 달빛에 빛나는 손톱의 아름다움에 두려움을 잊는다.

그는 걷는다. 그가 거대한 검은 나무들을 지나가며 나무껍질을 만지자 나무들은 몸을 불룩하게 내밀다가 쏙 집어넣는다. 막사에서 나는 소리가 희미해지며 더 멀리서 들려오는 콘서트 소리와 섞이고, 저 앞 어디선가 흐르는 시냇물 소리가 들리자 그는 오줌을 누어야 한다는 것을 깨닫는다.

제대로 된 장소여야 한다. 그는 나무를 한 그루, 한 그루 만져보

---

* 비트를 워싱턴 어빙의 소설 속 주인공인 립 밴 윙클에 비유한 것. 립 밴 윙클은 이상한 술을 마시고 잠들었다가 이십 년 후 노인이 되어 깨어난다.

지만 어떤 나무도 허락하지 않는다.

숲에서 새로운 소리가 올라온다. 처음에는 그 낮은 신음소리가 천체의 음악이라고, 위대한 차가운 별들의 노랫소리라고 생각하며 자신이 상상했던 것처럼 사랑스럽지는 않다고 느낀다. 하지만 그 소리가 너무나 가까워 비트는 소리가 어디서 오는 것인지 알기 위해 꼼짝 않고 기다린다.

저기, 어둠의 웅덩이 하나가, 번들거리는 기름기가 위쪽으로 커지면서 땅 위에서 검은 덩어리가 되는 것이, 가려지지 않은 달빛에 부분적으로 빛나는 것이 보인다. 비록 뇌가 정상적으로 작동하지는 않지만 그래도 그는 그것이 섹스를 즐기고 있는 사람들이란 것을 안다. 하지만 그 몸들의 움직임이 무언가 좀 이상하다. 비트는 눈 속에서 요동치는 안개 사이로 눈을 찡그리며 바라본다. 한 사람 위에 다른 한 사람이 있는데, 두번째 사람의 머리가 엉뚱한 곳에, 1미터쯤 떨어진 곳에 있다. 마치 몸이 거대한데다 반으로 접힌 것처럼 보인다. 점점 빨라지는 움직임, 가슴에 달린 방울, 거친 곰의 으르렁거림, 그리고 벨트 버클이 철컹하는 소리. 그러더니 위에 있던 사람이 자기 몸 아래에 누워 있던 사람의 다리 위로 일어선다.

고마워, 베이비. 남자의 목소리가 조용하게 들려온다. 아주 근사했어.

목소리가 들린다. 여자의 목소리. 그래, 좋았어.

그러자 남자가 말한다. 이봐, 여기 내 친구에게도 줄 꿀물이 좀 남아 있어? 어때? 좀 나눠줄래? 아니라고 해도 괜찮지만 저 친구가 정말 널 좋아하거든. 날 위해 좀 해줘.

넌 정말 멋진 애야. 또다른 목소리가 말한다. 더 고음의 남자 목소리. 정말 오랜만에, 아주 오랜만에 보는 가장 아름다운 아이야.

긴 침묵이 흐르다 마침내 여자가 머뭇거리며 말한다. 난 별로……

그러지 말고. 첫번째 남자가 말한다. 별거 아니잖아. 그가 무릎을 꿇고 속삭이기 시작하고, 결국 여자의 목소리가 어둠 속에서 올라온다. 알았어. 그녀가 허세를 부리며 말한다.

두번째 남자가 일어나고, 벨트가 철거덩거리는 소리가 나더니 그가 몸을 굽히고 땅에 누운 여자의 몸과 합쳐진다.

비트는 움직일 수가 없다. 숨을 쉴 수도 없다. 남자가 일을 마치자 두 남자 모두 일어서서, 바닥에서 일어나 앉으려 애쓰는 그 검은 덩어리를 본다. 데려다주자. 한 남자가 말하고, 그들은 여자를 일으켜세운 후 흙을 떨어준다. 한 남자가 그녀의 머리에서 뭔가를 다정하게 떼어낸다.

비트는 옆에 있는 나무 뒤에 몸을 숨기고 그들은 나뭇가지와 잎을 헤치고 나아간다. 그들이 그를 향해서 똑바로 오는데, 아주 가까이에 있어 섹스의 사향 냄새와 정향 담배, 피, 알코올 냄새까지 다 맡을 수 있다. 더 가까워지자 그는 나무가 되려고 애쓴다. 그들이 지나칠 때 비트는 한 남자의 눈 아래에서 검은 물방울들을, 가죽재킷의 번들거림을, 그리고 헬레의 달처럼 빛나는 얼굴을, 그녀가 있었던 자리의 하늘에 떠 있는 하얀 혜성 꼬리를 본다.

더이상 그들의 소리가 들리지 않자 그는 자신의 몸으로 되돌아온다. 별들은 여전히 하늘에 있고 하늘은 끝을 알 수 없을 정도로 어둡다. 시냇물이 콸콸 흐른다. 저멀리 양들의 풀밭에서 환호성이 바람을 타고 들려온다. 노래 한 곡이 끝난 것이다. 그는 그가 본 것을 실제로 본 것이라 생각하지 않는다. 그럴 리가 없다. 그건 오늘

밤의 다른 모든 것들처럼 연금술 같은 반응일 뿐이다. 엄청난 높이에서 두려움의 비커에 쏟아부은 욕망일 뿐이다.

그럼에도 그는 달리기 시작한다. 그는 믿지 않는다. 그래도 그는 해나나 에이브, 타이터스, 뭔가를 할 수 있는 누군가를, 핸디, 애스트리드, 산파, 어른, 누군가를 찾아야 한다. 나뭇가지가 그의 얼굴을 할퀸다. 그는 발이 접질리고 손바닥이 찢어진 것을, 살에서 따뜻한 피가 흘러나오는 것을 느낀다. 마침내 연못가로 나오지만 아르카디아 하우스는 여전히 너무나 멀다. 그는 옆구리가 결려 걸음을 멈추고 거칠게 숨을 내쉰다.

일어선 그는 너무 지쳐 팔다리가 돌덩이 같다. 그가 할 수 있는 일이라고는 계속 터벅터벅 한 걸음, 한 걸음 걷는 것뿐이다. 그는 집중하려 애쓰지만 이젠 자신이 무엇을 두려워했는지도 기억할 수 없다. 숲이, 섹스를 하는 사람들이, 아니 스스로 섹스를 하는 숲이 있었다. 별들과 섹스와 숲. 그는 제대로 생각을 할 수가 없다. 헬레가 있었던 것 같다. 아니면 푸였나. 헬레와 나무들, 푸와 남자들? 승낙의 말이 있었나? 그는 그를 빨아들이며 압도해오는 것 때문에, 그 모래 늪 때문에 울고만 싶다. 강간이란 단어가 머리에 떠올라 뜨겁게 달아오르지만 그는 그 단어를 다시 밀어넣는다. 강간은 아니었다. 하지만, 그래도 옳지 않았다. 뭔가 잘못됐다. 그가 해나에게 물을 수 있다면 해나는 분명하게 답해줄 것이다. 그가 이해하지 못하는 것을 이해하게 해줄 것이다. 그는 자신의 코를, 여기 있는 자신의 두 손을, 자신의 뱃속에 보랏빛 대못처럼 들어앉아 있는 허기를 믿을 수 없다. 그것은 어렴풋이 모습을 드러내다 말다 하고, 그는 어디선가 해나를 찾아야 한다는 것만 안다. 어디선가 헬레를, 해나를, 헬레를, 해나를.

비트는 어둠 속에서 타오르는 잉걸불 하나를 지나간다. 가까이 다가가자 그 불은 캡틴 아메리카가 된다. 비트가 지나가는데 늙은 트리피가 노래를 한다.

요정 혈통으로 태어난 아이들은
셔츠도 드레스도 필요 없다네
음식도 불도 원하지 않는다네
늘 가슴이 바라는 것을 얻지.

잉걸불이 사라진다. 캡틴 아메리카는 비트의 뒤에서 맴도는 그늘 속에서 꼼짝 않고 있다.

아르카디아 하우스에 거의 다 왔다. 비트는 핏속까지 지쳐 있다. 그를 짓누르는 공기가 너무나 무겁다. 그의 침대까지 거의 다 왔다. 그냥 모든 걸 내일 처리하면? 다리에 힘이 다 빠진 채로 그는 기어서 계단식 사과밭을 오른다. 달빛을 받아 은색으로 물든 나뭇가지들을 보자 그는 마음이 진정되어 그냥 그대로 누워 잠이 든다. 단단한 초록 사과 하나가 관자놀이를 때리는 바람에 그는 잠에서 깬다. 안개 자욱한 새벽. 그는 통증으로 괴로워하며 일어나 앉는다. 이슬이 뼛속까지 스며들어 있다. 어디선가 타각타각 하는 낯선 소리가 들리고, 헬리콥터를 떠올린 그는 아르카디아 사람들에게 경고를 하기 위해 벌떡 일어선다. 하지만 현기증을 느끼며 다시 쓰러진다. 지평선에는 스러져가는 달 외에는 아무것도 보이지 않는다. 그는 아래를 내려다보고 나서야 소리가 어디서 나는 것인지 안다.

아미시 마차 한 대가 자갈이 깔린 진입로를 따각따각 지나가고 있다. 그는 아픈 몸을 끌고 간신히 아래로 내려가 말이 멈춰 선 곳으로 간다. 말이 예민한 콧구멍을 벌름거리며 뭔가 낯선 냄새를 맡는 듯 허공에 대고 킁킁거린다. 모닥불, 술과 약에 취한 인간의 몸들, 수많은 혈관 속을 흐르고 있는 화학 성분들, 비트가 느끼는 혼란.

아미시 사람 에이머스가 마부석에서 내려온다. 무표정하다. 비트는 에이머스가 짜증이 났는지 살펴보지만 그에게서는 어떤 것도 읽을 수 없다. 에이머스가 마차 문을 열자 트리피 세 명이 쏟아져 나온다. 웨딩드레스를 입은 남자, 뇌가 달팽이처럼 느려진 통통한 여자, 그리고 언젠가 미지의 혀가 방울뱀으로 변했다고 믿고 그녀의 혀를 뽑으려 했던 헨리, 그렇게 세 사람이다. 다들 약에 절어 있지만 그나마 웨딩드레스를 입은 남자가 정신이 제일 맑다.

어떻게 된 거예요? 비트가 남자에게 묻지만 그는 어깨를 으쓱할 뿐이다. 우린 가려고 했지. 그는 그렇게 말하고는 발을 질질 끌며 가버리고, 그의 드레스단은 흙에 쓸려 잿빛이 된다.

어디를 가려고 했는데요? 비트가 여자에게 묻자 여자는 끙끙대며 얼굴을 이리저리 일그러뜨리고는 말한다. 칼라마주우우우우우우우. 그 말은 끝내 올빼미 울음소리 같은 것이 되고 만다.

헨리가 자신의 무릎을 보며 말한다. 안 돼, 안 돼, 안 돼, 안 돼! 재너두. 비트가 이해하지 못하자 그가 말한다. 꿀물! 젖이 흐르는 낙원. 낙원 말이야!

비트가 말한다. 배가 고팠어요? 그러자 트리피 둘이 같이 고개를 끄덕이며 뭔가 기대하듯 비트를 바라본다.

돌보미들은 어디 있어요? 비트가 묻자 헨리가 어깨를 으쓱한다.

에이머스가 다시 마부석으로 올라가 고삐를 잡는다.

이 사람들을 데려다주셔서 고맙습니다, 선생님. 비트가 말한다. 이 사람들이 성가시게 했다면 제가 대신 사과드릴게요.

하지만 그는 에이머스한테서 아무 말도 듣지 못할 것이다. 에이머스는 그냥 혀만 쯧쯧 차고는 말을 몰아 떠난다. 통통한 여자가 비트의 뺨을 쓰다듬는다. 허니. 그녀가 누런 이를 드러내고 그를 향해 미소를 지으며 노래를 한다. 꼬마 꼬마 꼬마 꼬마 꼬마 꿀물.

비트가 아침에 잠을 깬다. 아직도 몸을 제대로 가눌 수 없다. 커다랗게 외치는 소리와 빠른 발걸음 소리가 아르카디아 하우스에 가득하다. 그의 뇌는 아주 느리다. 간신히 몸을 끌고 환한 바깥으로 나가 몸을 잔뜩 웅크린 채 풀밭을 건너 팔각형 헛간의 그늘로 간다. 만 명은 될 것 같은 사람들이 모여 서성거리며 소리를 질러대고 있다. 비트는 스위티를 발견하는데, 그녀가 너무 심하게 흐느껴 울고 있어서 에이브에게 하는 이야기를 거의 알아듣지 못한다. 비트가 띄엄띄엄 알아들은 내용에 따르면 한 시간 전 아이들 그룹이 저녁식사를 위해 토마토를 따러 토마토밭에 갔는데, 한 여자아이가 손을 밟았다. 마치 흙에서 자라고 있는 좀비의 손처럼 보였다. 아이는 손가락으로 그 손을 만져보고는 야한 샐리를 불렀다. 야한 샐리가 그 손을 따라 흙을 파보니 한쪽 어깨가, 얼굴이, 깜박이지 않는 두 눈이 나왔다. 그녀는 아이들을 보냈고, 아이들은 비명을 지르며 아르카디아 하우스로 달려갔다. 응급팀이 도착해 그 젊은이(코르덴 재킷에 얼굴을 뒤덮은 긴 머리, 탄자나이트 졸업반지, 보랏빛 입술)를 꺼냈지만 소생시키려던 시도는 수포로 돌아갔다. 구급차가 병원에 도착하자마자 경찰이 아르카디아로 들이닥쳤다.

에이브가 두 팔로 스위티를 안고, 그녀는 불편하게 몸을 굽혀야 하는데도 얼굴을 그의 목에 묻고 흐느껴 운다.

비트는 소란스러운 바깥을 내다보며 새로운 공포심이 솟구치는 것을 느낀다. 저 너머에 경찰들이 있었다. 얼마나 많은지 몽롱한 정신에도 똑바로 보였다. 비트는 그들이 주말 내내 바로 이런 것을 기다려왔다는 걸 알게 된다. 뉴욕주 경찰도 일부 있지만 대부분은 이 지역 경찰들이다. 하지만 너무 많다. 다른 더 큰 도시에서도 파견된 것이 분명하다. 시러큐스와 로체스터, 어쩌면 버펄로에서까지 왔을지도 모른다. 그는 그들의 살찐 얼굴에서 신이 난 표정을 읽을 수 있다. 그들은 회오리바람이고 떼거리다. 그들은 사람들이 잠들어 있는 텐트를 찢고 해먹을 자르고 임시 아르카디아에 있는 모든 것을 뒤집어엎으며 마약을 찾는다. 남자와 여자들을 땅바닥으로 내동댕이치고 수갑을 채운다. 여섯 명의 산파가 서로 팔을 끼워 돼지들이 헨하우스에 들어가는 것을 성공적으로 막았지만, 체포에 저항했다는 이유로 금세 체포된다. 남자들이 안으로 들어가 임신부 몇몇을 끌고 나온다. 애스트리드가 굳은 조각상처럼 홀로 서서 그들에게 어디 그녀의 얼굴을 한번 쳐다보라고 하지만, 아무도 그러지 않는다.

돼지들은 아르카디아 하우스 안으로 들어가 고래고래 소리를 지르는 해리슨과 얼음 같은 미지를 데리고 나온다. 그들과 함께 나오는 행크와 호스는 마약을 하지 않고 건전한 생활을 하는 이들이다.

심어놨대. 누군가가 근처에서 중얼거린다.

비트가 몸을 돌리며 눈을 가늘게 뜨고 해나를 찾는다. 절망이 밀려드는 가운데 그녀가 대마 몇 파운드를 가지고 있다는 것이 떠오른다. 그는 눈을 감고 그녀가 어젯밤 그것들을 모두 다른 사람에게 넘겨 팔도록 했기를, 그녀가 어디선가 차분하게 있기를, 숲속에서 걷고 있기를 기도한다. 아니면, 적어도, 그와 그의 부모가 함께 탈출할 수 있는 길을 찾을 수 있기를 기도한다. 어깨에 와닿는 손길이 느껴져 돌아보니 헬레가 뒤에서 두 팔을 그의 목에 두르고 있다. 그녀의 바닐라 냄새, 그녀의 레게 머리채가 그의 어깨 위로 미끄러져내린다. 그는 제빵소 옆에서 젊은 경찰의 얼굴에 대고 소리를 지르고 있는 해나를 본다. 안도감에 긴장이 풀린 그는 귓가에 와닿는 헬레의 따뜻한 입김을 느낀다. 아, 이런, 아, 이런.

그는 헬레가 그의 얼굴을 볼 수 없어 다행이라고 생각한다. 그는 울고 있다. 경찰 때문도 아니고, 죽은 소년 때문도 아니고, 그가 사랑하는 사람들이 영문을 몰라하며 끌려갔기 때문도 아니었다. 헬레 때문에, 그녀가 아르카디아의 미래를 도둑질했기 때문에, 그가 기억하는 어젯밤 때문에, 가죽재킷을 입은 남자들 때문에 우는 것이었다.

그녀의 손길이 닿는 것을 견딜 수가 없다. 그렇다고 뿌리칠 수도 없다. 그는 그를 감싼 그녀의 팔 때문에 괴로워하며 서 있다. 아직은 그녀를 위로할 수가 없다. 그는 콜과 딜런이 손을 잡고 있는 것을 바라보다 마침내 용기를 내어 지금 벌어지고 있는 일들로 다시 눈길을 돌린다.

나머지 임신부들이 팔각형 헛간 쪽으로 그들이 뛸 수 있는 최대한의 속도로 뛰어가고 있다. 모두 함께, 소리를 지르며, 그들은 옷을 벗어던지고 알몸이 된다. 정맥이 튀어나와 있고, 발진이 생겼고, 부어올랐고, 은빛 임신선이 드러나 있는, 그리고 지금껏 그가 보아온 가장 아름다운 젖가슴을 가진 몸들. 이제 모든 사람이 옷을 벗는다. 헬레가 두 팔을 교차시켜 셔츠 자락을 들어올린다. 비트는 이 모든 것이 죽고 싶을 정도로 역겨워 고개를 돌린다.

어서, 비트. 헬레가 가슴의 봉오리에서 팔을 치우며 말하고, 그도 옷을 벗는다. 천천히, 몸을 가리며, 크기가 작은 것과 갑작스럽게 일어날지 모르는 팽창을 둘 다 두려워하며. 아이크가 활짝 웃으며 달려올라온다. 그의 성기가 흔들려 펄럭 펄럭 펄럭 허벅지에 부딪힌다.

경찰은 이런 것에 전혀 신경쓰지 않는다. 평소에 시신 사진을 찍는 이들이 이제는 발가벗은 히피들의 사진을 찍고 있다. 저멀리 경찰들이 서커스 가수들 창고에서 꼭두각시 인형들을 꺼내와 발기발기 찢으며 그 안에 숨긴 것이 있는지 찾는 모습이, 레이프가 털썩 무릎을 꿇고 앉아 그의 백금발 머리를 쥐어뜯는 모습이 보인다.

사람들이 조용해진다. 경찰이 구멍난 군인 셔츠 차림의 핸디와 식당에서 나온 것이다. 베개에 눌린 자국이 난 그의 얼굴은 코알라처럼 게슴츠레하고, 한데 모아진 두 손목엔 수갑이 채워져 있다. 그가 옆에서 걷고 있는 피오나에게 뭔가 지시하듯 중얼거리는데, 피오나의 밤색 머리카락은 온통 빛을 받고 있어 마치 불이 붙은 것처럼 보인다.

비트가 아이크와 헬레를 쳐다본다. 둘 다 나체로 있는 일이 고역스러워 얼어붙어 있다. 아빠. 헬레가 소리를 지르지만, 핸디가 쳐다보지 않자 그녀가 다시 소리를 지른다. 핸디! 그러자 핸디가 그 소리를 듣고 헬레를 찾는다. 그들이 보이자 그는 자신의 어린 자식들에게 활짝 미소를 짓고, 그러자 그의 엉망인 잿빛 송곳니가 번득인다. 곧 돌아오마, 얘들아, 걱정하지 마라. 그가 외친다. 핸디는 맨발에 트렁크스 팬티 바람이다. 경찰관이 그를 경찰차에 밀어넣는 바람에 그의 머리가 문틀에 세게 부딪힌다.

마지막으로 차창 안에서 손이 한 번 흐릿하게 흔들린다. 앞차가 출발하자 사람들을 싣고 가기 위해 왔던 밴들과 버스들도 그 뒤를 따른다. 남은 것이라고는 토마토밭에 둘린 노란 테이프와 여전히 토마토를 밟고 다니는 형사들, 타이터스에게 기대어 그녀의 이야기를 되풀이하는 야한 샐리, 포대기 속에서 여우원숭이처럼 눈을 휘둥그레 뜨고 있는 그녀의 갓 태어난 아기뿐이다.

비트가 헬레의 가느다란 팔을 만지지만 이젠 그녀가 피하며 팔을 뺀다.

백오십삼 명이 마약 혐의로 체포되었다. 다섯 명은 사전구속영장에 따라 체포되었고, 스물여섯 명은 연행에 불응하다 체포되었다. 모두 가출 청소년인 열다섯 명의 미성년자들은 부모에게 보내지거나 소년법원으로 보내졌다. 핸디는 열다섯 건의 불법적인 미성년자 은닉죄로 기소되었다. 마약거래방조죄 스물네 건. 마약소지 다섯 건도 추가되었다. 소년의 죽음과 관련해서는 형사법상 과실치사로 기소되었다. 적어도 명목상으로는 핸디가 아르카디아의 땅을 소유하고 있고, 그가 파티를 허락했고, 파티에서 마약소지가 자유로웠기 때문이다. 애스트리드가 법원으로 갔다가 밤에 돌아온다. 그녀의 얼굴에 고통이 역력하다. 그녀가 비즈니스팀으로 가서 전화를 걸고 식당으로 내려온다. 레이프와 헬레와 아이크가 그녀를 기다리고 있다. 보호막이 그들을 에워싼다. 해나와 에이브, 미지와 메릴린과 이든, 라일라와 히에로, 스위티와 콜과 딜런이다. 피오나는 애스트리드에게서 멀찌감치 서 있다. 물론 비트도 있다.

음, 애스트리드가 말한다. 나한테 보석금이 있어. 핸디의 보석금. 내가 구할 수 있는 건 그게 다야. 우리 어머니, 노르웨이에 있는 마르그레테가 주는 돈이야. 늙은 마녀 같으니.

헬레가 말한다. 조건은요?

마르그레테는 늘 조건을 내세우지. 애스트리드가 한숨을 쉰다. 첫째는 마르그레테가 늘 바라던 것처럼 내가 핸디와 이혼할 것. 둘째, 아이들을 트론헤임의 마르그레테에게 보낼 것.

난 안 가요. 레이프가 말한다. 그의 요정 같은 기이한 얼굴이 팽팽하게 당겨진다. 차라리 죽고 말겠어.

넌 열여덟 살이다. 넌 어린아이가 아니니 네가 선택할 일이야. 애스트리드가 단호하게 말한다.

나도 안 가. 헬레가 말한다. 아이크도 똑같은 말을 한다.

아, 가게 될 거다. 애스트리드가 말한다. 마르그레테는 항상 자기 뜻을 이루거든.

하지만 핸디는 어떻게 하고요? 아이크가 울지 않으려 애쓰며 말한다. 공평하지 않아요.

애스트리드가 아이크의 짧은 곱슬머리를 쓰다듬는다. 그녀는 헬레의 얼굴을 두 손으로 받쳐든다. 핸디는 재판에서 너희들을 보고 싫어하지 않을 거야. 노르웨이가 너희들에게 좋을 거다. 핸디가 감옥에 가면 여기에서 너희들을 돌볼 사람이 없어.

갑자기 식당이 아주 작아지며 그들의 살갗을 짓누르는 것만 같다. 흐린 불빛 속에서 그들은 하나같이 파리해 보인다.

방문객들이 썰물처럼 빠져나간다. 가출 청소년 중 일부가 방문객들 그리고 몇몇 신참과 떠난다. 많은 늑대들이 풀밭들과 만나 노을 속으로 사라진다. 도로트카가 그들 모두를 충격에 빠뜨린다. 그녀는 콘서트에서 만난 난봉꾼 가운데서 짝을 찾는다. 그녀의 정원에서 죽은 소년이 결정적인 전환점이 되었고, 그녀는 가방을 꾸려 폴란드어로 울먹이면서 떠난다. 그녀가 떠나자마자 진딧물이 몰려와 콩을 노랗게 뒤덮는다.

죄목 가운데 일부는 취하된다. 대부분의 사람들은 아르카디아 외부에서 마련해준 보석금을 내고 풀려나는데, 많은 사람들이 자신들의 삶을 헌신한 공동체에서 자신들을 보석시켜주지 않은 것에 대해 분노한다. 온 가족이 밤중에 사라지기도 한다. 청소년팀에 침대들이 남는다. 원조 아르카디아인 중에서는 푸와 그녀의 어머니가 무릉도원의 날 다음날에 아침 일찍 사라진다. 푸가 떠났다는 말을 들은 콜과 아이크의 얼굴에 죄책감이 떠오른다.

비트는 미켈레와 사진 수업을 받고 들어온다. 해나가 식당 테이블에 혼자 앉아 두 손에 머리를 묻고 있다. 해나? 비트가 말한다.

무슨 일이에요?

그녀가 말없이 일어서더니 그의 손을 잡고 저장창고로 데려간다. 대부분 가득차 있던 선반들이 거의 텅 빈 상태로 빛나고 있다. 남은 거라곤 식용유, 흰 설탕, 양념 몇 가지뿐이다.

더는 먹을 게 없구나. 해나가 말한다. 두부, 빵 조금. 그리고 작년에 만든 저장식품이 조금 있고. 뭔가 대책을 세우지 않으면 우리는 굶어죽을 거야. 포트 계획에서 나온 물건을 받고도 아무도 돈을 보내주지 않았어. 그중 어느 정도가 압수당했는지조차 나는 모르고.

톱니처럼 날이 선 그녀의 목소리가 비트의 뱃속을 때린다. 수송팀에서는요? 남는 자동차나 뭘 좀 팔면 안 되나요?

남는 차? 언제 우리에게 뭐든 남는 게 있었니?

임신부와 트리피와 흙이 있잖아요. 비트가 해나를 웃게 하려고 말한다. 그는 어쩔 수 없이 해나의 비밀 물건들을, 액자 속 작은 그림들과 벨기에산 레이스와 찻잔 세트를 떠올린다. 그가 무슨 말을 하려는지 안다는 듯 해나가 말한다. 팔 수 있는 것이 너무 없어서 나중엔 나라도 팔아야 할지 모르겠구나.

멍키파워팀을 내보내면 어때요? 그가 말하자 그녀가 대답한다. 비트, 밭들을 좀 보렴. 오늘 아침 우리는 일을 제일 잘하는 사람을 백여 명이나 내보냈어. 그것만으로는 우리 육백 명이 며칠밖에 먹지 못해. 그러고 나면 아무것도 없는 거야.

그녀가 그녀 방으로 돌아가는 순간에도 비트는 뒤따라가며 외치고 싶다. 가서 헬레에게 얘기할게요. 그애에게 남은 대마가 얼마가 있든 가져올게요, 아니면 그애가 번 돈을 가져올게요.

그러나 그럴 수가 없다. 숲속의 남자들이 떠올라, 길게 꼬리를 남기며 어둠 속으로 사라지던 헬레의 얼굴이 떠올라, 그는 그녀에게 다가갈 수가 없다. 가까이 가지도 못한다. 헬레는 처음에는 그의 차가움에 상처받은 듯 보이더니 이제 그녀 역시 거리를 두고 다가오지 않는다.

핸디가 보석으로 풀려나 돌아온다. 비트는 에이브와 해나와 함께 침실 창문에서 그가 쉐보레에서 내리는 것을 지켜본다. 그는 쪼그라든 것처럼 보이고, 헬레와 레이프와 아이크가 언덕 기슭에 있는 그에게 달려갔을 때 그들 모두 그들의 아버지보다 크다.

왜 핸디를 환영하러 내려가는 사람이 아무도 없죠? 비트가 말한다.

우린 모두 핸디의 개소리에 질렸어. 해나가 말한다. 난 지도자가 아니지만 내 말은 곧 명령이다. 모두 반드시 일을 해야 하지만 아르카디아에서는 늘 공짜 손님을 환영한다. 빌어먹을 무릉도원의 날. 노동에 근거한 공동체지만 나는 하루종일 내 근사한 방에서 약에 취해 연처럼 붕 떠서, 내 앞에 누운 여자들 누구에게나 좆을 꽂을 수 있다.

해나. 에이브가 말한다.

해나가 되받는다. 뭐? 당신도 같은 생각이잖아.

그래, 그가 말한다. 하지만 난 당신이 좆이란 말을 쓰는 건 처음 들어. 욕을 하면 당신 입이 더러워져.

그녀가 말한다. 나참! 그리고 아주 천천히 그의 이마에 입을 맞춘다.

이제 그녀가 침대에 앉으며 말한다. 스톤 가족회의. 의제는 딱 하나야. 머물 건지 떠날 건지.

한 시간 동안 그들은 토론을 벌인다. 조심스럽고 세심하게. 큰 그림에서 핸디를 배제하면 그들은 아르카디아를 변화시킬 수 있다. 그들이 머물 경우 그들은 주체할 수 없는 빚을 짊어져야 한다. 모두가 몸이 부서져라 일하면 겨울은 날 수 있을 것이다. 하지만 남은 사람이 이렇게 적은데 어떻게 일을 할 수 있겠는가? 그들은 진심으로 아르카디아를 사랑하지만 그들의 마음도 이젠 너무 지쳐 있었다.

그들은 결정하지 않기로 결정한다. 그들은 머물 것이고, 머무는 일이 더는 견딜 수 없어질 때, 그때 그들은 떠날 것이다.

밤에 비트는 헬레를 기다린다. 그들은 이야기를 해야 한다. 하지만 어디로 사라졌는지 그녀는 돌아오지 않는다. 아침이 되자, 그는 그녀가 진시와 머핀과 함께 쓰는 방 밖에 앉아 있지만, 그녀는 나타나지 않는다. 그녀는 미끈거리는 하얀 물고기처럼 그를 피해 달아난다. 그는 또다시 악몽에 시달리다 한밤중에 몸을 떨며 잠에서 깨어나 자리에서 일어난다. 달은 만월이고, 차갑다. 그는 달리려다가 포기한다. 뱃속의 바위가 너무 무겁다. 그는 그를 지켜보는 우거진 숲으로 들어간다. 낯익은 압박감이, 어둠 속의 눈들이 느껴진다. 그 위협에 그는 죽을지도 모른다. 걷고 또 걷다보니 어느새 베르다의 집 앞에 이르렀고, 문을 두드린다. 그녀 역시 잠을 이루지 못하고 일어나 옥수수 머핀을 만들던 중이다. 그는 그녀의 담요를 두르고 나무 스토브 옆에 앉는다. 유스터스가 그의 발치를 맴돈다. 베르다는 그를 찬찬히 살피더니 아무 말도 하지 않는다. 그가 머핀을 하나 고르고 차가 미지근해질 때까지 들고 있자 마침내 그녀가 말한다. 네가 더는 참을 수 없다고 생각할 때조차 넌 참을 수 있단다.

그는 아무 말도 하지 않는다.

때로는 시간이 네 고민들을 가져가도록 내버려두어야 해. 그녀가 말한다. 내 말을 믿으렴. 나도 네가 겪는 일들을 다 겪었으니까. 이런 일은 잘 안단다.

아침에 핑크 파이퍼가 으르렁거리며 되살아난다. 피넛과 클레이가 밤새도록 일해 다시 작동할 수 있는 상태로 만들었다. 애스트리드가 모든 임신부들과 산파들을 데리고 다시 테네시의 산파 학교로 돌아갈 것이다. 그녀와 핸니는 포치에서 마시박 키스를 나눈다. 그가 말한다. 이 모든 게 다 끝났다는 것이 마음에 안 들어.

여전히 그의 얼굴엔—무엇일까? 상실에서 오는 안도감? 절망 속의 희망?—무언가가 있다.

변호사가 연락할 거야. 애스트리드가 말한다.

그녀는 그녀의 아이들에게도 키스한다. 헬레가 말한다. 나도 데려가. 애스트리드가 말한다. 넌 노르웨이에서 살아야 해. 너한테도 좋을 거야. 마르그레테는 아주 엄해서 네 행동을 고치는 데 도움이 될 거야, 딸아. 넌 너무 제멋대로야.

아이크가 부끄러운 줄도 모르고 엉엉 운다. 그가 진정될 때까지 어깨를 두드려주는 일 말고는 비트가 할 수 있는 게 아무것도 없다.

애스트리드가 버스에 타자 라일라도 그녀를 뒤따른다. 히에로는 남는다. 아르카디아는 페이지들이 찢겨나간 책과 같고 헐거워진 표지만 비트의 손에 남는다.

타이터스와 그의 가족이 폭스바겐에 비좁게 끼어 타고 점심시간 전에 떠난다. 그 폭스바겐은 워낙 고물이어서 수송팀에서도 주차장 한구석에 버려두었던 것이다. 비트는 생각한다. 저 밴이 내가 태어났다는 그 차일지도 몰라. 진시와 웰스는 히치하이킹으로 시러큐스에 갈 것이다. 떠나기 전에 진시가 몸을 숙이고 비트를 안는다. 사랑해, 그녀가 말한다. 다시 만날 거야. 그는 어쩔 줄 몰라 그녀의 손에 키스를 하고 또 한다, 산발을 한 그의 누이에게. 머핀은 그녀의 어머니들과 떠나며 소리를 지른다. 무료 상점은 이틀이나 내팽개쳐져 있었고 결국 에이브가 일할 사람들을 배정한다. 그 사이 선반에 있던 물건들은 교환품도 없이 그냥 없어진다. 좋은 것들이, 칼과 담배 주머니, 캔디바, 손수건, 수제 베개와 아프간 모포 등이 없어졌다. 아침에 일어나면 더 많은 사람들이 떠나고 없다. 타잔, 피넛, 클레이. 기소가 철회된 해리슨도 떠났다. 점점 더 많은 사람들이, 점점 더 빨리 떠난다. 청소년팀은 방마다 텅 비어서 메아리가 울린다. 그날 밤 저녁을 먹는 사람은 이백 명에 불과하다.

핸디가 재판을 받으러 돌아가야 할 오후에 사라진다. 몇 시간 동안 콜과 비트와 딜런은 핸디가 버몬트를 지나 캐나다로 날아갔을 거라고 얘기하며 그가 도망자가 된다는 생각에 숨을 죽인다. 그런데 자정 무렵 헬레와 아이크가 발을 절며 공동 거실로 돌아온다. 피곤한 기색으로 헬레가 말한다. 내가 차를 몰고 왔어. 핸디를 내려주고 나이아가라폭포까지 갔었어. 그냥 폭포를 보려고.

그들이 그녀를 빤히 쳐다본다. 너희들이 핸디를 캐나다에 데려가려 했다고? 콜이 묻는다.

나는 캐나다로 가고 싶었어. 아이크가 말한다. 하지만 그는 감옥에 가겠다고 고집을 부렸어.

그가 뭐라고 했는지 알아? 헬레가 말한다. 차에서 내리자마자? 이렇게 말했어. 착하게 지내라, 얘들아. 그게 다야.

강해야 한다, 용감해라, 나의 아름다운 아이들아. 뭐 그런 말이 아니었다고. 사랑한다도 아니었어. 아이크가 농담으로 넘기려고 애쓰며 말한다.

헬레가 애스트리드의 차가운 눈으로 동생을 본다. 그리고 말한다. 그건 그가 우리를 사랑하지 않기 때문이야.

헬레가 다른 여자아이들과 자러 가려고 일어서는데 비트가 헬레의 손을 잡는다. 그녀는 비트 옆에 다시 앉으며 닫히는 문들을 바라본다. 너 나한테 화났지. 둘만 남자 그녀가 말한다.

그래. 그가 말한다. 그는 마리화나를 훔친 일에 대해 말해야겠다고 생각하지만, 그래, 라고 말하는 순간 어둠의 웅덩이가, 달빛에 은색으로 빛나던 몸들이 떠오른다.

그녀가 입을 열다가 다시 닫는다. 그녀가 말하기 시작하자 그녀는 베갯속이 다 빠져나간 베개처럼 텅 비어 보인다. 내가 어떤 사람인지 네가 안다고 생각했어. 미안해, 비트. 그녀가 속삭인다. 네가 우리를 그런 식으로 하나라고 생각하는 줄은 몰랐어.

하나라고? 그가 말한다.

그녀가 얼굴을 찌푸린다. 그 얘기 아니었어? 나와 다른 남자애들 얘기?

아냐. 그는 그렇게 말하지만 그의 가슴은 웅얼거린다. 거짓말쟁이.

그럼 뭐야? 그녀가 묻는다.

대마초. 그가 말한다. 네가 훔쳤잖아. 그래서 빌어먹게도 우린 팔 수가 없었다고, 헬레. 그래서 이제 우린 예전처럼 가난해. 난 그 얘길 너한테만 했다고.

그녀의 가녀린 어깨가 점점 움츠러들어 목이 보이지 않을 정도다. 그녀는 눈을 감고, 점점 줄어드는 것 같다. 마침내 그녀가 몸을 일으켜 일어나더니 말한다. 그게 정말 그렇게 중요해? 내 말은, 그녀가 두 손으로 아르카디아를 가리키며 말한다. 정말 중요하냐고? 이 상황에?

비트는 연못가 바위에 앉아 있다. 다른 청소년팀 아이들은 지나치게 따뜻한 물속에서 물놀이를 하고 있다. 그는 나이든 기분이다. 박주가리의 홀씨가 바람에 날리다 땅에 닿자 오그라들어 납작해진다. 100피트 정도 떨어진 바위 위에 가출 청소년들의 왕 아만드 해머가 앉아 있다. 그의 친구들이 옷을 벗고 연못으로 뛰어든다. 혼자 앉은 그가 발치의 배낭에서 비트가 지금껏 본 중 가장 큰 마리화나 비닐봉지를 꺼낸다. 아만드는 비트가 쳐다보고 있는 것을 보고 씩 웃고, 그러자 그의 윗입술이 코에 끼운 못에 닿는다.

좀 줄까? 아만드가 소리친다. 십 달러에 이 봉지 몽땅 줄게. 숲속에 장난 아니게 많거든.

어디서 났어? 비트가 묻는다.

아만드가 어깨를 으쓱하더니 말한다. 누가 그러더라고, 어떤 등신들이 설탕 창고에서 말리고 있다고. 그래서 내가 가져왔지.

이건 네 게 아니야. 비트가 말한다.

아만드가 말한다. 뭔 상관이야? 여긴 빌어먹을 공동체잖아. 그러니 모두의 것이라고.

비트는 자신이 앉았던 바위에서 아만드에게 어떻게 그렇게 빨리 갔는지 알지 못한다. 손에 닿는 얼굴이 얼마나 단단할 수 있는지, 어떻게 이빨에 주먹이 찢어질 수 있는지, 심지어 아만드보다 머리 반 정도가 작고 20킬로 가까이 덜 나가는 비트가 화가 나면 어떻게 그 정도로 강한 사내아이가 될 수 있는지 알지 못한다. 그는 머릿속에서 뭔가가 헐거워질 때까지 때리고 뒤로 나가떨어진다. 그의 눈에서 눈물이 흐르고, 그는 콜과 아이크와 딜런과 해리슨과 피오나가 물에서 나와 젖은 몸으로 다가오는 것을 바라본다. 형편없이 말라빠진 히피 아이들이 머리를 맞고 나가떨어질 참이다. 두 바위 사이의 시원한 자리에 누운 그의 눈에 서 있는 헬레가, 하얗게, 외떨어져 있는 헬레가 보인다. 그녀는 싸움은 보고 있지도 않다. 그녀는 오로지 비트만 보고 있다. 그녀가 아주 높은 곳에서 내려오는 것처럼 몸을 숙이고, 그는 눈을 감고 얼굴에 닿는 그녀의 손가락을 느낀다.

비트가 커다란 쓰레기봉투에 한가득 담긴 대마를 해나와 에이브의 방으로 가져간다. 그의 어머니는 두 손을 다리 사이에 넣고 무거운 표정으로 침대에 앉아 있다. 그가 대마 봉투를 침대 위 그녀 옆자리에 놓고, 고개를 든 그녀는 그의 찢어진 손마디와 그의 피투성이 머리와 멍이 들고 떠지지 않는 눈을 본다. 그녀는 그의 다친 손에 입을 맞춘다. 고맙다. 하지만 그녀는 미소 짓지 않는다.

이젠 이걸 팔 수 있어요, 해나. 그가 말한다. 우리 빚을 갚을 수 있다고요.

한참 동안 그녀는 아무 말도 하지 않다가 마침내 입을 열지만 너무도 낮은 속삭임이라 그는 가까이 몸을 기울여 들어야 한다. 너무 조금이고, 너무 늦었단다.

밤에 일층에서 유리 깨지는 소리가 난다. 아침에 보니 식당 창문들이 깨져 있고, 언덕 아래의 가출 청소년 막사가 엉망진창이 되어 있다. 회오리바람이라도 휩쓸고 지나간 것 같다고 콜이 알린다. 침대 시트와 침상과 매트리스가 모두 찢어지고 비틀리고 젖어 있다. 가출 청소년들은 모두 사라지고 없다. 곧 트리피들도 자취를 감춘다. 신참들 대부분도 지나는 차를 얻어 타고 도시로 나가 집으로 돌아가거나 다른 공동체로 향하는 등, 다시 세상 속으로 들어간다.

아이크가 그들의 방에 없다. 콜과 비트는 그를 찾아 연못을, 황금빛 빵 몇 조각이 뒹구는 제빵소를, 두유 낙농장을, 팔각형 헛간을, 샤워하우스를 돌아다닌다. 그들은 들판을 건너고 게이트하우스를 살펴본다. 타이터스의 늙은 오소리 냄새가 아직도 공기 중에 배어 있다.

마침내 콜이 말한다. 폭포야. 그리고 그와 비트는 해가 어디쯤 있는지 확인한다. 지금 출발해서 서둘러 가면 어두워지기 전에 다녀올 수 있을 것이다. 비트는 주머니에 성냥을 가지고 있다. 콜은 종이봉투에 든 약간의 휴대식량을 갖고 있다.

둘은 숲을 지나며 오후를 통과한다. 그들은 한 번 걸음을 멈추고 이와 손을 검게 물들여가며 야생 블랙베리를 먹은 다음 계속 길을 간다. 드디어 엄청나게 쏟아지는 물 소리가 들려온다. 공기가 축축해지고 풀들이 나무 키 높이로 웃자라 있다. 그들이 건너뛰는 바위들이 미끄럽다. 굽은 길을 돌아가자 거기 지금껏 비트가 본 중에 가장 높은 40피트 정도의 폭포가 보인다. 폭포를 볼 때마다 그는 그 힘과 떨어져내리는 물, 포말, 귀를 먹먹하게 하는 물 부서지는 소리, 바위에 부딪혀 깨지는 물에 놀라곤 한다. 물안개 가득한 허공에 양치식물들이 날름거리고 있다. 그곳의 분위기에서는 기이하고 다정한 부드러움이 느껴진다. 비트는 고동치는 기쁨에 전율하다 결국 눈에 눈물이 고여 떨리는 것을 느끼고는 서둘러 소매로 눈물을 훔친다.

콜과 비트는 절벽을 기어오르기 시작한다. 뿌리와 양치식물들을 부여잡으며 오른 끝에 그들은 절벽 위로 몸을 끌어올린다. 아이크가 폭포에서 5피트 정도 떨어진 얕은 물 속에 청바지 차림으로 앉아 있다. 그들은 조심스럽게 아이크에게 다가간다. 물살이 폭포 아래로 그들을 떨어뜨릴 만큼 세차다. 좀더 태평하던 시절에는 물웅덩이로 뛰어들곤 했었는데, 아주 정확하게 위치를 잡아야 했다. 그러지 않으면 아래에 있는 바위들에 부딪혀 박살이 났을 것이다. 그들은 아이크 양쪽에 앉고, 아이크는 아무 말이 없다. 아이크의 팔은 시퍼렇고 소름이 돋아 있다. 비트는 그가 얼마나 오랫동안 여기에서 이러고 앉아 있었을까 생각해본다.

우듬지 위로 하늘이 거칠어지며 검은 은빛 한 조각이 떠다닌다. 가려진 구름 사이로 해가 구멍을 내고 저멀리 땅바닥으로 손가락을 뻗는다. 마치 누군가가 그를 지켜보고 있기라도 한 듯 비트의 귀 뒤가 따끔거린다. 쌀먹이새 한 마리가 울고 있다. 암사슴 한 마리가 아래쪽 물가로 가고, 잠시 후 새끼들이 뒤를 따른다.

아이크가 말한다. 그들은 나를 원하지 않아. 아무도. 우리 부모는.

거짓말을 할 때는 아니다. 그래서 그들은 아무 말도 하지 않는다. 오랫동안 그들은 그렇게, 함께, 흐르는 물 속에 앉아 물이 절벽 가장자리를 담금질하는 것을 지켜보고 물이 아래로 떨어져 부서지는 소리를 듣는다.

아이크가 추워서 몸을 떨자 그들은 물 밖으로 나간다. 비트가 최대한 크게 모닥불을 피운다. 바지가 열기에 김을 뿜어내는 동안 아이크는 맨다리를 가슴에 꼭 끌어안는다. 그는 셔츠 주머니에서 작은 대마초 봉지를 꺼내고, 콜은 분주하게 대마초 피울 준비를 한다.

햇빛이 마지막 숨을 내쉬며 계곡을 황금빛으로 물들인다. 나무들 사이에서 어떤 움직임이 있자 그들은 곰을 떠올리며 놀라 고개를 드는데, 남자아이 둘이 둑 위로 걸어온다. 아르카디아 아이들이 아니다. 그들은 오버올 작업복에 리넨 셔츠를 입고 있고, 콜만큼

키가 크고 어깨가 넓다. 한 아이가 껍질을 벗기고 있던 나뭇가지를 소심하게 아래로 던져 불속에 넣는다. 다른 아이가 웅크리고 앉는다. 비트는 정신을 바짝 차리고 갑작스러운 움직임에 신중하게 대비한다.

하지만 첫번째 아이는 그냥 인사를 할 뿐이다. 안녕? 콜은 코로 잔뜩 연기를 내뿜으며 말한다. 어이.

어이. 다른 아이가 그 말을 따라 한다. 그는 검은 머리에 다른 아이보다 어리다.

영어 못해. 그렇게 말하는 첫번째 아이는 이 사이가 벌어져 있다. 에이머스의 아들들이야? 에이머스 둘, 존. 그가 자신과 그의 동생을 가리키며 말한다.

아, 알겠다, 그래. 콜이 말한다. 우리 에이머스 알아. 좋은 사람이야. 너희가 에이머스 아들들이구나.

웅크리고 앉은 아이가 비트의 입으로 가는 마리화나 꽁초를 바라본다. 비트는 한 모금 빤 후 잠시 생각하다 담배를 아이에게 내민다.

아이가 한껏 들이마시더니 콜록거리기 시작한다. 콜이 그를 보며 씩 웃고, 비트는 주먹으로 웃음을 가린다. 그러자 그 아이가 한 걸음 앞으로 나오더니 크게 한 모금 빨고 내쉰 다음 아주 조금만 콜록거린다.

비트는 각진 얼굴에 주먹이 다부진 건장한 아이들을 바라본다. 가장 오래된 유토피아주의자들이야. 언젠가 해나가 추수를 도와주러 온 아미시 남자들을 보며 말했었다. 저 사람들은 그들이 믿는 가장 완벽한 삶을 몇 세대에 걸쳐 살고 있어. 비트는 동물 고기로 만든 음식과 힘든 노동, 엄청난 대가족, 얌전한 드레스를 입은 여자 사촌들을 상상한다. 늘 가족과 함께 살면 얼마나 안심이 될까. 나와 닮은 사람들, 같은 생각을 하고 같은 행동을 하고, 같은 신—고통을 줄 만큼 화를 내고 선물을 줄 만큼 사랑을 하는 신, 내가 속삭이는 모든 비밀을 다 귀담아들을 수 있을 만큼 커다란 귀가 있는 신, 나 자신을 비우고 나의 삶으로, 무한히 더 가벼운 삶으로 돌아가게 해줄 그런 신—을 사랑하고 두려워하는 사람들과 함께 있으면 얼마나 안심이 될까. 그는 그가 평생 알지 못했던 무언가를 잃어버린 상실감을 느낀다.

그들은 다정하게 앉아 대마초를 나눠 피운다. 세상은 더욱 어두워진다. 어떤 신호에 아미시 아이들이 자리에서 일어나 아르카디아 아이들에게 고개를 끄덕이고는 숲속으로, 그들의 안전하고 견고한 집으로, 그들의 가족에게로 돌아간다.

아이크는 물기가 마른 바지를 입고, 콜은 발로 흙을 차서 잉걸불에 끼얹는다. 그들은 빠른 걸음으로 집을 향해 걷는다. 비트는 아이크가 필요로 할 때까지 하고 싶은 말을 참는다. 그들이 절반 정도 왔을 때 아이크가 친구들을 바라본다. 그의 얼굴에 힘이 없다. 꽤 긴 거리를 걸어오는 동안 그의 배에서 계속 꾸르륵 소리가 났다.

그 아미시 멍청이들은 정말 지랄맞게 이상해. 아이크가 말하며 웃기 시작한다.

콜이 나직이 콧소리를 내며 웃는다. 비트마저 웃고 있다. 너무 웃고 또 웃어서 눈물이 솟아나, 그는 웃음을 멈추기 위해 나무에 기댄다. 그러지 않으면 오줌을 쌀 것만 같다. 웃음이 가라앉고 조용해지자 아이들은 무기력하게 서로를 바라본다. 그들은 뼛속까지 피곤하다.

그 씨발놈들, 콜이 말한다. 우리가 진짜 세상에 나갔더라도 걔네들이 더 괴상할걸.

비트는 몸을 떨기 시작한다. 몸이 따뜻해질 만큼 빠르게 가고 있는데도 그렇다. 그는 아픈 것 같고, 빨리 걷고 싶고, 달리고 싶고, 질주하고 싶다. 그는 바깥세상에 있는 자신을 상상할 수 없다. 아무리 그의 뇌를 혹사시켜도 그로서는 이곳보다 더 큰 세계를 상상할 수 없기 때문이다. 그는 이제 인정할 수 있다. 그는 준비되지 않았다.

그들은 밤이 되어서야 식당으로 들어선다. 저녁 시간을 놓쳤다. 주방은 어둡고 텅 비어 있지만, 스테인리스 카운터에 쪽지 한 장이 놓여 있다. 해나가 그들을 위해 오븐 안에 음식을 넣어두었고 빵 한 덩어리도 남겨두었다는 내용이다. 비트는 쪽지를 주머니에 넣는다. 아이크가 쪽지 아래에 그의 어머니가 쓴 사랑한다를 보면서 결핍을 느끼지 않도록.

그들이 막 음식을 다 먹었을 때 헬레가 주방으로 들어온다. 그녀의 볼이 유리 같다. 그녀가 속삭인다. 아이크, 마르그레테가 왔어.

그리고 나이든 여자 한 명이 휙 들어온다. 꼿꼿하고 하얗고, 애스트리드와 똑같지만 더 작다. 그녀를 둘러싼 공기가 빡빡하다. 그녀에겐 어떤 힘이 있다. 마녀 같은 힘. 그녀의 입은 규칙을, 딱딱한 의자를, 찬물 샤워와 마녀 곁을 따라다니는 방광에 문제가 있는 고양이 악령을 암시한다. 이제 가자꾸나, 아이작. 그녀가 애스트리드와 같은 억양으로, 우스울 만큼 과장된 어조로 말한다.

아이크가 일어서자 그의 할머니보다 키가 크다. 그녀가 그의 뺨을 쓰다듬고는 밖으로 나간다. 다시 방안에 숨통이 트인다.

아이크가 말한다. 안녕이라고 말하지 않을 거야. 안녕은 다시 못 본다는 뜻이잖아. 우린 몇 주 후면 다시 보게 될 거야. 아무리 오래 걸려도 몇 개월 후면. 그가 친구들에게서 돌아서더니 달려나간다.

헬레는 콜을 한참 동안 안는다. 너무 한참이라고 비트는 생각한다. 그녀가 다가와 비트를 안자 그는 그녀의 바닐라향에 푹 빠지고 그녀의 땋아내린 머리채가 그의 얼굴 주위로 텐트처럼 펼쳐진다. 교정 보조기가 그녀의 혀 위에서 반짝인다. 그의 키가 큰 것이다. 그는 놀라워하며 그 사실을 알아차린다. 그녀의 황금빛 눈을 거의 마주볼 수 있을 정도다.

잊지 마. 그녀가 자신의 이마를 그의 이마에 갖다대며 말한다. 나를.

잊지 못할 거야. 그가 말한다.

네가 잊으면 난 처음부터 존재하지 않았던 것과 같을 거야.

그는 온몸이 굳어온다. 그녀가 그에게 키스한다. 이의 날카로움, 혀의 감촉, 그의 목덜미에 차갑게 닿은 두 손. 그는 그녀에게 정말 많은 이야기를 하고 싶었기에 아무 말도 하지 못한다. 말을 시작하면 그는 그 말들을 땅바닥으로 쏟아내버릴 것이다. 그녀가 그의 손과 콜의 손을 잡고 함께 석판 계단을 내려가 자갈이 깔린 진입로 위에서 기다리고 있는 자동차로 간다. 그녀가 돌아서기 전, 그는 그동안 그의 속옷 바지 안에 핀으로 꼽아 가지고 다니던 비닐봉지에서 사진을 꺼낸다. 그가 사진을 그녀 손 위에 올려놓는다. 연못가에 있는 헬레의 모습을 찍은 사진이다. 아주 이른 아침, 혼자라고 생각했던 그녀가 벗은 몸으로 바위에 서 있고 그 모습이 유리 같은 물에 반사된 정경이다. 아래로 내려갈수록 갈기갈기 가늘게 땋아내린 금발머리, 너무 아름다워 아름다움이란 말로는 더이상 표현할 수가 없다. 그녀가 그 사진을 보고는 움찔 놀라더니 용기를 내어 그의 얼굴을 본다. 겁이 나서 가슴이 철렁 내려앉는 것 같지만 그는 그녀가 이해한다는 것을 안다. 아이크가 눈을 쿠션에 묻고는 그들이 아무리 창문을 두드려도 쳐다보려 하지 않는다.

헬레가 차에 타자, 차가 조용히 떠난다. 숲 가장자리에 깔린 어둠 속에서 거인이 걸어나온다. 헤드라이트 불빛에 비춰져 거대한 모습으로 빛난다. 노인이다. 우스꽝스럽게 툭 튀어나온 눈, 양 갈래로 기른 수염, 구부정하고 앙상한 두 팔. 거인은 손을 흔들며 우아하게, 거의 인간 같은 몸짓으로 몸을 숙여 인사한다. 자동차가 지나가고, 어둠이 몸을 숨기고 있던 숲 가장자리에서 다시 슬며시 나왔을 때, 비트는 꼭두각시 인형 아래에 있는 레이프를 본다. 여전히 어둠 속에서 춤을 추고 있는 그를.

그들은 백 명이다. 리자이나와 올리가 일리움에서 트럭 한 대를 샀다. 커다란 짐칸이 있고 멋지고 날렵하다. 그들은 아무도 막을 사람이 없는 한밤중에 제빵소에 가서 큰 믹서들과 오븐 한 대를 가져간다. 다음날 재규어를 탄 노인 둘이 스콧과 리사를 찾아온다. 그들은 아르카디아 옷을 벗고 새 옷들을 입은 후에야, 스콧은 카키 팬츠와 버튼업 셔츠에 재킷을, 리사는 원피스와 스타킹으로 갈아

입은 후에야 차에 타도록 허락받는다. 비트는 스콧과 리사가 뒷자리에 올라 손을 잡고 고개를 숙인 채 불편한 미소를 짓는 것을 지켜보며 큰 슬픔을 느낀다. 요트용 신발과 골프 팬츠를 입은 운전자가 그들에게 성마른 소리를 지르며 빠르게 차를 몰고 떠난다.

해나가 말한다. 난 항상 저들이 속으로는 공화당 지지자들일지도 모른다고 생각했는데.

엄마 친구들이었잖아요. 비트가 말한다.

친구라, 해나가 말한다. 그게 뭔데.

이제 육십 명이 남았다. 토마토가 줄기에 매달린 채 썩어간다.

아르카디아 하우스의 변기가 막히고, 그것을 고칠 호스도 행크도 없다. 그 냄새 때문에 아르카디아 사람 삼십 명이 더 떠난다. 해나가 냉동실에 있던 템페, 콩 통조림 몇 통, 삶은 양배추 약간 등 남아 있던 재료로 혼자 저녁을 만든다.

다음날 스위티가 딜런을 앞세워 청소년팀에 온다. 딜런의 작은 얼굴은 신경이 곤두서서 팽팽하게 긴장되어 있다. 그는 그의 형만큼이나 창백하다. 스위티는 슬픔 때문에 표정이 무거워 보이고, 그녀가 두 손으로 콜의 머리를 쓰다듬자 손바닥 아래에서 정전기가 일어 머리카락이 지직거린다. 이제 갈 거야, 콜. 그녀가 말한다. 내 친구가 우리를 도시로 데려다줄 거야.

아래에서 기다리던 차 앞에서 콜과 딜런이 말없이 비트를 포옹하고 차에 올라탄다. 자동차가 출발한다. 친구들이 떠나자, 숲속 딱따구리 소리가 한층 커진다. 캐스터네츠처럼 경쾌하다. 세상에 구멍이 뚫리고, 비트가 자신에 대해 알았던 모든 것이 빠져나가고 있다.

해나가 밤에 그를 깨운다. 아가, 그녀가 귀에 대고 속삭인다. 네 물건들을 챙기렴.

그는 벌써 일주일째 침상 아래에 갈색 봉지 하나를 보관하고 있었으므로 그것을 꺼낸 후 옷을 다 입고 침대에서 내려온다. 그가 내려섰을 때 해나는 이미 나가고 없다. 나선형 계단에서 그녀를 따라잡은 그는 해나의 얼굴에서 뭔가 단단한 것이 반짝이는 것을 본다.

그들은 쌀쌀한 밖으로 나간다. 석판 층계를 내려간다. 그는 뒤를 돌아볼 수 없다. 돌아보면 어떻게 되는지 안다. 차 한 대가, 고물 핀토가 진입로 위에서 털털거리고 있다. 에이브는 이미 앞좌석에 앉아 있고 휠체어는 트렁크에 끈으로 고정되어 있다. 가족의 얼마 되지 않는 소지품들이 상자 하나에 담겨 뒷좌석에 실려 있다. 비트는 제일 위에 있는 얼굴 없는 헝겊 아기인형을 알아본다. 아미시 사람이 준 선물로, 최고급 대마 봉오리가 그 안에 가득 채워져 있다.

해나가 문을 닫고 기어를 넣는다. 그들이 스르륵 지나가는 동안 숲은 웅크리고 있다. 게이트하우스가 어둡다. 컨트리로드가 좁은 오솔길로 바뀌며 돌 오두막의 외로운 베르다에게로 이어진다. 해나는 그곳에서 엔진을 끄고 비트와 함께 내린다(완전히 익은 체리들이 밤으로 어둡게 물든 문 위에 흩뿌려져 있어 발아래가 온통 미끄럽다). 유스터스가 무심하게 한 번 짖고, 베르다가 하얀 잠옷 차림으로 어깨에 장총을 얹고 나타난다. 그녀가 천천히 총을 내린다.

아, 그녀가 말한다. 그날이 왔군.

미안해요. 해나가 낮은 목소리로 말한다.

베르다가 안으로 사라진다. 그녀는 꾸러미 하나를 가지고 나오더니 비트의 손 위에 놓는다. 다시는 못 보겠구나, 리들리. 그녀가 말한다. 그는 부러질 것 같은 그녀를 안는다. 해나도 다가가 그녀를 안는다. 베르다가 말한다. 이제 그만 가. 그녀의 머리카락이 자동차 헤드라이트에 환하게 빛나지만, 차가 떠날 때 보니 그녀의 눈은 퀭하니 어두운 구멍만 보인다.

비트가 꾸러미를 열어본다. 로즈힙차 한 봉지와 리본으로 묶인 4인치 두께의 종이들, 스크림쇼 세공품, 쥐털처럼 부드러운 현금 한 다발이 있다. 그가 종이들을 해나에게 건네자 해나가 그 종이들을 토닥인 후 다시 핸들을 잡는다. 돈은 에이브에게 건넨다. 에이브가 휘파람을 분다. 비트는 세공품을 품에 안고 손가락 끝으로 섬세하게 새겨진 조각을 더듬는다. 뼈에 새겨진 그 얼굴의 모양이 기억에 각인될 때까지.

그는 시원한 차창에 머리를 기댄다. 같은 달이 계속 서성인다. 빨랫줄에 널린 시트들이 펄럭이고, 우편함이 반짝인다. 도로는 그가 아는 모든 것 너머로 이어진다. 그들은 그가 한 번도 돌아본 적이 없는 모퉁이를 돌아나가고 한 번도 본 적 없는 집을 지나간다. 모든 것이 두 배로 새롭고, 그 새로움 때문에 멀미가 난다. 강철로 만든 다리, 아이스크림 상점, 그가 상상했던 것보다 훨씬 더 큰 소들. 인도, 깃대에 꽂힌 깃발. 벽돌로 지은 학교. 회전 관람차. 끝없이 이어지는 언덕들이 잠든 채 수북수북 쌓여 있다.

해가 떠오른다. 창문에 그의 모습이 비친다. 비트가 가진 것은 너무 적다. 고운 금빛 머리카락, 목에 때가 탄 티셔츠 하나. 날카로운 뼈 위의 연약하고 창백한 피부, 얼굴에 비해 너무나 큰 두 눈. 그 눈이 지금 막 질주하며 지나가는 세상을 삼키겠다고, 그 세상에 삼켜지겠다고 위협한다.

축복받은 자의 섬

10월 초다. 밖의 도시는 구불구불 내려오는 낮과 구불구불 올라가는 밤 사이에 놓여 있다. 벽에 달린 물고기 모양의 야간등이 크림빛 컵을 비추고, 그레데는 몸을 동그랗게 말고 비트에게 기대어 있다. 그레테의 침대 헤드보드에 기대앉은 그의 자리에서는 풍부한 속눈썹, 이마, 경사진 작은 코가 보인다. 그의 아름다운 딸.

아직 안 졸려? 그가 묻자 그레테가 말한다. 응, 아직.

그는 상관하지 않는다. 딸의 조그만 따스함과 맞댄 채 영원히 여기에 있을 수도 있을 것 같다. 그는 침대 건너편 벽에 그가 그리고 있는 벽화를 바라본다. 그가 대학에서 집으로 돌아오는 시간부터 그레테가 샤론과 함께 어린이집에서 걸어서 돌아오기 전까지의 불안정한 시간을 메우기 위해 그가 할 수 있는 유일한 일이 이 벽화를 그리는 것이다. 샤론은 같은 아파트 아래층에서 아이를 키우며 사는 여자다. 그녀는 검은 머리에 체구가 작고 몸이 재다. 그가 샤론에 대해 아는 건 이름뿐이다. 그럼에도 비트는 그녀가 가깝게 느껴진다. 언젠가 그는 프랭키를 데리러 갔던 날 아침에 우리는 좋은 팀이에요, 라고 말한 적도 있다. 버려진 자의 유대감이죠! 하지만 그렇게 말한 건 실수였다. 샤론은 웃지 않았다.

그레테 방에 그리고 있는 벽화는 아르카디아다. 아르카디아 하우스 쪽으로 휘어진 사과나무들, 팔각형 헛간, 별채들, 임시 아르카디아, 연못이 있는 풍경이다. 몇 달에 걸쳐 그 풍경을 섬세하게 그린 그는 이제 그곳에 사람들을 살게 하기 시작했다. 아직까진 꼭 있어야 할 중요한 사람들만 그림에 등장한다. 정원에 있는 해나, 앞마당의 오크나무 아래 휠체어에 앉아 있는 에이브, 새로 태어난 아기를 안고 해를 향해 있는 애스트리드, 핑크 파이퍼 지붕 위의 핸디. 베르다와 그녀의 개 유스터스도 숲 가장자리에 있지만, 일부러 찾아보지 않으면 그냥 햇빛이 번진 얼룩처럼 보인다. 콜과 딜런은 카드놀이를 하고 있고, 진시는 별채 문 안쪽에 서 있는데 지붕 위에는 하얀 새 한 마리가 앉아 있다. 레이프가 꼭두각시 인형 아래에서 춤을 춘다. 앉아 있는 에릭은 작은 점 같고, 아이크는 백조처럼 두 팔을 펴고 연못으로 뛰어드는 자세로 정지되어 있다. 아주 조그맣게 그려넣은 비트 자신은 헬레를 유심히 바라보고 있다. 길고 하얀 그녀가 바위에 걸터앉아 두 발을 물에 담그고 있다. 물의 정령 나이아드 같다.

물론 그중 어느 것도 그의 머릿속에 살아 있는 그곳처럼 아름답지 않다. 상상과 그 상상을 구현하는 것 사이의 거대한 간극은 낯설지 않은 것이지만, 그럼에도 늘 통렬한 놀라움으로 다가온다. 그림 작업은 사진에서 벗어나게 해주는 위안이다. 요즘 들어 그의 모든 예술혼은 강의의 압박감 아래에서 죽어가고 있는 것 같다. 벽화가 아르카디아처럼 보이지 않아도 이젠 상관없다. 지금 아르카디아에는 레이프의 컴퓨터 애니메이션 회사인 에레혼 일루미네이션이 자리잡고 있다. 레이프는 아르카디아 하우스 이층 전체를 다 비운 후 광택을 내고 크롬을 칠하고 유리를 끼워 그의 사적 공간으로 만들었다. 옛날 옛적에는 이백 명이 넘게 잠자던 곳에 이제 단 한 사람이 살고 있는 것이다. 팔각형 헛간은 사무실과 회의실이 되었다. 콩밭에는 테니스코트들이 생겼고, 도로트카의 무성하던 정원엔 주차장이 있다.

레이프는 늘 잡초 뽑는 일을 싫어했지. 그들이 새로운 아르카디아를 처음 둘러봤을 때 헬레는 그렇게 말했었다. 그들은 웃음을 터뜨렸고 웃느라 목이 메었다. 비트는 그 생각을 지우기 위해 그레테의 어깨에 코를 비빈다. 팝콘과 따뜻한 우유 냄새가 난다.

아직도 안 졸려? 그가 말한다. 그레테가 말한다. 안 졸려. 이야기 해줘.

그는 그레테에게 들려주지 않은 이야기가 뭐가 있는지 찾아보다 바위에 하얗게 구부리고 앉아 있는 헬레를 보자 안에서 이야기가 솟아오르는 것을 느낀다. 자, 시작한다. 그가 말한다. 이 이야기는 바로 첫번째 헬레에 대한 이야기야. 네 엄마의 이름은 그 헬레한테서 따온 거란다. 그리스에서 있었던 일이야. 오래, 오래전에—하지만 그레테가 이야기를 끊는다.

아니. 옛날 옛적에지. 그레테가 말한다.

옛날 옛적 그리스에 헬레라는 이름의 아름다운 소녀와 소녀의 오빠 프릭소스가 있었어. 그들의 아버지는 그들의 어머니와 이혼

하고 새 아내를 맞았는데 계모인 이노는 못됐고 못됐고 아주 못됐고, 아이들을 질투했어. 이노는 음모를 꾸미고 계획을 세워 헬레와 프릭소스를 희생양으로 삼기로 마음먹었지. 그녀는 땅의 모든 씨앗을 말려 싹이 나오지 못하게 했고, 작물이 자라지 않자 농부들은 어쩔 줄 몰라했어. 저희가 뭘 어떻게 해야 합니까? 그들이 울부짖었어. 이 기근은 누구의 잘못입니까? 그들은 신탁을 받는 사제에게 갔고, 이노의 뇌물을 받은 사제는 울퉁불퉁한 손가락으로 남매를 가리키며 소리쳤어. 저 아이들 잘못이다! 저 끔찍한 아이들 때문이다! 그래서 농부들은 그 어린 것들을 강제로 끌고 갔지. 아이들을 죽이기 위해, 저주를 없애기 위해.

그러자 아이들의 친어머니가 헤르메스 신에게 가서 간청했어. 신이시여, 저는 아이들을 사랑합니다. 제발 아이들을 도와주세요. 비탄에 빠진 어머니를 보자 헤르메스는 마음이 움직였고 하늘을 날 수 있는 황금 숫양을 보냈단다. 양이 다르다넬스해협이란 바다를 건너 아이들을 안전한 곳으로 데리고 갈 예정이었지.

비트가 잠시 이야기를 멈춘다. 재미있는 건 바이런 경도 다르다넬스해협을 헤엄쳐 건넌 적이 있다는 거야.

누구? 그레테가 말한다. 그레테는 세 살이다.

아냐. 비트가 말한다. 어쨌든, 양이 날았는데 너무 높이 나는 바람에 어지러워진 헬레가 양의 등에서 아래로, 아래로, 떨어져 물에 빠진 거야.

이제 비트는 서둘러 이야기를 바꾸어야 한다. 그는 그 끔찍한 결말을, 파도에 휩쓸려 익사한 시신, 가엾게 죽은 첫번째 헬레를 미처 생각하지 못했던 것이다. 그레테가 그 이야기를 들으면 자기의 헬레, 자기 엄마를 생각할 것이고 잃어버린 두 여인을 하나로 연결시킬 것임을.

그래서 그가 말한다. 모두 웃음을 터뜨리며 헬레를 물에서 꺼내준 다음 그녀에게 왕관을 씌워주고 여왕으로 모셨단다. 헬레는 오래도록 행복하게 잘 살았대. 그리고 그들은 그녀가 떨어진 바다에 어울리는 다른 이름, 더 나은 이름을 생각해냈어. 바로 헬레스폰트Hellespont란다.

헬레의 자리Helle spot네. 그레테가 속삭이고는 미소를 지으며 잠이 든다.

창밖은 온통 캄캄하다. 지나가는 차의 헤드라이트 불빛이 팔을 뻗치듯 방안을 가로지른다. 그는 커튼을 치고 문을 닫는다. 비트는 어두운 아파트를 혼자 서성이며 손가락으로 나무의 차가운 감촉을 느낀다.

비트의 슬픔은 밤마다 형태가 달라진다. 그의 머리는 이미 그리스인들과 함께 있다. 그는 프로테우스를, 바다의 노인을, 진실을 예언하는 자이지만 진실을 미워하고 진실을 말하는 일을 피하기 위해 모습을 바꾸던 그를 생각한다. 비트는 자신의 슬픔을 붙잡으려고 두 손을 내밀지만, 슬픔은 손가락 사이로 빠져나가 물이 되고, 뱀이 되고, 쥐가 되고, 칼이 되고, 너무나 무거운 아령이 되어 그는 그것을 떨어뜨리고 만다. 헬레가 산책을 나갔다가 돌아오지 않은 지 벌써 아홉 달이 지났다.

그는 와인을 들고 창가에 앉아 길 건너에서 번쩍거리기 시작하는 나이트클럽을 바라보며 생각한다. 그는 마음이 고운 비트 스톤이다. 그는 러시아 소설을 읽으면서 눈물을 흘린다. 그는 그의 아파트를 청소하러 오는 여인의 굳은살과 관절염으로 옹이진 두 손을 보면서 눈물을 흘린다. 그러나 아직 헬레 때문에 울지는 않았다. 그는 모든 설명을 다 듣게 될 거라고, 어느 날 아침 문을 여는 열쇠 소리에 잠에서 깨어날 거고 헬레가 지친 모습으로 들어올 거라고 계속 생각한다. 그가 햇살이 비추는 공원을 건너다 그를 향해 다가오는 그녀를 볼 거라고, 그녀가 수줍은 미소를 지으며 그를 안고 그의 귀에 대고 그녀가 상처받았던 것도 아니고 그에게 상처를 주려고 했던 것도 아니라는 이야기를 속삭일 거라고 믿는다.

어디에서나 그의 아내가 보인다. 저멀리 보이는 가녀린 모습이 헬레라고 확신한 그의 가슴이 고동친다. 창문으로 얼핏 보았던 얼굴이 그녀의 얼굴이라고 믿으며 카페 안으로 뛰어들어간다. 하지만 언제나 헬레가 아니다. 그는 옴짝달싹하지 못한다. 이러지도 저러지도 못한다. 희망이라는 중압감 아래 매일 도시를 걷는 일이 더는 견딜 수 없는 것이 되어버렸다.

헬레가 사라지기 전날 밤 그녀가 그를 깨웠었다. 아주 늦은 시간이었는데, 그의 가슴에 닿은 그녀의 두 손은 차가웠고, 그녀의 옷 주름에서는 겨울비 냄새가 났다. 그녀의 젖은 머리카락이 이마와 뺨에 붙어 있었고, 어둠에 싸인 그녀의 얼굴은 읽을 수 없었다. 그녀의 우비와 부츠가 마룻바닥 한가운데에 나뒹굴고 있었다. 그녀의 차가운 감촉에 놀라 깨긴 했지만 그는 잠에 취해 정신이 없었다. 그는 젖은 옷들 때문에 양탄자가 축축해지는 것을 보았고, 짜증이 치밀어 하마터면 그녀를 밀칠 뻔했다.

하지만 그녀는 손을 아래로 움직이며 그의 잠옷 상의 단추를 풀더니, 자신의 몸을 그의 몸 위로 숙이고는 그의 살갗 위에 눕는다. 그는 그녀의 떨림을 멈추려고 두 팔로 그녀를 안는다.

무슨 일이야? 그가 물었지만 그녀는 대답하지 않았다. 그녀는 그의 옷을, 잠옷 상의, 하의, 양말, 팬티를 벗겼고, 그러고 나서 자신의 옷도 거칠게 벗더니 따뜻한 이불 속으로 들어왔다. 그녀의 차가운 몸이, 앙상하고 끔찍한 몸이 그의 몸에 닿았다.

헬레? 그가 불렀다.

대답은 없었다. 그녀의 입은 그의 가슴 위에서 움직이며, 세게는 아니지만 살을 깨물고 있었다. 문이 조금 열려 있었고 부엌에는 아직 불이 켜져 있어 그녀의 화장이 빗물에 씻긴 것을 볼 수 있었다. 화장기 없는 얼굴이 피폐해 보인다. 비트를 만나기 전의 힘든 삶, 그녀의 잃어버린 이십 년이 피부에 각인되어 있었다. 내겐 네가 완벽했을 때보다 지금이 더 아름다워. 그녀가 언젠가 거울에 비친 자신의 모습을 보며 울 때 그는 그녀의 어깨에 입을 맞추며 그렇게 말했었다. 그녀가 믿지 못하겠다는 듯 몸을 돌렸지만 그는 진심이었다. 그녀의 삶이 그녀 얼굴에 쓰여 있었다. 적어도 얼굴에서는 그녀를 읽을 수 있었다.

그가 그녀에게 느끼는 사랑은 때로 그의 안에서 거대하게, 양털을 자아 만든 것처럼 단단하면서도 부드럽고 깊이 있게 느껴졌다. 심지어 그가 화가 났을 때조차 이 사랑은 그에게 온기를 주었고, 그녀를 그에게로 다시 이끌었다.

그녀의 입이 아래로, 더 멀리 움직여 내려갔다. 그는 그녀의 머리를, 젖은 머리카락 아래의 연약한 머리뼈를 만지며 부드럽게 위로 잡아당겼다. 그는 느림을, 따뜻함을, 키스를 원한다. 하지만 그녀는 그렇게 하려 하지 않았다. 그가 아직 준비되지 않았는데도 그녀는 그를 움켜잡았다. 그녀 역시 준비되어 있지 않아 건조했고 아직 차가웠다. 하지만 그녀는 그의 몸 위에 앉아 아주 조금씩 움직였고, 몇 분 후 그는 그녀의 엉덩뼈를 잡아 그를 안으로 집어넣었고 완전한 흥분에 이르렀다. 그녀가 다시 그의 몸을 누르며 그의 가슴에 몸을 기댔고, 마침내 그녀의 입이 그의 입을 찾아냈다. 그는 불빛을 받아 환히 빛나는 고요한 바깥 거리를 상상했다. 침대에 따뜻하게 누워 빗소리에 귀를 기울이고 있을 수많은 영혼들을. 그는 그녀의 옆얼굴을 바라보지 않을 수 없었다. 감긴 두 눈, 작은 조개 같은 귀, 피어싱을 했던 콧구멍의 상처, 치아 아래의 얇고 창백한 아랫입술. 그는 거의 절정에 이르렀지만 참고 있었고, 마침내 그녀가 속삭였다. 해. 난 못할 것 같아.

지금 그는 테이블 위 빈 와인병을 바라보며, 그녀가 한 말 가운데 못 들은 게 있었던 것은 아닌지 생각해본다. 혹 그가 가장 중요한 말을 놓쳤던 것은 아닐까. 몇 번이고 그는 그것을 되풀이하며 더 깊이 들으려, 미래를 예견했던 순간을 찾으려 애쓴다.

해. 그녀가 말했다. 그리고 난 못할 것 같아, 그렇게 말을 했던가 안 했던가.

해. 그녀가 말했다. 그리고 난 돌아오지 못할 것 같아, 그렇게 말을 했던가 안 했던가.

아침에 그레테가 혼자 옷을 입는다. 표범 레깅스에 프릴이 달린 분홍 원피스, 뱅뱅 돌아가는 눈이 달린 초록 고무장화 차림이다. 그레테는 무당벌레 귀마개를 할까 망설이며 문에 달린 긴 거울 앞에서 입술을 삐죽 내민 채 머리를 이리저리 돌려본다. 헬레의 보라색 구슬목걸이를 길게 늘어뜨리는 대신 파다웅족 여인들처럼 몇 겹으로 목 주위에 감는다. 샤론이 손에 커피잔을 든 채 문을 열고는 휘파람을 분다. 대단한 패션 감각인데. 그녀가 말한다. 주목하시라, 세상아, 여기 그레테가 납신다!

그레테는 문을 향해 발끝으로 깡충깡충 뛰어가 샤론의 허벅지에 얼굴을 묻는다.

샤론의 아들인 프랭키가 나온다. 부엉이 같은 모습의 그 아이는 엄청나게 큰 백팩에 반쯤 파묻혀 있다. 프랭키가 신발 한 짝을 비트에게 건네며 말한다. 벗겨졌어요. 비트가 무릎을 꿇고 앉아 신발을 다시 신겨주자 샤론이 그레테의 고운 하얀 머리를 쓰다듬고, 비트는 오늘 아침 또 머리 빗기는 것을 잊어버렸음을 깨닫고 가슴이 아파온다. 그레테는 곧 홀씨를 흩뿌릴 민들레 같다.

샤론이 자신의 짧은 머리에서 고무줄을 빼서 그레테의 머리를 하나로 묶어준다. 비트에게 미소 짓는 그녀의 눈가에 자글자글 주름이 잡힌다. 더이상 그녀는 그가 매일 보는 쭈글쭈글한 중년의 어머니가 아니다. 그녀는 예쁘다. 걱정하지 않아도 돼요. 그녀가 말한다.

비트가 일어서자 샤론이 그에게 커피를 건네고, 두 아이의 이마에 키스를 한다. 오후에 보자, 말 잘 듣고. 그녀가 말한다.

난 잘 들어. 프랭키가 뾰로통한 목소리로 작게 말한다.

난 안 들어! 그레테가 말하고는 낄낄낄 웃는다.

그들은 길을 나선다. 그레테는 비트 손을 잡고, 프랭키는 그레테 손을 잡고 사람들의 물결 속으로 들어간다. 비트만의 어린이집 아이들 두 명이다. 아침 인파 속에서 아이들은 다리와 엉덩이들 사이에 파묻히고 핸드백과 서류가방에 부딪힌다. 신호등에서 비트는 몸을 굽혀 두 아이를 각각 양팔에 안아든다. 아이들이 그의 어깨에 머리를 기대고 그의 턱뼈에 대고 숨을 쉰다. 아이들의 학교는 나지막한 벽돌 건물로, 듬성듬성 심겨 있는 플라타너스들에 둘러싸여 있다. 그레테는 안으로 들어가기 전 그 나무들을 하나씩 엄숙하게 껴안는다.

선생님은 포동포동한 여자로 얼마나 순해 보이는지 소리만 질러도 피부에 멍이 들 것만 같다. 그녀가 비트를 보고는 떨리는 작은 목소리로 말한다. 어머나, 세상에. 괜찮으세요? 잠은 제대로 주무세요? 식사는 제대로 하세요? 아, 정말이지 얼굴이 안 좋아 보여요.

괜찮습니다, 전 괜찮습니다. 그가 말한다. 그는 그곳에서 벗어나 다시 추위 속으로 도망쳐 나오며 머릿속으로 되뇐다, 괜찮다, 괜찮다. 그의 주위에는 검은 코트를 입은 몸들이 빠르게 움직이고 있다. 엄지로 각종 전자기기를 두드리고, 전화기를 머리에 대고, 귀에 이어폰을 꽂고, 보이지 않는 음악의 방패를 내밀며 사람들을 헤치고 지나간다. 디지털 동반자가 주변의 몸들보다 더 따뜻하다는 듯이. 거리의 영혼들은 하나같이 자신의 몸안에 매몰되어 있다. 때로 비트는 자신만이, 홀로, 이 세상을 증언하고 있는 것이 아닐까 상상한다.

단 한 조각의 집중력만 가지고도 얼마나 잘 가르칠 수 있는지가 비트를 놀라게 한다. 어쩌면 그가 하는 일에 완전히 집중할 때보다 더 나은 것도 같다. 블로그와 문자 세대인 이 아이들은 집중하는 것을 불편해한다. 아이들은 말을 하려 하지 않는다. 그는 아예 신경을 쓰지 않을 때 더 여유로워지고, 아이들 역시 그렇다. 그럴 때 아이들은 배운다.

비쩍 마르고 이상하게 생긴 실비가 암실의 빨간 불빛 속에서 종이를 한 용액 통에서 다른 통으로 옮긴다. 비트는 실비 옆에 서 있다. 실비의 피부에는 여기저기 사마귀가 나 있고, 그녀에게서는 파우더와 커피, 꿀샴푸 냄새가 난다. 그녀가 그를 쳐다본다. 전 여기가 정말 좋아요, 그녀가 말한다. 이 암실이요. 내가 좋아할 거라고는 생각하지 못했어요. 디지털이 훨씬 더 쉬우니까요, 아시죠?

알지. 그가 말한다. 그래서 내가 디지털을 사용하지 않는 거야.

실비가 비밀스러운 미소를 짓는다. 다들 교수님에 대해 그렇게 말해요, 스톤 교수님. 그녀가 말한다. 교수님이 쉽다고 말하는 사람은 아무도 없어요.

그는 깜짝 놀란다. 그가 잘못 들은 것일까? 그녀가 한 말을 해석하는 데는 아주 많은 방식이, 적어도 세 가지가 있다. 실비는 늘 여러 자락을 깔고 이야기를 하는 것 같다.

그는 방수 커튼 뒤로 물러나와 식수대 수도꼭지에서 물이 솟고 있는 밝은 방으로 들어간다. 그는 테이블 앞에 앉고 학생들은 천천히 그가 있는 곳으로 무리 지어 나온다. 착한 아이들이다. 남학생들은 비트보다 몇 센티미터는 더 크지만 의자에 앉으며 비트에게 높은 자리를 되돌려준다. 여학생들은 머리카락으로 장난을 치며 그를 곁눈질한다. 어떤 식으로든 그들은 그의 이야기를 알고 있다. 헬레가 사라진 후 그는 이 예민한 젊은 여성들 눈에 그 어느 때보다 잘생겨 보이게 되었는데, 비극의 무게로 인해 그의 부드러운 인상이 고상하고 고뇌하는 무언가로 변화한 까닭이다. 그는 자신의 얼굴이 달아오르는 것을 느끼며, 부끄러움을 떨쳐내기 위해 말을 하기 시작한다.

자, 여러분. 그가 말한다. 이제 노트를 꺼내세요. 지금까지 낸 것 중에 가장 어려운 과제가 될 겁니다.

대부분 그는 학생들에게 주말 과제를 내준다. 방에 암상자를 만들고 보이는 것을 그려보기. 지하철에서 낯선 사람 사진 찍기. 단, 사진을 찍고 있다는 것을 그들이 알아차리지 못하게. 아주 깜깜한 필름 창고에 들어가 필름 스무 통을 아무것도 보이지 않는 상태에서 돌려본 후 밖으로 나와, 그 안에서 생각했던 모든 것을 자체 편집 없이 글로 써보기.

공식적으로 그의 일은 암실이라는 잃어버린 예술을 가르치는 것이다. 사진학과의 아날로그 연구. 혹은 예전엔 그 모든 화학약품과 필름과 함께 그냥 사진학이라고 불렸던 것으로 최근에는 위상이 떨어져 더는 필수과목이 아니게 된 것. 디지털이 훨씬 더 쉬우니까요. 그가 고급반, 습판과 대형 포맷을 가르친 지는 한참 되었다. 그의 학생들 대부분에게 그의 수업은 취미생활로 가는 간이역이다. 하지만 그가 생각하기에 그가 할 일은, 학생들이 볼 수 있도록 도와주는 것이다. 그들이 주의를 기울이고, 더디게 살며 자신들이 하고 있는 일의 의미를 제대로 숙고할 수 있도록 돕는 것이다. 이는 그들의 삶에 유용할 것이다.

이번 주말 여러분은 디지털 단식을 할 거예요. 그는 테이블에 모인 여덟 사람의 얼굴을 보며 말한다. 그가 잠시 말을 멈춘다. 그는 거의 요가라고 말할 뻔한다. 아르카디아의 흔적이다. 자기검열에도 불구하고 때로 그 옛 언어가 튀어나올 때면 그는 웃음을 터뜨리며 그것을 갑절로 좋은 오리말*이라 부르곤 한다. 나는 공동체에서 자랐습니다. 그는 그렇게 말할 것이고, 조금은 배신하는 기분으로 좀더 웃기거나 슬픈 이야기를 들려줄 것이다. 어느 여름 가족 막사 변소 근처의 시냇물에서 자란 물냉이를 먹고 모두 간염에 걸렸던 일이나 펠리페에게 일어난 일들을 말이다. 그 아기의 통통한 갈색 목에 있던 하얀 주름살들은 삼십오 년이 지난 지금도 비트의 기억 속에 지워지지 않고 남아 있다.

디지털 단식이 뭐예요? 실비가 말한다. 강의실마다 항상 질문을 하는 학생이 정해져 있는데, 이 강의에서는 실비다. 지나치게 열심인 좀 엉뚱한 여학생이다. 그녀에겐 더 부드럽게 대해야 한다. 그녀는 퉁명스러운 말 한마디에도 눈물을 글썽이곤 한다.

휴대폰 사용하지 말기. 비트가 말한다. 컴퓨터도, MP3도, GPS도, 소셜네트워킹도, 이메일도, 여러분이 사용하지만 솔직히 내가 이해하지 못하는 그런 것들도 모두 사용하지 않기. 다른 수업 과제가 있다면 모두 오늘밤에 해놓거나 가능하다면 일요일 밤으로 미루세요. 디지털 단식에 대한 보고서는 월요일 아침까지 제출합니다. 한

* duckspeak. 조지 오웰의 『1984』에 등장하는 신언어.

페이지짜리로. 당연히 손으로 써야 하고요.

몇몇은 얼굴을 찌푸린다. 다른 몇몇은, 힙스터들은, 미소를 짓는다. 그들은 과거로의 회귀를 사랑한다. 그들은 비트가 아주 오래전 아르카디아에서 도시로 나왔을 때 입고 있었던 것과 같은 청바지와 티셔츠, 운동화, 선글라스 차림이다. 비트는 그 당시에도 히피들은 아이들 같았다는 사실을 떠올린다.

실비가 일어서서 소지품을 챙기며 큰 소리로 말한다. 문제없어요. 실비가 미소를 지으며, 손목에 찬 뼈로 만든 팔찌들을 덜그럭거리며 노래하듯 말한다. 쉬워, 쉬워, 쉬워.

침대 옆자리의 헬레 없이 처음으로 잠에서 깨어나던 그날 아침, 그는 오히려 차분했다. 그는 머릿속으로 핑곗거리들을 만들어내고 있었다. 오후에 긴 산책을 나갔다가 옛친구를 만나러 갔고, 집에 돌아오기엔 시간이 너무 늦어진 거야. 가끔 그녀는 그런 적이 있었으니까. 맨해튼에서 컵케이크가게를 하는 리자이나와 올리가 강변에 고급 아파트를 소유하고 있었고 헬레에게도 그 아파트 열쇠가 있었다. 어쩌면 그녀는 그들의 고양이를 대신 돌봐주고 있는데 비트에게 말하는 걸 깜빡했을지도 모른다. 아니면 교외에 사는 진시에게 간 걸지도 모른다. 진시는 얼마 전에 쌍둥이를 출산했으니까. 그리고 비트에게 말하는 걸 깜빡한 것이다. 그는 이 생각들 너머에 있는 상념까지 밀고 나가고 싶지는 않았다. 또다시 이십대의 그녀를 괴롭히던 마약과 그 절망, 발가락 사이의 바늘 자국들을 생각하고 싶지는 않았다.

아파트에 돌아가고 싶지 않아 비트는 그레테를 데리고 어린이 박물관에 가서 하루종일 지냈다. 둘은 밖에서 이른 저녁을 먹었다. 이것이 수동적 공격이라는 걸 비트는 인정할 수 있었다. 그는 헬레가 추운 아파트로 돌아와 그들이 어디 있는지 걱정하길 바랐다. 그가 온종일 두려움과 가슴속의 단단한 응어리를 제대로 억누르지 못했듯 그녀도 그러길 바랐다. 그가 그레테와 집에 돌아왔을 때 밖은 이미 어두워져 있었다. 하지만 아파트 역시 어두웠다.

밤이 되자 걱정은 더욱 커졌다. 그레테가 한 시간 동안 엄마!를 외치다 겨우 잠들었다. 비트는 묵직한 구식 다이얼식 전화기, 결코 휴대전화로 대체하지 않을 그 전화기 앞에 앉아 친구들에게 전화를 걸었다. 아무도 그녀를 보지 못했다고 했다. 그는 가족에게 전화를 했다. 캘리포니아에서 엔지니어로 일하고 있는 에릭은 아직도 직장이라며 투덜댔다. 핸디는 그의 네번째 아내 서니와 저녁식사 중이었고, 시니는 비드에게 핸디가 콘서트 때문에 목소리를 보호하는 중이라며 전할 말을 남기라고 했다. 이건 핸디의 딸 일이라고요! 젠장, 당장 바꿔요. 비트가 고함을 지르자 그녀는 전화를 끊어버렸다. 애스트리드는 테네시의 산파 학교에 있었다. 최근 일주일 동안 헬레의 소식을 들은 사람은 아무도 없었다.

아이크의 번호도 여전히 아주 오래된 그 인조가죽 전화번호부에 남아 있었다. 불쌍한 아이크, 그가 죽은 지 이십 년이 되었다. 누나처럼 그 역시 아름다운 십대로 성장했었고, 그 새로운 성인의 몸을 그는 차별 없이 사용했다. 그를 위해 스웨터를 짜주는 아름다운 노르웨이 여인들에게도, 밤이면 공원의 남자들에게도. 마침내 그가 자신이 아프다는 것을 인정할 무렵엔 그의 몸에 붉은 반점들이 돋아 있었다. 죽음까지는 오래 걸리지 않았다. 차가운 숨결, 폐렴, 병원에서의 일주일. 비트가 꽃을 들고 도착했을 때는 이미 늦은 뒤였다. 침대에는 아이크가 누웠던 자국이 남아 있었고 여전히 따뜻했다. 그 당시 헬레의 가족은 그녀가 어디 있는지, 어떻게 연락을 취해야 할지 몰랐다. 그녀는 알지 못했기에 아이크의 장례식에 오지 못했다. 그녀는 그 사실에 너무나 가슴 아파했고, 그런 일이 있고 나서 이십 년이 지난 후에도 자신의 삶 때문에 수치심에 허우적댈 때면 눈물을 흘리곤 했다.

그는 레이프에게 전화를 했고 그는 차갑게 전화를 받았다. 지금 통화할 수 없어. 편집중이야. 그도 누이에게 연락을 받지 못했다고 했다. 아침까지 기다렸다가 경찰에 실종 신고를 해. 그는 비트에게 경찰에 전화한 뒤 다시 연락하라고 했다. 이를수록 좋을 거야. 뚜뚜뚜.

해나에게 전화를 한 것은 자정 무렵이었다. 해나는 얼마 전부터 에이브와 떨어져 살고 있었다. 그는 해나가 갑자기 분노에 찬 여인이 된 것을, 새로운 해나, 소리지르는 해나로 변한 것을 지켜보며 경악했었다. 해나가 전화를 받자 그는 그녀 뒤의 사막 소리를 들을 수 있었다. 코요테의 울음소리, 벌레들이 웅웅대는 소리, 열기의 벽이 거의 그의 앞에 올라오는 것이 느껴졌고, 탐욕스러운 사와로 선인장들이 눈앞에 선했다. 해나는 그곳 대학에서 역사를 가르치고 있었고, 여전히 에이브에게 몹시 화가 나 있어 에이브의 이름조차 입에 올리지 않았다. 네 아버지, 그것이 그녀가 그를 부르는 말이었다. 나도 헬레한테 전혀 연락을 못 받았어. 그날 밤 그녀는 그렇게 말했다. 네 아버지에게 전화해보렴.

비트는 해나의 편이었지만(늘 해나의 편이었다. 불쌍한 에이브), 어머니의 그토록 깊은 분노에 깜짝 놀랐다. 에이브가 지은 죄를 생각해보았을 때 그녀의 분노가 터무니없어 보였기 때문이다. 비트는 그녀가 얼마나 화가 났을지는 이해할 수 있었다. 에이브가 그들이 평생 저축한 돈을 아르카디아 사탕단풍나무 숲에 집을 짓는 데 몽땅 써버렸기 때문이다. 그는 그렇게 내핍하며 지낸 세월을 모두 허사로 만들고는, 새집이 거의 다 지어질 때가 되어서야 그들이 다시 가난뱅이가 되었다고 말했던 것이다. 게다가 에이브는 공식적으로 불법점유를 하고 있었다. 이제는 레이프의 회사인 에레혼 일루미네이션이 그 옛집을 핸디에게서 임대해 사용하고 있었다. 레이프는 꼭두각시 인형 부리는 일을 하다가 영화업계에 발을 디뎠고, 펠트로 만든 엉덩이에 손을 쑤셔넣는 일에 싫증이 나자 컴퓨터로 만드는 영화 일에 뛰어들었다. 그가 가장 최근에 작업한 것은 스코틀랜드의 오래된 구전 민담인 〈세상 끝의 우물〉을 영화화한 것이었다. 그것은 악몽 같으면서도 충격적일 만큼 아름다웠다. 영화의 배경은 순수한 아르카디아였다. 캘리포니아에 있는 회사의 목장 건물은 알고 보니 너무 작았고, 핸디는 여전히 아르카디아의 소유주였지만 늘 돈이 필요했다. 그래서 레이프가 인수를 한 것이다. 한때 자유민의 것이었던 그곳이 이제는 기업의 소유가 되었다. 신성모독이었다! 그곳을 떠나 흩어져 사는 옛 아르카디아인들이 들고일어났다. 불법점유자들이 하산했다. 머리를 하나로 묶은 남자들과 브리오슈 빵처럼 엉덩이가 부드러워진 여인들이 아주 오래되어 작은 바람에도 옆면이 흔들리는 텐트를 챙겨 내려왔다. 대부분은 바로 집으로 돌아갔지만 네 팀이 남아 집을 지었다. 미지가 사탕단풍나무 숲 기슭을 파고 지열을 이용하는 오두막을 만들었다. 그녀만의 호빗 구멍이었다. 타이터스와 야한 샐리와 그들의 아이들은 나무 위에 집을 지었다. 스콧과 리사는 그들의 무정부주의적 정신을 브룩스 브라더스 스웨터 아래 숨기고 연못이 내려다 보이는 곳에 스페인식 오두막을 지었다. 그리고 늙은 엔지니어 에이브는 그의 모든 것을 그의 집에 쏟아부었다. 그는 석유의 시대가 끝나고 주 에너지가 고갈되면 벌어질 일들을 강박적으로 걱정했고, 그래서 모든 것에 태양에너지를 쓰고 보조 수단으로 풍차까지 준비했다. 우물의 대체물로 빗물 저장 시스템을 마련했고, 나무 난로의 대체물로는 태양열 난방 설비를 준비했다. 재료의 80퍼센트가 폐품이었다. 심지어 단열재는 포트녹스에서 가져온 폐처분된 지폐였다.

헬레가 사라진 후 비트는 밤중에 아버지에게 전화를 걸며 어둡고 외로운 사탕단풍나무 숲을, 노인을 짓누르고 있을 숲을 상상했다. 전화를 받은 에이브가 놀라 어쩔 줄 몰라했다. 뭐가 잘못된 거냐? 비트가 설명하자 아버지는 한동안 침묵을 지켰다. 마침내 그가 말했다. 헬레는 너무 문제가 많았다, 얘야.

지금 헬레한테 문제가 생긴 건 저도 알아요. 비트가 잘라 말했다. 지난 사 년 동안은 괜찮았어요.

에이브는 아무 말도 하지 않았다. 비트는 전화를 쾅 내려놓았다.

절망감에 비트는 울고 싶었다. 쥐소리 같은 것이 들려 고개를 드니 그레테가 개구리 인형을 안고 창백한 얼굴로 문가에 서 있었다. 그레테가 말했다. 잠이 안 와, 엄마가 와야 해.

비트가 말했다. 아빠가 갈까?

그레테가 말했다. 아니. 엄마가 와야 해.

엄마는 산책을 나갔어. 비트는 그렇게 말했다. 아빠가 이야기 하나 해줄까? 그레테는 너무 피곤해서 싫다는 소리도 못했고, 그는 그레테와 함께 앉았다. 그리고 그 첫날밤 이후 그는 매일 밤 그렇게 그레테와 함께 앉아 그레테의 숨결이 안정되며 잠이 들 때를 기다렸고, 밤새도록 이제부터 도대체 어떻게 이 아이를 보호해야 할지 생각에 잠겼다.

그는 디지털 단식에 대한 실비의 글을 세 번 읽고 나서야 내려놓았다. 그녀는 작고 꼼꼼한 글씨로 한 페이지를 다 채웠다. 그녀는 디지털 기기들을 모두 치웠을 때 처음에는 얼마나 허전했는지, 그녀가 잘 알고 있던 생활에서 얼마나 단절감을 느꼈는지 설명했다. 그녀는 만일 아버지가 심장마비라도 일으킨다면, 어느 교수가 중요한 이메일을 보낸다면 등등의 걱정 때문에 살짝 어쩔 줄 몰라 하다 그 불안감을 떨쳐버리기 위해 긴 산책을 나갔다. 귀로 음악을 듣지 않으며 걷는 일이 낯설었다. 도시는 너무 시끄러워 보였고, 도시의 일상적인 소음을 들을 수 있게 된 지금 그녀는 다른 것들도 느낄 수 있었다. 거리에서 파는 프레첼의 냄새며 길바닥 환풍구에서 나오는 증기의 짙은 푸른색 같은 것들. 그녀는 오랫동안 공원에 앉아 비둘기들의 무지갯빛 목을 바라보았다. 그렇게 지저분한 새에게 그렇게 눈부신 빛깔이 있다니, 정말 놀라웠다. 사람들이 빠르게 지나갔고, 그녀는 그들의 민낯을 볼 수 있었다. 그들은 아무도 자신을 쳐다보지 않는 것에 너무 익숙해져서 자신의 얼굴을 적나라하게 내보일 수 있게 된 것 같았다. 그렇게 오랫동안 지켜보고 있다보니 추워졌다. 그녀는 따뜻한 곳을 찾아 극장 필름 포럼에 들어갔다. 1940년대 영화들이 상영되고 있었다. 밝고 추운 날 극장에 가는 것이 낯설었고, 혼자 있는 것이 어색하게 느껴졌고, 이메일이나 문자를 확인하고 싶어 계속 근질근질했다. 하지만 그녀는 엄청나게 큰 팝콘을 사서 그곳에 앉았고, 첫 영화를 보고 난 뒤 굉장한 재미를 느끼기 시작했다. 그녀의 일상에서 휴가를 낸 느낌이었다. 그때 어떤 남자가 옆자리에 앉았다. 그는 잘생겼고, 머리가 희끗희끗했다. 거의 텅 비다시피 한 오래된 극장에는 뭔가 다른 것이 있었다. 벨벳과 금박, 두 손에 닿은 뜨거운 버터, 영화를 보며 엄습하는 감정, 남자의 잘생긴 옆얼굴, 그에게서 풍기는 비누와 면도크림 냄새, 그 모든 것이 아주 매력적으로 다가왔고, 그녀를 긴장시켰다. 그녀는 영화를 보다 말고 옆자리 남자가 그녀에게 손길을 뻗어오길 기다렸다. 그녀가 소리를 지를 것인지, 뛰쳐나갈 것인지, 아니면 그 감각에 푹 빠져들 것인지, 그냥 냉정을 잃을 것인지는 알 수 없었다. 그녀는 그러고 나서 무슨 일이 있었는지는 쓰지 않았다. 다만 그녀는 아직도 무릎이 약간 후들거리는 채로 보호를 요청할 전화도 없이, 오싹하고 차가운 어둠 속을 걸어 집으로 돌아가면서, 사람들이 언제든 누구에게나 연결될 수 있기 이전에는 얼마나 살아 있는 것처럼 느꼈을지를 이해했다. 사람들과 인연을 맺기 위해 얼마나 많은 노력을 기울여야 했을지도 이해했다. 그 시절엔 과거가 더 주관적이었을 거라고 그녀는 상상한다. 어떤 것들이 즉각적으로 온라인에 올라와 모든 사람들이 보게 되는 일은 없었기 때문이다. 미래는 더 멀게 느껴졌을 것이다. 주도면밀하게 계획되어야 했을 테니까. 그것은 현재가 더 치열한 경험이었을 거라는 이야기였다. 그녀가 마지막으로 인생을 그렇게 느꼈던 것은 어린 시절이었고, 그 시절에 대한 추억이 거의 그녀를 집어삼킬 것만 같았다.

실비는 그가 과제를 되돌려줄 때 계속 그를 바라보고 있고, 그녀의 것을 돌려줄 때도 그의 얼굴에서 눈을 떼지 않는다. 그녀가 자리를 뜨면서 말한다. 스톤 교수님? 제 성적 말인데요? 다른 학생들이 쏟아져나가고, 복도에서 그들의 발소리가 들린다. 해방된 그들의 목소리가 계단에서 거리로 나가며 더욱 요란해진다. 그는 자신의 소지품을 챙긴 다음 실비를 위해 문을 열어주고, 둘 다 복도로 나온 후 문을 잠근다.

A⁻야, 실비. 그가 말한다.

알아요, 그녀가 말한다. A를 바랐거든요.

그가 미소를 짓자, 그녀도 상냥하게 미소를 짓는다. 그녀는 밝지만 늘 허기진 얼굴이나. 쓰다듬어주기를 기다리는 강아지 같은 얼굴. 그가 최대한 친절하게 말한다. 실비, A는 완벽하다는 뜻이야. 난 한 번도 완벽한 학생을 보지 못했어. 완벽한 사람은 없으니까.

그는 그렇게 말하면서도 묘한 흥분을, 날카로움을 느끼며, 그가 틀렸다고 증명해줄 누군가를 발견할 수 있기를 자신이 얼마나 고대하는지 깨닫는다.

글쎄요. 실비가 문을 밀고 밀려오는 냉기 속으로 나가며 말한다. 햇빛 속에서 그녀 얼굴의 검은 점들이 더 짙어 보이고, 피부는 더 투명해 보인다. 관자놀이에선 파란 핏줄이 보인다. 그녀가 한 발로 다른 발을 비비며 아주 어색한 각도로 서 있다. 그녀의 시선이 다른 곳으로 향했다가 다시 그의 턱에 꽂힌다. 제게 기회를 주세요.

그녀가 빠르고, 낮게 말한다.

여러 층위의 의미를 갖고 있는 말. 그는 손을 흔들고 자리를 뜬다. 세 블록을 간 후에야 그 자리에서 했어야 할 말이 불쑥 떠오른다. 이렇게 말했어야 했다고, 지금에야 깨닫는다. 기회는 내가 주는 게 아니야.

몇 학기에 한 번씩 이런 일이 생긴다. 그가 옆에 서 있으면 얼굴을 붉히는 수줍은 소녀, 암시를 담은 촉촉한 눈의 자신만만한 소녀. 헬레는 비트가 작고 부드럽고 관심을 뿜어내기 때문이라고 말하곤 했다. 아이들은 너를 보고 남편을 보는 거야. 그녀는 그렇게 말하며 웃음을 터뜨렸다.

나는 내가 불가항력적일 정도로 섹시해서 그렇다고 늘 생각했는데. 비트가 말했다.

아, 너 섹시해. 그녀가 말했다. 하지만 남들보다 바닥에 더 가깝고, 그래서 더 겸손해. 그래서 위협적이지 않은 거야.

비트에게는 그 말이 아프게 와닿았다. 결국 그가 물었다. 그게 너한테 보이는 내 모습이야?

헬레가 가까이 다가오더니 이마를 그의 이마에 댔는데 눈이 웃고 있었다. 나는 내 가장 친한 친구를 보고 있어. 그녀가 말했다. 그땐 그것으로도 충분했다.

그는 학교에서 암실을 청소하며 그의 꿈은 어디로 간 것인지 생각해본다. 그리 큰 꿈도 아니었다. 짊어지고 가기에 그리 무거운 꿈도 아니었다. 아르카디아에서 받은 유산 하나는 그가 추구하는 행복이 세상의 행복과 일치하지 않는다는 것이었다. 그의 야망이란 그저 안전, 안정, 음식과 쉴 곳과 돈이 넉넉한 생활, 책과 사랑, 예술을 통해 진실을 추구할 수 있는 사치, 그 정도였다. 더 깊이 바라보는, 공감으로 곧장 이어지는 길을 찾는 사치. 그것은 충분히 얻을 수 있는 것들로 보였다. 도시에서, 재능 있는 수많은 예술가들이 있는 곳에서 그의 조용하고 느린 추구는 야망 없음의 한 형태로 간주되었다. 그리고 그나마 그것조차 헬레가 떠난 후엔 사라졌다.

일종의 분노를 느끼며 그는 현상된 사진 하나—필요한 크롭의 종류를 알기 위한 테스트 현상—를 잡고는 뒷면에 써내려간다. 자신이 바라야 마땅한 단독 전시회, 연구비, 수상 실적, 자신이 구애해야 옳은 갤러리들, 그가 불러야 할 가격 등을 적어내려간다. 그는 새로운 초상화 세트를 상상한다. 너무나 크게 확대되어 전체가 이런 모공, 이런 자세 같은 세부적인 것들에 의해 삼켜진 그런 사진들을. 그는 내년에 그 모든 것을 다 얻기 위해 필요한 단계별 계획을 쓴 다음, 강력한 힘이 생긴 것처럼 느끼며 암실을 잠근다.

하지만 그 종이가, 종이에 쓰인 천박한 낙서가 그를 부끄럽게 한다. 건물을 나서면서 그는 그 종이를 접고, 접고 또 접어 지갑에 쑤셔넣는다. 종이는 하루종일 낯설고 불쾌한 짐처럼 지갑 안에 머문다. 종이는 그날 밤 마치 그가 이미 알고 있는 것을 그에게 이야기하듯 주머니에서 떨어졌고, 그는 결국 그것을 휴지통에 던지며 안도감을 느낀다.

그의 여인들이 전화를 한다. 해나가 사막에서 매일 전화를 한다.

몇 주마다 푸, 메릴린, 미지, 이든, 리자이나, 스위티가 전화를 한다. 일주일에 한 번 애스트리드가 새로운 소식을 갈망하며 전화한다. 그는 늘 똑같이 말한다. 경찰에서도, 사립탐정에게서도 아무런 이야기를 못 들었다고. 탐정은 족제비 같은 인상에 숱 많은 콧수염을 기르고 있었는데, 에르퀼 푸아로*의 수염이 웃자란 것 같아 보였다. 너무나 전형적인 탐정의 인상 때문에 비트는 탐정을 만났을 때 되레 편안함을 느꼈다. 하지만 점점 이런 의심이 들기 시작했다. 탐정이 비트로서는 감당하기 힘든 주당 천 달러를 받아가면서도 아무 일도 하지 않고 있다는 의심이. 전화로 듣는 애스트리드의 목소리는 언제나 조금 갈라진다.

오늘, 그녀가 말한다. 아, 내 불쌍한 딸. 그 아이가 죽었다, 난 느낄 수 있어.

비트의 안에서 분노의 불길이 솟구친다. 애스트리드. 헬레는 저기 어딘가에 있어요. 난 그녀가 아직 살아 있다고 믿어요.

숨소리가 들린다. 들이쉬며 동의하기. 그래, 그녀가 천천히 말한다. 그렇게 믿고 있어라. 우리 중 한 사람은 반드시 그래야지.

그러고 나서 바로 진시한테서 전화가 온다. 쌍둥이가 그녀 뒤에서 소리를 질러대고 있다. 작년에 육 개월 동안 진시는 비트에게 말도 하지 않았었다. 진시가 비트와 헬레에게 저녁을 사겠다고 초대했고, 푸아그라 거위 먹이듯 그들에게 음식을 잔뜩 먹인 후 초조하게 머리카락을 자꾸 만지작거려 결국 그녀의 그 지독한 곱슬머리가 뱅뱅 꼬였다. 마침내 헬레가 포크를 내려놓으며 말했다. 자,

* 애거사 크리스티 소설에 등장하는 콧수염을 기른 탐정.

진시, 왜 이러는 건지 말해봐. 그러자 진시가 비트를 보며 불쑥 말했다. 자기는 벌써 마흔 둘이라고, 늘 아기는 갖고 싶지 않다고 생각했었는데 이제 아기를 갖고 싶다고, 그것도 아주 간절히. 그래서 헬레와 비트가 정자 기증에 동의해줬으면 좋겠다고. 맙소사, 그녀가 실제로 그렇게 말했다. 그녀는 그들을 불쾌하게 하려는 것은 아니라고 했다. 고려해보기는 할 거지? 그래서 그들은 생각해보겠다고 말했고, 침착하게 집으로 돌아왔다. 비트는 그날 밤 헬레가 어둠 속에서 옷을 벗고 있는 모습을, 어깨에서 검은 드레스를 천천히 벗어내리는 모습을 바라보았다. 벗은 어깨가 흔들리기 시작했다. 그는 그녀를 위로하기 위해 다가갔지만 그녀는 그냥 웃고만 있었다. 웃음이 멎자 그녀가 말했다. 해줘. 좋은 일이잖아. 게다가 어쨌든 다들 네가 진시와 결혼했어야 한다는 걸 알고. 그랬으면 너도 더 행복했을 거야. 그녀는 힘없이 웃더니 이불을 잡아당겨 덮고 잠들었다. 그래서 비트는 가슴이 아팠지만 진시에게 안 된다고 말했다. 자식을 하나만 두기에도 무서운 세상이라고 이유를 댔다. 하지만 그는 질투하는 걸 꿋꿋하게 거부하는 헬레 때문에 자신이 거절했다는 걸 안다. 진시는 쌍둥이를 임신했을 때 작약 한 다발과 초콜릿 케이크를 들고 집으로 찾아왔다. 다 지난 일이야. 진시는 그렇게 말했고 그걸로 끝이었다.

그가 통화를 마친 후 전화기를 내려놓고 다시 그레테 방의 벽화로 돌아가려던 참이었는데—그는 게이트하우스에 거인 타이터스를 그리던 중이었다—그때 전화가 울렸다. 해나였다.

아무 소식 없니?

네. 그는 어머니를 상상한다. 그녀는 살이 많이 빠졌다. 야외 스포츠를 좋아해 하루종일 하이킹을 하는, 아름다운 다리에 머리에는 햇살이 가득한, 그 구릿빛 피부의 마른 여자들 같은 모습이다. 하지만 그녀의 목소리는 점점 어두워지고 있다. 비트가 말한다. 괜찮아요, 해나?

그럭저럭. 그녀가 말한다. 외로운 것 같아. 술을 너무 많이 마셔.

이제 그는 그녀의 탁한 쉰 목소리에서 버번의 소리를 듣는다. 참으로 실망스러운 일이다, 사람들이 그럴 거라 우려한 모습으로 무너진다는 것은. 하지만 생각해보면 오늘밤 그의 와인병도 이미 비어 있다. 그가 말한다. 저도요.

그들은 의지가 되는 다정한 침묵 속에 함께 앉아 있다. 아래 거리에서 쓰레기수거 트럭이 시끄럽게 지나가자 비트가 말한다. 해나, 그저 자존심 때문에 외롭게 지내는 게 가치 있는 일이에요? 해나한테는 선택의 여지가 있어서 하는 말이에요.

그저, 해나가 말을 곱씹는다. 그저 내 자존심 때문이라.

음. 비트가 말한다. 그래서 에이브에게 말을 하지 않는 거잖아요.

무슨. 자존심 말고도 더한 이유들이 있단다.

다른 게 더 있다고요? 비트는 아주 간단한 문제라고 단정했었다. 사람들 사이를 갈라놓는 보편적인 쐐기, 돈 문제일 거라고. 그에게는 그 이상을 상상할 기운도 없었다.

늘 더 있기 마련 아니니? 해나가 말한다. 비트는 그 문제가 무엇이든 에이브에 대한 그녀의 신의가 아직은 너무 강해 말하지 않는 것이라 이해한다.

그녀가 그리워요. 마침내 그가 말한다.

아, 얘야. 해나가 말한다. 나도 네 아버지가, 휠체어에 앉은 그

망할 늙은이가 그립단다.

샤론이 문을 여는데, 눈은 벌겋고 갈색머리는 버섯처럼 부풀어 있다. 그레테와 프랭키가 서로의 목을 끌어안는다. 비트가 말한다. 잘 못 잤어요? 그러자 샤론이 어깨를 으쓱하며 말한다. 평소보다 더요. 어제 ㅇ-ㅣ-ㅎ-ㅗ-ㄴ 서류를 받았거든요.

유감이네요. 비트가 말한다. 하지만 그는 콕콕 찌르는 듯 느껴지는 부러움을 억눌러야 한다. 적어도 샤론의 비탄에는 종지부가 찍힌 것이다.

어제는 어딜 가도 사방에 소녀 헬레가 있었다. 아파트 벽의 사진들에도, 대학 카페에서 그에게 차를 주던 바리스타의 가녀린 팔목에도, 치과 탁자 위 잡지에도. 할리우드의 젊은 신인 여배우들도 예전의 헬레 같은 모습이 되고 싶어하는 것 같다. 옷을 여러 겹 겹쳐 입었는데도 마른 몸, 깨끗하고 하얀 얼굴, 모호한 표정. 그가 이십오 년 동안 품고 다닌 헬레라는 모습이 마치 밖으로, 세상 속으로, 만개해 나온 것 같다.

비트는 열네 살 때 아르카디아에서 거친 바깥세계로의 이행에서 간신히 살아남았다. 그는 외로웠다. 흉물스러운 도시의 나무들, 비둘기, 벽에 휘갈겨진 오줌 자국들. 아는 사람은 아무도 없었고, 그는 몇 시간이고 걸으며 시간을 보냈다. 퀸스의 거리들은 굽어지고 좁아지면서 또다른 거리들로 이어졌다. 공원들은 시골에 비하면 조롱거리에 불과했다. 그는 자신이 껍데기 없는 연약한 속살처럼 느껴졌다. 그를 덮어주고 있던 이야기들의 날실이, 그의 개인적인 신화가 보이지 않았기 때문에 아무도 그를 알지 못했다. 아무도 그가 기적의 아기였다는 것을, 꼬마 히피 비트, 에이브와 해나의 아들이라는 것을 알지 못했다. 아무도 에이브의 추락과 해나의 전설적인 힘과 눈 내리던 밤 베르다와 그가 만났던 전설 같은 이야기를 알지 못했다. 그들은 아기 펠리페가 남긴 트라우마를, 쏟살 영감을, 무릉도원의 날을 알지 못했다. 그들은 전혀 아무것도 알지 못했다. 그들은 그의 왜소한 몸을 한 번 쓱 보고는 그를 중학교 2학년에 넣으려고 했다. 그가 미적분, 역사, 생물 실력을 보이자 그들은 마지못해 그가 들어가야 할 학년보다 두 학년이 높은 고등학교 3학년*에 넣어주었다. 거기서 그는 그냥 그렇게, 위태롭게 있었다. 다른 아이들을 이해하기 어려웠다. 아이들은 주먹질을 하며 싸웠고, 껌을 씹었고, 스포츠 경기를 작은 전쟁 치르듯 살벌하게 했다. 그들은 잔인했다. 히피를 경멸조로 히피 디피라 부르듯 비트를 비트 디피라 불렀고, 냄새나는 엉덩이라 불렀다. 처음에는 그가 물을 자유로이 쓸 수 있고 비누가 널렸는데도 차마 일주일에 두 번 이상 목욕을 하지 못했기 때문이다. 학교에서 집으로 오면 그는 마치 납한 자루를 끌고 다녔던 것 같은 느낌을 받았다.

처음에는 좋다고 생각했던 것들에서도 곧 공허함을 느꼈다. 치즈두들, 땅콩버터, 탄산음료, 레드핫 캔디는 질릴 때까지 먹었다. 슈퍼마켓이나 학교에서 사용하는 깜박거리는 전구 아래 있으려니 눈을 깜박이는 것도 노동처럼 느껴졌다. 거리엔 개들로 가득했는데, 착하고 평화로운 동물이라 늘 상상했던 그 개들이 목이 졸린 채 목

* 미국의 고등학교는 4년제인 경우가 많다.

줄에 매여 있었고, 콘크리트 위에 싸놓은 개똥은 그대로 썩어갔다. 여름이 한풀 꺾이며 가을로 접어들었지만, 좀더 부드러워진 햇빛, 추위의 전조 외에는 계절조차 온전히 자기 모습대로 오지 않았다. 황금빛도, 활활 타는 불도, 나무를 때면서 피어오르는 연기도 없었다. 거리는 갈수록 슬퍼지다 더러운 얼음옷을 입었다. 최악은 인간들이었다. 사람들의 행동에는 배려라는 것이 없었다. 하루는 길모퉁이에서 파이프가 터졌는데 오렌지색 옷을 입은 남자들이 콘크리트 위를 대충 때우고 갔고, 일주일도 지나지 않아 파이프는 다시 터졌다. 사람들은 다른 사람들 앞에서 말다툼을 했고 야만적인 얼굴을 드러냈다. 모두 창백하고, 퉁퉁하고, 건강해 보이지 않았다. 처음에 그는 모든 사람이 그렇게 상스러운 것에, 뚱뚱한 것에 경이로워하다 어느 날 문득 아르카디아 사람들이 그렇게 갈색으로 피부가 타고 야윈 것이 정상은 아니었다는 생각이 들었다. 셔츠 위로 친구의 갈비뼈가 보이는 것이, 남자든 여자든 똑같이 상체를 드러내고 햇볕 아래서 몸을 빛내며 하루종일 일하는 것이 정상은 아니었던 것이다. 밤에 벽을 통해 들리는 목소리들도 텔레비전에 나오는 억양들처럼 이미 녹음된 것이거나, 화가 난 이웃의 고성이었다. 부드러운 노래도, 자장가도 없었다. 그는 복도에서 주먹으로 자신의 아기를 때리는 어머니도 보았다.

심지어 아파트 내부조차 모든 것이 암울했다. 회색 리놀륨, 비영리단체 굿윌에서 산 중고 가구들. 그의 부모는 얼굴에 페인트처럼 두꺼운 비탄이 깔린 채로 돌아다녔다. 그들 사이에서 침묵은 갈수록 커져갔고 젖은 스펀지의 밀도처럼 견고한 것이 되었다. 해나는 긴 두 손으로 찻잔을 감싸쥔 채 창가에 서 있었고, 차는 차갑게 식었다. 그녀의 눈은 겨울이 담겨 축 늘어져 있었다. 그녀가 사무직으로 일하고 있는 사회보장서비스 진료소에서 집으로 돌아오면 그들은 말없이 저녁을 먹었다. 그들은 육층에 살았는데, 엘리베이터가 없어서 에이브는 해나와 비트 없이는 혼자 거리로 내려갈 수 없었다. 그래서 그는 온종일 복지 당국에서 사준 새 휠체어에 앉아 아파트 안을 맴돌았다. 돌고 돌고 또 돌았고, 천 번은 그렇게 맴돌았다. 휠체어 바퀴에 눌려 카펫 올이 뜯겨나갔다.

비트가 바깥세상에서 가장 싫어했던 것은, 욕지기를 느낄 정도로 비이성적으로 증오했던 것은, 집에서 조금 떨어진 애완동물가게에 있던 금붕어와 유리를 따라 끝없이 지루하게 미끄러지듯 오가는 금붕어의 움직임이었다. 등굣길에 그 가게 앞을 지나갈 때면 도로를 건너 반대편으로 갔다. 그는 자신이 두려웠다. 그가 얼마나 그 창문을 주먹으로 때려부수고 싶어하는지, 그리고 피가 흐르는 두 손에 그 금붕어를 담아 들고 강으로 달려가고 싶어하는지 알고 있었기 때문이다. 거기서 그는 수면 아래 물고기를 담그고 지독하게 차가운 물 속으로 풀어줄 것이다. 어쩌면 금붕어는 어둠 속에서 갑자기 나타난 쩍 벌어진 삐죽삐죽한 입에 순식간에 삼켜질지도 모른다. 그래도 최소한 그 순간만큼은 살아 있다는 달콤함을, 아직 자신의 죽어가는 몸으로 더럽히지 않은 물을 느낄 수 있을 것이다.

아르카디아의 친구들은 다 흩어졌고, 그는 그들이 어디 있는지 찾을 수 없었다. 바깥세상 친구들을 사귈 생각은 없었다. 그는 학교에서 공부를 완벽하게 해냈기 때문에 어른들은 그를 건드리지 않았다. 해나와 에이브는 그에게 이런저런 잔소리를 했지만, 그는 고개를 끄덕이고는 등을 돌렸다. 그는 더 늦은 시간에 잠들어 더 오래 잠을 잤고, 잠을 자고 있지 않을 때는 화장실에 문을 잠그고 들어가 있었다. 그는 사진용품점에서 빨간 전구 하나를 훔쳤고, 해나의 돈을 슬쩍해 화학약품들을 샀다. 세상이 하얀 종이 위에 떠오르는 것을 지켜보며 그는 급조해 만든 암실의 어스름 속에서만 예전의 자신이 살아 움직이는 것을 느꼈다. 그는 그 세상을 통제할 수 있었다. 그는 그의 두 손 사이에 들어올 수 있는 작은 창문들을 창조해낼 수 있었고, 그것들을 자세히 살펴본 끝에 이해하기 시작했다.

아르카디아에서 나왔던 첫해의 봄이 여름으로 바뀌었다. 방학이 되자 그는 자리에서 전혀 일어나지 않았다. 먹는 것도 거부했다. 10킬로그램이 빠졌다. 그가 더이상 말을 하지 않자, 전에도 그런 모습을 본 적이 있었던 그의 부모는 그를 데리고 도움을 청하러 갔다.

음울한 복도, 비트의 손을 잡았던 여자 의사, 젤리와 과일 통조림, 둥그렇게 둘러앉아 이야기를 함으로써 내면에 있던 악마를 허공으로 몰아내던 슬픈 사람들, 일종의 영적 추출. 안개의 시간, 죄책감에 사로잡혀 창가에서 울던 해나, 자기가 이 슬픔을 비트에게 안겨주었다고, 모든 것이 자신의 잘못이라고 의사에게 고백하던 그녀. 그는 멀리 떨어진 것을 보듯이 그렇게 바라봤었다. 그녀는 매일 면회를 왔고, 그의 손톱을 잘라주고 머리를 빗기고는 그를 아기처럼 무릎에 앉히고 이야기를 들려주었다. 아침마다 그는 약을 한 알 삼켰고, 그 화학 성분은 몸안에 서서히 자리를 잡고 쌓이면서 초전도체가 되어 그에게서 자성이 있는 가시들을 하나씩 하나씩 뽑아냈다. 마침내 약은 그의 슬픔과 세상 사이에 차단벽을 세웠다. 그는 그후로 매일 같은 알약을 삼키고 있다. 그 약을 먹지 않으면, 그 화학 성분이 뇌의 어둠에서 썰물 빠지듯 빠져나가면 어떤 일이 벌어질지 두렵다. 약을 복용하는 중에도 오랫동안 나쁜 상태에 빠져든 적이 있었다. 대학원 시절, 불안이 그를 통째로 삼켰고, 그는 한 달 동안 아파트에서 나오지 않았다. 테러리스트가 뉴욕을 공격한 후에도 그랬다. 헬레가 떠난 후 처음 몇 달 동안 조용히 악화되었고 사실 이 마지막 침체기에서 그는 아직 빠져나오지 못하고 있었다.

첫번째 우울기가 지나간 후에 그는 학교로 돌아갔고, 계속 다니면서 졸업도 하고 순조롭게 대학에 진학했다. 코넬 대학 2학년 때, 그는 스미스 대학에 다니던 진시를 만나러 갔다가 헬레가 노르웨이에서 돌아왔다는 이야기를 들었다. 진시는 그 모든 연결 고리의 가운데 매듭이었고, 사람들을 찾아내 그들과 계속 연락을 하며 지냈다. 처음 만나고 나서 몇 년이 지났을 때 헬레가 모델 일을 하고 있다고 말해준 것도 진시였다. 헬레는 주로 JC페니 백화점 카탈로그나 광고물 같은 작은 일거리를 하고 있다고 했다. 그후 헬레는 로스앤젤레스로 갔다. 그러고 나서는 샌프란시스코로 갔다. 그러고 나서는 마약중독치료소에 있었다. 콜은 다시 비트의 가장 친한 친구가 되었다. 그들은 스물네 살 때 두 사람이 각기 살고 있던 곳에서 두 블록 떨어진 식료품가게에서 우연히 만났다. 이제 콜이 이야기를 들려주었다. 헬레는 결혼을 했다. 그 결혼은 무효가 되었다. 그녀는 마이애미에 있었다. 그러고 나서 오랫동안 아무도 그녀가 어디 있는지 몰랐다.

갑자기 비트는 서른다섯 살이 되었다. 그는 종종 생각한다, 세월은 그렇게 가는 거라고. 그는 가난에, 갤러리의 관심을 끌기 위한 경쟁에, 충분한 성취감을 주지 못하는 몇 되지 않는 단독 전시회에 지쳐가고 있었다. 그는 순수예술 석사 과정에 들어갔고 대학의 조교수가 되었다.

그리고 이슬비가 내리던 어느 봄날 콜이 비트에게 전화해 헬레가 뉴욕에 올 거라고 말했다. 헬레는 스위티와 함께 지낼 예정이었다. 스위티는 부자와 결혼해 센트럴파크 옆에 엄청나게 큰 아파트를 소유하고 있었다. 스위티는 아들들을 저녁식사에 초대했지만, 콜과 딜런은 서로를 무척 싫어했다. 딜런이 편집자로 몇 년 일하고 나서 극우 성향의 케이블방송 뉴스에 해설가로 들어갔기 때문이다.

자유주의와 히피에 대한 모든 것을 비이성적으로 증오하는 젊고 잘생기고 나비넥타이를 맨 흑인 남자지, 라고 콜이 전화로 말했다. 그 아이는 신보수주의 몽정이야.

맙소사. 비트는 그렇게 말했지만 그의 생각은 온통 헬레에게 가 있었다. 헬레, 헬레, 헬레, 연약한 하얀 얼굴의 소녀, 그녀의 코에서 반짝이던 피어싱.

콜은 웃고 있었다. 그가 말했다. 스위티는 늘 이렇게 말해. 신께 맹세컨대 얘들아, 난 너희들 이름을 제대로 지었단다. 콜 블랙과 딜런 화이트로. 하지만 어찌된 일인지 운명은 너희를 엉뚱한 염색물에 담갔구나. 물론 스위티가 그렇게 말하면 딜런은 소리를 질렀지. 인종차별주의자! 그런데 갠 자기가 편리할 때만 그 말을 쓴다니까. 어쨌든 내 말은 너도 저녁식사 때 오라는 거야. 그래야 우리 사이에서 평화가 유지되지. 넌 누구에게도 싫은 소리를 안 하잖아.

비트는 헬레를 다시 볼 수만 있다면 오른팔이라도 내어주었을 것이다. 하지만 그날 밤은 전시회를 시작하는 첫날이었다. 화학적 사행시. 갤러리는 그 전시회의 명칭을 그렇게 지었다. 야생화의 생식기관들을 거대하게 근접 촬영한 여자도 있었고, 이중노출 사진들을 가져와 건물들 그림자 속에서 자신의 유령을 발견한 남자도 있었다. 발가벗은 어린아이들을 모델로 야만스러운 풍경을 연출한 여자도 있었다. 비트는 대형 인물 사진들을 걸었다.

문제도 아니네. 콜이 말했다. 그럼 다 같이 먼저 전시회에 갔다가 스위티한테 가자.

하지만 비트는 그날 밤 스위티 집에 가지 못했다. 두 형제는 주차 때문에 말다툼을 했고, 헬레는 포기해버렸다. 그녀는 차문을 열고 차도에 내리더니 그들을 버려두고 안으로 들어갔다. 그녀는 숏커트로 짧게 자른 머리를 흔들어 빗물을 털어냈다. 귀걸이가 쨍그랑 흔들렸다. 멀리서 보아도 비트는 그녀의 삶이 고단했다는 걸 알 수 있었다. 그녀의 처진 피부와 짙게 칠한 눈썹을 보고 그는 마음이 아팠다. 그녀는 헝클어지고 우울한 상태였지만, 늘 그랬던 것처럼 그녀가 걸어가면 사람들이 고개를 돌려 보게 하는 뭔가가 있었다. 그는 숨죽이고 그녀를 바라보았다. 그때 그녀가 와인을 들고 구석에 있는 그를 보았고, 그녀의 거짓 미소를 지우며 아주 빠른 걸음으로 그에게 곧장 다가왔다. 그녀가 그의 어깨 위로 쓰러졌고, 그녀의 피부 깊숙이 풍기는 그 냄새는 오렌지와 클로버 향수 냄새 속에서도 여전히 같았다. 그의 품에 안긴 그녀의 몸도 같았고, 그녀를 향한 그의 몸의 움직임도 같았다. 갤러리의 세련된 불빛 속에서 세월이 벗겨져나가며 그 모든 옛이야기들이 다시 그들 사이에서 전깃줄처럼 팽팽하게 윙윙거렸다.

나를 집으로 데려가줘. 그녀가 그의 목에 대고 말했다. 그래서 그는 그녀를 데리고 어두운 밤으로 뛰어나왔다. 폭스 형제가 주차를 하기도 전에, 그들이 갤러리에 들어와 그날 밤 비트가 걸어놓은 몇십 장의 아르카디아 인물 사진들 사이에서 바깥세상의 잘생긴 성인이 된 그들의 얼굴이 아프도록 부드럽고 숨김없는 아르카디아 시절의 얼굴과 나란히 걸린 모습을, 단단한 껍데기에 싸인 얼굴과 껍데기가 없는 얼굴이 나란히 놓인 모습을 보기도 전에. 그들이 가장 감동적이라 느낀 것은 그 액자들 사이의 텅 빈 공간이었다고, 그때와 지금 사이에 보이지 않게 일어난 그 간극이었다고, 그들은 나중에 비트에게 말해주었다.

지독하게 추운 11월의 어느 아침, 비트는 유니언스퀘어에서 시위하는 사람들 사이를 걸어 지나가고 있다. 너무 추워서 불알이 쪼그라들어 없어지겠네, 그는 그런 생각을 하며 대학 졸업 후 프랑스에서 보낸 배고픈 시절을 떠올린다. 위대한 사진가들이 흩뿌려놓은 통찰력의 작은 부스러기라도 건지기 위해 그 주변에 있고 싶었던 비트는 지구 반 바퀴를 돌아 프랑스에 갔었다. 비트는 무엇이든 할 준비가 되어 있었다. 아틀리에를 청소하고, 사진작가가 애인과 함께 있을 때 그의 아내에게 알리바이를 만들어주고, 밀착 인화지를 인화하고, 혼자 확대를 했다. 그는 추위에 떨었고 배가 고팠고 지독하게 가난했다. 그는 쇼윈도에 비친 자신을 보고 그 작고 여윈 부랑아 같은 모습에 깜짝 놀랐다. 빅토르 위고의 소설*에 나오는,

* 『레미제라블』을 말한다.

쇠로 만든 코끼리 동상 속에서 살며 밤마다 쥐에게 물어뜯기는 가브로슈 같은 모습이었다. 그가 시장에서 싸게 살 수 있는 멍든 과일이 있는지 뒤지고 있을 때 뻐드렁니에 농부처럼 통통한 늙은 여인이 손짓으로 그를 불렀다. 몽 포브르.* 사랑이 가득한 눈으로 노인이 그렇게 말했다. 누군가의 어머니인 사람이었다. 노인은 비트의 손을 오므리게 하더니 그 안에 아름다운 보랏빛 무화과를 가득 담았다. 무화과에는 고운 성에가 끼어 있었다. 쿠유 뒤 파프.** 노인이 그렇게 말하며 눈을 찡긋했고, 지금 그는 그 말을 떠올리며 씩 웃는다. 작고, 차갑고, 보랏빛인 교황의 불알.

그는 자신이 그 생각을 하며 여전히 미소를 짓고 있다는 걸 안다. 시위하는 사람들이 그를 보고 미소를 짓고 있기 때문이다. 그들은 얼굴을 흰색으로 칠하고 흰색 가운을 입고 있다. 그는 사진을 한 장 찍고, 그런 다음 열 장을 찍는다. 그는 발그레한 볼 같은 색깔의 종이에 인쇄된 그들의 전단지 한 장을 읽어본다. 그들은 테러리스트의 연옥인 관타나모에 반대하는 시위를 하고 있다. 그들은 고문과 적법한 절차의 배제에 대해 항의하고 있다. 그렇지. 그는 그들 편이다.

하지만 그의 눈길이 한 문장에 이르렀을 때, 하얀 번개가 번쩍이며 그를 관통한다. 유령 수감자. 익명으로 수감된 사람으로, 그들의 가족은 무슨 일이 일어났는지 알지 못한다.

잠시 그의 안에서 날갯짓하는 것은 안도감이다. 헬레가 간 곳은

---

* '가난한 아이야'라는 뜻의 프랑스어.

** 교황의 불알, 즉 필요하지 않은 것이라는 뜻의 프랑스어.

바로 여기다. 그는 걷잡을 수 없이 생각에 빠져든다. 오해가 있었던 거다. 헬레가 사람들 앞에서 뭔가 바보 같은 말을 한 거다. 그녀는 파티에서 늘 그러지 않았던가. 맙소사, 내가 불치병에 걸렸다면 몸에 폭탄을 감고 딕과 부시를 한 방에 날려버릴 거야. 또는 파괴된 시장에서 흐느끼며 울부짖는 여인들을 텔레비전으로 보며 이렇게 말했었다. 쌍, 도대체 그 가난한 나라들에 우리가 무슨 짓을 저지르고 있는 거야. 그러니 저들이 우리를 모두 죽이고 싶어하는 것도 이상할 게 없지. 누군가가 헬레를 신고한 것이고, 수사가 개시된 것이다. 그의 눈앞에 그녀가 산책을 하러 아파트에서 나가는 것이, 밴 한 대가 서며 마댓자루가 그녀 머리에 씌워지고 그녀를 삼키는 광경이 떠오른다. 그녀는 오렌지색 죄수복을 입고 스테인리스 테이블 앞에 앉아 있고, 연방 수사관은 그녀가 얼마나 악의 없는 사람인지, 얼마나 망가졌는지, 그레테가 얼마나 그녀를 필요로 하는지 알지 못한다.

비트는 그 전단지를 쓰레기통에 버린다. 그가 휘청인다. 그는 앉아야 한다. 잠시 그는 헬레가 국가의 적이라는 생각에, 그녀가 납치되어 노예로 팔려가거나 강간을 당하고 살해된 것이 아니라는 생각에 안도했다. 그녀가 다시 마약에 손을 대, 어느 지저분한 모텔에서 팔을 고무줄로 묶고 정맥에 바늘을 꽂은 채 정신을 잃은 것은 아니라는 생각에 마음을 놓았다. 그런 끔찍한 가능성보다 더 나쁜 것은 그녀가 건강한 몸과 멀쩡한 정신으로 그를 떠나버렸다는 생각이다. 그리고 그를 가장 가슴 아프게 하는 것은 잠시 보았던 그 평화의 빛이다. 그는 그녀가 더는 그들을 사랑하지 않기로 했다고 상상하느니 차라리 아내가 비밀 감옥에서 고문당하는 것을 상상하는 편이 낫겠다고 생각했던 것이다.

아침 시간 학교 앞, 비트는 다른 부모들이 모두 떠난 뒤에도 그레테를 바라보며 서 있다. 학교 직원의 얼굴이 창문처럼 환하고, 그 위로 갈색 머리카락이 처마처럼 내려와 있다. 그녀가 그의 팔을 잡고 부드럽게 복도로 내보낸다. 그는 눈을 깜박인다. 멀리 아이들의 목소리가 들려오고 그들의 따뜻한 몸 냄새가 풍겨오고, 햇살이 쏟아져들어오는 복도는 꿀빛으로 물들어 있다. 그러나 뭔가 서늘한 것이 그의 목덜미를 붙잡고 그를 놔주지 않아 그는 움직일 수가 없다.

봐, 그가 자신에게 명령한다. 잘 보라고. 바닥 한가운데에 종이 한 장이 떨어져 있다. 그는 그 종이가 지독하게 낯설어 보일 때까지 한참을 들여다본다. 여러 번 접었던 자국들이 있고 한쪽 귀퉁이는 찢겨나가고 없다. 종이에는 피부처럼 모공도 있고, 연필로 가볍게 갈겨쓴 글씨도 있고, 보이지 않는 미세한 바람에 아주 잔잔히 흔들리는 모서리도, 그렇게 흔들리고 흔들리며 아래로 드리워진 조그만 그림자도 있다. 창으로 들어오는 빛이 그 백색 위에서 모이고, 종이는 단지 눈길을 받았다는 이유만으로도 다른 모든 물건을 넘어서는 힘을 가지게 된다.

그는 어렸을 때 만들곤 하던 아름다운 것들의 목록을, 슬픔에 빠져 침대에 누운 어머니를 일어나게 하려고 그 긴 내용을 조용히 읽어주던 일을 떠올린다. 그는 다시 그 목록을 만든다. 지하철 타일 벽에 비치는 늦은 오후의 햇살 한 조각, 바람에 하얗게 배를 부풀린 비닐봉지들이 잔뜩 걸려 있는 바깥의 나무, 오늘 아침 그레테가 손에 쥐고 있던 조그만 숟가락, 그레테의 숨결에서 풍기던 애완용

모래쥐의 냄새, 놀이터에서 뛰어가며 그에게서 멀어지는 그레테, 점점 작아져 콩깍지만해졌다가 얼룩이 되고 점 하나가 되는 그레테. 다시, 또다시, 좋은 것들은 모두 숨막힐 정도로 사랑스러운 그의 그레테에게로 돌아온다. 그레테가 마법을 풀어준다. 그는 이제 다시 움직일 수 있다.

해나가 추수감사절을 함께 보내려고 비행기를 타고 온다. 에이브 역시 올 것이다. 타이터스가 추수감사절 당일 아침에 그를 태우고 내려오기로 했다. 에이브 이야기는 비밀이다. 비트는 아직 어머니에게 말하지 않았다. 현관벨이 울릴 때까지 그 얘기를 할 용기를 낼 수 있을 것 같지 않다.

공항에서 수하물을 찾는 곳으로 나오는 해나의 얼굴이 늙고 지쳐 보인다. 머리는 연회색으로 희끗희끗하고, 길게 땋은 머리채가 뱀처럼 팔 위에 드리워져 있다. 그녀의 더플백이 무겁다. 그녀가 바닥을 살핀다. 그녀의 입술이 격렬히 움직이고 있다. 그의 어머니가 외로움 때문에 혼자 중얼거리는 그런 여자라는 게 비트는 믿기지 않는다. 그는 나락으로 떨어지는 비탈길을 상상한다. 휘젓고 돌아다니는 고양이들, 쓰레기통을 가득 채운 술병들, 노숙자가 된 해나. 그는 무심코 해나 뒤에서 에이브를 찾는다. 어렸을 때부터 부모가 떨어져 있는 것을 본 적이 없기 때문이다.

그때 그레테가 깡충깡충 뛰며 소리를 지르고, 해나가 고개를 든다. 그녀는 그레테를 보자 다시 얼굴이 젊어지고, 그 위대한 황금빛 해나가 되어 무릎을 굽히고 손녀를 안아준다. 그가 그녀의 머리에 키스하자 예전과 같은 따뜻하고 시큼한 빵 반죽 냄새가 난다. 그의 머리가 어지럽다. 그는 문득 깨어난 느낌이다.

그들은 함께 지내는, 그것도 너무 많다고 할 정도의 시간을 함께 보내는 사치를 누린다. 그레테는 그래나*에게서 떨어지지 않고 딱 달라붙어 있고, 할머니를 데리고 장난감에서 장난감으로, 이 가게에서 저 가게로 다니고, 할머니 입에 길고 느린 뽀뽀를 퍼붓는다. 둘이 서로에게 너무 빠져 있어 비트는 순간 질투를 느끼다가도 웃음을 터뜨린다. 그는 둘 중 누구에게 질투를 느끼는 것인가? 누구의 관심을 가장 그리워하는가?

구식 아이스크림가게에서 해나와 그레테가 소곤거리며 서로 숟가락으로 아이스크림을 먹여주고 있는 동안 그에게 생각 하나가 떠오른다. 해나. 그가 말한다. 고개를 들고 쳐다보는 그녀의 얼굴이 장밋빛으로 물들어 있다. 내일 하루 그레테 좀 봐주실래요? 기차로 필라델피아에 좀 다녀올까 해서요.

그녀가 지갑을 뒤적이더니 그레테에게 낡은 1달러짜리 지폐 두 장을 준다. 멍키, 그래나가 초콜릿칩 쿠키가 너무너무 먹고 싶구나. 그레테가 뛰어간다. 그레테는 카운터에서 주문하는 걸 아주 좋아한다.

해나가 비트를 본다. 일리야를 만나려고? 그녀가 말한다.

왜요? 그가 말한다. 좋은 생각이 아닌 것 같아요?

그냥. 가서 뭘 알아보고 싶은 건데?

어쩌면 그녀가 그에게 갔을지도 모르잖아요. 어쩌면 그를 선택했

---

* 그레테가 할머니 해나를 부르는 애칭.

는지도. 그렇다면 비참한 일이지만 모르고 있는 것보다는 나아요.

그 아이가 처음 사라졌을 때 그에게 전화해보지 않았니? 그리고 그 아이가 거기 있었다면 탐정이 그 아이를 못 찾아냈을 것 같아? 그녀가 두 손을 뻗어 그의 손을 잡는다. 너무나 가녀린 뼈와 종잇장처럼 얇은 피부에 그는 충격을 받는다.

전화를 하긴 했죠. 탐정은 어땠는지 모르겠고요. 어쨌든 내가 직접 가본 게 아니잖아요.

해나가 눈 위로 흘러내린 잿빛 머리카락을 불어 올린다. 그럼, 일리야가 거짓말을 했다고 생각하는 거니?

비트는 그레테가 쿠키를 높이 들고 부지런히 걸어오는 것을 보며 조용히 말한다. 내가 그였다면 그랬을 거예요.

해나가 생각에 잠겨 빨간색과 흰색이 섞인 빨대를 만지작거린다. 그레테가 그녀의 무릎으로 기어오른다. 해나가 말한다. 좋아. 거기서 그 아인 못 찾으면 그게 네게 뭔가 도움이 될지도 모르지. 끝맺음이랄까. 그럼 다시 네가 살아갈 수 있을 거고.

어쩌면요. 시도는 해봐야죠. 비트가 말한다.

해나가 그레테를 끌어당겨 그 긴 두 팔로 비트의 아이를 감싸안고, 품에 안긴 그레테는 얌전히 있는다. 같은 여자의 두 가지 모습이 그를 쳐다본다.

나의 배불뚝이 오르페우스. 해나가 연극 대사를 읊듯 머리 위에서 따뜻한 지직 소리를 내며 막 켜진 전등을 향해 말한다. 나의 오르페우스가 그의 부드러운 노래를 부르며 지하 세계로 내려가는구나.

무슨 말인지 이해할 리 없는 그레테가 그래나의 목소리에서 웃음기를 느끼고는 비뚤어진 작은 이를 드러내며 깔깔깔 웃는다.

비트는 이른 새벽 기차를 타고 내려가 막 잠에서 깨어나고 있는 도시를 걷는다. 그는 필라델피아를, 그곳의 간단명료한 견고함을 좋아한다. 날은 이미 상쾌하고 밝다. 일리야의 집까지 가는 데는 생각했던 것보다 훨씬 오래 걸린다. 그곳에 가려면 스쿨킬강 옆 자전거 도로를 따라 몇 마일을 걸어야 한다. 빠르게 부는 바람 아래서 강물이 일렁이고, 그 바람은 한기로 그를 후려치며 그의 귀에 즐겁게 휘파람을 불어댄다. 조정용 보트들이 우아하게 획획 지나간다. 여덟 대의 조정용 보트가 엎드린 괴물처럼 근육을 움직여 강을 거슬러올라간다. 마침내 교회가 다시 보이고 그곳에선 어린 학생들이 교복 차림으로 모여 학교가 시작되길 기다리고 있다. 그는 전에 이곳에 한 번 와본 적이 있었다. 헬레와 함께였다. 헬레가 비트에게 가려고 일리야의 집에 있던 그녀의 물건들을 가지러 왔을 때였다. 그는 벽돌집 앞에 몇 분을 서 있다가 마지못해 문을 두드린다. 문이 열린다.

순간 비트는 자신이 자신의 미래를 비춰주는 거울을 들여다보고 있는 듯한 느낌을 받는다. 좋지 않다. 작은 남자, 검은 머리, 금속처럼 단단한 턱. 하지만 한때 잘생겼던 얼굴은 며칠 동안 내버려둔 우유처럼 엉겨 있다. 일리야, 헬레의 전남편인 그가 흰 손을 내밀고 그를 안으로 들인다.

집은 춥고 야생의 냄새가 난다. 수두룩하게 널려 있는 맥주병들과 배달 음식 용기들을 보며 비트는 헬레가 여기에 없다는 것을 즉각 알아차린다. 그녀는 이런 지저분함을 견디지 못한다.

그들은 음침한 부엌에 서 있고, 비트 생각에 러시아 억양인 듯한 어조로 일리야가 말한다. 얘기하세요. 그러니까, 그녀가 죽었다는 거죠.

그녀가요? 비트가 말한다.

나야 모르죠. 일리야가 말한다. 당신이 그 말을 전하러 온 거라고 생각했습니다.

아닙니다. 비트가 말한다. 앉아도 되겠습니까?

네, 네, 네, 네. 일리야가 의자에서 신문을 치우며 말한다. 먼저 앉으라고 했어야 했는데 미안합니다. 난 당신이 나쁜 소식을 가져왔다고 믿었어요.

아무 소식도 없습니다. 비트가 말한다. 당신을 만나고 싶었습니다.

아무 소식이 없다는 게 바로 나쁜 소식이죠. 일리야가 말하며 미소를 짓지, 그의 갈색 이와 물러앉은 잇몸이 보인다. 그도 자리에 앉더니 담배를 만지작거리다 깊이 빨아들이고, 그러자 그의 누런 피부가 뼈 위로 팽팽하게 당겨진다. 그가 숨을 내뱉자 그의 얼굴이 다시 부드러워진다.

그럼 당신은 헬레가 여기 있는지, 아니면 내가 그녀를 봤는지 물어보러 온 거군요. 내가 할 수 있는 대답은 아니라는 것뿐입니다. 당신도 이해하다시피 내겐 너무나 비통한 일이지만.

비트는 이해한다. 헬레는 일리야와의 결혼이 해소되자마자 비트에게 왔었다. 그는 오케스트라의 바이올리니스트이고 문제가 많은 남자다. 헬레는 비트에게 일리야의 분노에 대해, 벽에 부딪혀 쪼개진 가구며 그가 위층 난간에 대고 그녀의 목을 잡았던 일에 대해 이야기했었다. 두 사람이 만난 것은 헬레가 마지막으로 재활치료소에 있을 때였다. 그녀는 삼십대 초반이었고 그곳에서 꼬박 일 년을 보냈다. 그녀는 그가 갈수록 우울해져 칼로 그 자신의 가슴을 찌르려 했을 때 그를 떠났다. 병원에서 깨어난 그는 그녀가 떠났다는 것을 알고 더욱 우울해졌다. 그가 병원을 벗어나 다시 바이올린을 연주하기까지 이 년이 걸렸다. 그 무렵 헬레는 비트와 함께였고 그레테가 벌써 한 살이었다.

그녀가 내게 왔다면 난 행복했을 텐데. 일리야가 아주 힘들어하며 말한다. 하지만 애석하게도, 그녀는 내게 오지 않을 겁니다. 나는 집으로 갈 거고.

집이라고요? 비트가 고개를 들고 그를 바라보며 말한다. 러시아로 가는 건가요?

오데사. 일리야가 부드럽게 말한다. 난 죽어가고 있고, 내 사람들 곁에서 죽고 싶어요. 게다가 이 나라는 이곳을 마법처럼 느끼게 했던 것을 잃었고요, 당연히. 그 활기랄까, 그런 것 말입니다. 유감이지만 모든 게 곧 다 망가질 겁니다. 중심도 오래 버티지 못할 거예요. 지금 상태로는 우크라이나와 다를 게 없죠. 그래서, 결국에는, 내가 떠나온 곳으로 돌아가는 겁니다. 어떤 아름다운 대칭이 그려지는군요, 그렇지 않습니까?

비트는 뭐라 말해야 할지 모른다. 언덕 아래에서 종소리가 나고, 비트는 종소리를 세다 몇 번인지 잊어버린다. 마침내 그가 말한다. 아프다니 유감입니다. 우리가 친구가 아니란 건 알지만 그 말을 들으니 몹시 슬프군요.

아, 아니, 난 죽어가고 있는 겁니다. 아픈 게 아니라. 난 태어나면서부터 죽어가고 있었죠. 하지만 내가 그렇게 드문 경우는 아니에요. 세상에는 나 같은 사람이 많으니까. 그리고 당신, 왜 우리가 친구가 아니라고 얘기하죠? 당신과 나는 적이 아니에요. 오히려 그 반대죠. 상처 입고 함께 걷고 있는 전우. 헬레와의 인연으로. 우리는 그렇게 다르지 않아요.

그가 비트를 한동안 바라보다 눈길을 돌린다. 하지만, 당신이 굳이 묻는다면, 당신이 아직 그녀 찾는 일을 그만두지 않은 것 같아 하는 말인데, 그만 찾는 게 좋을 겁니다.

왜죠? 비트가 말한다.

난 그녀가 살아 있다고 생각지 않아요. 가끔 그걸 느낄 때가 있죠. 이 말이 상처가 된다면 미안합니다.

글쎄요, 난 그녀가 살아 있다는 것을 아주 강하게 느낍니다. 비트가 말한다.

그래요, 우리는 많은 점에서 비슷해요, 그건 사실이죠. 하지만 우리는 같지 않아요. 당신은 여전히 이상주의자군요.

그들은 아주 오랫동안 시큼한 냄새를 풍기는 부엌에 앉아 있다. 벽에 걸린 플라스틱 시계가 간다. 째깍, 째깍, 째깍.

내 집을 가지겠습니까? 문득 일리야가 말한다.

아, 비트가 말한다. 그는 이곳에 있는 그레테를 상상한다. 넓은 공간, 평화로움, 사생활, 언덕 아래에 있는 학교. 그레테는 놀이방을 꾸밀 수 있을 것이고, 그는 암실을 가질 수 있을 것이다. 더 느긋한 삶, 밤이면 그들의 꿈속에서 웅얼거릴 언덕 아래의 강. 하지만 직장도 친구도 없을 것이다.

이 집은 아름답지만, 비트가 말한다. 우리의 터전은 뉴욕에 있고 전 돈이 없습니다.

일리야가 바이올리니스트의 섬세한 손가락을 튕긴다. 상관없습니다. 내가 가는 곳에서는 돈이 필요하지 않으니까.

우크라이나에서요? 비트가 말하자 일리야가 웃으며 그들이 함께 앉아 있던 얼마 되지 않는 시간에 벌써 네 개비째 피우던 담배를 비벼 끈다.

그냥 드리겠습니다. 이 집 말이에요. 팔아도 되고, 마음대로 하세요. 난 상관없으니. 단 한 가지 조건이 있습니다. 그렇게 말한 그는 머릿속에 떠오른 그 생각 때문에 거의 히스테리 상태에 이른 것처럼 보인다. 그가 벌떡 일어나더니 왔다갔다 서성이기 시작한다. 방안에 축 늘어져 있는 두 손은 거미 같고, 그의 작은 몸에 비해 너무 커 보인다.

조건이 뭡니까? 비트가 살짝 멀미가 치미는 것을 느끼며 말한다.

나한테 그 아이 사진을 한 장만 주십시오. 헬레의 딸. 당신의 마르그레테.

그 말을 하고 일리야는 웃음을 터뜨리더니 계속 웃는다. 낯설고 어두운 기쁨으로 가득한 따뜻한 웃음.

비트는 잠시 생각한다. 사진을 보여준다고 해가 될 것은 없다. 일리야가 사진을 원하는 걸 알았더라면 정기적으로 보내주었을지도 모른다. 하지만 그의 내부 어디선가 작은 짐승이 저항하고 다급하게 반대를 한다. 그는 그 이유를 이해하려 노력하며 기다린다.

일리야의 미소가 사라지려는 순간 비트가 주머니에서 지갑을 꺼내 그가 현상한 가장 최근의 그레테 사진을 꺼낸다. 그레테가 호박등을 들고 당당하게 서 있는 모습이다. 아이의 미소가 호박만큼 커다랗다. 아이의 눈길에는 에이브의 차분한 자신감이 담겨 있고, 도톰한 입술은 해나를 닮았다.

일리야가 사진을 받아 한참을 들여다본다. 비트는 불편하다. 그가 막 사진을 돌려달라고 말하려는 순간 일리야가 고개를 드는데, 그의 눈에 눈물이 맺혀 있다. 그가 미소를 짓지만 그의 입에는 짓이겨진 벌레 같은 것이 있다. 그가 비트의 손을 잡고 악수를 하고 비트도 그의 손을 단단히, 지나치게 단단히 잡는다. 그리고 뒤늦게 바이올리니스트의 뼈가 연약했음을 떠올린다. 일리야가 손을 가슴으로 올리며 얼굴을 찌푸린다.

미안합니다. 비트가 말한다.

아. 어차피 이 손도 필요 없는데요, 뭘. 일리야가 말한다. 그럼. 이야기된 겁니다. 그가 문까지 비트를 배웅하며 어깨를 부드럽게 두드린다.

고향까지 좋은 여행 하시길 바랍니다. 비트가 말한다. 네. 일리야가 느릿느릿 말한다. 네, 좋을 거예요. 그리고 한쪽 눈을 찡긋하며 문을 닫는다.

비트는 덜컹거리는 기차를 타고 집으로 돌아온다. 같은 칸 끝에 한 여자가 그를 마주보고 앉아 있다. 처음에 기차에 탔을 때는 거의 시선이 가지 않았지만 보면 볼수록 아름다워지는 여자다. 검고 긴 바람머리에 짙은 눈썹, 그리스 조각상이 생각나는 코. 귀걸이가 그녀 머리 위의 독서등 불빛을 받아 반짝이고, 턱뼈에는 황금빛 동전만한 빛들이 춤을 추고 있다. 그는 콜로디온 습판에 그녀를, 그 아름다운 불완전함으로, 그 길고 느린 시선으로 포착할 것이다. 책장을 넘길 때 그녀의 두 손은 빠르고 예민하며, 얼굴은 매우 감성적이고 표정이 풍부해 거의 그도 함께 책을 읽는 듯한 느낌이 든다. 아름다운 순간이었다가, 긴장된 순간이었다가, 슬며시 웃음이 나오다가, 이제 사랑의 장면이다. 입술을 깨물고 얼굴이 기쁨으로 가득해지는 그녀를 보며 비트는 그녀가 침대에서 어떨지 알 것 같다. 나긋하고, 부드럽고, 그녀의 목에서는 새 울음소리 같은 게 울려나올 것이다. 그가 이 여자를 사랑할 수 있으리라는 것을 그는 안다. 그들 사이에는 통로와 몇 개의 좌석과 뚫고 가야 할 공기 외에 아무것도 없다. 그가 다가가 앉고 그녀가 책에서 고개를 들어 수줍은 미소를 지을 일을 막을 것은 아무것도 없다.

안녕하세요, 그가 말할 것이다. 안녕하세요, 그녀가 말할 것이다. 그리고 그의 인생 나머지 부분이 시작될 수도 있을 것이다.

그를 가로막는 것은 아무것도 없다. 그러니까, 헬레만 제외하면. 그녀의 보이지 않는 손이 족쇄가 되고, 그녀의 보이지 않는 눈이 지켜보고 있다. 그녀의 파스닙처럼 하얀 몸이 바로 지금, 집에서, 그 작고 비좁은 아파트에서 졸면서 그를 기다리고 있을 거라는 믿음을 멈출 수 없다. 그는 몇 년 전 둘이 함께 산 그 이불 아래로, 그녀의 그 몸 곁으로 들어갈 것이다.

여자가 어느 정거장에선가 일어서더니 문 쪽으로 걸어간다. 여자가 플랫폼으로 내려가고 기차는 다시 움직이기 시작한다. 창문으로 보이는 하나의 점, 가로등 불빛을 받아 반짝이며 저기 그 여자가 간다, 그에게서 영원히 떠나간다.

이십 년 만에 처음으로 함께 보낸 밤이 지나고 아침이 되자 그는 누텔라 샌드위치와 커피를 사러 달려나갔었다. 그런데 돌아와보니 헬레가 아주 비통하게 흐느껴 울고 있었다. 몇 시간이 지나고 나서야 그녀가 이야기했다. 나는 살면서 나쁜 짓을 너무나 많이 했어. 난 너를 만날 자격이 없어.

유혹과 두려움으로 가득한 도시는 그녀에게 해가 됐다. 그에겐 돈이 없었다. 그는 사진 촬영 보조로 일하며 일 년에 겨우 몇 점의 사진만 팔고 있었고, 대학에서 받는 월급은 터무니없이 적었다. 그의 아파트는 중국 식당 위에 있었다. 그는 그의 심계항진이 공기 중으로 뿜어져나오는 MSG 때문이라고 생각했다. 그러다 그는 콜, 스위티, 리자이나와 올리에게서 돈을 빌려 시골의 작은 석조 농가를 세내어 그곳에서 일 년을 지냈다.

성인이 된 후의 삶에서 어린 시절처럼 거의 모나지 않고 풍성했던, 거의 완벽했던 시기가 언제냐고 물으면 비트는 웃풍이 들던 그 오래된 농가에서 지낸 그해라고 말할 것이다. 매일 눈을 뜨면 낡은 잠옷에 울 양말을 신고 식탁에 앉아 김이 나는 찻잔을 두 손으로 감싼 헬레가 있었다. 풀밭에 눕고, 걸어서 언덕을 지나고, 오래된 가구들로 가득차 있던 눅눅하고 냉기 서린 헛간 안을 이리저리 돌아다니던 그 몇 개월. 헬레는 오후 내내 그저 제비 한 마리가 처마 밑에 집을 짓는 것을 바라보며 지낼 수도 있었다. 그들은 차를 몰고 버몬트의 시골 장터에 가기도 했다. 봄이 서서히 여름으로 바뀌었고, 또 가을로 접어들었다. 헬레는 머리가 자라도록 내버려두었고, 몸무게도 늘어서 이젠 해골 같지 않고 생기 있어 보였고, 처음으로 가슴도 커져 기뻐했다. 10월이 되자 그레테가 몸에 드러났다.

그들은 시간이라는 호사를 누렸다. 그들은 이야기를 하며 몇 시간을 보냈고, 비트는 그들의 아기가 누리기를 바라는 삶을, 아이를 위해 그들이 만들어야 할 세상을 묘사하곤 했다. 어느 날 밤, 그는 이불 아래에서 헬레를 롱 앵글로 바라보며 서로 아주 친밀하고 아름다운 공동체, 가족처럼 사랑하는 사람들로 가득하고 가까이서 서로에게 의지하며 사는 공동체, 음악과 이야기와 생각과 기쁨과 소박한 행복이 있는 그런 세계를 묘사했다. 그는 이야기를 하다 그 공동체가 아르카디아를 묘사하는 것처럼 들린다는 것을 깨닫고는 그 이야기를 하며 웃었다.

헬레가 아주 냉정한 목소리로 말했다. 넌 잘못 기억하고 있어. 네 기억은 우리의 어린 시절에서 행복을 얻으려고 미친 곡예 같은 짓을 하고 있는 거야.

뭐라고? 멀미 같은 게 굼실거리며 올라오는 것을 느끼며 비트가 말했다.

아, 비트. 네가 기억하지 못하다니 믿을 수가 없어. 거긴 추웠어. 헬레가 말했다. 우리는 따뜻했던 적이 한 번도 없었다고. 배불리 먹은 적도 없었고, 제대로 옷을 입은 적도 없었어. 난 매일 밤 핑크 파이퍼에서 누군가가 누군가와 섹스를 하는 소리에 잠에서 깨야 했어. 내 몸 어디에서나 정액 냄새가 났다고. 핸디는 내가 다섯 살 때 LSD를 탄 슬랩 애플주를 마셔도 그냥 내버려뒀어. 다섯 살짜리가 보는 환각은 어떨 것 같아? 두 달 동안이나 나는 우리 어머니가 얘기할 때마다 입에서 불을 뿜는 걸 봐야 했어. 우리는 이상한 나라의 앨리스에 나오는 미친 모자장수의 테이블에 초대받은 손님 같은 존재였어. 하지만 세상이 뒤집혀 있다는 것조차 알지 못했지.

그를 향해 몸을 돌리는 그녀의 배가 불룩했다. 그녀의 눈가가 붉었다. 난 지루해서 죽을 것 같아, 비트. 태국 음식이 먹고 싶어. 난 진짜 삶을 원해. 이렇게 사는 건, 이 고독, 외딴곳의 이 작은 집, 이런 건 아주 잠시만 좋을 뿐이야. 두 사람만으로는 충분하지 않아, 비트. 충분하지 않다고. 다시 도시로 돌아가자. 제발, 제발.

그는 이렇게 말하지 않았다, 뭐가 충분하지 않다는 건데? 그는 이렇게 말하지 않았다, 정말 네가 준비가 되었다고 생각해? 대신 그는 말했다, 그러자. 그리고 집주인에게 전화를 걸고 짐을 꾸리기 시작했다.

유순한 비트, 마음씨 좋은 비트, 부드럽고 관대한 비트. 그는 그런 자신이 싫다. 그에게도 어떤 종류든 근성이, 성질이, '아니'라고 말할 수 있는 배짱이 있었으면 좋았을 것이다. 그랬다면 그녀가 아직 여기 있었을 것이다. 그가 좀더 요구할 줄 알았다면 비겨지는 사람이 되지는 않았을 것이다.

흑백 암실은 예술대학 건물 지하에 있다. 지하에는 길고 어두운 복도들과 철컹대고 윙윙대는 보일러들이 있다. 그가 밤에 혼자 이곳에 있을 때면 나무 바닥이 하루종일 쌓인 압력을 풀어내느라 날카롭게 삐걱거리는데 그것이 꼭 사람 발소리처럼 들린다. 그가 자신의 작품을 위해 암실을 사용할 수 있는 유일한 시간은 이 추수감사절 같은 휴일들뿐이다. 학생들은 집에 있거나, 술집에서 고등학교 시절 연인들을 만나 취해가고 있을 것이다.

오늘밤 해나와 그레테는 화려한 여왕처럼 차려입고 두 볼에 반짝이를 붙이고 어린이 연극을 보러 갔다. 비트는 주어진 시간을 최대한 잘 활용할 것이다. 그는 자신 안에 있는 오래된 불꽃을 느꼈다. 손가락 끝의 짜릿함도. 그는 시작하고 싶은 열망을 느낀다. 그가 휘파람을 불며 들어온다. 누군가가 안전등을 켜놓았다. 그는 불쾌하게 그것을 바라보며 코트를 벗고 소매를 걷는다. 그가 고개를 들자 늘어선 확대기들 옆에 검은 덩어리가 보인다. 사람이다. 그를 지켜보고 있다.

안녕하세요, 스톤 교수님. 실비가 말한다.

폐소공포증 같은 느낌이 방안에 빽빽하게 들어찬다. 비트가 얼굴을 찌푸리며 말한다. 실비. 여기서 뭐하는 거야?

예술에 대한 열정 때문이죠. 그녀가 그렇게 말하고는 웃는다.

비트는 동요한다. 이 아이의 어떤 점이 그를 이렇게 불편하게 만드는 걸까? 그가 부적절한 상황이라도 어쩔 수 없다고 생각하며 작업에 들어가기로, 필름 현상을 시작하기로 반쯤 마음을 굳혔을 때 그녀가 말한다.

사실 전 우리 가족을 피해 온 거예요. 다들 취해 싸우고 있거든요. 우리 아빠는 집에 오지도 않고 어디선가 일을 하고 있어요, 늘 그렇듯이. 우린 아주 엉망이에요. 그녀의 목소리가 조금 흔들린다.

유감이군. 가족 문제는 쉽지 않지.

교수님도 가족을 피해 오신 건가요?

아니. 나는 원래 휴일에 여기서 작업해. 그때나 혼자 일할 수 있으니까.

그녀가 미소를 짓는다. 흐릿한 붉은 불빛 속에서 볼우물이 팬다.

그런데 제가 여기 있으니 혼자가 아니시네요. 그녀가 말한다.

맞아. 그가 말한다. 그는 다시 코트를 입는다. 즐거운 추수감사절 되길. 그는 그렇게 말하고 문밖으로 나간다. 실비가 잠깐만요, 죄송해요, 라고 외치지만 그는 멈추지 않는다.

그는 짜증이 나 있고, 지나치다고 할 정도로 화가 나 있다. 화를 가라앉히기 위해 그는 집으로 가는 길에 있는 24시간 영업 식당에 들른다. 그는 리놀륨 테이블에 커피 주전자를 놓고 앉아 있다. 사람들이 들어오면 그는 그들이 어떤 사람인지 짐작해보려고 한다. 하지만 오늘밤은 너무 추워 알아맞히기가 어렵다. 잠 못 이루고 돌아다니는 이들은 창녀일 수도 있고, 술 취한 난봉꾼일 수도 있고, 피부에 와닿는 손길에 굶주린 부유한 이혼자들일 수도 있다. 그들은 믿음을 가지고 여기 어둠 속에 앉아 있다. 커피는 뜨겁고 독이 들어 있지 않을 거라고. 분노한 미치광이가 총이나 폭탄을 가지고 들어오는 일은 없을 거라고.

그런 생각을 하다보면 때로 숨이 막힌다. 사람들은 얼마나 서로를 신뢰하고 있을까. 사회적 계약은 아주 허약한 것이다. 우리는 모두 규칙을 지킬 것이고, 조심스럽고 점잖게 행동할 것이고, 사회기반 시설에 투자할 것이며, 실패에 뒤따르는 벌칙에 동의할 것이다. 거리에서 트럭을 운전하는 저 남자가 충동적으로 상점 유리창을 향해 돌진해 모든 것을 끝내지 않을 것이란 믿음. 대통령이 빨간 버튼 위에서 손을 놀리다 순간적인 분노나 나약함 때문에 세상을 폭발시키지는 않을 것이란 믿음. 문명의 보이지 않는 세포조직은 너무나 얇고 찢어지기 쉽다. 존재한다는 것 자체가 기적이다.

그는 자신이 손가락을 튕기면 식당 안에 있는 사람들이 모두 일어서고, 그 즉시 그들이 더 나은 사람이 되는 광경을 상상한다. 갈라진 오크나무 껍질 같은 얼굴의 저 여자는 후드를 벗어던지고 머리카락을 흔들면 붕대가 풀려 떨어지듯 나이가 떨어져나간다. 수도승처럼 머리를 민 저 남자가 혼잣말로 중얼거리며 테이블 위로 올라가면 허공에 음악이 울려퍼진다. 주방 안 깊숙이 처박혀 있던 지친 요리사들, 작고 피부가 갈색인 그들이 나와 옆으로 재주넘기를 하고 뒤집힌 풍뎅이들처럼 빙그르 돌며 브레이크댄스를 추고, 희열로 활짝 피어난 그들의 얼굴이 문득 사랑스러워져 바라보게 된다. 그러자 손님 십여 명이 동시에 큰 소리로 노래를 시작한다. 고르지는 않지만 아름다운 목소리다. 노래가 점점 커지며 도시로 스며들어 어두운 꿈을 꾸고 있던 도시 사람들을 깨운다. 맨해튼섬 전역에서 사람들이 침대에서 일어나 앉아 그들 곁에서 찰랑거리는 음악에, 그들을 충만하게 채우는 호의의 바다에 귀를 기울인다. 그들은 아주 오랫동안 세상에서 흘러나오던 악惡을 모두 잊게 된다. 그 노래 외의 모든 것을 다 잊게 된다.

그는 혼자 웃고, 환영은 서서히 사라진다. 노곤함이 느껴지고, 문이 열리며 차가운 바람과 잔뜩 껴입은 고독한 사람들이 들어온다. 웨이트리스가 자리에 앉은 사람들에게 잠자코 다가간다. 밤이 가고 아침이 된다. 이렇게 그들은 테이블에, 각자, 홀로, 영원히 앉아 있다.

추수감사절이다.

그레테는 낮잠을 자고 있다. 두부칠면조가 뿌리채소들 가운데서 구워지고 있고, 해나는 막 식탁의 비트 곁에 앉아 길게 숨을 들이쉬더니 이야기를 시작한다. 문제는, 비트, 네가 다시 네 삶을 시작하려면 스스로 놓아주어야—하지만 벨이 울리며 그녀의 말이 끊긴다.

식료품 배달이 왔나. 비트는 아니라는 걸 알면서도 그렇게 말한다. 그는 속이 좀 미식거린다. 절 꾸짖는 건 이 사람 팁을 주고 난 다음에 하세요.

알았다. 그녀가 짜증스럽게 말한다. 그녀는 일찍 술을 마시기 시작해서 벌써 버번 세 잔째다.

비트는 인터폰에 누구냐고 묻지도 않고 아파트 건물 현관문을 열어준 다음 집 문을 잡고 서 있다. 엘리베이터 도착하는 소리가 나더니 문이 열리며 에이브의 환한 얼굴이 나타난다. 그는 똑같다, 언제나 그렇듯이. 얼굴엔 비트 정도의 주름밖에 없고, 어깨와 두 팔도 휠체어 경기로 다져져 우람하다. 그가 비트의 뺨에 입을 맞추자, 비트는 예전의 그 거친 수염을 피부로 느낀다. 에이브가 무릎 위에 놓인 패피 밴 윙클 병을 가리키며 눈을 찡긋한다. 해나가 가장 좋아하는 버번이다.

딱 필요한 거네요. 비트가 큰 소리로 말한다. 식료품은 식탁 위에 놓아주세요.

해나가 비트에게 말하다 끊어진 얘기를 되새기고 있는데, 에이브가 들어온다. 그녀는 그대로 얼어붙는다. 그가 휠체어를 밀어 그녀에게 다가간다. 그들은 앉아 있어 키가 같다. 그가 그녀의 손을 잡는다. 해나는 뿌리치지 않는다.

오, 에이브. 한참 지난 후 그녀가 말한다. 그녀는 얼굴에 떠오르는 행복감을 감추지 못한다.

알아, 그가 말한다. 내가 나쁜 놈이지.

그래. 그녀가 말한다.

하지만 당신은 날 사랑해.

불행하게도. 그녀가 말한다.

나 충분히 벌받지 않았나?

해나가 여전히 미소를 지은 채 눈가를 닦는다. 문제는, 진짜 내가 벌주고 있었던 건 나 자신이었더라고. 그녀가 말한다.

그런 생각을 했군. 에이브가 말한다. 난 당신 없이는 살 수 없어, 나의 해나.

실은, 그게 내 계획이었어. 그녀가 말한다. 당신을 죽이고 싶었거든.

알아, 그가 말한다. 하지만 집을 보기 전까지는 기다려줘. 솔직히 정말 아름다운 곳이야.

그럴 가치가 있었어? 그녀가 다시 언짢아진다.

우리가 헤어져 지낸 단 하루만큼의 가치도 없었어. 그가 말한다. 단 한순간만큼도. 하지만 당신이 내게 돌아오면 난 둘 다 가질 수 있어. 그러면, 그에 대한 대답은 '확실한 어쩌면'이 될 수도 있을 것 같아.

에이브를 바라보는 해나의 얼굴이 피로 때문에 핼쑥해 보인다. 잠시 비트는 회한으로 가슴이 찢어지는 것 같다. 이제야 그 긴 시간 동안 그가 관심을 기울였어야 했던 것이 보인다. 해나의 나날을 채웠던 그 끔찍한 허전함을 보았어야 했던 것이다. 밤마다 그녀는 지난 사십 년 동안 그녀 곁에서 느껴지던 에이브의 온기를 얼마나 갈구했을까. 그러나 손에 닿는 건 차가운 침대 시트뿐이고, 그때 그녀가 느꼈을 메마르고 칙칙한 분노를, 그녀를 가득 채웠을 그 감정을, 그 씁쓸한 뒷맛을 알았어야 했다.

그녀가 쏘아본다. 에이브가 미소를 지으며 손끝으로 그녀의 코를 만진다.

아, 좋아. 마침내 그녀가 말한다. 당신이 더 빌게 만들어야겠다고 생각했지만 뭔 상관이겠어. 우린 더이상 젊지도 않은데. 그녀가 의미심장한 얼굴로 비트를 보며 말한다. 인생은 짧단다. 행복해지려 노력하렴.

그녀가 다시 에이브를 향해 말한다. 몇 주일 있으면 이번 학기가 끝나니까 그때 차로 당신한테 갈게. 이 무책임하고 화를 돋우는 거짓말쟁이 영감.

에이브가 미소를 짓고는 몸을 숙여 키스하려 하지만 아직 준비가 안 된 그녀가 몸을 뺀다. 맙소사, 당신은 늘 하고 싶은 대로 다 한다니까. 그녀가 말한다.

미안한 기색이 담겨 있긴 하지만 에이브가 조용히 말한다. 내가 그렇긴 하지.

그들은 네시에 식사를 한다. 이 시간의 도시는 아주 조용해 시골 마을 같다. 날이 꽤 어두워 비트는 아파트 창밖으로 수천 개의 창문에 불이 밝혀지기 시작하는 것을 볼 수 있다.

이거 참 좋군. 눈발이 날리자 에이브가 창밖을 내다보며 말한다. 항상 난 외딴곳의 공동체에서 태어나고 자란 네가 도시에서 사는 것이 이상하다고 생각했었다. 온갖 오염에 악취며 빈곤, 쥐와 쓰레기, 그런 걸 겪어가며 말이야. 하지만 이런 날이라면, 알 것 같구나. 오늘은 아주 좋아. 적어도 음미할 만은 하구나.

비트도 시골에서 살아보려고 했었잖아. 해나가 에이브에게 기억을 상기시킨다. 잠시 동안이었지만.

비트는 해나가 그 시도가 실패했다는 뜻으로 말하는 것을 듣고 깜짝 놀란다. 그레테, 포크로 접시 위의 방울 양배추를 찍으려 애쓰고 있는 이 아이가 그 시절의 결과다. 이보다 어떻게 더 좋을 수 있겠는가? 그는 헬레가 처음으로 그레테를 안고 있던 모습을 떠올린다. 그는 옛날 방식의 출산을 간절히 원했었다. 옷을 벗고 헬레 뒤에서 그녀의 진통을 도우며 그녀 뒷머리를 쓰다듬고 싶었지만, 그녀는 단호했다. 무슨 일이 있어도 그 더러운 히피 짓거리는 안 해. 그녀는 그렇게 말하고 제왕절개 날짜를 잡았다. 비트는 수술이 진행되는 동안 답답한 슬픔을 느끼며 헬레의 머리맡을 꼼짝 않고 지켰다. 하지만 궁극적으로는 중요하지 않은 문제였다. 간호사가 서둘러 그레테를 데려갔다가 깨끗하게 씻겨 돌아왔다. 그레테는 빨갛고 둥근 얼굴에 제 엄마만큼이나 피부가 엉망이었다. 헬레의 얼굴도 아기 얼굴만큼이나 민낯이어서 완벽한 한 쌍, 서로 꽉 맞물린 이음새가 되었다. 집에 왔을 때 헬레가 아이를 놓지 못하는 모습에 비트는 놀랐다. 그는 자신이 아기를 돌보게 될 거라고, 자신이 자다 일어나고, 기저귀를 갈고, 노래를 불러주게 될 거라고 생각했었다. 그런데 그 모든 일을 한 것은 헬레였다. 그는 그레테에 대한 헬레의 사랑이 어떤 것인지 알 수 있었다. 그건 영혼과 영혼 사이의 이음매가 보이지 않는 완벽한 일치였다. 그는 그 두 영혼 중 어느 것도 자신의 것이 아니라는 사실에 질투하지 않으려고 애썼다.

상실감이 다시 그를 엄습한다. 매시트포테이토를 가득 뜬 그의 포크가 무겁게 느껴진다. 그는 헬레와 그레테 사이의 그 작고 완벽한 자리를 두고, 어느 누가 어떻게 떠날 수 있는지 결코 이해하지 못할 것이다. 누구도 그럴 수 없을 거라고 믿는다.

그의 부모가 서로 이야기를 나누고 있다. 해나가 그레테의 뺨에서 크랜베리소스를 닦아준다. 비트는 눈이 곱게 내리는 창밖을 바라보기만 한다. 그에겐 그의 부모가 보지 못하는 것이 보인다. 전체를 알지 못하면 결핍을 이해할 수 없다. 비트, 그의 손에 들린 커피가 차갑게 식어가고, 그는 라디오 진행자가 비행기 두 대가 그곳의 빌딩들에 부딪쳤을 때의 모습을 묘사하는 이야기에 귀를 기울이고 있었다. 거의 이십 년 전 그와 그의 부모가 처음 이 도시에 왔을 때 그는 그 빌딩들에 해나와 애스트리드의 이름을 붙였었다. 아르카니아 사람들은 모두 두 여인을 그들의 키와 금발 때문에 쌍둥이 빌딩이라고 부르곤 했기 때문이다. 비록 그 빌딩 자체는 야심이 노골적으로 드러나 어색해 보이고 그의 미적 감각에 거슬리긴 했지만 말이다. 어쨌든 그는 그 빌딩들이 그리는 스카이라인에 익숙해져갔다. 그는 그 빌딩에 그가 붙인 이름에 어울리는 특징을 부여했었다. 애스트리드의 빌딩은 더 차갑다. 해나의 빌딩에는 안테나가 있는데, 그것은 그가 어머니를 보며 늘 상상했던 왕관이었다. 그런데 그가 그 빌딩들을 처음 본 지 거의 이십 년 만에 애스트리드라 불렀던 빌딩이 먼지 속에 무너져내렸다. 그러고 나서 해나라고 불렀던 빌딩도 무너져내렸다. 라디오를 끄며 그는 음울하게 차오르는 슬픔을 느꼈고, 그 어떤 방법으로도 슬픔을 억누를 수 없었다. 말도 안 되는 일이었다. 수천 명이 사망했다. 그의 개인적인 상실은 그저 하늘에 생긴 구멍 하나에 불과했다. 그럼에도 그는 어쩔 수가 없었다. 그래서 밖으로 나갔고, 걸어서, 교외에 있는 진시의 깔끔한 집으로 갔고, 그곳에서 그녀의 보살핌을 받았다.

처음엔 그렇게 생각했었다, 도시는 괜찮을 거라고. 상처는 있지만 그 상처를 누그러뜨릴 지독한 분노도 있다고. 하지만 그가 틀렸다. 오랜 시간이 지난 지금까지도 도시는 온전히 되살아나지 못했다. 도시는 얼굴을 찌푸리며 더욱더 웅크리고 있다. 전 세계적인 경제 위기 이전에도 사람들은 이미 조금 덜 좋은 옷을 입는 것에 만족하며 기쁨을 최대한 만끽하는 일을 보류하고 있는 것처럼 보였다. 그는 도시를 걷다 그와 같은 인간들이 엄격하고 딱딱한 걸음으로 다니는 것을 보는 날이면, 그들이 잃은 것이 뭔지 거의 분명하게 알 수 있다. 그들이 잃은 것은 그들의 신념이 아니었다. 부동산도, 삶도 아니었다. 그것은 배를 타고 온 네덜란드 사람들이 굴이 지천이던 이 섬에 쏟아져내려 길드 조합원들을 위해 땅을 사들인 그 순간부터 그들 스스로 하던 이야기였다. 물과 야생 생물로 가득했던 이곳은 특별했고, 진기했고, 공평했었다는 이야기. 이곳은 이곳을 찾는 모든 사람을 다 포용할 수 있었고, 번성할 여유와 기회가 있었고, 매력과 아름다움이 있었다는 이야기. 이 동등한 목적이 그들을 안전하게 지켜줄 것이라는 이야기.

그 이야기가 과연 사실인 적이 있었는지는 중요하지 않다. 비트는 이미지들을 조작한다. 이야기들이 꼭 사실이어야만 생생한 것은 아니라는 걸 그는 알고 있다. 그는 바람이 방안을 때리는 것 같은 감각을 속으로 느끼며, 우리가 자신에 대해 믿어왔던 이야기를 잃으면 우리는 이야기 이상의 것을 잃는다는 것을, 우리 자신을 잃는다는 것을 이해한다.

비트는 에이브의 말을 끊으며 그런 자신에 깜짝 놀란다. 에이브는 괴팍한 노인 타이터스가 로토에 당첨되어 천 달러를 받는다는 이야기를 하고 있던 중이다. 다급하게 들리는 크고 빠른 비트의 목소리에, 놀이에 빠져 있던 그레테가 화들짝 놀란다.

에이브, 비트가 말한다. 아르카디아 사람들의 실험이 모두 아름다웠던 건 그곳이 시골이어서가 아니란 걸 모르시겠어요? 중요한 건 사람이었어요. 서로와의 연결, 모두가 모두에게 의지했던 그 친밀함, 그것 때문이었다고요. 지금 시골 마을들은 다 죽어가고 있어요. 미국적인 작은 타운이란 것은 죽어가고 있고, 지금 그때와 같은 감정이 존재하는 유일한 곳은 여기, 도시예요. 수백만의 사람들이 같은 공기를 호흡하고 있는 바로 여기라고요. 이곳, 여기, 지금이 유토피아보다 더 유토피아예요, 이웃이라고는 딱따구리밖에 없는 아버지의 숲속 작은 집보다 더 유토피아라고요. 모르시겠어요? 우리 아이들 전부가 여기에, 아르카디아 아이들 거의 전부가 여기 도시에 있잖아요. 우리는 모두 도시로 왔어요. 우리가 잃어버린 것을 찾으려고요. 여기가 그것과 가장 가까운 유일한 곳이에요. 친밀함. 연결. 이해하시겠어요? 다른 곳엔 더이상 존재하지 않는다고요.

비트는 눈물이 날 것만 같다. 다른 식구들이 그를 쳐다본다. 그레테가 포크를 놓고 자기 의자에서 내려와 비트의 무릎 위로 올라가더니 고사리 같은 손으로 그의 볼을 어루만진다. 그의 부모는 애가 드디어 엇나가기 시작했군, 하고 말하듯 테이블 건너 서로에게 시선을 던진다.

나는 엇나가는 게 아니에요.

네가 그렇다고 말한 적 없다. 그의 부모가 동시에 말하며 서로에게 미소를 짓는다. 찌찌뽕. 해나가 말한다. 소다수 사주기. 에이브가 그렇게 말하고, 그들은 모두 웃음을 터뜨리며 비트의 관심을 다른 데로 돌렸다는 데 안도한다. 적어도 지금은, 적어도 조금은.

수업은 물고기떼 같다. 비트는 이번주 사진 비평을 생각한다. 어떤 허기가 학생들 안으로 들어간 것인지 그들은 정상적인 속도를 넘어 달린다. 실비의 그룹이 그를 깜짝 놀라게 하기 시작했다. 그들의 주제는 성인물로, 깊이 생각해보면 학부생의 일반적인 작업물에 비해 훨씬 위험하다(한 남학생은 욕조 안의 어린 사촌동생들을 찍었는데, 예술과 아동포르노 사이의 경계를 넘나들고 있다. 한 여학생은 실크, 삼베, 모슬린, 면모 같은 직물의 주름들 사이로 사라지는 일련의 손을 찍었는데 아름답도록 관능적이었다). 그가 강의실에 들어갈 때마다 이상한 열기 같은 것이 느껴진다. 찢어진 티셔츠에 무릎까지 올라오는 부츠 차림의 실비가 얼굴에 감정을 그대로 드러내며 응당 받아야 할 칭찬과 미소를 애원한다. 칭찬이 없자 그녀가 비트를 쳐다보는데, 하고 싶은 말을 꾹 참고 있지만 이렇게 말하는 듯하다. 어서요, 제발요, 이렇게 기다리고 있잖아요.

헬레가 사라진 지 오늘로 일 년이 되었다. 비트는 베이비시터에게 아이를 맡기고 아래층 샤론과 함께 저녁을 먹으러 나간다.

정말 괜찮을까요? 오늘 아침 그녀가 커피를 내밀면서 너무 좋아하는 내색을 하지 않으려고 애쓰며 말했다. 이게 모든 걸 망칠 수도 있어요. 그녀가 손으로 짧은 검은 머리를 넘기며 까만 속눈썹을 예쁘게 깜박였다.

괜찮아요. 그는 그렇게 말하고 그날 하루종일 그녀의 미소를 품고 다녔다.

그들은 길 아래에 있는 이탈리아 레스토랑에 간다. 음식은 병 아랫부분을 짚으로 감싼 키안티 와인과 페투치니 알프레도, 그리고 카놀리인데 훌륭하지는 않지만 괜찮다. 힐을 신었는데도 그보다 작은 여자와 함께 걷는 것이 어색하지만 좋다. 오늘밤 샤론은 놀랍도록 아름다워 보인다. 그녀는 날렵한 어깨가 드러나는 단정한 민소매 파란 원피스를 입었고, 정성스레 한 화장 때문에 얼굴선이 도드라져 보인다. 그녀가 많이 웃는다. 그녀의 손만이 초조함을 드러내며 메뉴를 만지고, 포크와 나이프, 접시, 초를 가지런히 하고, 또 가지런히 한다.

그들은 아이들, 전 배우자, 날씨에 대해 이야기를 나눈다. 마음이 편안해진다. 그들은 이제 책 이야기를 한다. 다른 미디어라고는 없었기에, 텔레비전도, 컴퓨터도 가져본 적이 없기에 책은 늘 비트의 삶의 많은 부분을 차지해왔다. 샤론이 몸을 앞으로 기울인다. 그녀 입술 가운데 부분의 갈색 립스틱이 지워졌다. 그녀의 눈이 반짝인다. 그녀가 에인 랜드*에 대해 이야기하기 시작한다.

---

* 러시아계 미국 소설가이자 철학자. 객관주의, 자기중심주의, 이기의 미덕을 강조했다.

그녀가 내 삶을 바꿨어요. 샤론이 숨도 쉬지 않고 말한다. 하워드 로크! 도미니크 프랑콘!* 에인 랜드는 20세기의 가장 위대한 철학자예요. 객관주의. 대학 때 『아틀라스』를 읽고 생각했어요, 아, 세상에, 마침내 모든 것이 뚜렷하게 보여. 무슨 말인지 아시겠어요?

비트는 표정을 드러내지 않으려 애쓰며 이야기에 귀기울인다. 그리고 주제를 바꾸어 조지 엘리엇에 대해 이야기하지만 샤론은 들어본 적이 없다고 한다. 우리에게 모든 평범한 인간의 삶에 대한 예리한 비전과 감각이 있다면, 그것은 풀이 자라는 소리와 다람쥐 심장이 뛰는 소리가 들리는 것과 같을 것이고, 우리는 침묵의 저편에서 들리는 그 포효로 죽게 될 것이다. 그가 그녀의 글을 인용한다.

샤론이 천천히 와인 한 모금을 마신다. 이해 못하겠어요. 마침내 그녀가 말한다.

그들은 샤론의 아파트로 돌아간다. 프랭키와 그레테는 위층의 비트네 집에서 베이비시터와 함께 자고 있다. 샤론의 집은 비트의 집과 구조가 같고, 그녀 역시 옷장만한 빵 트럭 안에서 자라기라도 한 것처럼 거의 그의 집만큼이나 텅 비어 있다. 하지만 비트의 아파트엔 색깔과 안락함과 열기가 있는 반면 샤론의 아파트는 흰색이고 아주 춥다. 너무 춥죠? 미안해요. 그녀가 욕실에서 큰 소리로 말한다. 프랭키가 없을 때는 난방 온도를 내리거든요. 조금이라도 절약하려고요. 요즘 사정이 안 좋아서요.

그녀는 욕실에서 나오더니 비트 옆에 앉아 별다른 고민도 하지 않고 키스를 하기 위해 입술을 가까이 가져온다. 그녀는 키스를 잘

* 에인 랜드 소설의 등장인물들.

한다. 적극적이지만 서두르지 않는다. 그녀의 배는 만지면 살짝 푹신하지만 따뜻하다.

비트가 몸을 뒤로 물린다. 미안해요. 그가 말한다.

아. 저도요. 그녀가 침울하게 말한다. 그녀가 손톱을 물어뜯는다. 난 당신 전처처럼 아름답지 않아요.

아니죠. 그가 말한다. 그녀가 놀란 표정을 짓자 그가 말한다. 아, 당신은 아름다워요. 제 말은, 그래서 그런 게 아니라는 뜻이었어요. 그냥 이러면 안 될 것 같아서요.

그들은 손을 잡고 벽난로 위에 걸린 시계 소리를 듣는다. 위층의 베이비시터 소리가 들린다. 노트북 컴퓨터로 영화를 보는 모양이다.

그가 말한다. 아마 에인 랜드 때문인가봐요.

샤론이 웃음을 터뜨리더니 한참을 웃는다. 웃음을 그친 그녀가 그의 팔을 잡는다. 아, 난 항상 당신처럼 동정심 넘치는 멋진 진보주의자들에게 절망적인 짝사랑을 품고 있었어요. 이젠 다른 데서 괜찮은 보수주의자 노인네나 찾아봐야겠어요.

이 도시에서 행운이 따르길 빌게요. 그가 일어서며 말한다. 원하시면 프랭키를 데리고 내려올게요.

글쎄요. 그냥 자게 두면 안 될까요? 그녀가 말한다. 당신이 아이들을 봐도 상관없다면 난 친구를 불러서 시내에 나가려고요. 밤이 아직 젊잖아요. 우리도 젊고.

당신은 젊죠. 그가 말한다.

당신도 언젠가 다시 젊어질 거예요. 당신 스스로가 허락한다면요. 그녀가 말한다. 그리고 그의 뺨에 누이 같은 키스를 한다. 어서

가요. 난 춤추러 갈 때 입는 옷으로 갈아입어야 해요. 그는 계단을 오르며 번쩍이는 클럽에 있는 샤론을 상상한다. 신시사이저와 가성으로 가득한 조금 옛날 스타일의 음악을 들으며 눈을 감고 있는 모습을 떠올리며 그녀가 지금의 그녀와 다른, 생각하는 여자였더라면 하고 바란다. 아니, 그것보다 그가 자신의 개인적 규칙을 내려놓을 수 있었더라면, 그가 단 하룻밤이라도 평소의 그와 좀 다른 사람인 척할 수 있었더라면 하고 생각한다.

그는 이번 학기 마지막 수업에 들어가 포트폴리오를 걷는다. 학생들이 갑자기 아름답고 소중하게 느껴진다. 그들은 문을 나가며 그에게 감사 인사를 하고 손을 내민다. 어깨를 두드리기도 하고, 안아주기도 하고, 악수를 하기도 한다. 그는 그들의 따뜻함에 놀란다. 그는 자신이 엄격한 사람이고, 누구나 친근함을 느끼는 그런 교수는 아니라고 생각해왔다.

그는 여유롭게 한 시간을 걷는다. 그는 뭔가를 찾고 싶은 충동을 느끼지만 아무것도 필요하지 않다. 그는 이 가게 저 가게에 들어갔다 나오고, 쿠키와 칫솔과 그레테가 욕실에서 가지고 놀 펭귄을 산다.

마침내 그는 기차역에 앉아 오고가는 사람들을 바라본다.

언젠가 그가 유럽에 사진을 찍으러 갔을 때, 여행이 끝나기 전 마지막 며칠 동안 길을 떠난 적이 있었다. 스위스의 한 기차역, 높다란 창에서 빛이 가득 들어오는 꿀빛 목조 건물에서, 그는 벤치에 앉아 흐느끼고 있는 한 여자를 보았다. 그 여자는 덩치가 엄청나게

켰다. 그녀의 몸 일부가 팔걸이를 넘어 주변 좌석에까지 퍼져 있었다. 여자는 빛바랜 파란 강아지 무늬가 찍힌 통짜 원피스에 반짝이가 달린 중국식 슬리퍼를 신고 있었는데, 그녀의 발은 껍질 밖으로 터져나온 구운 감자 같았다. 하지만 머리는 곧 오페라에라도 가는 사람처럼 아름답게 위로 틀어올려 고정해놓았고, 기도라도 하듯 입 앞에 모으고 있는 두 손은 되새처럼 작았다.

비트는 선 채로, 사람들의 물결 속에서 꼼짝하지 않고 여자를 바라보았다. 단 한 사람도 걸음을 멈추고 무슨 일이냐고 묻지 않았다. 그는 분개하며 여자 쪽으로 다가갔다. 사람들이 갈라졌다. 그가 아주 가까이 다가가보니 커다란 밀짚모자가 뒤집혀 있고, 여자의 배 위에 종이 한 장이 놓여 있었다. 우는 여인. 그 말이 모두 네 가지 언어로 쓰여 있었다. Weeping Woman, Femme Sanglotante, Donna Piangente, Weinende Frau. 시계가 육중하게 울렸다. 서까래 위에 있던 비둘기들이 날아올랐다가 다시 내려앉았다. 우는 여인이 마치 수도꼭지 잠그듯 울음을 그치더니 종이와 모자를 집어들었다. 눈 깜짝할 사이에 그녀의 그 엄청난 덩치가 사람들 무리 속으로 사라졌고 비트만 다시 홀로 남았다.

그 일을 떠올리면 비트는 눈에 오래된 가시가 얼얼하게 박힌 느낌을 받는다. 그는 생각한다. 그래. 하지만 그것은 곧 사라진다. 그의 화난 심장이 관심을 가져달라고 외친다, 주먹이 그의 갈비뼈 문을 두드린다.

버터호두호박 라비올리와 농산물 시장에서 사온 연하고 신선한 채소를 앞에 두고 비트가 그레테에게 말한다. 혀 중앙에 느껴지는 순무의 톡 쏘는 쓴 맛. 추운 날 떨다가 하는 뜨거운 샤워. 네가 내 목을 잡았을 때 느껴지는 너의 힘. 물속에 든 레몬즙 몇 방울.

그레테가 먹다 말고 제 아버지를 빤히 쳐다본다.

고드름 맛, 그가 말한다. 연못에 떠 있는 기분. 작은 포일 포장지에 싸인 키스 초콜릿. 그가 미소를 짓는다.

그레테가 천천히 말한다. 호박파이? 강아지가 입을 핥을 때?

계산대 직원이 동전을 건넬 때 손에 닿는 그 사람의 손. 비트가 말한다.

해나 냄새. 그레테가 말한다. 에이브의 웃기는 안짱다리. 응원용 폼폼!

그의 딸이 들뜨기 시작했고, 얼마나 흥분했는지 의자 위로 올라선다. 그리고 가정의 작은 신神인 포도맛 기침 시럽과 알퐁뎅이와 유치원의 햄스터 우리 안 삼나무 침대를 떠올린다. 비트는 헬레를 생각한다. 그에게는 길고 어두운 길이었던 그녀. 그리고 그 길의 끝을 비추는 빛이 바로 지금 마룻바닥에 페스토소스를 뿌리고 있는 이 통통한 금발의 아이라는 것을 생각한다.

실비가 노크도 없이 그의 사무실 안으로 들어오더니 문을 잠근다. 그는 앉은 그대로 등을 뒤로 기댄다. 그는 지금 포트폴리오 점수를 매기고 있어야 하지만 놀랍도록 부적절하게 뒤라스의 『연인』을 다시 읽고 있는 중이었다. 헬레가 가장 좋아했던 책이다. 그는 책을 파일들 아래로 집어넣지만 실비가 억지로 꺼낸다. 그의 옆에서 책상에 몸을 기댄 그녀의 다리가 길고 희고 앙상하다. 그는 바깥의 한기를, 내리는 진눈깨비를, 인도 위 진창을, 그녀 피부에 돋았을 소름을 생각한다. 그녀가 입술을 뿌루퉁하게 내밀고 책을 읽는다. 머리카락이 지나치게 깨끗하다. 누군가가 그녀 얼굴 위의 점들 사이에 선을 그린다면 뺨과 턱에 북두칠성이 생길 것이다. 그는 기다린다. 그녀가 책을 내려놓는데 팔찌가 쨍그랑거린다.

있잖아요, 그녀가 말한다. 교수님이 제 포트폴리오 점수를 매긴 이상 더는 제 교수님이 아니세요.

점수를 매겼어. 그가 말한다. A⁻.

그녀가 상처받은 표정을 짓자 그는 등을 뒤로 기댄다. 이 아이는 왜 이렇게 쉽게 상처를 받는 것일까? 그의 분노를 드러내 그녀 내면의 무언가 좋은 것을 짓밟는 일은 무척 쉬울 것이다. 분명 그의 존재 가운데 일부는 그녀가 다섯 살만 더 먹었으면 좋았을 거라 생각하고 있고, 그녀가 시간에 의해 더 난련된다면 매력적인 여인으로 보게 될 것이다. 그녀는 그를 누그러뜨릴 수 있는 무언가를 가지고 있다.

음, 그녀가 말한다. 전에도 말씀드렸지만 쉽지 않으시네요.

나는 지금 상황이 아주 쉽지 않아. 그가 분위기를 밝게 하려고 말한다.

그녀가 한 발을 그의 발 사이에 넣는다. 잘됐네요. 그녀가 말하며 몸을 앞으로 기울이고 그녀의 입술이 다가온다. 그녀의 숨결에서 계피 냄새가 풍기고, 더 깊은 곳에서 커피 냄새가 난다.

아, 실비. 그가 말한다. 안 돼. 넌 아름다워. 하지만 아니야.

왜요? 그녀가 말한다. 난 성인이에요. 당신은 내 교수님도 아니고요.

난 그런 남자가 아니야. 그가 말한다. 그리고 널 보면 누군가가 떠올라.

누가요?

나, 라고 그는 말하고 싶다. 하지만 그는 그냥 미소를 짓는다.

내 아내. 너보다 좀더 어렸을 때의 그녀가.

그녀가 몸을 뒤로 빼고 입술을 씹으며 이 말을 곰곰이 생각한다. 그녀는 헬레의 실종을 입에 올리기라도 할 것처럼 보이고, 그녀가 그 생각을 철회하자 그는 고맙게 생각한다. 그녀가 말한다. 난 상관없어요. 그녀가 얼굴을 붉히며 그 책을 집어든다. 정부가 되는 거요. 난 괜찮다고요.

내가 안 괜찮아. 그가 말한다.

이해가 안 가요. 그녀가 눈을 반짝이며 말한다. 무슨 의미가 있어야 하는 게 아니잖아요.

그가 그녀의 두 손을 잡고 복도로 데리고 간다. 그는 그녀의 축축하고 떨리는 손바닥 양쪽에 다 입을 맞춘다. 손바닥에 밴 냄새가, 사진 화학약품 냄새가 그에게 닿는다.

그러니 더더욱 안 돼. 그가 말하고는 문을 닫는다.

봄, 세상의 낙관주의가 시작되는 계절. 그의 안에서도 덩굴손 하나가 자란다. 매일 그는 지나칠 정도로 때 이르게 에스파드리유를 신고 기대감에 부풀어 얇은 코트를 입고 나온 여인들을 본다. 곧, 곧, 그는 그의 수줍은 마음의 저항을 뿌리치고 한 여인에게 다가가 대화를 시작할 것이다. 당신은 항상 꽃무늬를 입어야 해요. 그가 한 여인에게 말할 것이다. 꽃무늬 블라우스를 입으면 아름다울 거예요. 아니면, 그러기에 너무 부끄럽다면, 그냥 간단히, 안녕하세요, 라고 할 것이다. 마치 창문 하나가 불쑥 열리듯이.

세상이 온통 하얘지고, 그러고 나서 해빙이 찾아왔다. 해나가 모두에게 이렇게 말하며 숲속의 작은 녹색 집으로, 에이브에게로 돌아간다. 우리 남편은 나 없이는 살 수 없었던 거야. 하지만 그건 두 사람 다 마찬가지였다는 걸 비트는 알고 있다. 사막의 드넓은 하늘, 콘도르로 가득했던 그곳이 그녀를 메마르게 만들고 있었던 것이다.

어느 날 우편으로 충격적인 소식이 전해진다. 변호사의 편지와 신문에서 오린 부고다. 일리야, 사진 속의 그는 아주 젊고 아름다우며, 희망에 찬 부드러운 얼굴이다.

비트는 변호사를 만나러 들어가고, 종이 한 다발과 열쇠 하나를 들고 나온다.

집에 돌아온 그는 무슨 일이 일어난 것인지 생각하고 또 생각하지만 더 혼란스러울 뿐이다. 필라델피아의 집만으로도 분에 넘치는데 약간의 돈까지 생겼다. 비트는 며칠 동안 머리가 어지럽다.

그 집을 팔던 주말, 비트는 그레테와 함께 그 오래된 벽돌집 안을 돌아본다. 청소하는 이들이 다녀간 덕분에 더는 담배와 슬픔의 냄새가 나지 않는다. 잠시 그는 눈앞에 펼쳐지는 필라델피아에서의 자신과 그레테의 생활을, 또다른 대안적인 삶을, 오래된 설비와 액자걸이 레일이 있는 이 집에서 생활하는 밝고 편안한 자신들을 바라본다. 그는 부동산에 전화하고 싶은 충동을, 모든 걸 다 포기하고 더 작은 이 도시로, 더 느린 이 도시로 옮겨오고 싶은 충동을 느낀다.

그는 자신이 그러지 않으리라는 것을 안다. 그들이 이사를 한다면 헬레가 찾아오지 못할 것이다. 정원으로 난 문을 열자 겨울 햇살과 차가운 공기가 들어온다. 햇살이 오래된 마룻장에 떨어지고, 딸은 빙글빙글 돌고 돌고 또 돌며 햇살 속으로 들어갔다 나왔다 다시 들어간다. 아이의 빨간 치마가 불길에 휩싸인 듯 붉게 빛난다.

돈이 넉넉해진 그가 그레테에게 말한다. 어디로 여행 가고 싶어? 그는 그레테가 할머니와 할아버지 집이라고 말할 거라 생각한다. 아르카디아라고.

하지만 그레테는 그를 놀라게 한다. 아이는 한참 발가락을 들여다보다 마침내 말한다. 그리스. 그리고 수줍게 그를 올려다본다.

그는 한 시간 정도 당황스러워한다. 그리고 전철 속에서 이름 모를 사람들 사이에 끼여 서 있다 문득 이해한다. 헬레. 그 이야기, 헬레스폰트 이야기. 딸의 마음속에서 헬레는 황금 양의 등에서 떨어져 끝도 없이 추락하고 있었던 것이다. 허공을 가르며, 던져진 동전 하나처럼, 깜박이며 쾌활하게, 아래쪽 물을 향하여.

그것들은, 이야기들은, 상처를 입힐 수도 있고 물집이 생기게 할 수도 있다. 그는 갤러리에서 헬레와 다시 사랑에 빠졌던 그날 밤 이야기를 시작했었다. 그 이야기는 이렇게 흘러갔다. 그들 앞에는 광대한 시간이 펼쳐지고, 그는 매일 아침 잠에서 깨면 헬레의 시큼한 숨결을 맡으며 그녀의 머리카락을 어루만지고, 그레테를 하나 또는 둘까지 만들며 헬레와 비트의 몸은 끝도 없는 커피와 끝도 없는 저녁식사와 함께 나이들어가고, 그들이 늙어감에 따라 날은 점점 짧아지고, 마침내 두 사람은 서로를 부드럽게 도와가며 죽음을 맞이한다. 하지만 그는 그녀가 떠나던 밤에 이 이야기를 잃어버렸다. 이제 시간은 그저 광대하게 펼쳐져 있기만 하고 그는 무엇을 해야 할지 알지 못한다. 그는 어떤 마법의 주문을 말해야 그들의 이야기를 되찾을 수 있는지, 헬레를 그녀가 선택한 어둠에서 되돌아오게 할 수 있는지 알지 못한다.

그들이 모든 것을 벗어나 한 해를 보냈던 그 석조 농가 근처에는 작은 강이 있었고, 그 강에 감싸여 곶처럼 내민 땅 한 조각이 있어 그 위를 거닐 수 있었다. 비가 많이 내리면 강물은 강둑을 넘었고 그 곶은 섬이 되었다. 그곳에 나가 있으면 봄냄새가 격렬하게 달려들었고, 사방은 온통 진흙과 꽃봉오리들과 넓게 펼쳐져 느릿느릿 내려오는 구름 천지였다. 제어하는 나무가 없어 바람은 더 거칠었다.

헬레와 비트는 강물을 헤치고 그 섬으로 피크닉을 가 햇살을 받으며 누워 있다가 차가운 강에서 수영을 하곤 했다.

그 섬에서의 한순간이, 그가 아침에 일어날 때, 샤워를 할 때, 길을 걸을 때, 그가, 지금처럼, 절망적인 한밤중에 깨어날 때, 그의 안에서 살아 있다.

강에서 밖으로 나오는 헬레가 끊임없이 보인다. 물에 젖어 매끈하게 빛나는 머리카락, 기쁨의 방울이 되어 그녀의 피부 위로 빠르게 떨어지는 물, 추위 때문에 온통 붉어지던 하얀 몸. 차가운 태양이 그녀를 사랑하고, 그녀를 어루만지고, 그녀 팔의 고운 털 위에 프리즘 놀이를 한다.

행복해? 헬레의 입에 가까이 대고 그가 묻는다.

너무 행복해. 그녀가 속삭인다. 그녀의 차가운 숨결, 차가운 피부. 그의 입술에 닿던 차가운 입술.

비트는 헬레 찾는 일을 중단했다. 그럼에도 그의 눈은 끊임없이 그녀가 있는지 살핀다. 비트의 삶에서 헬레가 있었던 자리에 구멍이 나 있다. 진공이다. 하지만 그후로도 오랫동안 비트는 그녀를 발견한다. 희미하게 숨을 한 번 내쉴 동안 그는 깜짝 놀라며 헬레를 발견하지만, 더 자세히 보면 그녀는 먼지로 사그라들어 다시 사라진다.

그는 집에서도 그녀를 발견한다. 침대 위에서, 그녀는 줄곧 거기 있었던 것이다, 그를 기다리며. 그녀의 가슴에서 하얀 시트가 벗겨지며 한낮의 햇빛 속에 젖꼭지가 드러난다. 어디 갔었어? 그녀가 묻는다. 목소리가 잠기운에 젖어 촉촉하다. 당신을 기다리고 있었는데.

대학원생들이 가는 어느 술집에서도 그녀를 발견한다. 그는 그의 대학원생들에게 맥주를 사고 있었다. 그녀는 헤나로 머리카락을 염색했다. 검은 가죽옷을 입고 그를 지나쳐 걸어간다. 칼날 같은 얼굴로, 뒷문으로 나가버린다.

어느 밤 몰아치는 태풍에 창문을 닫다가 그는 그녀를 발견한다. 투명한 비닐 우비를 입은 여자가 거리를 뛰어서 건너고 있다. 등뼈의 굴곡이 실크 블라우스 아래로 선명하게 드러나고, 하얀 머리카락이 두 뺨에 붙어 있다. 그가 쏟아지는 빗속으로 달려나가 그녀를 뒤쫓아가지만 그녀는 사라지고 없고, 환풍구 위에 있던 부랑자는 애초에 아무도 없었다고 우긴다.

그는 태국의 병원에서 그녀를 발견한다. 그는 스쿠버다이빙을 하다 스톤피시에 스쳐 독성 쇼크에 빠지고 병원 수술대 위에서 죽는다. 그리고 다시 살아났을 때, 심장 제세동 직후에 그는 의사들 머리 위로 역광을 받아 둥그런 후광에 둘러싸인, 초점이 흐려진 헬레 얼굴의 실루엣을 본다. 그러고 나서 그녀가 윤지이자 그녀의 얼굴은 간호사의 얼굴로 바뀐다. 창백하고 늙고 야윈, 살아 있는 그에게 고맙다는 듯 미소를 짓는 얼굴로.

하지만 대부분은 딸에게서 그녀를 발견한다. 그는 아이들 파티에 갔던 그레테를 데려와 아이 방으로 간다. 아이에게 이불을 덮어주고 불을 끄고 문을 닫은 다음 나무 벽에 머리를 기댄 채 기다릴 때 그는 헬레가 거기, 방안에, 잠들어 있다는 것을 안다. 그레테가 자랄수록 아이의 얼굴에 그녀가 있다. 아이의 젖살이 흔적 없이 사라지면서 엄마의 광대뼈가 드러나고, 똑같은 황금빛 반점이 있는 두 눈이 복잡하고 깊어진다. 아이가 그를 바라보며 그의 어깨에 머리를 기대고 말할 때도 그레테의 목소리에는 헬레가 있다. 아, 아빠,

왜 울어? 그의 딸, 그의 다정한 딸, 비트와도 많이 닮은 다정한 소녀가 그를 바라보며 웃는다. 아빠는 항상 울어. 왜 항상 우는 거야?

지상 기쁨의 정원

도시가 내려다보이는 한 아파트에서 해질녘에 열렸던 파티가 끝날 무렵, 시벨리우스의 곡이 젊은 청년들의 잔잔한 아이슬란드식 록 음악으로 바뀌고, 염소 치즈 카나페와 속을 채운 버섯이 차갑게 식어 유치원에서 쓰는 풀처럼 끈적끈적한 상태가 되고, 사람들이 모두 도시의 옥상 포도밭에서 나온 시큼한 와인을 마시고 살짝 취했을 때, 비트는 분위기가 미묘하게 바뀌고 있음을 느낀다. 파티에 온 사람들에게서 어떤 명랑함 같은 것이 거품 일듯 끓어오르고, 사람들은 어울리지 않는 짝을 이루며 소파에 늘어지거나 문에 기대서서 그들 삶의 더 깊은 비밀을 나누고 있었다.

비트 앞에 한 여자가 서 있다. 키가 크고, 숱이 적은 눈썹을 재처럼 보이는 것으로 메웠다. 아, 난 그를 사랑했어요. 그렇게 말하는 그녀의 얼굴이 이십대 시절에는 분명 도드라졌을 아름다움으로 환하게 빛난다. 그는 베니스에 살았어요. 그는 결혼한 상태였죠. 우리는 작은 증기선에서 만났어요. 그녀의 입술이 그 기억을 떠올리며 부드러워진다.

비트는 혀에 올라오는 말들을 눌러 참는다. 물에 잠긴 펌프와 함께 반은 가라앉은 불쌍한 베니스. 불쌍한 미크로네시아, 불쌍한 투발루, 잃어버린 아틀란티스. 그렇게 말하는 대신 그는 고개를 끄덕인다. 여자의 얼굴이 다시 축 늘어지며 현재로 돌아온다. 그녀가 윙크를 하고 그의 뺨에 키스하더니 와인을 가지러 사람들 속으로 사라진다.

비트는 등을 유리벽에 기대고 파티를 지켜본다. 그의 친구들이 강 너머로 기우는 해를 받아 오렌지빛으로 빛난다. 딜런이 방 저편에서 비트를 향해 와인잔을 들어 보이고, 그러자 잔 안의 와인이 곡선을 따라 옆으로 기울며 반짝인다. 이 아파트의 주인인 푸는 어찌나 웃었는지 술잔을 옆 테이블에 내려놓고 작고 하얀 손으로 눈가를 닦아야 할 정도다. 콜이 생각에 잠긴 듯 얼굴을 찌푸린 채 손가락 하나로 샹들리에를 만지고 있다. 반세기의 삶이 친구들 얼굴에 주름을 새기고, 그들의 허리둘레를 폭신하게 만들어놓았다. 그럼에도 그들의 골수 저 깊은 곳에는 낯선 사람이 하는 한마디 말에서 모두 같은 불꽃을 일으킬 수 있는 공감대가 살아 있다. 한 여자가 큰 소리로 말한다. ……여행trip? 그러자 그들은 모두 트리피들을, 국기를 치마처럼 둘러 입었던 빼빼 마른 캡틴 아메리카를 떠올린다. 누군가가 순수한이라는 단어를 말한다. 그들 앞에 유령처럼 사탕단풍나무 숲이, 양철통으로 음악소리처럼 울리며 떨어지던 수액이 떠오른다.

그는 어린 시절 아르카디아에서 함께 가지고 놀던 형편없던 낙

하산을 떠올린다. 그들은 상상하기 힘들 정도로 빠르게 나이를 먹으며 삶 속을 헤쳐가지만, 그들 사이에서 부풀어올랐다가 길게 낙하하며 부드럽게 내려앉는 기억의 그 보드라운 가장자리는 모두 부여잡고 있다.

아주 짧은 순간, 비트는 친구들을 향해 버거워 견딜 수 없을 정도의 사랑을 느낀다. 그는 차가운 바람이 부는 발코니로 나가 저 아래 거리에서 움직이는 사람들을, 완벽하고 작은 그들을 내려다본다. 그는 그들 모두가 젊다고, 남자들은 그날 저녁에 대한 들끓는 흥분 때문에 어깨를 부딪치며 거리를 걷고, 여자들은 하이힐로 또각또각 암호를 보내고 있다고 상상한다. 그는 아까 보았던 그레테를 떠올린다. 친구들을 만나러 나가다 브라운스톤 집의 어둑한 복도에서 잠시 걸음을 멈추었던 그레테, 큰 전신거울을 보며 화장을 점검하고 땋은 핑크색 머리를 매만진 다음 거울 속 자신을 향해 미소를 짓고는 문을 향해 돌아서던 그 모습을. 만족감이 따스한 물결처럼 차올라 그의 위에서 부서지며 흩어진다.

그는 파티의 부산스러움이 머리에서 씻겨나갈 때까지 조용한 도시를 걸어 집으로 향한다. 문득 그는 별들을 찾아보지만 하나도 보지 못하리라는 것을 안다. 자정이 넘었는데 그레테가 아직 집에 들어오지 않았다. 브라운스톤 집이 그를 죄어온다. 긴 창문들이 열려 있고, 쌀쌀한 봄바람이 들어온다. 도시 어디선가 길을 잃은 딸의 불길한 이미지를 떨치기 위해 그는 시를, 2018년 최고의 시선집을 읽으려 애쓴다. 그는 요즘 자주 시를 읽으며, 그 단편적인 글의 조각들에서 해체되어가는 세상의 적절한 반향을 발견한다. 하지만 오늘밤에는 파티 후 그의 마음속에서 일고 있는 이 낯선 느슨함 때문에 시어詩語에 집중할 수가 없다.

그는 그레테의 태블릿을 들고 친구 삼아 뉴스를 연다. 하지만 심각한 표정의 금발 뉴스 캐스터가 인도네시아에 바이러스 전염병이 창궐했다고 말한다. 갑작스럽게 공기로 전염되는 병이 발생했다고. 비트는 뉴스를 끈다.

괴물이 창문 안을 들여다본다. 만년설이 녹았고, 빙하는 거의 사라졌다. 대륙의 내부는 생명이 살 수 없는 곳이 되어가고 있고, 해안은 폭풍에 만신창이가 되어 수백만 명의 사람들이 대피하고 있다. 뉴올리언스와 플로리다 키스가 버려졌다. 땅으로만 둘러싸인 뜨거운 지역들도 죽은 곳이 되어 버려졌다. 피닉스와 덴버가 유령 도시로 변하고 있다. 피난민들이 매일 도시에 나타난다. 한 가족이 비트네 집 앞 계단의 바람이 없는 곳에 자리를 잡는다. 어린아이 둘과 그들의 부모는 말없이 신경만 곤두세우고 있다. 그들은 브라운스톤에 불이 꺼지면 찾아왔다가 아침이면 사라진다. 그들의 유일한 흔적은 호스로 목욕한 자리의 젖은 콘크리트뿐이다. 그는 그들을 위해 아이스박스에 음식을 넣어둔다. 그것이 그가 할 수 있는 전부다. 늘 그렇듯 그의 친절은 문제의 엄청난 규모 앞에 꼼짝 못한다. 의도적으로 무지한 이들은 문제가 있다는 것을 여전히 부인한다. 비트는 월급을 거의 쓰지 않고 미래를 위해 저축한다. 그 미래에는 부유한 이들만 살아남으리라는 것을 비트는 알고 있다. 작년에 에이브는 한 달에 걸쳐 지하실에 음식과 물과 장비를 갖추어 놓았다. 그 아래에는 비트가 쓸 총도 준비되어 있다. 요즘 같은 시절에는 그의 손에 느껴지는 루거 권총의 무게, 만일의 사태에 대비한 평형추로서의 무기가 비트에게 위안을 준다.

힘든 밤, 깊은 슬픔이 다시 내려오려는 조짐이 보이면, 그는 자신의 이기심에 부끄러워하면서도 간청한다. 그레테는 살아남을 수 있기를. 그저 그레테는 살 수 있기를.

거리의 쥐 몇 마리가 달빛을 받아 은빛으로 움직인다. 시계가 두 번 울린다. 누군가가 부르는 노래가 석회와 욋가지와 벽돌을 뚫고 그에게 와닿는다. 마침내 그레테의 발걸음소리가 인도 위에서 불규칙하게 들려온다. 그녀가 시야에 들어왔다가 가로등 사이의 움푹한 그늘로 사라진다. 그녀의 치마는 낯부끄러울 정도이고, 상의는 끈에 겨우 달랑달랑 매달려 있고, 화장품을 짙게 바른 얼굴은 달처럼 하얗다. 그레테가 계단을 오르자 그의 안도감은 썰물처럼 빠져나가고 그 자리에 약간의 화가 들어찬다. 그레테는 겨우 열네 살이나. 그가 문을 여니 그레테는 이미 울고 있다.

우리 딸? 그가 말한다. 무슨 일이야? 그레테가 그의 어깨에 머리를 묻고, 그는 그레테의 앙상한 등을 쓰다듬는다. 보드카와 담배와 땀 냄새가 난다.

애들이 미워요. 그녀가 그의 어깨에 대고 말한다.

아, 비트가 말한다. 그가 문을 닫는다. 통금 시간이 두 시간이나 지났어.

그만해요, 아빠. 그녀가 말한다. 내가 지금 너무, 너무 슬퍼하는 게 안 보여요? 난 내 인생이 싫어요.

그녀는 이제 막 시작한 참이다. 누군가에게는 풀어야 한다. 갑자기 그는 허구한 날 똑같은 소리를 질러대는 그레테 때문에 또다시 피곤해진다. 그녀가 후렴처럼 늘 되풀이하는 그 말들을 또 꺼내기 시작한다. 그는 너무 우유부단하고, 그들은 가난하고, 그가 조금만 더 노력했다면 그도 그렇게 창피할 정도는 아니었을 거고, 그렇게 외롭지 않았을 거고, 비록 작고 왜소해도 여자들이 완전히 모른 척 하지는 않았을 거라고 원망한다.

골동품이 된 전화기가 울린다. 그는 아직도 휴대전화를 마련하지 않았다. 그는 정박되어 있는 일반 전화를 사랑한다. 딸에게서 벗어나려고 그는 전화기를 든다. 실수다. 그레테가 더 크게 소리를 지른다. 하지만 그의 얼굴을 보고는 조용해진다.

스톤 씨? 전화기 속 목소리가 다시 이야기한다. 제 말 들으셨어요?

오, 못 들었어요. 그가 말한다. 현관문 위를 가로지르는 물결무늬 유리창을 통해 가로등이 아치 모양 창문을 다시 한번 바닥에 비뚤비뚤 그려낸다.

곧 가겠습니다. 그가 말하고 전화를 끊는다.

아빠? 그레테가 작은 목소리로 말한다. 어두운 복도에 선 그녀의 딸이 낯설어 보인다.

아빠? 할머니와 할아버지 얘기예요? 그녀가 말한다. 제발 뭐라고 말 좀 해봐요, 제발요.

그는, 아직은, 말을 할 수가 없다. 그는 한 손을 내밀고, 손끝에 와닿는 딸아이의 뺨의 느낌이 그에게 말을 돌려준다. 어서 가방을 싸렴. 그는 최대한 상냥하게 말하고는 찰흙으로 속을 채운 듯 두껍고 어색한 몸을 움직여 계단을 오른다.

비트는 어두운 방에 앉아 있다. 병원이 그들 주위를 돈다. 닫힌 커튼 뒤에서 또다른 새벽이 이 광경 위로 퍼져나간다. 해나의 몸이 불룩하니 침대에 있고, 그레테의 몸이 불룩하니 그 아래 간이침대에 있다. 에이브의 부재가 방보다 더 크게, 병원보다 더 크게, 그들에게 슬그머니 다가오는 아침보다 더 크게, 그 무엇보다 더 크게 느껴진다.

밤새도록 그의 머릿속에서 끊임없이 되풀이된 장면, 강박적일 정도로 자세하게 반복된 장면이 그의 상상을 넘어 진실이 된다. 일 년 전쯤 해나가 진단을 받았던 직후 그의 부모 모습이 비트 눈에 보인다. 그들은 병원 안마당에 있었을 것이다. 해나는 벤치에 앉고, 에이브는 휠체어에 앉아 그녀 곁에 있었다. 작년, 봄처럼 따뜻한 2월의 어느 날이었다. 손질되어 있지 않은 다년생 화단에는 튤립들이 일어서 거울 잡초 위로 머리를 내밀고 있었을 것이다. 벽을 따라 날리며 쉭쉭거리던 비닐봉지들. 우스꽝스러울 정도로 뚱뚱한 새 한 마리, 타르튀프* 같은 되새가, 벚꽃나무 가지 위에서 홱 움직였다.

해나가 혀를 내밀었다. 안에 작은 생물들이 있어 밖으로 뚫고 나오려는 것처럼 잿빛 혀가 경련했다.

근육연축이래, 해나가 말했다. 나의 아주 사랑스러운 증상은. 정상인 손으로 그녀가 에이브의 무릎을 잡았다.

* 프랑스 극작가 몰리에르가 지은 희곡의 주인공으로 재물과 음식과 여자를 탐하는 위선자다.

ALS*야. 에이브가 말했다. 염병할.

누가 봐도, 해나가 말했다. 염병할 사람은 나지. 에이브가 목멘 소리를 내자 그녀가 말했다. 난 예순여덟이야, 여보. 죽기에 너무 젊은 나이는 아니지.

변화로 가득했던 그 한 해는, 마치 인정받지 못한 자식처럼, 그들 사이에서 눈에 띄어도 입에 올리지 않는 화제였다. 해나는 자신이 그저 빠르게 쇠약해지며 늙어가는 거라고 생각했었다. 그녀는 더는 병뚜껑을 열지 못했고, 턱에 난 뻣뻣한 거친 털을 족집게로 뽑을 수도 없었다. 그녀의 엄지와 검지 사이가 움푹 꺼졌다. 그녀는 집 주변의 듬성듬성한 풀을 깎다가 넘어지면서 모터가 없는 잔디 깎는 기계 날에 머리를 베였다. 풀밭에서 반쯤 웃으며 얼굴에 피를 흘리고 있는 그녀를 에이브가 발견했다. 그녀는 차도 제대로 넘기지 못했다. 그녀 입에서 나오는 말들이 이상해졌다. 삶은 수고를 요했다.

해나는 의사에게 가볼 생각을 하지 않다가 2월 말, 길 위에 쌓인 그해의 처음이자 마지막 눈을 치우려 해도 삽질이 되지 않자 마침내 병원을 찾았다. 손으로 콘크리트를 섞고 수백 명이 먹을 빵 반죽을 하던, 사십 년 동안 욕조에서 남편을 들어올린 그 여인이, 그 강한 여인이 2인치 쌓인 눈가루에 항복한 것이다.

해가 그들의 두피를 따뜻하게 데웠다. 한 여인의 목소리가 바람에 실려 왔다. 우리 어떻게 하지? 에이브가 말했다.

비트와 그레테에게는 말하지 맙시다. 해나가 말했다. 짐이 되고

---

* 루게릭병.

싶지 않아.

그러지. 에이브가 말했다.

이제부터 우리는 목욕을 함께 하는 거야. 해나가 말했다. 당신이 나를 씻겨주고, 내가 당신을 씻겨주고. 그녀가 당당하게 미소를 지었다.

우리가 욕조에 들어갈 수 있는 미끄럼틀을 만들게. 에이브가 눈가를 닦으며 말했다.

바람이 일더니 사랑스럽게 그들을 향해 불어왔다. 되새가 재잘대며 날아갔다.

내가 경련 때문에 움찔하면 자쿠지* 안에 있는 것 같은 느낌이 들 거야. 해나가 웃음을 터뜨리며 말했다.

비트가 꾸며낸 세세한 내용들이 중요해 보인다. 새, 튤립, 그가 몇 시간 동안 정확을 기해 구성해낸 대화. 그런 세세한 내용들로 그는 절망감과 그 너머에서 밀려드는 병원을 막아내는 바리케이드를 친다. 문 아래 틈새로 들어오는 약한 불빛에 핑크색 땋은 머리로 지어진 둥지 안의 그레테 얼굴이 보인다. 잠들어 있을 때에만 그렇게 조용히 있는, 가만히 있질 못하는 말라깽이 딸. 그는 나이들었고, 그가 살고 있는 존재의 평면은 단 하나이고 그곳에서는 그레테가 가장 중요한 대상이다. 반면 그레테는 어리고 여러 평면 위에서 편안해하는데, 그중에는 그가 제대로 이해하지 못하는 것

* 물에서 기포가 나오는 욕조.

들도 있다. 학교에서의 삶, 친구들과의 삶, 디지털 삶. 그는 바닥을 기어 그레테 옆으로 가 그녀가 숨쉬는 모습을 바라본다. 그가 잠에서 깨어났을 때 방은 어둡고 의사가 서 있는 것이 보인다. 얼굴은 잘 보이지 않지만, 그녀의 손이 그에게 밖으로 나오라고 손짓한다.

아주 많은 사람들이 강한 불빛이 비치는 복도를 오가고 있다. 의사가 그에게 아직도 컵 안에서 보글거리는 커피를 건넨다. 늦은 밤 비트와 그레테가 병원에 도착했을 때도 그녀는 그들을 만나기 위해 자리를 지키고 있었으면서도 그 날카로운 얼굴에는 피곤한 기색이 없다. 그녀가 말을 하자 커다란 하얀 이들이 드러난다. 비트는 그것을 보며 네모난 얼음덩이를 떠올린다. 그녀가 접수처에서 그들을 맞이했을 때 터무니없게도 그는 그 이들을 핥고 싶다는 강한 욕망을 느꼈었다. 그녀가 그를 안아준다. 그녀에게서 바이올렛 파우더 냄새가 난다. 이렇게 젊은 사람에게서 그렇게 골동품 같은 옛 냄새가 나다니. 그것이 그를 불안하게 한다. 아무리 애를 써도 이 다정한 여자의 이름이 생각나지 않는다.

이야기가 하고 싶으시면…… 그녀가 말하는데 목소리가 흐려진다.

어디서부터 시작해야 할지도 모르겠습니다. 그가 말한다. 그녀가 한 발짝 물러서고, 그제야 그도 자신의 분노가 들린다. 그에게는 새로운 것이지만 불쾌하지만은 않다. 죄송합니다. 받아들이기가 너무 벅차서요.

앉으시겠어요? 그녀가 말한다. 그가 그녀 옆에 놓인 의자에 주저앉는다. 그들 주변에서는 파란색과 분홍색 수술복을 입은 사람들이 다른 이의 불행이 있는 곳으로 분주히 이동하고 있다. 아주 멀리 떨어져 있는 인도네시아의 신종 바이러스를 염려한 듯 마스크를 쓴 사람도 있다. 그녀가 말한다. 말씀하시죠.

질문할 게 너무 많습니다. 그가 말한다. 부모님은 왜 해나가 아프다는 걸 우리에게 말하지 않았을까요? 두 분은 일 년 동안이나 병을 숨기고 있었어요. 왜 약을 먹지 않고, 왜 병을 관리하지 않고 그냥 지냈을까요? 가족끼리 힘을 합쳐 대처하지 않고, 빌어먹을 도대체 왜 자살하겠다고 결심했을까요?

모두 선생님 어머니께 물어보셔야 할 것들이군요. 의사가 말한다.

만약 어머니가 다시 깨어난다면, 그럴 거예요. 그가 말한다.

아, 스톤 씨. 그녀가 부드럽게 말한다. 그녀 눈 밑 신경이 씰룩거리기 시작하고 그녀가 손으로 그 부분을 가린다. 선생님 어머니는 그 아미시 여자분에게 발견됐을 때 이미 깨어 있었어요. 그냥 지금은 눈을 뜨고 싶어하지 않는 것뿐입니다.

비트가 이마를 무릎 위로 숙이며 숨을 내쉰다. 당장 해나의 방으로 뛰어들어가 그녀를 잡아 흔들고 싶은 것을 애써 참는다. 부드럽게, 의사의 차가운 손이 그의 목에 닿으며 그를 진정시킨다.

시간이 지나자 의사의 손은 따뜻해지고 그에게 또다른 무게가 될 뿐이다. 그의 다리 아래에서 하얗게 펄럭이는 게 있다. 의사가 건네는 편지다. 에이브의 아름다운 글씨가 쓰여 있다. 비트는 그 편지를 읽고 또 읽는다. 그의 부모는 그들이 로맨틱한 아이였을 때부터 평생을 함께 살아왔듯 그렇게 함께 갈 수 있어 축복이라 느낀다고 했다. 의사가 그들이 저지른 행동을 설명하기 시작한다. 너무나도 우아하게 표현하는 그녀의 말에는 아무런 감정도 비난도 담겨 있지 않다. 다 비워낸 듯한 그런 무심함을 의대에서 가르치는지 궁금하다. 그는 그 무심함이 그녀의 피부에서 배어나와 그에게 스며들었으면 하는 마음에 움직이지 않고 가만히 있는다.

의사의 문장들과 편지에 쓰인 문장들 사이에서 비트는 자신의 슬픔의 글귀들을 매달 시간을 발견한다. 그들이 서로를 돌보기가 너무 버거워진 순간이 보인다. 해나가 뭔가를 떨어뜨려도 에이브는 그것을 집어올릴 수 없었을 것이다. 그런 일이 있고 나서 저녁을 먹은 직후, 에이브가 책을 덮고 휠체어를 굴려 해나에게 다가가 손바닥을 펴고 그녀에게 약병을 보여준다. 그들은 집안을 정돈하고 썩을 만한 음식은 포치에 내놓아 스컹크와 너구리, 허기진 사슴이 먹을 수 있게 한다. 그리고 퇴비용 화장실을 청소하고 이 편지를 쓴다. 그런 다음 깨끗한 옷으로 갈아입고 침대에 누웠을 것이다. 약을 똑같이 나누고 차가운 물 한 컵을 똑같이 나눠 마셨을 것이다. 따뜻하게 서로의 손을 잡고 모든 것이 희미해지기를, 흘러가기를 기다렸을 것이다. 에이브는 성공했다. 해나는 실패했다. 그녀는 비트에게 돌아왔다.

그는 에이브의 편지를 구겨 주머니에 넣는다. 그는 의사의 문장들이 이어지던 도중에 자리에서 일어나 긴 복도를 걸어내려간다. 무례하게 굴고 싶지 않지만, 특히 경련을 일으키는 이 다정한 의사에겐 더더욱 그러고 싶지 않지만, 그는 그냥 텅 빈 공간을, 고독의 깨끗한 차가움을 원할 뿐이다.

그럭저럭 정오가 되었다. 그레테는 아침부터 내내 태블릿에 얼굴을 묻고 있다. 비트는 지독할 정도로 침묵하는 두 여인 사이에서 질식할 것만 같다. 마침내 그는 그레테와 함께 샌드위치를 먹으러 카페테리아에 가고, 우울하게도 온실에서 자란 시들시들한 상추를 넣은 샌드위치들을 보게 된다. 불과 몇 년 전만 해도 멕시코에서 가져온 신선하고 아삭한 양상추가 사방에 널려 있었다. 그렇게 작은 것 하나가 그렇게 변화를 알린다.

그들은 돈을 내고 자리에 앉는데, 그 순간 에이브의 죽음이 비트 발밑의 땅을 갈라놓는다. 그는 빵 위에 놓인 그레테의 긴 손이 아니었다면, 물어뜯은 손톱의 벗겨진 검은 매니큐어가 아니었다면 그 갈라진 틈으로 떨어졌을 것이다.

왜 그래요? 그레테가 그를 바라보며 말한다. 아빠, 왜요?

세상이 하나로 뭉그러지고 색깔들이 흔들린다. 그레테가 빰을 만지는 것이 느껴진다. 에이브. 그가 말한다.

아. 그레테가 말한다. 그레테의 내면에서도 흔들림이 있다. 그레테가 의자를 최대한 가까이로 당겨온다. 두 사람은 서로 눈을 맞대고 감는다. 서글픈 음식, 흐려지는 카페테리아 불빛.

에이브가 여기 있었다면 비트는 그를 목 졸라 다시 한번 죽일지도 모른다. 슬픔으로 보이는 것이 실은 분노인 것이다. 에이브는 기반암이었다. 에이브는 그의 세계의 중력이었다. 비트가 기억하는 한 그의 아버지는 그에게 유일하게 확실한 존재였다.

해나의 방이 말린 야생화로 가득 채워진다. 밀려드는 수입품에 대처하기 위해 동네 화원이 생각해낸 아이디어다. 하지만 꽃가루 때문에 그레테의 얼굴이 부어오르고 심지어 침대에 누운 해나도 재채기를 하느라 숨을 제대로 못 쉴 정도다.

진시와 진시의 아들들이 도착하고, 그레테가 아래층으로 달려내려가 그들을 맞는다. 잠시 혼자 있게 된 비트가 어머니 곁으로 간다. 그는 그녀 앞에 웅크리고 앉아 그녀 얼굴 아주 가까이에 자기 얼굴을 갖다댄다. 역한 냄새를 풍기는 그녀의 숨결 때문에 그의 눈에는 눈물이 고인다. 깨어 있는 거 알아요. 그가 말한다. 눈떠봐요.

천천히 눈 하나가 주름의 둥지 안에서 열린다. 해나가 눈을 깜박인다. 거의 들리지 않을 정도로 아주 조용히, 그녀가 말한다. 그러고 싶지 않은데.

그는 숨이 턱 막힌다. 그는 웃음을 터뜨린다. 하지만 순식간에 분노가 다시 찾아온다. 어머니가 무슨 빌어먹을 바틀비인 줄 알아요? 그녀의 뜨여 있는 눈이 그를 노려본다.

진시와 쌍둥이들이 뛰어들어오고 비트는 소년들의 냄새에, 지저분한 손과 숨결의 악취에 휩싸인다. 이것 좀 봐요! 오스카가 손을 벌려 골동품 시계의 섬세한 톱니를 보여주며 말한다. 학교 놀이터에서 발견한 건데 아저씨 드리려고 가지고 있었어요. 아이작은 아무것도 가져오지 않았지만 지고 싶지 않아 이렇게 말한다. 이것 좀 봐요! 그리고 해나의 병실 바닥 한가운데서 물구나무를 선다. 이것 좀 봐요! 쌍둥이가 말한다. 나 좀 봐요! 진시는 남편이 있었던 적도, 남자친구를 오래 사귄 적도 없다. 비트가 다였다. 쌍둥이들이 자고 가는 날이면 아이들은 그레테의 침대에서 그레테를 껴안고 잠들지만, 아침이면 비트의 침실 바닥에서 충실한 개들처럼 함께 껴안고 누워 있다.

비트가 아이들을 끌어안고, 아이들은 여윈 짐승들처럼 그의 품에서 편안해한다. 그는 문가에 선 진시를 쳐다본다. 아름다운 모습이 천천히 그리고 점진적으로 흰머리와 주름으로 변해가는 나머지 세상과는 달리, 그녀의 매력은 고스란히 남아 있다. 십대 시절의 작고 날카롭던 외모가 여전히 남아 쉰세 살의 그녀를 돋보이게 한다. 곱슬곱슬한 머리카락은 잿빛으로 수놓여 있었지만 얼굴은 장밋빛으로 주름 하나 없다. 그녀는 비트의 감탄에 기뻐하면서도 수줍어한다. 그녀가 해나에게 몸을 숙여 키스하고는 그녀의 흘러내린 머리카락을 쓸어넘기며 뭔가 속삭인다. 비트는 들으려고 애쓰지만 한마디도 듣지 못한다.

미열 같은 슬픔. 그의 슬픔은 그의 머리 뒤편에 있는 벌집이다. 벌에 쏘이지 않으려고 그는 천천히 움직인다. 여러 일들이 한꺼번에 뭉쳐지더니 매끄럽게 한없이 펴진다. 애스트리드가 도착한다. 그레테가 해나의 문밖 의자에서 펄쩍 뛰어오르며 외친다. 모르모르* 애스트리드, 와주시길 얼마나 바랐는지 몰라요! 의사들이 애스트리드 주위에 모여든다. 애스트리드가 해나의 병실로 성큼성큼 들어가 그녀에게 일어나 앉으라고 명령한다. 해나가 힘들어하면서도 일어나 앉는 모습에 비트는 속으로 놀라움을 금치 못한다. 옛친구 두 사람이 한방에서 서로를 마주보고, 아주 오래전 그들의 모습

* '할머니'라는 뜻의 노르웨이어.

이 그를 엄습해온다. 임시 아르카디아의 마당에 서 있던, 키가 크고 젊은 꿀빛 금발과 연한 금발의 두 사람, 그리고 그들의 헤아릴 수 없는 높이를 올려다보던 꼬마 비트.

차를 타고 아르카디아로 가는 데 한 세기는 걸리는 것 같다. 라디오에서는 자바에서 천여 명이 사망했다는 소식과 갑작스러운 발병, 격리 조치 등을 보도한다. 비트가 라디오를 끄지만 애스트리드가 다시 켜며 단호하게 말한다. 무지는 누구에게도 도움이 되지 않아. 그는 그가 피할 수 있는 것을 피하는 것이다. 병은 갑자기 시작되고, 열두 시간이면 사람들이 죽는다. 의사들은 사스 같다고도 조류독감 같다고도 하지만, 매개체에 대해서는 아직 아무도 알아내지 못한다. 마침내 애스트리드가 클래식 음악을 듣는 데 동의한다. 비트는 백미러에 비친 자신의 모습이 수염이 자라고 눈이 게슴츠레한 은둔자 같을 거라 확신하지만 그의 눈은 반짝이고 두 뺨은 붉다. 아까 그를 안아주었던 의사의 그 작은 체구의 느낌이 여전히 생생하고, 그녀의 바이올렛 향이 계속 허공을 맴돈다. 언제든 전화하세요. 그녀가 속삭였다. 제 번호예요. 마지막 보이던 하얀 이, 그는 그녀를 데려오고 싶었다.

조용한 사탕단풍나무 숲에서 해는 초록으로 물들어 있고 우듬지에서는 새들이 나팔을 분다. 비트는 새들에게 화를 내지 말자고 자신에게 말한다. 쟤들이 뭘 알겠어.

집은 여전하다. 식료품 창고에는 콩과 곡물이 가득 든 유리병들이 여전히 늘어서 있다. 작업장의 공구들은 모두 에이브를 위해 무릎 높이로 배열되어 있다. 사탕단풍나무 숲으로 이어지는 오솔길은 잡초가 제법 무성하다. 장작이 집 주변에 낙관적으로 구불구불 쌓여 있어 요새가 되고, 바람막이가 되고, 아늑한 포옹이 된다. 새벽빛 속에 산들이 보라색이다. 어둠이 밤의 숲속에서 하나의 생명체처럼 움직이는 것도 여전하다. 그리고 땅이 다시 가치 있어지기 오래전에 레이프가 버려진 농장들에서 되찾은 수만 에이커의 숲들도 여전하다. 에이브가 가장 좋아하는 접시가 수북이 쌓인 접시 맨 위에 놓여 있다. 부모의 몸이 오랜 세월 동안 매트리스 위에 새겨 놓은 두 개의 움푹한 눌린 자국도 여전하다.

평생에 걸친 해나의 침묵 역시, 여전하다.

여기서 잠드는 것은, 침대에 굴복하는 것은 그에게 정말 쉬운 일일 것이다. 하지만 그레테가 옆에서 역겹다는 듯 눈을 찌푸리고 서 있다. 정신 차려요, 아빠. 그가 심호흡을 하며 집이 물결처럼 그에게 밀려오고 또 밀려오도록 내버려둔다. 그리고 잠시도 손을 쉬지 않고 부지런히 일한다. 마룻장을 문질러 광택을 내고, 케이크를 굽고, 침대들을 정돈하며 자신의 몸, 그 어리석은 육신의 움직임 속에서 위안을 얻고, 그것을 앞세워 시간 속을 헤쳐나간다.

순간들이 그럭저럭 일주일을 만든다. 이제 장례식이다. 아주 많은 사람들이 왔다. 그는 현기증이 나 제대로 보지도 못한다.

해는 너무 높이 떠 있고, 바람은 무척 강하고, 연못의 물이 둑을 때린다. 사람들은 비트를 만지고 싶어한다. 비트는 지금도 키가 작다. 하지만 그들이 기억하는 그는 아주 작다. 그들이 그의 정수리를 토닥이고, 그는 그들의 손을 으스러뜨리고 싶은 충동을 억누른다. 그가 잡고 있는 해나의 팔이 움찔하며 경련을 일으킨다. 그가 당연히 알아보아야 할 누군가가 파란 가운을 입고 주문을 외우고 있다. 사람들이 에이브 이야기를 한다. 에이브가 아르카디아의 비밀 원동력이었다고, 그가 아르카디아 하우스를 석 달이란 짧은 기간에 수리해내는 기적을 행했다고, 그뒤로도 십 년이란 세월 동안 공동체를 유지시켰다고. 그리고 워싱턴의 행진, 근엄한 평화의 회색 새들처럼 그들의 우편함에 날아와 앉아 있던 열정적인 모금 운동 편지 등 그가 늙어서 조직했던 여러 일들에 대해서도 이야기한다. 에이브는 그가 진심으로 믿는 것들을 실천했다. 에이브, 늘 변함없던 사람.

초창기의 서커스 가수들 몇몇도 왔다. 늙고 통통해진 그들이 최신 꼭두각시 인형들 아래에서 흔들거린다. 그들의 목소리는 늙어 갈라지고 높이 올라가지 않는 대신 더욱 힘이 있다. 비트는 무감각에서 아픈 단계로 옮겨간다. 그는 생각한다. 넋을 잃는다는 게 이런 거군.

그는 언덕 위의 아르카디아 하우스를 쳐다본다. 레이프가 실종된 후 에레혼 일루미네이션은 아르카디아 하우스를 떠났고, 애스트리드는 이 년 동안 그곳을 비워두었다. 아이비 덩굴이 서쪽 창문들을 뒤덮고 있고, 홈통에는 어린 나무들이 자라고 있다. 비둘기들이 지붕선 위에 무리 지어 앉아 하늘을 향해 집의 단추를 채우고 있다.

비트와 그레테와 해나에게 유골함이 건네진다. 그들은 유골함 뚜껑을 연다. 에이브의 검은 연기가 연못 위 바람 속으로 쏟아져나온다. 잿빛 막이 기름처럼 물위에 뜨고, 에이브의 보다 단단한 부분들은 아래로 가라앉아 피라미들의 입속으로 야금야금 들어갈 것이다. 분자 하나하나가 물속에서 씻길 것이고, 사슴이, 곰이, 사향쥐가 그 물을 마실 것이다. 지금 자신들의 어두컴컴하고 안전한 굴속에서 이 낯선 인간의 무리를 지켜보고 있을 그들이.

장례식이 모두 끝나고 문상객들이 아르카디아 하우스 아래층에 모여 있을 때, 누군가가 젊은 시절 핸디의 거친 목소리를 스피커로 흘려보낸다. 해나는 빈 밀가루 자루처럼 모퉁이 의자 위에 오도카니 앉아 있다. 음악 속에서 비트는 레이프가 옛집을 이렇게 바꾸어 놓았다며 성내는 속삭임들을 듣는다. 침실들이 있던 아래층 공간은 하나로 트여 이제 커다란 홀이 되었고 칸막이들이 미로를 이루고 있다. 원조 아르카디아 사람들이 완전히 다 비워진 채 번쩍이는 위층을 본다면 그들의 지친 마음에 다시 한번 반란의 불꽃이 일 기라고 비트는 생각한다. 불쌍한 레이프, 그는 변화에 전혀 신경쓰지 않는 사람이었다. 삼 년 전 초고도 열기구를 타고 올라갔다가 실종된 그 괴짜 친구에 대한 생각으로 비트는 잠시 눈이 아리다. 그는 창밖에서 잿빛으로 물들고 있는 하늘을 올려다보며 레이프가 아직 그곳에 있을 거라 상상해본다. 열기구의 캐빈 안에 얼어붙은 채 평화롭게 있을 그의 모습을, 눈썹에는 얼음이 맺혀 있고, 파란 입술에는 미소를 머금은 채 우주의 가장자리에서 바람 속을 떠가는 그를.

그들이 그에게 다가왔다. 어린 시절 그가 사랑했던 사람들이. 하지만 그들은 괴상하게 변해 있었다. 도넛처럼 뚱뚱하고 이 사이에 시금치가 끼어 있는 엔지니어 에릭은 애스트리드와 핸디에게 남은 유일한 자식인데, 그것은 그가 따분함을 구명정으로 삼은 덕분이다. 미지는 머리칼이 다 빠진 노파가 되었는데, 얼마나 쪼그라들었는지 비트도 그녀 앞에서는 몸을 구부려야 할 정도다. 플로리다에서 여기에 오는 건 이번이 마지막이야. 그녀가 병에 걸리지 않기 위해 쓴 초록 마스크 사이로 속삭인다. 힘들여 기차 여행을 하기엔 내가 너무 늙었어. 타잔은 가죽으로 완전히 온몸을 덮고 있다. 예전처럼 머리끝에서 손끝까지 갈색 스웨이드 차림이다. 사이먼은 오래되어 한쪽 모퉁이의 접착제가 떨어진 가발을 쓰고 있다. 해나 앞에 무릎을 꿇고 해나의 손에 키스를 하는 그의 머리가, 내용물이 잘 끓고 있나 비스듬히 열어본 냄비의 검은 뚜껑처럼 보인다. 스콧과 리사는 돈이 많아 빛이 난다. 리자이나와 올리는 예전에 그들이 만들던 컵케이크처럼 버뮤다의 태양에 완벽한 황금빛으로 구워져 있다. 이제 눈이 먼 도로트카는 목 뒷부분만 기른 머리를 쥐꼬리처럼 길게 땋았는데, 그녀의 애인은 그 꽁지머리를 작은 개의 목줄을 잡아당기듯 다정하게 잡아당기곤 한다.

병원의 그 작고 마른 의사가 왔다. 그녀가 가까이 다가오자 비트는 기쁘다. 그녀는 새로운 사람이다. 그녀에겐 기억의 무게가 없다. 그녀 눈가의 갈색 피부가 갈라져 있다. 그녀가 그의 뺨에 키스를 하고 사라진다.

네가 정말 안됐어, 꼬마 비트. 사람들이 속삭인다.

우린 네 아버지를 정말 많이 사랑했단다. 그들이 속삭인다.

우리가 도울 일이 있으면. 그들이 속삭인다.

그들은 속삭이고, 속삭이고, 속삭인다. 디앤절로 외에는 모두가 속삭인다. 그는 펜테코스트파 목사가 되어 새로운 목소리로 외친다. 망할 말라깽이 영감 에이브에게 하느님의 축복이 있기를! 그의 얼굴에 눈물이 줄줄 흐른다. 주름도 없이 아기처럼 부드러운 얼굴은 기적이라고 할 만큼 변함이 없다.

대부분의 사람들이 바로 떠난다. 그들에게는 일이, 가족이, 놓치지 말아야 할 기차가 있다. 딜런과 콜과 진시와 그들의 아이들이 제일 늦게 떠난다. 그들은 연료를 아끼기 위해 버스 한 대를 함께 빌렸다. 몇 년 전 레이프가 완전히 유리로 둘러싸서 습기로 가득한 온실이 되어버린 안마당으로 들어갔을 때에야 비트는 아미시 사람들을 발견한다. 이제 마당은 낯선 곳이 되었고, 공기는 무겁고 축축하다. 시냇물 한줄기가 양치식물과 이끼, 드리워진 엷은 안개 사이에 숨어 졸졸 흐른다. 아미시 사람들의 검은 몸들이 안개 속에 흐릿해졌다. 비트가 선 자리에서 보면 그들은 다시 발아래로 땅을 딛는다는 데 두려움과 경외를 품은 채, 배에서 내려 신세계에 막 발을 내디딘 청교도들처럼 보인다.

그는 그들이 여기 있는 것을 바라지 않는다. 그들은 그가 평생 존재한다고 믿기 힘들어하던 일종의 하느님에 너무나도 가깝다. 육식을 하며, 근엄한 눈썹에, 기둥에 사람을 묶고 태형을 가하는 그런 부류의 하느님.

무리에서 몸 하나가 떨어져나와 가까이 다가온다. 그리고 선명해진다. 그녀가 다가오자 여자의 작은 얼굴이 하얀 찻잔 접시처럼 보인다. 열매 같은 이목구비가 한가운데 단정히 놓인 접시. 블루베리 같은 눈, 체리 같은 코, 딸기 같은 입. 여자가 비트의 팔을 잡고, 그는 일그러지는 여자의 얼굴을 보며 끔찍한 절반의 성공을 거둔 그의 부모를 발견한 것이 이 여자라는 걸 알아챈다.

여자는 아무 말도 하지 않고 그저 그의 팔을 계속 꼭 쥐고 있다. 그는 견뎌낸다. 그가 오랜 친구인 오크나무의 거대한 가지들 사이를 올려다본다. 더러워진 위편 유리 위로 검은 구름이 모여 있다. 첫번째 빗방울이 총알처럼 머리 위로 떨어진다. 바로 그 순간, 그는 이 불쌍한 늙은 오크나무가 유리 아래서 잠들며 어떤 기분을 느낄지 알 수 있다. 잎을 태우는 태양도 없다. 겨울의 거친 마모도, 폭풍의 세찬 일격도, 자신의 죽은 무게가 떨어져나갈 때의 안도감도 없다.

비트는 혼자 있고 싶어 산책을 나간다. 비는 멈추었지만 젖은 풀들이 발목에 감기고 나뭇잎들이 몸을 떨며 그의 머리에 비를 떨군다. 양들의 풀밭은 사라지고 그 자리에는 땅거미 질 무렵의 소녀들처럼 창백한 자작나무들이 나지막하게 자라 있다. 한순간의 움직임을 포착한 느낌, 언덕 아래로 약간 기울어진 나무들이 순식간에 인간의 모습을 되찾아 휘청거리며 달려내려갈 것만 같은 느낌이 든다. 평지와 숲이 닿는 곳에 작은 터가, 핸디의 자리가 있다. 비트의 눈에 먼 옛날 모습 그대로의 핸디가 보인다. 가부좌에, 인조가죽 끈으로 묶은 머리, 기쁨이 넘쳐나는, 개구리처럼 생긴 그 얼굴이.

비트는 핸디가 종종 앉던 자리에 앉는다. 하지만 그가 느끼는 것은 은총 대신 바지에 스며드는 축축한 땅이다. 에라, 그가 소리 내어 말한다. 모르겠다.

하늘이 잿빛에서 짙은 파란색으로 옮아진다. 달이, 밝은 심판자가 그를 기다리고 있다.

비트는 한 손에는 그의 생활을 쥐고 있다. 호기심을 감추지 못하는 그의 학생들. 브라운스톤 집. 하룻밤, 일주일, 한 달 동안 그의 관심을 끌다 멀어진 아름다운 여인들과의 데이트. 파티, 갤러리 개관식, 그레테와 즐기는 공원에서의 브런치. 문명화된 도시. 그의 차분하고 평온한 일상, 그의 책들, 친구들. 이 손에서는 그의 아픈 어머니가 도시의 병원으로 옮겨질 것이고, 비트와 그레테는 매일 꽃과 아이스칩스 캔디와 소식을 가지고 어머니를 방문할 것이다. 만일 격리 조치가 취해진다면, 만일 그 병이 그곳까지 도달한다면, 그에겐 물탱크와 음식이 있고 지하실 금고에 에이브의 총이 있다. 그들은 기다리며 견뎌낼 수 있을 것이다.

다른 손에는, 아르카디아에서, 그의 부모가 그토록 행복했던 그곳에서 죽음을 맞는 해나가 있다. 이곳은 그가 어린 시절 그토록 행복했던 곳이기도 하다. (그런데 그가 행복했던가? 이 회고가 뿜어내는 광채는 믿지 않는 것이 최선이다. 기억 위엔 황금빛 먼지가 앉아 빛나기 마련이니까.) 이 손에는 어머니와 함께 아르카디아에 머무는 비트가 있다. 비틀린 발톱을 잘라주고, 씻겨주고, 약을 챙겨주고, 그 모든 일을 매일같이 뼛속 깊이 걱정하며 살게 될 비트가. 그는 어릴 때 자신이 도왔던 아기들의 출산을, 여인들의 이마에서 젖은 머리카락을 쓸어넘겨주던 일을, 그들의 퉁퉁 부은 살을 어루만져주던 일을 기억한다. 여기서 그는 어머니의 쇠락을 돕는 산파가 될 것이고, 그레테는 곁에서 그 모든 것을 지켜보게 될 것이다.

후자는 무거운 손이, 어려운 손이 될 것이다. 행동이 수반된다. 그는 조용히 옆으로 물러나 지켜보는 일에 익숙해졌다. 그는 상처 가장자리를 만져보듯 그의 분노를 더듬어본다. 그런 일을 저지른 해나가 그런 돌봄을 받을 자격이 있는가? 그녀의 쇠락은 그레테에게, 창틀의 파리 얼룩, 덫에 걸린 쥐 외에는 죽음이라는 걸 거의 보지 못한 도시의 딸에게 어떤 영향을 끼칠까?

그는 계시를 기다린다. 하지만 밤은 끈을 더욱 단단히 조이고 바람은 나무를 달래 잠재운다. 두 개의 선택지. 어릴 때부터 그래왔던 것처럼 떠서 부유할 것인가. 아니면 뛰어들어 헤엄칠 것인가.

밤이다. 장례식 파이가 카운터 위에 있다. 네 사람은 온실 테이블에 둘러앉아 있다. 어머니의 아픈 손을 잡은 비트는 그 손이 가볍고 서늘해 놀라고, 해나는 멀쩡한 손으로 그에게 잡힌 아픈 손을 빼낸다. 부엌 샹들리에의 낮은 불빛에 어머니의 얼굴이 비누에 새긴 조각처럼 보인다.

애스트리드가 입을 떼기에 적당한 순간이 지났는데도 기다린다. 언제나처럼 당당한 그녀는 그 권위 있는 모습 속에서 지금 시력을 잃어가고 있다. 비트가 도시에서 알고 지내는 산파들은 그녀에 대해 이야기할 때 존경심을 드러내 보인다. 아르카디아 여기저기에 간디, 마르크스, 달라이 라마에게 바쳐진 화려한 제단들이 있었던 것처럼 이 세상 어딘가에 그녀의 사진이 있는 제단이 있다고 해도 비트는 놀라지 않을 것이다. 애스트리드는 오십대에 엉망이 된 치아를 뽑고 목공사로 방을 마무리하듯 의치로 얼굴을 마무리했다. 그녀는 길고 헐렁한 흙빛 옷을 입었는데도 우아하게 보인다. 만일 헬레가 비트의 아내로 그와 함께 늙어가기를 선택했다면 자기 엄마 모습 같았을 것이다. 하지만 그레테가 그녀의 모르모르 곁에, 그 따뜻함에 기대앉아 있는 모습에서 그는 딸이 해나의 꿀로 생기를 더한 제2의 애스트리드임을 본다. 자신이 시간이 겹쳐지는 지점에 존재하고 있다는 기분좋은 느낌이 그를 스치고 지나간다.

계속 계셨으면 좋겠어요, 애스트리드. 그는 그렇게 말하며 스스로도 놀란다.

늙은 애스트리드가 그를 바라본다. 그녀의 얼굴이 부드럽다. 그녀가 어깨를 으쓱하며 말한다. 핸디.

핸디가 실성했어. 밤이면 자기가 한국에 있다고 생각하고 고함을 질러내. 닌 보충대로 가라, 병사! 아니면 헬리콥터 보급 작전!, 이렇게. 그의 이십대 초 이후의 모든 것이 다 지워졌어. 아르카디아는 황금빛 희망으로 그의 마음속에서 영원히 자라나고 있고, 인식의 문에 대한 그의 실험은 저기 긴 복도 아래 어렴풋이 보일 뿐. 네번째 아내가 핸디의 곁을 떠난 이후로 애스트리드만 매일 그를 찾아간다고 한다. 뚱뚱한 에릭은 일 년에 세 번 다녀가. 늙은이들만 모인 차고야. 애스트리드는 요양원을 그렇게 부른다. 하지만 수영장도 있고, 좋은 음식으로 차린 뷔페도 있어. 나름 완벽한 곳이야.

침묵 속에서 해나가 말한다. 얼굴에 늘어뜨려진 머리카락은 하얗게 세었지만 여전히 부드럽다. 검은 드레스가 헐렁하고, 진주는 그녀 피부만큼이나 누런빛이 돈다. 난 그저 짐이 되고 싶지 않았을 뿐이야. 그녀가 말한다. 신속하고 고통 없이, 나는 그렇게 떠나고 싶었어.

하지만 우주가 널 다시 불렀어. 애스트리드가 말한다.

아무 이유도 없이. 해나가 말한다.

이유는 찾게 될 거야. 애스트리드가 단호하게 말한다. 자기 연민은 집어치우고 이제 살아야지.

비트는 너무 놀란 나머지 웃음을 터뜨린다. 그레테는 울기 시작한다. 너무 못됐어요, 모르모르. 그녀가 속삭인다. 애스트리드는 그들을 무시한다. 첫째, 내가 간호사를 구해놨어. 그녀가 선언하듯 말한다. 간호사는 내일부터 일을 시작할 거야. 루이사, 그게 간호사 이름이야, 좋은 여자지. 도움이 더 필요하면 더 구하면 돼. 둘째, 리들리, 넌 오늘 학교에 얘기해서 남은 학기 동안 휴강을 하도록 해. 셋째, 내가 방금 그레테가 다니는 학교와 이곳에 있는 학교하고 이야기를 끝냈다. 다 이야기됐어. 그레테는 월요일부터 학교에 나갈 수 있을 거다.

잠깐만요, 그럴 순 없어요. 그레테가 말한다. 나한테도 생활이 있다고요. 난 여기 있을 수 없어요. 내일 대학 입시반 수업이 있어요. 안 그래요, 아빠? 우린 집에 가야 한다고요.

아, 그래. 애스트리드가 말한다. 네 아버지는 이미 결심했어. 네게 얘기하지 않았다니 놀랍구나.

얘기하려고 했어. 그가 딸의 따가운 시선을 피하며 말한다. 하지만 네가 뛰러 나가고 없었다고.

싫어요, 그레테가 소리친다. 난 그렇게 못해요.

낯선 새로운 분노가 비트 안에서 일고, 그의 귀에 자신의 굳은 목소리가 들린다. 그레테, 밖으로 나와, 당장. 딸이 입을 다문다. 그들은 양치식물들 사이를 지나 사탕단풍나무 숲으로 들어간다. 그레테의 얼굴에 어둠이 내려앉는다. 아빠, 마침내 그녀가 그를 향해 돌아서며 말한다. 이 일은 이미 제게 충분한 트라우마를 안겨준 거 아니에요?

언제부터 이게 너에 대한 일이 되었니? 비트가 말한다.

내가 여기 있을 필요는 없잖아요. 아빠는 여기 있고 난 집으로 가서 마틸다와 있으면 되잖아요. 아니면 샬럿하고. 아니면 하퍼하고 있어도 되고요. 아빠 하퍼 좋아하잖아요. 걘 완전 공부벌레니까.

네 도움이 필요할 거야. 그가 말한다.

그레테는 갑갑한 표정이다. 그럼 내 물건들은 어떡해요?

오늘밤에 집에 갔다올 거야. 그러니 목록을 만들어. 네가 일어날 때쯤이면 내가 이미 돌아와 있을 거야.

학교는요? 난 촌구석의 학교엔 안 다닐 거예요. 우리 학교만큼 좋지 않을 거예요. 난 미적분 예비 과정을 배우는 중이라고요. 난 여기서 지루해 죽을 거예요.

남은 학기 동안만이야. 아마도.

싫어. 싫다고요, 아빠. 그레테의 목소리가 날카롭다. 난 이 집에 있을 수 없어요. 할머니한테선 썩는 냄새가 난다고요. 할아버지가 자살한 이 빌어먹을 집구석에는 못 있겠다고요. 아빠, 난 못해요. 억지로 시키지 말아요. 도망가버릴 거예요.

그레테는 그의 얼굴이 일그러지는 것을 본다. 엄마처럼, 그녀가 그를 바라보며 말한다. 도망가버릴 거야.

비트가 돌아선다. 땅바닥도 거의 보이지 않는다. 내가 어떻게 너같이 이기적인 아이를 키웠나 모르겠다. 워낙 작게 말해서 그는 그레테가 그 말을 들었는지 확신하지 못한다. 하지만 그가 부모의 집으로 걸어들어가는데 그레테의 흐느낌이 들려오더니, 타이터스와 샐리의 나무집의 육중한 현관문이 계속해서 쾅 닫히는 소리가 들린다.

다들 자러 간 후 비트는 해나의 오래된 차를 탄다. 처음 한 시간 동안은 열린 차창으로 들어오는 바람의 난폭함이, 바람에 그의 걱정의 구름이 날아가는 것이 좋았지만, 금세 너무 추워져 그는 창문을 올리고 라디오를 켠다. 클래식 록은, 특히, 그가 이십대 시절 좋아하던 음악이다. 그는 쓰지 않아 잠겨버린 거친 목소리로 노래를 따라 부른다. 진행자 목소리가 나오고 나서 스리 코드가 나오자 비트는 놀라 웃음을 터뜨린다. 펑크 느낌이 나는 이 노래는 콜의 유일한 히트곡이다. 그는 오랫동안 고생하며 아주 많은 밴드를 거쳤다. 그러다 어디선가 갑자기 찾아온 이 성공이 그를 산산조각냈다. 그는 음악 활동을 그만두고 나이트클럽을 샀다. 이제 그는 하고많은 것들 가운데 하필이면 팔레스트리나*에 대한 논문을 쓰고 있다.

노래가 끝나자 비트는 라디오를 끄고 콜의 젊은 시절 목소리가 선사한 기쁨을 음미한다. 도시의 불빛이 차 앞유리에 떠오른다. 그는 번쩍이는 거리를 통과해 간다. 질병이 급속도로 전파되고 있어

* 16세기 르네상스 시대의 이탈리아 교회음악 작곡가.

거리의 행인 숫자는 줄었고, 행인들 대부분 얼굴에 마스크를 야광 입마개처럼 쓰고 있다. 그는 어두컴컴한 그의 동네로 들어간다. 차에서 내리자 도시의 깊고 낮은 웅웅거림이, 으르렁대는 소리와 소화되는 소리 같은 것들이 들린다. 조용한 시골에서 돌아오자 이 소리들이 귀에 들어온다.

안으로 들어가자 집은 서늘하고, 깜박 잊고 내놓지 않은 쓰레기가 썩어 들쩍지근한 냄새가 난다. 그는 설거지를 하고, 청구서들을 해결하고, 우편물 주소를 바꾸고, 수도계량기를 잠그고, 밤에 가끔씩 켜지도록 조명을 조정하고, 모든 것이 잘 정돈되었는지 확인한다.

그는 계단 옆 가족을 위해 음식이 담긴 아이스박스를 내놓는다. 그들은 방수포를 치고 그 아래의 연결된 두 개의 침낭 안에 있다. 바짝 붙어 있는 두 개의 작고 불룩한 아이들 머리 위로 부모의 머리가 숙여져 있다. 그는 잠깐 그들을 바라보며 그 아버지를 깨워 그레테와 그가 잠시 떠나 있을 거라고, 이젠 매일 음식을 내놓을 수 없어 미안하다고 조용히 말할 용기가 있었으면 하고 바란다. 하지만 그들이 집에 침입해 무단 거주하는 위험을 감수할 수는 없다. 현재의 불법점거 관련 법률로는 그들을 쫓아내기까지 몇 달이 걸릴 것이다. 그는 찜찜한 마음으로 살며시 자리를 뜬다.

그가 자신의 짐을 꾸리는 데는 불과 몇 분밖에 걸리지 않는다. 그레테의 방에 들어간 그는 그녀에게 필요할 거라 생각되는 것들을 모두 꺼낸다. 그레테가 최근 입었던 걸로 기억하는 옷들, 신발들, 그레테가 걸음마하던 시절 엄마와 공모자처럼 이마와 이마를 맞대고 있는 모습을 찍은 사진 등등. 두 사람은 한 영혼이 두 개로 나뉜 것처럼 정말 많이 닮았다. 그는 그레테가 어릴 때부터 간직하고 있는 개구리 인형을 챙긴다. 그녀가 필요로 할 것을 알기 때문이다. 그레테는 어른처럼 보이지만, 그녀 안에는 비트가 보호하기 위해 애써야 할 어린 소녀의 일면이 아직 존재한다. 남자아이들에 대해 이야기할 때 그녀에게 얼핏 드러나는 불확실성, 무엇이든 핑크색을 살 때 얼굴에 번지는 기쁨. 문득 태블릿을 손에서 떨어뜨리고 창밖을 응시하면서 핏기 없는 긴 입술 가장자리를 깨무는 모습은 제 엄마처럼 꿈을 꾸는 표정이다.

그는 우비의 커다란 주머니가 불룩한 것을 보고 그 노란 우비를 한동안 쳐다본다. 그가 주머니 안으로 손을 넣는다. 손을 꺼내 펼치자 그가 아주 오래전에 썼던 지포 라이터와 담배 마는 종이와 커다란 대마초 봉지가 있다. 비트의 목안에 뭔가가 생선 가시처럼 걸린다. 그것은 삼십 분 후면 아르카디아에 닿을 거리까지 왔을 때도, 솟아오르는 태양이 백미러에서 활활 타고 있을 때도, 목에서 빠지지 않는다. 그는 길고 똑바르게 뻗은 길 위에서 무릎으로 핸들을 받치고 서둘러 대마초 한 대를 만 다음 피운다. 머리가 아득해지며 어지러워지자 엄지만큼 남은 꽁초와 남은 대마초를 창밖으로, 까마귀들이 가득한 사탕단풍나무 한 그루를 향해 던진다. 1마일 정도 간 후 그는 대마에 취했을 새들을, 날개가 말을 듣지 않아 하늘에서 느럭느럭 떨어지고 있을 새들을 생각하며 미친듯이 낄낄댄다.

도시의 소음으로 물든 비트의 귀에 새벽이 고요함을 울린다. 그레테를 깨우기 위해 팬케이크를 만들던 그는 참지 못하고 처음에 만든 네 개를 게걸스럽게 먹어치운다. 애스트리드가 해나의 약병들에 메모를 하고, 그들은 가루를 타서 만든 오렌지주스를 마신다. 오렌지 농사가 엉망이 된 후 구할 수 있는 것은 그게 유일하다. 그는 진짜 주스의 과육과 목에서 타는 듯한 신맛이 그립다.

꿀벌. 애스트리드가 느닷없이 말한다.

꿀벌이요? 비트가 말한다. 그는 그것이 합리적인 이야기인데 그의 머리가 대마초로 둔해져서 이해하지 못하고 있는 것인지 생각해본다.

나그네비둘기. 애스트리드가 말한다. 황소개구리. 난 우리가 무엇인지 알아내려는 거야. 아르카디아 사람들 말이야. 멸종하고 있잖아. 우리들 중 너무나도 많은 이가 죽었어, 죽어가고 있고, 사라졌어.

우리는 도도새예요. 비트가 말하며 웃음을 터뜨린다. 에이브의 그림자가 움직인다. 방안을 아주 잠시, 차갑게.

난 꿀벌이라고 하고 싶어. 애스트리드가 말한다. 꿀벌이 사라져버리기 전에 어땠는지 기억나? 꿀벌들의 몸뚱이는 보송보송 재미있었는데, 내게는 항상 행복의 상징처럼 느껴졌어.

기억하죠. 비트가 말한다. 하지만 아르카디아 사람들만 멸종되어가는 건 아니에요. 머지않아 우리 인간 모두가 그렇게 될 거예요.

애스트리드가 손에 든 병을 보며 얼굴을 찌푸린다. 그 질병은 아직 우리한테까진 오지 않았어. 통제될 게다. 늘 그렇듯.

질병 이야기가 아니에요. 질병은 하나의 증상일 뿐이에요. 사람은 너무 많고, 땅은 너무 좁고, 바다는 오염되었고, 동물들은 죽어가고 있어요. 그런 걸 보면 난 우리가 구원받을 자격이 없다는 생각이 들어요.

그녀는 약을 내려놓고 얼음처럼 차갑고 푸른 시선으로 그를 쏘아본다. 그렇게 생각한다면 난 네가 누구인지 더는 모르겠구나, 리들리 스톤.

그는 입을 열지만 할말을 찾지 못한다. 목이 메어와, 어쨌든 그는 흰머리독수리, 황소개구리, 꿀벌을 위해 아무 말도 할 수 없다.

지붕 위 태양광 패널의 잔잔한 울림만 들릴 뿐 집은 조용하다. 해나는 그녀 방으로 들어갔다. 애스트리드는 도움이 필요하면 다시 돌아오겠다고 약속하고 렌터카를 몰아 공항으로 갔다. 그녀는 요즘에는 비행기 타는 돈 따윈 신경쓰지 않는다고 한다. 그레테는 분노에 찬 달리기를 하러 나갔다.

많은 사람들로 북적북적한 며칠을 보낸 후라 비트는 이 고독이 좋다. 그는 해나와 에이브의 작은 서재로 들어간다. 에이브가 책상으로 사용했던 제도대조차 반질반질 윤이 난다. 에이브는 비트가 초기에 찍은 사진 몇 장을 선반 위에 놓아두었다. 사진 속 베르다의 얼굴이 빛바랜 은그릇들 위로 비치고 또 비친다. 헬레가 연못가 바위 위에 서 있고, 수면에 비친 그림자 때문에 발목이 서로 맞닿은 기다란 두 소녀의 모습이 완성된다. 아름답고 젊고 날씬한 해나가 에이브 무릎 위에 앉아 있고, 빠른 속도로 아르카디아 하우스 언덕을 내려오는 휠체어에서 두 사람은 환하게 웃고 있다.

비트는 손가락을 뻗어 해나의 뺨을 어루만진다. 그들이 이렇게 아기 같았다는 사실이 믿기지 않는다. 이젠 늘 이런 반응이 솟아오른다. 몇 달 전, 그는 도시를 걷다가 오래된 레코드가게 쇼윈도에서 재니스 조플린의 커다란 포스터를 보았다. 동그란 안경, 머리에 꽂은 깃털, 금방 알을 깨고 나온 것만 같은 그녀의 모습에 그는 거의 울음을 터뜨릴 뻔했다. 그리고 지금 그는 이 사진들 뒤에서 첫 카메라인 라이카를 발견한다. 그의 켄터키 할머니가 보내주었던 카메라다. 카메라를 집어든 그는 그 가벼움에 놀란다. 몇 년 전, 그가 못마땅해하면서도 디지털카메라를 사용하기 시작한 이후, 상업적인 작업을 더 많이 하고 자신의 작품 사진을 덜 하기 시작한 이후 그의 아날로그 도구들은 선반 위에 방치되어 있었다. 그는 디지털 생활의 편리함에 점점 익숙해져가고 있었다.

그는 에이브의 서랍을 뒤져 컬러필름이 든 신발 상자를 찾아낸다. 그는 가파르게 높아지는 어떤 가능성에 현기증을 느낀다. 이 필름들은 삼십 년은 되었을 것이고 쓸모없을 수도 있지만, 세월에 따른 변형이 예기치 못한 것을, 절묘한 것을 빚어낼지도 몰랐다. 갈라지거나 녹은 감광유제, 약해서 쉽게 찢어지는 필름 플라스틱, 복제할 수 없는 효과들. 그의 머릿속에서, 반투명 티슈가 층층이 쌓이듯 이미지들이 펼쳐지며 서로 포개진다. 회색이 감도는 흰색과 붉은색의 물결, 한 그루 나무 실루엣 같은 수채화 빛깔 구름, 물방울로 가득한 드넓은 풀밭.

그는 노래를 하고 싶다. 이 엇나감, 전혀 기대하지 않았을 때 발견한 아름다움의 가능성이라니. 이 세상에 그런 놀라움이 아직도 남아 있다니. 그는 햇빛 속으로 나가고, 뭔가가 그의 안에서 부드러워지며 안정을 찾는다.

비트가 마지막으로 숲에 걸어들어갔던 것은 레이프가 사라지기 전의 겨울이었다. 대개 그는 아르카디아에 잠깐씩만 들르곤 했다. 그레테가 여름에 한 달 동안 아르카디아에서 지낼 때 데려다주거나 휴가 때 와서 하룻밤 정도 지내곤 했다. 그때 그들은 에레혼이 유지하고 있던 20마일에 달하는 오솔길을 모두 함께 걸었었다. 그의 부모는 정정했고, 애스트리드와 핸디도 거기 있었으며, 레이프조차 미소를 지었다. 비트는 에이브를 얼어붙은 땅 위로 수월하게 밀고 갔고, 허연 수염에 얼음을 잔뜩 매단 그의 아버지는 가끔씩 돌아보며 그에게 활짝 미소를 짓곤 했다. 때때로 회사 직원들이 옆을 휙 스치고 지나가기도 했다. 설피를 신고 걷거나 달리거나, 혹은 크로스컨트리 스키어의 멋진 검은색 유니폼 차림으로 키 크고 마른 새들처럼 언덕을 미끄러져갔다. 당시 아직 어렸던 그레테는 아기 사슴처럼 긴 다리로 흐느적거리며 걸었다. 그레테가 눈가루를 뭉쳐 그들 얼굴에 던지려고 애썼다. 그들의 입김이 머리를 둘러싸고, 까마귀들은 얼마나 까맣게 빛나는지 녹색으로 보일 정도였다. 기억에서 잊힌 어느 한 해의 끝 무렵, 어스레한 겨울날의 평범한 오후였지만, 그날 그들 모두가 행복했다.

이제 연못은 황량하다. 외부에서 들여온 모래 위에 구조요원 의자가 뒤집힌 채 놓여 있다. 바위 두 개 사이에 놓인 킥보드* 하나가 바람이 만든 물결 속에서 구슬프게 통통거리고 있다. 비트는 오래전 다른 연못의 다른 남자를 생각한다. 헨리 데이비드 소로**는 금

* 물에 뜰 수 있게 도와주는 판 모양의 수영 보조 도구.

** 19세기 미국 철학자이자 시인. 『월든』으로 유명하다.

방 간 밭 위로 떠오르는 달을 보고 이 지상은 살 만한 가치가 있는 곳임을 깨달았다.

비트에게는 그런 확신이 없다. 게다가 이곳엔 밭도 없다. 해바라기밭이었다고 기억하는 곳에서는 삼십 년 된 나무들이, 그가 어릴 때 봤던 것보다 훨씬 더 거대하고 더 짙은 녹색의 나무들이 더 깊은 그림자들을 드리우고 있다. 공기 중에 탄소가 많아진 탓일 것이다. 낯선 금속 파편들이 보여 따라가보니 검은딸기나무들이 있고, 약간의 노력을 기울인 끝에 야생 산딸기들 사이에서 사이먼이 해나를 위해 만든 조각을 발견한다. 칼을 쳐서 만든 보습, 사물의 그 고통스러운 진지함. 아, 그는 그 웅크리고 있는 조각 앞에서 무력하게 생각한다. 이것이 1980년대 초의 모습을 한눈에 보여주는 포스터가 될 수 있겠어. 이것은 상징이다, 거의 이미 실크스크린에 인쇄된 것만 같다.

그는 웃음을 터뜨린다. 그가 뼛속 깊이 그리워했던 숲도 그에게 웃어준다. 그는 모든 것을 느낀다. 공기의 흐름을 타고 흔들리는 새들, 도르르 말린 몸을 때 이르게 풀고 있는 양치식물들, 어디선가 몸을 웅크리고 그를 지켜보고 있는 생명체들을. 그는 더 빠른 걸음으로, 거의 달리다시피 하여 한때 옥수수밭이었던 숲을 통과한다. 사탕수수밭으로 기억하는 이곳에서 햇볕에 구릿빛이 된 몸을 굽히고 잡초를 뽑던 자연주의자들의 모습이 떠오른다. 숲 밖으로 나오니 레이프가 설치한 테니스코트가 있다. 원래 콩밭이었던 곳을 다 밀고 그 한가운데 들어선 코트다. 이미 조그만 나무들이 코트 바닥에 뿌리를 내리고 있다. 나무들은 어린아이가 장난친 것처럼 삐뚤빼뚤한 선을 그리며 선 채 과감하게 싹을 틔우고 있다.

다시 숲으로 들어간 그는 어렴풋하게 폭포였다고 기억하는 곳을 향해 걷는다. 길은 갈수록 좁아지고 웃자란 풀들에 가려 있다. 해나 역시 아직 걸을 수 있던 시절에도 이렇게 멀리까지는 잡초를 밟으며 걸어오지 않았을 것 같다. 이 년간 자란 풀들이 그 길을 거의 삼켜버리다시피 했다. 날이 어두워지며 땅거미가 내린다. 그의 뺨에 거미줄이 걸린다.

그는 자연 그대로의 공터로 들어서는데, 날카로운 비명소리에 심장이 펄떡거린다.

얼굴이 하얗게 질린 그레테가 공터 저편에서 나뭇가지를 야구방망이처럼 들고 서 있다.

아빠. 그녀가 떨리는 목소리로 말한다. 아, 아빠라서 정말 다행이에요.

길을 잃은 거야? 그가 말한다. 그는 웃지 않으려 애쓴다. 딱 한 번 딸을 찾을 생각을 하고 있지 않을 때 이렇게 딸을 찾는 행운이라니.

그녀가 어깨를 으쓱한다. 그런 것 같아요. 그녀가 말한다. 하지만 그것보다 난 아빠가 곰인 줄 알았거든요.

그는 비스듬한 마지막 햇살 속에서 그를 향해 풀밭 위를 조심스럽게 걸어오는 딸의 사진을 찍는다. 가까이 오자 그녀가 발걸음을 멈춘다. 그녀에게서는 땀냄새가 나고, 얼굴에는 긁힌 자국이, 여러 갈래로 땋은 핑크색 머리에는 검은딸기들이 붙어 있다. 울고 있었던 듯 얼굴이 붉다. 분명 몇 시간 동안 여기에 있었던 것이 틀림없다. 이곳은 사탕단풍나무 숲에서 몇 마일 떨어진 곳이다. 그녀가 혼자였다면 아침까지는 아니더라도 늦은 밤이 되어서야 집에 돌아올 수 있었을 것이다.

이쪽이야. 그가 숲 입구를 가리키며 말한다.

네. 그녀가 말한다. 그녀가 걷기 시작하더니 곧 걸음을 멈추고 그를 돌아본다. 전 그냥. 죄송해요.

알아. 그가 말한다.

무서워요, 그녀가 말한다. 할머니가 죽는 걸 지켜보고 싶지 않아요.

아빠도 그래. 그가 그녀를 안으며 말한다.

그레테가 이를 달그락거린다. 도시에서 멀리 떨어진 이곳은 더 춥다. 아직 깊은 겨울인데, 그는 아주 오래전의 여름밤들을 떠올린다. 그때도 지금과 똑같이 땅 아래서 내뿜는 것 같은 신선한 축축함으로 가득했었다. 그들이 사탕단풍나무 숲으로 들어서자 완전히 어두워졌고, 달은 움직이고 숨을 쉬는 빛으로 나뭇가지들을 가득 채운다. 다른 집들이 주인 없이 어둠 속에 앉아 있다. 미지는 남은 일생을 보카러톤에서 보낼 것이다. 타이터스와 샐리는 몇 년 전 끔찍한 교통사고로 세상을 떠났고, 짐이 너무 많은 스콧과 리사는 십이 년 전 에레혼에 항의하기 위해 지은 이 오두막에는 신경을 쓰지 못하고 있다.

비트와 그의 딸은 해나의 슬픔이라는 나쁜 포자를 그들의 폐 안으로 들이마시고 싶지 않아 녹색 집의 포치에 서 있다.

그런데 진입로로 헤드라이트 불빛이 다가온다. 차가 멈추고 엔진이 꺼진다. 여자 하나가 내린다. 스톤? 여기가 스톤 댁인가요?

루이사 간호사이신가요? 비트가 기억을 더듬어 어제 애스트리드가 언급했던 이름을 말한다. 그가 포치의 불을 켜자, 아주 자그

마한 여자가 계단을 오르는 것이 보인다. 그녀의 얼굴에 활짝 웃음이 피어난다. 그녀는 어깨에 혹이 달린 것처럼 아동용 핑크색 백팩을 높이 메고 있다. 삼십 분이나 길을 헤맸지 뭐예요! 그녀가 말한다. 당신들을 찾게 되다니 정말 기쁜데요!

간호사가 그레테를 안으며 인사하는 바람에 그레테가 놀란다. 그녀가 비트 쪽으로 몸을 돌리더니 허리를 힘껏 안으며 말한다. 수고를 덜어드리려고 왔답니다. 자, 근데 저녁은 드셨나요?

아뇨. 비트가 말하자 루이사가 혀를 찬다. 들어가세요, 그녀가 말한다. 저녁 준비를 하세요.

오, 그가 말한다. 긴 하루였어요. 다들 그리 배가 고프지 않을 거예요, 루이사.

그녀가 비트에게 환한 미소를 지으며 말한다. 이런 시기에요? 정해진 시간표는 구명보트예요. 저녁 준비를 하고, 아침 준비를 하고, 침대 정돈을 하세요. 자신을 엄격하게 관리하는 데 도움이 될 거예요.

그는 대장 같은 루이사가, 평범한 갈색 피부의 여인이 마음에 든다. 낯선 사람인데도 이모처럼 푸근하다. 그녀가 그의 팔을 토닥이며 안으로 살짝 민다.

그는 어머니에게 수프를 가지고 간다. 그녀는 눈을 뜨지는 않지만 비트가 스푼으로 떠먹여주자 반 그릇 정도를 먹는다. 아기 새 같군. 그녀의 벌린 입, 감겨 있는 부은 눈, 피골이 상접한 얼굴을 보며 그는 생각한다. 아니, 그냥 아기 같아. 으깬 콩이 담긴 숟가락 너머로 그를 진지하게 바라보던 조그만 그레테 같은 아기.

그는 해나에게 더 덮어줄 이불을 찾기 위해 벽장으로 간다. 밤은 춥고, 창문을 너무 오래 열어놓아 집에 온기가 남아 있지 않다. 벽장문을 열자 옷가지들에서 에이브의 냄새가 훅 끼쳐온다. 에이브의 깨끗한 땀냄새, 그의 금속냄새가. 맴돌고 있던 그의 아버지의 마지막 유령이 그의 옆구리에 스치듯 부딪친다. 그는 터무니없다는 것을 알면서도, 나중을 위해 아버지의 작은 일부라도 아껴두려고 다시 문을 닫는다.

주말 내내 해나는 화장실로 몸을 끌고 갈 때 외에는 침대에서 일어나려 하지 않는다. 그녀는 비트가 만든 수프를 조금 먹을 뿐 토스트는 먹는 둥 마는 둥 한다. 루이사는 매일 밤 아홉시에 와서 아침 다섯시에 간다. 청소는 그녀의 일이 아니지만 그가 아침에 일어나보면 집은 반짝반짝 윤이 나게 닦여 있다.

해나는 여전히 그에게 말을 하지 않으려 한다. 단 한마디도.

어느 월요일 아침, 그레테가 항아리에 있던 마지막 그래놀라를 먹고 있다. 얼굴에 아주 공들인 화장을 하고 있어서 비트는 그녀를 뚫어지게 바라본다. 그녀가 뺨을 만지며 얼굴을 찌푸린다. 전투 출전용 화장이에요.

여기 시골 애들이 아주 놀라 혼이 나가겠구나.

만약 안 그러면요?

그럼 걔들이 제정신이 아닌 거지. 그래서 나갈 혼도 없는 거고.

그녀가 한숨을 쉬더니 그릇을 닦는다. 해나는 어떻게 해요? 그녀가 말한다. 좀 일어나야 하는데. 해나가 인간답게 살려고 노력하지 않는다면 우리가 여기 있는 게 의미가 없잖아요.

오늘밤에도 일어나지 않으면 우리가 일으켜보자.

좋아요, 그레테가 말한다. 그녀는 백팩을 메고 해나처럼 비꼬듯 인상을 찌푸리며 말한다. 신난다. 학교에서 애들에게 시달리는 동안 기대할 게 생겼네.

그들은 말없이 차를 타고 학교로 향한다. 그레테가 손톱을 속살까지 물어뜯기 시작하자 그는 부드럽게 그녀의 손을 잡는다. 고등학교의 나지막한 벽돌 건물 앞, 차를 세우는 곳에서 비트는 그레테와 함께 앉아 무리를 지어 지나가는 학생들을 바라본다.

남자애들이란. 그레테가 얼굴을 찡그리며 말한다. 둘은 남학생들이 장난을 치며 돌아다니는 것을 지켜본다. 그레테가 말한다. 벌써 여고 제도가 그리워지기 시작하네요.

비트가 웃는다. 내가 진짜 학교에 처음 등교한 날의 나쁜 기억이 떠오르는데. 그가 말한다. 내가 해줄 수 있는 조언은 미소를 지으며 쿨하게 행동하라는 거야.

미소를 지으며 쿨하게. 그레테가 그를 놀린다. 그녀가 그의 손을 꼭 쥔다. 그러고 나서 다이빙 보드 끝에 선 다이빙 선수처럼 어깨를 똑바로 펴고는 우아하게 걸어나간다. 트레이닝 바지와 사냥용 위장복의 바다에 등장한 키 크고 마른 핑크색 머리의 그의 딸에게 순식간에 관심이 집중된다. 차 안에 있는 비트에게조차 그녀에게 쏟아지는 관심의 무게가 느껴진다. 그는 차에서 뛰어내려 그레테를 쫓아가 안전하게 집으로 데려오고 싶은 마음을 간신히 누르고 차를 뺀다.

그는 해나와 함께 어두운 방에 앉아 있다. 하루종일 그는 직접 구운 신선한 빵을 해나에게 먹이려 애쓰고, 그녀를 웃게 하려고 『트리스트럼 섄디』를 읽어준다. 그녀는 둘 다 거부한다. 그녀의 호흡이 가쁘다. 라디오, 그녀가 요구하고, 그는 그녀와 함께 급진적인 가정 정보 프로그램(민들레 와인 담는 법, 골절된 뼈를 스스로 맞추는 법 등)을 듣고, 자리에 앉아 버틸 수 있을 때까지 뉴스도 듣는다. 이제 그들은 이 전염병을 SARI(severe acute respiratory infection)라고 부른다. 중증급성호흡기감염. 이런, 비트가 말한다. 사리! 쏘리! 그러나 해나는 웃지 않는다.

칠천 명이 넘는 사람들이 죽었다. 질병은 홍콩, 싱가포르, 중국본토, 샌프란시스코, 호주 애들레이드로 퍼져나갔다. 연방 정부의 보잘것없는 지원금 때문에 거덜이 난 질병통제예방센터가 사람들에게 병원과 비행을 피하라는 강력한 구두 경고만을 보냈을 뿐, 아무도 그 이상은 하지 않는다. 불안한 마음에 비트는 일어선다. 그레테를 데리러 가기에는 이른 시간이지만 그는 그 뉴스에 쫓겨 집을 나선다. 우선 그는 마을에 들러 채소와 커피, 두부, 쌀우유를 살 것이다. 머핀네 어머니들이 여전히 마을에서 자연식품가게를 운영하고 있다. 그들은 비트가 들어가자 비트에게 달려들고, 비트는 허브 기침약과 셀러리 냄새가 나는 중년의 레즈비언들 사이에서 샌드위치가 되어 있다. 에이브의 장례식에서도 울지 않았던 셰릴과 다이애나가 이제야 울음을 터뜨린다.

에이브는 가장 실질적인 사람이었어. 셰릴이 말한다. 엄청나게 격분하기도 했지만 항상 자기 길을 갔어.

나는 에이브야말로 그가 한 행동 같은 것은 결코 하지 않을 사람이라고 생각했었는데. 다이애나가 말한다. 우리는 늘 해나가…… 그녀는 말끝을 흐리며, 가슴이 아픈 듯 그녀의 아내를 향해 눈을 크게 뜬다.

그래서 에이브는 성공을 한 거고 해나는 그러지 못한 거죠. 온몸을 휘감던 고통이 잠잠해지자 비트가 말한다.

그들은 머핀의 아이들 사진을 보여준다. 모두 안경을 낀 부엉이 같은 모습의 여덟 아이들이 셔츠 단추를 목까지 채우고 있다. 선교사들이야. 셰릴이 코웃음을 치며 말한다. 우리같이 종교 없는 늙은이들 밑에서 어떻게 저 모든 신앙심이 나온 건지 궁금하다니까.

비트가 떠나기 전 다이애나가 그를 안으며 귀에 속삭인다. 넌 네 어머니를 거기서 꺼낼 거야. 넌 항상 그렇게 하지.

그러더니 그녀는 그들의 정원에서 키운 당근 하나를 들어 보인다. 이상하게 생긴 돌연변이로, 두 개의 인간 몸이 서로 얽혀 성교 중인 모습과 닮았다. 이걸 해나에게 보여줘. 그녀가 말한다. 우리의 카마수트라 당근이야. 특별할 때 쓰려고 따로 두었던 거란다. 차에서 다시 혼자가 된 비트는 그 외설적인 것을 손에 들자 두 여인의 즐거움이 귓가에 울리는 듯해 기쁘다.

그레테가 학교에서 나오자 그는 안도감으로 상기되어 두 손을 떤다. 그녀는 천천히 걷고 있지만 턱이 위험할 정도로 높이 치켜져 있다. 차에 탄 그녀는 말을 하려 하지 않는다.

집까지 반쯤 왔을 때 답답함을 참지 못하고 그가 말한다. 그래도 최소한 사지는 멀쩡하구나. 그러자 그녀가 짧게 내뱉는다, 하! 그러고 나서 말한다. 그냥 흥미로운 사회학적 실험이었다고 해두자고요. 그리고 더는 이야기하려 하지 않는다.

비트가 제대로 주차를 하기도 전에 그레테가 차에서 뛰어내린다. 그녀가 해나의 방으로 걸어들어가 커튼을 활짝 열어젖힌다. 자, 이제 됐어요. 그녀가 말한다. 이 정도면 충분해요. 그녀가 욕실로 들어가더니 욕조에 물을 받기 시작한다.

비트가 어머니를 들어올린다. 그는 그녀가 가벼울 거라 예상했는데 무게가 꽤 나가 하마터면 떨어뜨릴 뻔한다. 고생 끝에 그는 그녀를 욕실로 데려간다. 휴, 그가 말한다. 그레테가 물에 거품 비누를 너무 많이 풀어 거품이 1피트 높이로 부풀어 있다.

왜요? 그레테가 말한다. 냄새가 난단 말이에요. 기분 나빠하지 마요, 할머니. 하지만 할머니한테서 고약한 냄새가 난단 말이에요.

너도 고약해. 해나가 중얼거린다. 그녀는 울고 있다. 너희 둘 다. 너희도 고약해.

비트와 그의 딸이 함께 해나의 옷 지퍼를 내리고, 옷을 해나의 팔과 배 위로 내린다. 그들은 십 년 동안 사람들이 절대 구경해보지 못했을 것 같은 속옷들을, 미사일 한 쌍처럼 뾰족한 브라, 후줄근한 오렌지색 속바지, 감자 자루로 만든 팬티를 벗겨낸다. 두 사람은 그녀가 뻣뻣한 사지를 구부려 욕조 안에 들어가 앉을 수 있게 돕는다. 그녀는 아직도 결혼 35주년 때 에이브가 선물한 진주 목걸이를 하고 있다. 해나는 그날 밤 에이브에게 이건 낭비라며, 자신이 몸에 진주를 두를 부류의 여자로 보이냐며 거의 화를 내다시

피 했었다. 테이블에 있던 사람들은 다들 미소를 억누르고 있었다. 목에 진주 목걸이를 두르니 그림자였던 해나가 보이게 되었고, 늙은 히피 속에 살고 있던 여성이 사교계 숙녀가 되었다. 그녀가 다른 부류의 남자와 사랑에 빠졌더라면, 지금 더비 경마 파티를 열고 있었을지도 모른다. 줄렙*에 살짝 취해, 손가락을 금으로 휘감았는데도 세상이 왜 이렇게 공허한지 모르겠다고 생각하고 있었을지도 모른다.

비트는 그가 이미 본 것을, 그녀의 위축된 오른쪽 다리와 팔을 보지 않으려고 애쓴다. 왼팔도 그렇게 변하고 있다. 그녀의 피부가 낯선 잿빛으로 변해가고 있다.

해나가 거품 속에 얼굴을 가린다. 그레테가 거품으로 해나 머리에 악마의 뿔을 만든다. 비트는 따뜻한 목욕 수건으로 어머니의 몸에서 애도의 냄새를 문질러 없앤다. 그가 그녀의 발을 씻기는데 해나가 고개를 든다. 비누의 막 아래로 보이는 그녀의 얼굴은 아미시 인형처럼 눈, 코, 입이 없다. 그레테가 부드럽게 눈과 입에서 비누 거품을 닦아낸다. 짓궂은 아가씨 같으니. 그레테가 뿔은 그대로 남겨둔다.

이제 깔끔해진 해나가 테이블 앞에 앉아 있다. 머리는 말려서 땋았고, 아주 오래된 추리닝을 입고 있다. 해나에게 그 옷을 입히며, 비트는 너무도 부드러운 그 촉감이 꼭 그녀의 피부 같다고 느꼈다.

* 위스키에 얼음과 민트 등을 넣어 만든 음료.

그녀는 아보카도와 녹인 콩 치즈, 그리고 차를 좀 먹는다. 비트가 오래된 레코드를 건다. 존 바에즈의 노래가 집안을 가득 채우는 동안 그레테는 어스름 속에서 달리기를 하러 다시 밖으로 나간다. 그녀의 발소리가 멀어지자 해나가 비트 쪽으로 몸을 돌린다. 이건 잔인한 짓이야. 해나가 말한다. 그녀의 혀가 입속에서 어눌하게 움직이고 턱 근육에 경련이 인다. 그녀가 말한다. 내가 이런 과정을 겪는 건 다 네 이기심 때문이야.

이기심. 그가 아주 부드럽게 그 말을 되풀이한다. 각다귀 한 마리가 리놀륨 바닥을 비추는 햇빛의 가장자리를 둘러 간다.

한참이 지나 그가 대답을 하지만 그것은 부엌 창문을 향해서다. 틀 안에 갇힌 세상을 보면 그는 차분해진다. 녹색 들판 위를 휙 날아가는 참새들, 단풍나무 사이로 하루 끝에 붉게 타오르는 아르카디아 하우스. 지금으로선 그 작은 네모가 그가 받아들일 수 있는 선부나.

제가 어렸을 때, 그가 말한다. 겨울이면 어머니가 슬프고 피곤해져 늘 잠을 잘 때, 난 그냥 거기 누워 있기만 한 어머니를 바라보곤 했어요. 여름이면 어머니는 너무나 쾌활하고 황금빛이고 행복한데, 어느 날 갑자기 그런 어머니가 그냥 사라지는 거예요. 내 어머니가 아주 창백한 사람으로 바꿔치기되어 그 자리에 있었죠. 빵 트럭은 무척 추웠어요. 에이브가 집에 일찍 오지 않으면 난 아침부터 저녁까지 아무것도 먹지 않았어요. 때론 키스를 해서 어머니를 깨워보려 했지만, 내 노력은 결코 충분하지 못했고, 결코 어머니를 깨우지 못했어요. 마음 깊은 곳에서는 그게 내 잘못이라고 믿었죠.

네 잘못이 아니었다. 그녀가 단호하게 말한다. 그리고 내 잘못도 아니었어, 내가 이기적이었다는 말을 하려는 거라면 말이다. 그건 그냥 뇌의 화학작용이었어. 그건 누구보다 네가 잘 알잖니, 비트.

그는 그녀를 바라본다. 그녀의 턱이 굳어 있다. 그녀가 굉장히 애를 쓰고 있다. 창으로 보이는 세상은 푸른빛이다.

그 시간 동안 어머니는 스스로를 먼 곳으로 데려갔죠. 내가 원한 건 그저 어머니가 돌아오는 것뿐이었어요.

그는 그녀가 손바닥의 살집이 있는 부분으로 테이블에서 빵 부스러기를 집으려 하는 것을 바라본다. 그녀는 포기하고 도자기잔을 손으로 감싸쥔다.

난 그렇게 했어. 돌아왔다고. 이번에도 역시. 넌 거기 없었고 그것을 보지 못했어. 바다가 있었다. 아주 따뜻했지. 나는 에이브를 잡고 있었어. 그때 파도가 우리 사이로 몰려왔고, 그는 떠내려갔어. 나는 헤엄을 쳐 그에게 가려 했지만 그는 이미 사라지고 없었어. 나는 돌아왔고.

포치에서 그레테가 운동화에서 진흙을 떨어내느라 쿵쿵 발을 구르는 소리가 들린다. 그녀가 헬레를 닮아 음정이 맞지 않는 목소리로 무슨 노래를 부르고 있다. 어둑한 식탁 앞에서 비트와 해나 둘 다 얼굴을 찌푸린다.

난 너무 지쳤어. 해나가 작은 목소리로 말한다. 너무 지쳤다고, 비트.

날 위해서가 어렵다면 그레테를 위해 버텨주세요. 비트가 빠르고 낮게 말한다.

방충문에 딸의 윤곽이 비친다. 해나가 괜찮은 손을 뻗어 비트의 뺨을 만진다. 그레테가 뛰어들어온다. 그녀가 해나의 접시에 뭔가를 떨어뜨리는데, 비트가 보니 야생 수선화 몇 송이다. 구근까지 그대로 통째 땅에서 뽑아온 것이다. 할머니, 그레테가 기쁨을 어쩌지 못해 두 빰을 분홍빛으로 물들이며 외친다. 꽃이에요! 2월에 말이에요!

해나가 미소를 짓는다. 건조하고 희미한 미소지만, 그래도 그녀는 꽃다발에서 작고 하얀 꽃 한 송이를 집어 비트의 손등에 올린다. 네 거다. 그러고 나서 해나는 그레테에게 하루를 어떻게 보냈는지 묻고, 할머니의 관심을 받은 그레테의 얼굴이 사랑스럽게 빛난다. 비트는 반동으로 손이 움찔거릴 때까지 꽃을 손등 위에 그대로 놓아둔다.

그들은 산책을 한다. 하루에 두 번, 그들은 밖으로 나가고 해나는 비트에게 기대 비틀대며 걷는다. 간신히 미지의 집까지 간 그녀는 동굴집 앞, 비바람에 낡은 야외용 의자에 쓰러지듯 털썩 앉는다. 그녀가 자신의 발을 보며 말한다. 자 어서, 이 늙고 투박한 것아. 그러고는 몸을 일으켜 힘들게 한 발자국씩 앞으로 나아간다. 그녀는 혼자 샤워를 하겠다고 고집을 부린다. 그녀는 혼자 옷을 입는다. 한 시간이 걸린다. 그녀는 항우울제, 진통제, 변비약을 하나씩 하나씩 삼키면서 우울한 만족의 표정을 짓는다. 그녀는 화장실을 간다. 반시간이 지나고 그녀가 나올 때면 신발에 화장실 휴지가 달려 있다. 치열하게, 그녀는 이제 잡을 수 있는 것을 움켜잡는다. 머지않아 네가 돕게 될 거야. 그녀가 비트에게 말한다. 머지않아 곧.

밤이면 비트는 홀로 그가 자는 헐벗은 방에서 어떤 도시의 꿈을 꾼다. 사람들이 떠난 도시가 물기에 젖어 반짝인다. 기나긴 거리는 잿빛이고, 상점 쇼윈도들은 너무도 화려해 그는 경이로움을 느낀다. 인간과 거의 같은 모습을 한 마네킹들은 종이를 잘라 만든 옷을 입고 빛나는데, 그 옷이 빗물에 녹는 것을 유리창이 막아주고 있다. 걷고 있노라면 그의 뒤편 가까운 곳에서 움직이는 소리가 들려온다. 손톱들이 부딪치는 소리, 숨을 들이마시는 소리, 뭔가 무거운 것이 벽을 스치는 소리. 하지만 돌아보면 그의 뒤로는 늘 어둠 속으로 길게 뻗어 있는 거리만 보일 뿐 움직이는 것은 아무것도 없다. 그는 혼자이면서도 혼자가 아니다. 그는 공포 속에 얼어붙는다.

그레테는 학교에 간다. 이미 마른 그녀가 더욱 여위어간다. 일주일 동안 그는 그녀의 방문에 귀를 대고 그녀가 베개에 얼굴을 묻고 흐느껴 우는 소리를 듣는다. 그녀는 늘 해나의 전화기를 들고 있다. 이 야생의 숲에서는 그레테의 휴대전화가 작동하지 않기 때문이다. 하지만 그녀의 친구들이 그녀의 슬픔에 지친 것인지 그레테는 점점 이야기를 나누기보다는 메시지를 남긴다. 때로 친구들이 그녀를 며칠 동안 모른 척할 때면 그는 그들을 모두 배와 육지 사이에 놓인 건널 판자 위에서 떨어뜨릴 수 있기를 바란다. 아기 얼굴의 해적 비트가 되는 것이다. 어디 그의 딸에게 상처를 입혀보아라, 그럼 그가 얼마나 야만스러워질 수 있는지 보게 될 테니.

의사가 전화를 한다. 그녀의 부드러운 목소리를 듣고 나면 비트는 그후로 몇 시간 동안은 평정을 유지한다.

셰릴과 다이애나가 찾아온다. 해나와 함께 도서관에서 자원봉사를 했던 여자들도 방문한다. 마을에 있는 해나의 많은 친구들이 다니러 온다. 진시와 그녀의 아들들이 와서 오후를 보낸다. 아이들은 타이터스의 나무집에서 노는데, 나무집에서 밖으로 나온 아이들의 얼굴이 퉁퉁 부어 벌겋다. 저녁식사 때 쌍둥이가 해나에게 매달려 계속 그녀의 뺨에 키스를 하는 바람에 결국 진시가 아이들을 불러 떼어놓는다. 할머니도 식사하셔야지, 그녀가 말하고, 아이들은 숨을 죽인 채 해나가 힘겹게 체리토마토를 입가로 들어올려 입술을 따라 민 다음 마침내 입안으로 넣는 모습을 지켜본다.

골인. 해나가 아이들을 웃게 하려고 말한다.

진시가 작별인사를 하며 속삭인다. 한동안은 못 볼 거야. 〈타임스〉지에 있는 친구가 그러는데 며칠 후면 전부 격리 조치될 거래. 그녀가 비트의 코에 입을 맞추며 말한다. 재앙이 닥칠 때 네가 가장 안전한 곳을 찾은 것도 놀라운 일은 아니지.

여기서 지내, 비트가 말한다. 안전할 거야. 하지만 그녀가 슬프게 고개를 젓는다. 우리 생활은 다른 곳에 있잖아.

오후에 비트와 그레테는 마을 약국에 간다. 그레테가 20달러를 달라고 조르더니 뭔가를 사서 백팩 안에 감춘다. 저녁을 먹으러 나온 그레테의 머리가 칠흑 같은 검은색으로 바뀌어 있다. 급히 바른 염색약의 파란 물이 아직 이마의 하얀 피부에 남아 있다. 그녀가 무슨 말이라도 해보라는 표정으로 해나와 비트를 빤히 쳐다본다.

해나가 파스타가 감겨 있던 포크를 내려놓는다. 검은색이구나. 그녀가 신중하게 말한다. 네 아름다운 초록 황금빛 눈을 더 돋보이게 한다, 그레테. 그레테가 좋아하며 얼굴을 찡그린다. 해나가 포크를 간신히 입으로 가져가지만 빗나가고, 세 사람은 링귀니가 포크에서 천천히 풀려 다시 접시로 미끄러져내리는 것을 바라본다. 요즘 식사는 스릴러가 되었다. 여기요, 할머니. 그레테가 자신의 포크를 미끄러운 면 가닥에 넣어 돌린다. 그의 딸이 그의 어머니에게 한입씩, 조심스럽게 한입씩 먹이는 것을 보며 비트는 의자에서 일어나고 싶은 걸 억지로 참는다.

그레테가 창밖을 응시한다. 차 뒷좌석에서 맛없는 중국음식 냄새가 스물스물 넘어온다. 그녀가 말한다. 오늘 체육 시간에 1600미터 달리기를 했는데 내가 일등 했어요. 남자애들도 다 이겼어요. 그녀는 무심한 듯 얘기를 꺼내지만, 숨도 쉬지 않고 그의 반응을 기다린다.

나도 네 나이 때는 빨랐는데. 그가 말한다.

그녀가 자신의 손톱을 들여다보며 말한다. 좀 어이없긴 한데, 코치가 나보고 학교 대표팀에서 뛰래요.

비트가 말한다. 그거 굉장한데.

그레테가 몸을 돌려 그를 본다. 하지만 아빠, 그건 아빠가 하루 종일 혼자서 할머니를 돌봐야 한다는 뜻이에요. 매일 두 시간씩 더 그래야 하는 건 너무 힘든 일이에요. 아빠는 벌써 몰골이 엉망이라고요.

고맙구나, 펑크. 그가 말한다.

진심이에요. 그녀가 말한다. 안 한다고 말해야 될 것 같아요.

한다고 해. 네가 뛰는 모습을 보면 내가 행복할 것 같아. 비트가 말한다. 네가 그 젊고 건강한 다리로 뛰는 걸 보면 해나도 행복해할 거야. 그는 변절한 몸에 갇힌 어머니가 트랙을 힘차게 도는 그레테를 바라보는 모습을 상상한다. 자신의 감옥 같은 상태와 그레테의 자유 사이의 대비를 확인하는 일은 고통스러울 수도 있다. 하지만 그는 말한다. 할머니는 너를 통해 살아 있다는 걸 느낄 거야. 그리고 그 말이 사실이길 마음속으로 희망한다. 그레테는 미소를 숨기려고 몸을 차창 쪽으로 돌리지만, 그녀의 고자질쟁이 팔은 도톨도톨 올라온 소름으로 그녀의 마음을 드러낸다.

거친 숨소리에 비트는 잠에서 깬다. 루이사가 쉬는 날 밤이다. 처음에 그는 방충문을 때리는 바람이라 생각한다. 그는 일어나 앉는다. 가슴 뛰는 소리가 쿵쿵 귀를 때린다. 숨소리가 나오는 것은 옆방이다. 그는 부리나케 거친 마루청을 지나 해나의 방으로 간다. 어둠 속에서도 해나가 공포로 몸이 굳어 있다는 걸 알 수 있다. 불을 켜자 그녀의 얼굴에 푸른빛이 돈다. 그녀를 일으켜 앉히고 그녀가 심호흡을 할 수 있도록 지탱해주자 그녀가 차분해지고 조용해진다. 그는 베개를 그녀 등뒤에 받쳐주고 침대 헤드보드에 기댈 수 있게 해준다.

오, 비트. 그녀가 말한다. 일어나 앉을 수가 없어. 공기도 없고.

무서워요. 그가 말한다.

바보 같아. 그녀가 침을 뱉는다. 그녀의 두려움이 분노로 해체되는 것이 보인다. 그녀가 말한다. 넌 네 잠재적 능력을 낭비했어, 비트. 너는 평생 동안 사람들을 온전하게 만들려고 애썼어. 네가 할 수 있었을 것들을 생각해봐. 헬레, 그레테, 나. 학생들. 네가 그 모두를 보살필 필요가 없었더라면. 넌 예술가가 될 수 있었을 거야.

그가 아주 조용히 말한다. 전 예술가예요.

그녀가 멀쩡한 손으로 그를 가볍게 톡 치더니 더는 아무 말도 하지 않는다. 그녀의 눈꺼풀이 점점 무거워지며 머리가 앞으로 기울고, 그는 부엌으로 가서 병원의 그 다정한 의사가 냅킨에 적어 손에 쥐여주었던 전화번호를 찾는다. 이렇게 늦은 밤에 그녀에게 전화를 걸려니 속이 메스꺼워진다. 그의 심장이 목안에서 뛴다. 하지만 그녀는 벨이 한 번 울리자 바로 전화를 받는다. 그녀는 차분하고 맑다. 목소리에 아주 작은 졸음의 흔적이 있을 뿐이다. 그는 그녀의 침실을, 넓고 깔끔한 방을, 그녀의 어깨에서 미끄러져내리는 슈미즈 끈을 상상한다. 전화주셔서 정말 기뻐요. 그녀가 따뜻한 목소리로 말하고는 그가 이야기하는 동안 공감과 연민을 표하는 소리만 낸다.

그가 침대 옆 불빛에 비친 잠든 해나를 바라본다. 그는, 이 밤에 밖에서, 그의 슬픔이 배회하는 것을, 홀로 불 밝힌 녹색 집의 창을 바라보는 것을, 때를 기다리는 것을 느낀다.

어머니가 서서히 찰흙덩어리로 변하고 있는 것 같아요, 바윗덩어리로요. 그가 말한다.

음. 의사가 주저한다. 전화기 너머로 낑낑거리는 소리가 들려오고, 비트는 그것이 갓난아기 소리라고 생각하며 부끄러움을 느낀다. 이런 변태 같으니. 당연히 가족이 있을 텐데! 하지만 그녀가 말한다. 내려가, 오토. 그러자 그는 그것이 개라는 걸 알고 미소를 짓는다. 그녀가 말한다. 당신 어머니는 아직은 돌처럼 굳지 않았어요. 아직은요.

그는 너무 피곤해 잠들지 못하고, 포치의 흔들의자에 낡은 이불을 덮고 앉아 새벽이 다가오는 것을 바라본다. 그가 이렇게 펼쳐지는 드라마를 마지막으로 조용히 지켜보았던 게 언제였는지 기억나지 않는다. 뭐 그리 중요한 일들이 있어 그러지 못했던 걸까? 언제부터 그가 주변을 포착하는 일을 하지 않게 된 걸까? 먼저 달빛이 흐릿해지고, 동쪽에서 하늘의 배가 조금 갈라진다. 빛 한줄기가 언덕 위로 쏟아지더니 금세 아미시 농장으로, 시골 도로 위로, 아르카디아의 경계 위로, 수마일에 걸쳐 뻗어 있는 숲 위로 쏟아져내리며 목소리 고운 새들을 화들짝 놀라게 하고 숲에 맺힌 이슬들을 비춘다. 그는 치커리부터 민들레, 수련, 별봄맞이꽃까지 시간에 맞춰 피어나는 식물학자 린네의 꽃시계를 생각한다. 시간을 맞이하는 좀더 평온한 방법이다. 단숨에 그의 하루가 충만해진다. 해나가 침대에서 힘없이 그를 부르고, 그녀의 목소리에서 그는 자신이 그렇게 간절히 원할 거라고 생각지 못했던 사과의 마음을 듣는다.

의사의 차가 와서 멈추는데 차 여기저기 진흙이 튀어 있다. 차 앞유리를 사이에 두고 그들은 서로를 향해 활짝 웃고, 그녀가 차에서 내릴 때까지도 두 사람 다 미소를 거두지 않는다. 그들은 포옹한다. 그의 팔 아래로 그녀의 야윈 몸과 차가운 손이 느껴진다. 그의 어머니가 포치 위 한 뼘의 햇살 속에 있다. 의사가 검진을 하는 동안 해나가 눈을 깜빡이며 재미있다는 표정으로 비트와 의사의 얼굴을 번갈아 쳐다본다.

그러나 해나가 더 많은 질문에 대답할수록 의사의 얼굴은 더 심각해지고, 결국 의사는 해나에게 어떤 기계에 대고 숨을 불게 한다. 폐활량계예요. 그녀가 설명한다. 노력성폐활량을 측정하는 거예요. 해나는 누워서 그 테스트를 다시 한번 받고, 의사의 얼굴이 어두워진다. 늘 짓고 있던 미소가 사라지자 그녀는 그가 생각했던 것보다 나이들어 보인다. 이십대 후반이 아니라 삼십대 초반으로 보인다. 스톤 부인, 그녀가 진지하게 묻는다. 아직도 치료에 반대하세요? 릴루졸이나 줄기세포치료 같은 거요.

개선의 여지가 있는 거라면 좋지만 임시방편이라면. 해나가 말을 하다 잠시 멈춘다. 그러고는 대답한다. 빌어먹을, 모르핀 좀 놔줘요.

의사가 안도한다. 좋습니다, 그녀가 말한다. 순교자적 고통은 과대평가된 거예요.

해나가 큰 소리로 웃음을 터뜨린다. 비트가 아주 오랜만에 듣는 해나의 맑은 웃음. 어떤 사람들에게는, 내 아들에게는 그것이 숨쉬는 것처럼 자연스러워요. 그녀가 말한다.

이번에는 비판에 따뜻함이 배어 있다. 하지만 비트의 마음속에는 순간 새가 날아가듯 씁쓸함이 스쳐간다. 불공평해요. 그가 말한다. 해나가 눈을 찡긋하고, 그는 그게 사실이 아니라곤 할 수 없지, 라는 말과 다름없다는 걸 이해한다.

숨쉬는 이야기가 나왔으니 말인데요. 의사가 말하며 부지런히 자기 차 쪽으로 간다. 그녀는 아주 작고 단정하다. 그는 유연한 갈색 고양이를 떠올린다. 그는 다 안다는 듯 웃는 해나의 눈길을 피한다. 의사가 안내책자를 하나 가지고 돌아온다. 부인이 이중양압호흡기를 쓰실 수 있게 해드릴게요. 어젯밤 아드님이 놀라서 기절하기 직전이었어요.

그녀는 진찰을 마쳤지만 가고 싶지 않은 듯하다. 그러자 해나가 전염병에 대해 물어본다. 의사가 어깨를 으쓱한다. SARI요. 그녀가 말한다. 이름도 참 그렇죠. 누가 책임자인지 참 궁금해요. 그녀는 계단에 앉아 격리 조치며 인터넷을 통한 질병 추적, 예방 조치 등에 대해 이야기한다. 요새 전 병원에서 마스크를 쓰고 있어요. 그녀가 인정한다. 다들 그렇게 하고 있어요. 대부분의 경우, 면역이 약한 사람들, 즉 신생아와 노인, 환자들에게 치명적인 것 같아요. 일부 건강한 성인들도 감염되기는 해요. 감염되면 증상은 한두 시간 안에 나타나요. 난 우리집에서 곧장 이곳으로 왔고 오는 길에 아무도 만나지 않았어요. 그녀가 미소를 짓자 조그만 괄호가 그녀 입가에 하얗게 생긴다. 그녀가 해나의 손을 어루만진다. 제가 감염됐을 수도 있다는 의심이 조금이라도 들면 이렇게 나오지 않을 거예요. 절대 부인의 건강을 위험에 빠뜨릴 순 없죠.

혹시 감염되면 곧장 여기로 와요. 해나가 농담을 한다. 우리 모두의 시간을 절약해주는 거지.

비트가 손에 든 안내책자를 자세히 살펴본다. 전염병으로 인한 사망과 루게릭병에 의한 사망, 둘 다 중증 폐렴에 의한 것이다. 해나는 자신의 폐라는 바다에 익사할 것이다. 수렁에 빠지듯 천천히 자신의 육신 속으로 빠지는 것과 반나절의 익사를 두고 비교한다면 그녀가 옳을지도 모른다. 더 빠른 것이 더 나을지도 모른다.

진입로 저 아래에서 들려오는 딸가닥딸가닥 소리에 그가 고개를 든다. 아미시 사람들 마차가 단풍나무들 사이에 있다. 해나가 눈에 손차양을 치고 내다본다. 긴 하루로구나. 그녀가 말한다.

마차가 와서 멈추고, 에이브 장례식 때 봤던 접시 같은 얼굴의 여자가 마부석에서 내려 말을 나무에 묶는다. 글로리. 해나가 큰 소리로 외쳐 처음에 비트는 그것을 질책으로 생각하지만, 여자가 손을 흔든다. 포치 계단을 오르는 여자의 손에 아직도 김이 모락모락 나는 파이가 헝겊에 싸여 있다. 여자가 파이를 조심스럽게 해나의 무릎에 놓는다. 슬픔이 어려 있는 그녀의 눈은 재빨리 해나의 얼굴을 살핀다.

해나가 멀쩡한 손을 뻗어 여자의 손목을 잡는다. 해나가 아미시 친구의 얼굴을 찬찬히 보며 말한다. 젊은 두 사람은 점심때까지 아르카디아 하우스로 산책을 좀 나가지 그러니. 나는 여기서 속죄를 위해 노력을 좀 해야겠구나.

그래요, 그 조그만 아미시 여자가 목을 울리는 낮은 목소리로 말한다. 그러셔야죠.

비트의 어깨에 내리쬐는 햇볕이 뜨겁다. 의사의 작고 멋진 샌들이 진흙투성이가 되고, 비트는 손에 샌들을 들고 풀로 비벼 깨끗하게 만들고 싶다. 그녀 발가락 사이에도 흙이 들어갔다. 안된 마음에 그의 발가락들이 꼼지락거리지만 그녀는 개의치 않는 것 같다. 비트와 의사는 그 오래된 석판 계단을 오른다. 그들은 포치 위에 설 때까지 아무런 말도 하지 않는다. 그곳에서 그들은 아래쪽 계단식 밭의 뒤틀린 사과나무들을 바라본다. 레이프가 더이상 열매를 맺지 못하는 가장 아래층의 오래된 나무들을 뽑고 어린 묘목을 심었지만, 배고픈 사슴들이 그 어린나무들을 속까지 다 먹어치워 이젠 잡목들이 아무렇게나 자라고 있다.

의사가 머리 한 가닥을 귀 뒤로 넘기는데, 그녀의 손이 살짝 떨린다. 비트의 몸안에 따뜻함이 피어올라 퍼져나간다. 그녀가 말한다. 우리 삼촌 말로는 공동체가 해체되고 나서 여기가 한동안 고등학교 아이들이 올라와 노는 곳이었다더라고요. 한참 섹스를 하던 아이들 둘이 고개를 드니 무섭게 생긴 거인 같은 히피가 번득이는 도끼를 들이대며 서 있더라는 이야기도 있고요.

타이터스였을 겁니다. 비트가 옛친구 생각에 찌르는 듯한 아픔을 느끼며 말한다.

그러고 나서, 아시다시피, 영화사가 들어왔죠. 의사가 말한다. 초등학생 때 우리는 여기로 소풍을 왔었어요. 다른 아이들은 모두 스타 래퍼나 해양생물학자가 되고 싶어했지만, 우리는 애니메이션 제작자가 되고 싶었죠. 모두들 그 금발의 사장에게 반해 있었어요. 나도 그 사람과 결혼해서 말을 타고 이곳을 돌아다니는 꿈을 꾸곤 했을 정도였어요.

그 사람은 레이프였죠. 비트가 말한다. 레이프의 누이가 제 아내였습니다.

아. 그녀의 눈이 그의 얼굴을 살피고, 그는 그녀가 '였습니다'라는 부분, 혹은 '아내'라는 부분에 대해 묻지 않기로 마음먹는 것을 표정에서 읽는다. 그녀가 말한다. 회사가 이곳을 떠나자 서머턴은 아주 큰 충격을 받았어요. 막 도심이 다시 형성되고 있었는데, 그런 일이 있고 나서 주변의 다른 모든 타운들처럼 다시 쇠퇴했죠. 나도 한동안 병원을 운영했었지만 문을 닫고 로체스터로 이사를 가야 했어요.

레이프의 유언장에는 회사가 여기 남아 있어야 한다고 되어 있었습니다. 비트가 말한다. 하지만 주주들이 어떤지 아시겠죠.

그 사람에겐 무슨 일이 일어난 거죠? 타운 주민들 중에는 제대로 아는 사람이 없어요. 소문을 들으셨을 텐데, 곰에게 잡아먹혔다는 둥, 국토안보부에 인도되었다는 둥 말들이 많았죠.

진실은 더 이상해요. 초고도 열기구를 탄 채 실종됐거든요. 비트가 말한다. 그 집 식구들은 사라지는 데 천재예요. 그는 그녀의 옆모습을, 아랫입술을 물고 있는 치아를, 눈을 찌푸리고 멀리 언덕을 쳐다볼 때 잡히는 눈가 주름을 바라본다. 제 아내도 사라졌습니다. 십일 년 전에요. 산책을 하러 나가선 돌아오지 않았습니다.

아, 그런 일이. 그녀가 말한다. 그녀 가슴 위에 붙어 있는 짧은 노란색 털을 발견한 그는 손을 뻗어 떼어내려다 멈춘다. 그녀가 얼굴을 붉히며 털을 떼어낸다. 개를 키워요. 그녀가 말한다. 혼자 사는 여자에게 좋은 보호자가 될 거라 생각했는데, 오히려 녀석이 뭐든 무서워한다니까요. 번개도, 낯선 사람도, 얼음도, 어둠도 다 무서워해요.

난 한 번도 애완동물을 키워본 적이 없어요. 비트가 말한다. 어릴 때 이곳에서는 개를 키우는 걸 절대 허락하지 않았어요. 그걸 동물 노예라고 생각했죠.

오토는 내가 노예라고 생각하는데. 그녀가 말한다. 내가 자기 똥도 치우고 뭐 그런 걸 다 하니까요.

그들은 숲 가장자리에서 작은 붉은여우가 나와 몸을 웅크렸다가 뭔가를 덮치고는 회색의 뭔가를 입에 물고 사라지는 것을 지켜본다. 의사의 작은 손이 그의 팔을 만진다.

비트. 그녀가 아주 진지하게 말을 시작하고, 비트는 몸안에서 뭔가가 단단하게 뭉쳐지는 것을 느낀다. 그녀는 그가 깊이 잘 알고 있는 것을, 하지만 차마 들을 수 없는 것을, 그의 어머니가 아주 빠르게 사그라지고 있다는 것을 말하려고 한다. 해나는 한 달 안에 휠체어를 타게 될 것이다. 해나가 지금까지 휠체어를 타지 않은 것은 오로지 그녀의 고집 때문이었다. 비트는 병이 느린 속도로 진행될 것을 두려워하지만 의사는 오히려 해나가 무서울 정도로 빠르게 떠날 거라고 이야기할 것이다. 그런 말이 나오면 그건 사실로 굳어질 거라고 그는 생각한다. 그는 간신히 대답한다. 뭐죠, 엘리스 박사님? 마침내 그가 말한다.

엘리스는 성이 아니라 이름이에요. 그녀가 말한다. 그녀는 웃지 않으려 하지만 결국 웃고 만다. 엘리스 키프. 그때 병원에서는 정정하고 싶지 않았어요. 저는 그저 당신이 왜 이곳을 그렇게 사랑하는지 알 것 같다는 말을 하려는 거였어요. 그리고 그녀는 저밀리 언덕까지 펼쳐져 있는 숲을 가리킨다. 그 움직임에서 비트는 많은 사람들이 모여 살고 노래가 가득했던 예전의 아르카디아를 떠올린다. 지금은 텅 비어 있음을 느낀다. 사람이 없으면 땅은 그저 땅일 뿐이다.

그 얘기였어요? 그가 말한다. 난 해나의 병이 예상보다 더 빨리 진행되고 있다는 말인 줄 알았어요.

그녀가 그를 곁눈질해 바라본다. 그녀가 입을 삐죽거린다.

오. 그가 말한다.

원하시면 일주일에 두어 번 올라올 수 있어요. 그녀가 말한다. 전 여기가 참 좋아요.

그렇게 자주 와주신다면 저희는 정말 기쁠 거예요. 그가 말한다.

그녀가 얼굴을 돌려 그를 바라본다. 그는 그녀라는 현실, 확실하게 실재하는 존재, 그녀의 부드러운 인력, 그의 뺨에 닿는 그녀의 숨결을 강렬하게 인식한다. 그리고 당신도 보고 싶고요. 그녀가 그렇게 말하고는 수줍게 고개를 돌린다.

양들의 풀밭이 있던 작은 공터에서 해나가 담요 위에 앉아 글로리의 애플소스를 먹는다. 비트가 사진을 찍고 그녀는 매무새를 가다듬는다. 그는 해나가 보고 있지 않을 때면 언제든 카메라로 그녀의 얼굴을 포착하려는 새로운 충동이 생겼다. 해나의 입에서 나오는 단어는 명확함의 경계를 벗어나 둔해졌지만 그는 그녀가 하는 말을 알아듣는다. 분명 넌 더 아름다운 커버 모델들을 찍어봤겠지.

그럴 리가요. 그가 말한다. 지금까진 어머니가 가장 아름다운 모델이에요. 그녀가 포즈를 취하며 할 수 있는 한 환하게 웃는다.

곧 그녀는 피곤해하며 집에 가고 싶어한다. 그녀가 힘겹게 손짓으로 그를 물리친다. 그리고 천천히 한 팔로 디디며 무릎을 꿇은 후 비틀거리며 일어선다. 그가 싸가지고 온 도시락을 정리하는 동안 해나가 스트레칭을 한다. 그녀가 한 발을 오솔길에 디디고 그는 그녀의 얼굴을 향해 카메라를 들어올린다. 그때 그녀가 넘어지며 카메라 프레임 밖으로 사라지고, 그는 세상으로 눈을 돌려 그녀가 땅에 널브러져 있는 모습을 본다.

해나, 그가 말한다.

알아, 그녀가 말한다. 안다고. 그는 그녀를 반은 들다시피 해서 집으로 데려온다.

트랙 운동복을 입은 그레테가 땀냄새를 풍기며 들어온다. 그녀는 에이브의 오래된 휠체어에 앉은 할머니를 보고 아무 말도 하지 않는다. 하지만 밤이 되자 그레테와 루이사가 일을 꾸민다. 창 위로 새벽이 밝아오며 휠체어를 비추자 그곳에 에이브의 오래된 캐시미어 스웨터를 고쳐 만든 쿠션이 놓여 있는 게 보인다. 펄 매니큐어를 칠한 바퀴가 반짝이고 핸들에는 치어리더 폼폼이 달려 있다. 그리고 한쪽 바퀴에 하트퀸 카드 한 장이 꽂혀 있어 해나가 움직일 때마다 윙 소리를 내며 돈다. 이제 할머니는 우리 몰래 살그머니 다가올 수 없어요. 그레테가 말한다. 해나가 좀더 나은 손의 손마디로 바퀴 하나를 돌려본다. 해나가 웃음을 터뜨렸다가 울고 또 울다가 결국 다시 웃는다.

요즈음 집은 이상하게도 해나의 웃음소리로 가득하다. 그녀는 모든 일에 웃는다. 더이상 말을 할 수 없게 된 것에도, 라디오에서 나오는 웃긴 이야기에도, 그레테가 서두르다 자기 신발에 걸려 넘어져도, 그녀와 그레테가 그녀의 아름다운 본차이나 잔에 코코아를 마시다가 그녀의 손이 제멋대로 움직여 잔 하나를 깨뜨려도, 해나는 웃음을 터뜨린다.

지금이 더 행복하세요? 비트가 이 과도한 웃음에 놀라 묻는다.

아니. 그녀가 웅얼거리며 말한다. 난 석화됐잖아! 그 말을 하고 나서도 웃음을 터뜨린다.

트랙이 재생 타이어로 만들어진 탓에 바람이 트랙 너머로 불어오면 비트는 고속도로 냄새를, 떠남을 갈구하는 미국인의 냄새를 맡는다. 그가 원하는 것은 오직 머무는 것이다. 이곳에, 이 밝은 날에, 유니폼을 입은 아이들이 강렬한 색깔의 나비들처럼 돌아다니고 해나가 경련하듯 미소를 짓고 있는 이 시간에. 그는 담요로 해나의 다리를 감싼 후 끝자락을 안으로 넣는다. 냉기보다는 휠체어로부터 보호하기 위한 것이다. 그들이 지금 여기 육상 경기 대회에 있는 것은 기적이나 다름없다. 막판에 학교 교장이 SARI가 그들에게서 얼마나 멀리 떨어져 있는지 확인한 후에야 마지못해 허가를 내주었기 때문이다.

오늘 해나는 목에 힘이 없어 비트의 손바닥에 머리를 기대고 있다. 해나의 머리가 무겁고 지나치게 따뜻하다. 여기 올 수 있어서 행복하구나. 그녀가 탁한 목소리로 말한다.

그는 남학생들을, 투포환을 마치 구슬처럼 던지는 야수들을 바라본다. 원반던지기를 한 한 여학생의 팔뚝살이 물결치듯 흔들린다. 아이들은 갈수록 활활 타오르고 부모들은 춤을 추며 함성을 질러댄다. 다시 젊어진다는 것은, 저 장대를 짚고 하늘로 뛰어오르는 것은, 모래 위를 날아 엄청난 폭발 속에 내려앉는 것은 어떤 느낌일까, 비트는 생각한다. 그는 시간이라는 훌륭한 침전물을 사랑한다. 그 어떤 것을 준다 해도 사춘기 시절의 그 아픔을 다시 겪고 싶지는 않다. 하지만, 잠시, 그는 이 달리는 아이들, 뛰어오르는 아이들, 하늘을 나는 아이들 중 하나였으면 좋겠다는 생각을 한다. 저기 서 있는 연인들 중 한 사람이, 저 가냘픈 소녀를 안고 있는 소년이 되고 싶다. 그래서 젊고 아름다운 사람이 그에게 꼭 안기고 싶어한다는 것만으로도 세상을 쉽게 잊을 수 있기를 바란다.

1600미터 경주다. 그레테가 초조한 표정으로 그들이 있는 쪽을 향해 미소를 보낸다. 그녀의 검은 머리카락이 머리에 접어 쓴 초록색 반다나 밑에서 휘날린다. 비트는 선수들이 출발선에 모이는 것을 차마 보지 못한다. 신호총이 울린다. 각진 팔꿈치들이 빠른 움직임 때문에 흐릿하게 보인다. 100미터 정도 뛰자, 한 덩어리였던 무리가 길고 가늘어진다. 가장 호리호리한 아이가 앞으로 나선다. 그레테의 다리는 앞선 두 아이보다 더 길지만 더 느리게 움직인다. 처음으로 선수들이 타닥타닥 그의 앞을 지나쳐 가고, 비트는 마음으로 그 움직임을 느낀다. 선수들이 높이뛰기 경기에 가려 보이지 않다가 다시 시야에 들어온다. 두번째 여자아이가 비틀거리며 뒤로 처진다. 이제 그레테와 선두 주자 둘 사이의 경주가 된다. 트랙이 조용해진다. 사람들은 앞선 두 소녀가 뒤에 처진 아이들을 길게 늘어진 기차인 양 끌며 질주하는 모습을 바라본다.

자, 이시, 그레데. 비드가 낮게 중얼거리는데, 해나는 이렇게 들리는 소리를 웅얼댄다. 영리하네. 기다리다니.

다시 한 바퀴를 돈다. 아이들이 지나갈 때 보니 선두 주자의 얼굴은 땀으로 번들거리는데 그레테는 땀도 흘리지 않고 집중한 얼굴이다.

목소리들이 높아지기 시작한다. 이제 마지막 커브, 100미터가 남았다. 직선 코스에서 그레테가 수월하게 선두 주자를 따라잡는다. 그녀의 발이 흐릿하게 보인다. 나란히 선 두 소녀가 막판 스퍼트를 하고 모두가 함성을 질러댄다. 비트도 펄쩍펄쩍 뛰면서 목소리로 그레테를 앞으로 밀어준다. 이 무의미한 외침 속에서 그는 기이한 안도감에 젖어든다. 두 아이가 마지막 10미터에서 말처럼 힘차게 가슴을 앞으로 내민다. 아이들은 속도를 줄이며 걷지만 다리가 후들거리고 거의 쓰러질 것 같다. 비트는 누가 이겼는지 판단하지 못한다.

이제 그들은 기다린다. 다른 소녀들이 줄줄이 들어오는 가운데 사람들이 그레테의 어깨를 두드려주며 손길 세례를 퍼붓고 있다. 운영진 한 사람이 헐떡이며 오더니 코치들과 의논하고는 두 선두 주자를 향해 돌아선다. 그리고 뭔가 중얼거린다.

그레테가 날카롭게 소리를 지른다. 젠장! 그리고 반다나를 집어 던지고는 쿵쾅대며 자리를 뜬다.

비트는 툭하니 떨어지는 가슴이 진정되기를 기다려야 한다. 보아하니 우리 딸이 스포츠맨 정신이 없네. 그가 말한다.

해나의 얼굴에 햇빛이 반사되고 있다. 내 악마가 저 아이 안에 들었어. 그녀가 말한다.

비트가 몸을 가까이 숙인다. 어머니도 패배를 깨끗이 인정 못하는 편이었어요? 그렇게 묻지만 그도 그녀가 그렇다는 것을 알고 있다.

아니. 빨랐다고. 해나가 말한다. 두 사람은 함께 그레테가 펜스에서 마음을 추스르고 있는 것을 지켜본다. 빨랐지, 빠르고 빨랐지. 해나가 말한다. 그리고 괜찮은 손으로 못쓰게 된 다리들을 두드린다. 마치 한때 그 다리들이 그렇게 쉽게 해냈던 모든 일들에 찬사를 보내듯이.

비트는 새벽의 숲속에서 물냄새를, 모든 물고기와 달콤하게 썩어가는 나뭇잎 냄새를 호흡하고 있다. 그때 해가 우듬지 위로 떠오르며 서 있는 그를 어루만지고, 카메라는 잊힌다. 그가 꼼짝 않고 가만히 서 있어 암사슴 한 마리가 그를 보지 못하고 우아한 머리를 숙여 시냇가에서 물을 마신다. 붉은 것이 휙하고 지나간다. 여우다. 놀란 여우가 쏜살같이 달려가며 뒤를 돌아본다. 여우는 달리다 그 암사슴 엉덩이에 부딪히고 엉덩방아를 찧는다. 두 짐승이 놀라 서로를 빤히 쳐다본다. 비트가 껄껄거리고, 짐승들은 흐릿한 어둠 속으로 사라진다. 이제 혼자 남은 비트는 숨이 넘어갈 정도로 웃고 또 웃어 현기증이 난다. 뭔가가 그의 안에서 허물어지고, 그 허물어짐이 마침내 기분좋게 느껴진다.

그레테에게 친구가 생겼다. 그녀의 이름은 요코이고, 달콤한 컵케이크 같은 얼굴에 지지키듯 웃는 아이이다. 이 조그만 시골에 교환학생으로 온 일본인이다. 그레테가 이곳 학교에 다니게 되면서 요코는 늘 이 집에 있다. 그녀는 고향으로 돌아가야 했지만 갈 수가 없다. 일본은 격리 조치되었고, 이미 만 명이 사망했다. 거리 사진들을 보면 인적이 드물고, 돈이 있는 사람들은 산소탱크를 메고 다닌다. 서머턴에 있는 요코의 홈스테이 집 부부는 침울하고 엄격한 기독교인들로, 밤에 갖는 찬양 시간에 요코에게 오르간을 치게 하고, 자신들은 노래를 부른다. 이 녹색 집으로 요코를 데리러 올 때도 다급하게 경적을 눌러대고 절대 집안으로 들어오지 않는다. 그레테의 방에서는 흐느낌과 그레테가 부드럽게 달래는 소리가 들려온다. 둘은 둘 다 퉁퉁 부은 얼굴로 방에서 나와 함께 쿠키를 굽고, 영화를 보고, 고전 단편들을 미니어처 파노라마로 꾸미는 영어 수업 과제를 한다. 작은 테이블에 앉은 남자와 여자, 먼 곳에 있는 산, 하얀 코끼리들. 마룻장 아래에 심장이 있는데, 길게 자른 종이에 쓰인 글이 그 안에 돌돌 말려 있다 펼쳐진다. 고자질하는 심장. 골상학 도해 같은 뇌 하나와 그 뇌를 뚫고 지나간 총알이 있고, 더 없는 지복의 작은 이미지로 가득한 부분들이 있다.*

비트는 몇 시간 동안 그 마지막 프로젝트를 살펴본다. 잠 못 이루고 하얗게 지새우는 밤이면 그는 파노라마가 든 종이상자를 손에 들고 뇌의 각 엽葉들 속에 들어 있는 행복을 그린 그 섬세한 그림들을 바라본다. 오랫동안 그것을 들고 있다보면 그의 기억 속 장면들이 떠오른다. 하얀 시트 아래에 길게 누운 헬레. 처음으로 〈Houses of the Holy〉를 들은 콜의 그 사춘기 소년 얼굴. 그레테와 그가 함께 간 바닷가 여행에서 보았던, 그녀의 통통한 분홍빛 손바닥 위에서 밤송이처럼 뾰족뾰족하던, 조수 웅덩이 속의 그 멍게.

해나의 말을 알아들을 수 없다. 그녀는 그레테의 태블릿을 들고 제대로 움직이는 손가락 두 개로 단어들을 가리켜야 한다. 그녀는 좌절감에 울부짖는다. 아무것도 아닌 일에 흐느껴 운다. 저녁식사 때 비트가 음식을 한다—콩과 구운 두부, 콩 치즈 엔칠라다로, 그가 벌써 삼십 년간이나 요리해온 옛 아르카디아의 기본 식단이다.

---

* 묘사된 세 작품은 각각 어니스트 헤밍웨이의 「하얀 코끼리 같은 산」, 에드거 앨런 포의 「고자질하는 심장」, 토바이어스 울프의 「뇌에 박힌 총알」이다.

요코와 해나 사이의 대화는 초현실적인 연극 같다.

해나: 그러데 네 겨드라이가 우아 으아, 오코.

요코: 아재미이이서, 할무니! 하하하!

둘은 한참 웃어대고, 그레테와 비트는 어리둥절해하며 쳐다본다. 그들은 공기 중에 가득한 즐거움에서 배제된 채 눈짓을 교환한다. 그 즐거움을 한번 호흡할 수 있기를 바라며, 제대로 발음할 수 없는 이들을 부러워한다.

4월이 만개하자 아르카디아에는 더 사람이 없는 것 같다. 강한 바람이 나무에 와 부딪치고, 나무들이 머리를 감는 소녀들처럼 휘어진다. 아르카디아 하우스의 창문들이 덜그럭거린다. 어느 날 비트는 이층의 방들을 이리저리 둘러보다가 레이프의 커다란 욕조 안에서 너구리 한 마리가 인간 같은 손으로 비누 하나를 계속 돌리고 있는 것을 발견한다.

귀를 기울이면 방충문을 때리는 바람과 멀리 하늘 위를 날아가는 비행기 너머로, 그가 알았던 아르카디아를 거의 들을 수 있다. 깊고 깊은 집안 어디선가 들려오는 핸디의 기타 뜯는 소리, 주방에서 여인들이 음식을 하며 웃는 소리. 자신의 다급하고 높은 어릴 적 목소리. 하지만 고통스러울 정도로 귀를 기울이고 있는데도, 그는 그 말을 이해할 수가 없다. 옛날 옛적의 비트가 지금의 비트에게, 혹은 미래에 이곳에 서 있을 사람에게, 집이 변하듯 변해버린, 시간과 상실로 조금 더 지치고 점차 중력에 끌려 허물어져가는 그에게 하는 말을. 만일 그가 운이 아주 좋다면. 그들 모두 운이 아주 좋다면, 미래에 이곳에 있을 것이다. 서부 지역 학교들은 문을 닫았고 공항들은 텅텅 비었다. 개들이 로스앤젤레스 고속도로 한복판을 어슬렁거린다. 서머턴에서는 우체부들이 장갑과 마스크를 착용하고, 가게마다 태엽식 라디오와 수프, 생수 등을 산더미처럼 쌓아놓았다. 하지만 아르카디아에는 우물과 정원과 음식으로 가득 채워진 지하실이 있어 그들은 섬이 된다. 그들은 질병이 세상을 휩쓰는 동안 가만히 기다리고 있다가 다시 안전해지면 밖으로 나갈 것이다.

새롭게 시작한다는 것에 어떤 위안이 있을 것인가. 더 나아지려는 노력에 어떤 희망이 있을 것인가. 옛날이야기, 노아의 이야기, 깨끗하게 씻겨나간 세상으로의 첫 발걸음.

너구리가 그 기묘한 검은 손을 뻗은 채 그를 바라보고 있다. 창으로 들어오는 빛이 비누 조각을 비춘다. 비트가 천천히 손을 뻗어 비누를 집는다. 너구리는 비누를 포기하긴 하지만 검은 입술을 말아올려 이를 드러내고, 비트는 너구리가 미소를 짓는 것인지 두려움을 드러내는 것인지 알 수 없다.

엘리스가 양치식물 사이를 지나 바위 위에 있는 비트의 옆으로 올라온다. 토요일이고 그레테가 해나를 돌보고 있다. 검진 후—해나의 신체 기능과 체중은 충격적일 정도로 줄어들고 있다—엘리스가 크게 놀란 표정을 지었다. 복도에서 비트가 말했다. 함께 하이킹을 하며 얘기해줘요.

데이트일까? 어쩌면 그럴지도 몰랐다. 그녀가 지난번에 방문했을 때 그들은 하이킹을 가기로 약속했었다. 그는 그녀에게 폭포를, 봄을 맞아 풍부한 유량으로 떨어지는 물을, 바람에 엷어지는 하얀 종잇장 같은 물을 보여주고 싶었다. 하지만 막상 와보니 폭포는 그냥 한 줄 리본 정도에 불과했다. 그는 폭포의 유령을 보며 아픔을 느낀다.

아름다워요. 엘리스가 말한다.

아니, 그렇지 않아요. 비트가 단호하게 말한다. 그녀가 얼굴을 찡그리며 그를 쳐다보자 그가 말한다. 미안해요. 그냥 더 아름다워야 마땅하거든요. 내가 어렸을 때는 이 폭포가 거의 포효를 했었어요. 1마일 밖에서도 소리가 들렸죠. 슬픔이 엄습하자 당황한 그가 소리 내어 웃는다. 요즘 우리집 식구들 모두 부적절할 만큼 감정적인 상태인 것 같아요.

엘리스가 그의 팔을 잡는다. 이해할 수 있어요. 그레테는 겨우 열네 살이고, 당신은 어머니의 병이라는 무게를 짊어지고 있으니까요. 해나는 연수성마비 때문에 거친 반응을 하는 거예요.

오, 비트가 말한다. 난 우리 어머니가 더 행복해졌다고 생각했는데.

엘리스는 자리에 앉아 그녀가 가져온 샌드위치를 꺼낸다. 닭, 아니면 달걀. 그녀가 말한다.

미안해요, 비트가 당황하며 말한다. 난 평생 채식주의자였어요.

그러자 엘리스가 고운 목소리로 깔깔 웃고, 그 소리가 절벽에서 메아리친다. 내 말은요, 닭이 먼저인지 달걀이 먼저인지, 어떻게 알겠느냐는 거예요. 해나가 진짜로 더 행복해진 걸 수도 있어요. 사랑하는 사람 둘이 곁에 있으니까요. 항우울제도 다량 복용하고 있고요. 또, 봄이고, 당신이 매일 몇 시간씩 해나가 햇볕 속에 앉아 있게 하고요. 그리고 어쩌면 그 미친 듯한 웃음 그 자체가 그녀를 더 행복하게 만들지도 몰라요. 뇌 안에 일종의 신경의 길을 내는 거죠. 어떤 경우든 그 웃음을 선물이라 생각하세요.

선물이라. 비트가 앉으며 말한다. 점심이 선물이죠. 무슨 샌드위치예요?

땅콩버터와 젤리요. 난 요리 못해요. 그녀가 말한다.

내가 제일 좋아하는 거로군요. 그가 나눠 먹으려 사과를 자른다.

엘리스가 맨발을 작은 물웅덩이에 담근다. 그녀가 먹으면서 그에게 미소를 짓는다. 들어봐요, 아마 이건 당신이 듣고 싶은 이야기가 아니겠지만요. 하지만 더 좋아지기 전에 더 나빠질 거란 건 아셔야 해요.

당신 요리 실력이? 비트가 말한다.

그녀는 미소 짓지 않는다. 햇빛 속에서 보는 그녀의 눈은 해질녘의 깊은 푸른빛이다. 그녀가 그에게 기대온다. 비트는 그가 함께 기대거나 아니면 움직여 피하길 그녀가 기다리고 있다는 걸 느낀다. 그렇게 될 거예요. 그가 말하며 그녀의 몸에 기댄다.

부엌 창에 현란한 보라색 마스크를 쓴 여자가 나타난다. 부엌에 있던 해나가 젠장, 하고 말하더니 휠체어를 굴려 그녀의 방으로 들어가버린다. 여자는 자신의 차 뒤로 가더니 트렁크에서 뭔가를 들어올린다. 비트가 도우려고 밝은 먼지 속으로 나가자 여자가 큰 소리로 말한다. 아, 고마워요. 난 정말 속수무책이라니까!

그녀는 도서관 여자들 중 하나다. 어디서나 이런 사람들은 머리에 파란 접시꽃을 꽂고 다닌다. 비트가 그 상자를 집안으로 가지고 들어오고, 여자는 컵에 물을 따라 들이켠다. 마스크를 썼던 자리에 생긴 분홍색 동그라미 안쪽 두 볼의 젖은 피부에 먼지가 묻어 있다. 여자의 입술에서 퍼져나가는 주름에서는 진흙이 만들어지고 있다. 마스크는 그냥 벗고 있을게요. 여자가 선언한다. 이렇게 멀리 나와 있는 은둔자들이 SARI에 걸렸을 리 없잖아요. 어머니는 어디 계세요?

낮잠을 주무시고 있어요. 비트가 말한다.

우리가 돈을 모았어요. 여자가 휴지로 자신의 얼굴을 닦으며 말한다. 마을 사람들 모두. 그쪽 어머니가 워낙 사랑받는 사람이잖아요. 우리가 선물로 컴퓨터 한 대를 샀어요.

아, 비트가 당황한다. 그리고 그가 부드럽게 말한다. 그런데 어머니한테는 이미 컴퓨터가 있어요.

여자가 말한다. 그런 컴퓨터 말고요. 이런 건 없을 거예요. 그러더니 여자가 고개를 옆으로 갸우뚱하며 말한다. 괜찮아요? 얼굴이 안 좋아 보이네. 잠은 자요? 제대로 먹고? 돌봐주는 사람은요? 여자친구는? 내가 젊고 예쁜 여자를 한 사람 아는데. 머리카락이 정말 아름다워요. 뭐라 그러지, 그런 머리를? 그래 적갈색. 정말 괜찮아요? 그 여자 전화번호를 줄게요. 그래서 비트는 종잇조각 하나를 든 채 남게 되고, 여자가 떠나자마자 그 종이를 던져버린다.

비트는 한 시간 정도 안내책자를 응시한다. 그렇게 정교한 측정이 가능하다니. 이 얼마나 섬세한 테크놀로지인가! 이 컴퓨터는 무게를 가질 수 없는 시선이 홀로그래픽 키보드에 닿는 것을 추적할 수 있다. 설명서에 따르면 이 컴퓨터를 익숙하게 사용하는 이들은 일 분에 이십 단어 이상을 표현할 수 있다고 한다. 비트는 그날 폭포에서 돌아오며 엘리스가 했던 말, 해나에게 남은 시간은 한 달 또는 그보다 조금 더 길 거라는 말을 떠올린다. 그는 계산을 한다. 만일 해나가 지금 시작해 멈추지 않고 계속한다면, 그녀가 교수 시절에 썼던 짧은 민중 역사를 한 편 더 쓸 수 있을 것이다. 아니면 긴 에세이 한 편을 쓸 수 있을지도 몰랐다. 정말로 짧은 시간이다.

비트가 컴퓨터를 설치하느라 애쓰고 있는데 그레테가 오전 연습에서 돌아온다. 디지털 시대의 아이인 그레테조차 점심때까지 고생을 한다. 그들은 샐러드를 먹으며 스크린과 수많은 와이어를 응시한다. 그때 글로리가 문가에서 말한다. 도움이 필요한가봐요.

그레테가 코웃음을 친다. 글로리의 양모 드레스에서 눅눅한 열기가 뿜어져나온다. 그녀의 보닛 모자에 지푸라기 하나가 붙어 있다. 그들은 그녀의 말과 마차 소리를 듣지 못했다. 까치떼가 단풍나무들 위에서 요란하게 울고 있었기 때문이다.

오, 비트가 말한다. 이건. 음. 컴퓨터예요, 글로리.

글로리가 말한다. 알아요. 난 오 년 동안 IT업계에 있었어요.

그레테가 낮게 중얼거린다. 농담이시겠죠?

아니. 글로리가 몸을 숙이며 손가락을 능숙하게 움직인다.

둘은 점심을 다 먹고 나서도 그대로 앉아 글로리의 거친 손이 와이어들 사이에서 움직이는 모습을 홀린 듯 바라본다. 왜 이 세계를 떠난 거예요, 글로리? 비트가 묻는다. 왜 돌아온 거예요?

그녀가 일어서서 어깨를 으쓱한다. 외로워서요, 그녀가 말한다. 오 년 동안 난 외로웠어요. 그때 내가 행복하지 않다는 것을 깨달

왔고, 다시 받아들여지고 사랑받을 수 있다면 무엇이든 하겠다고 생각했어요. 주는 게 있어야 받는 게 있는 것 같더군요. 그러니까 자유냐 공동체냐, 공동체냐 자유냐. 사람은 자신이 살고 싶은 방식을 결정해야 해요. 난 공동체를 선택했어요.

왜 둘 다 갖지 못하죠? 그레테가 얼굴을 찌푸리며 말한다. 내 생각엔 둘 다 가질 수 있었을 것 같은데요.

둘 다 갖길 원하면 실패하게 되어 있어. 글로리가 말한다. 그녀가 비트를 쳐다본다. 난 당신들이 여기 살던 때를 기억해요. 우리 가족들 사이에서도 큰 논쟁거리였죠. 어떻게 할 것인가를 놓고요. 우리는 공포에 질린 채 지켜봤어요! 나체족, 마약, 요란한 음악! 당신네들은 아기들 같아서 할 줄 아는 게 아무것도 없었어요! 밭을 갈 줄도 몰랐죠. 우리는 당신들이 굶게 내버려둘 수 없었어요. 마침내 우리는 회의를 열고 당신들이 먹고살 수 있을 정도로만 도와주자고, 그러다 스스로 해체되도록 내버려두자고 의견을 보았어요. 그리고 당신들이 결국 해체되었을 때, 우리 중에는 우리가 아주 현명했다고 느낀 사람들도 있었죠. 자유가 너무 많으면 공동체는 썩기 마련이에요, 그것도 아주 빨리. 그게 아르카디아의 문제였어요.

비트는 어린 시절의 마지막 몇 년 동안 겪었던 빈곤을 떠올린다. 앙상한 팔다리에 치아가 엉망이던 아이들, 마약, 구호 활동과 산파 학교와 트리피들과 가출 청소년들에게 들어가던 현금. 그는 천하태평이던 핸디와 균열을 불러일으켰던 핸디의 자만을 기억한다.

글쎄요, 비트가 느릿느릿 말한다. 그것도 하나의 좋은 해석이겠죠.

그래요, 하지만 아미시 사람들도 완벽한 건 아니잖아요. 그레테가 말한다. 똑같은 인간이라고요. 그러니까 내 말은, 다들 병에 걸리잖아요. 만약 아줌마가 SARI에 걸리면 어떻게 되는 거죠? 아미시 공동체 전체가 고통을 겪을 거라고요.

질병은 늘 있어. 글로리가 말한다. 넌 너무 어려서 홍역이나 수두, 소아마비를 기억하지 못하겠지. 1918년에 수백만 명이 스페인 독감 때문에 죽었지만 이젠 아무도 그 얘기를 하지 않아. 우리는 다른 것들도 다 견뎌내고 살아남았어.

글로리가 고갯짓으로 자신이 가져온 쿠키를 가리킨다. 자, 디저트를 먹어요. 그녀가 말한다. 그리고 내가 집중할 수 있게 해줘요, 고마워요. 십오 분 후 글로리는 컴퓨터를 작동시킨다. 그녀는 해나를 컴퓨터 앞에 앉힌다. 그들은 그것이 어떤 원리로 작동되는지 해나가 파악하는 동안 기다린다.

비트는 자신이 숨을 죽이고 있다는 것을, 머릿속으로 컴퓨터에게 협상하자고 설득하고 있다는 것을 깨닫는다. 우리 어머니가 말을 하게 해준다면 테크놀로지에 대한 거부감을 버릴게.

매끄럽고 가벼운 목소리가 울려오자 그들은 화들짝 놀란다. 해나의 목소리와는 전혀 다르다. 그 소리가 지나간 후에야 비트는 그 목소리가 집안의 어둠 속에 내뱉은 말을 이해한다. 글로리 비*.

그들을 찾아온 셰릴과 다이애나가 울면서 머핀네 가족이 마다가

* 영광이 있기를.

스카르에서 실종되었다고 이야기한다. 그들이 얻은 소식이라고는 거리에 줄지어 누운 시신들을 찍은 사진뿐이다. 돌아가면서 그들은 또다른 슬픈 이야기를 기억해내 전한다. 밤사이에 시애틀에서 푸의 두 살짜리 손녀가 죽었는데, 그 가족이 격리되어 있어 여행을 할 수 없기 때문에 함께 애도하지도 못한다는 것이다. 뼈아픈 소식이다.

엘리스는 그들이 왔다가 돌아갈 때까지 내내 구석에 놓인 의자에 앉아 커다란 눈으로 말없이 지켜본다. 비트가 복도에서 그녀 앞을 지나가는데 그녀가 그를 멈춰 세우더니 그의 머리를 그녀 어깨에 기대게 한다. 그는 그렇게 그대로 서 있고, 그레테가 방에서 나오다 그들을 보고는 다시 문을 닫고 들어간다.

조용한 나날들이 이어진다. 비스듬히 들어오는 햇빛과 오래된 턴테이블에서 흐르는 음악이 집안을 가득 채운다. 해나는 바흐만 고집한다. 비트가 숟가락으로 초콜릿 피이를 조금 떠서 어머니 입에 넣는다. 이제 그녀는 음식을 씹지 못하고, 삼키는 것도 힘들어한다. 그녀의 체중이 너무 많이 빠지지 않도록 그들은 그녀가 음식을 섭취하게 하는 데 많은 시간을 쏟는다.

해나가 그녀의 새 컴퓨터에 시선을 던지더니 몇 마디를 만든다. 아프니 좋은 게 하나 있구나. 컴퓨터의 관능적인 목소리가 말한다. 어릴 때처럼 맛을 아주 생생하게 느낄 수 있어.

그럼 두번째 좋은 점은요? 비트가 말한다.

해나의 시선이 키보드로 돌아간다. 두번째 좋은 점은…… 목소리가 말한다. 그리고 한참 동안 조용하다. 그래서 그는 개수대로 가서 설거지를 한다. 다시 돌아온 그는 해나가 말하는 것을 잊어버렸는지도 모른다고 생각해 스크린을 본다. 하지만 스크린에는 두 번째 좋은 점은…… 외에 아무것도 없다.

마침내 그는 해나의 농담을 이해한다.

엘리스가 하루걸러 한 번씩 찾아온다. 대부분은 저녁에. 샤워를 하고, 저녁을 먹고, 질병이 그녀에게 몰래 다가오는지 기다렸다가 그후에 온다. 비트와 엘리스는 부엌에서 차를 마시고 글로리의 파이를 먹으며 몇 시간을 함께 보낸다. 루이사와 해나는 해나의 방에서 웅얼거리고, 그레테는 젊은이의 잠을 잔다. 엘리스가 조금씩 조금씩 자신에 대한 이야기를 들려준다. 착한 어린아이였고, 나이 많은 부모의 외동딸로 많은 사랑을 받았고, 피아노를 쳤고, 교회를 다녔다고 했다. 그땐 서머턴이 더 번성한 곳이었다고 한다. 팜 앤드 홈 상점, 뉴베리 백화점, 케이마트, 그리고 아르카디아를 떠난 이들이 만든 히피 부티크도 몇 군데 있었다. 그녀는 열일곱 살에 바로 대학에 진학했고, 스물한 살에 의대에 갔다. 그녀는 사람들의 병을 고치고 싶었다. 그녀는 그녀의 어머니가 관절염 전문의에게 한 시간 동안 부드럽게 손이 잡혀 있다 상기된 얼굴로 돌아오던 것을, 그 접촉의 힘을 보았다. 그러나 그녀의 부모는 모두 그녀가 레지던트를 하던 무렵에 세상을 떠났다. 그녀는 완전히 혼자가 된 것이다. 그녀는 세 번 약혼을 했었다(그녀가 얼굴을 붉힌다). 그녀는 매번 결혼식을 하기 불과 몇 달 전에 약혼을 깨뜨렸다. 다들 좋은 사람들이었어요. 그녀가 말한다. 다만 그녀가 그들을 사랑하지 않았을 뿐이다.

비트가 그녀의 작은 갈색 손을 잡는다. 그녀의 콧구멍이 붉어지더니 눈꺼풀 역시 붉어진다. 그녀가 어깨에 볼을 문질러 닦는 모습이 어딘가 토끼 같다. 그녀가 속삭인다. 자신이 없어요. 내가 누구를 사랑할 수 있을지.

엘리스, 비트가 말한다. 아, 허니, 사랑할 수 있어요, 당연히.

그가 그녀의 손마디를 입으로 가져가 키스한다. 그녀 피부에서 쌉쌀한 아몬드 맛이 난다. 그녀가 갑자기 일어서더니 서둘러 작별인사를 하고 차를 몰고 떠난다. 다음날 비트는 자신의 행동에 그녀가 덜컥 겁을 먹은 건 아닌지 하루종일 걱정한다. 하지만 그날 밤 아홉시가 되자 그녀가 다시 오고, 집을 들어서는 그녀의 옷에 시원한 바람이 묻어 있다. 그녀가 진지하게 그의 양쪽 뺨에, 그러고 나서 그의 입술 옆에 키스를 한다. 그리고 그의 가슴에 머리를 기댄 채 오랫동안 그대로 있다.

그녀가 말한다. 놀랄 일이 있어요. 그리고 밖으로 나가 그녀의 차로 가고, 노란색의 커다란 래브라도 한 마리가 뛰어나와 밤의 어둠에 물든 집안에 한줄기 햇살이 된다. 개가 주둥이를 해나의 무릎에 얹고, 루이사는 빗자루를 들고 부엌에서 개를 쫓고, 개는 그레테와 엉겨 둘 다 헐떡이며 지칠 때까지 뒹군다. 오토가 여기 있어도 돼요? 그레테가 사자 같은 개의 머리를 붙들고 흔들며 묻는다. 개가 그레테의 손목을 살짝 문다. 엘리스가 비트를 보며 활짝 웃는다. 아직은 아냐, 하지만 곧 가능해질 거야.

가능성, 병자의 집인 이곳에서는 너무도 낯선 그것이 그에게 밀려온다. 그래 곧. 그도 동의한다.

엘리스가 차를 몰고 떠나자 그녀 뒤로 문 하나가 닫히는 것 같다. 멕시코시티에는 시체안치실이 만원이어서 시신들이 어느 장난감회사 창고에 쌓여 있다. 그레테의 태블릿에 이미지들이 뜬다. 캔버스 천 수의에 싸인 아기들이 눈을 깜박이지 않는 인형더미 아래 차곡차곡 포개져 있다. 그 이미지들이 밤에도 떠올라 비트를 괴롭힌다. 그는 일어나 창가에 앉아 밀려드는 잠에 시야가 흐려질 때까지 어둠을 바라보며 마음을 달랜다.

비트는 딸이 혼자 있는 순간을 거의 포착하지 못한다. 그레테는 열시가 되어 들어온다. 그가 무거운 자루 같은 몸을 겨우 일으켜 부엌 싱크대에 있는 그레테에게 간다.

안녕, 아빠. 그녀가 속삭인다. 해나가 방에서 루이사에게 지르는 소리가 들린다. 안 돼! 그녀가 말할 수 있는 유일한 말이다. 루이사는 늘 부드럽고 친절한 목소리로 답한다. 그레테의 트랙 운동복에서 모닥불의 나무 타는 냄새가 난다. 딸의 숨결에서 위스키 냄새가 난다.

오, 그레테. 비트가 말한다.

걱정하지 마세요. 그녀가 말한다.

걱정이 돼. 그가 말한다. 격리 조치며. 게다가 넌 열네 살이야. 그리고 네겐 그 유전자가 있어. 네 어머니는 너보다 더 어렸을 때 시작했고……

아빠, 그레테가 말을 끊는다. 어둑한 부엌에서 그녀가 웃음을 터뜨린다. 내 말 좀 들어봐요.

휘핏*처럼 날렵한 그녀가 개수대에 기댄다. 그녀는 달리기 이야기를 한다. 팔다리에 고통이 쌓이고 쌓여 그것이 더없는 행복감으로 부서져내릴 때까지 밀어붙여 뛰고 또 뛴다는 것에 대해. 여기, 집에 있으면 신경이 곤두서지만 달리는 동안은 불안을 떨쳐낼 수 있다고, 안도감이 스며들어 뼛속 깊이 닿으면 자신 안에서 불 밝히듯 켜지는 안도감을, 일종의 행복을 느낀다는 이야기를 들려준다.

난 이런 느낌을 망칠 행동은 절대 하지 않을 거예요. 절대.

그가 미심쩍어하는 것처럼 보인 모양이다. 그레테가 잠시 그를 바라보더니 뭔가 말하려다 참는다. 있잖아요, 아빠는 할아버지랑 참 많이 닮았어요. 그녀가 말한다. 항상 다른 모두를 보살피려 하고, 다른 사람이 아빠를 보살피려는 것은 받아들이지 않아요. 그것도 일종의 공격성이에요.

공격적이라고? 그가 놀라 말한다. 내가?

내 말은, 내가 아빠를 보살피도록 해주지 않을 거라면, 적어도 아빠가 스스로를 보살펴야 한다는 거예요. 그녀가 돌아서더니 방으로 들어가며 문을 닫는다.

아침이 되고, 비트는 그레테가 움직이는 소리를 듣고 달리기 복장으로 침대에서 내려온다. 숲의 생기 넘치는 초록에서 배어나온 듯한 새벽이다. 포치로 나온 그레테가 그가 스트레칭하고 있는 모습을 보더니 작은 소리로 말한다. 오!

우리 얼마나 멀리 가야 하는 거니?

아빠가 쓰러질 때까지요, 어르신. 그녀는 그렇게 말하고는 믿기 어려울 정도로 가볍게 뛰어 잠에서 깨어나고 있는 숲속으로 사라

---

* 경주견으로 유명한 개의 품종. 다리가 길고 날렵한 체형을 가졌다.

진다. 그가 할 수 있는 일은 그녀가 사라진 쪽으로, 그녀가 스치고 지나간 덤불들이 아직도 흔들리고 있는 오솔길을 따라가는 것뿐이다. 그가 내딛는 한 걸음 한 걸음이 그 자체로 보상이 되고, 밝아오는 하루는 그 자체로 장관이다. 그의 허파가 기분좋은 고통으로 터질 듯하고, 딸은 마침내, 그에게 선심을 써, 뒤로 처진다.

그레테가 문을 향하자 해나가 뜻 없는 소리를 지른다. 그레테는 컴퓨터 목소리가 흘러나오기를 기다리며 조바심을 낸다. 얘야, 너 속옷을 안 입고 있구나.

그레테가 얼굴을 붉히며 웅얼거린다. 맙소사, 할머니. 빨래하는 걸 잊어서 그런 거예요. 그리고 할머니가 상관할 일도 아니고.

해나가 코웃음을 친다. 그리고 컴퓨터가 말한다. 상관할 일이 보이는 걸 어쩌니. 말괄량이 아가씨야.

5월제. 비트는 리본으로 장대를 휘감으며 춤을 추는 요정들을 찾아보지만 그가 찾아낸 것은 어린 시절 8월이면 그에게 고통을 안겨주던 그 그을린 상처다. 라디오는 집안에서 윙윙거리는 곤충이다. 도시에서 발생한 무더위로 인한 죽음, SARI 때문에 발생한 오십만 명의 사망자, 전면적인 격리 조치, 외상이 심할 경우에만 병원 치료 가능, 공항 폐쇄 등의 내용을 보도한다. 그는 사람들의 구체적인 이야기가 흘러나오기 전에 스위치를 눌러 라디오를 끈다. 그나마 비극이 추상적일 때에만 견뎌낼 수 있을 것 같다.

아침이면 글로리가 오고 집안은 파이를 굽느라 피어난 온기로 가득찬다. 파이 냄새가 해나에게서 나는 새로운 냄새들, 그녀 상처에 바르는 연고며 그녀 숨결의 메스꺼운 냄새며, 그녀가 간신히 대변을 보았을 때 집안에 진동하는 악취 등을 덮어준다.

루이사는 해나 방에 접이침대를 놓고 그들과 함께 살고 있다. 그녀에게는 이곳이, 이 유배지가 더 안전한 곳이다. 병원은 비상근무에 들어갔지만, 모두들 SARI를 두려워하기에 아주 아픈 사람이 아니면 누구도 병원에 오지 않는다. 의사와 간호사들은 카드놀이를 하고 텔레비전을 보며 시간을 보낸다. 마침내 병원측에서는 필수인원이 아닌 직원들의 자발적 휴직을 발표한다. 엘리스는 휴직을 선택하고 매일 아침 이곳으로 온다. 그녀는 비트 옆에서, 침대 커버 위에서 낮잠을 자고, 그럴 때면 그레테가 해나를 보살핀다. 그레테네 학교도 휴교다. 요코와 그레테는 하루에 백 번씩 태블릿으로 이야기를 한다. 밤이면 가족은 예전에 해나가 만들어둔 병조림 채소를 먹으며 그 채소 속에서 지나간 여름들의 태양을 맛본다.

때로 해나는 아주 멀리 있는 것처럼 보인다. 비트는 해나가 기도를 하려는 것 같다고 생각한다. 그녀의 생명이 점점 소멸되어가고 있는 것을 고려하면 이해할 수 있는 일이다. 비트 역시 잠이 오지 않을 때면 기도를 해보려고 하지만 두 눈은 뜨고 있다. 눈을 감으면 그에게 보이는 신이 핸디의 모습, 결코 신이 아닌 그의 모습을 하고 있기 때문이다. 그는 창문을 향해, 차가운 동전 같은 달을 향해 그의 하루가 어땠는지 이야기를 들려주며 그의 시간이라는 형태 없는 덩어리를 건져 뭔가 남을 수 있는 형태로 만든다.

마침내 비트는 해나의 얼굴이 평화로울 때 해나에게 가 뭘 하고 있는지 묻는다. 목소리가 답한다. 연습.

무슨 연습이요? 대리 목소리가 아름답고 매끄럽게 흘러나온다. 두부 만들기. 가봉하기. 쇼팽 연주. 빨래. 콩깍지 까기. 말털 빗기기. 스콘 굽기. 섹스. 빵 반죽. 수영.

그는 그녀 옆의 흔들의자에 앉는다. 여자들이 내는 소리가 그의 등뒤에서 집안을 채운다. 그는 머릿속으로 산딸기 잼을 만들기로 결정한다. 어린 시절 이후로는 저장식품을 만들어보지 않았다. 그는 눈을 감는다. 처음에는 만드는 순서가 기억나지 않아 거꾸로 되짚어간다. 레몬을 짜고, 산딸기 열매를 씻고, 설탕 양을 재고, 끓는 물에서 유리병들을 꺼낸다. 하지만 마음이 느긋해지자 일들이 활기를 띤다. 솜털이 송송한 신선한 산딸기의 따뜻함이 손가락에서 느껴지고, 향기가 피어오른다. 달콤하고 톡 쏘는 맛이 머릿속에서 더욱 생생히 떠오른다.

빨랫줄에 걸린 시트들 위로 햇빛과 바람이 쏟아진다. 부풀어오르는 시트들 안에서 몸이, 형태가 만들어지다 단숨에 사라진다. 그는 손상된 필름으로 사진을 찍고 또 찍는다. 그것들을 그 안에 붙잡아두기 위해서.

이것이, 오래전 그를 사진과 사랑에 빠지게 했던 바로 그것이다. 주의 기울이기, 시간 포착하기. 그는 그동안 바로 이것을 잊고 있었다.

그가 마른 빨래를 한아름 안아들고 안으로 들어가는데 그레테가 그를 소리쳐 부른다. 그는 빨래를 부엌 카운터에 내던진다. 양말이

타일 위에서 굴러간다. 딸은 욕조 안에 서 있고, 해나는 세면대에 기대어 있는 것이 보인다. 숨이 막혀 해나의 얼굴이 잿빛이다.

할머니가 나를 밀쳐냈어요. 그레테가 말한다. 도우려고 했는데 할머니가 나를 밀쳐냈어요.

비트도 해나의 날카로운 팔꿈치에 찔리지만 몸을 숙인다. 가래가 너무 짙어서 그녀는 삼키지를 못한다. 비트가 수건을 들고 해나의 머리를 잡은 다음 혀 뒤편을 닦아낸다. 그녀가 헉하고 숨을 쉬고, 서서히 낯빛이 돌아온다. 그녀의 뺨에 눈물이 흘러내리더니 아래로 떨어진다. 비트가 두 팔로 그녀의 머리를 감싸안는다. 그녀가 다시 안정을 되찾자 그는 그녀의 휠체어를 부엌에 있는 그녀의 컴퓨터 앞으로 밀고 간다. 마침내 목소리가 오후의 열기 속으로 흘러나온다. 내 몸이 나를 죽이고 싶어해. 그녀가 농담을 한다.

폭풍우가 몰아치고, 나무를 때리는 바람소리가 헐떡이는 소리 같다. 비트는 타이터스가 그에게 찾아온 슬픔의 발작을 무엇이라 불렀는지 기억한다. 늙은 검은 개. 정말이지 적절한 표현이다. 날카로운 송곳니, 굴종적인, 야생동물도 인간도 아닌, 문명의 기이한 부산물, 굶주린 채 슬그머니 다가오는 그것. 저 사납게 우르릉대는 폭풍우 속, 나무들 사이의 더 짙은 검은 그림자 속에 슬며시 숨어 기다리고 있는 그 개가 보이는 것만 같다. 손아래 닿는 개의 가죽의 부드러움이 느껴지는 것만 같다.

그레테는 해나의 피부처럼 얇은 찻잔 여섯 개에 물을 붓고 데이지를 꽂았다. 찻잔들이 새벽빛을 받아 빛난다. 요즈음 그들은 식사 때마다 그 오래된 레이스 테이블보와 은제 식기들을 사용한다. 해나는 자신의 어머니와 할머니의 손길이 닿았던 것들을 만지면서 위로를 얻는다.

루이사가 침대 시트를 가는 동안 비트와 해나만 남는다.

해나가 서둘러 컴퓨터를 쳐다본다. 목소리가 부드럽고 차분하게 말한다. 나의 꼬마 비트. 나를 용서해주겠니?

뜻밖의 말에 비트의 침묵이 길어진다. 정확히 무엇을 용서하라는 걸까? 그녀의 그 많은 잘못 중 어떤 것을 말하는 걸까?

그는 갈고리처럼 뒤틀린 해나의 손을 응시하다 마침내 그녀가 아르카디아를, 그들이 공유하고 있는 그 상처를, 그녀가 완벽함을 향해 밀어붙이다 지쳐 외면하고 말았던 일을 이야기하는 것이라는 걸 알아차린다. 아르카디아의 아이들 대부분이 삐딱해진 것은 사실이다. 딜런은 네오콘*이 되었고, 콜은 펑크가 되었고, 진시는 교외 생활을 추구하게 되었다. 레이프는 인간미를 잃고 내성적인 사람이 되었다. 오래전 이야기다. 그들의 어린 시절을 안겨준 것에 대한, 그들을 성인으로 만들어준 것에 대한 의도적인 반발은. 집안에 정적이 흐르는 가운데 루이사의 신발이 침대 옆에서 삐걱거리고, 흉내지빠귀가 졸졸 울기 시작한다.

비트는 그의 안에서 그것이 부풀어오르는 것을 느낀다. 사랑이, 그가 등돌렸던 그 사랑이 숨을 쉬고 눈을 깜박이고 삼킨다. 생명체

* 신보수주의자.

하나가 꿈틀대며 되살아난다. 그는 분리될 수가 없다. 불가능하다. 그는 전체의 한 부분이다.

그는 바스라질 것 같은 어머니를 바라보며 말한다. 용서할 게 아무것도 없어요.

감당할 수 없는, 찰흙 같은 살덩이 안에서 해나가 불을 밝힌다. 그 불이 견디기 힘들 정도로 환하게 빛나 비트는 그녀를 바라보는 것이 아프다. 그래도 그는 그녀에게서 눈을 떼지 않는다. 그는 바라본다.

해나는 한때 아르카디아 그 자체보다 더 광대했었고, 그녀의 몸은 너무나 커서 그를 뒤덮었었고, 그녀의 따뜻함, 그녀의 빵은 너무나 커서 해가 그녀 안에서 뜨고 졌었다. 그랬던 그녀가 점점 작아지고 줄어들어 이젠 마댓자루와 막대기 묶음이 되었다. 그녀는 닳아빠진 근육이고 진물이 흐르는 상처다.

그는 그녀를 안고 연못으로 들어간다. 그녀가 손과 다리를 움직여 헤엄치는 시늉을 한다. 그레테가 빠른 속도로 뛰어오는 소리가 들린다. 그레테가 옷을 입은 채, 청바지와 보트슈즈와 예쁜 윗옷을 입은 채, 그대로 연못으로 첨벙 걸어들어온다. 그레테가 물밑으로 들어가더니 그들 바로 옆에서 나온다. 머리카락은 들러붙고, 아이라이너가 물에 씻겨 검정 물이 뺨을 타고 흐른다. 그레테가 말한다. 내가 할게요. 그녀는 해나를 안고 헬레의 바위로 간다. 그리고 돌아서더니 노래를 부른다. 예전에 아르카디아에서 함께 여름을 보냈을 때, 연못의 깊은 물을 무서워하던 어린 그레테에게 비트가 불러주었던 그 노래다. ……하루종일 헤엄을 치고, 그렇게 드넓은 바다에서, 이제 쉴 시간, 파도와 함께 떠 있을 시간, 어이 거기, 작은 물고기야, 울지 마라. 그레테가 노래를 한다.

루이사는 침착하지만 엄청난 속도로 시골길을 달리고 있어 비트는 어둠 속에서 스치고 지나가는 나무들이 무서울 정도다. 비트는 숨을 못 쉬고 있는 어머니를 안고 있다. 그들은 응급실에 있다. 잠시 후 녹색 수술복을 입은 의사가 메스를 휘두르고, 해나의 목에 구멍이 생긴다. 비트의 머릿속에는 면 보자기가 드리워진다. 오랫동안, 한참 동안, 아무 생각도 나지 않는다.

그들은 다시 해나의 휠체어를 밀고 나온다. 그녀에게 산소호흡기가 달려 있다. 그녀가 운다. 난 이런 거 원치 않는다. 집에 가면 튜브를 잡아당기며 그렇게 말할 것이다. 하지만 지금도 그녀가 하고 싶은 말이 명확하게 보인다. 루이사가 뭔가 이야기한다. 사전의료의향서*에 대해 이야기하길 거부했어요. 해나. 비트는 차를 타고 집으로 향한다.

그는 관장을 시킬 수 있다. 변기에 앉은 어머니를 한 팔로 붙잡고 그녀의 엉덩이를 닦는다. 그는 어머니의 길고 하얀 머리를 윤이 나도록 빗질할 수 있고, 발톱을 줄로 갈아주고, 어머니가 안도하며 숨을 내쉴 때까지 뭉친 근육을 주물러줄 수도 있다. 그는 새벽부터

---

* 죽음이 임박했을 때 행하는 연명 치료와 같은 의료적 조치에 대해 환자의 의견을 사전에 밝혀놓는 문서.

해질녘까지 인내심을 발휘해 어머니 입에 수프를 떠넣어줄 수도 있다. 어머니는 음식을 먹을 때보다 넘기지 못할 때가 더 많다. 병원에서 음식물 튜브에 대해 그녀에게 물었을 때 어머니가 얼마나 흥분했는지 그들은 싫다는 뜻을 바로 이해할 수 있었다. 그는 그녀가 쇠약해져 사라져가는 것을 지켜볼 수 있다. 그녀의 살에 생기는 문제들과 평화롭게 지내는 것은 그에게 어려운 일이 아니다. 그러나 그의 내부 깊은 곳에 있는 무언가가 그녀 목에 생긴 아물지 않은 상처에, 거기에서 풍기는 죽음의 냄새에 저항한다.

어쨌든 그는 그의 손이 그 상처를 소독하는 것을 지켜본다. 그는 자기 자신을 가두어버렸기에, 하루하루를 살아가는 것은 그의 작은 일부다. 그의 나머지 부분은 바깥 어디에서 끝을 기다리며 지켜보고 있다.

그러나 해나는 남아 있는 비트의 일부분을 살핀다. 그녀는 그가 줄어들고 있는 동안 늘어난다. 그녀는 집이다. 그녀는 사랑으로 넘쳐난다.

해나는 음식을 삼키지 못한다. 그녀는 목이 메자 음식이 입에서 흘러내리게 둔다. 비트는 어디선가 한 여자가 벽돌처럼 벽 속에 묻혔다는 이야기를 들었던 것이 기억난다. 이것은 산 채로 매장되고 있는 그의 어머니의 이야기이기도 하다.

엘리스가 해나의 옆에 무릎을 꿇고 앉는다. 그녀 역시 잠을 자지 않는다. 햇빛에 비친 그녀의 얼굴이 창백하고 핼쑥하다. 비트가 웅얼거림 속에서 들려오는 소리를 알아듣는다. 굶주림…… 음식물

튜브.

싫어, 컴퓨터 목소리가 쾌활하게 말한다. 나는 몇 달 동안 이렇게 살 수 있어서 기뻤다. 좋았어. 하지만 이제 거의 다 끝났어. 그냥 굶게 내버려둬라.

엘리스가 자신의 갈색 뺨을 해나의 손에 갖다댄다. 부인 말씀이 옳아요. 그게 더 평온하게 떠나는 방법이에요. 오피오이드를 드릴게요. 편안하실 거예요. 부인이 이 결정으로 계속 행복할 수 있다면요.

해나의 눈이 비트에게 가서 꽂힌다. 컴퓨터가 또렷하게 말한다. 난 행복해, 지금, 가도.

여자들이 하나의 매듭처럼 단단히 뭉쳐 비트의 작은 가족 주변에 머문다. 루이사와 그레테는 늘, 글로리는 매일 오후. 오늘 아침엔 셰릴과 다이애나, 도서관 여자들이 격리 조치를 비웃으며 머물렀다. 그레테는 몇 시간 전 달리기를 하러 나갔다. 전날 밤 엘리스가 도착해 부드러운 뺨을 그의 뺨에 댔을 때, 그는 그녀의 뛰는 맥을, 약속을 느낄 수 있었다. 이런 끔찍한 타이밍에 그가 그토록 바라던 것을, 이제야 발견하다니. 그녀가 자기 짐들을 그의 옷장에 넣고 그의 이불로 들어왔다. 그녀의 몸이 연고처럼 시원하다. 그는 물 한 컵을 가지러 나갔다가 그레테가 그녀의 방에서 오토의 참을성 있는 목덜미에 대고 속삭이는 소리를 듣는다.

그레테의 연락을 받은 애스트리드가 점심식사 전에 서둘러 들어온다. 처음에 비트는 애스트리드를 보지 못했는데도 그녀의 차가운 파란 불꽃이 집안에 가득한 것을 느낀다. 그러고 나서 그녀가 굳은살 박인 손으로 그의 얼굴을 감싼다. 그녀가 비트의 이마에 입을 맞추고, 그는 그 키스를 하루종일 배지처럼 달고 다닌다.

요리하기, 돌보기, 청소하기. 여자들의 손길이 파리처럼 어디에나 있다.

너무 과하다 싶으면 그는 연못으로 나가 지나치게 따뜻한 물 속에 몸을 담근다. 잡초들이 그를 붙잡고 그의 옆을 스쳐간다. 매 한 마리가 발톱으로 파랑어치 한 마리를 쥔 채 나뭇가지에 앉아 그를 지켜보고 있다. 비트가 해가 되지 않는다고 판단한 매는 머리를 파랑어치 위로 숙이고, 수면 위로 갈기갈기 찢긴 것들이 떨어진다. 비트가 밖으로 나오니 몸에 작고 파란 깃털들이 붙어 있다.

걸어 돌아오는 길에 비드는 스콧과 리사의 포치에 앉아 있는 한 남자를 본다. 멀리서 보아도 아미시 사람이라는 것을 알 수 있다. 이 열기 속에서도 하얀 셔츠 위에 검은 멜빵까지 갖춰입었다. 비트가 조심스레 다가간다. 남자가 일어나 고개를 끄덕이자 남자의 수염이 흔들린다. 금빛 머리카락과 장밋빛 뺨, 오크나무를 베어낸 듯 아주 반듯한 어깨. 비트는 에이브의 장례식에서 글로리의 팔을 잡고 있던 그 남자를 보았다. 글로리의 남편. 비트가 가까이 다가가자 남자의 눈이 반짝이기 시작한다. 남자가 손가락으로 조그맣게 집는 동작을 하며 입술로 가져간다. 비트가 아미시에 대해 무지했다면, 그것을 마리화나를 가리키는 일반적인 몸짓이라 생각했을 것이다.

무슨 말씀이신지? 비트가 말한다.

에이머스, 남자가 자신의 가슴을 가리키며 말한다. 그리고 손동작으로 폭포일 수밖에 없는 것을 표현한다. 그러자 비트는 한 대 맞은 것처럼 아르카디아가 끝나가던 어느 날을 떠올린다. 아이크와 콜과 함께 있었던 폭포, 어둑한 숲에서 걸어나오던 아미시 소년들, 모닥불 주위에 웅크리고 둘러앉았던 일, 마리화나. 이 사람은 그 소년들 중 하나인 것이다.

비트가 놀라 입을 벌린다. 남자가 주위를 둘러보더니 눈을 찡긋한다. 그러고는 다시 마리화나 피우는 동작을 한다. 잠깐만요, 비트가 말한다. 그는 뒷문으로 들어가 에이브의 서재를 뒤지고, 그곳에 있을 거라 짐작했던 테니스공을 찾아낸다.

그가 다시 나오자 남자는 조바심나는 표정으로 바라보다가, 비트가 공의 옆면을 눌러 보이지 않는 절단선이 열리고 작은 대마 봉지가 떨어져나오자 활짝 웃는다. 비트가 마리화나 한 대를 말고, 두 사람은 그것을 함께 피운다. 침묵 속에서 다른 남자와 공감하며 함께 서 있다는 것이 참으로 기분좋다. 에이머스의 눈꺼풀이 무거워지고, 그가 말한다. 글로리. 그들은 함께 녹색 집을 향해 걷는다. 글로리가 밖으로 나오며 흘러내린 머리카락을 모자 안으로 집어넣고, 비트와 에이머스는 아무것도 아닌 일에 킬킬대며 말을 쓰다듬는다.

글로리가 킁킁 냄새를 맡더니 그 모아놓은 열매 같은 이목구비로 비트에게 인상을 쓴다. 그녀가 말한다. 도대체 우리 남편에게 무슨 짓을 한 거예요?

비트는 신중하게 이렇게만 말한다. 나는 세상을 먹고 싶어요. 그러자 그의 새 친구 에이머스가 옆에서 킥킥거린다.

어스름이 내리고, 그레테가 집에 도착한다. 긁히고 햇볕에 탄 그녀의 팔 곳곳에 벌레 물린 자국이 있다. 집은 사람들로 북적인다. 엘리스가 해나에게 매니큐어를 발라주고 있다. 엘리스가 비트를 쳐다보며 활짝 웃고, 그는 문가에서 그녀에게 키스를 날린다. 그레테가 비트에게 기대며 속삭인다. 늙은 아줌마들이 왜 이렇게 사방에 있는 거예요?

그가 비스킷을 하나 더 입에 넣으며 대답을 피한다.

하지만 해나가 그레테의 말을 들었고, 컴퓨터 목소리가 다정하게 울려퍼진다. 단체 습격이다.

점점 더 빠르게, 빠르게 스러져가는 해나. 해나의 배가 부풀어오른나. 얼굴은 쪼그라들어 뼈와 뼈 사이에 놓이고, 살에 반점이 생긴다. 비트는 그녀를 보며 몸을 떨지 않으려 애쓴다. 그레테는 눈을 감지 않고는 할머니와 같은 방에 있지 못한다.

하지만 매우 기이하게도, 해나의 몸이 떠나가는 동안 그녀의 영혼은 수면으로 떠오른다. 비트는 그곳에 있는 불꽃을 본다. 황홀경. 그는 그것을 알아보고는 마음이 저민다. 전에도 어디선가 이것을 본 적이 있지 않았던가? 밤이 되었을 때 그는 그 답을 얻는다. 대학 도서관에서 지식에 취해 있던 젊은 시절, 외따로 있던 예술서적 섹션에서 펼쳐지던 책들의 화려한 연회, 그 현란하고 아찔한 빛깔들. 성자의 얼굴들. 소녀들. 시에나의 카타리나, 성녀 베로니카, 리에티의 성녀 콜룸바. 기적의 식욕부진Anorexia mirabilis. 신체적

욕구를 비우고 신의 와인으로 가득 채우는 육체.

비트는 아버지의 스웨터들에 얼굴을 묻고 에이브가 나타나기를, 이 모든 것이 더 나아지게 해주기를, 이 일을 맡아주기를 갈구한다.

비트는 벽장에서 나온다. 루이사가 부엌에서 오가고 있다. 해나의 방은 어둡고, 그와 해나만 그곳에 있다. 매끄러운 목소리가 짙은 어둠을 뚫고 부드럽게 말한다. 두려워하지 마라, 비트. 난 두렵지 않아.

그는 어머니의 쇠약한 얼굴 위를 비스듬히 가로지르는 오후 햇살을 바라보며, 반죽 같은 그녀 배 위에 달팽이처럼 말린 채 놓인 두 손을 바라보며, 필름 한 통을 전부 채운다.

그는 나중에 암실의 새까만 침묵 속에서 이 사진들을 현상할 것이다. 그리고 햇빛 속에서 다시 그의 두 손에 어머니를 들 것이다, 갈라지고 거칠고 손상된 필름에 온전히 포착한 그녀의 손상된 육신을.

애스트리드가 해나 뒤에 앉아 그녀의 머리를 쓰다듬는다. 예전에 두 사람은 자매 같았다. 지금은 둘 사이의 간극이 너무도 크다. 애스트리드의 살집과 해나의 뼈. 그들은 산소호흡기를 제거한다. 해나의 눈꺼풀이 멍든 것처럼 보랏빛이다. 그녀는 깨어나지 않는다. 그녀의 육신이 원래의 웅크린 형태로 되돌아간다. 그녀는 한 줌에 불과해 아주 약한 바람에도 날려갈 것 같다.

비트가 잠을 이룰 수 없어 거실로 나오니 엘리스가 흔들의자에 앉아 있다. 그녀가 자신을 바라보고 있는 그의 기척을 알아채고 잠에서 깨어난다. 그녀가 뭔가 말하려 하지만 그는 손을 그녀 입 위에 가져다대고 가만히 있는다. 그녀 입술의 따뜻한 움직임이, 커다란 이와 숨결이 느껴진다. 그녀가 일어서자 그녀의 향수 냄새에 어찔하다. 그가 그녀를 데리고 밖으로, 밤으로, 나뭇가지들이 밟히는 땅으로 나간다. 산기슭을 파고 들어간 미지 집의 문을 손바닥으로 밀어 연다. 어떤 분노가 그를 가득 채우고, 그는 그녀를 데리고 제일 안쪽에 있는 침실로, 창문이 없는 방으로, 그곳의 순수한 흙의 여백으로 들어간다. 그는 그녀를 차가운 콘크리트 벽에 밀어붙인다. 그녀가 헉하고 숨을 들이쉰다. 그는 그녀의 스커트를 거칠게 허리 아래로 잡아내리고, 그녀가 기꺼이 받아들이는 것을 느낀다. 둘은 낮은 침대로 미끄러져내린다. 그의 안에 있던 어둠이 격렬하게 살아난다. 모든 것이 끝난 뒤 그가 몸을 들어 그녀의 뼈에 가해지는 무게가 가벼워지도록, 그녀의 얕은 호흡이 깊어지도록 한다. 그는 다리에 닿은 축축한 시트를, 그의 젖은 뺨을 부드럽게 스치는 그녀의 입을, 그의 가슴속에서 꽉 쥐여 있다가 이제 풀어지고 있는 주먹을 느낀다.

부끄러우면서도 좋다, 이것이. 엿같이 되어버린 세상에서도 사람과 사람 사이의 이것은 계속 남아 있어야 한다.

미안해요. 그가 말한다.

미안해하지 말아요. 그녀가 말한다. 난 안 미안해요.

난 한심한 놈이에요. 그가 말한다. 그녀가 두 손으로 그의 목을, 어깨를, 등을 안는다. 그의 귀가 콘크리트에 닿는다. 엘리스가 상냥하게 말한다. 괜찮아요.

그는 아무 말도 하지 않고, 마침내 그녀가 말한다. 있잖아요, 나도 해나를 사랑해요. 하지만 내가 지금 여기 있는 건 해나 때문이 아니란 거 당신도 알 거예요. 그의 광대뼈에 닿은 그녀의 눈썹이 촉촉하다. 언젠간 할 일이었어요.

그가 신음을 내뱉는다. 나중에 꼭 제대로 보상할게요. 그가 말한다. 여리고 씁쓸한 그녀의 귀에 그의 입술이 다가간다. 그녀의 미소가 그의 턱에 밀착된다. 그렇게 해줘요. 그녀가 속삭이고, 그 목소리가 그의 머릿속 어딘가에 남는다.

조용한 시간이다. 그는 아르카디아 하우스의 잊힌 풍경風磬이 바람에 흔들리는 소리를 듣는다.

애스트리드가 시계를 쳐다본다. 루이사가 곧 올 거야. 그녀가 말한다.

비트가 어머니의 잎사귀 같은 손을 잡는다.

애스트리드가 모르핀이 놓여 있는 테이블로 간다. 많은 양을 놓을 거야. 그녀가 말한다. 의식을 잃을 정도로. 그녀가 버들가지 같은 해나 위로 몸을 숙인다.

그녀가 주사를 놓은 후 비트의 뺨을 손바닥으로 어루만진다. 난 이걸 기록하지 않을 거야. 그들 사이에서 침묵이 부풀어오른다. 그럼 넌 이해한다고 말해야지. 그녀가 말한다.

이해해요. 그가 말한다. 그 말이 저멀리서, 오랜 과거로부터, 태양으로부터 온다.

애스트리드가 자리를 뜬다. 루이사가 들어온다. 그녀가 푸르스름한 달빛 아래서 투약 기록지를 들춰본다. 흠. 모르핀 투약을 잊다니 애스트리드답지 않네. 그녀는 그 말을 하면서 비트를 보지 않으려 애쓴다.

그는 아무 말도 하지 않는다. 그는 루이사가 약을 준비하는 것을, 카테터를 찾는 것을 바라본다. 그는 천천히 들어가는 약을 바라본다.

오래 걸리지 않는다. 잠이 든 해나가 몸을 더 웅크린다.

번개가 친다. 마치 그녀 가슴에서 무게가 덜어지기라도 한 것처럼.

그리고 그의 어머니는 떠났다.

덥고, 바람 한 점 없이 화창하다. 해넘이의 마지막 불꽃, 해나의 시간.

많은 사람들이 에이브의 장례식에서 해나에게 작별인사를 했었다. 이번 모임은 좀더 작다. 충실한 사람들, 여인들이 와 있다. 아미시 사람들이 이곳에서 다른 이들과 섞여 있다. 엘리스가 비트의 손을 잡는다. 초록 드레스를 입은 그레테는 창백하지만 차분하다. 해나는 그레테에게 그 옷을 만들어주며 꼭 입겠다는 약속을 받아냈었다. 이 드레스를 입으면 네 눈이 돋보여. 해나는 그렇게 말했었다. 그 드레스를 입으니 그레테가 해나처럼 보인다.

애스트리드가 연못 안에 서 있고, 그녀의 하얀 드레스가 물에 젖어 서서히 검게 물들어간다. 그녀가 몸을 숙여 나뭇잎 하나를 띄우고, 그 위에 초를 밝혀 밀어 보낸다. 초는 긴 물결을 만들며 연못 한가운데로 가더니 멈춰 선다. 애스트리드가 노래를 부르는데, 목소리가 갈라진다. 우리의 작은 인생은 덧없이 끝을 향해 물러나고, 지상의 기쁨은 희미해지네, 영광도 지나가고, 사방에 보이는 것은 모두 변하고 썩나니, 오, 변하지 않는 그대여, 나와 함께 머무소서.

바람이 잠잠하다. 그레테가 물살을 헤치고 혼자 물속으로 들어가 바구니를 기울인다. 해나의 유해가 연못 속으로, 물속으로 곧장 떨어진다. 그녀의 무거운 조각들이 수면을 부수고, 물은 스스로 아문다. 재의 나머지는 더 가벼워 물위에 뜬다. 재가 수면 위로 천천히 퍼져나간다.

빈집으로 돌아오자 그 검은 개가 찾아온다. 비트가 두 팔을 벌려 그 검은 개를, 이빨과 발톱을 받아들인다. 밖에서 사람들 목소리가 들려온다. 사탕단풍나무 숲에서 사람들이 주스를 마시고 케이크를 먹고 있다.

일주일만. 비트가 그레테에게 말한다. 내게 일주일만 줘. 그런 다음 나를 데리러 오겠니.

그레테가 자신의 날카로운 팔꿈치를 손으로 감싸며 고개를 끄덕인다. 그녀는 그가 그의 방안으로 들어가는 것을 바라본다.

이곳에서는 모든 것이 그대로다. 벽은 편안한 어둠으로 가득하다. 침대가 그를 환대하며 두 손을 오목하게 모으고 있는 것 같다.

그의 머릿속에서 펼쳐지는 풍경 하나. 섬세한 언덕들과 그곳을 흐르는 피의 강.

사람들이 없다면 이곳은 아무것도 아니게 될 것이다. 비트의 사람들이 스스로 올 것이다. 에이브는 연장들을 철컹거리며 성큼성큼 걸어서. 그레테는 숲속을 날아가듯 달리는 빛이 되어. 베르다는 그녀의 하얀 얼룩 같은 개와 숲 가장자리 그늘에서 나오며. 타이터스는 비트에게 손을 뻗어 하늘 높이 올려주며. 해나는 뭔가를 향해, 젊고 황금빛이고 둥근 것을 향해 손을 뻗으며.

그가 필요로 하는 모든 것이 여기 있다.

그가 무한할 수 없다면—그의 사랑이 궁극적으로는 소진에 이르고, 그의 빛이 그림자에 이른다면—이것은 자연스러운 풍경이다. 숲이 산에 이르고, 바다가 해안에 이른다. 뇌는 뼈에 이르고, 뼈는 피부에, 머리카락에 이른다. 그리고 공기에 이른다. 낮은 밤 없이는 낮이 아닐 것이다.

어느 현명한 여인이 이렇게 썼다. 모든 한계는 끝이기도 하지만 시작이기도 하다고.

그레테가 그의 뒤에서 매달리며 그녀의 가녀린 몸으로 그를 안는다. 하지만 그녀는 빠르게 날아가는 사람과 깊숙이 파고들어가는 사람, 헬레와 해나 둘 다로 이루어진 아이이고, 땅거미가 내리자 그를 떠나 달리러 간다.

루이사가 들어와 울면서 작별인사를 한다.

진시가 쌍둥이와 함께 들어온다. 아이들은 그에게 기대어 잠을 자고, 진시는 의자에서 잠을 잔다. 달빛에 비친 그녀의 얼굴엔 주름이 있고, 열린 입은 동굴처럼 어둡다.

딜런이 들어온다. 콜이 들어온다. 비트의 학과장이 들어온다.

엘리스가 들어온다. 하드커버 책이 날아가려고 자세를 취한 새처럼 그녀 두 손에 펼쳐져 있다. 그녀는 가지 않고 머물고, 또 머문다. 그녀가 그의 귀에 속삭인다.

밤이 들어온다. 그레테가 들어온다. 애스트리드가 들어온다.

글로리가 머핀을 가지고 들어와 후두를 울리는 그녀의 언어로 무언가 말한다. 아마도 기도이리라.

창으로 달이 들어온다.

그레테는 일본의 집으로 돌아가는 것을 마침내 허락받은 요코를 태블릿으로 만난다. 요코가 바이올린을 켜지만 너무 서툴러 그레테가 코웃음을 치며 꺼버린다.

애스트리드가 아보카도와 버섯 수프를 가지고 들어온다.

엘리스가 들어와 그의 머리를 그녀의 무릎에 누이고는 시원한 손으로 그의 얼굴을 쓰다듬으며 낮게 속삭인다.

그레테가 들어온다. 그레테가 들어온다. 그레테가 들어온다. 새로운 노래와 햇볕에 따뜻해진 토마토를 가지고, 애플소스와 얼음물을 가지고, 부서질 것 같은 누런 스크림쇼를 가지고. 스크림쇼 뼈에는 해나의 얼굴이 끝도 없이 새겨져 있는 것 같다. 그레테는 물처럼, 세상처럼, 늘 그렇게 스며들어올 것이다.

맨 처음의 것은 차다. 로즈힙차의 강렬함이 유령을 불러들인다. 아니스를 넣은 쿠키, 숨쉬는 쿠션이 되어주던 하얀 개, 그의 이야기 속 탁한 연기로 가득한 오두막.

다음은 창문 너머 단풍나무 가지들 사이에 짧게 머물던 별들이다. 그리고 흔들의자 아래의 쥐 한 마리. 쥐가 분홍빛 두 손을 기도하듯 모으고 비트를 바라보다 새 드레스를 입은 주부처럼 살찐 자기 궁둥이를 쓰다듬는다. 비트가 웃음을 터뜨리자 그 소리에 둘 다 놀라고, 쥐가 달아난다. 쥐가 가버려 비트는 외롭다.

곧 책의 한 페이지가 짜임새 있게 눈에 들어온다. 한 문장이 다음 문장으로 매끄럽게 연결된다. 그는 한 단락을 이해하고 소화시킬 수 있다. 이젠 단편 하나를. 이젠 장편 하나를, 앞표지와 뒤표지 사이에 싸여 있는 하나의 완전한 인생을.

그가 다시 잠에서 깨어나보니 그들이 방안에 있다.

이제 일주일 됐어요, 아빠. 그레테가 말한다. 그녀의 목소리가 절박하고 긴장되어 있다.

일어날 시간이에요. 엘리스가 의자에서 말한다. 그녀의 머리가 헝클어져 있다. 오토가 그녀 발아래에 잠들어 있다.

애스트리드가 문가에서 그녀의 빛줄기를 드리우고 있다.

아빠, 그레테가 말한다. 제발요.

흙더미 속에서 흙을 파내고 나오는 것처럼 힘이 든다. 하지만 그는 일어나 앉는다.

시원한 아침이다. 봄은 갔다. 비트는 깨닫는다. 그레테가 태블릿을 쓰라고 두고 가, 그는 전염병이 살금살금 물러갔다는 걸 알게 된다. 격리 조치가 해제되었다. 칠십오만 명이 사망했지만, 미국의 사망자는 삼만 명에 불과하다. 사망자 대부분은 몇 개 지역에, 주로 도시에 국한되었다. 대통령은 테크놀로지에, 질병을 추적하는 능력과 의사 결정 능력에 찬사를 보낸다. 대통령이 태블릿 위에 나타나는데 그의 눈 아래에 파란 엄지손가락 지문이 찍혀 있다. 그가 말한다. 테크놀로지가 없었다면 이 전염병은 지상에서 유례를 찾기 힘든 엄청난 재앙이 되었을 것입니다. 우리는 감사해야 합니다. 비트는 감사해하고 있다.

건강한 그레테는 혈색이 좋고, 햇볕에 그을어 구릿빛이다. 집. 그녀가 얼굴에 갈망을 드러내며 말한다. 그레테에게는 그들이 십 년 전에 산 브라운스톤 집이 아르카디아가 그에게 갖는 의미라는 걸 알게 된다. 곧 그들은 이 녹색 집에 놓인 가구와 옷장에 정돈된 옷들을 뒤로하고 떠날 것이다. 그들은 바람이 들지 않도록 창을 막고 커튼을 칠 것이다. 그들은 뒤늦게 단 자물쇠로 문들을, 타이터스의 집, 미지의 집, 스콧과 리사의 집, 태양광패널의 작동이 멈춘 녹색 집을 모두 잠글 것이다. 그들은 차에 짐을 실을 것이다. 엘리스가 일주일 동안 와서 그들이 다시 정착하도록 도울 것이다. 브라운스톤 집에는 헬레의 물건이 거의 없다. 의자 하나, 같은 식탁, 같은 침대뿐. 그는 갈색 피부의 가녀린 엘리스가 그 자리들을 채우는 것을 상상하다, 아픔이 전혀 느껴지지 않는 것에 놀란다.

그는 쏙독새와 숲의 호흡, 어둠 속을 눈에 띄지 않고 움직이는 것들의 소리로 가득한 이 적막이 그리울 것이다. 하지만 그는 손상된 이미지들로 가득한 필름통들을 가져가 그 이미지들을 다시 살리는 기쁨을 누릴 것이다. 그것들은 아무것도 아닌 것이 아니다. 추억이다.

떠나기 전날 밤, 그는 잠들지 않고 달이 은은히 스며들어 다가오는 것을 바라본다. 그는 어둠 속에서 에이브와 해나의 서가를 살펴보다 그가 그동안 찾고 있었던 것을 발견한다. 그 책은 기억했던 것보다 크기가 작고, 손가락에 닿는 책장들은 페이스트리처럼 바삭거린다. 하지만 한 페이지 가득한 삽화에 그는 놀라움을 느낀다. 너무나도 선명하고 지나칠 정도로 아름답다. 그는 그런 아름다움을 잊고 지냈다.

잠들어 있는 집에서 그는 몇 시간 동안 그 옛날이야기들을 읽고, 마침내 이야기들이 모두 하나로 뒤섞인다. 그는 책을 내려놓는다. 그가 불을 끄자 창에 걸려 있던 달이 다시 밝음을 되찾는다. 지금 그를 감동시키는 것은 이야기들 자체가 아니다. 그 이야기들은 견고한 나무상자들이고, 지금은 상자 자체로서의 가치보다는 그 안에 무엇을 담을 수 있는가가 더 중요하다. 그를 감동시키는 것은 그 이야기들 뒤편에 있는 그림자 같은 사람들이다. 하루를 마치고 돌아온 고단한 노동자들은 밤을 맞아 마음을 달래주는 불 앞에 모여 있다. 우유는 저어놓았고, 닭들은 잠들어 있다. 가만가만 얼러주자 아기들은 잠들고, 이야기를 듣던 사람들의 육신도 마침내 의자에서 쉬도록 허락을 받는다. 그 시절의 세상도 폭탄과 전염병과 첨단 전쟁에 대한 악몽을 겪고 있는 오늘날 못지않게 무서운 곳이었다. 모든 것이 두려움을 불러일으킬 수 있는 능력을 갖추고 있었다. 짚단 속에 떨어진 못 하나, 숲가를 맴도는 늑대들, 지친 자궁에서 또 태어난 아기. 밤으로 물든 부모님의 집에서 그의 가슴이 뭉클해진다. 그 옛날 옛적 사람들 때문에, 그림자 속 이름 없는 이들 때문에, 그들이 함께 모여 쉬며 이 섬뜩한 이야기들을 듣게 한 믿음 때문에, 그리고 오래오래 행복하게 살았대, 로 끝나든 아니든 결말을 기다리는 참을성 때문에.

비트는 집안을 돌아다니며 그레테가 무심코 켜둔 불들을 끈다. 그렇게 그는 어둠이 자리잡도록 한다. 원래 있을 그 자리에.

6월 초, 숲이 열기로 부글거린다. 비트와 그레테가 신발끈을 조이고, 엘리스도 신발을 신기 시작한다. 하지만 비트의 얼굴에서 뭔가를 본 그녀는 대신 책 한 권을 들고 포치 계단에 앉는다. 오토를 데려가요, 그녀가 말한다. 도시의 개로 돌아가면 이 산책을 꿈꿀 것 같은데. 비트가 잠시 서서 책장에 반사된 햇빛이 그녀 얼굴에서 빛나는 모습을 바라본다. 난 여기 있을 테니 걱정 말아요. 그녀가 웃으며 책을 본다. 감사한 마음으로 그는 그녀에게 되돌아가 머리카락의 부드러운 부분에 입을 맞춘다. 아침나절이 되자 새들의 움직임이 무거워지고, 새들은 갈라진 가지 사이, 가장 시원한 곳에 앉아 부리를 열고 헐떡이며 세상을 바라본다. 그렇게 명랑한 빛 아래에서는 그가 아주 오래전 길 잃은 어린아이였을 때 보았던 그 숲을, 그를 움켜쥐고 매섭게 그를 삼킬 채비를 하던, 작은 나뭇가지들이 손톱으로 변하고 뿌리가 땅에서 구불구불 뻗어올라와 그를 잡아당기던 그 숲을 다시 보는 것이 불가능하다.

그레테가 학교 아이들에 대한 길고 환상 같은 이야기를 들려준다. 그녀는 한 학년을 마치면서 안도감에 몸을 부르르 떨었다. 이제 그녀는 아이들이 주던 공포감을 벗겨내기 위해 그들을 기괴한 모습으로 만든다. 여학생들은 여성의 형상을 한 칼날들이고, 남학생들은 곰처럼 투박하게 복도를 휘젓고 다닌다. 교사들은 그들이 이해할 수 없는 것에 탐욕을 부리는, 게걸스러운 아메바다. 배 밑에 진흙이 엉겨붙은 오토가 그들에게 달려와 그들의 다리 사이를 비집고 지나가더니 다시 달려간다.

두 사람은 비트가 그동안 줄곧 피하던 그곳에 도착한다. 그들은 폭풍에 쓰러진 오크나무 위로 올라가 길을 살핀다. 한때 무릎 깊이의 시냇물이었던 자리에 두 마리 뱀처럼 구불구불 흔적이 남아 있고, 그 흔적 사이로 나무들의 섬이 있다. 그리고 여기 그 집이 있다. 오래된 벽이 여전히 버티고 서 있다. 지붕은 주저앉았다. 마치 거대한 돌화분 안에 심긴 것처럼 나무 한 그루가 베르다의 오두막 한가운데서 자라고 있다. 창문 하나가 놀라울 만큼 온전하다. 문 앞 계단 옆의 벚나무들이 퍼져나가 과수원을 이루고, 지난해 열매의 씨앗들이 자갈처럼 바닥을 뒤덮고 있다. 비트가 문을 열자 문틀에 그대로 달려 있던 문이 쉽게 열린다. 안으로 들어가니 집이 숲이다. 흙바닥에 나뭇잎들이 흩어져 있고, 들보는 이끼 낀 통나무들로 돌아갔다. 그들은 앉아서 점심을 차리고 개는 그들 발치에서 헐떡인다. 그는 딸에게 베르다의 이야기를 들려준다.

흠. 딸은 그렇게 말할 뿐이다.

그는 놀라 딸을 바라본다. 거짓말 아니야. 그가 말한다.

거짓말이란 게 아니고요. 그레테가 말한다. 그냥, 정말 환상 같은 이야기라서요. 내 말은, 그 여자는 모든 면에서 정확하게 아빠의 정반대거든요. 마녀이고, 마법을 쓰고. 늙었고, 자족적이고, 애완동물도 있었고요. 아빠는 아주 작았고, 공동체에 사로잡혀 있었고, 자신을 받아들여줄 여자를 갈구하고 있었죠. 흥미롭네요. 그녀가 어깨를 으쓱한다.

넌 베르다가 상상 속의 친구였다고 생각하는구나. 비트가 경악하며 웃는다.

이곳은 몇 세기 동안 버려진 곳처럼 보여요, 아빠. 하지만 어쨌든 상관없어요. 아빠는 절실하게 필요로 할 때, 그 필요한 것을 발견했으니까요. 그녀가 말하며 그의 무릎을 꽉 잡는다.

그레테는 그보다 훨씬 더 껍질이 단단하다. 이미 그녀는 상당히 거리를 두고 삶을 바라보고 있다. 이것이 그가 딸에게 준 선물이다.

그는 평화가 무수히 다양한 방식으로 산산조각날 수 있다는 것을 안다. 종말에 관한 거창한 비전들, 재의 비, 바람에 실려온 전염병, 먼 곳의 폭발, 등유 램프가 깜박이며 꺼지듯 죽어가는 태양. 더 작은 방식으로는 우연히 들은 발언, 딸의 침울한 기분, 불안정해지는 자신의 몸. 그런 방식들을 예기하는 것은 쓸데없는 일이다. 그는 그저 삶의 조용한 공간들을 기다릴 것이다. 어둠 속에서 들려오는 엘리스의 코 고는 소리, 그레테가 살며시 다가와 하는 입맞춤, 갤러리 안의 따뜻한 불빛, 아름다움을 넘어서 기포와 파편으로 부서진, 하지만 다시 아름다움으로 눈에 비치게 될 그의 이미지들이 걸린 벽. 밤이면 거리에서 들려오는 여자들의 목소리, 웃음소리. 그는 늘 여자들의 목소리를 사랑했다. 그는 그런 것들을 기다릴 것이다. 주의를 기울일 것. 그는 생각한다. 장대한 몸짓이 아닌 지나는 숨결에.

그는 앉는다. 그는 오후가 가라앉게 내버려둔다. 흙의 달콤함이 그를 향해 피어오른다. 다람쥐 한 마리가 나무 높은 곳에서 찍찍댄다. 도시는 여전히 멀리 있고, 그곳은 집으로 돌아가는 선량한 사람들로 가득하다. 이런 순간, 활짝 피어났다 희미해지며 지나가는 이 순간, 그는 그것으로 족하다. 세상은 모든 것이 안녕하다.

감사의 말

아르카디아 이야기를 펼쳐나가는 그 오랜 기간 동안 내게 바람막이가 되어주었던 모든 사람에게 감사의 마음을 전한다. 하이페리온 출판사의 모든 이들, 특히 비버리 존스, 엘리자베스 디시가르드, 클레어 매킨, 엘런 아처에게 고마움을 표한다. 영국의 윌리엄하이네만 출판사의 제이슨 아서와 윈드밀 출판사의 스테퍼니 스위니, 그리고 프랑스의 에디시옹 플롱 출판사의 마틸드 바흐와 카린느 시슈로에게도 고마움을 표한다. 나의 멋진 에이전트 빌 클레그의 정직과 인내, 친절에, 그의 비서 숀 돌런의 도움에 감사한다. 에리카 릭스에게는 내게 많은 시간을 내어준 것에 감사하고 싶다. 내게 글 쓸 공간을 제공해준 고마운 이들도 있다. 그로프 가족, 칼먼 가족, 드러먼드 가족, 페디 가족, 헌던 가족, 매쿤-패리시 가족이 그들이다. 그리고 해나 주디 그레츠와 레그데일의 아름다운 동료애에 감사한다. 브레드 로프 작가 컨퍼런스와 샬럿의 퀸스 대학 문

예창작과 MFA 프로그램에도 감사의 마음을 전한다. 그리고 내 원고를 읽어준 이들인 세라 그로프, 스티브 베드퍼드, 케빈 A. 곤잘레스, 제이미 뮤엘, 애슐리 워릭, 제임스 윌릿, 루시 섀퍼 등에게도 고마움을 표한다. 나의 가족, 친구들, 내가 사랑하는 많은 책의 작가들에게도 역시 감사를 전한다. 이 소설을 더욱 풍부하게 만들어준 작가들이 너무나 많아 여기서 하나하나 열거하기 어렵지만 그들에게 진심으로 감사하고 있다. 그리고 우리집 남자들, 나의 반석인 클레이와 두 아들에게 감사한다. 어린 소년들이 얼마나 커다란 마음을 가질 수 있는지 내게 가르쳐준 아들 베킷에게 이 책을 바친다.

행복한 세상을 꿈꾸었던 사람들의 이야기

아르카디아는 이상향을 뜻한다

아르카디아는 고대 그리스 펠로폰네소스반도 한 지역의 지명이며 현재에도 같은 이름의 고장이 있다. 그리스신화에 따르면 아르카디아는 목신의 영토로, 숲의 신, 나무의 요정, 자연의 정령인 님프 등이 자연과 조화를 이루며 살았던 목가적 낙원이다. 로마의 시인 베르길리우스는 이 그리스신화에 영감을 얻어 아르카디아를 배경으로 한 전원시 「목가」를 썼다.

르네상스 시대에도 아르카디아는 베르길리우스의 영향으로 목가적 삶을 상징하며 그림, 조각, 문학 등의 주제로 자주 등장했다. 토머스 무어의 책 『유토피아』에서 유래한 유토피아(어원은 '존재하지 않는 곳'이란 뜻의 그리스어)와는 달리 아르카디아는 인간 문명을 내포하지 않으며, 문명에 의해 타락하지 않은, 자연과 더불어

사는 삶을 가리킨다. 엄격히 따지자면, 아르카디아는 에덴동산처럼 잃어버린, 이룰 수 없는 낙원을 뜻하며 진보적으로 성취하고자 하는 제도적 이상사회 유토피아와는 대조된다.

아르카디아는 17세기 프랑스 화가 니콜라스 푸생의 그림 〈Et In Arcadia Ego〉를 통해서도 잘 알려져 있다. 〈아르카디아의 목자들〉이라고도 불리는 이 그림에는 묘비에 새겨진 글귀를 바라보는 목자들의 모습이 그려져 있다. 로런 그로프 소설의 배경이 되는 아르카디아 하우스 입구에도 새겨진 이 라틴어 문장은 '나는 아르카디아에도 있다'로 번역되며, 여기서 '나Ego'는 죽음을 의미하고 따라서 죽음은 어디에나 존재한다는 뜻이다. 또다른 해석도 있다. 'Et In Arcadia Ego'의 철자 순서를 바꾸면 "I Tego Arcana Dei"(떠나라! 나는 신의 비밀을 품고 있다)라는 문장이 되어 무덤에 그리스도 혹은 성배와 관련된 중요한 단서가 있음을 암시한다는 설명이다.

아르카디아를 21세기 소설로 빚어낸 로런 그로프는 이 두 해석 중 전자에 더 무게를 둔 것으로 보인다. 그로프는 두번째 장편소설인 이 작품 집필을 시작할 즈음, 아들 베킷을 임신중이었고, 언젠가는 죽도록 예정된 생명을 불확실한 세상에 내놓는다는 두려움, 거기에 대해 아무것도 할 수 없다는 무력감에 심한 우울증을 앓았다고 한다. 세상이 곧 끝날 것 같다는 불안에 잠 못 이루는 날이 계속되던 중 애써 행복에 관한 책을 찾아 읽기 시작했고, 이상주의와 유토피아 사회 실현을 꿈꾸었던 이들에 대한 글들을 접하며 기운을 차리기 시작했다. 유토피아를 건설하려 노력했던 사람들이 꼭 행복했던 것은 아니지만 적어도 그들은 행복해지려고, 행복하게 살 수 있는 세상을 만들려고 노력했던 사람들이다. 실험적 유토피아 공동체 대부분이 끝을 맞고 실패했다고 볼 수 있지만, 실패가 꼭 무가치를 의미하는 것은 아님을 깨달았다고 작가는 말한다.

그로프는 삶과 죽음의 순환, 유토피아의 탄생과 소멸을 그리기로 마음먹는다. (그로프는 자연 속 목가적 낙원 아르카디아와 완벽하고 이상적 제도가 구축된 인간 사회 유토피아를 엄격히 구분하지는 않고 있다.) 그리고 유토피아 건설이라는 야심을 품은 인물들과 그들의 이야기를 써나가기 시작했고, 그렇게 완성된 『아르카디아』를 소설을 쓰는 동안 태어난 아들 베킷에게 바친다. 그로프는 아들 베킷과 소설의 주인공 비트를 분리해서 생각할 수 없다고 말한다. 아들이 이 세상의 유일무이한 인간으로 자라나는 시기, 비트도 아르카디아의 중심인물로 성장했고, 아들의 모습을 비트에게 투영시켰기에 그만큼 비트를 사랑했다고 한다. 두 아이를 함께 키워 세상에 내놓은 것이다.

소설 아르카디아는 1970년대 미국 뉴욕주에 건설된 가상의 공동체 아르카디아와 그곳에서 최초로 태어난 새 생명 꼬마 비트의 이야기다. 다섯 살 난 어린 비트의 시선으로 바라본 아르카디아의 시작과 그의 부모를 비롯한 공동체 구성원들이 지향하는 삶을 실천하려 애쓰며 살아가는 모습, 십대 소년이 된 비트가 안타까운 마음으로 지켜보는 과도하게 비대해진 공동체 내부의 갈등과 쇠락, 그 속에서 그가 앓는 성장통과 사랑, 그리고 공동체가 와해되고 세월이 흘러 성인이 된 사진작가 비트가 딸과 함께 살아내야 하는 뉴욕이라는 현실 세계, 뿔뿔이 흩어진 공동체 사람들의 신산한 삶. 그 모든 이야기가 오십 년 가까운 세월에 걸쳐 펼쳐진다. 후반부에 이르면, 소설이 발표된 2012년 시점에서는 아직 다가오지 않은 미래인 2018년의 암울한 세계, 지구온난화로 인한 각종 자연재해와 유행성 전염병으로 종말이 가까운 듯한 디스토피아가 펼쳐진다. 작가는 그 시련 속에서 다시 찾아간 아르카디아와, 갈등의 치유 과정을 섬세한 필치로 그려낸다.

로런 그로프의 문체는 〈뉴욕 타임스〉의 표현처럼 극도로 아름다운 산문으로 정의할 수 있다. 비평가 제프 밴더미어는 상투적이거나 진부한 표현은 찾아보기 힘들며 섬세함과 정교함만으로도 독자의 마음을 사로잡는, 마치 꿈같은 명징성을 지닌 소설이라고 극찬한다. 단순하지 않은 성격의 중심인물들을 창조하고 그 주변의 수많은 인물들을 촘촘히 묘사하며 관계를 엮어나가는 솜씨, 굳이 복선 등의 스토리텔링 기법에 기대지 않고 세월을 건너뛰며 독자를 몰입하게 하는 이야기 구조, 작가 해나 틴티의 표현을 빌리면, "돌 하나, 아르카디아의 나무 한 그루도 다 내가 알고 있는 것만 같은", 실제로 어디엔가 존재하고 있는 곳인 것만 같은 완벽한 풍경 묘사를 통해 로런 그로프는 자신만의 목소리를 확고히 한다.

유토피아와 디스토피아

한 인터뷰에서 이 소설의 후반부에 디스토피아가 등장하는 이유를 묻는 질문에 로런 그로프는 이렇게 답한다. 유토피아와 디스토피아는 동일한 연속체 위의 다른 지점이며 두 가지 관점 다 현재가 어떤 미래로 향하고 있는지 깊이 우려하며 엄청난 불안을 표하고 있다고. 그런데 디스토피아적 불안이 공포로 변질되는 반면 유토피아적 불안은 적극적인 개선으로 나아간다. 오늘날 아이를 키우며 불행한 운명을 두려워하지 않기란 어려운 일이며, 그렇기에 이 책은 희망을 찾으려는 자신과의 논쟁이라고 작가는 말한다. 또한 소설가로서 문학을 바라볼 때, 미국소설도 이제 지독한 아이러니의 시기를 벗어나고 있다고 느끼며 자신이 세계를 바라보는 시선 또한 아이러니가 아닌 진심, 진정성이라고 밝힌다. 진심을 가지고 이 세상을 살다보면 결국 행복을 찾을 수 있을 거라는 희망 품기. 너무나 단순하고 심지어 순진하게 들리기까지 하는 이 결론은, 이 도달점에 이르기까지 사유와 고뇌가 깊고 실천이 결코 쉽지 않기에 이 소설의 주세가 된다.

로런 그로프는 예술을 한다는 것, 책을 쓴다는 일과 유토피아 건설 과정에도 유사성이 있다고 말한다. 작가가 무엇을 시도하든 작품은 머릿속 아이디어와는 거리가 있기 마련이고, 최선을 다하고 인내와 사랑으로 노력한 후 결국 포기하게 되는데, 그 포기하는 순간이 바로 책을 마치는 시점이라는 것이다.

번역하는 사람도 최선을 다해 인내와 사랑으로 작가의 글을 옮기고자 한다. 로런 그로프 문장의 섬세한 표현과 아름다운 호흡, 살아 숨쉬는 것만 같은 인물들의 감정과 대화는 어쩌면 인내와 사랑만으로는 부족한지도 모른다. 번역하는 사람들의 변명 같은 자기 고백이 있다. 마감이 있기에 결국 포기하고 그 순간이 책을 마치는 시점이라고.

독자가 책을 마치고 마지막 장을 덮는 순간에는 쓸쓸하지만 아름다운 아르카디아의 풍경과 진심을 다해 또다른 아르카디아의 삶을 살아가려 애쓰는 비트의 모습이 눈앞에 떠오르기를 바란다. 사진작가 비트가 앞으로 포착할 세상은 이상향에 한 걸음 더 가까워지리라는 희망을 품으며.

박찬원

옮긴이 **박찬원**

연세대학교와 동 대학원에서 불문학을 공부하고 이화여자대학교 통번역대학원에서 한영번역을 전공했다. 옮긴 책으로는 『작은 것들의 신』 『프래니와 주이』 『나는 말랄라』 『지킬 박사와 하이드』 『벤자민 버튼의 시간은 거꾸로 간다』 『아가씨와 철학자』 『베리 밸런타인』 『빛의 사슬』 『솔로몬의 카펫』 『파라노이아』 『꽃보다 아름다운 그림 속 꽃 이야기』 등이 있다.

문학동네 세계문학
아르카디아

1판 1쇄 2018년 2월 20일 | 1판 2쇄 2018년 3월 13일

지은이 로런 그로프 | 옮긴이 박찬원 | 펴낸이 염현숙

기획·책임편집 이현자 | 편집 이봄이랑 오영나 오동규 | 독자모니터 김지혜
디자인 윤종윤 이원경 | 저작권 한문숙 김지영
마케팅 정민호 정진아 함유지 김혜연 강하린 | 홍보 김희숙 김상만 이천희
제작 강신은 김동욱 임현식 | 제작처 영신사

펴낸곳 (주)문학동네
출판등록 1993년 10월 22일 제406-2003-000045호
주소 10881 경기도 파주시 회동길 210
전자우편 editor@munhak.com | 대표전화 031) 955-8888 | 팩스 031) 955-8855
문의전화 031) 955-8896(마케팅) 031) 955-8859(편집)
문학동네카페 http://cafe.naver.com/mhdn | 트위터 @munhakdongne

ISBN 978-89-546-5022-9 03840

www.munhak.com